ERAGON

DZIE... ...SIĘGA PIE... ...A

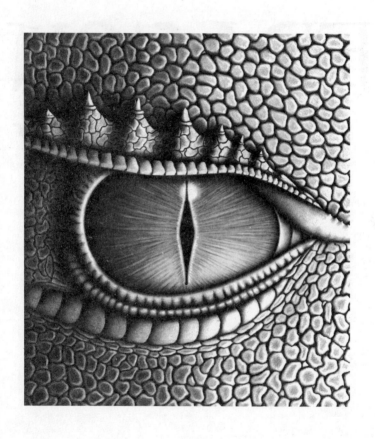

Christopher Paolini

ERAGON

DZIEDZICTWA KSIĘGA PIERWSZA

Przełożyła Paulina Braiter

Wydawnictwo MAG
Warszawa 2005

Tytuł oryginału:
Eragon. Inheritance, Book One

Redakcja:
Urszula Okrzeja

Korekta:
Joanna Figlewska

Opracowanie graficzne okładki:
Jarosław Musiał

Projekt typograficzny, skład i łamanie:
Tomek Laisar Fruń

4 142715·2

Wyłączny dystrybutor Firma Księgarska Jacek Olesiejuk
ul. Kolejowa 15/17, 01-217 Warszawa
tel./fax (22) 631-48-32, (22) 632-91-55, (22) 535-05-57
www.olesiejuk.pl, www.oramus.pl

ISBN 83-89004-86-0
Wydanie I

Wydawca:
Wydawnictwo MAG
ul. Krypska 21 m. 63, 04-082 Warszawa
tel./fax (0-22) 813 47 43
e-mail: kurz@mag.com.pl
http://www.mag.com.pl

Książkę tę dedykuję:
mojej mamie, która ukazała mi magię w naszym świecie,
ojcu, za to, że pokazał mi człowieka za zasłoną,
a także mojej siostrze Angeli, za pociechę, gdy ogarnia mnie smutek.

Ellesméra

Du Weldenvarden

Nädindel

Röna

Kirtan

Sílthrim

Ardwen

Gaena

Eldor

Pustynia Hadaracka

Ília Fëon

Ceris

Edda

Hedarth

Az Ragni

Buragh

Tarnag

FARTHEN DÛR

Orthíad

Niedźwiedzi Ząb

Dalgon

Góry Beorskie

Galfni

Prolog:
Cień grozy

Wiatr zawodził w ciemnościach, niosąc ze sobą woń, która mogłaby odmienić losy świata. Wysoki Cień uniósł głowę i zaczął węszyć w powietrzu. Wyglądał jak człowiek, tyle że miał szkarłatne włosy i rdzawoczerwone oczy.

Wzdrygnął się zdumiony. Wiadomość okazała się prawdą: byli tu. A może to pułapka? Rozważył wszystkie za i przeciw, po czym rzekł lodowatym głosem:

– Rozdzielcie się, ukryjcie za drzewami i krzakami. Musicie zatrzymać każdego, kto się tu zjawi... albo sami zginiecie.

Otaczająca go dwunastka urgali, uzbrojonych w krótkie miecze i okrągłe żelazne tarcze pokryte czarnymi symbolami, rozbiegła się, głośno szurając. One także przypominały ludzi o krzywych nogach i grubych masywnych ramionach, jakby stworzonych do tego, by miażdżyć w śmiertelnym uchwycie. Znad małych uszu wyrastały skręcone rogi. Potworne istoty ukryły się wśród poszycia, pomrukując głośno. Wkrótce szelest liści ucichł i w lesie znów zapanował spokój.

Cień wyjrzał na szlak zza grubego pnia drzewa. Żaden człowiek nie dostrzegłby niczego w takiej ciemności, dla niego jednak słabiutka poświata księżyca była jasna niczym promienie słońca zalewające drzewa. Widział wyraźnie i ostro najdrobniejszy szczegół. Trwał bez ruchu, nienaturalnie

9

cicho, ściskając w dłoni długi jasny miecz. Wzdłuż klingi biegło cieniutkie kręte wyżłobienie. Broń była wystarczająco wąska, by wniknąć między żebra, ale też dość solidna, by przeciąć nawet najtwardszą zbroję.

Urgale nie widziały tak dobrze jak Cień, poruszały się po omacku niczym ślepi żebracy, niezdarnie wymachując bronią. Nagle ciszę przeszyło donośne pohukiwanie sowy. Czekali w napięciu, aż ptak odleci. Potwory zadrżały w zimnym nocnym powietrzu. Jeden z nich nastąpił ciężkim butem na gałązkę, która pękła z trzaskiem. Cień syknął gniewnie i urgale skuliły się przerażone. Z trudem zwalczył niesmak – cuchnęły zepsutym mięsem – i odwrócił głowę. To tylko narzędzia, nic więcej.

Minuty zamieniały się w godziny, a Cień z trudem opanowywał zniecierpliwienie. Woń musiała daleko wyprzedzać swych właścicieli. Nie pozwolił urgalom wstać ani się rozgrzać. Sobie także odmówił tego luksusu. Czuwał za drzewem, nieustannie obserwując szlak. Lasem zakołysał kolejny powiew wiatru. Tym razem woń była silniejsza. Podniecony, uniósł cienką wargę, odsłaniając zęby.

– Szykujcie się – szepnął.

Całe jego ciało wibrowało, czubek miecza zataczał nieduże kręgi. Trzeba było wielu knowań i bólu, by doprowadzić go do tej chwili. Nie mógł teraz przegrać, stracić wszystkiego.

Głęboko osadzone oczy urgali rozbłysły pod nawisami masywnych brwi. Stwory mocniej chwyciły broń. Cień pierwszy usłyszał brzęk: coś twardego uderzyło o kamień. Z mroku wyłoniły się niewyraźne plamy szarości, które zbliżały się z każdą chwilą.

Trzy białe konie niosły jeźdźców wprost w pułapkę. Dumnie unosiły głowy, ich grzywy falowały w blasku księżyca niczym żywe srebro.

Na pierwszym rumaku siedział elf o spiczastych uszach i eleganckim ukośnym zarysie brwi. Był smukły, lecz silny i gibki niczym rapier. Przez ramię przewiesił potężny łuk. U boku, naprzeciw kołczana pełnego strzał o lotkach z łabędzich piór, zwisał miecz.

Ostatni jeździec miał podobną jasną twarz i ostre rysy. W prawej dłoni trzymał długą włócznię, u jego pasa wisiał biały sztylet. Głowę okrywał mu kunsztownej roboty hełm, zdobiony bursztynem i złotem.

Między nimi jechała kruczowłosa elfia dama. Emanowała spokojem, jej ciemne oczy płonęły w okolonej czarnymi lokami twarzy. Strój miała prosty, co tylko podkreślało jej niezwykłą urodę. Do pasa przytroczyła miecz, a przez plecy przerzuciła długi łuk i kołczan. Przed sobą w siodle wiozła sakwę – co chwila zerkała na nią, jakby upewniając się, że wciąż tam jest.

Jeden z elfów przemówił, zniżając głos; Cień nie dosłyszał jego słów. Dama odpowiedziała władczo i jej strażnicy zamienili się miejscami: ten w hełmie wyjechał naprzód, pewniej chwytając włócznię. Bez żadnych podejrzeń minęli kryjówkę Cienia i kilka pierwszych urgali.

Cień już czuł smak zwycięstwa, gdy wtem wiatr gwałtownie zmienił kierunek i powiał w stronę elfów, niosąc ciężki smród urgali. Konie parsknęły gniewnie, zarzucając łbami. Jeźdźcy zesztywnieli, rozejrzeli się niespokojnie, błyskawicznie zawrócili wierzchowce i pogalopowali z powrotem.

Rumak elfiej damy wystrzelił naprzód, pozostawiając strażników daleko w tyle. Porzucając kryjówkę, urgale wypuściły za nimi deszcz czarnych strzał. Cień wyskoczył zza pnia i wykrzyknął:

– Garjzla!

Z jego ręki wytrysnął czerwony płomień, zalewając drzewa blaskiem barwy krwi. Promień trafił wierzchowca elfki, który runął na ziemię z ogłuszającym kwikiem. Elfka z nieludzką szybkością zeskoczyła mu z grzbietu, wylądowała lekko i obejrzała się przez ramię na strażników.

Śmiercionośne strzały urgali zdążyły już powalić oba elfy. Wojownicy spadli ze swych szlachetnych rumaków i legli na ziemi w kałużach krwi. Urgale rzuciły się ku nim.

– Za nią! – krzyknął Cień. – To ją chcę dostać!

Stwory wymamrotały coś w odpowiedzi i popędziły ścieżką.

Na widok dwóch martwych towarzyszy, z ust elfki dobył się cichy krzyk. Postąpiła krok ku nim, potem jednak przeklęła wrogów i śmignęła w las.

Podczas gdy urgale miotały się wśród pni, Cień wspiął się na sterczącą ponad wierzchołkami drzew granitową iglicę. Widział stamtąd cały otaczający ich las. Uniósł rękę, powiedział: „Böetq istalri!" i ćwierćmilowy odcinek lasu stanął w płomieniach. Z ponurą determinacją Cień wypalał kolejne fragmenty, aż w końcu miejsce pułapki otoczył pierścień ognia o średnicy półtorej mili – rozżarzona korona pośród ciemnych drzew. Zadowolony, obserwował uważnie krąg, pilnując, by ogień nie przygasł.

Obręcz ognia zacieśniała się, zmniejszając teren, który musiały przeszukać urgale. Nagle Cień usłyszał wrzaski i ochrypły krzyk. Pomiędzy drzewami dostrzegł poruszenie: trzy śmiertelnie ranione stwory runęły na ziemię. Ujrzał też elfkę, uciekającą przed pozostałymi urgalami.

Z niewiarygodną szybkością biegła w stronę granitowej iglicy. Cień obejrzał uważnie teren dwadzieścia stóp niżej, po czym skoczył i wylądował zręcznie tuż przed nią. Uskoczyła gwałtownie i rzuciła się biegiem ku ścieżce. Z jej miecza ściekała czarna krew urgali, plamiąc trzymaną w dłoni sakwę.

Rogate potwory wynurzyły się z lasu i otoczyły elfkę, odcinając jej drogę ucieczki. Osaczona, rozglądała się gwałtownie w poszukiwaniu wyjścia. Gdy go nie dostrzegła, wyprostowała się i z królewską wzgardą spojrzała na prześladowców. Cień podszedł do niej, unosząc rękę, napawając się bezradnością zdobyczy.

– Brać ją.

W chwili gdy urgale skoczyły naprzód, elfka otworzyła sakwę, coś wyjęła i upuściła ją na ziemię. W dłoniach trzymała duży szafirowy kamień, w którym odbijał się gniewny blask pożarów. Podniosła go nad głowę, jej wargi poruszyły się, formułując desperackie słowa.

– Garjzla! – rzucił gwałtownie Cień.

Z jego dłoni wystrzeliła kula czerwonego ognia i poleciała ku elfce, chyżo niczym strzała. Spóźniła się jednak. Na moment las zalała szmaragdowa poświata, kamień zniknął – a potem czerwony ogień powalił ją na ziemię.

Cień zawył z wściekłości i ruszył naprzód, uderzając gniewnie mieczem w drzewo. Klinga do połowy zagłębiła się w pniu i tkwiła tam, wibrując. Wystrzelił z dłoni dziewięć promieni energii, natychmiast zabijając urgale, po czym uwolnił miecz i podszedł do elfki.

Z jego ust posypały się proroctwa zemsty, wypowiedziane w potwornym, tylko jemu znanym języku. Zaciskając chude dłonie, spojrzał wściekle w niebo. Zimne gwiazdy patrzyły na niego spokojnie niczym obserwatorzy z innego świata. Z niesmakiem wykrzywił usta, po czym pochylił się nad nieprzytomną elfką.

Jej uroda, która zachwyciłaby każdego śmiertelnika, dla niego nic nie znaczyła. Sprawdził, czy kamień naprawdę zniknął, i przywołał czekającego wśród drzew wierzchowca. Przywiązawszy elfkę do siodła, wskoczył na grzbiet konia i ruszył naprzód.

Zgasił płomienie na swej drodze, ale reszcie pozwolił płonąć.

Odkrycie

Eragon ukląkł na zdeptanej, zbrązowiałej trawie i fachowym okiem zmierzył ślady. Mówiły mu, że jelenie były na łące zaledwie pół godziny wcześniej; wkrótce zlegną na noc. Jego cel, niewielka, wyraźnie kuśtykająca na lewą przednią nogę łania wciąż wędrowała ze stadem. Dziwne, że dotarła tak daleko i nie padła ofiarą niedźwiedzia bądź wilka. Niebo było czyste i ciemne. Wiał lekki wietrzyk. Znad otaczających go gór przypłynął srebrzysty obłok. Promienie ciężkiego księżyca w pełni, usadowionego między dwoma szczytami, zabarwiły krawędzie chmury na pomarańczowo. Z górskich lodowców i śnieżnych czap na wierzchołkach spływały po zboczach połyskliwe strumienie. Z dna doliny leniwie podnosiła się mgła, dość gęsta, by niemal przysłonić mu stopy.

Eragon miał piętnaście lat, od osiągnięcia wieku męskiego dzielił go niecały rok. Spod ciemnych brwi na świat spoglądały żywe, piwne oczy. Ubranie miał znoszone, u pasa wisiał w pochwie nóż myśliwski z kościaną rękojeścią. Futerał z koźlej skóry chronił cisowy łuk przed rosą. Na plecy zarzucił wzmocnioną drewnianą ramą torbę.

Jelenie zawiodły go daleko w głąb Kośćca, łańcucha dzikich, niezbadanych gór, biegnącego wzdłuż krainy Alagaësii. O górach tych krążyły niezwykłe opowieści i pochodziło stamtąd wielu równie niezwykłych ludzi. Otaczała je złowroga atmosfera, lecz Eragon nie lękał się Kośćca – był

13

jedynym myśliwym z okolic Carvahall, który odważył się tropić zwierzynę wśród poszarpanych górskich skał.

Polowanie trwało już trzecią noc, powoli kończył mu się prowiant. Jeśli nie zdoła zabić łani, będzie musiał wrócić do domu z pustymi rękami. Rodzina potrzebowała mięsa – zima nadchodziła szybkimi krokami, a nie stać ich było na zakupy w Carvahall.

Eragon podniósł się i ruszył naprzód pewnym siebie krokiem przez skąpany w krwistym księżycowym blasku las. Podążał w stronę polany, na której z pewnością spoczęły jelenie. Drzewa przysłaniały niebo, rzucając na ziemię pierzaste cienie. Jedynie od czasu do czasu spoglądał na ślady; znał drogę.

Na skraju polany nałożył sprawnie cięciwę, wyciągnął trzy strzały, jedną założył, dwie trzymał w lewej dłoni. W promieniach księżyca widział około dwudziestu nieruchomych plam w miejscach, gdzie zwierzęta legły pośród trawy. Łania, o którą mu chodziło, znajdowała się na skraju. Lewą przednią nogę wyciągała niezgrabnie przed siebie.

Eragon powoli podkradł się bliżej, unosząc łuk. Wszystkie starania trzech ostatnich dni doprowadziły go do tej chwili. Po raz ostatni odetchnął głęboko – i w tym momencie nocą wstrząsnęła eksplozja.

Stado śmignęło naprzód. Eragon rzucił się za nim, pędząc przez trawę. Ognisty wiatr oparzył mu policzek. Chłopiec zahamował z lekkim poślizgiem i wypuścił strzałę, celując do uciekającej łani. Chybił o palec. Strzała poleciała ze świstem w ciemność. Eragon zaklął i obrócił się gwałtownie, odruchowo nakładając kolejną.

Za jego plecami, gdzie jeszcze przed chwilą leżały jelenie, widniał krąg osmalonych, dymiących drzew i traw. Wiele sosen straciło szpilki. Trawa na zewnątrz kręgu leżała płasko przy ziemi. W powietrzu unosiły się smużki dymu, niosące ze sobą woń spalenizny. Pośrodku czarnego kręgu leżał lśniący, niebieski kamień. Wśród spalenizny zaczęły pojawiać się pierwsze pasemka mgły, sięgające bezcielesnymi palcami w jego stronę.

Eragon długą chwilę czekał w napięciu, lecz jedyną rzeczą, jaka się poruszała, była mgła. Ostrożnie zwolnił cięciwę i pomaszerował naprzód, ciągnąc za sobą blady księżycowy cień. Po chwili stanął przed kamieniem. Trącił go strzałą i odskoczył. Nic się nie stało, toteż ostrożnie podniósł łup.

Natura nigdy nie zdołałaby do tego stopnia wygładzić kamienia. Jego nieskazitelna powierzchnia miała barwę ciemnego błękitu, przecinanego delikatną siatką białych żyłek. W dotyku kamień był zimny i śliski niczym

14

stwardniały jedwab. Owalny, długi na stopę, ważył kilkanaście funtów, choć wydawał się lżejszy, niż powinien.

Eragon odkrył, że kamień fascynuje go i budzi lęk. Skąd się wziął, do czego służy? Nagle przyszła mu do głowy kolejna, bardziej niepokojąca myśl: czy znalazł się tu przypadkiem, czy też miał do mnie trafić? Jeśli stare opowieści nauczyły go czegokolwiek, to tego, że magię i tych, którzy się nią posługują, należy traktować z najwyższą ostrożnością.

Ale co miałbym z nim zrobić? Noszenie przy sobie kamienia niezbyt go pociągało. Istniała też szansa, że może okazać się niebezpieczny. Lepiej byłoby zostawić go tutaj. Eragon przez chwilę wahał się i o mało nie odrzucił znaleziska. Coś jednak go powstrzymało. Może przynajmniej zapłacę nim za jedzenie, pomyślał i, wzruszając ramionami, schował kamień do torby.

Polana była zbyt otwarta, by na niej bezpiecznie pozostać. Wcisnął się zatem z powrotem między pnie i rozłożył koc wśród sterczących w górę korzeni powalonego drzewa. Po zimnym posiłku złożonym z chleba i sera owinął się ciasno kocem i rozmyślając o tym, co się dziś wydarzyło, zasnął.

Dolina Palancar

Następnego ranka słońce wzeszło w orszaku wspaniałych złocistoróżowych łun rozświetlających niebo. Powietrze było rześkie, słodkie i bardzo zimne. Na brzegach strumieni pojawił się lód, niewielkie kałuże całkiem zamarzły. Po śniadaniu złożonym z miski owsianki Eragon wrócił na polanę i starannie obejrzał zwęglony krąg. Światło dnia nie ujawniło żadnych nowych szczegółów, zawrócił więc i ruszył w stronę domu.

Stary zwierzęcy szlak był niezbyt wyraźny, miejscami zupełnie znikał. Ponieważ wydeptały go zwierzęta, często skręcał, lawirował i zataczał pętle. Lecz mimo wad nadal stanowił najbezpieczniejsze przejście przez góry.

Kościec był jednym z nielicznych miejsc, których król Galbatorix nie mógł nazwać swoimi włościami. Wciąż opowiadano historie o tym, jak połowa jego armii zniknęła po wejściu w pradawną puszczę. Zdawało się, że nad górskim łańcuchem na zawsze zawisła aura nieszczęścia, bólu i cierpienia. Choć drzewa sięgały tu wysoko, a niebo jaśniało nad głowami, tylko nieliczni mogli pozostać w Kośćcu dłużej bez groźnych wypadków. Eragon należał do tej grupki. Nie sprawił tego jakiś szczególny dar, lecz nieustanna czujność i dobry refleks. Od lat wędrował po górach, nadal jednak zachowywał ostrożność. Za każdym razem, gdy zdawało mu się, że poznał już wszystkie ich sekrety, zdarzało się coś, co dobitnie pokazywało, jak bardzo się myli – choćby pojawienie się kamienia.

Maszerował szybkim krokiem, pozostawiając za sobą kolejne staje. Późnym wieczorem dotarł na skraj stromego jaru. Daleko w dole płynęła rzeka Anora, która zmierzała do doliny Palancar. Zasilana setkami maleńkich strumieni, rwała ostro naprzód, uderzając brutalnie zagradzające jej drogę kamienie i skały. W powietrzu rozchodził się głuchy pomruk prądu.

Eragon rozbił obóz w zaroślach obok jaru. Przed zaśnięciem długo wpatrywał się we wschodzący księżyc.

***

Przez następne półtora dnia robiło się coraz zimniej. Eragon podróżował szybko, nie widział zbyt wielu zwierząt. Właśnie minęło południe, gdy usłyszał pierwszy szum zwiastujący bliskość wodospadu Igualda. Stopniowo szum zagłuszał wszystko, łącząc w sobie tysiące plusków. Szlak wiódł na wilgotne zbocze, z którego spływała rzeka, pędząc w dół po omszałych skałach.

Przed Eragonem rozciągała się dolina Palancar, widoczna niczym rozłożona w dole mapa. Podstawa wodospadu Igualda, leżąca ponad pół mili niżej, stanowiła północną granicę doliny. Nieco dalej leżał Carvahall, skupisko brązowych budynków. Z kominów ulatywał biały dym, jakby osada rzucała wyzwanie otaczającej ją głuszy. Z tej wysokości gospodarstwa przypominały niewielkie kwadratowe łaty, mniejsze niż czubek kciuka. Otaczała je ziemia – płowa bądź złocista, w miejscach gdzie martwe trawy kołysały się na wietrze. Rzeka Anora płynęła przez dolinę ku jej południowemu krańcowi. Woda połyskiwała w promieniach słońca. Hen, daleko mijała miasteczko Therinsford i samotną górę Utgard. Eragon nie wiedział, co leży dalej, słyszał jedynie, że potem Anora skręca na północ i wpada do morza.

Po krótkiej chwili cofnął się ze skalnego występu i ruszył szlakiem w dół, krzywiąc się ze zmęczenia. Gdy tam dotarł, zapadał już zmierzch, gasząc otaczające go kształty i kolory, i zamieniając świat w masę szarości. Nieopodal w półmroku połyskiwały światła Carvahall; domy rzucały długie cienie. Poza Therinsfordem Carvahall był jedynym miasteczkiem w dolinie Palancar, leżącym na odludziu wśród surowych, pięknych ziem. Oprócz kupców i myśliwych odwiedzało je niewielu podróżnych.

Domy zbudowano z solidnych drewnianych bali i wykończono niskimi dachami – niektóre pokryto dachówką, inne strzechą. Z kominów ulatywał dym o woni palonego drewna. Na dużych werandach gromadzili się ludzie, rozmawiali i dobijali targów. W kilkunastu oknach ustawiono lampy bądź świece. Eragon słyszał niosące się w wieczornym powietrzu głosy. Tymczasem kobiety krzątały się i wędrowały po miasteczku, zbierając mężów, upominając, że siedzą do późna.

Ruszył szybko naprzód, wymijając domy. Jego cel stanowił dom rzeźnika, solidny, szeroki budynek z kominem wypluwającym kłęby czarnego dymu.

Eragon pchnął drzwi. Ciepłą, przestronną izbę oświetlał ogień na kamiennym kominku. Z jednej strony zbudowano szeroką ladę. Podłogę pokrywała słoma. Wszystko było niezwykle czyste, jakby właściciel cały wolny czas spędzał na dłubaniu nawet w najwęższych szczelinach w poszukiwaniu choćby drobinki brudu. Za ladą stał rzeźnik Sloan, drobny mężczyzna w bawełnianej koszuli i długim, zakrwawionym fartuchu. U jego pasa kołysała się imponująca kolekcja noży. Twarz miał bladą, pokrytą śladami po ospie, oczy ciemne i podejrzliwe. Właśnie wycierał ladę szarą poszarpaną ścierką.

Na widok Eragona wykrzywił się w pogardliwym grymasie.

– No proszę, potężny myśliwy powraca w szeregi śmiertelników. Ile tym razem upolowałeś?

– Nic – przyznał krótko Eragon. Nigdy nie lubił Sloana. Rzeźnik zawsze traktował go z pogardą, jak kogoś nieczystego. Sloan, wdowiec, tolerował tylko jedną osobę – swą córkę Katrinę, którą uwielbiał.

– Zdumiewające – odparł teraz z udanym zaskoczeniem. Odwrócił się plecami do Eragona, zeskrobując coś ze ściany. – I dlatego tu przychodzisz?

– Tak – mruknął niechętnie Eragon.

– W takim razie pokaż mi pieniądze. – Gdy Eragon przestąpił z nogi na nogę i nie odpowiedział, Sloan zabębnił palcami o blat. – No dalej, masz je albo nie.

– W zasadzie nie mam żadnych pieniędzy, ale...

– Nie masz pieniędzy? – uciął ostro rzeźnik. – I chcesz dostać mięso? Czy inni kupcy rozdają swe towary? Mam ci je wręczyć bez zapłaty? Poza tym – dodał szybko – jest późno. Wróć jutro z pieniędzmi. Dziś już zamykam.

Eragon posłał mu gniewne spojrzenie.

– Nie mogę czekać do jutra, Sloanie. Ale nie stracisz na tym, wierz mi. Znalazłem coś, czym mogę zapłacić. – Dramatycznym gestem wyciągnął z torby kamień i położył go delikatnie na posiekanej ladzie. Znalezisko zalśniło w blasku tańczących płomieni.

– Prędzej ukradłeś – mruknął Sloan, pochylając się z zainteresowaniem.

Puszczając tę uwagę mimo uszu, Eragon spytał:

– Czy to wystarczy?

Sloan podniósł kamień i zważył go w dłoni. Przesunął palcami po gładkiej powierzchni, oglądając białe żyłki. W końcu odłożył go z namysłem.

– Ładny. Ale ile jest wart?

– Nie mam pojęcia – przyznał Eragon. – Lecz nikt nie zadałby sobie tyle trudu, by go obrobić, gdyby nie miał wartości.

– Niewątpliwie – powiedział Sloan z przesadną cierpliwością. – Ale jakiej wartości? Skoro nie wiesz, proponuję, byś znalazł kupca, który wie, albo przyjął ofertę: trzy korony.

– To głodowa oferta! Kamień musi być wart co najmniej dziesięć razy tyle – zaprotestował Eragon. Trzy korony nie wystarczyłyby na zakup mięsa nawet na tydzień.

Sloan wzruszył ramionami.

– Jeśli nie podoba ci się moja propozycja, zaczekaj do przyjazdu kupców. Tak czy inaczej, zmęczyła mnie już ta rozmowa.

Kupcy stanowili wędrowną grupę handlarzy, bajarzy i trefnisiów, którzy odwiedzali Carvahall każdej wiosny i zimy. Kupowali wszelkie towary, oferowane przez wieśniaków i miejscowych rolników, i sprzedawali to, czego trzeba, by przeżyć kolejny rok: ziarno, zwierzęta, tkaniny, sól i cukier.

Eragon jednak nie chciał czekać aż do ich przyjazdu. Mogło to potrwać jakiś czas, a rodzina potrzebowała mięsa natychmiast.

– Zgoda, przyjmuję – warknął.

– Doskonale, przyniosę ci mięso. Nie chodzi o to, że mnie to interesuje, ale skąd masz ten kamień?

– Dwie noce temu w Kośćcu...

– Wynoś się! – rzucił ostro Sloan, odpychając kamień.

Odskoczył wściekle na koniec lady i zaczął ścierać z noża zeschnięte plamy krwi.

– Czemu? – spytał Eragon.

Przyciągnął do siebie kamień, jakby chciał obronić go przed gniewem rzeźnika.

– Nie chcę mieć nic wspólnego z czymkolwiek, co pochodzi z tych przeklętych gór. Zabierz swój czarnoksięski kamień gdzie indziej.

Ręka Sloana ześlizgnęła się nagle z ostrza. Skaleczył palec, ale jakby tego nie zauważył. Nadal wycierał nóż, plamiąc go świeżą krwią.

– Odmawiasz mi sprzedaży?!

– Tak. Chyba że zapłacisz monetą – warknął Sloan i uniósł nóż, odsuwając się. – Idź, bo cię do tego zmuszę!

Drzwi za nimi otwarły się gwałtownie. Eragon obrócił się na pięcie, oczekując kłopotów. Do środka wmaszerował Horst, potężny, rosły mężczyzna. Za jego plecami dreptała córka Sloana, Katrina, wysoka szesnastolatka. Jej twarz miała zacięty wyraz. Eragona zdumiał widok dziewczyny – zwykle nie mieszała się do sporów ojca. Sloan zerknął czujnie na gości, po czym rzucił oskarżycielsko w stronę Eragona:

– On nie...

– Cisza – polecił Horst gromkim głosem.

Z trzaskiem rozprostował palce. Był kowalem, świadczył o tym potężny kark i przypalony skórzany fartuch. Podwinięte do łokci rękawy odsłaniały muskularne ręce. Pod koszulą było widać włochatą, umięśnioną pierś. Czarna, krzywo przystrzyżona broda wiła się wokół kanciastego podbródka.

– Sloan, co znów zrobiłeś? – zapytał.

– Nic. – Rzeźnik posłał Eragonowi mordercze spojrzenie i splunął. – Ten... chłopak przyszedł tu i zaczął zawracać mi głowę. Prosiłem, by wyszedł, ale się nie zgodził. Nawet mu groziłem, on jednak wciąż mnie ignorował! – Zdawało się, że mężczyzna kuli się na sam widok Horsta.

– To prawda? – spytał głośno kowal.

– Nie – odparł Eragon. – Ofiarowałem mu kamień jako zapłatę za mięso. Zgodził się. Gdy powiedziałem, że znalazłem go w Kośćcu, nie chciał go nawet dotknąć. Co za różnica, skąd pochodzi?

Horst spojrzał z ciekawością na kamień, po czym z powrotem skupił uwagę na rzeźniku.

– Czemu nie chcesz dobić targu, Sloanie? Sam też nie kocham Kośćca, ale jeśli problem stanowi wartość kamienia, wyłożę pieniądze.

Pytanie na moment zawisło w powietrzu, w końcu Sloan oblizał wargi.

– To mój kram – rzekł. – Mogę robić, co zechcę.

Przed Horsta wystąpiła Katrina i odrzuciła na plecy masę włosów, ogniście rudych niczym stopiona miedź.

– Ojcze, Eragon chce zapłacić. Daj mu mięso, a potem zjemy kolację.

Sloan niebezpiecznie zmrużył oczy.

– Wracaj do domu, to nie twoja sprawa. No już, idź!

Twarz Katriny stężała, lecz dziewczyna posłusznie wyszła z izby, wysoko unosząc głowę.

Eragon obserwował wszystko z aprobatą, nie śmiał się jednak wtrącać. Horst szarpnął brodę.

– Doskonale – rzucił z wyrzutem. – Możesz pohandlować ze mną. Co chciałeś kupić, Eragonie? – Jego głos odbił się echem w izbie.

– Co tylko zdołam.

Horst wyciągnął sakiewkę i odliczył stosik monet.

– Daj mi najlepsze pieczyste i steki. Tyle, by napełnić torbę Eragona. – Rzeźnik zawahał się, wodząc wzrokiem pomiędzy Horstem i Eragonem. – Odmowa sprzedania mi mięsa byłaby kiepskim pomysłem – ostrzegł łagodnie kowal.

Sloan zniknął z wściekłą miną w sąsiedniej izbie, z której po chwili dobiegły odgłosy rąbania, pakowania i ciche przekleństwa. Po kilku ciągnących się niemiłosiernie minutach wrócił, dźwigając naręcze opakowanego mięsa. Jego twarz niczego nie wyrażała. Przyjął pieniądze Horsta i zaczął czyścić nóż.

Kowal zebrał mięso i wymaszerował na zewnątrz. Eragon pospieszył za nim, dźwigając swą torbę i kamień. Twarze owiało im rześkie nocne powietrze, ożywcze po stęchłej atmosferze kramu.

– Dziękuję ci, Horście. Wuj Garrow się ucieszy.

Horst zaśmiał się cicho.

– Nie dziękuj mi, od dawna chciałem to zrobić. Sloan to paskudny złośnik, odrobina pokory dobrze mu zrobi. Katrina usłyszała, co się dzieje, i pobiegła po mnie. Dobrze, że przyszedłem, bo o mało nie doszło między wami do rękoczynów. Niestety, wątpię, czy następnym razem zechce obsłużyć ciebie bądź twoją rodzinę, nawet jeśli będziecie mieć monety.

– Czemu tak się zeźlił? Nigdy nie byliśmy przyjaciółmi, ale zawsze przyjmował pieniądze. I nigdy nie widziałem, by tak traktował Katrinę. – Eragon rozwiązał torbę.

Horst wzruszył ramionami.

– Spytaj wuja, wie o tym więcej niż ja.

Eragon schował mięso do torby.

– Teraz mam jeszcze jeden dodatkowy powód, by pospieszyć do domu: rozwiązać tę zagadkę. Proszę, należy do ciebie. – Uniósł kamień.

Kowal zaśmiał się cicho.

– Nie, zatrzymaj swój dziwaczny kamień. Co do zapłaty, Albriech zamierza na wiosnę wyjechać do Feinster, chce zostać mistrzem kowalskim.

Będę potrzebował pomocnika. Możesz przyjść i odpracować dług w wolnych chwilach.

Zachwycony Eragon lekko pochylił głowę. Horst miał dwóch synów, Albriecha i Baldora, obaj pracowali w kuźni. Zastąpienie jednego z nich było doprawdy hojną ofertą.

– Jeszcze raz ci dziękuję! Chętnie będę u ciebie pracował. – Cieszył się, że przynajmniej w przyszłości odpłaci Horstowi. Wuj nigdy nie przyjąłby jałmużny. Nagle Eragon przypomniał sobie, co powiedział kuzyn, gdy wyruszał na łowy. – Roran chciał, żebym przekazał Katrinie wiadomość, ale nie mogę. Zechcesz zrobić to za mnie?

– Oczywiście.

– Chce, żeby wiedziała, że Roran przyjedzie tu, gdy tylko przybędą kupcy, i że wtedy się spotkają.

– To wszystko?

Zakłopotany Eragon pokręcił głową.

– Chce też, żeby wiedziała, że jest najpiękniejszą dziewczyną, jaką kiedykolwiek widział, i że myśli tylko o niej.

Twarz Horsta rozjaśnił szeroki uśmiech. Kowal mrugnął do Eragona.

– Uu, to poważna sprawa, co?

– O tak – odparł Eragon z uśmiechem. – Mógłbyś też podziękować jej ode mnie? To miłe, że broniła mnie przed ojcem. Mam nadzieję, że jej nie ukarze. Gdybym wpędził ją w kłopoty, Roran byłby wściekły.

– Nie przejmowałbym się tym. Sloan nie wie, że mnie wezwała, więc wątpię, by potraktował ją zbyt ostro. Zjesz z nami wieczerzę?

– Przykro mi, ale nie mogę, Garrow na mnie czeka – odparł Eragon, z powrotem zawiązując torbę. Zarzucił ją na plecy i ruszył drogą, unosząc dłoń w pożegnalnym geście.

Ciężar mięsa zmusił go do spowolnienia kroku. Bardzo chciał znaleźć się już w domu, maszerował więc ze zdwojoną energią. Miasteczko skończyło się nagle, Eragon pozostawił za sobą jego ciepłe światła. Perłowy księżyc wyjrzał zza gór, zalewając ziemię upiornym mlecznym blaskiem. Wszystko wokół wyglądało jak wybielone i płaskie.

Pod koniec wędrówki Eragon skręcił z traktu, który nadal wiódł na północ. Ścieżka biegła wśród sięgających pasa traw na szczyt pagórka, skrytego w cieniu potężnych wiązów. Z góry Eragon ujrzał światełko w oknie.

Dom miał dach kryty dachówką i ceglany komin. Okapy sterczące nad bielonymi ścianami rzucały na ziemię cień. Przy jednej ze ścian zabudowanej werandy ułożono stos porąbanych drew na opał. Z drugiej ustawiono narzędzia rolnicze.

Gdy wprowadzili się tu po śmierci żony Garrowa, Marian, dom stał opuszczony przez pół wieku. Znajdował się dziesięć mil od Carvahall, dalej niż jakikolwiek inny budynek. Ludzie uważali tę odległość za niebezpieczną, bo w razie kłopotów rodzina nie mogła polegać na pomocy z miasteczka, lecz wuj Eragona nie chciał ich słuchać.

Sto stóp od domu trzymali w szarobrązowej stodole dwa konie, Birkę i Brugha, oraz kury i krowę. Czasami także świnię, w tym roku jednak nie stać ich było na zakup prosiaka. Między sąsiekami stał wóz. Na skraju pól gęsty szpaler drzew znaczył miejsce, w którym płynęła rzeka.

Gdy znużony Eragon dotarł do werandy, ujrzał sylwetkę poruszającą się za oknem.

– Wuju, to ja, Eragon, wpuść mnie.

Niewielka okiennica trzasnęła cicho i drzwi otwarły się szeroko.

Na progu stał Garrow. Znoszone ubranie wisiało na nim jak szmaty na strachu na wróble. W wychudzonej twarzy pod czupryną siwiejących włosów lśniły ciemne oczy. Wyglądał jak człowiek, którego częściowo zmumifikowano, nim odkryto, że wciąż jeszcze żyje.

– Roran śpi – odparł na nieme pytanie Eragona.

Latarnia migotała na drewnianym stole, tak starym, że włókna drewna sterczały z powierzchni niczym olbrzymi odcisk palca. Obok kuchni, na ścianie, na domowej roboty gwoździach, wisiały rzędy naczyń. Drugie drzwi prowadziły do pozostałej części domu. Podłogę wyłożono deskami, wypolerowanymi do połysku setkami tysięcy kroków.

Eragon zdjął z pleców torbę i wypakował ją.

– Co to, kupiłeś mięso? Skąd wziąłeś pieniądze? – spytał ostro wuj na widok paczek.

Eragon odetchnął głęboko.

– Nie, Horst je nam kupił.

– Pozwoliłeś mu zapłacić? Mówiłem już, że nie będę błagał o jedzenie. Jeśli nie umiemy wykarmić się sami, równie dobrze możemy przenieść się do miasteczka. Nim się obejrzysz, zaczną przysyłać nam stare ubrania i pytać, czy przetrwamy zimę. – Twarz Garrowa pobladła z gniewu.

– Nie przyjąłem jałmużny – warknął Eragon. – Horst zgodził się, żebym odpracował dług na wiosnę. Potrzebuje kogoś do pomocy, bo Albriech wyjeżdża.

– A skąd weźmiesz czas, by mu pomóc? Zapomnisz o wszystkim, co trzeba zrobić tutaj? – spytał Garrow, zmuszając się do zniżenia głosu.

Eragon powiesił na hakach obok drzwi łuk i kołczan.

– Nie wiem, jak to zrobię – przyznał rozdrażnionym tonem. – Poza tym znalazłem dziś coś, co może być sporo warte.

Położył na stole kamień.

Garrow pochylił się nad nim. Jego wychudzona twarz przybrała jeszcze bardziej zachłanny wyraz, palce poruszyły się nieświadomie.

– Znalazłeś to w Kośćcu?

– Tak – odparł Eragon i wyjaśnił, co się stało. – A co gorsza, straciłem najlepszą strzałę; będę musiał wkrótce zrobić kolejne.

Długą chwilę wpatrywali się w pogrążony w półmroku kamień.

– Jak tam pogoda? – spytał w końcu wuj. Uniósł znalezisko i zacisnął na nim dłonie, jakby się bał, że nagle zniknie.

– Mroźna – odrzekł krótko Eragon. – Nie padało, ale co noc przychodził mróz.

Garrowa najwyraźniej zmartwiła ta informacja.

– Jutro będziesz musiał pomóc Roranowi zebrać resztkę chmielu. Jeśli zdążymy pozbierać też dynie, mróz nam nie zaszkodzi. – Oddał kamień Eragonowi. – Zatrzymaj go. Kiedy przybędą kupcy, dowiemy się, ile jest wart. Sprzedaż to pewnie najlepsze rozwiązanie. Im mniej mamy do czynienia z magią, tym lepiej... Czemu Horst zapłacił za mięso?

Eragon potrzebował zaledwie chwili, żeby opisać swą kłótnię ze Sloanem.

– Zupełnie nie rozumiem, co go tak rozzłościło.

Garrow wzruszył ramionami.

– Rok przed twoimi narodzinami żona Sloana, Ismira, rzuciła się z wodospadu Igualda. Od tego czasu Sloan nie zbliża się do Kośćca i nie chce mieć z nim do czynienia. Ale to nie powód, by odmówić sprzedaży mięsa. Chyba chciał zrobić ci na złość.

Eragon zachwiał się lekko i zamrugał ze znużeniem.

– Dobrze wrócić do domu.

Wzrok Garrowa złagodniał, wuj skinął głową. Eragon, potykając się, pomaszerował do swej izby, wepchnął kamień pod łóżko i runął na siennik. Dom. Po raz pierwszy od rozpoczęcia polowania odprężył się całkowicie, pozwalając, by zawładnął nim sen.

Smocze opowieści

O świcie promienie słońca wdarły się przez okno izby, ogrzewając twarz Eragona. Chłopak potarł oczy i usiadł na skraju łóżka. Pod stopami czuł chłodne sosnowe deski. Wyprostował obolałe nogi i pomasował ramiona. Ziewnął.

Obok łóżka stał rząd półek zapełnionych przedmiotami, które zgromadził przez te wszystkie lata. Leżały na nich wymyślnie powyginane kawałki drewna, dziwne muszelki, kamienie, które po rozbiciu ukazały lśniące wnętrze, i plecionki ze słomy. Jego ulubionym znaleziskiem był korzeń tak wykręcony, że Eragona nigdy nie nużyło jego oglądanie. Reszta izby była pusta, jeśli nie liczyć niewielkiej komódki i stolika.

Naciągnął buty i zapatrzył się w podłogę. To był szczególny dzień. Niemal o tej godzinie szesnaście lat temu jego matka Selena przybyła do Carvahall, samotna i ciężarna. Wcześniej sześć lat mieszkała w miastach. Gdy wróciła, miała na sobie kosztowny strój i perłową siatkę we włosach. Odnalazła brata Garrowa i spytała, czy może z nim zostać aż do narodzin dziecka. Po pięciu miesiącach przyszedł na świat jej syn. Wszyscy byli zdumieni, gdy Selena zaczęła błagać Garrowa i Marian, by go wychowali. Kiedy spytali czemu, zapłakała i odparła: „Muszę to zrobić". Błagała tak żałośnie, że w końcu się zgodzili. Dała dziecku imię Eragon, po czym wyjechała następnego ranka i już nie wróciła.

Eragon wciąż pamiętał, co czuł, gdy Marian opowiedziała mu przed śmiercią tę historię. Odkrycie, że Garrow i Marian nie są jego prawdziwymi rodzicami, wstrząsnęło nim do głębi. Wszystko, co pewne i niekwestionowane, stało się nagle wątpliwe. W końcu nauczył się z tym żyć, od tej pory jednak stale nękało go podejrzenie, że nie był dość dobry dla swej matki.

Jestem pewien, że istniał powód, dla którego tak postąpiła. Chciałbym tylko wiedzieć jaki.

Jeszcze jedno pytanie nie dawało mu spokoju: kim był jego ojciec? Selena nie powiedziała nikomu, a kimkolwiek był, nigdy nie szukał syna. Eragon chciałby to wiedzieć, choćby poznać jego imię. Miło byłoby znać swe pochodzenie.

Westchnął i podszedł do stolika. Wodą z miednicy ochlapał twarz, drżąc, gdy zimne strużki spłynęły mu po szyi. Odświeżony, wyciągnął spod łóżka kamień i postawił na półce. Poranne światło pieściło go, rzucając ciepły cień na ścianę. Eragon raz jeszcze musnął palcami gładką powierzchnię, po czym ruszył do kuchni. Nie mógł się już doczekać spotkania z rodziną. Garrow i Roran siedzieli przy stole i jedli kurczaka. Gdy Eragon ich powitał, Roran wstał szybko i uśmiechnął się.

Był dwa lata starszy od Eragona, muskularny, twardy i rozważny w gestach. Byli sobie bliscy jak bracia.

– Cieszę się, że wróciłeś. Jak wyprawa? – zapytał Roran.

– Ciężka – odparł Eragon. – Czy wuj opowiedział ci, co się stało? – Poczęstował się kawałkiem kurczaka i pochłonął go łapczywie.

– Nie – rzekł Roran, i Eragon szybko zrelacjonował swe przygody.

Na prośbę Rorana wstał od stołu, by pokazać mu kamień. Kuzyn zareagował stosownym podziwem, potem jednak spytał nerwowo:

– Czy zdołałeś porozmawiać z Katriną?

– Nie, nie miałem okazji, zwłaszcza po kłótni ze Sloanem. Ale będzie cię oczekiwać, kiedy zjawią się kupcy. Przekazałem wiadomość Horstowi, powtórzy jej.

– Powiedziałeś Horstowi? – spytał z niedowierzaniem Roran. – To była prywatna wiadomość. Gdybym chciał, żeby wszyscy o niej wiedzieli, rozpaliłbym ognisko i użył sygnałów dymnych. Jeśli Sloan się dowie, nie pozwoli mi się z nią zobaczyć.

– Horst będzie dyskretny – zapewnił go Eragon. – Nie narazi nikogo na złość Sloana, a już na pewno nie ciebie.

Roran sprawiał wrażenie nieprzekonanego, ale więcej nie protestował. Wrócili do kuchni i dokończyli śniadanie pod czujnym okiem Garrowa. Gdy skończyli, wyszli i we trójkę zabrali się do pracy. Słońce było zimne i jasne, nie grzało zbyt mocno. W jego promieniach zerwali resztę chmielu i złożyli w stodole. Następnie zebrali żyłkowane dynie, brukiew, buraki, groszek, rzepę i fasolę, i schowali do piwnicy. Po wielu godzinach ciężkiej pracy rozciągnęli obolałe mięśnie, zadowoleni z faktu, że zbiory dobiegły końca.

Przez następny dzień marynowali, solili, obierali i suszyli jedzenie na zimę.

Dziewięć dni po powrocie Eragona, znad gór napłynęła gwałtowna śnieżyca i osiadła nad doliną. Śnieg sypał się z nieba gęstymi falami, pokrywając ziemię białą warstwą puchu. W czasie burzy odważyli się wyjść z domu tylko po drewno i żeby nakarmić zwierzęta, lękali się bowiem, że zabłądzą wśród skowyczącego wiatru i zawiei. Przez resztę dni kulili się przy kuchni, słuchając, jak wiatr potrząsa ciężkimi okiennicami. Kilka dni później burza w końcu ucichła, ukazując obcy świat, pełen miękkich, białych zasp.

– Lękam się, że przy tak złych warunkach w tym roku kupcy mogą nie przyjechać – mruknął Garrow. – I tak już są spóźnieni. Damy im szansę i zaczekamy trochę. A jeśli się nie zjawią, ruszymy do Carvahall i kupimy zapasy od miejscowych – dodał z rezygnacją.

Powoli mijały dni, a kupcy nie przybywali. Garrow i młodzieńcy czekali, niecierpliwiąc się coraz bardziej. Rzadko rozmawiali, w domu panował nastrój przygnębienia.

Ósmego ranka Roran sprawdził trakt i wrócił z wieścią, że kupcy jeszcze nie przybyli. Cały dzień szykowali się do wyprawy do Carvahall, z ponurymi minami szukając wszystkiego, co nadawałoby się na sprzedaż. Wieczorem zdesperowany Eragon raz jeszcze sprawdził drogę i ujrzał głębokie koleiny w śniegu, a między nimi liczne odciski kopyt. Rozradowany popędził z powrotem do domu, krzycząc radośnie. Z nowym entuzjazmem powrócili do przygotowań.

**

Przed wschodem słońca załadowali wszystkie produkty na wóz. Garrow schował pieniądze z całego roku do skórzanej sakiewki i starannie przytroczył ją do pasa. Eragon umieścił opakowany kamień między workami ziarna, by nie turlał się na wybojach.

Po szybkim śniadaniu zaprzęgli konie i odśnieżyli dojazd do traktu. Wozy handlarzy przetarły drogę, co ułatwiło im jazdę. W południe ujrzeli przed sobą Carvahall.

Za dnia była to niewielka rolnicza osada, pełna krzyków i śmiechów. Handlarze rozbili obóz na pustym polu obok wioski. Ustawiono na nim rozrzucone w nieregularnych grupkach wozy i namioty, wokół płonęły ogniska – barwne plamy na białym śniegu. Wśród nich wyróżniały się cztery namioty trubadurów, przystrojone krzykliwymi proporcami. Między obozem i wioską nieprzerwanie przelewała się rzeka ludzi.

Tłumy krążyły wokół kolorowych namiotów i kramów, ustawionych wzdłuż głównej ulicy. W powietrzu niosło się rżenie spłoszonych koni. Ubity śnieg połyskiwał, gdzieniegdzie ogniska wytopiły w nim ciemne kręgi. Zewsząd dobiegała woń pieczonych orzechów.

Garrow ustawił wóz, uwiązał konie i wyciągnął z sakiewki parę monet.

– Kupcie sobie coś. Roran, rób, co chcesz, tylko zjaw się u Horsta na kolację. Eragon, zabierz kamień i chodź ze mną.

Eragon uśmiechnął się szeroko do kuzyna i schował pieniądze, planując już w myślach, na co je wyda.

Roran odszedł natychmiast ze zdecydowaną miną. Garrow poprowadził Eragona przez tłum, przepychając się między ludźmi. Kobiety kupowały tkaniny, w pobliżu ich mężowie oglądali nowe zasuwy, haczyki, narzędzia. Wszędzie wokół biegały dzieci, krzycząc z podniecenia. Tu kramarz demonstrował noże, ówdzie przyprawy; obok skórzanych uprzęży leżały lśniące rzędy metalowych garnków.

Eragon z ciekawością przyglądał się kupcom. Sprawiali wrażenie mniej zamożnych niż rok wcześniej. Ich dzieci były czujne, bojaźliwe, miały połatane stroje. Wychudzeni mężczyźni nie rozstawali się z dawniej niewidzianymi u nich mieczami i sztyletami. Nawet kobiety miały u pasów ostre puginały.

Co się stało, że tak się zmienili, i czemu dotarli tak późno, zastanawiał się Eragon. Pamiętał ich jako ludzi radosnych i wesołych. W tym roku jednak owa radość zniknęła. Garrow przeciskał się w głąb ulicy, szukając Merlocka, handlarza specjalizującego się w dziwnych ozdobach i błyskotkach.

Znaleźli go za kramem, demonstrował właśnie brosze grupce kobiet. Każdemu okazowi towarzyszyły nowe okrzyki zachwytu. Eragon domyślał się, że wkrótce kilka sakiewek zmieni właściciela. Merlock sprawiał wrażenie, jakby rozkwitał i rósł z każdym kolejnym komplementem. Miał kozią bródkę, zachowywał się swobodnie i zdawało się, że spogląda na resztę świata z lekką wzgardą.

W całym tym zgiełku Garrow i Eragon woleli nie podchodzić do handlarza, toteż usiedli na stopniu i czekali. Gdy tylko kobiety zniknęły, pośpieszyli do niego.

– Cóż takiego pragniecie obejrzeć, mości panowie? – spytał Merlock. – Amulet, błyskotkę dla damy? – Dramatycznym gestem wyciągnął delikatną, rzeźbioną srebrną różę wspaniałej roboty. Lśniący metal przyciągnął uwagę Eragona, który zmierzył ozdobę pełnym uznania wzrokiem. – Kosztuje mniej niż trzy korony, choć to dzieło przesławnych rzemieślników z Belatony.

– Nie chcemy kupować – powiedział cicho Garrow – lecz sprzedawać.

Merlock natychmiast schował różę i spojrzał na nich z zainteresowaniem.

– Rozumiem. Może, jeśli wasz przedmiot okaże się cenny, wymienicie go na parę pięknych okazów. – Na chwilę zawiesił głos.

Eragon i jego wuj poruszyli się niespokojnie.

– Przynieśliście chyba ów przedmiot? – spytał Merlock.

– Owszem, ale wolelibyśmy pokazać ci go na osobności – oznajmił stanowczo Garrow.

Handlarz uniósł brwi, jego głos jednak nie zdradzał zaskoczenia.

– W takim razie pozwólcie, że zaproszę was do namiotu.

Zebrał towary i ostrożnie ułożył w skrzyni z żelaznymi obejmami. Zamknął ją szybko, potem poprowadził ich ulicą do tymczasowego obozowiska. Wyminęli kilka wozów i dotarli do stojącego na uboczu namiotu, u góry szkarłatnego, u dołu ciemnobrązowego; kolory wbijały się w siebie wąskimi szpicami. Merlock odwiązał klapę i odrzucił na bok.

Namiot wypełniało mnóstwo przedmiotów i dziwne meble, choćby okrągłe łoże i trzy siedziska wyrzeźbione z pniaków. Na białej poduszce spoczywał pokrzywiony sztylet z osadzonym w rękojeści rubinem.

Merlock zamknął klapę i odwrócił się do nich.

– Proszę, siądźcie. – Gdy to uczynili, dodał: – Teraz pokażcie mi, co tak ukrywacie.

Eragon odwinął kamień i położył go między dwoma mężczyznami. Merlock sięgnął po niego z błyskiem w oku. Nagle zamarł.

– Mogę? – zapytał.

Gdy Garrow skinął głową, kupiec podniósł kamień. Ułożył go na kolanach, sięgnął w bok po cienkie puzderko. Kiedy je otworzył, ujrzeli miedzianą wagę. Ustawił ją na ziemi, już zważony kamień obejrzał uważnie przez lupę złotniczą. Postukał lekko drewnianym młoteczkiem, przesunął po powierzchni krawędzią maleńkiego, przejrzystego klejnotu. Zmierzył długość i szerokość, i zapisał na tabliczce. Na chwilę zatopił się w myślach.

– Wiecie, ile jest wart?

– Nie – przyznał Garrow i zadrżał mu policzek od nerwowego tiku. Wuj Eragona poruszył się niespokojnie.

Merlock się skrzywił.

– Niestety, ja też nie wiem. Mogę jednak powiedzieć wam tyle: białe żyłki są z tego samego materiału, co niebieskie tło, tyle że mają inną barwę. Nie mam natomiast pojęcia, co to za materiał. Jest twardszy niż jakikolwiek kamień, jaki dotąd oglądałem. Twardszy niż diament. Ktokolwiek go oszlifował, użył narzędzi, jakich nigdy nie widziałem. Bądź magii. Poza tym kamień jest pusty w środku.

– Co takiego?! – wykrzyknął Garrow.

– Słyszeliście kiedyś, by kamień wydawał taki dźwięk? – W głosie Merlocka zabrzmiała nuta rozdrażnienia.

Chwycił leżący na poduszce sztylet i uderzył kamień płazem. W powietrzu rozeszła się czysta dźwięczna nuta, która powoli ucichła. Eragon wzdrygnął się niespokojnie, przestraszony, że handlarz uszkodził kamień. Merlock jednak pokazał im go szybko.

– Nie ujrzycie tu najmniejszego zadrapania. Wątpię, bym zdołał coś mu zrobić, nawet gdybym uderzył go młotem.

Garrow splótł ręce na piersiach. Otoczyła ich ściana ciszy. Eragon się zamyślił.

Wiedziałem, że kamień pojawił się w Kośćcu dzięki magii, ale magia miałaby go stworzyć? Po co, dlaczego?

– To ile jest wart? – rzucił w końcu.

– Nie umiem określić – odparł zbolałym głosem Merlock. – Jestem pewien, że są ludzie, którzy zapłaciliby za niego bardzo dużo, ale nie w Carvahall. Musielibyście szukać kupca w miastach południa. Dla większości ludzi to zwykła ciekawostka, niewarta pieniędzy potrzebnych do przeżycia.

Garrow przez chwilę wpatrywał się w dach namiotu, niczym gracz wyliczający szanse wygranej.

– Kupisz go od nas?

Kupiec odpowiedział natychmiast:

– Jest niewart ryzyka. Może na wiosnę zdołałbym znaleźć majętnego nabywcę, lecz nie mam pewności. Ale i tak nie dostalibyście pieniędzy aż do przyszłego roku. Nie, musicie poszukać kogoś innego. Jestem jednak ciekaw... czemu nalegaliście na rozmowę w cztery oczy?

Eragon odłożył kamień.

– Ponieważ – zerknął na mężczyznę, zastanawiając się, czy tamten wybuchnie tak jak Sloan – znalazłem go w Kośćcu, a tutejsi nie przepadają za tym miejscem.

Merlock posłał mu zdumione spojrzenie.

– Wiecie, czemu w tym roku zjawiliśmy się tak późno?

Eragon pokręcił głową.

– Od początku nie mieliśmy szczęścia. W Alagaësii zapanował chaos, stale nękały nas choroby, ataki i straszliwy pech. Z powodu wzmożonych ataków Vardenów Galbatorix zmusił miasta, by wzmocniły patrole graniczne. Wysłał tam ludzi potrzebnych do walki z urgalami. Ostatnio potwory zaczęły migrować na południowy wschód, w stronę Pustyni Hadarackiej. Nikt nie wie dlaczego i zupełnie nas to nie obchodzi, tyle że wędrują przez tereny zaludnione. Widywano je na traktach i gościńcach nieopodal miast. Co gorsza, krążą pogłoski o Cieniu, choć tych nie potwierdzono. Niewielu ludzi przeżyłoby podobne spotkanie.

– Czemu o tym nie słyszeliśmy?! – wykrzyknął Eragon.

– Ponieważ – odparł ponuro Merlock – wszystko zaczęło się zaledwie kilka miesięcy temu. Całe wioski musiały porzucić swe domy, bo urgale zniszczyły pola i groził im głód.

– Bzdura – warknął Garrow. – Nie widzieliśmy żadnych urgali, z wyjątkiem tego, którego rogi wiszą na ścianie tawerny Morna.

Merlock uniósł brwi.

– Możliwe, ale Carvahall to mała wioska ukryta wśród gór. Nic dziwnego, że jej nie zauważyły. Nie oczekiwałbym jednak, że to będzie trwać wiecznie. Wspominam o tym dlatego, że tu też muszą dziać się dziwne rzeczy, skoro znalazłeś w Kośćcu taki kamień. – To rzekłszy, pożegnał się z nimi i ukłonił z lekkim uśmiechem.

Garrow pomaszerował z powrotem do Carvahall, Eragon dreptał tuż za nim.

– I co o tym sądzisz? – spytał.

– Nim podejmę decyzję, muszę zasięgnąć informacji. Zostaw kamień na wozie, potem rób, co chcesz. Spotkamy się na kolacji u Horsta.

Eragon, wymijając ludzi, radośnie pobiegł do wozu. Wiedział, że targi zabiorą wujowi kilka godzin, i miał zamiar nacieszyć się tym czasem. Ukrył kamień pod workami, po czym energicznie pomaszerował do miasteczka. Wędrował od jednego kramu do drugiego, oceniając towary wprawnym okiem, mimo że nie miał zbyt wiele monet. Każda rozmowa z kupcami potwierdzała to, co mówił Merlock o chaosie w Alagaësii. Raz po raz powtarzali to samo: zeszłoroczny spokój przeminął, pojawiły się nowe zagrożenia. Nic nie jest bezpieczne.

Nieco później kupił trzy lepkie cukrowe patyki i mały gorący placek z wiśniami. Choć od kilku godzin brodził w śniegu, jedzenie rozgrzało go natychmiast. Starannie zlizał syrop z palców, żałując, że nie ma więcej, po czym usiadł na skraju werandy, chrupiąc cukierek. Nieopodal siłowało się dwóch chłopców z Carvahall, nie miał jednak ochoty się do nich przyłączać.

Robiło się późno i handlarze coraz częściej znikali w domach, dobijając targów. Eragon nie mógł się już doczekać wieczoru, gdy pojawią się trubadurzy opowiadający historie i pokazujący sztuczki. Uwielbiał słuchać opowieści o magii, bogach i jeśli dopisało szczęście, Smoczych Jeźdźcach. W Carvahall także mieszkał bajarz, Brom, przyjaciel Eragona, lecz z czasem jego historie stały się aż nadto znajome, podczas gdy trubadurzy zawsze mieli na podorędziu coś nowego, ku zachwytowi słuchaczy.

Eragon odłamał właśnie sopel od krawędzi werandy, gdy dostrzegł Sloana. Rzeźnik go nie zauważył, toteż chłopak pochylił głowę i śmignął za róg w stronę karczmy Morna.

W środku było gorąco; w powietrzu unosił się tłusty dym ze skwierczących łojowych świec. Nad drzwiami wisiały lśniące, czarne kręcone rogi urgala; ich rozpiętość dorównywała rozpiętości ramion Eragona. Bar był długi i niski. Z boku leżał stos kijów, których struganiem zabawiali się goście. Za barem krzątał się Morn. Rękawy podwinął do łokci, dolną część twarzy miał krótką i wykrzywioną, jakby oparł podbródek o żarna. Ludzie tłoczyli się wokół ciężkich dębowych stołów, słuchając dwóch kupców, którzy wcześniej skończyli handel i zajrzeli do karczmy na piwo.

Gospodarz uniósł wzrok znad czyszczonego kufla.

– Eragon! Miło cię widzieć. Gdzie twój wuj?

– Kupuje. – Eragon wzruszył ramionami. – Trochę mu to zajmie.

– A Roran tu jest? – spytał Morn, przecierając ścierką kolejny kufel.

– Tak, tym razem żadne chore zwierzę go nie zatrzymało.

– To dobrze, dobrze.

Eragon skinął ręką w stronę dwóch kupców.

– Kto to?

– Handlarze ziarnem. Kupili zboże od ludzi po śmiesznie niskiej cenie, a teraz opowiadają szalone historie. Spodziewają się, że w nie uwierzymy. Eragon natychmiast zrozumiał, czemu kramarz wygląda na zaniepokojonego. *Ludzie potrzebują pieniędzy, nie poradzimy sobie bez nich.*

– Jakie historie?

Morn prychnął.

– Twierdzą, że Vardeni zawarli pakt z urgalami i zbierają armię, która ma nas zaatakować. Podobno tylko dzięki łasce naszego króla tak długo cieszyliśmy się ochroną – jakby Galbatorixa obchodziło nasze istnienie. Idź i ich posłuchaj, mam dość na głowie, nie chce mi się powtarzać tych kłamstw.

Pierwszy handlarz, potężny mężczyzna, całkowicie wypełniał sobą krzesło. Każdy najmniejszy ruch sprawiał, że drewniany mebel protestował głośno. Na jego twarzy nie było ani śladu włosów, pulchne ręce miał gładkie jak niemowlę. Wydatne wargi wydymały się w nadąsanym grymasie, gdy pociągał łyk piwa. Drugi mężczyzna miał twarz czerwoną, skórę wokół twarzy suchą i pomarszczoną, wypełnioną grudkami stwardniałego tłuszczu przypominającymi zepsute masło. Reszta jego ciała była nienaturalnie chuda.

Pierwszy na próżno starał się usadowić wygodniej na krześle.

– Nie, nie – mówił. – Nie rozumiecie. Tylko dzięki niestrudzonym staraniom króla możecie bezpiecznie toczyć z nami spory. Gdyby w swej mądrości wycofał ochronę, biada wam.

– Jasne! – krzyknął ktoś z tłumu. – Może jeszcze nam powiesz, że Jeźdźcy wrócili, a każdy z was zabił sto elfów? Myślicie, że jesteśmy dziećmi, by uwierzyć w takie bajki? Sami potrafimy o siebie zadbać.

Odpowiedziały mu śmiechy.

Handlarz zaczął coś mówić, w tym momencie jednak wtrącił się jego chudy towarzysz. Machnął ręką, na jego palcach rozbłysły klejnoty.

– Nie zrozumieliście. Wiemy, że imperium nie może opiekować się każdym z was osobiście, choćbyście tego chcieli. Powstrzymuje jednak urgale i inne potwory przed podbiciem tego – przez chwilę szukał właściwego określenia – miejsca.

– Jesteście wściekli, że imperium traktuje ludzi niejednako. I słusznie. Lecz rząd nie może zadowolić wszystkich. Zawsze pojawią się spory i konflikty. Jednak większość nas nie ma na co narzekać. W każdym kraju można znaleźć małą grupkę malkontentów, niezadowolonych z równowagi sił.

– Jasne! – zawołała jedna z kobiet. – Jeśli chcesz nazwać Vardenów małą grupką.

Tłusty mężczyzna westchnął.

– Wyjaśniliśmy już, że Vardeni wcale nie zamierzają wam pomagać. To tylko kłamstwa rozpowiadane przez zdrajców po to, by wywołać niepokój w imperium i przekonać ludzi, że prawdziwe zagrożenie kryje się wewnątrz granic, nie poza nimi. Chcą jedynie obalić króla i zawładnąć naszą ziemią. Wszędzie mają szpiegów, szykują się do inwazji. Nigdy nie wiadomo, kto może dla nich pracować.

Eragon nie zgadzał się z tą opinią, lecz słowa kupca brzmiały przekonująco i wiele osób zaczęło kiwać głowami. Wystąpił naprzód.

– Skąd to wiecie? – spytał. – Ja mogę powiedzieć, że chmury są zielone, ale to nie znaczy, że tak jest naprawdę. Udowodnijcie, że nie kłamiecie.

Mężczyźni posłali mu gniewne spojrzenia, wieśniacy w milczeniu czekali na odpowiedź.

Chudy handlarz przemówił pierwszy. Unikał wzroku Eragona.

– Czy waszych dzieci nie uczy się szacunku dla starszych? A może pozwalacie chłopcom rzucać wyzwania mężczyznom?

Słuchacze poruszyli się niespokojnie, patrząc na Eragona. W końcu jeden z nich rzekł do kupca:

– Odpowiedz na pytanie.

– Tak nam mówi rozsądek – oznajmił tłuścioch.

Nad jego górną wargą zaperlił się pot. Jego odpowiedź rozwścieczyła wieśniaków, którzy podjęli spór.

Eragon wrócił do baru. W ustach czuł kwaśny posmak. Nigdy wcześniej nie spotkał nikogo, kto wychwalał imperium i wyklinał jego przeciwników. Wszyscy mieszkańcy Carvahall żywili głęboką, niemal dziedziczną nienawiść wobec imperium. Król nigdy im nie pomagał, nawet gdy głodowali, a jego poborcy podatkowi nie znali litości. Eragon uważał, że ma rację, nie zgadzając się z handlarzami co do jego łaski. Zastanowiły go jednak słowa dotyczące Vardenów. Vardeni byli grupą buntowników nieustannie nękających imperium. Nikt nie wiedział, kto im przewodzi ani kto stworzył te oddziały, gdy ponad sto lat temu Galbatorix zdobył władzę. Buntownicy zaskarbili sobie sporo sympatii, wymykając się z wszelkich zastawianych przez króla pułapek. Niewiele o nich wiedział poza tym, że jeśli ktoś musiał uciekać przed prawem, ukryć się albo nienawidził imperium, przyjmą go w swoje szeregi. Jedynym problemem było ich odnalezienie.

Morn pochylił się nad barem.

– Niewiarygodne, prawda? Są gorsi niż sępy krążące nad padłym zwierzęciem. Jeśli zostaną tu dłużej, będą kłopoty.

– Dla nich czy dla nas?

– Dla nich – odparł Morn.

Karczmę wypełniały rozgniewane głosy. Eragon wyszedł, bo wyglądało na to, że za moment dojdzie do rękoczynów. Drzwi zatrzasnęły się za nim z hukiem, ucinając krzyki. Był wczesny wieczór, słońce znikało za horyzontem, domy rzucały długie cienie. Wędrując ulicą, dostrzegł stojących z boku Rorana i Katrinę.

Roran powiedział coś, ale Eragon nie dosłyszał co. Katrina spuściła wzrok i odpowiedziała szeptem. Nagle wspięła się na palce, pocałowała go i umknęła. Eragon podbiegł do Rorana.

– Dobrze się bawisz? – rzucił żartobliwym tonem.

Roran mruknął coś pod nosem i ruszył przed siebie.

– Słyszałeś nowiny, jakie przynieśli handlarze? – spytał Eragon, maszerując za nim.

Większość wieśniaków była już w domach, rozmawiała z kupcami albo czekała, aż zapadnie zmrok i zjawią się trubadurzy.

– Tak – odparł z roztargnieniem Roran. – Co myślisz o Sloanie?

– To chyba oczywiste.

– Kiedy się dowie o mnie i Katrinie, poleje się krew – mruknął Roran.

Płatek śniegu wylądował na nosie Eragona; chłopak uniósł wzrok ku poszarzałemu niebu. Nie wiedział, co odpowiedzieć. Roran miał rację. Nie zwalniając kroku, uścisnął ramię kuzyna.

Kolacja u Horsta okazała się bardzo obfita. W izbie panował gwar, głosy mieszały się ze śmiechami. Biesiadnicy hojnie częstowali się słodkimi kordiałami i ciężkim piwem, co jeszcze bardziej podgrzewało atmosferę. Opróżniwszy talerze, goście Horsta udali się na pole, gdzie obozowali kupcy. W ziemi osadzono krąg drewnianych tyczek zakończonych świecami. Z tyłu płonęły ogniska, rzucając wokół roztańczone cienie. Wieśniacy powoli gromadzili się wokół kręgu, czekając z niecierpliwością.

Trubadurzy wypadli z namiotów, ubrani w krzykliwe pasiaste stroje. Za nimi podążali starsi, stateczniejsi minstrele. Minstrele zapewniali muzykę i opowieści, tymczasem młodsi członkowie trupy odgrywali historie. Z początku były one czysto rozrywkowe, rubaszne, pełne żartów, gierek i karykaturalnych postaci. Później jednak, gdy świece przygasły i słuchacze zacieśnili krąg, na środek wystąpił stary gawędziarz Brom. Spleciona w węzły broda opadała mu na pierś, zgarbione ramiona okrył długim czarnym płaszczem. Szeroko rozłożył ręce, wyciągając szponiaste palce, i zaczął recytować:

***

– Piasków czasu nic nie zatrzyma. Lata mijają, czy tego chcemy, czy nie... Ale wciąż pamiętamy. To, co utracono, żyć może w naszych wspomnieniach. Historia, którą usłyszycie, nie jest doskonała, zostały z niej tylko urywki, lecz doceńcie ją, bo bez was przestanie istnieć. Oto daję wam wspomnienie, które odeszło w senną mgłę niepamięci zalegającą w naszych myślach.

Bystrym wzrokiem zmierzył zasłuchanych ludzi, przez moment skupiając się na Eragonie.

– Nim na świat przyszli ojcowie waszych dziadków, a nawet ich ojcowie, powstali Smoczy Jeźdźcy. Ich misją było chronić i strzec, i przez tysiące lat czynili to niestrudzenie. Nikt nie mógł dorównać im w bitwie, bo każdy miał siłę dziesięciu mężów. Byli nieśmiertelni, chyba że powaliła ich klinga bądź trucizna. Mocy swych używali jedynie dla dobra i pod ich czujnym okiem wzniesiono z żywego kamienia wyniosłe miasta i wieże. Utrzymywali tedy pokój, a kraina rozkwitała. Nastała złota era. Elfy były naszymi sprzymierzeńcami, krasnoludy przyjaciółmi. Miasta się bogaciły, ludzie żyli w dostatku. Zapłaczcie jednak... bo nic nie trwa wiecznie.

Brom umilkł, spuścił wzrok. W jego głosie zadźwięczał bezgraniczny smutek.

– Choć żaden wróg nie mógł ich zniszczyć, nie mogli ustrzec się przed sobą. I zdarzyło się, że u szczytu ich potęgi w prowincji Inzilbêth, na zawsze utraconej, narodził się chłopiec. Nazwano go Galbatorix. Gdy skończył dziesięć wiosen, poddano go próbie, jak nakazywał zwyczaj, i odkryto, że ma wielką moc. Jeźdźcy przyjęli go w swe szeregi. Szybko przeszedł szkolenie i nie miał sobie równych. Obdarzony bystrym umysłem i silnym ciałem, zajął należne mu miejsce w szeregach Jeźdźców. Niektórzy sądzili, że stało się to zbyt szybko, i ostrzegli, że kryje się w tym niebezpieczeństwo. Lecz moc Jeźdźców sprawiła, że stali się aroganccy i puścili mądre słowa mimo uszu. Tak oto zasiano ziarno nieszczęścia.

Wkrótce po ukończeniu szkolenia Galbatorix wraz z dwoma przyjaciółmi wyprawił się na nierozważny wypad. Noc i dzień lecieli na północ do krainy urgali, sądząc nieroztropnie, że nowe moce ich obronią.

I tam, na grubym płaszczu lodu, który nie topnieje nawet latem, wpadli w pułapkę. Galbatorix zabił napastników, choć sam odniósł ciężkie rany, a przyjaciele i ich smoki zginęli. Niestety, podczas lotu zbłąkana strzała przeszyła serce jego smoka. Nie umiał pomóc smoczycy, która zmarła mu w ramionach. I tego dnia w jego sercu zrodziło się szaleństwo.

Gawędziarz klasnął w dłonie i rozejrzał się powoli. Po jego znużonej twarzy przebiegały cienie. Następne słowa zabrzmiały niczym żałosne takty rekwiem.

– Samotny, u kresu sił, na wpół oszalały z rozpaczy, Galbatorix wędrował bez nadziei w sercu po pustkowiach, szukając śmierci. Nie nadeszła jednak, mimo że rzucał się bez lęku na każdą żywą istotę. Urgale i inne potwory zaczęły wkrótce umykać przed oszalałym wojownikiem. W owym czasie Galbatorix pomyślał jednak, że być może Jeźdźcy dadzą mu innego smoka, i to dodało mu sił. Rozpoczął zatem długą, żmudną pieszą wędrówkę przez Kościec. Droga, którą pokonał bez trudu na grzbiecie smoka, teraz zabrała mu wiele miesięcy. Mógł polować, posiłkując się magią, często jednak trafiał do miejsc, w które nie zapuszczała się zwierzyna. Gdy w końcu zszedł z gór, był bliski śmierci. Rolnik znalazł go nieprzytomnego w błocie i wezwał Jeźdźców.

Zabrali go do swej twierdzy i tam uleczyli mu ciało. Spał cztery dni. Gdy się ocknął, starannie skrywał trawiącą go gorączkę. Kiedy wezwano Galbatorixa przed radę, która miała go osądzić, zażądał smoka. Brzmiąca w tych słowach desperacja ujawniła, że popadł w szaleństwo, i rada dostrzegła, co ukrywa. Słysząc odmowę, która kładła kres jego nadziejom, oszalały Galbatorix uwierzył, że to z winy Jeźdźców zginął jego smok. Przez wiele nocy rozmyślał o tym, knując zemstę.

Głos Broma opadł do przejmującego szeptu.

– Znalazł Jeźdźca, który wysłuchał jego skarg i uległ podstępnym słowom. Mroczne sekrety, jakie Galbatorixowi wyjawił Cień, sprawiły, że Jeździec wystąpił przeciw starszym. We dwóch zdradziecko zwabili i zabili jednego z nich. Gdy ów straszny czyn się dokonał, Galbatorix bez ostrzeżenia zaatakował i zabił swego sprzymierzeńca. Wówczas ujrzeli go Jeźdźcy. Ręce miał uwalane krwią, a z ust wyrwał mu się krzyk i Galbatorix umknął w noc. A że mimo obłędu zachował bystrość umysłu, nie zdołali go znaleźć.

Latami ukrywał się na pustkowiach niczym tropione zwierzę, zawsze czujny. Jego zbrodni nie zapomniano, lecz z czasem zaprzestano poszukiwań. Potem zaś zły los zrządził, że Galbatorix spotkał młodego Jeźdźca,

Morzana, silnego ciałem, lecz słabego umysłem. Przekonał go, by zostawił na noc niezaryglowaną bramę w cytadeli Ilirea, zwanej obecnie Urû'baen. Przez tę bramę Galbatorix wdarł się do środka i skradł pisklę smoka.

Wraz ze swym młodym uczniem ukryli się w otoczonym złą sławą miejscu, do którego Jeźdźcy nie śmieli się zapędzić. Tam Morzan poznał mroczne sztuki i zakazaną magię, której nigdy nie powinno się użyć. Gdy nauka dobiegła końca i gdy czarny smok Galbatorixa, Shruikan, dorósł, Galbatorix ujawnił się światu. Z Morzanem u boku walczyli z każdym napotkanym Jeźdźcem. Z każdym zabitym ich siła wzrastała. Dołączyło do nich dwunastu Jeźdźców łaknących władzy i zemsty za wymyślone krzywdy. Wraz z Morzanem stworzyli krąg Trzynastu Zaprzysiężonych. Jeźdźcy nie byli gotowi na tę walkę i ginęli bezradni. Elfy także walczyły dzielnie z Galbatorixem, zostały jednak pokonane i zmuszone do ucieczki do tajnych kryjówek, których już nie opuszczają.

Jedynie Vrael, przywódca Jeźdźców, mógł stawić czoło Galbatorixowi i Zaprzysiężonym. Stary i mądry, ze wszelkich sił starał się ocalić, co tylko mógł, i uratować pozostałe smoki przed wrogami. W ostatniej bitwie przed bramami Dorú Areaby Vrael pokonał Galbatorixa, lecz zawahał się przed zadaniem ostatecznego ciosu. Galbatorix wykorzystał to i pchnął go w bok. Ciężko ranny Vrael umknął na górę Utgard, gdzie miał nadzieję zebrać siły. Nie doszło jednak do tego, bo Galbatorix go znalazł. Podczas walki kopnął Vraela w krocze i dzięki podstępnemu uderzeniu zyskał przewagę, a następnie ściął głowę Jeźdźca płonącym mieczem.

Wówczas to, gdy moc napełniła mu ciało, Galbatorix ogłosił się królem Alagaësii.

I od tego dnia nami rządzi.

***

Ukończywszy opowieść, Brom, szurając nogami, odszedł wraz z grupą trubadurów. Eragonowi zdawało się, że dostrzega łzę połyskującą na jego policzku. Rozchodzący się ludzie szeptali między sobą.

– Wiedzcie, jak wielkie mieliście szczęście – powiedział Garrow do Rorana i Eragona. – Jedynie dwa razy w życiu słyszałem tę historię. Gdyby imperium wiedziało, że Brom ją recytuje, nie dożyłby kolejnego księżyca.

Dar losu

Wieczorem po powrocie z Carvahall Eragon postanowił zbadać kamień, tak jak to uczynił Merlock. Zamknąwszy się w izbie, położył go na łóżku i szybko wybrał trzy stosowne narzędzia. Zaczął od drewnianego młotka: lekko postukał nim w kamień, który odpowiedział delikatnym brzękiem. Zadowolony, wziął następny młotek, z ciężkiej skóry. Uderzony kamień rozdźwięczał się żałośnie. W końcu Eragon sięgnął po metalowe dłuto. Metal nie zadrapał kamienia, sprawił jednak, iż wydał on z siebie najczystszy ton. Gdy dźwięk rozpłynął się w ciszy, Eragonowi wydało się, że słyszy słaby pisk.

Merlock twierdził, że kamień jest pusty – może wewnątrz kryje się coś cennego? Ale nie wiem jak go otworzyć. Z pewnością istniał powód, dla którego ktoś go oszlifował, lecz ktokolwiek wysłał kamień do Kośćca, nawet nie próbował go odzyskać. Owszem, może nie wie, gdzie jest, nie wierzę jednak, by mag dysponujący mocą pozwalającą przenieść kamień, nie potrafił go odszukać. Czy zatem był mi przeznaczony? Nie umiał odpowiedzieć na to pytanie. Ustępując w obliczu nierozwiązanej zagadki, zebrał narzędzia i odstawił kamień na półkę.

***

Tej nocy coś wyrwało go ze snu. Nadstawił ucha. Wokół panowała cisza. Niespokojnie sięgnął pod siennik i chwycił nóż. Odczekał kilka minut i ponownie osunął się w niebyt.

Nagle ciszę rozdarł pisk, gwałtownie przywracając go do rzeczywistości. Eragon wyskoczył z łóżka i wyciągnął nóż z pochwy. Przez chwilę majstrował przy hubce, wreszcie zapalił świecę. Drzwi były zamknięte. Choć pisk wydał mu się stanowczo zbyt głośny, by mogła go wydać mysz czy szczur, sprawdził pod łóżkiem. Nic. Usiadł na skraju siennika, przecierając zaspane oczy. Powietrze przeszył kolejny pisk. Eragon wzdrygnął się gwałtownie.

Skąd dobiegał ten dźwięk? Nic nie mogło się ukryć w podłodze czy ścianach, zbudowano je z solidnego drewna. To samo dotyczyło łóżka, a z pewnością zauważyłby, gdyby w nocy coś wczołgało się pod słomiany siennik. Jego wzrok spoczął na kamieniu. Zdjął go z półki, mimo woli przycisnął do ciała, i powiódł spojrzeniem po izbie. Nagle w uszach Eragona zadźwięczał kolejny pisk, odbijając się wibracjami w koniuszkach palców. Dobiegał z kamienia.

Kamień od początku stanowił wyłącznie powód frustracji i gniewu, a teraz jeszcze nie pozwalał mu spać! W dodatku nic sobie nie robił z wściekłych spojrzeń Eragona. Tkwił spokojnie na jego kolanach, od czasu do czasu popiskując. Wreszcie wydał z siebie bardzo głośny dźwięk i umilkł. Eragon odstawił go delikatnie i wślizgnął się pod kołdrę. Wszelkie tajemnice, jakie krył kamień, będą musiały poczekać do rana.

Gdy znów się obudził, do izby wpadała przez okno księżycowa poświata. Kamień kołysał się mocno na półce, uderzając o ścianę. W zimnych promieniach księżyca jego powierzchnia wydawała się biała, wyblakła. Eragon wyskoczył z łóżka, dzierżąc w dłoni nóż. Kamień znieruchomiał. Eragon patrzył z napięciem. I nagle kołysanie powróciło, jeszcze szybsze niż przedtem.

Zaklął pod nosem i zaczął się ubierać. Nie obchodziło go, jak cenny może okazać się kamień. Postanowił wynieść go z domu i zakopać. Kołysanie znów ustało; kamień umilkł. Zadygotał lekko, po czym poturlał się naprzód i z głośnym łoskotem runął na podłogę. Zaniepokojony Eragon cofnął się powoli w stronę drzwi, patrząc, jak kamień turla się ku niemu.

Nagle na gładkiej powierzchni pojawiło się pęknięcie, potem następne i jeszcze jedno. Eragon nie mógł oderwać od nich wzroku. Pochylił się, wciąż trzymając w dłoni nóż. Na szczycie kamienia, w miejscu gdzie krzyżowały się szczeliny, mały kawałek zakołysał się, jakby na czymś balansował, po czym uniósł się i opadł na podłogę. Po kolejnej serii pisków z otworu wynurzyła się niewielka ciemna główka, a za nią dziwne kanciaste ciało. Eragon zacisnął palce na rękojeści noża i zastygł bez ruchu. Wkrótce stworzenie wydostało się z kamienia, przez chwilę trwało nieruchomo, a potem śmignęło naprzód i oświetlił je księżyc.

Eragon cofnął się wstrząśnięty. Przed nim, zlizując resztki chroniącej go do niedawna błony, stał smok.

Przebudzenie

Smok był nie dłuższy niż przedramię Eragona, wyglądał jednak dostojnie i szlachetnie. Łuski miał ciemnoszafirowe, tej samej barwy co wcześniej kamień. Nie kamień, uświadomił sobie Eragon. Jajo. Smok załopotał skrzydłami. To one sprawiały, że wydawał się dziwnie kanciasty. Kilka razy dłuższe niż ciało, rozpinały się na cienkich kościanych palcach, wystających poza krawędź skrzydła i zakończonych szponami. Głowa smoka przypominała kształtem trójkąt. Z górnej szczęki sterczały dwa maleńkie białe kły. Wyglądały na bardzo ostre. Szpony miał równie białe, lśniące, kościste, lekko ząbkowane na wewnętrznej krawędzi. Wzdłuż kręgosłupa zwierzęcia biegł rząd maleńkich szpikulców, od podstawy głowy po czubek ogona. Zagłębienie, tam gdzie szyja łączyła się z barkami, było jedynym wolnym od nich miejscem.

Eragon poruszył się lekko, smok gwałtownie obrócił głowę. Błękitne jak lód oczy spojrzały wprost na niego. Zastygł bez ruchu. Gdyby smok postanowił zaatakować, mógłby okazać się bardzo groźnym przeciwnikiem.

Stworzenie szybko straciło zainteresowanie Eragonem i zaczęło niezręcznie badać izbę, popiskując przy każdym zderzeniu ze ścianą bądź meblem. Zatrzepotało skrzydłami i wskoczyło na łóżko. Piszcząc, ułożyło się na poduszce. Pysk trzymało otwarty niczym pisklę. Wewnątrz połyskiwały rzędy szpiczastych zębów. Eragon usiadł ostrożnie na skraju łóżka. Smok obwąchał mu rękę, skubnął rękaw, pociągnął.

Usta Eragona wygięły się w uśmiechu. Spojrzał na małe stworzenie, nieśmiało wyciągnął prawą dłoń i dotknął jego boku. Dłoń przeszyła gwałtowna fala lodowatej energii, która przebiegła w górę do ramienia, zalewając żyły niczym płynny ogień. Z głośnym krzykiem odskoczył. Uszy wypełnił mu ogłuszający brzęk żelaza. Usłyszał bezdźwięczny wrzask wściekłości. Każdą częścią jego ciała zawładnął porażający ból. Starał się poruszyć, ale nie mógł. Po kilku godzinach – przynajmniej tak mu się zdawało – do jego kończyn powróciło ciepło, poczuł ostre mrowienie. Drżąc, gwałtownie odepchnął się i usiadł. Rękę miał odrętwiałą, palce sparaliżowane. Przerażony, patrzył, jak na jego dłoni wykwita biały owal. Skóra swędziała i piekła niczym po ugryzieniu pająka. Serce waliło mu w piersi.

Eragon zamrugał, próbując zrozumieć, co się właśnie wydarzyło. Coś musnęło jego świadomość niczym palec przebiegający po skórze. Poczuł to znowu, tym razem wyraźniej. Ukłucie myśli, w której wyczuwał narastającą ciekawość. Zupełnie jakby niewidzialny mur otaczający jego umysł runął i Eragon mógł teraz sięgać myślami ku innym. Bał się, że jeśli nic go nie powstrzyma, wyrwie się z ciała i nie będzie mógł wrócić, stając się eterycznym duchem.

Przerażony, cofnął się, zrywając kontakt. Nowe wrażenie zniknęło, zupełnie jakby zamknął oczy. Zerknął podejrzliwie na nieruchomego smoka.

Łuskowata noga podrapała go w bok. Eragon odskoczył, lecz nie poczuł nowego uderzenia energii. Zdumiony, pogłaskał smoka po głowie. Po skórze przebiegło mu lekkie mrowienie. Smok przytulił się do niego, wyginając grzbiet w łuk niczym kot. Eragon musnął palcami cieniutką błonę skrzydeł. W dotyku przypominała stary pergamin, aksamitny i ciepły, lecz wciąż lekko wilgotny, pulsujący setkami cieniutkich żyłek.

I znów maleńka macka dotknęła jego umysłu. Tym razem jednak zamiast ciekawości wyczuł wszechogarniający głód. Eragon westchnął i wstał. Niewątpliwie miał do czynienia z niebezpiecznym zwierzęciem, lecz pełzający mu po łóżku smok wydawał się taki bezradny. Chłopiec zastanawiał się, czy mógłby go zatrzymać. Smok zapiszczał melodyjnie, szukając jedzenia. Eragon szybko podrapał zwierzątko po głowie, by je uciszyć. Przemyślę to później, zdecydował i wybiegł z izby, starannie zamykając za sobą drzwi.

Gdy wrócił, niosąc w dłoni dwa paski suszonego mięsa, zastał smoka siedzącego na parapecie i patrzącego w księżyc. Szybko pokroił mięso na niewielkie kawałki i podsunął jeden smokowi. Stworzenie ostrożnie obwąchało mięso, po czym gwałtownie wysunęło głowę niczym wąż i wyrwało mu je z palców, połykając w całości z lekkim szarpnięciem ciała. Następnie smok stuknął łebkiem w dłoń Eragona, domagając się więcej jedzenia.

Chłopiec karmił go, uważając na palce. Gdy został mu już tylko jeden kawałeczek mięsa, brzuszek smoka wyraźnie się wydął. Eragon poczęstował stworzenie ostatnim kąskiem; smok zastanawiał się przez chwilę, po czym chwycił go leniwie. Skończywszy się posilać, wpełzł na ramię Eragona i przytulił mu się do piersi. A potem prychnął; z jego nozdrzy uleciał obłoczek ciemnego dymu. Eragon patrzył na niego w zachwycie.

W chwili gdy Eragonowi wydawało się, że smok śpi, z gardła stworzenia dobiegł niski wibrujący pomruk. Chłopak ostrożnie zaniósł zwierzątko na łóżko i ułożył obok poduszki. Smok, z zamkniętymi oczami i zadowoloną miną, owinął ogon wokół jednego ze słupków. Eragon ułożył się obok, rozprostowując w półmroku palce.

Miał przed sobą bolesny dylemat. Gdyby zatrzymał smoka, mógłby zostać Jeźdźcem. Ludzie uwielbiali myty i baśnie o Jeźdźcach. Jako jeden z nich stałby się częścią owych legend. Gdyby jednak imperium odkryło smoka, Eragona i całą rodzinę czekałaby śmierć – chyba że dołączyłby do króla. Nikt nie mógłby – i nie chciałby – im pomóc. Najprostszym rozwiązaniem było zabicie smoka, lecz Eragon ze wstrętem odrzucił tę myśl. Smoki były zbyt cudowne, zbyt wspaniałe. *A zresztą kto by nas zdradził?* – pomyślał. *Mieszkamy na odludziu, nie przyciągamy niczyjej uwagi.*

Pozostawał jednak problem jak przekonać Garrowa i Rorana, by pozwolili mu zatrzymać smoka. Żaden z nich nie miałby ochoty na podobne towarzystwo. *Mógłbym hodować go w tajemnicy. Za miesiąc czy dwa będzie za duży, by Garrow zdołał się go pozbyć. Ale czy go przyjmie? A jeśli nawet, to czy przez ten czas zdołam zdobyć dość jedzenia? Smok jest nie większy od kota, ale zjadł dwa płaty mięsa! Pewnie w końcu nauczy się polować, ale co do tego czasu? I czy zdoła przetrwać na mrozie?* Mimo wszystko chciał zatrzymać smoka. Im dłużej się nad tym zastanawiał, tym większą miał pewność. Nieważne, co powie Garrow; Eragon zrobi wszystko co w jego mocy, by chronić stworzenie. Podjąwszy decyzję, zasnął ze smokiem u boku.

O świcie smok siedział na wezgłowiu niczym pradawny wartownik witający nowy dzień. Zachwycony Eragon podziwiał jego barwę. Nigdy nie widział równie czystego ciemnego błękitu. Łuski smoka przypominały setki maleńkich klejnotów. Dostrzegł, że biały owalny znak na dłoni, w miejscu którym dotknął smoka, nabrał srebrzystego połysku. Miał nadzieję, że zdoła go ukryć, brudząc ręce.

Smok zeskoczył ze słupka i poszybował na podłogę. Eragon podniósł go ostrożnie i cicho wyszedł z domu, po drodze zabierając mięso, kilka skórzanych pasów i naręcze szmat. Ranek, choć mroźny, był piękny. Wszystko pokrywała świeża śnieżna pierzyna. Uśmiechnął się, patrząc na stworzonko, które z zainteresowaniem oglądało świat, ufnie skulone w jego ramionach.

Szybkim krokiem przeciął pola i w milczeniu dotarł do ciemnego lasu, szukając bezpiecznego miejsca dla smoka. W końcu znalazł jarzębinę, która stała samotnie na nagim pagórku. Jej ośnieżone szare gałęzie wyciągały się ku niebu niczym palce. Posadził smoka pod pniem i wyjął rzemienie.

Kilkoma zręcznymi ruchami zrobił pętlę i zarzucił ją na szyję smoka, badającego ciekawie śnieżne zaspy wokół drzewa. Skóra była wytarta, ale wciąż mocna. Eragon przez chwilę patrzył na pełzającego po ziemi smoka. Potem odwiązał rzemień i przełożył zaimprowizowaną uprząż, zakładając ją na nogi zwierzęcia tak, by się nie udusiło. Zebrał naręcze gałęzi i zbudował z nich chatkę wysoko wśród konarów, a jej wnętrze wyścielił szmatami. Zaniósł tam mięso. Drzewo kołysało się, z gałęzi spadał śnieg. Eragon powiesił kolejne szmaty nad wejściem, ocieplając wnętrze. Zadowolony, przyjrzał się efektom swojej pracy.

– Czas zwiedzić nowy dom – rzekł głośno i posadził smoka na gałęzie. Stworzenie wiło się, próbując się uwolnić. Po chwili jednak wgramoliło się do chatki. Tam zjadło kawałek mięsa, zwinęło się w kłębek i zamrugało nieśmiało.

– Jeśli tu zostaniesz, nic się nie stanie – powiedział Eragon.

Smok mrugnął ponownie.

Pewien, że go nie zrozumiał, Eragon sięgnął w głąb umysłu, starając się wyczuć świadomość smoka. Znów ogarnęło go straszliwe uczucie otwartości – przestrzeni tak rozległej, że napierała na niego niczym ciężka pierzyna. Wzywając wszystkie siły, skupił się na smoku, starając się przekazać mu jedno: *Zostań tutaj*. Smok znieruchomiał i przekrzywiając głowę, spojrzał na niego. Eragon pomyślał intensywniej: *Zostań tutaj*. Z drugiej strony dobiegło go niewyraźnie potwierdzenie, lecz chłopiec zastanawiał się, czy stworzenie naprawdę pojęło. *W końcu to tylko zwierzę*. Z ulgą wycofał myśli.

45

Eragon zeskoczył z drzewa i odszedł, oglądając się za siebie. Smok wystawił głowę z chatki i obserwował go wielkimi oczami.

Po szybkim marszu do domu zakradł się z powrotem do izby, żeby zebrać kawałki skorupek. Był pewien, że Garrow i Roran nawet nie wspomną o jaju; gdy się dowiedzieli, że nie można go sprzedać, natychmiast o nim zapomnieli. Kiedy wstali, Roran wspomniał, że w nocy słyszał dziwne hałasy, ale ku uldze Eragona nie drążył tematu.

Entuzjazm chłopaka sprawił, że dzień minął bardzo szybko. Z łatwością zdołał ukryć znamię na dłoni i wkrótce przestał się nim martwić. Pod wieczór z powrotem znalazł się pod jarzębiną, przynosząc kilka zwędzonych z piwnicy kiełbas. Z lękiem zbliżył się do drzewa. Czy smok zdołał przeżyć na mrozie?

Szybko odkrył, że nie ma podstaw do obaw. Smok siedział na gałęzi, szarpiąc zębami coś trzymanego w przednich łapach. Na widok Eragona zaczął piszczeć radośnie. Eragon ucieszył się, widząc, że stworzenie nie zeszło z drzewa, które chroniło je przed większymi drapieżnikami. Kiedy tylko upuścił kiełbasy na ziemię, smok sfrunął z konaru. Podczas gdy żarłocznie pochłaniał jedzenie, Eragon obejrzał chatkę. Całe pozostawione mięso zniknęło, lecz sam domek był nietknięty, a w środku walały się pióra. *Świetnie, potrafi polować.*

Nagle przyszło mu do głowy, że nie wie, czy smok to samiec, czy samica. Podniósł go i obrócił, nie zważając na pełne oburzenia piski. Nie zdołał jednak niczego dostrzec. Najwyraźniej smok nie zamierzał bez walki ujawniać swych sekretów.

Eragon spędził z nim dużo czasu. Odwiązał smoka, posadził na ramieniu i ruszył na długą przechadzkę. Wokół nich wznosiły się ośnieżone drzewa, niczym dostojne kolumny olbrzymiej katedry. Eragon przekazywał smokowi swoją wiedzę o lesie. Nie obchodziło go, czy zwierzę rozumie. Liczyła się sama rozmowa. Cały czas do niego przemawiał. Smok wpatrywał się w niego lśniącymi oczami, spijając kolejne słowa. Przez jakiś czas Eragon po prostu siedział ze smokiem w ramionach, patrząc na niego w zachwycie, wciąż oszołomiony niedawnymi wydarzeniami. O zachodzie słońca ruszył do domu, czując na plecach spojrzenie dwojga zimnych niebieskich oczu; zwierzę z oburzeniem patrzyło, jak chłopiec odchodzi i je zostawia.

Tej nocy długo rozmyślał o wszystkich nieszczęściach, jakie mogły spotkać małe, bezbronne zwierzątko. Wizje śnieżnych burz i groźnych drapieżców nie dawały mu spokoju. Dopiero po kilku godzinach w końcu zasnął. Śnił o lisach i czarnych wilkach, rozszarpujących smoka zakrwawionymi kłami.

O wschodzie słońca Eragon wybiegł z domu z jedzeniem i dodatkowymi szmatami do ocieplenia smoczej chatki. Smok już nie spał, siedział na wysokiej gałęzi, oglądając jaśniejące niebo. Eragon w duchu podziękował gorąco wszystkim bogom, znanym i nieznanym. Na jego widok smok sfrunął na ziemię i wskoczył mu w ramiona, tuląc się do piersi. Mróz mu nie zaszkodził, lecz stworzenie wydawało się przerażone. Z jego nozdrzy wypłynął obłoczek ciemnego dymu. Eragon pogłaskał smoka i usiadł na ziemi, opierając się plecami o pień jarzębiny i nucąc cicho. Siedział bez ruchu, smok ukrył mu głowę pod kurtką. Po dłuższej chwili wyczołgał się z objęć i wdrapał na ramię. Eragon nakarmił go i ocieplił starannie chatkę. Jakiś czas bawili się razem, potem jednak musiał wracać do domu.

***

Wkrótce ustalili stały rozkład dnia. Co rano Eragon biegł pod drzewo i dawał smokowi śniadanie, po czym wracał pośpiesznie. Za dnia wykonywał swoje obowiązki. Po ich skończeniu znów odwiedzał smoka. Roran i Garrow zauważyli zmianę w zachowaniu chłopaka. Kilka razy pytali, czemu tak dużo czasu spędza na dworze. Eragon jedynie wzruszał ramionami i od tej pory zaczął sprawdzać, czy nikt nie idzie za nim pod jarzębinę.

Po pierwszych kilku dniach przestał już tak bardzo martwić się o smoka. Stworzenie rosło w zadziwiającym tempie. Wkrótce mało co będzie mogło mu zagrozić. Przez pierwszy tydzień smok podwoił swą wielkość. Cztery dni później sięgał mu już do kolana. Nie mieścił się w chatce w gałęziach, toteż Eragon zbudował mu nowe schronienie na ziemi. Zajęło mu to trzy dni.

Gdy smok skończył dwa tygodnie, Eragon musiał puścić go wolno, bo stworzenie miało za duży apetyt. Za pierwszym razem chłopiec jedynie siłą woli powstrzymał je przed powrotem razem z nim na farmę. Kiedy tylko smok próbował ruszyć w tamtą stronę, Eragon odpychał go myślami, aż w końcu zwierzę nauczyło się unikać domu i jego mieszkańców.

Cały czas powtarzał smokowi, by polował jedynie w Kośćcu, gdzie raczej nikt go nie zobaczy. Chłopi z doliny Palancar z pewnością by się zorientowali, że znika im bydło. Gdy jednak smok odlatywał tak daleko, Eragon co prawda czuł się bezpieczniejszy, ale też ogarniał go niepokój.

Umysłowa więź łącząca go ze smokiem z każdym dniem stawała się coraz silniejsza. Eragon odkrył, że choć stworzenie nie rozumiało znaczenia słów, mógł się z nim porozumiewać obrazami i uczuciami. Metoda ta nie była jednak zbyt precyzyjna i często smok nie do końca rozumiał, o co chłopcu chodzi. Zasięg ich myślowego kontaktu rósł z każdym dniem. Wkrótce Eragon mógł porozumiewać się ze smokiem z odległości trzech staj. Smok natomiast lekko muskał jego umysł. Nieme rozmowy wypełniały Eragonowi każdą chwilę pracy. Jakaś część jego umysłu utrzymywała nieustannie kontakt ze smokiem. Czasem ignorował ów kontakt, lecz nigdy o nim nie zapominał. Gdy rozmawiał z ludźmi, kontakt rozpraszał go, niczym brzęczenie muchy w uchu.

W miarę jak smok dorastał, piski przekształciły się w niski ryk, a mruczenie w cichy warkot. Nadal jednak nie ział ogniem. Eragona to martwiło. Widywał często, jak zaniepokojony smok wypuszczał z nozdrzy chmury dymu, nigdy jednak nie towarzyszył im nawet najmniejszy płomyk.

Po upływie miesiąca smok sięgał w kłębie łokcia Eragona. W tym krótkim czasie z małego, słabego stworzonka przekształcił się w potężne, groźne zwierzę. Łuski miał twarde niczym metalowa zbroja, zęby ostre jak sztylety.

Eragon wieczorami wypuszczał się na długie spacery, smok dreptał mu wtedy u boku. Gdy natrafiali na polanę, siadał pod drzewem i patrzył, jak stworzenie szybuje w powietrzu. Uwielbiał oglądać je w locie i żałował, że smok jest zbyt mały, by go dosiąść. Często sadowił się obok niego i głaskał zwierzę po szyi, czując odprężające się pod palcami mięśnie i napięte ścięgna.

Mimo wysiłków Eragona las wokół farmy zapełnił się śladami obecności smoka. Nie dało się zatrzeć wszystkich odcisków wielkich łap o czterech szponach. Nawet nie próbował też zakopywać olbrzymich stosów odchodów. Smok ocierał się o drzewa, zdzierając długie pasma kory. Ostrzył pazury na suchych pniach, pozostawiając głębokie nacięcia. Gdyby Roran bądź Garrow zapuścili się poza granice farmy, odkryliby smoka. Eragon nie potrafił sobie wyobrazić gorszego rozwoju wydarzeń, postanowił zatem przyśpieszyć sprawę i samemu ujawnić prawdę.

Najpierw jednak chciał zrobić dwie rzeczy: nadać smokowi stosowne miano i dowiedzieć się czegoś więcej o smokach. W tym celu musiał pomówić z Bromem, mistrzem legend i baśni – jedynych miejsc, w których przetrwały smoki.

Tak więc, gdy Roran postanowił pojechać do Carvahall, by naprawić hebel, Eragon zaproponował, że dotrzyma mu towarzystwa.

***

Wieczorem przed wyjazdem poszedł na małą polanę w lesie i myślami wezwał smoka. Po chwili ujrzał na ciemniejącym niebie szybko poruszający się punkcik. Smok opadł ku niemu, zahamował ostro i zawisł nad drzewami. Skrzydła przecięły ze świstem powietrze. Powoli skręcił w lewo i zataczając spiralę, łagodnie sfrunął na ziemię. Wylądował z głuchym łupnięciem, trzepocząc skrzydłami, by zachować równowagę.

Eragon otworzył przed nim umysł. Nadal nie przepadał za owym dziwnym uczuciem. Powiedział smokowi, że wyjeżdża. Smok prychnął niespokojnie. Chłopiec postarał się go uspokoić, przesyłając pogodne myślowe obrazy, lecz stwór jedynie machnął gwałtownie ogonem. Eragon położył mu rękę na grzbiecie, próbując przekazać spokój, ciszę. Zaczął łagodnie gładzić twarde łuski.

W jego głowie zabrzmiało jedno słowo, głośno, wyraźnie.

Eragon.

Brzmiało smutno, uroczyście, jakby właśnie zawarli nierozerwalny pakt. Spojrzał na smoka, czując zimne mrowienie w ręce.

Eragon.

Żołądek zacisnął mu się gwałtownie. Czuł na sobie spojrzenie szafirowych oczu. Po raz pierwszy nie myślał o smoku jak o zwierzęciu. Był czymś innym, czymś... odmiennym. Eragon pobiegł do domu, próbując uciec przed smokiem.

Moim smokiem.

Eragon.

Herbatka
przy kominku

Roran i Eragon rozstali się na przedmieściach Carvahall. Eragon ruszył powoli do domu Broma, zatopiony w myślach. Zatrzymał się na progu i podniósł rękę, by zastukać.

– Czego chcesz, chłopcze? – spytał ktoś ochryple.

Gwałtownie obrócił się na pięcie. Za jego plecami Brom opierał się na wygiętej lasce, ozdobionej dziwnymi rzeźbami. Miał na sobie czarną szatę z kapturem, niczym mnich. Ze znoszonego skórzanego pasa zwisała sakwa. Nad białą siwą brodą i ustami sterczał dumny orli nos, dominujący element twarzy. Brom spojrzał na Eragona spod wydatnych brwi, czekając na odpowiedź.

– Informacji – oznajmił Eragon. – Roran naprawia hebel, miałem wolną chwilę, więc przyszedłem prosić, byś odpowiedział mi na kilka pytań.

Stary mężczyzna mruknął coś w odpowiedzi i sięgnął do drzwi. Eragon dostrzegł złoty pierścień na jego prawej dłoni. Promienie słońca zamigotały w szafirze, podkreślając dziwne symbole wyryte w klejnocie.

– No dobrze, możesz wejść. Trochę to pewnie potrwa. Twoje pytania nigdy się nie kończą.

Wnętrze domu było ciemne jak grafit, w powietrzu wisiała ostra, gryząca woń.

– A teraz światło.

Eragon usłyszał, jak gospodarz krąży wokół, potem ciche przekleństwo, brzęk spadającego naczynia.

– No, mam.

Rozbłysła biała iskra, po niej pojawił się płomyk.

Brom stał ze świecą przed kamiennym kominkiem. Stosy książek otaczały umieszczony naprzeciw kominka rzeźbiony fotel o wysokim oparciu, osadzony na czterech nogach w kształcie orlich szponów. Siedzenie i oparcie wyściełała skóra wytłaczana w różyczki. Na mniejszych krzesłach piętrzyły się zwoje. Na biurku Eragon dostrzegł kałamarze i pióra.

– Zrób sobie miejsce, ale, na zapomnianych królów, ostrożnie! To cenne rzeczy.

Eragon uniósł nogę, by nie nadepnąć na pergaminy pokryte kanciastymi runami. Delikatnie zebrał z krzesła szeleszczące zwoje i umieścił na podłodze. Gdy usiadł, w powietrze wzleciał obłok kurzu. Z trudem stłumił kichnięcie.

Brom pochylił się i podpalił świecą drwa.

– Świetnie. Nie ma nic lepszego niż zasiąść przy kominku, skoro czeka nas rozmowa. – Odrzucił kaptur, ukazując włosy nie białe, lecz srebrne, po czym powiesił nad ogniem czajnik i usadowił się w wysokim fotelu.

– Mów zatem, czego chcesz. – Zwracał się do Eragona ostro, lecz przyjaźnie.

– Cóż – odparł Eragon, zastanawiając się jak najlepiej zacząć. – Wciąż słyszę o Smoczych Jeźdźcach i ich bajecznych dokonaniach. Niemal wszyscy chcą, by wrócili. Lecz nigdy nie słyszałem, skąd się wzięli i skąd przybyły smoki. Co sprawiło, że Jeźdźcy byli tacy wyjątkowi – prócz smoków?

– To bardzo rozległy temat – mruknął Brom, czujnie patrząc na Eragona. – Gdybym opowiedział ci całą historię, siedzielibyśmy tu jeszcze do następnej zimy. Będę musiał ją jakoś skrócić. Ale nim zaczniemy, muszę zapalić fajkę.

Eragon czekał cierpliwie, podczas gdy Brom ubijał tytoń. Lubił go. Stary mężczyzna czasami bywał nieznośny, ale nigdy nie skąpił mu czasu. Eragon spytał go kiedyś, skąd pochodzi. Brom zaśmiał się tylko, mówiąc:

– Z miasteczka podobnego do Carvahall, lecz nie tak interesującego.

Zaciekawiony Eragon zapytał o to wuja, Garrow jednak potrafił tylko powiedzieć, że Brom jakieś piętnaście lat temu kupił dom w Carvahall i od tamtej pory tam mieszka.

Teraz zapalił fajkę od krzesiwa i parę razy zaciągnął się dymem.

– No proszę... już nie będziemy musieli robić przerwy. Chyba że na herbatę. A zatem Jeźdźcy albo Shur'tugal, jak nazywały ich elfy. Od czego mam zacząć? Istnieli niezliczone lata, u szczytu potęgi władali ziemiami dwukrotnie rozleglejszymi niż dzisiejsze imperium. Opowiadano o nich mnóstwo historii, większość zmyślonych. Gdyby wierzyć we wszystko, co mówiono, można by sądzić, że mocą dorównywali mniejszym bogom. Uczeni poświęcali życie, próbując oddzielić prawdę od fikcji, wątpliwe jednak, by komukolwiek się to udało. Nie jest to jednak niemożliwe, jeśli ograniczymy się do trzech rzeczy, o których wspomniałeś: skąd wzięli się Jeźdźcy, czemu darzono ich tak wielką estymą i skąd przybyły smoki. Pozwól, że zacznę od tego ostatniego.

Eragon usadowił się wygodnie, słuchając fascynującego głosu bajarza.

– Smoki nie mają początku, chyba że mowa o stworzeniu samej Alagaësii. A jeśli mają koniec, nadejdzie on wraz z końcem tego świata, żyją bowiem tak długo jak sama ziemia. To one, a także krasnoludy i kilka innych ras, są prawdziwymi jego mieszkańcami. Żyły tu przed innymi, silne i dumne, w chwale żywiołów. Ich świat nie zmieniał się, póki pierwsze elfy nie przypłynęły zza morza srebrnymi statkami.

– Skąd przybyły elfy? – przerwał mu Eragon. – I czemu nazywają je pięknym ludem? Czy naprawdę istnieją?

Brom się skrzywił.

– Chcesz, żebym odpowiedział ci na twoje pierwsze pytanie, czy nie? Bo nie zdążymy, jeśli będziesz wypytywał o każde kolejne wydarzenie.

– Przepraszam – powiedział Eragon. – Przykro mi. – Pochylił głowę, udając skruszonego.

– Wcale nie – rzucił Brom z rozbawieniem. Spojrzał na palenisko, na płomienie liżące czajnik. – Skoro już musisz wiedzieć, elfy nie są legendą. Nazywają je pięknym ludem, bo urodą przewyższają wszystkie inne rasy. Przybyły z krainy zwanej przez nie Alaleą, choć nikt prócz nich nie wie, czym była ani gdzie się znajdowała. Wracając do naszej historii – popatrzył ostro spod krzaczastych brwi, by upewnić się, że słuchacz już mu nie przeszkodzi – elfy były wówczas dumną rasą, znały potężną magię. Z początku uważały smoki za zwykłe zwierzęta. Stąd wziął się śmiertelny w skutkach błąd. Zapalczywy elfi młodzik urządził polowanie na smoka niczym na jelenia i zabił go. Oburzone smoki schwytały w zasadzkę i zabiły elfa. Niestety, na tym się nie skończyło. Smoki zwarły szeregi, atakując cały elfi naród. Przerażone straszliwym nieporozumieniem elfy próbowały zakończyć walkę, nie mogły jednak znaleźć sposobu, by porozumieć się ze smokami. Krótko mówiąc, i pomijam tu wiele skomplikowanych wydarzeń, nastała bardzo długa i krwawa wojna, której obie strony niezmiernie później żałowały. Z początku elfy tylko się broniły, nie chciały bowiem dopuścić do eskalacji konfliktu, lecz gdy w końcu dla własnego bezpieczeństwa przeszły do ataku, smoki poczynały sobie bardzo gwałtownie. Trwało to pięć lat i ciągnęłoby się znacznie dłużej, gdyby elf imieniem Eragon nie znalazł smoczego jaja.

Eragon wzdrygnął się, zaskoczony.

– O, widzę, że nie słyszałeś o swoim imienniku – dodał Brom.

– Nie. – Czajnik zagwizdał przeraźliwie. – Czemu nazwano mnie imieniem elfa?

– Zatem historia ta tym bardziej winna cię zainteresować – rzekł Brom. Zdjął czajnik z ognia i nalał wrzątku do dwóch kubków. Jeden z nich wręczył Eragonowi. – Liście nie muszą parzyć się długo, więc pij szybko, nim herbata stanie się zbyt mocna.

Eragon spróbował pociągnąć łyk, gorący płyn oparzył mu język. Brom odstawił swój kubek na bok i znów zaciągnął się dymem.

– Nikt nie wie, czemu jajo zostało porzucone. Niektórzy twierdzą, że rodzice zginęli w ataku elfów, inni wierzą, że smoki z rozmysłem je tam zostawiły. Tak czy inaczej, Eragon uznał, że warto wychować przyjaźnie nastawionego smoka. W sekrecie opiekował się nim i zgodnie ze zwyczajami pradawnej mowy nazwał go Bid'Daum. Gdy Bid'Daum dorósł, razem wyruszyli do siedlisk smoków i przekonali je, by zakończyły wojnę z elfami. Obie rasy zawarły rozejm, a żeby wojna nigdy już nie wybuchła, ustaliły wspólnie, że należy stworzyć Jeźdźców.

Z początku Jeźdźcy mieli jedynie zapewniać łączność między smokami i elfami. Jednakże z czasem dostrzeżono ich wartość i dano większą władzę. W końcu osiedli na wyspie Vroengard i wznieśli miasto – Dorú Areabę. Nim Galbatorix ich zniszczył, Jeźdźcy dysponowali władzą większą niż wszyscy królowie Alagaësii. Tym samym odpowiedziałem chyba na twoje dwa pierwsze pytania.

– Tak – mruknął z roztargnieniem Eragon. Co za niezwykły zbieg okoliczności sprawił, że nadano mu imię pierwszego Jeźdźca. Z jakiegoś powodu imię to wydawało mu się teraz inne, obce. – Co znaczy słowo Eragon?

– Nie wiem – przyznał Brom. – Jest bardzo stare. Wątpię, by prócz elfów ktokolwiek pamiętał, a musiałbyś mieć doprawdy ogromne szczęście, by pomówić z jednym z nich. Ale to dobre imię, powinieneś być z niego dumny. Nie każdy ma miano tak godne szacunku.

Eragon otrząsnął się, porzucając próżne rozważania. Skupił się na tym, czego dowiedział się od Broma. Czegoś tu jednak brakowało.

– Nie rozumiem. Gdzie byliśmy, gdy stworzono Jeźdźców?

– Byliśmy? – Brom uniósł brwi.

– No wiesz, my wszyscy. – Eragon machnął ręką. – Ludzie.

Brom roześmiał się.

– Nie należymy do tego świata, tak samo jak elfy. Dopiero po trzech stuleciach nasi przodkowie przybyli tu i dołączyli do Jeźdźców..

– Niemożliwe – zaprotestował Eragon. – Zawsze mieszkaliśmy w dolinie Palancar.

– To prawda, gdy weźmie się pod uwagę kilka pokoleń, ale nie więcej. Nawet jeśli chodzi o ciebie, nie jest to prawdą, Eragonie – rzekł łagodnie Brom. – Choć uważasz się za część rodziny Garrowa, i słusznie, twój ojciec nie pochodził stąd. Popytaj i znajdziesz wielu ludzi, którzy nie przebywają tu wcale tak długo. To stara dolina, nie zawsze do nas należała.

Eragon skrzywił się, pociągając duży łyk herbaty. Była wciąż dość gorąca, by oparzyć gardło. To jego dom, nieważne, kim był ojciec.

– Co się stało z krasnoludami po zniszczeniu Jeźdźców?

– Nikt nie wie na pewno. W pierwszych kilku bitwach walczyły u boku Jeźdźców. Gdy jednak zrozumiały, że Galbatorix zwycięży, zamknęły wszystkie znane wejścia do swych tuneli i zniknęły pod ziemią. Z tego, co wiem, odtąd nikt ich nie widział.

– A smoki? – spytał Eragon. – Co z nimi? Z pewnością nie wszystkie zabito.

– To największa tajemnica Alagaësii – odrzekł smutno Brom. – Ile smoków przeżyło rzeź urządzoną przez Galbatorixa? Oszczędził tylko te, które zgodziły się mu służyć. Lecz jedynie na pół szalone smoki Zaprzysiężonych były na to gotowe. Jeśli jakikolwiek smok – oprócz Shruikana – żyje, ukrył się tak, by imperium nigdy go nie znalazło.

Skąd zatem wziął się mój smok? – pomyślał Eragon.

– Czy urgale były już tutaj, gdy elfy przybyły do Alagaësii? – spytał.

– Nie, podążyły za nimi przez morze niczym złaknione krwi kleszcze. To jeden z powodów, dla których tak bardzo ceniono umiejętności walki Jeźdźców i ich zdolność utrzymania pokoju... Wiele można się dowiedzieć z historii, szkoda, że król nie pozwala jej nauczać – zauważył Brom.

– Tak, słyszałem twoją baśń, gdy ostatnio byłem w mieście.

– Baśń?! – ryknął Brom, jego oczy zabłysły groźnie. – Jeśli to baśń, to pogłoski o mojej śmierci są prawdziwe i rozmawiasz z duchem! Szanuj przeszłość, nigdy nie wiesz, jak może na ciebie wpłynąć.

Eragon odczekał, aż twarz Broma złagodnieje. Dopiero wtedy odważył się spytać:

– Jak duże były smoki?

Nad głową Broma unosił się ciemny pióropusz dymu, niczym miniaturowa burza.

– Większe niż dom. Nawet najmniejsze miały skrzydła o rozpiętości ponad stu stóp. Nigdy nie przestawały rosnąć. Niektóre z najstarszych, nim zabiło je imperium, dorównywały rozmiarami sporym wzgórzom.

Eragon poczuł nagłą rozpacz. *Jak zdołam w przyszłości ukryć mojego smoka?* Mimo dręczących go pytań, pozornie zachował spokój.

– Kiedy dojrzewały?

– Hmm. – Brom podrapał się po brodzie. – Ziać ogniem zaczynały, gdy miały około pięciu, sześciu miesięcy, wtedy też mogły się rozmnażać. Im starszy był smok, tym dłużej mógł ziać ogniem. Niektóre potrafiły to robić całymi minutami.

Brom wydmuchnął kółko z dymu i patrzył, jak wzlatuje ku powale.

– Słyszałem, że ich łuski lśniły jak klejnoty.

Stary mężczyzna pochylił się.

– Dobrze słyszałeś – warknął. – Miały najróżniejsze kolory i kształty. Powiadają, że grupa smoków wyglądała niczym żywa tęcza, nieustannie zmieniająca się i lśniąca. Ale kto ci to powiedział?

Eragon zamarł na sekundę.

– Handlarz.

– Jak się nazywał? – naciskał Brom. Jego krzaczaste brwi ściągnęły się, tworząc grubą, białą krechę, a zmarszczki na czole się pogłębiły. Zapomniał o fajce, która zgasła.

Eragon udawał, że się zastanawia.

– Nie wiem. Siedział u Morna, ale nie mam pojęcia, jak miał na imię.

– Szkoda – mruknął Brom.

– Mówił też, że Jeździec słyszał myśli swego smoka – dodał szybko Eragon z nadzieją, że fikcyjny handlarz ochroni go przed podejrzeniami.

Brom zmrużył oczy. Powoli wyjął hubkę i krzesiwo, z fajki ponownie wzleciał dym, a on zaciągnął się głęboko i powoli wypuścił go z płuc.

– Mylił się – rzekł głucho. – Nie wspominają o tym w żadnej z opowieści, a znam je wszystkie. Mówił coś jeszcze?

Eragon wzruszył ramionami.

– Nie.

Brom był zbyt zainteresowany kupcem, by Eragon mógł bezpiecznie kontynuować swą historyjkę.

– Czy smoki żyły bardzo długo? – spytał od niechcenia.

Brom nie odpowiedział od razu, jego broda opadła na pierś. Palce z namysłem postukiwały w fajkę, pierścień migotał w blasku ognia.

– Przepraszam, myślałem o czymś innym. Tak, smok może żyć bardzo długo. Ściśle mówiąc: wiecznie, póki ktoś go nie zabije albo jego Jeździec nie umrze.

– Skąd to wiadomo? – wtrącił Eragon. – Jeśli smoki umierają wtedy, kiedy ich Jeźdźcy, mogą żyć najwyżej sześćdziesiąt, siedemdziesiąt lat. Mówiłeś w swojej... opowieści, że Jeźdźcy żyli setki lat, ale to niemożliwe.

Myśl, że mógłby przeżyć rodzinę i przyjaciół, wstrząsnęła nim do głębi.

Wargi Broma wygięły się w lekkim uśmiechu.

– To, co możliwe, jest rzeczą względną – rzekł przebiegle. – Niektórzy twierdzą, że nikt nie wyjdzie żywy z Kośćca, tobie się to udaje. Wszystko jest kwestią punktu widzenia. Jesteś widać bardzo mądry, skoro wiesz to w tak młodym wieku. – Eragon zarumienił się, a jego towarzysz zachichotał. – Nie złość się, skąd miałbyś wiedzieć podobne rzeczy. Zapomniałeś, że smoki to istoty magiczne – wszystko wokół siebie odmieniały w dziwny sposób. Jeźdźcy byli im najbliżsi, odczuwali to najmocniej. Najbardziej zauważalnym skutkiem magii było wydłużone życie Jeźdźców. Nasz król żyje dość długo, by tego dowieść, lecz większość ludzi przypisuje to jego magii. Były też inne, mniej zauważalne zmiany. Wszyscy Jeźdźcy mieli mocniejsze ciała, silniejsze umysły i bystrzejszy wzrok niż zwykli ludzie. Poza tym uszy ludzi Jeźdźców powoli robiły się spiczaste, choć nigdy tak wyraźnie jak u elfów.

Eragon powstrzymał się w ostatniej chwili, by nie sięgnąć i nie pomacać czubków własnych uszu. *Jak jeszcze smok odmieni moje życie? Nie tylko wtargnął do mego umysłu, ale zmienia też ciało!*

– Czy smoki były bardzo mądre?

– Nie słuchałeś tego, co opowiadałem przed chwilą? – spytał ostro Brom. – Jak elfy mogły zawrzeć przymierze i układy z tępymi stworzeniami? Były równie mądre jak ty czy ja.

– Ale to przecież zwierzęta! – upierał się Eragon.

Brom prychnął wzgardliwie.

– Nie były zwierzętami bardziej niż my. Z jakichś przyczyn ludzie wysławiają wszystkie czyny Jeźdźców, lecz zapominają o smokach, jakby były one jedynie egzotycznym środkiem transportu, pozwalającym im przedostać się z miejsca na miejsce. A to nieprawda. Wielkie czyny Jeźdźców były możliwe tylko dzięki smokom. Ilu ludzi dobyłoby miecza, wiedząc, że wkrótce powstrzyma ich olbrzymi ziejący ogniem jaszczur, dysponujący mądrością i wiedzą przewyższającą nawet królów, hę? – Wypuścił z ust kolejny pierścień dymu, odprowadzając go wzrokiem.

– Widziałeś kiedyś smoka?

– Nie – rzekł Brom. – Wszystko to działo się na długo przed moim urodzeniem.

A teraz imię.

– Próbowałem sobie przypomnieć imię pewnego smoka, ale nie mogę, choć mam je na końcu języka. Słyszałem je chyba, kiedy kupcy odwiedzili Carvahall. Nie jestem pewien. Mógłbyś mi pomóc?

Brom wzruszył ramionami i szybko wyrecytował całą listę imion.

– Był wśród nich Jura, Hírador i Fundor, który walczył z wielkim wężem morskim. Galzra, Briam, Ohen Potężny, Gretiem, Beroan, Roslarb... – potem wymienił jeszcze wiele innych. Na samym końcu tak cicho, że Eragon ledwie usłyszał, dodał: – I Saphira. – Brom umilkł i szybko opróżnił fajkę. – To jedno z nich?

– Chyba nie – mruknął Eragon. Brom dał mu wiele do myślenia i robiło się późno. – Cóż, Roran pewnie już skończył u Horsta. Powinienem wracać, choć wolałbym zostać.

Brom uniósł brwi.

– I to wszystko? Spodziewałem się, że będę odpowiadał na twoje pytania, póki nie przyjdzie cię szukać. Nie chcesz usłyszeć o taktyce bitewnej smoków, nie prosisz o opis oszałamiających walk powietrznych? To już koniec?

– Na razie. – Eragon zaśmiał się. – Dowiedziałem się tego, czego chciałem, a nawet znacznie więcej.

Wstał. Brom zrobił to samo.

– Dobrze zatem. – Odprowadził Eragona do drzwi. – Do widzenia, uważaj na siebie. I pamiętaj: jeśli przypomnisz sobie, kim był ten kupiec, powiedz mi.

– Powiem, dziękuję.

Eragon wyszedł na oślepiające zimowe słońce, zmrużył oczy i ruszył powoli przed siebie, rozmyślając o tym, co usłyszał.

Imię mocy

W drodze do domu Roran oświadczył:

– Dziś u Horsta zjawił się obcy, przyjechał z Therinsfordu.

– Jak się nazywa? – spytał Eragon, wymijając zamarzniętą kałużę i maszerując szybkim krokiem. Oczy i policzki piekły go od mrozu.

– Dempton. Przyjechał prosić, by Horst wykuł mu parę tulei. – Masywne nogi Rorana poruszały się szybko w śniegu, przecierając drogę Eragonowi.

– Czy Therinsford nie ma własnego kowala?

– Ma – wyjaśnił Roran – ale brak mu umiejętności. – Zerknął na Eragona i wzruszył ramionami. – Dempton potrzebuje tulei do młyna, rozbudowuje go. Zaproponował mi pracę. Jeśli ją przyjmę, wyjadę z nim, gdy przyjedzie je odebrać.

Młynarze pracowali cały rok. Zimą mełli wszystko, co przynosili im ludzie. W porze żniw kupowali ziarno, a później sprzedawali mąkę. To była ciężka, niebezpieczna praca. Ludzie we młynie często tracili palce bądź dłonie w olbrzymich żarnach.

– Powiesz Garrowowi? – spytał Eragon.

– Tak.

Na twarzy Rorana malował się posępny uśmiech.

– Po co? Wiesz, co myśli o każdym naszym wyjeździe. Jeśli coś powiesz, narobisz tylko kłopotów. Zapomnij o wszystkim i spokojnie zjemy obiad.

– Nie mogę. Zamierzam przyjąć tę pracę.

Eragon nagle się zatrzymał.

– Czemu? – Stali naprzeciw siebie, ich oddechy bielały w mroźnym powietrzu. – Wiem, że jest trudno o pieniądze, ale zdołamy jakoś przetrwać. Nie musisz wyjeżdżać.

– Nie, nie muszę, ale potrzebuję pieniędzy dla siebie. – Roran próbował ruszyć naprzód, lecz Eragon nawet nie drgnął.

– Po co ci one? – spytał ostro.

Jego kuzyn lekko uniósł ramiona i wyprostował się.

– Chcę się ożenić.

Eragona ogarnęło zdumienie i oszołomienie. Pamiętał, jak Katrina i Roran całowali się podczas wizyty kupców. Ale małżeństwo?

– Z Katriną? – spytał, choć właściwie nie potrzebował potwierdzenia.

Roran skinął głową.

– Pytałeś ją już?

– Jeszcze nie, ale wiosną, gdy będzie mnie stać na utrzymanie domu, spytam.

– W gospodarstwie jest zbyt wiele pracy, żebyś teraz wyjechał – zaprotestował Eragon. – Zaczekaj, aż będziemy gotowi do sadzenia.

– Nie. – Roran zaśmiał się. – Na wiosnę będę bardziej potrzebny. Ziemię trzeba zaorać, zasiać ziarno, wyrwać chwasty. Nie mówiąc o innych obowiązkach. Nie, to najlepsza pora na wyjazd. Teraz, gdy czekamy na zmianę pór roku. Poradzicie sobie z Garrowem beze mnie. Jeśli wszystko pójdzie dobrze, wkrótce wrócę z żoną.

Eragon niechętnie przyznał, że Roran mówi z sensem. Pokręcił głową, sam jednak nie wiedział, czy kieruje nim zdumienie, czy też gniew.

– Pozostaje mi tylko życzyć ci szczęścia. Ale Garrow może nie przyjąć tych nowin zbyt dobrze.

– Zobaczymy.

Znów ruszyli naprzód. Cisza dzieliła ich niczym niewidzialna ściana. Eragon czuł niepokój w sercu; potrzebował czasu, nim spojrzy przychylnie na plany kuzyna. Gdy dotarli do domu, Roran nie poinformował Garrowa o swych zamierzeniach. Lecz Eragon był pewien, iż wkrótce to uczyni.

***

Niedługo potem wybrał się na spotkanie ze smokiem – pierwsze, odkąd ten przemówił do niego. Eragon podszedł doń z lękiem, świadom, że ma do czynienia z kimś równym sobie.

Eragon.

– Tylko to potrafisz powiedzieć? – warknął.

Tak.

Jego oczy otwarły się szerzej na tę niespodziewaną odpowiedź. Usiadł ciężko na ziemi. *Do tego ma poczucie humoru. Co jeszcze?* Pełnym irytacji gestem złamał stopą suchą gałąź. Słowa Rorana wprawiły go w paskudny nastrój. Poczuł pytającą myśl smoka, toteż opowiedział mu, co się stało. I gdy tak mówił, jego głos stawał się coraz donośniejszy, aż w końcu zaczął wrzeszczeć bezsensownie i wściekać się, póki złość mu nie przeszła. W bezsensownym odruchu uderzył pięścią o ziemię.

– Po prostu nie chcę, żeby odszedł – rzekł bezradnie.

Smok obserwował go obojętnie, słuchając, ucząc się. Eragon wymamrotał kilka starannie dobranych przekleństw i potarł oczy. Z namysłem spojrzał na smoka.

– Potrzebne ci imię. Słyszałem dziś kilka interesujących. Może jedno z nich ci się spodoba. – Zaczął w duchu przeglądać kolejne imiona z listy Broma, aż w końcu natrafił na dwa, które wydały mu się bohaterskie, szlachetne i miłe w brzmieniu. – Co powiesz na Vanilora bądź jego następcę Eridora? To były wspaniałe smoki.

Nie – odparł smok. Zdawało się, że bawią go te próby. *Eragon.*

– To moje imię, nie możesz go dostać. – Eragon potarł policzek. – Jeśli te ci się nie podobają, mam inne. – Zaczął wymieniać imiona z listy, lecz smok odrzucał je po kolei. Eragon miał wrażenie, że stworzenie śmieje się z czegoś, czego on sam nie rozumie. Na razie jednak nie przywiązywał do tego wagi. – Był jeszcze Ingothold, zabił... – Nagle urwał w chwili olśnienia.

O to chodzi! Wybierałem męskie imiona. Ty jesteś smoczycą!

Tak. Smoczyca z rozbawioną miną zwinęła skrzydła.

Teraz, gdy wiedział, czego szukać, wynalazł pół tuzina imion. Zastanawiał się nad Miremel, ale nie pasowało – w końcu było to imię brązowego smoka. Opheila i Lenora także zostały zdyskwalifikowane. Już miał się poddać, gdy przypomniał sobie ostatnie wymienione przez Broma imię. Eragonowi się spodobało, ale co powie smok?

Spytał zatem:

– Czy jesteś Saphirą?

Smoczyca spojrzała na niego mądrymi oczami. W głębi umysłu odczuł jej zadowolenie.

Tak.

Coś szczęknęło mu w głowie. Jej głos odbił się echem, jakby dobiegał z wielkiej oddali. Eragon uśmiechnął się szeroko w odpowiedzi. Saphira zaczęła mruczeć.

Przyszły młynarz

Gdy zasiedli do obiadu, słońce już zaszło. Na dworze zerwał się ostry wiatr, który potrząsał domem. Eragon nie spuszczał wzroku z Rorana, czekając na nieuniknione. W końcu nadeszło.

– Zaproponowano mi pracę we młynie w Therinsfordzie... i zamierzam ją przyjąć.

Garrow powoli przeżuł ostatni kęs strawy i odłożył widelec. Wyprostował się na krześle, splótł palce za głową i wypowiedział jedno suche słowo:

– Czemu?

Roran wyjaśnił. Tymczasem Eragon z roztargnieniem dziobał widelcem jedzenie.

– Rozumiem – odparł Garrow. Umilkł, wpatrując się w powałę. Obaj chłopcy w bezruchu czekali na jego reakcję. – Kiedy zatem wyjeżdżasz?

– Co takiego? – spytał Roran.

Garrow pochylił się, w jego oczach rozbłysła iskierka.

– Sądziłeś, że cię zatrzymam? Miałem nadzieję, że szybko się ożenisz. Dobrze będzie, gdy rodzina znów zacznie się powiększać. Katrina to szczęściara, skoro może cię mieć.

Na twarzy Rorana odbiło się zdumienie, uśmiechnął się z ulgą.

– No to kiedy wyjeżdżasz? – powtórzył Garrow.

Jego syn odzyskał głos.

– Gdy Dempton wróci po tuleje do młyna.

Garrow skinął głową.

– Czyli za...

– Dwa tygodnie.

– Świetnie, mamy więc czas się przygotować. Dziwnie tu będzie bez ciebie. Ale jeśli wszystko ułoży się pomyślnie, nie potrwa to zbyt długo. – Uniósł wzrok i spojrzał na Eragona.

– Wiedziałeś o tym?

Eragon z ponurą miną wzruszył ramionami.

– Do dziś nie. To szaleństwo.

Jego wuj potarł dłonią twarz.

– Po prostu naturalna kolej rzeczy. – Dźwignął się z krzesła. – Wszystko będzie dobrze, to tylko kwestia czasu. Na razie jednak sprzątnijmy talerze.

Eragon i Roran pomogli mu w milczeniu.

Kilka następnych dni było bardzo trudnych. Eragon cały czas był poirytowany. Z nikim nie rozmawiał, zapytany udzielał krótkich, nieuprzejmych odpowiedzi. Wszędzie wokół siebie widział milczące oznaki zbliżającego się wyjazdu Rorana. Garrow szykował mu worek, ze ścian znikały przedmioty, w domu pojawiła się dziwna pustka. Dopiero po niecałym tygodniu uświadomił sobie, że oddalili się od siebie z Roranem. Gdy rozmawiali, słowa przychodziły im z trudem, niezręczne i wymuszone.

Saphira stanowiła balsam na troski Eragona. Z nią mógł rozmawiać swobodnie. Umysłem wyczuwała wszystkie jego emocje i rozumiała go lepiej niż ktokolwiek inny. Przed wyjazdem Rorana przeszła kolejny etap szybkiego wzrostu, zyskując dwanaście cali w kłębie. Była już wyższa niż Eragon, który odkrył, że niewielkie zagłębienie w miejscu, gdzie jej szyja łączyła się z ciałem, stanowi idealne siedzisko. Często odpoczywał tam wieczorami, drapiąc ją po szyi i wyjaśniając znaczenie różnych słów. Wkrótce zaczęła rozumieć wszystko, co mówił, i często komentowała jego uwagi.

Te chwile sprawiały Eragonowi niezwykłą przyjemność. Saphira była równie prawdziwa i skomplikowana jak każdy człowiek. Osobowość miała złożoną i czasami całkowicie obcą, lecz rozumieli się na niezwykłym, niedostępnym innym poziomie. Jej działania i myśli wciąż ujawniały nowe aspekty charakteru. Kiedyś schwytała orła, ale zamiast go zjeść, wypuściła, mówiąc: *Żaden powietrzny łowca nie powinien skończyć jako ofiara. Lepiej zginąć w locie, niż umrzeć na ziemi.*

Oświadczenie Rorana odsunęło w przyszłość plany Eragona, który zamierzał pokazać rodzinie Saphirę. Dodatkowo przyczyniły się do tego także jej własne ostrzeżenia. Nie miała ochoty się pokazywać, a on zgodził się z nią, częściowo z pobudek samolubnych. Wiedział, że w chwili gdy ujawni istnienie smoczycy, Roran i Garrow zasypią go pretensjami, oskarżeniami, słowami pełnymi lęku... Zatem zwlekał. Postanowił, że zaczeka na znak, iż nadeszła właściwa pora.

W noc przed wyjazdem Rorana Eragon poszedł z nim porozmawiać. Na stoliku stała lampa oliwna, oświetlając pokój ciepłym blaskiem. Słupki łóżka rzucały długie cienie na puste, sięgające powały półki. Roran owijał swe ubrania i dobytek kocem; ściągnięte mięśnie karku zdradzały napięcie. Zawahał się chwilę, podniósł coś z poduszki i podrzucił w dłoni. Był to wypolerowany kamyk, który Eragon podarował mu wiele lat wcześniej.

Roran chciał go włożyć do tobołka, ale zatrzymał się w pół ruchu i odłożył kamień na półkę.

Gardło Eragona ścisnęło się gwałtownie.

Wyszedł.

Obcy w Carvahall

Śniadanie było zimne, ale za to herbata gorąca. Pokrywający okna szron stopniał, gdy rankiem rozpalili ogień. Woda spłynęła na drewnianą podłogę, tworząc ciemne kałuże. Eragon spojrzał na Garrowa i Rorana krzątających się przy kuchni i pomyślał, że dopiero za kilka miesięcy znów ujrzy ich razem.

Roran przysiadł na krześle, żeby zasznurować buty. Obok na podłodze złożył pełny worek. Garrow stał między nimi, ręce wsunął głęboko do kieszeni. Koszula zwisała mu z ramion, skóra sprawiała wrażenie napiętej. Mimo próśb i nalegań młodzieńców odmówił pójścia z nimi. Pytany o powód odparł, że tak będzie najlepiej.

– Masz wszystko? – spytał Rorana.

Garrow przytaknął. Wyciągnął z kieszeni niedużą sakiewkę. Gdy wręczył ją Roranowi, zabrzęczały monety.

– Oszczędzałem je dla ciebie. Nie jest tego wiele, ale jeśli zechcesz kupić jakąś drobnostkę bądź błyskotkę, wystarczy.

– Dziękuję, lecz nie zamierzam wydawać pieniędzy na błyskotki – odparł Roran.

– Cóż, są twoje. Nie mam nic więcej, co mógłbym ci dać, prócz mego błogosławieństwa. Weź je, jeśli chcesz; nie jest wiele warte.

Głos Rorana zadrżał ze wzruszenia.

– Będę zaszczycony, mogąc je otrzymać.

– Zatem przyjmij je i idź w pokoju. – Garrow ucałował go w czoło, po czym odwrócił się i dodał głośniej: – Nie myśl, że zapomniałem o tobie, Eragonie. Mam wam do powiedzenia kilka słów. To właściwa pora, bo odkrywacie świat. Słuchajcie ich, a dobrze wam posłużą. – Pochylił głowę, patrząc na nich surowo. – Po pierwsze, nie pozwólcie, by ktokolwiek zawładnął waszym ciałem bądź umysłem. Dołóżcie wszelkich starań, aby wasze myśli pozostały swobodne. Nawet wolny człowiek może być bardziej skrępowany niż niewolnik. Służcie ludziom w potrzebie uchem, lecz nie sercem. Okazujcie szacunek tym u władzy, lecz nie podążajcie za nimi ślepo. Osądzajcie, kierując się logiką i rozumem, lecz nie komentujcie głośno. Nie uważajcie nikogo za lepszego od siebie, bez względu na to, kim jest w życiu. Traktujcie wszystkich uczciwie, by nie narazić się na zemstę. Rozważnie wydawajcie pieniądze. Bądźcie wierni swym przekonaniom, a inni was wysłuchają. – Zawahał się i dodał: – A co do miłości... moja jedyna rada brzmi: bądźcie uczciwi. To najpotężniejsze narzędzie, otwierające serca i zyskujące przebaczenie. To wszystko, co mam wam do powiedzenia.

Nagle Eragonowi i Roranowi wydało się, że jest lekko skrępowany. Garrow podniósł z ziemi worek Rorana.

– Teraz musisz już iść. Zaczyna świtać, Dempton będzie czekać.

Roran zarzucił worek na plecy i uściskał Garrowa.

– Wrócę, kiedy tylko będę mógł – oznajmił.

– To dobrze – rzucił Garrow. – Teraz jednak idź i nie martw się o nas.

Rozstali się niechętnie. Eragon i Roran wyszli na dwór, po czym odwrócili się i pomachali. Garrow podniósł kościstą dłoń, z powagą obserwując obu chłopców maszerujących w stronę traktu. Po długiej chwili zatrzasnął drzwi. Słysząc niosący się w powietrzu dźwięk, Roran przystanął.

Eragon obejrzał się, wodząc wzrokiem wokół. Na moment zatrzymał go na samotnych budynkach. Wydawały się żałośnie małe i kruche. Jedynym dowodem życia była cienka smużka dymu, wzlatującego z komina zasypanego śniegiem domu.

– To nasz cały świat – zauważył z powagą Roran.

Eragon zadrżał niecierpliwie.

– Ale dobry – rzekł szorstko.

Roran skinął głową, wyprostował plecy i ruszył naprzód w nową przyszłość. Gdy zeszli ze wzgórza, dom zniknął im z oczu.

Kiedy dotarli do Carvahall, wciąż było bardzo wcześnie, lecz drzwi kuźni stały już otworem. Powietrze wewnątrz okazało się przyjemnie ciepłe. Baldor powoli operował dwoma wielkimi miechami przymocowanymi z boku kamiennego pieca, który wypełniały rozżarzone węgle. Przed piecem stało czarne kowadło i okuta żelazem beczka, pełna słonej wody. Z szeregu drążków wystających ze ścian na wysokości szyi zwisały rzędy przedmiotów: olbrzymie szczypce, kleszcze, pilniki gładkie i zębate, młoty najróżniejszych kształtów i rozmiarów, dłuta, linie, przebijaki, wiertła, sztabki żelaza i stali czekające na ukształtowanie, obcęgi, nożyce, kilofy i łopaty. Horst i Dempton przystanęli obok długiego stołu.

Na widok Eragona i Rorana Dempton ruszył naprzód, z szerokim uśmiechem pod ogniście rudym wąsem.

– Roranie, cieszę się, że przyszedłeś. Mam nowe żarna i nie dałbym sam rady. Jesteś gotów?

Roran poprawił worek.

– Tak. Czy już ruszamy?

– Najpierw muszę załatwić parę spraw, ale wyruszymy w ciągu godziny.

Eragon przestąpił z nogi na nogę i Dempton odwrócił się do niego, pociągając koniuszek wąsa.

– Ty musisz być Eragon. Tobie też zaproponowałbym pracę, ale Roran zajął jedyne miejsce. Może za rok czy dwa, co?

Eragon uśmiechnął się niepewnie i pokręcił głową. Mężczyzna był przyjacielski i w innych okolicznościach chłopiec z pewnością by go polubił, w tej chwili jednak pożałował, że młynarz kiedykolwiek przybył do Carvahall. Dempton sapnął.

– Doskonale, doskonale. – Z powrotem skupił uwagę na Roranie i zaczął wyjaśniać, jak działa młyn.

– Są gotowe – przerwał im Horst, wskazując ręką stół, na którym leżało kilka zawiniątek. – Możesz je zabrać, kiedy chcesz. – Uścisnęli sobie dłonie, po czym Horst wyszedł z kuźni, wzywając gestem Eragona.

Zaciekawiony chłopak podążył za nim. Ujrzał kowala stojącego na ulicy ze splecionymi na piersi rękami. Eragon machnął kciukiem w stronę młynarza.

– Co o nim sądzisz?

– To dobry człowiek – zagrzmiał Horst. – Zaopiekuje się Roranem. – Z roztargnieniem strzepnął z fartucha opiłki żelaza, po czym położył ciężką dłoń na ramieniu Eragona. – Chłopcze, pamiętasz swoją kłótnię ze Sloanem?

– Jeśli chodzi ci o zapłatę za mięso, nie zapomniałem.

– Nie, ufam ci, chłopcze. Chcę natomiast wiedzieć, czy wciąż masz ten niebieski kamień.

Serce Eragona zatrzepotało. *Czemu on pyta? Może ktoś widział Saphirę?* Starając się nie panikować, rzekł:

– Mam, ale dlaczego pytasz?

– Gdy tylko wrócisz do domu, pozbądź się go. – Horst puścił mimo uszu zdumiony okrzyk Eragona. – Wczoraj przybyli tu dwaj mężczyźni, dziwni ludzie ubrani na czarno i uzbrojeni w miecze. Sam ich widok sprawił, że wstrząsnął mną dreszcz. Wieczorem zaczęli wypytywać ludzi, czy ktoś znalazł kamień taki jak twój. Dziś znów będą pytali. – Eragon zbladł. – Nikt rozsądny nie powie im ani słowa, ludzie umieją rozpoznać kłopoty. Potrafiłbym jednak wskazać paru, którzy nie utrzymają języka za zębami.

Serce Eragona ścisnęło się ze zgrozy. Ktokolwiek posłał kamień do Kośćca, w końcu go odnalazł. A może imperium dowiedziało się o Saphirze? Nie wiedział, co byłoby gorsze. *Myśl, myśl. Jajo zniknęło, nie zdołają go już znaleźć. Jeśli jednak wiedzieli, czym było, domyślą się, co się stało... Coś może grozić Saphirze!* Potrzebował całej siły woli, by nie zdradzić targającego nim strachu.

– Dziękuję, że mi powiedziałeś. Wiesz, gdzie oni są? – Z dumą zauważył, że jego głos tylko lekko zadrżał.

– Nie ostrzegam cię po to, żebyś się z nimi spotykał. Opuść Carvahall, wracaj do domu.

– Dobrze – rzekł Eragon, by uspokoić kowala. – Jeśli sądzisz, że powinienem.

– Sądzę. – Twarz Horsta złagodniała. – Może przesadzam, ale mam złe przeczucie co do tych obcych. Lepiej by było, gdybyś został w domu, póki nie wyjadą. Postaram się utrzymać ich z daleka od waszego gospodarstwa, choć może mi się nie udać.

Eragon spojrzał na niego z wdzięcznością. Żałował, że nie może mu opowiedzieć o Saphirze.

– Pójdę już – rzekł i ruszył z powrotem do Rorana.

Uścisnął mu ramię i pożegnał się.

– Nie zostaniesz choć trochę? – spytał zdumiony Roran.

Eragon o mało się nie roześmiał. Z jakiegoś powodu pytanie to strasznie go rozbawiło.

– Nie mam tu nic do roboty i nie zamierzam stać i czekać, aż odejdziesz.

– No to – mruknął niepewnie Roran – chyba nie zobaczymy się przez kilka miesięcy.

– Z pewnością miną szybko – odparł pośpiesznie Eragon. – Uważaj na siebie i wracaj jak najprędzej.

Uścisnął Rorana, po czym wyszedł. Horst wciąż stał na ulicy. Świadom wzroku kowala Eragon skierował się na przedmieście Carvahall. Gdy kowal zniknął mu z oczu, skręcił za dom, po czym z powrotem zakradł się do miasteczka.

Trzymając się cieni, sprawdzał kolejne ulice, nasłuchując w poszukiwaniu nawet najcichszych dźwięków. Myślami wrócił do domu, gdzie na ścianie został łuk. Pożałował, że nie ma go w dłoni. Krążył po Carvahall, unikając ludzi, aż w końcu zza jednego z domów usłyszał obcy, złowrogi głos. Choć słuch miał dobry, musiał nadstawiać uszu, by cokolwiek usłyszeć.

– Kiedy to się stało? – Słowa były gładkie niczym natłuszczone szkło, wydawały się przeciskać przez powietrze. Pobrzmiewał w nich dziwny syk, który sprawił, że chłopcu zjeżyły się włosy na głowie.

– Jakieś trzy miesiące temu – padła odpowiedź.

Eragon rozpoznał ten głos natychmiast: Sloan.

Na krew Cienia, zaraz im powie... Postanowił podczas następnego spotkania obić Sloane'a.

Do rozmowy dołączyła trzecia osoba o niskim, wilgotnym głosie, przywołującym wizje zgnilizny, pleśni i innych rzeczy, które lepiej omijać z daleka.

– Jesteś pewien? Byłoby źle, gdybyś popełnił błąd. W takim wypadku mogłoby się to skończyć niezwykle... nieprzyjemnie.

Eragon potrafił sobie wyobrazić, co mogliby zrobić. Czy ktokolwiek poza imperium śmiałby tak grozić ludziom? Pewnie nie, ale osoba, która przysłała jajo, mogła być dość potężna, by otwarcie posługiwać się przemocą.

– Tak, jestem pewien. Miał go wtedy, nie kłamię. Mnóstwo ludzi o nim wie. Popytajcie. – Sloan sprawiał wrażenie wstrząśniętego. Powiedział coś jeszcze, czego Eragon nie dosłyszał.

– Byli mało... skłonni do współpracy. – Słowa te zabrzmiały drwiąco. Po chwili ciszy przybysz dodał: – Twoje informacje bardzo nam pomogły. Nie zapomnimy o tym. – Eragon mu uwierzył.

Sloan wymamrotał coś niewyraźnie, po czym Eragon usłyszał oddalające się pośpiesznie kroki. Zerknął za róg, żeby sprawdzić, co się dzieje. Na ulicy stało dwóch wysokich mężczyzn, ubranych w długie czarne płaszcze, które z boku spływały po przypiętych do pasów pochwach. Na ich koszulach widniały symbole haftowane srebrną nicią. Kaptury osłaniały im twarze, dłonie skrywały rękawice. Plecy mieli dziwnie zgarbione, jakby ktoś wypchał im ubrania.

Eragon poruszył się lekko, próbując przyjrzeć im się bliżej. Jeden z obcych zesztywniał, odchrząknął dziwnie. Obaj obrócili się gwałtownie i przykucnęli. Eragon wstrzymał oddech, ogarnął go śmiertelny strach. Jego wzrok padł na ukryte twarze przybyszów i myśli skrępowała mu dziwna moc, nie pozwalając się ruszyć. Zmagając się z nią, krzyczał do samego siebie: *Dalej!* Jego nogi napięły się, bez skutku. Obcy skradali się ku niemu płynnym, bezszelestnym krokiem. Wiedział, że widzą już jego twarz, byli niemal za rogiem, sięgali po miecze...

– Eragon!

Wzdrygnął się, słysząc swe imię. Przybysze zamarli w miejscu i syknęli. Brom pośpieszył ku niemu z boku, głowę miał gołą, w dłoni trzymał laskę. Nie widział przybyszów. Eragon próbował go ostrzec, lecz jego język i ręce nie mogły się ruszyć.

– Eragon! – krzyknął ponownie Brom.

Obcy jeszcze raz spojrzeli na niego, po czym zniknęli między domami. Eragon runął na ziemię. Na jego czole perlił się pot, dłonie miał lepkie i wilgotne. Stary mężczyzna podał mu rękę i pomógł wstać.

– Wyglądasz na chorego. Czy coś się stało?

Eragon przełknął ślinę i bez słowa pokręcił głową. Gorączkowo rozglądał się wokół.

– Nagle zakręciło mi się w głowie, to wszystko. Już minęło. To było bardzo dziwne. Nie wiem, co się stało.

– Dojdziesz do siebie – rzucił Brom. – Ale może powinieneś wrócić do domu?

Tak, muszę wracać do domu. Muszę tam dotrzeć przed nimi.

– Chyba masz rację. Może to jakaś choroba.

– Zatem najlepiej będzie, jak wrócisz. To długa droga, ale z pewnością szybko poczujesz się lepiej. Odprowadzę cię do traktu.

Eragon nie protestował. Brom ujął go pod ramię i poprowadził szybko naprzód. Laska mężczyzny z cichym skrzypieniem zagłębiała się w śnieg.

– Czemu mnie szukałeś?

Bajarz wzruszył ramionami.

– Ze zwykłej ciekawości. Dowiedziałem się, że jesteś w mieście, i zastanawiałem, czy przypomniałeś sobie imię owego kupca.

Kupca? O czym on mówi? Eragon przez moment patrzył na niego bezmyślnie. Czujne oczy Broma dostrzegły zmieszanie chłopaka.

– Nie – rzekł i poprawił się szybko – wciąż nie pamiętam.

Brom westchnął głucho, jakby coś potwierdziło jego podejrzenia, i potarł orli nos.

– Cóż, zatem... jeśli sobie przypomnisz, daj mi znać. Niezwykle ciekawi mnie handlarz, który udaje, że tak wiele wie o smokach.

Eragon przytaknął z roztargnieniem. W milczeniu doszli do traktu.

– Śpiesz do domu – polecił Brom. – Nie radziłbym ci zwlekać. – Podał mu wykręconą, kościstą dłoń.

Eragon uścisnął ją. Lecz gdy wypuścił rękę Broma, coś zaczepiło o jego rękawicę i ta upadła na ziemię. Stary mężczyzna podniósł ją.

– Taki jestem niezdarny – rzekł przepraszającym tonem i wręczył Eragonowi rękawicę.

Gdy chłopak ją ujął, silne palce bajarza chwyciły jego przegub i obróciły, na moment ukazując wnętrze dłoni i srebrzyste znamię. Oczy Broma zabłysły, pozwolił jednak Eragonowi wyszarpnąć rękę i naciągnąć rękawicę.

– Bywaj – wykrztusił wstrząśnięty Eragon i pośpieszył w stronę domu. Za plecami usłyszał, jak Brom pogwizduje wesołą melodię.

Lot przeznaczenia

Eragon biegł do domu, a myśli kłębiły mu się w głowie. Ani na moment nie zwalniał kroku, nawet wtedy, gdy z trudem chwytał powietrze. Pędząc zmarzniętym traktem, posyłał przed siebie myśli w poszukiwaniu Saphiry, była jednak zbyt daleko, by nawiązać kontakt. Zastanawiał się, co powie Garrowowi. Nie miał już wyboru, będzie musiał ujawnić istnienie Saphiry.

Dotarł do domu zdyszany, z walącym sercem. Garrow stał z końmi obok stodoły. Eragon zawahał się. Czy powinienem pomówić z nim od razu? *Nie uwierzy mi, chyba że zobaczy Saphirę. Lepiej najpierw ją znajdę.* Okrążył farmę i zagłębił się w las. *Saphiro!* – wykrzyknął w myślach.

Przybywam – usłyszał odległą odpowiedź. Wyczuł w tych prostych słowach niepokój smoczycy. Eragon czekał niecierpliwie. Już wkrótce łopot ciężkich skrzydeł wypełnił powietrze. Wylądowała przed nim w obłoku dymu. *Co się stało?* – spytała.

Dotknął jej ramienia i zamknął oczy. Uspokajając umysł, szybko opowiedział jej o wszystkim. Gdy wspomniał o nieznajomych, Saphira szarpnęła się, wspięła na tylne nogi i ryknęła ogłuszająco, po czym machnęła mu nad głową ogonem. Cofnął się zaskoczony i skulony, a ciężki ogon rąbnął w zaspę. Z umysłu smoczycy promieniowała falami żądza krwi i przerażenie. *Ogień! Nieprzyjaciel! Śmierć! Mordercy!*

Co się stało? Przelał w te słowa całą swą siłę, lecz jej umysł otaczał żelazny mur, osłaniając myśli. Wydała z siebie kolejny ryk i rozdarła ziemię szponami, szarpiąc zmarzniętą ściółkę.

Przestań, Garrow cię usłyszy!

Przysięgi złamane, dusze zabite, strzaskane jaja! Wszędzie krew. Mordercy!

Gorączkowo próbował zatamować falę uczuć Saphiry, nie spuszczając wzroku z jej ogona. Gdy znów przeleciał obok niego, Eragon skoczył naprzód i chwycił szpikulec na grzbiecie smoczycy. Ściskając go, wciągnął się w zagłębienie u podstawy jej szyi i przytrzymał mocno, gdy znów wierzgnęła.

– Saphiro, wystarczy! – huknął. Strumień smoczych myśli ustał gwałtownie. Eragon przesunął dłonią po jej łuskach. – Wszystko będzie dobrze.

Saphira przykucnęła, jej skrzydła uniosły się gwałtownie, przez moment zawisły w powietrzu, po czym opadły, gdy wystartowała do lotu.

Eragon wrzasnął, widząc, jak ziemia oddala się w niewiarygodnym tempie. Wzlecieli ponad drzewa. Poczuł wstrząsy tak silne, że wypuścił ustami powietrze i nie zdołał zaczerpnąć tchu. Saphira, nie zważając na jego przerażenie, skręciła w stronę Kośćca. Pod sobą dostrzegł farmę i płynącą w dole Anorę. Żołądek ścisnął mu się gwałtownie, Eragon mocniej objął rękami szyję Saphiry, wbijając wzrok w łuski tuż przed swym nosem i próbując nie zwymiotować. Wciąż wzlatywali wyżej. Gdy wyrównała lot, zebrał się na odwagę i rozejrzał. Powietrze było tak zimne, że na rzęsach osiadał mu szron. Dotarli do gór szybciej, niż wydawało mu się to możliwe. Z powietrza szczyty przypominały olbrzymie, ostre jak brzytwa zębiska, czekające, by rozszarpać ich na strzępy. Saphira zachwiała się niespodziewanie i Eragon o mało nie spadł z jej grzbietu. Wierzchem dłoni otarł wargi, czując smak żółci, i ponownie przycisnął głowę do szyi smoczycy.

Musimy wracać – błagał ją w myślach. *Obcy zmierzają na farmę. Trzeba ostrzec Garrowa. Zawracaj!*

Nie odpowiedziała. Sięgnął ku jej umysłowi i natychmiast natrafił na mur gwałtownego strachu i wściekłości. Zdecydowany zawrócić, z ponurą determinacją zaczął przebijać myślową zbroję Saphiry. Wyszukiwał najsłabsze miejsca, poruszał mocniejsze fragmenty, cały czas walczył, próbując zmusić ją, by go wysłuchała. Bez skutku.

Wkrótce otoczyły ich góry, niewiarygodnie wielkie białe ściany i granitowe urwiska. Między wierzchołkami połyskiwały błękitne lodowce, przypominające zamarznięte rzeki. W dole otwierały się długie doliny i przepaście. Eragon słyszał dobiegające z oddali ptasie krzyki. Stadko kudłatych kóz przeskakiwało między skałami.

Prądy powietrzne wzbijane przez skrzydła Saphiry szarpały nim gwałtownie. Za każdym razem, gdy poruszała głową, rzucała nim z boku na bok. Wydawała się niestrudzona. Bał się, że będzie leciała całą noc. W końcu, gdy zapadł zmrok, zanurkowała w dół.

Eragon rozejrzał się i odkrył, że zmierzają w stronę niewielkiej polany w dolinie. Saphira zatoczyła kilka kręgów, leniwie przepływając nad wierzchołkami drzew. Gdy ziemia była tuż-tuż, raz jeszcze uderzyła skrzydłami i wylądowała na tylnych nogach. Potężne mięśnie napięły się, pochłaniając wstrząs. Saphira opadła na cztery nogi i postąpiła parę kroków, by utrzymać równowagę. Eragon, nie czekając, aż zwinie skrzydła, zsunął się na ziemię.

Gdy na niej wylądował, kolana ugięły się pod nim, policzkiem uderzył w śnieg. Jęknął, czując przeszywający ból w nogach. Do oczu napłynęły mu łzy. Mięśnie, obolałe po godzinach stałego napięcia, dygotały gwałtownie. Drżąc, przekręcił się na plecy i wyprostował kończyny. Potem zmusił się, by spojrzeć w dół. Po wewnętrznej stronie ud na wełnianej tkaninie spodni rozlewały się dwie ciemne plamy. Dotknął materiału, był mokry. Wystraszony, zsunął spodnie i skrzywił się. Uda miał otarte do krwi, skóra zniknęła, zdarły ją twarde łuski Saphiry. Delikatnie pomacał otarcia i syknął. Nagle poczuł ukąszenie mrozu. Szybko naciągnął spodnie i krzyknął, gdy dotknęły ran. Próbował wstać, ale nogi odmówiły mu posłuszeństwa.

Szybko zapadająca ciemność skrywała świat. Ciemniejące góry nie wyglądały znajomo. *Jestem w Kośćcu, nie wiem gdzie, w środku zimy, z oszalałym smokiem. Nie mogę chodzić ani znaleźć kryjówki, zapada noc. Jutro muszę wrócić na farmę, a jedynym sposobem jest lot na grzbiecie Saphiry. Tyle że nie wytrzymam tego znowu.* Odetchnął głęboko. *Żałuję, że Saphira nie potrafi ziać ogniem.* Odwrócił głowę i ujrzał ją obok, przycupniętą przy ziemi. Położył rękę na boku smoczycy i odkrył, że drży. Otaczająca jej umysł bariera zniknęła. Bez niej zalały go fale smoczego strachu. Naparł na niego, a on powoli ją uspokoił, przesyłając kojące obrazy.

Czemu ci obcy tak cię przerazili?

Mordercy – syknęła.

Garrowowi grozi niebezpieczeństwo, a ty porywasz mnie na idiotyczną wyprawę. Nie potrafisz mnie chronić? W odpowiedzi warknęła nisko i kłapnęła zębami. *Skoro uważasz, że potrafisz, czemu uciekasz?*

Śmierć to trucizna.

Eragon oparł się na łokciu, walcząc z irytacją. *Saphiro, spójrz, gdzie jesteśmy. Zaszło słońce, przez ten lot obdarłaś mi nogi ze skóry, tak jak ja oprawiłbym rybę. Czy tego właśnie chciałaś?*

Nie.

Zatem czemu to zrobiłaś? – spytał ostro. Poprzez więź z Saphirą poczuł jej żal z powodu bólu, jaki odczuwał, ale nie z powodu podjętych działań. Odwróciła wzrok, odmawiając odpowiedzi. Mróz sprawił, że nogi zaczęły mu drętwieć, i choć zmniejszało to cierpienie, wiedział, że w tym stanie nie zwiastuje nic dobrego. Zmienił taktykę. *Jeśli nie zrobisz mi kryjówki bądź nory i mnie nie ogrzejesz, zamarznę. Wystarczy stos sosnowych szpilek i gałęzi.*

Nie ma potrzeby. Wyraźnie poczuła ulgę, że przestał ją wypytywać. *Owinę się wokół ciebie i okryję cię skrzydłami. Mój wewnętrzny ogień cię ogrzeje.*

Głowa Eragona opadła na ziemię. *Dobrze, ale najpierw usuń śnieg, tak będzie wygodniej.* W odpowiedzi Saphira jednym potężnym uderzeniem ogona ścięła zaspę. Ponownie nim machnęła, usuwając resztki stwardniałego śniegu. Eragon z niesmakiem spojrzał na odsłoniętą ziemię. *Nie dam rady tam podejść, będziesz musiała mi pomóc.* Jej głowa, dłuższa niż tułów chłopaka, opadła i spoczęła obok niego. Spoglądając w wielkie szafirowe oczy, oplótł rękami jeden z kościstych szpikulców smoczycy, która uniosła głowę i powoli pociągnęła go w odsłonięte miejsce. *Ostrożnie, ostrożnie.* Przed oczami rozbłysły mu gwiazdy, gdy otarł się o kamień. Zdołał się jednak utrzymać. Kiedy rozluźnił uchwyt, Saphira przekręciła się na bok, odsłaniając ciepły brzuch. Wtulił się w miękkie łuski, a ona wyciągnęła prawe skrzydło, osłaniając go i spowijając w kokonie absolutnej ciemności żywego namiotu. Niemal natychmiast powietrze wewnątrz zaczęło się ogrzewać.

Eragon wsunął ręce pod płaszcz i zawiązał wokół szyi puste rękawy. Po raz pierwszy zorientował się, że czuje przeraźliwy głód. Nadal jednak dręczył go podstawowy problem: czy zdoła dotrzeć do domu, nim zjawią się tam obcy? *Nawet jeśli się zmuszę, by znów dosiąść Saphiry, minie już południe, gdy tam wrócimy. Obcy zdążą znacznie wcześniej.* Zamknął oczy, po policzku spłynęła mu samotna łza. *Co ja zrobiłem?*

Zagłada niewinności

Gdy rankiem Eragon otworzył oczy, przez moment wydawało mu się, że niebo runęło na ziemię. Niebieska opadająca płaszczyzna rozciągała się nad jego głową. Wciąż senny, nieśmiało wyciągnął rękę i poczuł pod palcami cienką błonę. Dopiero po długiej chwili uświadomił sobie, na co patrzy. Lekko przekrzywił głowę, spoglądając na pokryte łuskami ciało, na którym się opierał. Powoli wyprostował podwinięte nogi. Strupy naciągnęły się i pękły. Ból był nieco mniejszy niż wczoraj, lecz sama myśl o marszu wydała się odstręczająca. Palący głód przypomniał mu o opuszczonych posiłkach. Zebrał siły, poruszył się i poklepał słabo bok Saphiry.

– Hej, obudź się! – krzyknął.

Smoczyca poruszyła się i uniosła skrzydło. Eragona zalała fala słonecznego światła. Zmrużył oczy, bo blask odbitego od śniegu słońca na moment go oślepił. Saphira przeciągnęła się niczym kot i ziewnęła, ukazując rzędy białych zębów. Gdy oczy Eragona przywykły do blasku, rozejrzał się szybko. Otaczały ich wyniosłe, nieznajome góry, rzucające głębokie cienie na polanę. Z boku dostrzegł wydeptaną w śniegu ścieżkę wiodącą do lasu. Z dala dobiegał stłumiony szum strumienia.

Z jękiem dźwignął się z ziemi i zakołysał, po czym sztywno pokuśtykał pod drzewo. Chwycił jedną z gałęzi, napierając całym ciężarem. Po chwili złamała się z głośnym trzaskiem. Oderwał boczne gałązki, jeden koniec konara wsunął pod pachę, drugi oparł o ziemię. Wspierając się na zaimprowizowanej kuli, ruszył powoli do zamarzniętego strumyka. Pięścią rozbił wierzchnią warstewkę lodu i nabrał w dłonie czystej, lodowatej wody. Zaspokoiwszy pragnienie, wrócił na polanę. Gdy wynurzył się spomiędzy drzew, w końcu rozpoznał góry i układ terenu.

W tym właśnie miejscu pośród ogłuszających grzmotów pojawiło się jajo Saphiry. Eragon zachwiał się i oparł całym ciężarem o szorstki pień. Nie było mowy o pomyłce. Widział teraz, że wybuch pozbawił szpilek otaczające polanę szare drzewa.

Skąd Saphira wiedziała, gdzie to było? Przecież wtedy siedziała w jajku. Zapewne zaczerpnęła te informacje z moich wspomnień. Oszołomiony, pokręcił głową.

Saphira czekała na niego cierpliwie.

Zabierzesz mnie do domu? – spytał.

Przekrzywiła głowę.

Wiem, że nie chcesz, ale musisz. Oboje jesteśmy dłużnikami Garrowa, wiele mu zawdzięczamy. Opiekował się mną i pośrednio także tobą. Zlekceważysz to? Jeśli nie wrócimy, co będą mówić w przyszłości ludzie? Że ukrywaliśmy się niczym tchórze, podczas gdy mojemu wujowi groziło niebezpieczeństwo? Już to słyszę: historia o Jeźdźcu i jego tchórzliwym smoku! Jeśli czeka nas walka, przyjmijmy ją, nie uciekajmy. Jesteś smokiem, nawet Cień umknąłby przed tobą, a jednak kryjesz się w górach niczym spłoszony królik.

Chciał ją rozłościć i udało mu się. W gardle smoczycy zabrzmiał grzmot. Jej głowa pochyliła się gwałtownie, zamierając kilka cali od twarzy Eragona. Saphira odsłoniła kły i spojrzała na niego gniewnie. Z nozdrzy wzlatywały smużki dymu. Miał nadzieję, że nie posunął się za daleko. Poczuł jej myśli, czerwone od gniewu.

Krew spotka krew. Będę walczyć. Nasze wyrdy – nasze losy wiążą nas ze sobą. Lecz nie wystawiaj na próbę mej cierpliwości. Zabiorę cię tam z powodu długu, choć to głupota.

– Głupota czy nie – odparł głośno – nie mamy wyboru. Musimy lecieć.

Rozdarł koszulę i wepchnął kawałki materiału w nogawki spodni. Ostrożnie dźwignął się na grzbiet Saphiry i mocno chwycił jej szyję. *Tym razem* – upomniał ją w myślach – *leć niżej i szybciej. Czas jest najważniejszy.*

Tylko mocno się trzymaj – uprzedziła i wzbiła się w niebo. Wznieśli się ponad las i natychmiast wyrównali lot, niemal w zasięgu gałęzi. Żołądek Eragona podskoczył nagle, na szczęście był pusty.

Prędzej, prędzej – poganiał smoczycę. Nie odpowiedziała, lecz coraz szybciej uderzała skrzydłami. Eragon zacisnął powieki i zgarbił plecy. Miał nadzieję, że dodatkowa wyściółka ochroni skórę, ale każdy ruch wzbudzał kolejne fale bólu w nogach. Wkrótce po jego łydkach spływały strużki gorącej krwi. Z Saphiry promieniowała troska. Jeszcze przyśpieszyła lot, wytężając mięśnie. Świat w dole przepływał pod nimi, jakby ktoś ciągnął go niczym dywan. Eragon przypuszczał, że komuś na ziemi przypominali rozmazaną na niebie plamę.

Wczesnym popołudniem ujrzeli przed sobą dolinę Palancar. Chmury zasnuwały ją od południa. Carvahall leżał na północy. Saphira opadła, Eragon szukał wzrokiem zabudowań. Gdy je dostrzegł, poczuł gwałtowne ukłucie strachu. Z budynków wznosił się czarny pióropusz dymu, rozświetlony u podstawy pomarańczowymi płomieniami.

Saphiro! Wskazał ręką. *Zsadź mnie tam. Już!*

Smoczyca zablokowała skrzydła i ostro poszybowała w dół, pędząc z przerażającą szybkością. Potem lekko zmieniła kierunek, tak że polecieli w stronę lasu.

– Ląduj na polach! – wrzasnął, przekrzykując ryk powietrza.

Przytrzymał się mocniej. Saphira odczekała, aż od ziemi będzie dzieliło ich zaledwie sto stóp. Potem opuściła skrzydła i uderzyła kilka razy. Wylądowała ciężko, tak gwałtownie, że ręce Eragona nie wytrzymały. Runął na ziemię, dźwignął się szybko, głośno chwytając powietrze.

Jakaś siła rozdarła dom na kawałki. Belki i deski, tworzące ściany i powałę, leżały rozrzucone wokół. Drewno było zmiażdżone, jakby uderzył w nie gigantyczny młot. Wszędzie walały się osmolone dachówki. Z kuchennego pieca pozostało tylko kilka skręconych metalowych płyt. W śniegu tkwiły odłamki białych naczyń i cegieł z komina. Z płonącej gwałtownie stodoły wzlatywał gęsty, tłusty dym. Zwierzęta gospodarskie zniknęły, zabite bądź spłoszone.

– Wuju! – Eragon pobiegł w stronę ruin, szukając Garrowa w zniszczonych izbach. Nie dostrzegł ani śladu mężczyzny. – Wuju! – krzyknął ponownie.

Saphira okrążyła dom i dołączyła do niego.

Osiadł tu smutek – oznajmiła.

– Nie doszłoby do tego, gdybyś ze mną nie uciekła!

Gdybyśmy zostali, już byś nie żył.

– Spójrz na to! – krzyknął. – Mogliśmy ostrzec Garrowa! To twoja wina, że nie uciekł!

Walnął pięścią w słupek, rozdzierając skórę na kostkach. Zaczął krążyć po domu, z palców ściekała mu krew. Potykając się, dotarł do ścieżki wiodącej w stronę traktu i pochylił się nisko, oglądając śnieg. Przed sobą widział kilkanaście śladów, wzrok miał jednak mętny, ledwo je dostrzegał. *Czyżbym ślepł?* – zastanowił się przelotnie. Drżącą ręką dotknął policzków i odkrył, że są mokre.

Padł na niego cień; to była Saphira, osłaniająca go skrzydłami. *Pociesz się, może nie wszystko stracone.*

Spojrzał na nią, złakniony nadziei.

Zbadaj szlak. Moje oczy dostrzegają ślady tylko dwóch osób. Nie mogli stąd zabrać Garrowa.

Skupił wzrok na zdeptanym śniegu. Słabe odciski dwóch par skórzanych butów prowadziły w stronę domu. Na nie nakładały się te same ślady, zmierzające w przeciwną stronę. Ktokolwiek je zostawił, nie ważył więcej niż wcześniej.

Masz rację, Garrow musi tu być! Eragon zerwał się na nogi i z powrotem pobiegł do domu.

Ja poszukam wokół budynków i w lesie – oznajmiła Saphira.

Wgramolił się do zrujnowanej kuchni i zaczął gorączkowo kopać w stosach gruzów, odrzucając kawałki drewna, których w zwykłych warunkach nie zdołałby nawet poruszyć. Na moment zatrzymał go niemal nienaruszony kredens. Potem jednak Eragon dźwignął go i odrzucił na bok. W chwili gdy pociągnął deskę, za jego plecami coś zagrzechotało. Odwrócił się gwałtownie, gotów do walki.

Spod fragmentu zwalonego dachu wynurzyła się ręka. Machnęła słabo, a on chwycił ją, krzycząc:

– Wuju, wuju, słyszysz mnie?!

Nie otrzymał żadnej odpowiedzi. Eragon zaczął odrzucać kawałki drewna, nie zważając na drzazgi wbijające się w dłonie. Szybko odsłonił rękę i ramię. Potem jednak natknął się na ciężką belkę. Naparł na nią i pchnął ze wszystkich sił, ale belka nie ustąpiła.

– Saphiro! Potrzebuję cię!

Smoczyca zjawiła się natychmiast. Drzewo trzeszczało pod jej stopami, gdy pełzła po zrujnowanych ścianach. Bez słowa przecisnęła się obok niego i naparła bokiem na belkę. Jej szpony zagłębiły się w to, co zostało z posadzki. Gdy napięła mięśnie, belka przesunęła się z ogłuszającym zgrzytem i Eragon wcisnął się pod nią. Garrow leżał na brzuchu, miał poszarpane, zdarte ubranie. Eragon wyciągnął go z gruzów. Gdy tylko znaleźli się w bezpiecznym miejscu, Saphira puściła belkę, która z hukiem opadła na ziemię.

Eragon wyciągnął Garrowa ze zburzonego domu i delikatnie ułożył na ziemi. Przerażony, lekko dotknął wuja. Garrow miał szarą, suchą skórę, jakby gorączka wypaliła cały pot. Pękła mu warga, policzek przecinało długie zadrapanie. Nie to było jednak najgorsze. Większość ciała pokrywały głębokie, paskudne kredowobiałe oparzenia, z których ściekał przejrzysty płyn. Wydzielały lepką, ohydną woń – woń gnijących owoców. Mężczyzna oddychał głośno, płytko. Każdy oddech przypominał odgłos śmierci.

Mordercy – syknęła Saphira.

Nie mów tak, wciąż można ocalić mego wuja. Musimy zawieźć go do Gertrude. Ale nie zdołam go zanieść do Carvahall.

Saphira przesłała mu obraz Garrowa wiszącego pod nią w locie.

Dasz radę udźwignąć nas obu?

Muszę.

Eragon zaczął kopać w gruzach, w końcu znalazł dużą deskę i skórzane pasy. Pokazał Saphirze, by szponem przebiła deskę na końcach, następnie przewlókł pasy przez otwory i przywiązał do przednich nóg smoczycy. Sprawdzając, czy węzły wytrzymają, przeturlał Garrowa na deskę i przywiązał. Gdy to robił, z dłoni wuja wypadł skrawek czarnej tkaniny. Identycznej jak ubrania obcych przybyszów. Eragon z wściekłością wepchnął go do kieszeni, wsiadł na Saphirę i przymknął oczy, czując nową falę bólu. *Już!*

Skoczyła, odbijając się tylnymi nogami. Jej skrzydła zgarniały powietrze, gdy powoli wznosiła się coraz wyżej. Z napiętymi do granic możliwości mięśniami i ścięgnami walczyła z siłą przyciągania. Przez długie bolesne sekundy nic się nie działo, potem jednak szarpnęła mocno naprzód i wzlecieli wyżej. Gdy znaleźli się nad lasem, Eragon polecił jej: *Leć wzdłuż drogi. Jeśli trzeba, będziesz miała dość miejsca, by wylądować.*

Ktoś może mnie zobaczyć.

To już nie ma znaczenia!

Nie sprzeczała się dłużej, skręciła w stronę traktu i dalej ku Carvahall. Garrow kołysał się gwałtownie pod nimi. Jedynie cienkie skórzane pasy chroniły go przed upadkiem.

Dodatkowy ciężar spowolnił Saphirę. Wkrótce jej głowa opadła, w kącikach paszczy pokazała się piana. Ze wszystkich sił starała się lecieć dalej, lecz niemal staje od Carvahall poddała się, zablokowała skrzydła i opadła.

Jej tylne nogi dotknęły ziemi pierwsze, wzbijając obłok śniegu. Eragon sturlał się i wylądował ciężko na boku, by nie zranić obolałych nóg. Wstał i zaczął szybko odwiązywać pasy. Słyszał ciężki oddech smoka.

Znajdź bezpieczne miejsce i odpocznij. Nie wiem, jak długo to potrwa, będziesz musiała jakiś czas zająć się sobą – polecił.

Zaczekam – odparła.

Eragon zacisnął zęby i zaczął wlec Garrowa drogą. Po pierwszych kilku krokach ból eksplodował w nim ze zdwojoną siłą.

– Nie dam rady! – krzyknął i postąpił następny krok.

Jego usta zacisnęły się w grymasie determinacji. Wbijał wzrok w ziemię przed sobą, zmuszając się do utrzymania stałego tempa. Podjął walkę z własnym, nieposłusznym ciałem – walkę, której nie zamierzał przegrać. Minuty mijały powoli, boleśnie powoli. Każdy krok wydawał się wiecznością. Zrozpaczony, zastanawiał się, czy Carvahall w ogóle jeszcze istnieje, czy może obcy także je spalili ze szczętem. Po jakimś czasie przez mgłę cierpienia usłyszał krzyki i podniósł wzrok.

Biegł ku niemu Brom – oczy miał szeroko otwarte, włosy rozczochrane, bok głowy pokrywała zaschnięta krew. Gwałtownie zamachał rękami, po czym upuścił laskę i chwycił ramiona Eragona, mówiąc coś głośno. Eragon zamrugał niemrawo. Bez ostrzeżenia ziemia popędziła mu na spotkanie, poczuł w ustach smak krwi i odpłynął.

Czuwanie

W umyśle Eragona wirowały sny, mnożąc się i gasnąc wedle własnych sennych praw. Patrzył, jak grupa ludzi na wspaniałych koniach zbliża się do samotnej rzeki. Wielu miało srebrne włosy, w dłoniach dzierżyli długie lance. Czekał na nich dziwny, piękny statek, lśniący w promieniach jasnego księżyca. Ludzie powoli wsiadali na pokład. Dwie postaci, wyższe od pozostałych, szły ręka w rękę. Kaptury przysłaniały ich twarze, widział jednak, że jedna to kobieta. Para stała na pokładzie, spoglądając w stronę brzegu. Na kamienistej plaży pozostał mężczyzna, jedyny, który nie wsiadł na statek. Odrzucił w tył głowę, wydając z siebie przeciągły, bolesny okrzyk. Gdy jego głos rozpłynął się w ciszy, statek pożeglował w dół rzeki, choć nie poruszał go żaden wietrzyk ni wiosło, zmierzając ku płaskiej, pustej krainie. Wizja zamgliła się. Nim jednak zniknęła, Eragon dostrzegł na niebie dwa smoki.

***

Gdzieś z bliska dobiegało skrzypienie. Tam i z powrotem, tam i z powrotem. Uporczywy dźwięk sprawił, że Eragon otworzył oczy i spojrzał z dołu na żebrowania strzechy. Ktoś okrył go szorstkim kocem, osłaniając nagość. Czyjaś ręka zabandażowała mu nogi i opatrzyła dłoń.

Znajdował się w jednoizbowej chacie. Na stole obok roślin i mis stał moździerz. Z powały zwieszały się pęki suszonych ziół, przesycających powietrze silnym, ciężkim aromatem. Na kominku tańczyły płomienie. Przy nim w wiklinowym bujanym fotelu siedziała przysadzista kobieta – miejscowa uzdrowicielka Gertrude. Jej głowa opadła, oczy miała zamknięte. Na kolanach spoczywała para drutów i kłębek włóczki.

Choć Eragon czuł się kompletnie wyzuty z sił, zmusił się, by usiąść. To pomogło mu oczyścić umysł. Przywołał wspomnienia ostatnich dwóch dni. Pierwsze dotyczyło Garrowa, drugie Saphiry. *Mam nadzieję, że jest w bezpiecznym miejscu.* Próbował nawiązać kontakt, ale nie mógł. Gdziekolwiek odleciała, była daleko od Carvahall. *Przynajmniej mnie Brom dostarczył do wioski. Ciekawe, co się z nim stało. Cała ta krew...*

Gertrude poruszyła się i otworzyła oczy.

– Och – mruknęła – ocknąłeś się. To dobrze. – Głos miała ciepły, dźwięczny. – Jak się czujesz?

– Dostatecznie dobrze. Gdzie Garrow?

Gertrude przysunęła krzesło bliżej łóżka.

– U Horsta. Za mało mam miejsca na was dwóch i wierz mi, nie brakowało mi zajęć. Musiałam biegać tam i z powrotem, sprawdzać, czy nic wam nie dolega.

Eragon przełknął troski.

– Jak on się czuje? – spytał.

Przez długą chwilę Gertrude oglądała własne dłonie.

– Źle. Ma gorączkę, która nie chce spaść, jego rany się nie goją.

– Muszę go zobaczyć. – Eragon próbował wstać.

– Najpierw coś zjesz – rzuciła ostro, popychając go z powrotem na posłanie. – Nie po to siedziałam tu tyle czasu, żebyś teraz zrobił sobie krzywdę. Miałeś zdartą połowę skóry z nóg, gorączka minęła ci dopiero zeszłej nocy. Nie martw się o Garrowa, wyzdrowieje, jest twardy.

Gertrude powiesiła nad ogniem kociołek i zaczęła kroić pasternak.

– Jak długo tu jestem?

– Dwa dni.

Dwa dni! To znaczyło, że ostatni posiłek jadł cztery ranki wcześniej. Sama myśl o tym sprawiła, że Eragon poczuł się słabo. *Saphira cały czas była sama. Mam nadzieję, że nic jej nie jest.*

– Cała wioska chce wiedzieć, co się stało. Posłali ludzi do waszego domu i znaleźli zgliszcza.

Eragon skinął głową, spodziewał się tego.

– Ktoś spalił stodołę... Czy to tak Garrow został ranny?

– Ja... nie wiem – mruknął Eragon. – Nie było mnie tam, gdy się to stało.

– To nie ma znaczenia. Wszystko z pewnością się wyjaśni. – Gertrude znów zaczęła dziergać na drutach, zupa gotowała się spokojnie. – Masz niezłą bliznę na dłoni.

Odruchowo zacisnął palce.

– Tak.

– Skąd?

Szybko przebiegł myślami kilka możliwych odpowiedzi i wybrał najprostszą.

– Mam ją, odkąd pamiętam. Nigdy nie pytałem Garrowa, skąd się wzięła.

– Mhm.

W izbie z powrotem zapanowała cisza. Gdy w końcu zupa zawrzała, Gertrude nalała jej do miski i wraz z łyżką wręczyła Eragonowi. Z wdzięcznością przyjął posiłek i pociągnął ostrożny łyk. Była pyszna.

– Czy teraz mogę odwiedzić Garrowa? – spytał, gdy skończył.

Uzdrowicielka westchnęła.

– Uparty jesteś, co? Jeśli naprawdę chcesz, nie zatrzymam cię. Włóż ubranie i pójdziemy.

Odwróciła się plecami, by nie patrzyć, jak chłopak z trudem naciąga spodnie, krzywiąc się, gdy dotykały opatrzonych ran. Na grzbiet narzucił własną koszulę. Gertrude pomogła mu wstać. Nogi miał słabe, ale nie bolały tak jak wcześniej.

– Przejdź parę kroków – poleciła, po czym dodała sucho: – Przynajmniej nie będziesz musiał tam pełznąć.

Na dworze porywisty wiatr ciskał im w twarze dym z sąsiednich budynków. Chmury burzowe dotarły do Kośćca i zasnuły całą dolinę. Zasłona śniegu zbliżała się do miasteczka, przysłaniając wzgórza. Wsparty ciężko na Gertrude Eragon podążał wraz z nią przez Carvahall.

Horst zbudował sobie piętrowy dom na wzgórzu, by móc podziwiać górskie widoki. Włożył w tę pracę wszystkie swe umiejętności. Łupkowy dach osłaniał ograniczony poręczą balkon, na który wchodziło się z wysokiego okna na piętrze. Każda rynna kończyła się wykrzywionym gargulcem. Framugi okien i drzwi zdobiły rzeźby węży, jeleni, kruków i splecionych pnączy.

Drzwi otworzyła im Elaine, żona Horsta, drobna, smukła kobieta o elegancikich rysach i jedwabistych, jasnych włosach spiętych w kok. Suknię miała skromną i czystą, poruszała się z wdziękiem.

– Proszę, wejdźcie – rzekła łagodnie.

Przekroczyli próg i znaleźli się w dużej, dobrze oświetlonej izbie. Z góry wiodły do niej schody ze lśniącą poręczą. Ściany miały barwę miodu. Elaine obdarzyła Eragona smutnym uśmiechem.

– Właśnie miałam po ciebie posłać. Nie jest najlepiej, powinnaś obejrzeć go natychmiast – powiedziała do Gertrude.

– Elaine, musisz pomóc Eragonowi wejść po schodach. – Uzdrowicielka pośpieszyła na górę, przeskakując po dwa stopnie.

– Nie trzeba, sam sobie poradzę.

– Na pewno? – spytała Elaine.

Skinął głową, lecz ona wciąż patrzyła z powątpiewaniem.

– No cóż... jak tylko skończysz, przyjdź do mnie do kuchni. Świeżo upiekłam ciasto, zasmakuje ci.

Gdy tylko odeszła, ciężko oparł się o ścianę. Po chwili ruszył na górę, krok po kroku, krzywiąc się z bólu. Gdy dotarł na szczyt, ujrzał długi korytarz i kilkoro drzwi. Ostatnie były lekko uchylone. Eragon odetchnął głęboko i pokuśtykał w ich stronę.

Katrina siedziała przy kominku i gotowała szmaty. Uniosła wzrok, wymamrotała parę współczujących słów, po czym wróciła do pracy. Gertrude stała obok, ucierając zioła na okład. W wiadrze u jej stóp topił się śnieg.

Garrow leżał na łóżku, przykryty stertą koców. Czoło lśniło mu od potu, oczy krążyły szaleńczo pod powiekami. Skórę na twarzy miał naciągniętą niczym trup. Leżał bez ruchu, jego ciało drgało tylko lekko przy każdym płytkim oddechu. Eragon dotknął czoła wuja. Miał wrażenie, że wszystko to nie dzieje się naprawdę. Rozpalona skóra oparzyła mu palce. Z lękiem uniósł skraj koca i ujrzał rany owinięte pasmami tkaniny. Część zdjętych bandaży ukazywała oparzenia. Nawet nie zaczęły się goić. Spojrzał z rozpaczą na Gertrude.

– Nic nie możesz z nim zrobić?

Uzdrowicielka zanurzyła szmatę w wiadrze z lodowatą wodą i położyła na głowie Garrowa.

– Próbowałam wszystkiego. Maści, okładów, mikstur, nic nie działa. Gdyby rany się zamknęły, miałby większe szanse. Mimo to wciąż może mu się polepszyć. Jest twardy i silny.

Eragon wstał i skulił się w kącie izby. Powoli osunął się na podłogę. Nie tak powinno być! Cisza pochłonęła jego myśli. Pustym wzrokiem wpatrywał się w łóżko. Po jakimś czasie dostrzegł, że obok niego klęczy Katrina. Objęła go ramieniem. Gdy nie zareagował, nieśmiało odeszła. W końcu otwarły się drzwi i do środka wszedł Horst. Chwilę rozmawiał cicho z Gertrude, po czym podszedł do Eragona.

– Chodź, powinieneś stąd wyjść.

Nim Eragon zdążył zaprotestować, Horst dźwignął go na nogi i wyprowadził z izby.

– Chcę zostać – rzucił chłopak.

– Musisz odetchnąć świeżym powietrzem, odpocząć trochę. Nie martw się, niedługo będziesz mógł wrócić – pocieszył go kowal.

Eragon niechętnie pozwolił mu poprowadzić się na dół do kuchni. W powietrzu rozchodziły się kuszące zapachy kilkunastu potraw, hojnie doprawionych ziołami i korzeniami. Byli tam Albriech i Baldor, rozmawiali z matką, zagniatającą ciasto na chleb. Na widok Eragona obaj umilkli. Usłyszał jednak dosyć, by wiedzieć, że rozmawiali o Garrowie.

– Proszę, usiądź. – Horst podsunął mu krzesło.

Eragon z wdzięcznością opadł na siedzisko.

– Dziękuję.

Ręce trzęsły mu się lekko, toteż splótł je na kolanach. Przed nim stał talerz pełen kusząco pachnącego jedzenia.

– Nie musisz jeść – powiedziała Elaine – ale gdybyś miał ochotę, proszę.

Wróciła do gotowania, a on sięgnął po widelec. Ledwie zdołał przełknąć kilka kęsów.

– Jak się czujesz? – spytał Horst.

– Okropnie.

Kowal odczekał chwilkę.

– Wiem, że to nie najlepszy moment, ale musimy wiedzieć... Co się stało?

– Tak naprawdę, nie pamiętam.

– Eragonie. – Horst pochylił się. – Byłem jednym z ludzi, którzy poszli na waszą farmę. Wasz dom nie rozleciał się tak po prostu: coś rozdarło go na strzępy, a wokół widniały ślady olbrzymiego zwierzęcia. Nigdy wcześniej nie widziałem czegoś takiego. Inni też je zauważyli. Jeśli w pobliżu krąży Cień bądź potwór, musimy wiedzieć. Tylko ty możesz to wyjaśnić.

Eragon zrozumiał natychmiast, że musi skłamać.

– Gdy – policzył w pamięci – cztery dni temu odwiedziłem Carvahall, w miasteczku byli... obcy wypytujący o kamień, taki jak ten, który znalazłem. – Skinął ręką w stronę Horsta. – Z tego powodu pośpieszyłem do domu. – Wszystkie oczy wpatrywały się wprost w niego, oblizał wargi. – Tej nocy nic... nic się nie stało. Następnego ranka skończyłem pracę i poszedłem na spacer do lasu. Wkrótce usłyszałem wybuch i ujrzałem nad drzewami dym. Pobiegłem szybko z powrotem, ale ktokolwiek to zrobił, już zniknął. Zacząłem kopać w gruzach i... znalazłem Garrowa.

– A potem położyłeś go na deskach i przywlokłeś aż tutaj? – spytał Albriech.

– Tak – potwierdził Eragon. – Nim jednak odszedłem, sprawdziłem ścieżkę prowadzącą do traktu. Były na niej dwie pary śladów, ludzkich śladów. – Sięgnął do kieszeni i wyciągnął skrawek czarnego materiału. – Garrow ściskał to w ręce. Myślę, że pasuje do strojów tamtych przybyszów. – Położył skrawek na stole.

– Owszem. – Horst sprawiał wrażenie jednocześnie wściekłego i zamyślonego. – A twoje nogi? Jak się zraniłeś?

– Nie jestem pewien. – Eragon pokręcił głową. – Myślę, że to się stało, gdy wykopywałem Garrowa, ale nie wiem. Dopiero kiedy krew zaczęła spływać mi po nogach, w ogóle cokolwiek zauważyłem.

– To straszne! – wykrzyknęła Elaine.

– Powinniśmy ścigać tych ludzi – oznajmił zapalczywie Albriech. – To nie może ujść im płazem. Weźmy parę koni i dogonimy ich najpóźniej jutro. A wtedy ściągniemy do miasteczka.

– Odrzuć te niemądre myśli – upomniał go Horst. – Ci ludzie mogliby pewnie podnieść cię jak dziecko i rzucić na czubek drzewa. Pamiętasz, co się stało z domem? Nie chcemy się im narażać. Poza tym dostali to, po co przyszli. – Spojrzał na Eragona. – Zabrali kamień, prawda?

– W domu go nie było.

– Zatem nie mają powodu tu wracać. – Eragon czuł na sobie przenikliwe spojrzenie kowala. – Nie wspominałeś o tamtych dziwnych śladach. Wiesz, skąd się wzięły?

Eragon pokręcił głową.

– Nie widziałem ich.

– To mi się nie podoba – wtrącił gwałtownie Baldor. – Za bardzo śmierdzi czarami. Kim byli ci ludzie? Czy to Cienie? Czemu chcieli zdobyć kamień? I jak mogli zniszczyć dom? Chyba że użyli mrocznej potęgi.

Może masz rację ojcze, może chcieli tylko kamień. Ale myślę, że jeszcze ich tu ujrzymy.

Po jego słowach zapadła cisza.

Eragon czuł, że coś przeoczyli, choć nie pamiętał co. I nagle zrozumiał. Serce ścisnęło mu się w piersi, gdy wymówił głośno swe podejrzenia:

– Roran nie wie, prawda?

Jak mogłem o nim zapomnieć?

Horst pokręcił głową.

– Wyruszyli z Demptonem w drogę wkrótce po tobie. Jeśli nie natrafili na żadne przeszkody, od paru dni są już w Therinsfordzie. Zamierzaliśmy wysłać im wiadomość, ale wczoraj i przedwczoraj było za zimno.

– Gdy się ocknąłeś, Baldor i ja mieliśmy właśnie jechać – dodał Albriech.

Horst przeczesał dłonią brodę.

– No dalej, ruszajcie, pomogę wam osiodłać konie.

Baldor odwrócił się do Eragona.

– Przekażę mu to delikatnie – obiecał, po czym podążył w ślad za Horstem i Albriechem.

Eragon został przy stole. Całą uwagę skupił na najbliższym sęku, widział każdy najdrobniejszy szczegół: skręcony wzór drewna, asymetryczną wypukłość, trzy małe krawędzie z plamą koloru pośrodku. Sęk był pełen detali. Im dłużej mu się przyglądał, tym więcej widział. Szukał w nim odpowiedzi, ale jeśli jakieś tam się kryły, umykały mu.

Nagle przez jego wirujące myśli przebił się słaby głos. Przypominało to dobiegające z zewnątrz krzyki. Zignorował je; niech kto inny się nimi zajmie. Kilka minut później usłyszał go ponownie, tym razem głośniejszy, i ze złością zablokował. *Czemu się nie zamkną? Garrow odpoczywa.* Zerknął na Elaine, jej jednak wyraźnie nie przeszkadzał hałas.

Eragon! Ryk był tak głośny, że chłopak o mało nie spadł z krzesła. Obejrzał się poruszony, nic się jednak nie zmieniło. Nagle zrozumiał, że krzyki słychać tylko w jego głowie.

Saphira? – spytał z napięciem.

Chwila ciszy.

Tak, kamiennouchy.

Ogarnęła go gwałtowna ulga.

Gdzie jesteś?

W odpowiedzi smoczyca przesłała mu wizję niewielkiej kępy drzew.

Wiele razy próbowałam nawiązać kontakt, ale byłeś poza zasięgiem.

Byłem chory... ale już mi lepiej. Czemu wcześniej nie mogłem cię wyczuć? Po dwóch nocach czekania pokonał mnie głód, musiałam zapolować. Złapałaś cokolwiek?

Młodego jelenia. Był dość mądry, by strzec się drapieżców na ziemi, ale nie na niebie. Gdy pierwszy raz chwyciłam go w szczęki, wierzgnął gwałtownie i próbował uciec. Byłam jednak silniejsza, a gdy klęska stała się nieunikniona, poddał się i umarł. Czy Garrow także walczy z nieuniknionym?

Nie wiem. Opowiedział jej wszystkie szczegóły. *W najlepszym razie minie dużo czasu, nim wrócimy do domu. Może nawet nigdy. Co najmniej przez parę dni się nie zobaczymy. Urządź się jakoś wygodnie.*

Zrobię, jak mówisz – odparła nieszczęśliwym tonem. *Ale nie zwlekaj zbyt długo.*

Rozstali się niechętnie. Eragon wyjrzał przez okno i ze zdumieniem odkrył, że słońce już zaszło. Bardzo zmęczony pokuśtykał do Elaine, która zawijała pasztety w natłuszczone ściereczki.

– Idę się przespać do domu Gertrude – oznajmił.

Żona Horsta skończyła pakowanie.

– A może zostaniesz u nas? – zaproponowała. – Będziesz bliżej wuja, a Gertrude odzyska swoje łóżko.

– Macie dość miejsca? – spytał, chwiejąc się na nogach.

– Oczywiście. – Wytarła dłonie. – Chodź za mną, wszystko przygotuję.

Zaprowadziła go na górę do pustej izby. Usiadł na skraju łóżka.

– Potrzebujesz czegoś jeszcze? – spytała.

Pokręcił głową.

– W takim razie wracam na dół. Jeśli będziesz czegoś chciał, zawołaj.

Eragon nasłuchiwał jej kroków na schodach. Potem otworzył drzwi i wymknął się na drugą stronę korytarza, do izby Garrowa. Gertrude posłała mu lekki uśmiech znad śmigających drutów.

– Jak on się czuje? – szepnął Eragon.

Głos miała ochrypły ze zmęczenia.

– Jest słaby, lecz gorączka nieco spadła. Niektóre oparzenia wyglądają już lepiej. Pożyjemy, zobaczymy. To może oznaczać, że jednak wyzdrowieje.

Te słowa nieco pocieszyły Eragona. Wrócił do swej izby i skulił się pod kocami. Ciemność wydawała się dziwnie nieprzyjazna. W końcu zasnął, lecząc rany odniesione na ciele i duchu.

Szaleństwo życia

Było ciemno, gdy Eragon gwałtownie usiadł na łóżku, dysząc ciężko. W pokoju panował chłód, na ręce i ramiona wystąpiła mu gęsia skórka. Było parę godzin przed świtem – czas, gdy nic się nie porusza, a wszystko, co żywe, czeka na pierwsze ciepłe muśnięcie słońca.

Serce waliło mu w piersi, powoli ogarniało go straszliwe przeczucie. Zupełnie jakby na cały świat opadł całun i swym najcięższym krańcem spowił jego pokój. Eragon cicho wstał i ubrał się. Z obawą pośpieszył korytarzem. Nagle zalała go fala strachu, gdy ujrzał drzwi do izby Garrowa. Były uchylone. W środku zebrała się grupka ludzi.

Garrow leżał spokojnie na łóżku, był ubrany w czysty strój, włosy miał uczesane, twarz spokojną. Zdawałoby się, że śpi, gdyby nie srebrny amulet zawieszony na szyi i gałązka suchego szaleju na piersi – ostatnie dary żywych dla zmarłych.

Obok łóżka stała blada Katrina. Spuściła wzrok.

– Miałam nadzieję nazwać go kiedyś ojcem.

Nazwać go ojcem, pomyślał z goryczą Eragon. *Nawet ja nie miałem tego prawa*. Czuł się jak duch, pozbawiony sił żywotnych. Wszystko wydawało się niematerialne, poza twarzą Garrowa. Po policzkach Eragona płynęły strugi łez. Stał tam z trzęsącymi się ramionami, lecz nie zapłakał głośno. Matka, ciotka, wuj – stracił ich wszystkich. Ciężar smutku przygniatał go, potworna siła nie pozwoliła mu ustać. Ktoś poprowadził go z powrotem do izby, szepcząc słowa otuchy.

Runął na łóżko, ukrył głowę w rękach i zaczął rozpaczliwie płakać. Poczuł Saphirę nawiązującą kontakt, odepchnął ją jednak, dając się porwać bólowi. Nie mógł zaakceptować faktu, że Garrow odszedł. Bo jeśli tak, w co jeszcze mógł wierzyć? Jedynie w bezlitosny, obojętny świat, który zdmuchuje życie jak świecę na wietrze. Poruszony i przerażony, zwrócił mokrą od łez twarz ku niebu.

– Jakiż bóg zrobiłby coś takiego? Pokaż mi się! – krzyknął. Usłyszał ludzi biegnących ku niemu, ale z góry nie padła żadna odpowiedź. – On na to nie zasłużył!

Kojące ręce dotknęły go; dostrzegł siedzącą obok Elaine. Przytuliła go, a on płakał, aż w końcu, wyczerpany, niechętnie osunął się w sen.

Miecz Jeźdźca

Eragon zbudził się i natychmiast poczuł przejmujący żal. Choć nie otwierał oczu, nie mógł powstrzymać świeżego strumienia łez. Zaczął szukać w pamięci jakiejś idei, nadziei, która pozwoliłaby mu zachować rozum.

Nie mogę z tym żyć – jęknął.

To nie żyj. W jego głowie zadźwięczały słowa Saphiry.

Jak? Garrow odszedł na zawsze. Z czasem mnie także to czeka. Miłość, rodzina, niezwykłe czyny – wszystko znika, pozostawiając pustkę. Jaką wartość ma to, co robimy?

Samo działanie jest wartością. Twoja wartość znika, gdy rezygnujesz z chęci do zmian i doświadczania życia. Masz jednak wybór, dokonaj go i poświęć mu się. Czyny te dadzą ci nową nadzieję i poczucie celu.

Ale co mam zrobić?

Jedynym prawdziwym przewodnikiem jest serce. Nie pomoże ci nic prócz przemożnego pragnienia.

Pozostawiła go, by przemyślał jej słowa. Eragon przeanalizował własne odczucia. Zdumiało go odkrycie, że prócz żalu czuje coś jeszcze, coś silniejszego: palący gniew.

Co niby mam zrobić? Ścigać nieznajomych?

Tak.

Zaskoczyła go jej szczera odpowiedź. Odetchnął głęboko, głośno.

Czemu?

Pamiętasz, co mówiłeś w Kośćcu? Jak przypomniałeś mi o moim obowiązku jako smoka, a ja wróciłam z tobą wbrew instynktowi? Ty także musisz panować nad sobą. Przez ostatnie kilka dni dużo myślałam i zrozumiałam, co oznacza bycie smokiem i Jeźdźcem: naszym przeznaczeniem jest próbować osiągnąć to, co niemożliwe, dokonać niezwykłych czynów, nie zważając na lęk. To nasz obowiązek wobec przyszłości.

Nie obchodzi mnie to, co mówisz. To nie są powody, by odejść!

Zatem istnieją też inne. Widziano moje ślady, ludzie wiedzą o mej obecności. Wcześniej czy później ktoś mnie zobaczy. Poza tym nic cię tu nie trzyma. Nie masz gospodarstwa, rodziny ani...

Roran nie umarł – rzucił gwałtownie.

Ale jeśli zostaniesz, będziesz musiał wyjaśnić, co naprawdę zaszło. Ma prawo wiedzieć, jak i dlaczego zginął jego ojciec. Co zrobi, gdy się dowie o mnie?

Argumenty Saphiry rozbrzmiewały echem w głowie Eragona, lecz przerażała go perspektywa porzucenia doliny Palancar. Tutaj był jego dom. Mimo to sama myśl o wywarciu zemsty na przybyszach dziwnie go pocieszyła.

Czy jestem na to dość silny?

Masz mnie.

Nadal dręczyły go wątpliwości. To był szalony, desperacki pomysł. I nagle poczuł pogardę dla własnego niezdecydowania. Na jego wargach wykwitł groźny uśmiech. Saphira miała rację. Nie liczyło się nic prócz samego czynu. Najważniejsze jest to, co robimy. A co da mu większą satysfakcję niż polowanie na owych obcych? Poczuł w sobie narastającą straszliwą siłę i energię, która pochwyciła emocje i przekuła je w ciężki, przejmujący gniew z odciśniętym weń jednym, jedynym słowem: zemsta. Serce waliło mu jak młotem, gdy z pełnym przekonaniem rzekł:

Zrobię to.

Zerwał kontakt z Saphirą i sturlał się z łóżka, napięty niczym naciągnięta sprężyna. Wciąż był wczesny ranek; Eragon spał zaledwie kilka godzin. *Nic nie jest bardziej niebezpieczne niż wróg, który nie ma nic do stracenia*, pomyślał. *Właśnie takim się stałem.*

Poprzedniego dnia miał problemy z chodzeniem, teraz poruszał się pewnym krokiem, kierowany żelazną wolą. Stawił czoło przejmującemu bólowi i zignorował go.

Wykradając się z domu, usłyszał głosy dwóch osób. Zaciekawiony, przystanął i wytężył słuch. Elaine mówiła łagodnie:

– ...dla niego dość miejsca. Mamy wolną izbę.

Horst odpowiedział coś niewyraźnie swym basem.

– Tak, biedny chłopak – odparła Elaine.

Tym razem Eragon usłyszał odpowiedź jej męża.

– Może. – Zapadła długa cisza. – Zastanawiałem się nad tym, co mówił Eragon, i nie jestem pewien, czy powiedział nam wszystko.

– To znaczy? – spytała Elaine; w jej głosie zadźwięczała troska.

– Kiedy ruszyliśmy w stronę gospodarstwa, droga była gładko starta ciężarem deski, na której włókł Garrowa. Potem dotarliśmy do miejsca, gdzie śnieg był zdeptany i poorany. Jego ślady i ślady deski zniknęły. Ujrzeliśmy też te same odciski olbrzymich łap co na farmie. I co z jego nogami? Nie wierzę, że nie zauważył, iż tak je obtarł. Wcześniej nie chciałem zbytnio naciskać, ale teraz to zrobię.

– Może to, co ujrzał, tak bardzo go przeraziło, że nie chce o tym mówić? – podsunęła Elaine. – Wiesz, jaki był wstrząśnięty.

– To jednak nadal nie tłumaczy, jak udało mu się przyciągnąć tutaj Garrowa i nie pozostawić śladów.

Saphira miała rację, pomyślał Eragon, *czas odejść. Zbyt wiele pytań od zbyt wielu ludzi. Wcześniej czy później znajdą odpowiedzi.* Nadal wędrował przez dom, zamierając za każdym razem, gdy deski podłogi zaskrzypiały głośniej.

Ulice były puste. O tej porze niewiele osób już wstało. Na moment zatrzymał się i zmusił do opanowania rozbieganych myśli. *Nie potrzebuję konia, Saphira będzie moim wierzchowcem. Potrzebujemy jednak siodła. Może polować dla nas obojga, więc nie muszę martwić się jedzeniem, choć przydałoby się trochę prowiantu. Poza tym wszystko, czego trzeba, znajdę w ruinach domu.*

Ruszył do garbarni Gedrica na skraju Carvahall. Wiszący w powietrzu ostry smród wywołał u niego mdłości, lecz Eragon szedł dalej, zmierzając do szopy na zboczu wzgórza, w której przechowywano wygarbowane skóry. Z rzędu zwisających z sufitu płatów odciął trzy kawałki byczej skóry. Poczuł wyrzuty sumienia; to była kradzież. Uspokoił się jednak szybko. *Tak naprawdę tego nie kradnę; kiedyś zapłacę Gedricowi i Horstowi.* Zwinął w rulon sztywną skórę i zaniósł ją do kępy drzew za wioską. Ukrył łup w gałęziach drzewa i wrócił do miasteczka.

Teraz prowiant. Ruszył w stronę tawerny, by tam go zdobyć, nagle jednak uśmiechnął się gorzko i zawrócił. Jeśli ma już kogoś okraść, to najlepiej Sloana. Zakradł się do domu rzeźnika. Sloan zawsze starannie zamykał drzwi frontowe, boczne wejście jednak zabezpieczał jedynie cienki łańcuch, który Eragon z łatwością zerwał. W środku panował mrok, Eragon zaczął macać na oślep. W końcu jego dłonie natrafiły na stosy mięsa owiniętego w ściereczki. Wsunął je za pazuchę, po czym z powrotem pośpieszył na ulicę i zamknął za sobą drzwi.

W pobliżu jakaś kobieta cicho wykrzyknęła jego imię. Eragon chwycił od dołu koszulę, by nie zgubić mięsa, i zanurkował za róg. Zadrżał, gdy niecałe dziesięć stóp dalej, między domami przeszedł Horst.

Kiedy tylko kowal zniknął mu z oczu, Eragon zaczął biec. Nogi paliły go, gdy tak pędził uliczką z powrotem między drzewa. Wśliznął się za osłonę z pni i odwrócił, sprawdzając, czy nikt go nie ściga. Nie zobaczył żywej duszy. Z ulgą wypuścił z płuc powietrze i sięgnął po ukrytą w gałęziach skórę. Zniknęła.

– Wybierasz się dokąd?

Eragon odwrócił się gwałtownie. Brom patrzył na niego gniewnie, z boku głowy miał paskudną ranę. U pasa wisiał mu krótki miecz w brązowej pochwie. W rękach trzymał skóry.

Eragon zmrużył oczy z irytacji. Jakim cudem stary bajarz zdołał go zaskoczyć? Było przecież tak cicho, przysiągłby, że w pobliżu nie ma nikogo.

– Oddaj je – warknął.

– Czemu? Żebyś mógł uciec, nim jeszcze pogrzebią Garrowa? – Słowa zabrzmiały ostro, oskarżycielsko.

– To nie twoja sprawa – warknął z wściekłością Eragon. – Czemu mnie śledziłeś?

– Nie śledziłem – mruknął Brom. – Czekałem tu na ciebie. Dokąd to się wybierasz?

– Donikąd. – Eragon skoczył nagle i wyrwał zwoje skór z rąk Broma. Ten nie próbował go powstrzymać.

– Obyś miał dość mięsa, by nakarmić swego smoka.

Chłopak zamarł.

– O czym ty mówisz?

Brom splótł ręce na piersi.

– Nie nabierzesz mnie. Wiem, skąd się wzięło znamię na twojej ręce. Gedwëy ignasia, błyszcząca dłoń. Dotknąłeś pisklęcia smoka. Wiem, czemu przyszedłeś do mnie ze swymi pytaniami. I wiem, że Jeźdźcy powrócili.

Eragon opuścił skórę i mięso. *W końcu do tego doszło... Muszę uciekać. Nie zdołam pobiec zbyt szybko na poranionych nogach, ale jeśli... Saphiro!* – krzyknął w myślach.

Przez kilka niemiłosiernie długich sekund nie odpowiadała. *W końcu usłyszał. Tak?*

Zostaliśmy odkryci, potrzebuję cię. Przesłał jej obraz miejsca, w którym był, i natychmiast wystartowała. Teraz musiał tylko zagadać Broma.

– Jak się dowiedziałeś? – spytał głucho.

Brom patrzył w przestrzeń, bezdźwięcznie poruszając wargami, jakby z kimś rozmawiał.

– Wszędzie miałem mnóstwo wskazówek i śladów – rzekł w końcu. – Wystarczyło tylko uważać. Każdy człowiek, dysponujący właściwą wiedzą, mógł odkryć to samo. Powiedz mi, jak się miewa twój smok?

– Smoczyca – poprawił Eragon. – Miewa się dobrze. Nie było nas na farmie, gdy przybyli obcy.

– Ach tak, twoje nogi. Latałeś?

Jakim cudem się tego domyślił? A jeśli obcy zmusili go do współpracy? Może chcieli, by odkrył, gdzie jestem, by móc schwytać nas w pułapkę? I gdzie się podziewa Saphira? Sięgnął myślami i znalazł ją krążącą daleko w górze. *Chodź.*

Nie, jakiś czas popatrzę.

Czemu?

Z powodu rzezi w Dorú Areabie.

Co?

Brom z lekkim uśmiechem oparł się o drzewo.

– Rozmawiałem z nią i zgodziła się zostać w górze, póki wszystkiego nie przedyskutujemy. Jak widzisz, nie masz wyboru, musisz odpowiedzieć na moje pytania. A teraz powiedz, dokąd się wybierasz?

Oszołomiony Eragon przyłożył dłoń do skroni. Jak Brom zdołał porozumieć się z Saphirą? Z tyłu głowy czuł pulsowanie, w myślach wirowały mu najróżniejsze pomysły. Nieustannie jednak powracał do tego samego wniosku. Musiał coś powiedzieć staremu mężczyźnie.

– Zamierzałem znaleźć bezpieczne miejsce, w którym mógłbym się wyleczyć.

– A potem?

Nie mógł zignorować tego pytania. Pulsowanie w głowie stawało się coraz silniejsze, nie potrafił skupić myśli, wszystko wydawało się mętne, niewyraźne. Chciał jedynie opowiedzieć komuś o wydarzeniach ostatnich kilku miesięcy. Świadomość, że jego tajemnica doprowadziła do śmierci Garrowa, rozdzierała mu serce. W końcu poddał się i rzekł:

– Zamierzałem doścignąć obcych i zabić.

– Trudna misja dla kogoś tak młodego – odparł spokojnie Brom, jakby Eragon zaproponował najbardziej oczywiste i stosowne wyjście. – Z pewnością godne zadanie i nieprzekraczające twych sił. Sądzę jednak, że przydałaby ci się pomoc. – Sięgnął za krzak i wyciągnął duży worek. – Tak czy inaczej, nie zamierzam zostać w domu, gdy podrostek krąży po świecie ze smokiem.

Naprawdę proponuje pomoc czy to pułapka? Eragon bał się tego, co mogliby zrobić tajemniczy przeciwnicy, ale Brom przekonał Saphirę, by mu zaufała. Rozmawiali ze sobą. Jeśli ona się nie martwi... Postanowił na razie odsunąć podejrzenia.

– Nie potrzebuję pomocy – rzekł, po czym niechętnie dodał: – Ale możesz pójść ze mną.

– Zatem najlepiej będzie, jeśli już ruszymy – oznajmił Brom. Na moment jego twarz przybrała nieobecny wyraz. – Przekonasz się, że twój smok znów cię posłucha.

Saphiro? – spytał Eragon.

Tak.

Z trudem oparł się chęci wypytania jej o wszystko. *Spotkamy się na farmie.*

Tak. Zawarliście porozumienie?

Chyba tak.

Smoczyca zerwała kontakt i odleciała. Zerknął na Carvahall i ujrzał ludzi biegających od domu do domu.

– Zdaje się, że mnie szukają.

Brom uniósł brwi.

– Prawdopodobnie. Pójdziemy?

Eragon zawahał się.

– Chciałbym zostawić wiadomość dla Rorana. Nie podoba mi się, że uciekam, nie mówiąc mu, dlaczego.

– Już to załatwiłem – zapewnił go Brom. – Zostawiłem u Gertrude list, w którym wyjaśniam parę rzeczy. Ostrzegłem też, by uważał na pewne zagrożenia. Czy to cię zadowala?

Eragon przytaknął. Owinął skórą mięso i ruszył naprzód. Uważali, by pozostać w ukryciu, póki nie dotarli do traktu. Wówczas przyśpieszyli kroku, pragnąc jak najszybciej oddalić się od Carvahall. Eragon z determinacją parł naprzód, nie zważając na ból nóg. Bezrozumny rytm kroków uwalniał jego umysł. *Gdy dotrzemy do domu, nie pójdę dalej z Bromem, póki nie uzyskam paru odpowiedzi,* rzekł stanowczo w myślach. *Mam nadzieję, że powie mi więcej o Jeźdźcach i o tym, z kim mam walczyć.*

Gdy zobaczyli zrujnowane zabudowania, brwi Broma zmarszczyły się gniewnie. Wstrząśnięty Eragon ujrzał, jak szybko przyroda z powrotem obejmuje w swe władanie gospodarstwo. W miejscu domu piętrzyły się już stosy ziemi i śniegu, przesłaniające pozostałości gwałtownego ataku obcych. Ze stodoły został tylko niemal znikający w oczach prostokąt sadzy.

Brom gwałtownie uniósł głowę, słysząc dobiegający znad drzew łopot skrzydeł Saphiry. Smoczyca zanurkowała obok nich, nadlatując z tyłu, niemal muskając ich głowy. Zachwiali się od uderzenia ściany powietrza. Łuski Saphiry zalśniły, gdy zawróciła nad zgliszczami i z wdziękiem wylądowała na ziemi.

Brom wystąpił naprzód. Jego twarz miała wyraz jednocześnie radosny i uroczysty. Oczy mu błyszczały, po policzku spłynęła lśniąca łza i zniknęła w gęstwinie brody. Stał tak długą chwilę, oddychając ciężko i obserwując Saphirę. Ona patrzyła na niego. Eragon usłyszał ciche mamrotanie, podszedł bliżej, nadstawiając ucha.

– A zatem... znów się zaczyna. Ale jak i gdzie się zakończy? Moje oczy nie widzą, nie mogę odgadnąć, czy będzie to tragedia, czy farsa. Wyczuwam bowiem elementy i jednego, i drugiego... Tak czy inaczej, moja pozycja pozostaje niezmieniona i ja... .

Umilkł, bo Saphira podeszła do nich z dumą. Eragon minął Broma, udając, że niczego nie słyszał, i powitał smoczycę. Łącząca ich więź uległa lekkiej zmianie, jakby znali się jeszcze bliżej, nadal pozostając obcymi. Pogładził jej szyję i poczuł mrowienie w dłoni, gdy ich umysły się zetknęły. Ze smoczycy emanowała ciekawość.

Nie widziałam dotąd żadnych ludzi poza tobą i Garrowem, a on był ciężko ranny – rzekła.

Oglądałaś ich moimi oczami.

To nie to samo. Podeszła bliżej i odwróciła długą głowę, by przyjrzeć się Bromowi wielkim, niebieskim okiem. *Naprawdę jesteście dziwnymi stworami* – rzekła krytycznie, patrząc na niego. Brom stał bez ruchu, gdy węszyła w powietrzu. Wyciągnął ku niej dłoń. Saphira powoli pochyliła głowę i pozwoliła mu dotknąć swego czoła. Potem z prychnięciem odsunęła się i wycofała za Eragona. Rozkołysany ogon musnął ziemię.

Co się stało? – spytał Eragon.

Nie odpowiedziała.

Brom odwrócił się do niego.

– Jak ma na imię? – spytał półgłosem.

– Saphira.

Twarz starego mężczyzny przybrała osobliwy wyraz. Wbił w ziemię koniec laski z taką siłą, że zbielały mu kostki.

– Ze wszystkich imion, które mi podałeś, tylko to jej się spodobało. Myślę, że pasuje – dodał szybko Eragon.

– Owszem, pasuje – odparł Brom. W jego głosie zabrzmiało coś, czego Eragon nie potrafił rozpoznać. Czy była to strata, zachwyt, strach, zazdrość? Nie miał pewności – może wszystkie naraz, może żadne z nich. Brom opanował się i powiedział głośniej: – Bądź pozdrowiona, Saphiro, to zaszczyt móc cię poznać. – Przekręcił dłoń w dziwnym geście i ukłonił się.

Lubię go – powiedziała cicho Saphira.

Oczywiście, że tak, każdy lubi pochlebstwa. Eragon dotknął jej nogi i podszedł do zrujnowanego domu. Saphira dreptała za nim z Bromem. Stary człowiek tryskał energią.

Eragon wdrapał się do środka i wczołgał pod drzwiami do tego, co zostało z jego izby. Ledwie ją rozpoznał pod stosami strzaskanego drewna. Kierując się pamięcią, zaczął szukać w miejscu, gdzie niegdyś stała ściana. Znalazł pustą torbę. Rama była pęknięta, lecz uznał, że z łatwością da się ją naprawić. Szukał dalej i w końcu wykopał koniuszek łuku, wciąż tkwiącego w skórzanym futerale.

Choć skóra była podrapana i poszarpana, stwierdził z radością, że naoliwione drewno pozostało nietknięte. W końcu odrobina szczęścia. Nałożył cięciwę i na próbę naciągnął. Drzewce ugięło się bez żadnych niepokojących trzasków. Zadowolony, podjął poszukiwania i wkrótce odnalazł pogrzebany w pobliżu kołczan. Wiele strzał okazało się połamanych.

Zdjął cięciwę i wraz z kołczanem oddał ją Bromowi.

– Trzeba silnej ręki, by go naciągnąć – zauważył jego towarzysz.

Eragon przyjął komplement w milczeniu. Przeszukał resztę domu, zbierając użyteczne przedmioty, po czym rzucił swój zbiór na ziemię obok Broma. Nie wyglądało to zbyt imponująco.

– Co teraz? – spytał Brom. Oczy miał bystre, pytające.

Eragon odwrócił wzrok.

– Poszukamy kryjówki.

– Znasz jakąś?

– Tak. – Odłożył na bok łuk, resztę znalezionych rzeczy zwinął w ciasny tobołek, zawiązał i zarzucił sobie na plecy. – Tędy – dodał, ruszając w głąb lasu.

Saphiro, leć za nami. Zbyt łatwo można znaleźć twoje ślady na ziemi.

Dobrze. Smoczyca wystartowała.

Ich cel znajdował się nieopodal, lecz Eragon zatoczył szeroki łuk, by zmylić tych, którzy chcieliby podążyć ich tropem. Dopiero po ponad godzinie zatrzymał się w końcu w znakomicie ukrytym chruśniaku.

Nieregularna polana pośrodku była akurat dość duża, by pomieścić ognisko, dwóch ludzi i smoka. Na drzewach wokół śmigały rude wiewiórki, protestując głośno przeciw obecności intruzów. Brom wyplątał się z pnączy i rozejrzał z ciekawością.

– Czy ktokolwiek wie o tym miejscu?

– Nie, znalazłem je, gdy się tu wprowadziliśmy. Tydzień zabrało mi przekopanie się do środka. Kolejny uprzątnięcie suchego drewna.

Saphira wylądowała obok nich i złożyła skrzydła, starannie unikając cierni. Skuliła się, obłamując gałązki twardymi łuskami, i złożyła głowę na ziemi. Jej nieodgadnione oczy obserwowały ich uważnie.

Brom wsparł się na lasce, nie spuszczając wzroku ze smoczycy. Eragona powoli zaczynały denerwować te wspólne obserwacje.

Jakiś czas patrzył na nich, w końcu jednak głód pchnął go do działania. Rozpalił ogień, napełnił kociołek śniegiem i powiesił nad płomieniami. Gdy woda zawrzała, oderwał kilka kawałków mięsa i wrzucił je do kociołka wraz z bryłką soli. *Niezbyt imponujący posiłek*, pomyślał ponuro, *ale wystarczy. Pewnie jakiś czas będę się tym żywił. Równie dobrze mogę przywyknąć.*

Gulasz dusił się, cicho bulgocząc i po polanie rozchodził się przyjemny zapach. Koniuszek języka Saphiry wysunął się spomiędzy szczęk, smakując powietrze. Gdy mięso zmiękło, Brom podszedł bliżej. Eragon podał mu jedzenie. Zjedli w milczeniu, nie patrząc na siebie. Potem Brom wyciągnął fajkę i zapalił.

– Czemu chcesz ze mną podróżować? – spytał Eragon.

Z ust starego mężczyzny uleciał obłoczek dymu i wznosił się spiralnie między drzewami. Po chwili rozpłynął się w górze.

– Jestem żywo zainteresowany utrzymaniem cię przy życiu.

– Co to znaczy? – spytał ostro Eragon.

– Brutalnie mówiąc, zajmuję się opowiadaniem historii i uważam, że możesz stać się bohaterem jednej z nich. Jesteś pierwszym Jeźdźcem od ponad stu lat, którego nie kontroluje król. Co się stanie? Czy zginiesz jako męczennik? Dołączysz do Vardenów? Może zabijesz króla Galbatorixa? Fascynujące pytania. A ja obejrzę to wszystko na własne oczy, nieważne co będę musiał robić.

Żołądek Eragona ścisnął się nagle. Nie widział siebie dokonującego takich czynów, a już na pewno nie jako męczennika. *Chcę się zemścić, ale co do reszty... Nie mam żadnych ambicji.*

– Możliwe. Ale powiedz, jakim cudem potrafisz rozmawiać z Saphirą? Brom powoli nabił na nowo fajkę. Gdy zapalona tkwiła bezpiecznie w jego ustach, rozsiadł się wygodnie.

– Doskonale. Jeśli pragniesz odpowiedzi, to je otrzymasz. Ale mogą ci się nie spodobać.

Wstał, przyniósł do ogniska swój worek i wyciągnął długi przedmiot owinięty w tkaninę. Przedmiot miał jakieś pięć stóp długości i sądząc z miny Broma, był dość ciężki.

Stary mężczyzna zaczął powoli rozwijać materiał, pasmo za pasmem, zupełnie jakby odsłaniał mumię. Eragon patrzył zafascynowany, jak spod tkaniny wyłania się miecz. Na końcu złotej rękojeści w kształcie łzy widniały wycięcia, odsłaniające rubin wielkości małego jajka. Całą rękojeść owinięto srebrnym drutem, wypolerowanym tak, że lśnił niczym gwiazdy. Pochwa była czerwona jak wino i gładka jak szkło, ozdobiona jedynie dziwnym, czarnym, wytrawionym symbolem. Obok miecza leżał skórzany pas z ciężką klamrą. Ostatni skrawek materiału opadł i Brom wręczył miecz Eragonowi.

Rękojeść pasowała mu do dłoni, jakby zrobiono ją specjalnie dla niego. Powoli dobył miecza, klinga wysunęła się bezdźwięcznie z pochwy. Płaskie ostrze było lśniąco czerwone, błyszczało w świetle ognia. Lekko zakrzywione krawędzie na końcu tworzyły ostry czubek. W metalu wyryto ten sam czarny symbol. Miecz był idealnie wyważony, sprawiał wrażenie przedłużenia ręki, nie przypominał prymitywnych narzędzi z gospodarstwa. Otaczała go aura mocy, jak gdyby w samej istocie tej broni kryła się niepowstrzymana siła. Stworzono go z przeznaczeniem do gwałtownych, brutalnych bitew po to, by odbierał ludziom życie, mimo to miał w sobie straszliwe piękno.

– To był niegdyś miecz Jeźdźca – rzekł z powagą Brom. – Gdy Jeździec kończył szkolenie, elfy wręczały mu miecz. Ich płatnerze nie mają sobie równych; miecze są wiecznie ostre i nigdy nie niszczeją. Zwyczaj nakazywał, by kolor klingi odpowiadał barwie smoka Jeźdźca, myślę jednak, że w tym wypadku możemy uczynić wyjątek. Miecz ten nosi imię Zar'roc. Nie wiem, co znaczy, prawdopodobnie coś osobistego dla Jeźdźca, do którego należał.

Patrzył, jak Eragon bierze lekki zamach.

– Skąd go wziąłeś? – spytał chłopak. Niechętnie wsunął klingę z powrotem do pochwy. Wyciągnął rękę, lecz Brom nie sięgnął po broń.

– Nieważne – odparł. – Powiem tylko, że jego zdobycie to efekt serii paskudnych i niebezpiecznych przygód. Teraz jest twój, tobie należy się bardziej niż mnie. A nim twoja historia się zakończy, będziesz go potrzebował.

Jego słowa zaskoczyły Eragona.

– Dziękuję, to królewski dar. – Nie wiedząc, co jeszcze mógłby rzec, przesunął dłonią po pochwie. – Co to za symbol? – spytał.

– Osobisty herb Jeźdźca. – Eragon próbował coś wtrącić, lecz Brom spojrzał na niego karcąco. – A teraz, skoro już musisz wiedzieć, każdy, kto przejdzie odpowiednie szkolenie, może nauczyć się rozmawiać ze smokami. I – podniósł palec, podkreślając swe słowa – nic to nie znaczy. Wiem więcej o smokach i ich zdolnościach niż niemal ktokolwiek z żyjących. Gdybyś próbował sam zdobyć tę wiedzę, zajęłoby ci to całe lata. Ja proponuję ci ją za darmo. A co do tego, skąd wiem to wszystko, cóż... tę informację zatrzymam dla siebie.

Gdy skończył mówić, Saphira dźwignęła się z ziemi i podeszła do Eragona. Wyciągnął miecz i jej zademonstrował.

Ma w sobie moc – rzekła, dotykając nosem czubka. W miejscu, gdzie metal zetknął się z łuskami smoczycy, jego barwa zafalowała niczym woda. Saphira uniosła głowę i parsknęła z satysfakcją, a miecz odzyskał swój poprzedni wygląd. Zaniepokojony Eragon ukrył go w pochwie.

Brom uniósł brwi.

– Właśnie o takich sprawach mówię. Smoki będą cię nieustannie zaskakiwać. Przy nich dzieją się różne... rzeczy, tajemnicze rzeczy, niemożliwe gdziekolwiek indziej. Choć Jeźdźcy od stuleci żyli ze smokami, oni także nigdy do końca nie zrozumieli ich zdolności. Niektórzy twierdzą, że nawet same smoki nie znają w pełni swoich mocy. Są powiązane z ziemią w sposób, który pozwala im pokonywać największe przeszkody. To, co właśnie uczyniła Saphira, najlepiej pokazuje, jak wielu rzeczy wciąż nie wiesz.

Zapadła długa chwila.

– Istotnie – odparł Eragon – ale mogę się ich nauczyć. W tej chwili jednak najważniejsi są dla mnie ci obcy. Wiesz może, kim byli?

Brom odetchnął głęboko.

– Nazywają ich Ra'zacami. Nikt nie wie, czy to nazwa rasy, czy też sami się tak nazwali. Tak czy inaczej, jeśli nawet mają odrębne imiona, to je ukrywają. Nikt nigdy nie widział Ra'zaców, póki Galbatorix nie doszedł do władzy. Musiał natknąć się na nich podczas swych podróży i przeciągnąć na swoją stronę. Niewiele o nich wiadomo. Mogę powiedzieć ci jednak tyle, że to nie są ludzie. Gdy dostrzegłem głowę jednego z nich, miała coś przypominającego dziób i czarne oczy wielkości moich pięści. Nie potrafię wyjaśnić, jak są w stanie mówić. Bez wątpienia reszta ich ciał jest równie dziwaczna. Dlatego zawsze okrywają się płaszczami, niezależnie od pogody.

Co do ich mocy, są silniejsi niż jakikolwiek człowiek i umieją niezwykle wysoko skakać. Nie mogą jednak używać magii. Ciesz się z tego, bo gdyby mogli, już mieliby cię w garści. Wiem też, że żywią ogromną awersję do światła słonecznego, choć jeśli są bardzo zdeterminowani, nie zatrzyma ich ono. Nie popełnij błędu i nie lekceważ ich. Są przebiegli i pełni złości.

– Ilu ich jest? – spytał Eragon, zastanawiając się, skąd Brom wie takie rzeczy.

– Z tego, co mi wiadomo, tylko dwóch. Może więcej, ale nigdy o nich nie słyszałem. Może to ostatni przedstawiciele umierającej rasy. Widzisz, służą królowi jako łowcy smoków. Gdy tylko Galbatorix słyszy pogłoski o smoku, wysyła Ra'zaców, by je sprawdzili. Często pozostawiają za sobą krwawe żniwo.

Brom wypuścił z ust serię pierścieni dymnych i patrzył, jak szybują między gałęziami. Eragon nie zwracał na nie uwagi, póki nie dostrzegł, że zmieniają kolor i tańczą wokół. Brom mrugnął do niego porozumiewawczo.

Eragon był pewien, że nikt nie widział Saphiry. Skąd zatem dowiedział się o niej Galbatorix? Podzielił się z Bromem swoimi wątpliwościami.

– Masz rację. Mało prawdopodobne, by ktokolwiek z Carvahall powiadomił króla. Opowiesz mi, skąd wziąłeś jajo i jak wychowałeś Saphirę? To może wiele wyjaśnić.

Eragon zawahał się, po czym odtworzył wszystkie wydarzenia od czasu, gdy znalazł jajo w Kośćcu. Dobrze się czuł, mogąc zdradzić komuś wszystkie sekrety. Brom zadał kilka pytań, lecz przez większość czasu słuchał uważnie. Słońce już zachodziło, gdy Eragon zakończył opowieść. Obaj w milczeniu patrzyli, jak chmury zabarwiają się różem. W końcu Eragon odezwał się pierwszy:

– Chciałbym tylko wiedzieć, skąd się tu wzięła. Saphira nie pamięta.

Brom przekrzywił głowę.

– Sporo już rozumiem. Jestem pewien, że nikt prócz nas nie widział Saphiry. Ra'zacowie musieli mieć informatora spoza tej doliny. Pewnie już nie żyje... Przeszedłeś ciężkie chwile i świetnie się spisałeś. Gratuluję.

Eragon przez chwilę patrzył w dal niewidzącym wzrokiem.

– Co się stało z twoją głową? Wygląda, jakbyś oberwał kamieniem.

– Wiele się nie pomyliłeś. – Brom zaciągnął się dymem. – Skradałem się po zmroku wokół obozu Ra'zaców, próbując dowiedzieć się jak najwięcej, gdy zaskoczyli mnie wśród cieni. Pułapka była niezła, ale mnie nie docenili i zdołałem ich przegnać. Lecz nie bez zapłaty za moją głupotę – dodał cierpko. – Ogłuszony runąłem na ziemię. Przytomność odzyskałem następnego dnia. Do tego czasu dotarli już do waszego gospodarstwa. Nie zdążyłem ich powstrzymać. Ale i tak ruszyłem za nimi. To wtedy spotkaliśmy się na drodze.

Kim on jest, skoro sądzi, że sam mógłby dać radę dwóm Ra'zacom? Złapali go w pułapkę i wyszedł z niej tylko ogłuszony?

– Gdy ujrzałeś mój znak, gedwëy ignasię – rzucił gorączkowo Eragon – czemu nie powiedziałeś mi, kim są Ra'zacowie? Ostrzegłbym Garrowa, zamiast biec do Saphiry. I moglibyśmy uciec we trójkę.

Brom westchnął.

– Wówczas nie byłem pewien, co mam robić. Sądziłem, że zdołam utrzymać Ra'zaców z dala od ciebie, a gdy odejdą, spytam cię o Saphirę. Przechytrzyli mnie jednak. To błąd, którego bardzo żałuję i który wiele cię kosztował.

– Kim ty jesteś? – spytał z goryczą Eragon. – Jakim cudem zwykły wioskowy bajarz ma u siebie miecz Jeźdźca? Skąd wiesz o Ra'zacach?

Brom postukał w fajkę.

– Zdawało mi się, że powiedziałem jasno, że nie zamierzam o tym mówić.

– Przez to zginął mój wuj. Zginął! – Eragon machnął ręką, dłoń ze świstem przecięła powietrze. – Jak dotąd ufałem ci, bo Saphira cię szanuje, ale koniec z tym. Nie jesteś człowiekiem, którego znałem w Carvahall przez te wszystkie lata. Wyjaśnij to!

Przez długi czas Brom wpatrywał się w unoszący się między nimi dym. Jego czoło przecięły głębokie bruzdy. W końcu odezwał się cicho:

– Zapewne nigdy o tym nie myślałeś, lecz większość życia spędziłem poza doliną Palancar. Dopiero w Carvahall zostałem bajarzem. Wcześniej odgrywałem wiele ról wobec różnych ludzi. Mam skomplikowaną przeszłość. Przybyłem tu częściowo dlatego, że chciałem przed wszystkim uciec. Zatem nie, nie jestem człowiekiem, za którego mnie brałeś.

– Ha! – prychnął Eragon. – Kim więc jesteś?

Brom uśmiechnął się łagodnie.

– Kimś, kto chce ci pomóc. Nie odrzucaj tego; to najprawdziwsze słowa, jakie kiedykolwiek wymówiłem. Ale nie odpowiem na twoje pytania. Na razie nie musisz znać mojej historii, nie zasłużyłeś na nią. Tak, dysponuję wiedzą niedostępną Bromowi bajarzowi, ale jestem kimś więcej niż on. Będziesz musiał nauczyć się z tym żyć i zaakceptować fakt, że nie opisuję mojego życia każdemu, kto o to zapyta.

Eragon posłał mu gniewne spojrzenie.

– Idę spać – oznajmił, wstając od ognia.

Brom nie wydawał się zaskoczony, lecz w jego oczach zalśnił smutek. Rozłożył siennik przy ognisku. Eragon legł obok Saphiry. W obozie zapanowała lodowata cisza.

Budowa siodła

Gdy Eragon otworzył oczy, natychmiast zalała go fala wspomnień dotyczących śmierci Garrowa. Naciągnął koc na głowę i zapłakał cicho w cieple i ciemności. Dobrze było tak leżeć... ukrywać się przed światem. W końcu łzy przestały płynąć. Przeklął Broma, niechętnie otarł policzki i wstał.

Brom przyrządzał właśnie śniadanie.

– Dzień dobry – rzucił.

Eragon mruknął coś w odpowiedzi, wepchnął zgrabiałe ręce pod pachy i przycupnął przy ogniu, czekając na posiłek. Jedli szybko, by strawa nie zdążyła wystygnąć. Gdy skończyli, Eragon przemył miskę śniegiem i rozłożył na ziemi skradzioną skórę.

– Co chcesz z nią zrobić? – spytał Brom. – Nie możemy zabrać jej ze sobą.

– Zamierzam zrobić siodło dla Saphiry.

– Mhm. – Brom przysunął się bliżej. – Smoki zwykle miewały dwa typy siodeł. Pierwsze twarde i sztywne jak siodło końskie, ale jego przygotowanie wymaga czasu i specjalnych narzędzi. Nie dysponujemy ani jednym, ani drugim. Drugi typ był cienki, lekko wyściełany, jedynie dodatkowa warstwa ochronna pomiędzy smokiem i Jeźdźcem. Używano ich, gdy liczyła się przede wszystkim siła i zręczność, choć nie były tak wygodne jak te sztywne.

– Wiesz, jak wyglądały? – spytał Eragon.

– Lepiej, umiem takie zrobić.

– Więc proszę, zrób. – Eragon odsunął się na bok.

– Dobrze, lecz uważaj. Kiedyś może sam będziesz je musiał wykonać.

Za pozwoleniem Saphiry Brom zmierzył jej szyję i pierś. Następnie odciął pięć pasków skóry, a na pozostałej nakreślił tuzin różnych kształtów. Gdy już je wykroił, pociął resztę na długie rzemienie.

Za pomocą rzemieni zszył wszystko razem. Każdy szew wymagał przewiercenia dwóch dziur w skórze. Eragon pomagał mu w tym. Sprzączki zastąpili skomplikowanymi węzłami. Każdy pasek był dłuższy niż potrzeba, by siodło wciąż pasowało na Saphirę w nadchodzących miesiącach.

Główna część siodła składała się z trzech identycznych fragmentów, zszytych razem i wypchanych wyściółką. Z przodu Brom zamocował grubą pętlę, oplatającą ciasno jeden ze szpikulców na szyi Saphiry. Szerokie pasy po obu stronach obejmowały jej brzuch i łączyły się pod spodem. Miejsce strzemion zajęła seria pętli biegnących po obu bokach. Zaciśnięte, przytrzymywały nogi Eragona. Dodatkowy długi pas przebiegał między przednimi nogami Saphiry, rozdwajał się, po czym wysuwał spomiędzy tylnych nóg i powracał do siodła.

Podczas gdy Brom pracował, Eragon naprawiał swą torbę i organizował zapasy. Nim skończyli, nadciągnął wieczór. Zmęczony Brom osiodłał Saphirę i sprawdził, czy paski pasują. Dokonał kilku drobnych poprawek i zdjął je zadowolony.

– Świetna robota – pogratulował niechętnie Eragon.

Brom skłonił głowę.

– Staram się. Powinno dobrze ci służyć, skóra jest dość solidna.

Nie zamierzasz go wypróbować? – spytała Saphira.

Może jutro. Eragon ułożył siodło wraz z kocami. *Teraz jest za późno.* Prawdę mówiąc, nie miał wcale ochoty znów latać – nie po katastrofalnych skutkach ostatniej wycieczki.

Szybko przyrządzili obiad. Mimo prostoty był bardzo smaczny. Gdy jedli, Brom spojrzał nad ogniskiem na Eragona.

– Wyruszymy jutro? – spytał.

– Chyba nie ma powodów czekać.

– Chyba nie. – Poruszył się lekko. – Eragonie, muszę cię przeprosić za to, co się stało. Nie chciałem tego, twoja rodzina nie zasłużyła na taki los. Gdyby był jakiś sposób, by odwrócić tę tragedię, zrobiłbym to. To straszne dla nas wszystkich.

Eragon siedział w ciszy, unikając wzroku Broma, który dodał:

– Potrzebujemy koni.

– Ty może tak. Ja mam Saphirę.

Brom pokręcił głową.

– Nie ma na świecie konia, który dotrzymałby kroku lecącemu smoko-wi, a Saphira jest zbyt młoda, by udźwignąć nas obu. Poza tym bezpiecz-niej będzie, jeśli zostaniemy razem. Jazda jest szybsza niż marsz.

– Ale trudniej nam będzie doścignąć Ra'zaców! – zaprotestował Era-gon. – Na Saphirze znalazłbym ich w ciągu paru dni. Konno potrwa to znacznie dłużej. Możliwe nawet, że nie zdołamy ich dogonić.

– Jeśli mam ci towarzyszyć – odparł Brom – musimy zaryzykować.

Eragon się zastanowił.

– W porządku – mruknął. – Weźmiemy konie, ale musisz je kupić. Ja nie mam pieniędzy i nie chcę znów kraść. To złe.

– Zależy od punktu widzenia – poprawił Brom z lekkim uśmieszkiem. – Nim wyruszymy w drogę, pamiętaj, że nasi wrogowie, Ra'zacowie, to słu-dzy króla. Gdziekolwiek się udadzą, będą dobrze chronieni. Prawo ich nie powstrzyma. W miastach mają dostęp do wszystkich bogactw i służby. Pamiętaj też, że dla Galbatorixa nie ma nic ważniejszego niż namówienie cię do współpracy albo zabicie. Na szczęście wieści o twoim istnieniu zapewne jeszcze do niego nie dotarły. Im dłużej będziesz unikał Ra'zaców, tym bardziej będzie zdesperowany. Zda sobie sprawę, że z każdym dniem stajesz się coraz silniejszy, że każda chwila zwiększa twoje szanse nawią-zania kontaktu z wrogami. Musisz być bardzo ostrożny, bo z łatwością z łowcy możesz przemienić się w zwierzynę.

Eragona poraziły te ostre słowa. Nadąsany, obrócił w palcach gałązkę.

– Dość rozmów – mruknął Brom. – Jest późno, bolą mnie kości. Po-rozmawiamy jutro.

Eragon przytaknął i obłożył żar drwami.

Therinsford

Poranek był szary i pochmurny, wiał ostry, porywisty wiatr. W lesie panowała cisza. Po lekkim śniadaniu Brom i Eragon zgasili ogień i narzucili na plecy worki, szykując się do wymarszu. Eragon zawiesił z boku swój łuk i kołczan, tak by w razie potrzeby móc z łatwością po nie sięgnąć. Saphira wciąż miała na grzbiecie siodło; musiała je nosić, póki nie kupią koni. Eragon starannie przywiązał jej do grzbietu Zar'roca – nie chciał dźwigać dodatkowego ciężaru, a zresztą w jego rękach miecz nie byłby wcale lepszą bronią niż zwykła pałka.

W chruśniaku czuł się bezpieczny, poza nim znów zaczął poruszać się ostrożnie, czujnie. Saphira krążyła im nad głowami. Wkrótce las się przerzedził i dotarli do gospodarstwa.

Jeszcze kiedyś zobaczę to miejsce, poprzysiągł sobie Eragon, patrząc na zrujnowane budynki. *To nie może być, nie będzie, wieczne rozstanie. Kiedyś, gdy będę bezpieczny, wrócę...*

Wyprostował ramiona i z determinacją spojrzał na południe, ku odległym, dziwnym barbarzyńskim krainom.

Ruszyli naprzód. Saphira skręciła na zachód w stronę gór i zniknęła im z oczu. Odprowadzając ją wzrokiem, Eragon poczuł niepokój. Nawet teraz, mimo że wędrowali samotnie, nie mogli zostać razem. Smoczyca musiała się kryć na wypadek gdyby spotkali kogoś na trakcie.

Ślady Ra'zaców znikały już w topniejącym śniegu, lecz nie martwił się tym zbytnio. Wątpliwe, by obcy zboczyli z drogi w gąszcz. W końcu to najłatwiejsze wyjście z doliny. Natomiast po opuszczeniu doliny droga rozdzielała się w kilku miejscach. Trudno będzie ustalić, dokąd się skierowali. Maszerowali w milczeniu, starając się iść jak najprędzej. Nogi Eragona nadal krwawiły w miejscach, gdzie pękły strupy.

– Co dokładnie mogą smoki? – spytał, by zapomnieć o bólu i zmęczeniu. – Mówiłeś, że wiesz coś o ich zdolnościach.

Brom roześmiał się. Gdy machnął ręką, szafir w jego pierścieniu rozbłysnął.

– Niestety, to żałośnie mało w porównaniu z tym, co chciałbym wiedzieć. Na pytanie, które zadałeś, ludzie próbują odpowiedzieć od wieków. Musisz zatem pojąć, że to, co ci wyjawię, jest, z samej swej natury, niepełne. Smoki zawsze pozostawały tajemnicze, choć może niecelowo. Nim naprawdę odpowiem na twoje pytanie, potrzebujesz jednak podstawowych informacji na temat smoków. Wtargnięcie w sam środek tak złożonego tematu bez zrozumienia fundamentów, na których się wspiera, prowadziłoby donikąd. Zacznę od cyklu życiowego smoków. Jeśli to cię nie zmęczy, przejdziemy do kolejnego zagadnienia.

Brom wyjaśnił, jak smoki łączyły się w pary i jak wyglądało wykluwanie się młodych z jaj.

– Bo widzisz – rzekł – gdy smok składa jajko, pisklę w środku jest gotowe do wyklucia. Czeka jednak czasem latami na odpowiednią chwilę. Gdy smoki żyły w głuszy, zwykle chwila ta wiązała się z dostępnością pożywienia. Kiedy jednak zawarły sojusz z elfami, co roku przekazywały Jeźdźcom kilka swoich jaj, zwykle najwyżej jedno czy dwa. Jaja te, czy raczej młode smoki wewnątrz, nie wykluwały się, póki obok nie znalazł się człowiek czy elf, któremu przeznaczone było zostać ich Jeźdźcem. Nie wiemy jednak, jak to wyczuwały. Ludzie czekali godzinami, aby dotknąć jaj, w nadziei że któryś z nich zostanie wybrany.

– Chcesz powiedzieć, że Saphira mogła się dla mnie nie wykluć? – spytał Eragon.

– Całkiem możliwe, gdybyś jej się nie spodobał.

Eragon poczuł się zaszczycony: ze wszystkich ludzi w Alagaësii wybrała właśnie jego. Zastanawiał się, jak długo czekała, i zadrżał na myśl o zamknięciu w ciemności ciasnego jaja.

Brom podjął przerwany wykład. Wyjaśnił, co i kiedy jadały smoki. Dorosłe osobniki mogły przeżyć całe miesiące bez pokarmu, lecz w okresie godowym musiały jeść co tydzień. Niektóre rośliny leczyły ich choroby, inne je wywoływały. Istniały różne metody dbania o smocze szpony i czyszczenia ich łusek.

Przedstawił też techniki ataku z grzbietu smoka i wyjaśnił, co robić, gdy walczy się ze smokiem – pieszo, konno bądź na własnym smoku. Brzuchy miały pokryte łuską, pachwiny nie. Eragon nieustannie przerywał, zadając pytania, które cieszyły Broma. Rozmowa sprawiła, że godziny mijały niepostrzeżenie.

Gdy nastał wieczór, znaleźli się w pobliżu Therinsfordu. Niebo pociemniało i zaczęli szukać miejsca na obozowisko.

– Kim był Jeździec, do którego należał Zar'roc? – spytał nagle Eragon.

– Potężnym wojownikiem – odparł Brom. – Budzącym w swych czasach wielki strach i dysponującym ogromną mocą.

– Jak się nazywał?

– Nie powiem.

Eragon zaprotestował, lecz Brom był stanowczy.

– Nie chcę utrzymywać cię w niewiedzy, wprost przeciwnie. Lecz pewne informacje mogłyby w tej chwili okazać się niebezpieczne i zbyt niepokojące. Nie ma potrzeby, bym cię nimi obciążał. Przyjdzie czas, gdy będziesz miał dość sił, by wszystko zrozumieć. Chcę tylko cię chronić przed tymi, którzy pragną wykorzystać cię do złego.

Eragon posłał mu gniewne spojrzenie.

– Wiesz co? Myślę, że po prostu lubisz mówić zagadkami. Mam wielką ochotę cię zostawić, po to, by więcej ich nie słuchać. Jeśli chcesz coś powiedzieć, to mów, zamiast tańczyć wokół i spowijać wszystko w mgliste słowa!

– Spokojnie, z czasem dowiesz się wszystkiego – rzekł łagodnie Brom.

Eragon mruknął nieprzekonany.

Znaleźli dogodne miejsce na nocleg i rozbili obóz. Kolacja dochodziła właśnie nad ogniem, gdy dołączyła do nich Saphira.

Miałaś czas zapolować? – spytał Eragon.

Smoczyca prychnęła z rozbawieniem. *Gdybyście byli jeszcze trochę wolniejsi, miałabym czas przelecieć nad morzem i z powrotem, i nie zostać w tyle.*

Nie musisz nas obrażać. Poza tym, kiedy kupimy konie, zaczniemy się poruszać znacznie szybciej.

Wypuściła z nozdrzy obłoczek dymu. *Może, ale czy to wystarczy, by schwytać Ra'zaców? Mają przewagę kilku dni i wielu staj, i lękam się, że mogą podejrzewać, że ich ścigamy. Po co zniszczyliby zabudowanie w tak widowiskowy sposób, gdyby nie chcieli sprowokować cię do pościgu?*

Nie wiem – odparł poruszony Eragon.

Saphira zwinęła się w kłębek obok niego, a on oparł się o przyjemnie ciepły brzuch smoczycy. Brom siedział po drugiej stronie ogniska, strugając dwa długie kije. Nagle cisnął jednym w Eragona, który wyłącznie dzięki szybkiemu refleksowi chwycił go znad roztańczonych płomieni.

– Broń się – warknął Brom, zrywając się z miejsca.

Eragon spojrzał na trzymany w dłoni kij i przekonał się, że ma mniej więcej kształt miecza. Brom chciał z nim walczyć? Jakie szanse ma staruszek? *Jeśli chce się zabawić, bardzo proszę. Ale jeżeli sądzi, że mnie pokona, czeka go niespodzianka.*

Wstał, patrząc, jak stary mężczyzna okrąża ognisko. Przez chwilę stali naprzeciwko siebie. Potem Brom zaatakował, wymachując kijem. Eragon próbował zablokować atak, okazał się jednak zbyt wolny. Krzyknął z bólu, gdy Brom rąbnął go w żebra; zachwiał się na nogach.

Bez namysłu rzucił się naprzód, ale Brom z łatwością sparował uderzenie. Eragon machnął kijem w kierunku głowy Broma. W ostatniej chwili przekręcił rękę, próbując trafić go w bok. W obozie rozległ się głośny trzask drewna uderzającego o drewno.

– Improwizacja, dobrze! – wykrzyknął Brom. Jego oczy lśniły, ręka poruszyła się błyskawicznie i z boku głowy Eragona eksplodował ból. Oszołomiony chłopak runął na ziemię niczym pusty worek.

Ocuciło go chluśnięcie zimną wodą. Usiadł, parskając z oburzeniem. W uszach wciąż mu dzwoniło, na twarzy miał zaschniętą krew. Brom stał nad nim z rondlem stopionego śniegu.

– Nie musiałeś tego robić – rzucił gniewnie Eragon, dźwigając się z ziemi. Wciąż kręciło mu się w głowie.

Brom uniósł brwi.

– Czyżby? Prawdziwy wróg nie złagodziłby ciosów, ja też tego nie zrobię. Gdybym się dostosował do twych mizernych umiejętności, poczułbyś się lepiej? Nie sądzę. – Podniósł kij, który upuścił Eragon, i wyciągnął go ku niemu. – A teraz się broń.

Przez chwilę Eragon patrzył tępo na kawał drewna. W końcu pokręcił głową.

– Daj spokój, mam już dosyć – odwrócił się i zachwiał po mocnym ciosie w grzbiet. Z gniewnym pomrukiem okręcił się na pięcie.

– Nigdy nie odwracaj się plecami do przeciwnika! – warknął Brom, po czym rzucił mu kij i zaatakował. Eragon wycofał się za ognisko, umykając przed gradem ciosów. – Przyciągnij do siebie ręce, uginaj kolana! – krzyczał Brom. Przez chwilę udzielał mu instrukcji, po czym przerwał, pokazując Eragonowi, jak dokładnie wykonać pewien ruch. – Zrób to jeszcze raz, ale tym razem powoli!

Przesadnie wolno powtórzyli całą sekwencję i wrócili do zaciekłej bitwy. Eragon uczył się szybko, jednak, choć bardzo się starał, nie potrafił odparować więcej niż kilku uderzeń Broma.

Gdy skończyli, runął z jękiem na koc. Bolało go wszystko – Brom nie szczędził kija. Saphira warknęła przeciągle i uniosła wargę, ukazując rząd ostrych zębów.

Co ci jest? – rzucił z irytacją.

Nic – odparła. *Zabawnie jest patrzeć, jak taki pisklak zostaje pokonany przez starego.*

Ponownie wydała z siebie ów dźwięk i Eragon zarumienił się gwałtownie, uświadamiając sobie, że smoczyca się śmieje. Próbując zachować resztkę godności, przekręcił się na bok i zasnął.

Następnego dnia czuł się jeszcze gorzej. Ręce miał całe w siniakach i poruszał się z trudem. Brom uniósł wzrok znad przygotowywanej gęstej owsianki i uśmiechnął się szeroko.

– Jak tam? – spytał.

Eragon mruknął coś w odpowiedzi i rzucił się na śniadanie.

Maszerowali szybko, starając się dotrzeć do Therinsfordu przed południem. Po kilku milach droga stała się szersza, w dali ujrzeli dym.

– Lepiej powiedz Saphirze, by poleciała naprzód i zaczekała na nas po drugiej stronie wsi – podsunął Brom. – Musi bardzo uważać, inaczej dostrzegą ją ludzie.

– Może sam jej powiesz? – odparł wyzywająco Eragon.

– Rozmowy z cudzym smokiem są uważane za przejaw bardzo złego zachowania.

– W Carvahall nie miałeś z tym problemów.

Wargi Broma zadrżały, wyginając się w uśmiechu.

– Zrobiłem to, co musiałem.

Eragon posłał mu nieprzychylne spojrzenie, po czym przekazał instrukcje.

Bądź ostrożny – ostrzegła Saphira. *Słudzy imperium mogą się ukrywać wszędzie.*

113

Koleiny w trakcie stały się głębsze i Eragon dostrzegł nowe odciski stóp. Przydrożne gospodarstwa niczym forpoczta zapowiadały bliskość Therinsfordu. Wioska była większa niż Carvahall, lecz zbudowano ją chaotycznie, bez szczególnego planu.

– Ale bałagan – zauważył Eragon.

Nie widział młynu Demptona. Baldor i Albriech z pewnością ściągnęli już Rorana do domu, a zresztą, tak czy inaczej, Eragon nie miał ochoty na spotkanie z kuzynem.

– Rzeczywiście – przytaknął Brom.

Między nimi i miastem płynęła Anora; oba brzegi rzeki łączył solidny most. Gdy się zbliżyli, zza krzaka wyskoczył tłusty, obleśny mężczyzna i zagrodził im drogę. Koszulę miał za krótką, znad sznura, którym się przepasał, wylewało się brudne brzuszysko. Zęby w popękanych ustach przypominały walące się nagrobki.

– Zatrzymajcie się, to mój most. Musicie zapłacić, by przejść.

– Ile? – spytał z rezygnacją Brom. Wyciągnął sakiewkę i twarz samozwańczego stróża pojaśniała.

– Pięć koron. – Uśmiechnął się szeroko.

Eragon poczuł gwałtowną falę wściekłości: suma była niebotyczna. Zaczął coś mówić, lecz Brom uciszył go szybkim spojrzeniem i bez słowa przekazał monety. Mężczyzna wrzucił je do wiszącego u pasa worka.

– Piękne dzięki – dodał drwiąco i odsunął się na bok.

Gdy Brom ruszył naprzód, potknął się i przytrzymał ramienia stróża.

– Uważaj, gdzie leziesz – warknął dryblas, odsuwając się.

– Wybacz – przeprosił Brom i ruszył naprzód.

– Czemu się nie targowałeś? Obdarł cię żywcem ze skóry! – wykrzyknął Eragon, gdy znaleźli się poza zasięgiem słuchu stróża. – Most pewnie w ogóle nie należy do niego. Mogliśmy go pokonać!

– Zapewne – zgodził się Brom.

– To czemu mu zapłaciłeś?

– Bo nie można się kłócić ze wszystkimi głupcami tego świata. Łatwiej ustąpić, a potem ich oszukać, gdy nie zwracają na ciebie uwagi. – Brom otworzył dłoń, ukazując garść lśniących monet.

– Okradłeś go! – rzekł z niedowierzaniem Eragon.

Stary mężczyzna mrugnął porozumiewawczo i schował pieniądze do kieszeni.

– A miał przy sobie zdumiewająco dużą sumę. Powinien być mądrzejszy i nie trzymać wszystkiego w jednym miejscu. – Nagle z drugiej strony rzeki dobiegł ich wściekły okrzyk. – Rzekłbym, że nasz przyjaciel właśnie odkrył swoją stratę. Jeśli zobaczysz jakichś strażników, uprzedź mnie. – Chwycił za rękę biegającego między domami chłopca. – Wiesz, gdzie tu można kupić konie? – Chłopczyk spojrzał na nich z powagą i wskazał dużą stodołę na skraju Therinsfordu. – Dziękuję. – Brom cisnął mu miedziaka.

Podwójne drzwi stodoły były otwarte. W środku ujrzeli dwa długie rzędy boksów. Na przeciwległej ścianie wisiały siodła, uprzęże i inne drobiazgi. Obok stał mężczyzna o potężnych ramionach. Szczotkował właśnie białego ogiera. Uniósł rękę i przyzwał ich gestem.

– Piękne zwierzę – zauważył Brom, podchodząc bliżej.

– O tak, nazywa się Śnieżny Płomień, a ja Haberth. – Haberth wyciągnął szorstką rękę i mocno uścisnął dłonie Eragona i Broma. Odczekał uprzejmie chwilę, by podali swe imiona. Gdy tego nie uczynili, spytał: – Czym mogę służyć?

– Potrzebne nam dwa konie – odparł Brom. – I pełna uprząż dla nich. Muszą być szybkie i wytrzymałe, czeka nas długa podróż.

Haberth zastanawiał się przez moment.

– Nie mam zbyt wielu takich wierzchowców, a te, które mam, nie są tanie.

Ogier poruszył się niespokojnie. Mężczyzna pogładził go uspokajająco.

– Cena nie gra roli. Wezmę najlepsze – oznajmił Brom.

Haberth skinął głową i bez słowa uwiązał ogiera. Potem podszedł do ściany, zaczął ściągać siodła i inne przedmioty. Wkrótce utworzyły dwa identyczne stosy. Następnie przeszedł wzdłuż boksów i wyprowadził dwa konie, jasnego gniadosza i deresza. Gniadosz szarpnął sznur.

– Jest dość energiczny, ale stanowczy jeździec nie będzie miał problemów – oznajmił, wręczając sznur Bromowi.

Brom pozwolił, by gniadosz obwąchał mu rękę, po czym pogładził szyję konia.

– Weźmiemy go – orzekł, mierząc wzrokiem deresza. – Ale co do drugiego... nie jestem pewien.

– Ma mocne nogi.

– Mhm. Ile chciałbyś za Śnieżnego Płomienia?

Haberth spojrzał czule na ogiera.

– Wolałbym go nie sprzedawać, to najpiękniejszy z moich koni. Mam nadzieję, że zostanie ojcem wielu wspaniałych wierzchowców.

– Gdybyś jednak miał się z nim rozstać, ile by mnie to kosztowało? – naciskał Brom.

Eragon próbował położyć dłoń na szyi gniadosza, jak to uczynił jego towarzysz, koń jednak cofnął się błyskawicznie. Chłopiec odruchowo sięgnął umysłem, by go uspokoić, i zamarł zaskoczony, gdy poczuł, jak dotyka świadomości zwierzęcia. Kontakt nie był wyraźny czy ostry jak z Saphirą, ale Eragon mógł w ograniczonym stopniu porozumieć się z koniem. Powoli przekazał mu, że jest przyjacielem. Wierzchowiec uspokoił się i spojrzał na niego wilgotnymi, ciemnymi oczami.

Haberth podliczył wszystko na palcach.

– Dwieście koron i ani grosza mniej – oznajmił z uśmiechem, wyraźnie przekonany, że nikt nie byłby skłonny zapłacić aż tyle. Brom bez słowa otworzył sakiewkę i odliczył pieniądze.

– Wystarczy? – spytał.

Zapadła długa cisza. Haberth wodził wzrokiem pomiędzy Śnieżnym Płomieniem i monetami. W końcu westchnął.

– Jest twój, choć ściska mi się serce.

– Będę go traktował niczym wierzchowca z rodu Gildindotora, najwspanialszego rumaka z legend – przyrzekł Brom.

– Słowa twe mnie radują – odparł Haberth, lekko skłaniając głowę. Pomógł im osiodłać konie. Gdy byli gotowi do odjazdu, dodał: – Żegnajcie zatem i choćby ze względu na Śnieżnego Płomienia mam nadzieję, że unikniecie nieszczęść.

– Nie lękaj się, będę go strzegł – obiecał Brom.

Razem wyszli ze stodoły.

– Proszę – dodał, wręczając wodze ogiera Eragonowi. – Idź na drugą stronę Therinsfordu i zaczekaj.

– Czemu? – spytał Eragon, lecz Brom zdążył już zniknąć.

Lekko poirytowany, opuścił Therinsford z dwoma końmi i zatrzymał się przy trakcie. Na południu widział mglisty zarys Utgardu, tkwiącego niczym olbrzymi monolit u wylotu doliny. Jego szczyt przebijał warstwę chmur i znikał ponad nimi, wznosząc się nad otaczające go mniejsze góry. Widok mrocznego, złowieszczego skalnego olbrzyma sprawił, że Eragon poczuł dreszcz.

Wkrótce potem zjawił się Brom i gestem wezwał Eragona. Maszerowali naprzód, póki Therinsford nie zniknął za drzewami. Wówczas Brom oznajmił:

– Ra'zacowie bez wątpienia tędy przechodzili. Najwyraźniej oni także kupili tu konie. Znalazłem człowieka, który ich widział. Opisując ich, trząsł się ze strachu. Twierdził, że opuścili Therinsford galopem niczym demony zmykające przed świętym kapłanem.

– Zrobili na nim wrażenie.

– O tak.

Eragon poklepał konie.

– Gdy byliśmy w stodole, przypadkiem dotknąłem umysłu gniadosza. Nie wiedziałem, że to możliwe.

Brom zmarszczył brwi.

– Rzadko się zdarza, by ktoś tak młody jak ty dysponował tą umiejętnością. Większość Jeźdźców musiała uczyć się całe lata, nim stała się dość silna, by nawiązać kontakt z czymkolwiek poza własnym smokiem. – Z namysłem obejrzał siwego ogiera. – Wyjmij wszystko z worka, umieść w jukach, a worek przywiąż z wierzchu.

Eragon uczynił to posłusznie. Tymczasem Brom dosiadł Śnieżnego Płomienia.

Chłopak z powątpiewaniem spojrzał na drugiego konia. Był znacznie mniejszy niż Śnieżny Płomień, tak mały, że Eragon przez chwilę zastanawiał się, czy w ogóle utrzyma jego ciężar. Z westchnieniem wdrapał się niezgrabnie na siodło. Dotąd jeździł konno wyłącznie na oklep i na krótkie odległości.

– Czy ta jazda zrobi z moimi nogami to samo co lot na Saphirze? – spytał.

– Jak wyglądają teraz?

– Nie tak źle, ale wystarczy parę godzin i rany znów się otworzą.

– Będziemy się oszczędzać – przyrzekł Brom.

Udzielił Eragonowi kilku wskazówek i ruszyli naprzód lekkim kłusem. Wkrótce okolica zaczęła się zmieniać. Uprawne pola ustąpiły miejsca łąkom i zagajnikom. Wzdłuż drogi pojawiły się wysokie zarośla, a także krzaki dzikiej róży, chwytające ich za ubrania. Z ziemi sterczały wysokie skały, szarzy świadkowie ich obecności. Wyczuwało się nieprzyjazną atmosferę, wrogość skierowaną przeciw intruzom.

Nad nimi wznosił się Utgard, z każdym krokiem coraz większy. Pomiędzy poszarpanymi, skalnymi graniami zalegał biały śnieg. Czarny kamień góry chłonął światło niczym gąbka, sprawiając, że okolicę spowił półmrok. Pomiędzy Utgardem i łańcuchem górskim tworzącym wschodnią ścianę doliny Palancar rozciągał się głęboki jar. Stanowił on jedyne wygodne wyjście z doliny. Droga wiodła wprost ku niemu.

Kopyta koni uderzały głośno o żwir. Trakt wyraźnie się zwęził. Kiedy okrążył podstawę Utgardu, przypominał już wąską ścieżkę. Eragon uniósł wzrok, spoglądając na wyniosły szczyt, i ze zdumieniem ujrzał przycupniętą na zboczu pochyłą wieżę. Chociaż jej zwieńczenie rozsypało się w gruzy, nadal niczym ponury wartownik czuwała nad doliną.

– Co to? – spytał, wskazując ręką.

Brom nawet nie spojrzał.

– Warownia Jeźdźców – odpowiedział ze smutkiem i goryczą. – Jedna z nielicznych, które przetrwały od chwili ich powstania. Tu właśnie ukrył się Vrael i tutaj dzięki zdradzie odnalazł go i pokonał Galbatorix. Gdy Vrael padł, jego śmierć skaziła całą okolicę. Bastion ten nazywano Edoc'sil, Niezdobyty, ponieważ góra jest tak stroma, że na jej szczyt można dotrzeć tylko na skrzydłach. Po śmierci Vraela ludzie nazwali to miejsce Utgardem. Ma jednak także inną nazwę, Ristvak'baen, Miejsce Smutku. Tak właśnie zwali je ostatni Jeźdźcy, nim zginęli z ręki króla.

Eragon patrzył ze zgrozą i podziwem. Oto namacalny ślad dawnej chwały Jeźdźców, który jednak nie umknął nieubłaganej ręce czasu. Dopiero w tym momencie dotarło do niego, jak starzy byli Jeźdźcy. Na barkach poczuł ciężar dziedzictwa, tradycji i bohaterstwa sięgającego korzeniami pradawnych czasów.

Wiele godzin wędrowali wokół Utgardu. Gdy dotarli do jaru rozdzielającego górski łańcuch, potężny masyw tworzył po ich prawej stromy mur. Eragon uniósł się w strzemionach, próbując dostrzec, co leży poza granicą Palancaru, wciąż jednak było na to za daleko. Przez jakiś czas jechali osłoniętą przełęczą, wymijając wzgórza i rozpadliny, podążając wzdłuż Anory. W końcu, gdy słońce za ich plecami chyliło się ku zachodowi, pokonali wzniesienie i ujrzeli drzewa.

Eragon sapnął. Po obu stronach widział góry, lecz poniżej rozciągała się rozległa równina, sięgająca aż po horyzont i zlewająca się z niebem. Miała barwę monotonnego, płowego brązu – barwę martwych traw. W górze przepływały długie, strzępiaste chmury, rozdzierane gwałtownymi porywami wiatru.

Teraz pojął, czemu Brom upierał się przy zakupie koni. Pokonanie pieszo tej równiny zabrałoby im tygodnie, jeśli nie miesiące. Daleko w górze ujrzał krążącą Saphirę. Leciała tak wysoko, że można ją było wziąć za ptaka.

– Z zejściem wstrzymamy się do jutra – oznajmił Brom. – Zabierze nam większość dnia, powinniśmy więc już rozbić obóz.

– Jak szeroka jest równina? – spytał Eragon. Wciąż nie mógł otrząsnąć się ze zdziwienia.

– Dwa, trzy dni albo ponad dwa tygodnie, w zależności od obranego kierunku. Jeśli nie liczyć plemion wędrownych krążących po tej części równiny, jest ona niemal tak bezludna jak Pustynia Hadaracka na wschodzie. Nie znajdziemy tu zbyt wielu wiosek. Na południu natomiast równiny są mniej suche i gęściej zaludnione.

Zeszli ze szlaku i na brzegu Anory zeskoczyli z koni. Gdy już je rozsiodłali, Brom wskazał gniadosza.

– Powinieneś go nazwać.

Eragon zastanowił się, uwiązując wierzchowca.

– Nie mam tak szlachetnego miana jak Śnieżny Płomień, ale może to wystarczy. – Położył dłoń na boku konia i rzekł: – Nazywam cię Cadoc. Tak brzmiało imię mego dziadka, toteż noś je godnie.

Brom z aprobatą skinął głową, lecz Eragon poczuł się trochę głupio.

Gdy Saphira wylądowała, spytał ją: *Jak wyglądają równiny?*

Nudno. Nie ma na nich nic prócz królików i chaszczy.

Po kolacji Brom wstał.

– Łap – warknął.

Eragon ledwo miał czas, by unieść rękę i chwycić lecący w jego stronę kawałek drewna. Jęknął, widząc kolejny prowizoryczny miecz.

– Tylko nie to. – Westchnął.

Brom jedynie uśmiechnął się i skinął dłonią. Eragon niechętnie wstał z miejsca. Zaczęli zmagać się do wtóru trzasków kijów. Cały czas cofał się, czując przeszywający ból ręki.

Druga lekcja trwała krócej niż pierwsza, wystarczyła jednak, by Eragon zgromadził nową kolekcję siniaków. Gdy skończyli trening, z niesmakiem odrzucił kij i odszedł od ognia, by opatrzyć rany.

Huk grzmotu
i trzask pioruna

Następnego ranka Eragon starał się nie myśleć o ostatnich wydarzeniach; wciąż były dla niego zbyt bolesne. Zamiast tego całkowicie skoncentrował się na planowaniu, jak odnajdzie i zabije Ra'zaców. *Zrobię to z łuku*, postanowił, wyobrażając sobie, jak będą wyglądały zakapturzone postaci ze sterczącymi z ich ciał strzałami.

Miał trudności nawet ze wstaniem. Przy najmniejszym ruchu mięśnie kurczyły mu się boleśnie. Jeden z palców miał gorący i spuchnięty. Gdy byli gotowi do drogi, siadł na Cadoca i rzekł kwaśno:

– Jeśli to jeszcze potrwa, rozbijesz mnie na kawałki.

– Nie naciskałbym tak mocno, gdybym nie sądził, że masz dość sił.

– Ten jeden raz wolałbym, żebyś miał o mnie gorsze zdanie – mruknął Eragon.

Saphira zbliżyła się i Cadoc uskoczył nerwowo. Smoczyca spojrzała na konia z uczuciem przypominającym niesmak. *Na równinach nie ma się gdzie ukryć* – oznajmiła – *toteż nie zamierzam nawet próbować trzymać się z boku. Od tej pory będę leciała nad wami.*

Wystartowała, a oni rozpoczęli strome zejście. W wielu miejscach szlak właściwie znikał i musieli tracić czas na odnajdywanie drogi. Czasami zsiadali i prowadzili konie, przytrzymując się drzew, by nie runąć w dół. Ziemia była usłana luźnymi kamieniami; grunt pod nogami co chwila obsuwał się niebezpiecznie. Żmudna wędrówka sprawiła, że mimo zimna zgrzali się i zmęczyli. Minęło południe, gdy dotarli na dół i zatrzymali się, by odpocząć. Po lewej stronie Anora skręcała i płynęła na północ. Wokół huczał mroźny wiatr, chłoszcząc ich niemiłosiernie. Otaczała ich wyschnięta ziemia, kurz wpadał do oczu.

Eragon czuł się nieswojo. Po dłuższym czasie zrozumiał dlaczego – wszystko tu było strasznie płaskie. Jak okiem sięgnąć, nie dostrzegał nawet najmniejszego wzgórza czy zagłębienia. Dotąd zawsze otaczały go góry i wzgórza, bez nich czuł się odsłonięty i bezbronny niczym mysz wystawiona na czujne spojrzenia drapieżnych orłów.

Gdy dotarli na równinę, szlak rozdzielił się na trzy odnogi. Pierwsza skręcała w stronę Ceunon, jednego z największych północnych miast imperium; druga wiodła prosto przez równinę, a ostatnia na południe. Zbadali wszystkie trzy, szukając śladów Ra'zaców i w końcu je odkryli – wiodły wprost w głąb morza traw.

– Wygląda na to, że pojechali do Yazuac. – W głosie Broma zabrzmiała nutka zdumienia.

– To znaczy gdzie?

– Prosto na wschód, w sprzyjających okolicznościach cztery dni jazdy stąd. To miasteczko nad Ninorą. – Gestem wskazał płynącą na północ Anorę. – To nasze jedyne źródło wody, więc przed przeprawą przez równiny musimy napełnić wszystkie bukłaki. Aż do Yazuac nie znajdziemy innego źródła.

Eragon znów poczuł znajome podniecenie towarzyszące łowom. Za parę dni, może niecały tydzień, pomści śmierć Garrowa. A wtedy... Nie chciał nawet myśleć, co może zdarzyć się później.

Napełnili bukłaki, napoili konie i sami wypili jak najwięcej. Saphira dołączyła do nich, łapczywie pochłaniając wodę z rzeki. W końcu skręcili na wschód i ruszyli przed siebie.

***

Eragon uznał, że to wiatr pierwszy doprowadzi go do szału. Wszystkie inne dolegliwości – spękane usta, wyschnięty język, piekące oczy – brały się właśnie z niego. Przez cały dzień towarzyszyły im ostre uderzenia wichury, a wieczorem, miast osłabnąć, wiatr jeszcze się wzmógł.

Ponieważ znajdowali się na równinie, musieli rozbić obóz na nieosłoniętym terenie. Eragon znalazł zdrewniały krzak, niską roślinę odporną na trudne warunki. Starannie ułożył stos gałęzi, lecz mimo licznych prób drewno nie chciało się zająć. Efektem jego wysiłków był jedynie cuchnący, ostry dym. W końcu zniechęcony cisnął hubkę Bromowi.

– Nie potrafię zapalić ognia, zwłaszcza na tym przeklętym wietrze. Zobacz, może tobie się uda. W przeciwnym razie zjemy zimną kolację.

Brom uklękł obok krzaka i przyjrzał mu się krytycznie. Przełożył parę gałęzi i uderzył w krzesiwo, posyłając wokół snop iskier. Odpowiedział mu dym i nic więcej. Skrzywił się, spróbował ponownie, lecz wiodło mu się nie lepiej niż Eragonowi.

– Brisingr! – zaklął ze złością, trzeci raz uderzając w krzesiwo. Nagle pojawiły się płomienie. Stary mężczyzna cofnął się z zadowoloną miną. – No proszę, gdzieś w środku musiało już się żarzyć.

W czasie gdy jedzenie dochodziło nad ogniem, urządzili sobie krótki trening. Zmęczenie nie pozwalało im ćwiczyć dłużej. Po posiłku ułożyli się obok Saphiry i zasnęli w cieniu smoka.

Rankiem powitał ich ten sam zimny wiatr, hulający nad upiornie płaską równiną. W nocy wargi Eragona popękały. Za każdym razem, gdy uśmiechał się bądź cokolwiek mówił, rany zaczynały krwawić. Oblizywanie jeszcze pogarszało sprawę. Brom nie wyglądał lepiej. Oszczędnie napoili konie i dosiedli ich. Przed nimi był kolejny dzień monotonnej, męczącej jazdy.

***

Trzeciego dnia Eragon obudził się wypoczęty i fakt ten, w połączeniu z tym, że wiatr ucichł, natychmiast poprawił mu nastrój. Szybko jednak zmienił zdanie, gdy ujrzał w dali ciemne chmury burzowe.

Brom skrzywił się na ich widok.

– Co prawda, wolałbym nie wjeżdżać w burzę, ale tak czy inaczej, czeka nas trudna przeprawa. Równie dobrze możemy pokonać kawałek drogi.

Gdy dotarli w cień chmur, wokół panowała cisza. Eragon uniósł wzrok. Chmura burzowa przypominała niezwykłą budowlę, naturalną katedrę o ciężkim łukowatym sklepieniu. Odrobina wyobraźni wystarczyła, by ujrzeć kolumny, okna, wyniosłe łuki i wykrzywione gargulce. Miała w sobie dzikie, nieposkromione piękno.

Spuściwszy wzrok, ujrzał gwałtowną falę pędzącą ku nim wśród traw, przyginającą je do ziemi. Dopiero po sekundzie zrozumiał, że to potężne uderzenie wiatru. Brom także je dostrzegł. Zgarbili ramiona, czekając na nieuniknione.

Huragan był już bardzo blisko, gdy Eragonowi przyszła do głowy straszna myśl. Obrócił się w siodle i krzyknął jednocześnie na głos i umysłem.

– Saphiro, ląduj!

Brom zbladł śmiertelnie. Nad sobą ujrzeli, jak smoczyca nurkuje w stronę ziemi.

– Nie zdąży!

Saphira zawróciła w stronę, z której przybyli, aby zyskać nieco na czasie. Obserwowali ją niespokojnie i w tym momencie wściekła burza uderzyła w nich niczym młot. Eragon zachłysnął się, próbując zaczerpnąć tchu. Z całej siły przytrzymał się siodła, uszy wypełnił mu oszalały skowyt. Cadoc zachwiał się, wbijając kopyta w ziemię. Wiatr szarpał im ubrania niewidzialnymi palcami, unosił końskie grzywy. Świat przesłoniły obłoki ciemnego kurzu.

Eragon zmrużył oczy, szukając wzrokiem Saphiry. Ujrzał, jak ląduje ciężko i przypada do ziemi, wbijając w nią szpony. Wiatr dotarł do niej w chwili, gdy zaczęła zwijać skrzydła, szarpnął gwałtownie, rozwinął je i pociągnął smoczycę w powietrze. Przez chwilę wisiała bez ruchu, a potem burza przewróciła ją na grzbiet.

Eragon gwałtownym szarpnięciem zawrócił Cadoca i pogalopował ku niej, poganiając konia piętami i umysłem. *Saphiro!* – krzyknął w myślach. *Staraj się zostać na ziemi! Już jadę.*

Spróbuję – odpowiedziała ponuro.

Gdy się zbliżyli, Cadoc wierzgnął. Eragon zeskoczył z siodła i pobiegł ku niej.

Łuk obijał mu się o głowę. Silny powiew wiatru pozbawił go równowagi i chłopak poleciał naprzód. Kawałek przejechał na brzuchu, wstał i z determinacją ruszył naprzód, nie zważając na głębokie zadrapania skóry.

Od Saphiry dzieliły go zaledwie trzy kroki, nie mógł się jednak zbliżyć, bo zanadto machała skrzydłami, starając się złożyć je w potężnych porywach wichury. Eragon podbiegł do prawego skrzydła, chcąc je przytrzymać, lecz dokładnie w tym momencie wiatr pochwycił smoczycę i wywrócił w powietrzu. Szpikulce z jej grzbietu o włos minęły głowę Eragona. Saphira rozpaczliwie wbijała w ziemię pazury, próbując się przytrzymać.

Skrzydła znów zaczęły wypełniać się powietrzem, zanim jednak zdołały ją wywrócić, Eragon rzucił się na lewe. Złożyło się w stawach i Saphira mocno przycisnęła je do ciała. Eragon przeskoczył nad grzbietem zwierzęcia i wpadł na drugie skrzydło, które bez ostrzeżenia poleciało w górę, posyłając go na ziemię. Przekoziołkował, zerwał się i ponownie złapał czubek skrzydła. Saphira zaczęła je składać, a on pchnął z całych sił. Wiatr zmagał się z nimi przez sekundę, w końcu jednak zwyciężyli.

Zdyszany Eragon oparł się o bok smoczycy.

Nic ci nie jest? Czuł, jak drży.

Wahała się chwilę. *Nie... chyba nic.* Sprawiała wrażenie wstrząśniętej. *Niczego nie złamałam. Ja... nie mogłam poradzić, wiatr nie chciał mnie puścić. Byłam bezradna.* Wstrząsnął nią dreszcz.

Eragon spojrzał na nią z troską. *Nie martw się, teraz jesteś bezpieczna.* Dostrzegł stojącego nieopodal Cadoca, zwróconego tyłem do wiatru, i posłał mu w myślach polecenie, aby wrócił do Broma. Następnie wsiadł na Saphirę. Smoczyca zaczęła pełznąć drogą, walcząc z huraganem, a on przywarł do jej grzbietu i nie podnosił głowy.

Na ich widok Brom uniósł się w siodle.

– Czy jest ranna?! – zapytał, przekrzykując ryk wichury.

Eragon pokręcił głową i zsunął się na ziemię. Cadoc podbiegł i trącił go pyskiem. Gładząc długą końską głowę, Brom wskazał ręką ciemną zasłonę deszczu. Zbliżała się bardzo szybko.

– Co jeszcze?! – krzyknął Eragon, ciaśniej owijając się kurtką. Skrzywił się, gdy dotarła do nich ściana wody. Deszcz był lodowato zimny. Już po chwili dygotali, przemoczeni do suchej nitki.

Nagle niebo rozświetliły błyskawice, całe serie błyskawic. Wysokie na milę, przecinały niebo. Tuż za nimi podążały fale grzmotów, wstrząsające światem. Wszystko to było piękne, ale i złowieszcze. Tu i ówdzie uderzenia piorunów zapalały trawę, natychmiast jednak gasił ją deszcz.

Szaleństwo żywiołów ustępowało powoli, w końcu jednak burza minęła. Ponownie ujrzeli nad sobą niebo. Zachodzące słońce zajaśniało nad horyzontem. Promienie światła zabarwiły chmury ognistymi kolorami. Cała równina stała się jednym wielkim morzem kontrastów: jasnych plam światła i głębokich cieni. Przedmioty nabrały dziwnego ciężaru, źdźbła trawy wydawały się masywne niczym kolumny z marmuru. Nawet najzwyklejsze rzeczy nabrały nieziemskiego piękna. Eragon miał wrażenie, jakby znalazł się wewnątrz malowidła.

Ożywiona ziemia pachniała ciepło. Świeża woń dodała im otuchy. Saphira wyciągnęła szyję i ryknęła radośnie. Konie odskoczyły, lecz Eragon i Brom uśmiechnęli się serdecznie.

Nim słońce zgasło, znaleźli sobie miejsce w niskim zagłębieniu. Zbyt wyczerpani, by ćwiczyć, natychmiast zasnęli.

Odkrycie w Yazuac

Choć podczas burzy zdołali częściowo napełnić bukłaki, tego ranka wypili resztki wody.

– Mam nadzieję, że jedziemy w dobrym kierunku. – Eragon wykręcił pusty bukłak. – Bo jeśli nie dotrzemy dziś do Yazuac, będziemy mieć problem.

Brom nie wydawał się zaniepokojony.

– Podróżowałem już tędy. Ujrzymy Yazuac przed zmrokiem.

Eragon zaśmiał się z powątpiewaniem.

– Może widzisz coś, czego ja nie dostrzegam. Skąd możesz wiedzieć, że jedziemy w dobrą stronę, skoro wszystko tu wygląda tak samo?

– Bo kieruję się nie wyglądem ziemi, lecz wskazaniami słońca i gwiazd. A one nigdy nie zwodzą na manowce. Jedź już. Nie warto wymyślać sobie fałszywych trosk. Znajdziemy Yazuac, nie lękaj się.

Okazało się, że miał rację. Saphira pierwsza dostrzegła miasteczko, oni sami dopiero znacznie później ujrzeli ciemną plamę na horyzoncie. Dzieliła ich od niej wciąż jeszcze daleka droga. Widzieli zabudowania tylko dzięki temu, że równina była tak płaska. Gdy się zbliżyli, po obu stronach osady pojawiła się ciemna kręta linia, znikająca w dali.

– Ninora. – Brom wskazał ręką.

Eragon zatrzymał Cadoca.

– Jeśli Saphira zostanie z nami dłużej, ktoś ją zobaczy. Czy nie powinna się ukryć na czas wizyty w miasteczku?

Brom podrapał się po brodzie i spojrzał przed siebie.

– Widzisz to zakole rzeki? Powiedz, żeby tam zaczekała. Jest dość daleko od Yazuac, nikt nie powinien jej znaleźć, lecz jednocześnie na tyle blisko, że nie zostanie w tyle. My odwiedzimy osadę, kupimy, co trzeba, i tam się spotkamy.

To mi się nie podoba – oznajmiła Saphira, gdy Eragon wyjaśnił jej, jaki mają plan. *Irytuje mnie to ciągłe ukrywanie się jak przestępca. Wiesz, co by się stało, gdyby nas odkryto.*

Smoczyca mruknęła niechętnie, lecz ustąpiła i odleciała, trzymając się nisko nad ziemią.

Jechali szybko naprzód. Nie mogli się już doczekać strawy i napitku. Gdy dotarli bliżej, ujrzeli dym wzlatujący z dziesiątków kominów niewielkich zabudowań, na ulicach jednak nie było nikogo. Yazuac spowijał całun ciężkiej ciszy. Jak jeden mąż zatrzymali się przed pierwszym budynkiem.

– Nie słyszę psów – zauważył Eragon.

– Faktycznie. Ale to nic nie znaczy.

– ...Nie.

Eragon zawahał się.

– Ktoś powinien już nas zobaczyć.

– Tak.

– To czemu nikt nie wyszedł?

Brom, mrużąc oczy, spojrzał w słońce.

– Może się boją?

– Może – przytaknął Eragon. – A jeśli to pułapka? Może Ra'zacowie czekają tam na nas?

– Potrzebujemy żywności i wody.

– Jest jeszcze Ninora.

– A żywność?

– To prawda. – Eragon rozejrzał się. – Zatem jedziemy?

Brom poluzował lejce.

– Tak, ale nie jak głupcy. To główny wjazd do Yazuac. Jeśli zastawili pułapkę, to właśnie tutaj. Nikt nie będzie się spodziewał, że podjedziemy z innej strony.

– Zatem okrążymy Yazuac?

Brom przytaknął i dobył miecza, a nagą klingę oparł o łęk siodła. Eragon nałożył cięciwę i przygotował strzałę.

Cicho okrążyli miasteczko i ostrożnie wjechali do niego z innej strony. Ulice były puste. Ujrzeli tylko małego lisa, który na ich widok czmychnął w cień. Po obu stronach stały mroczne, złowieszczo ciche domy o strzaskanych oknach. Wiele drzwi wisiało na połamanych zawiasach. Konie rozglądały się nerwowo. Eragon poczuł mrowienie w dłoni, oparł się pokusie, by ją podrapać. Gdy dotarli na centralny plac, zacisnął palce na drzewcu łuku i zbladł gwałtownie.

– Bogowie w niebiosach – szepnął.

Przed nimi piętrzył się stos sztywnych, powykrzywianych trupów. Ich ubrania i zdeptaną ziemię wokół pokrywały plamy krwi. Wymordowani mężczyźni leżeli na kobietach, które starali się chronić, matki wciąż tuliły dzieci, a kochankowie osłaniający się nawzajem spoczywali w zimnych objęciach śmierci. Ze wszystkich ciał sterczały czarne drzewca strzał. Nie oszczędzono nikogo, starych ni młodych. Najgorsza była jednak zębata włócznia wbita w szczyt stosu, przeszywająca białe zwłoki niemowlęcia.

W oczach Eragona zakręciły się łzy. Próbował odwrócić wzrok, lecz martwe twarze przyciągały go z ogromną siłą. Patrzył w otwarte oczy, zastanawiając się, jak życie mogło opuścić je tak łatwo i szybko. *Co znaczy nasze istnienie, skoro wszystko może zakończyć się ot tak, w jednej chwili?* Ogarnęło go poczucie beznadziejności.

Gdzieś z góry sfrunęła wrona, czarna niczym cień, i przysiadła na włóczni. Przekrzywiając głowę, łakomym wzrokiem wpatrywała się w trupa dziecka.

– O nie – warknął Eragon, naciągając łuk i z brzękiem wypuszczając cięciwę. Strzała trafiła wronę, która runęła na ziemię w obłoczku czarnych piór. Eragon nałożył kolejną, lecz żołądek ścisnęła mu fala mdłości i zwymiotował na bok konia.

Brom poklepał go po plecach. Gdy chłopak skończył, starszy mężczyzna spytał łagodnie:

– Chcesz zaczekać na mnie za miastem?

– Nie... zostanę. – Eragon drżącą ręką otarł usta. Wzrokiem unikał upiornego stosu. – Kto mógł zrobić coś... – Nie zdołał dokończyć zdania.

Brom pochylił głowę.

– Ci, którzy kochają ból i cierpienie innych. Mają wiele twarzy, wiele masek, ale tylko jedno wspólne miano: zło. Nie da się go zrozumieć. Możemy jedynie opłakiwać ofiary i uczcić ich pamięć.

Zeskoczył ze Śnieżnego Płomienia i zaczął krążyć po rynku, starannie oglądając ślady.

– Ra'zacowie tędy przejeżdżali – oznajmił powoli – ale to nie ich dzieło. To robota urgali, one używają takich włóczni. Przybył tu spory oddział, może nawet setka. Dziwne. Wiadomo mi tylko o kilku przypadkach, gdy zebrały tak duże siły.

Ukłąkł i uważnie obejrzał jeden ślad. Nagle zaklął, podbiegł do ogiera i wskoczył na grzbiet.

– Jedź – syknął z napięciem, obracając Śnieżnego Płomienia. – Urgale wciąż tu są!

Eragon wbił pięty w boki Cadoca, koń skoczył naprzód i popędził za Śnieżnym Płomieniem. W galopie mijali domy i dotarli już niemal na skraj osady, gdy Eragon znów poczuł mrowienie w dłoni. Po prawej dostrzegł jakiś ruch, a potem olbrzymia pięść zepchnęła go z siodła. Poleciał w tył i uderzył o ścianę. Instynktownie nie wypuścił z dłoni łuku. Oszołomiony, dźwignął się chwiejnie, przyciskając dłoń do boku.

Nad nim stał wykrzywiony drwiąco urgal. Potwór był wysoki, masywny i w ramionach szerszy niż drzwi. Miał szarą skórę, żółte świńskie oczka i potężne mięśnie. Tułów osłaniał za mały napierśnik. Między parą baranich rogów sterczących ze skroni tkwił płytki żelazny hełm. Do jednej ręki miał przywiązaną okrągłą tarczę. Potężna dłoń dzierżyła krótki, złowrogi miecz.

Za plecami urgala Eragon ujrzał Broma ściągającego wodze ogiera. Towarzysz ruszył w jego kierunku, zatrzymało go jednak pojawienie się drugiego urgala, uzbrojonego w topór.

– Uciekaj, głupcze! – krzyknął Brom, atakując przeciwnika.

Stojący nad Eragonem urgal ryknął i zamachnął się mieczem. Eragon z cichym okrzykiem odskoczył, klinga świsnęła mu obok twarzy. Obrócił się i pomknął w głąb Yazuac; serce gwałtownie tłukło mu się w piersi.

Urgal ścigał go, Eragon słyszał za plecami tupot ciężkich buciorów. Posłał rozpaczliwą prośbę o pomoc do Saphiry i zmusił się, by jeszcze przyśpieszyć. Mimo wysiłków chłopaka urgal doganiał go, wyszczerzając zakrzywione kły w niemym okrzyku. Kiedy był już bardzo blisko, Eragon nałożył strzałę, obrócił się gwałtownie, wycelował i strzelił. Urgal gwałtownie szarpnął rękę i osłonił się tarczą. Nim Eragon zdążył znów wystrzelić, potwór zderzył się z nim i obaj runęli na ziemię.

Chłopak zerwał się na równe nogi i popędził z powrotem do Broma, który z grzbietu Śnieżnego Płomienia wymieniał potężne ciosy z przeciwnikiem. *Gdzie reszta urgali?* – zastanawiał się gorączkowo Eragon. *Czy w Yazuac zostały tylko te dwa?* Rozległ się głośny chrzęst, Śnieżny Płomień wierzgnął, rżąc ogłuszająco. Brom zgiął się w siodle, z rany na ręce spływała krew. Urgal ryknął triumfalnie i uniósł topór, szykując się do zadania morderczego ciosu.

Z ust Eragona wyrwał się ogłuszający wrzask. Chłopak z rozpędu, głową naprzód zaatakował urgala. Ten zawahał się zaskoczony, po czym z pogardą odwrócił się w stronę nowego przeciwnika, wymachując groźnie toporem. Eragon uskoczył przed ciosem i przejechał paznokciami po boku potwora, pozostawiając krwawe zadrapania. Twarz urgala wykrzywiła się gniewnie. Ponownie uderzył toporem, lecz chybił. Eragon uskoczył i pomknął w głąb uliczki.

Przede wszystkim zależało mu, by odciągnąć urgale od Broma. Skręcił w boczny zaułek między dwoma domami, dostrzegł, że kończy się ślepo, poślizgnął się i zatrzymał. Próbował się cofnąć, ale urgale zablokowały już wylot. Zbliżały się, przeklinając ochryple. Eragon rozejrzał się błyskawicznie, szukając jakiejś kryjówki. Nie dostrzegł żadnej.

I gdy tak stał naprzeciw urgali, w jego umyśle znów pojawiły się obrazy. Martwi wieśniacy, trupy usypane w stos wokół włóczni. Niewinne dziecko, które nigdy już nie dorośnie. Na myśl o tym, co ich spotkało, w jego ciele wezbrała ognista, paląca moc. Coś więcej niż pragnienie sprawiedliwości. Zupełnie jakby całym sobą zbuntował się przeciw samemu faktowi istnienia śmierci, temu, że mógłby zginąć. Moc stawała się coraz silniejsza, aż w końcu miał wrażenie, że zaraz go rozsadzi.

Wyprostował się dumnie, strach zniknął. Eragon płynnym ruchem uniósł łuk, urgale zaśmiały się, szykując tarcze. Spojrzał na nie sponad strzały, tak jak to czynił setki razy. Starannie wziął na cel bliższego. Przepełniająca go energia płonęła z ogromną mocą. Musiał ją uwolnić, inaczej go pochłonie. Nagle jego wargi same wypowiedziały słowo.

– Brisingr! – krzyknął i wystrzelił.

Strzała ze świstem przecięła powietrze, połyskując oślepiającym błękitnym światłem. Trafiła w czoło pierwszego urgala. W uliczce rozległ się donośny wybuch. Z głowy potwora wystrzeliła błękitna fala, zabijając na miejscu drugiego stwora. Nim Eragon zdążył zareagować, fala uderzeniowa dotarła do niego – i przeszła dalej, nie czyniąc mu krzywdy.

Eragon stał, dysząc. Spojrzał na swoją lodowato zimną dłoń. Gedwëy ignasia lśniła niczym rozpalony do białości metal. Na jego oczach przygasła. Zacisnął pięść i poczuł nagłe, wszechogarniające zmęczenie. Czuł się słaby, jakby nie jadł od wielu dni. Kolana ugięły się pod nim i osunął się na ziemię.

Wyrzuty

Kiedy Eragon odzyskał odrobinę sił, potykając się, wyszedł z zaułka. Po drodze minął martwe potwory. Przeszedł zaledwie kilkanaście kroków i ujrzał przed sobą Cadoca.

– Świetnie, nic ci nie jest – wymamrotał.

Z dziwną obojętnością zauważył, że ręce trzęsą mu się gwałtownie, a sam porusza się z trudem, ociężale. Czuł się dziwnie zobojętniały, jakby wszystko to spotkało kogoś innego.

Znalazł Śnieżnego Płomienia, który z rozszerzonymi chrapami i skulonymi uszami krążył obok jednego z domów, gotów do ucieczki. Brom wciąż wisiał bezwładnie w siodle. Eragon sięgnął umysłem, uspokajając konia. Gdy ogier znieruchomiał, podszedł do Broma.

Prawą rękę starego mężczyzny przecinała długa rana. Choć krwawiła obficie, nie była szeroka ani głęboka. Eragon wiedział jednak, że trzeba ją opatrzyć, nim Brom straci zbyt dużo krwi. Przez chwilę gładził szyję Śnieżnego Płomienia, potem zsunął Broma z siodła. Ciężar okazał się zbyt wielki i mężczyzna runął na ziemię. Eragona zaskoczyło to, jaki jest słaby.

Jego głowę wypełnił wrzask wściekłości. Saphira zanurkowała z nieba i wylądowała gwałtownie tuż przed nim, nie zwijając skrzydeł. Syknęła wściekle, jej oczy płonęły. Ostro machnęła ogonem. Eragon skrzywił się, słysząc świst nad głową.

Jesteś ranny? – spytała, w jej głosie usłyszał furię.

Nie – zapewnił ją, kładąc Broma na plecach.

Smoczyca warknęła. *Gdzie są ci, którzy to zrobili? Rozszarpię ich na strzępy.*

Znużonym gestem wskazał w stronę uliczki.

To nic nie da. Oni już nie żyją.

Ty ich zabiłeś? Sprawiała wrażenie zaskoczonej.

Skinął głową.

Jakoś.

W kilku krótkich słowach opowiedział jej, co się stało. Jednocześnie przeszukiwał juki, wyławiając z nich szmatki, w które wcześniej owinął Zar'roca.

Dorosłeś – oznajmiła z powagą Saphira.

Eragon mruknął coś pod nosem. Znalazł długi pas tkaniny i ostrożnie podwinął rękaw Broma. Szybkimi, zręcznymi ruchami oczyścił ranę i zabandażował ją ciasno. *Żałuję, że nie jesteśmy w dolinie Palancar* – powiedział do Saphiry. *Tam przynajmniej wiedziałem, które rośliny mają właściwości lecznicze. Tu nie mam pojęcia, co mogłoby mu pomóc.* Podniósł z ziemi miecz Broma, wytarł go i z powrotem wsunął do pochwy u pasa mężczyzny.

Powinniśmy stąd odejść – oznajmiła Saphira. *Możliwe, że w okolicy kryje się więcej urgali.*

Zdołasz ponieść Broma? Dzięki siodłu nie spadnie i będziesz go mogła bronić.

Tak, ale nie zostawię cię samego.

Świetnie, to leć obok. Tylko wynośmy się stąd. Nałożył siodło Saphirze, objął Broma i spróbował go dźwignąć. Znów jednak zabrakło mu sił. *Saphiro, pomóż!*

Smoczyca opuściła głowę i chwyciła zębami tył ubrania Broma. Powoli podniosła starszego mężczyznę niczym kotka małe i złożyła sobie na plecach. Eragon wsunął nogi Broma w pętle siodła i przymocował. Uniósł wzrok, słysząc cichy jęk.

Brom zamrugał ciężko, przyciskając dłoń do głowy. Z troską spojrzał na Eragona.

– Czy Saphira zdążyła na czas?

Eragon pokręcił głową.

– Później wszystko wyjaśnię. Zranił cię w rękę. Zabandażowałem ją najlepiej, jak umiałem, ale musisz odpocząć w bezpiecznym miejscu.

131

– Tak. – Brom ostrożnie dotknął rany. – Wiesz, gdzie jest mój miecz...? A, widzę, że go znalazłeś.

Eragon skończył zaciągać rzemienie.

– Saphira cię zabierze i poleci za mną.

– Jesteś pewien, że chcesz, bym jej dosiadł? – spytał Brom. – Mogę pojechać na Śnieżnym Płomieniu.

– Nie z tą ręką. W ten sposób, nawet jeśli zemdlejesz, nie spadniesz.

Brom przytaknął.

– To dla mnie zaszczyt.

Zdrową ręką oplótł szyję smoczycy, która wzbiła się w niebo z łopotem skrzydeł. Eragon cofnął się przed uderzeniem powietrza i wrócił do koni.

Uwiązał Śnieżnego Płomienia do siodła Cadoca i opuścił Yazuac, powracając na szlak i podążając na południe. Droga prowadziła wśród niskich skał, skręcała ostro w lewo i wiodła dalej wzdłuż rzeki Ninory. Po obu stronach rosły paprocie, mchy i niskie zarośla. Pod drzewami panował przyjemny chłód, lecz Eragon nie pozwolił, by rześkie powietrze dało mu złudne poczucie bezpieczeństwa. Przystanął na krótko, by napełnić bukłaki i napoić konie. Na ziemi dostrzegł ślady Ra'zaców. *Przynajmniej zmierzamy we właściwym kierunku.* Saphira krążyła w górze, nie spuszczając zeń czujnych oczu.

Fakt, iż widzieli tylko dwa urgale, nie dawał mu spokoju. Mieszkańców Yazuac zabiła wielka banda stworów. Ale gdzie teraz była? Może te dwa to tylna straż albo pułapka zastawiona na tych, którzy podążają tropem oddziału?

Jego myśli powróciły do walki z urgalami i powoli zaczął dostrzegać niewiarygodną prawdę. On, Eragon, chłopak z farmy w dolinie Palancar, użył magii. Magii! To jedyne słowo tłumaczące wydarzenia. Nieprawdopodobne, nie mógł jednak zaprzeczyć świadectwu własnych oczu. *W jakiś sposób stałem się czarnoksiężnikiem bądź magiem.* Nie wiedział jednak, jak ponownie użyć swej nowej mocy i jakie mogą wiązać się z nią niebezpieczeństwa. *Skąd u mnie coś takiego? Czyżby magia była powszechna wśród Jeźdźców? A jeśli Brom o tym wiedział, czemu mnie nie uprzedził?* Potrząsnął głową, oszołomiony i zadziwiony.

Nawiązał kontakt z Saphirą, sprawdził, co dzieje się z Bromem, i podzielił się z nią swymi podejrzeniami. Była równie zaskoczona jak on. *Saphiro, możesz znaleźć nam miejsce na nocleg? Nie widzę zbyt daleko.* Smoczyca zaczęła poszukiwania. On tymczasem nadal wędrował wzdłuż Ninory.

Wezwanie dotarło do niego w chwili, gdy świat wokół zaczął ciemnieć. *Chodź*. Saphira przesłała mu wizję osłoniętej polany wśród drzew nad rzeką. Eragon skierował konie w tamtą stronę i zachęcił do szybszego biegu. Dzięki smoczycy z łatwością znalazł to miejsce, było jednak tak świetnie ukryte, że wątpił, by ktokolwiek inny je dostrzegł.

Kiedy dotarł na polanę, na środku płonęło już niewielkie, prawie niedymiące ognisko. Brom siedział obok, opatrując rękę trzymaną pod dziwnym kątem. Nieopodal przycupnęła spięta Saphira. Spojrzała bystro na Eragona.

Na pewno nie jesteś ranny?

Nie na ciele... Ale reszty nie jestem pewien.

Powinnam była dotrzeć tam wcześniej.

Nie rób sobie wyrzutów. Dziś wszyscy popełniliśmy błędy. Moim było zbytnie oddalenie się od ciebie. Poczuł promieniującą z niej wdzięczność za te słowa. Spojrzał na Broma.

– Jak się czujesz?

Starszy mężczyzna zerknął na swą rękę.

– To długie zadrapanie, paskudnie boli, ale powinno się szybko wygoić. Potrzebny mi świeży bandaż, ten nie wytrzymał zbyt długo.

Zagotowali wodę, by przemyć ranę. Następnie Brom owinął ją czystym kawałkiem materiału.

– Muszę coś zjeść – oznajmił. – Ty także wyglądasz na wygłodniałego. Najpierw zjedzmy kolację, potem porozmawiamy.

Gdy napełnili już brzuchy i się rozgrzali, Brom zapalił fajkę.

– No dobrze, czas już, byś opowiedział mi, co się działo, gdy straciłem przytomność. Jestem bardzo ciekaw. – Na jego twarzy tańczył blask płomieni, krzaczaste brwi zjeżyły się groźnie.

Eragon nerwowo splótł dłonie i bez żadnych ozdobników opowiedział całą historię. Brom słuchał w milczeniu, jego twarz nie zdradzała niczego. Gdy chłopak skończył, mężczyzna wbił wzrok w ziemię. Przez długą chwilę na polanie było słychać tylko trzask ognia. W końcu Brom się poruszył.

– Czy wcześniej używałeś tej mocy?

– Nie. Wiesz, co to jest?

– Trochę wiem. – Mężczyzna spojrzał na niego z namysłem. – Wygląda na to, że zawdzięczam ci życie. Mam nadzieję, że kiedyś zdołam się odpłacić. Powinieneś być dumny, niewielu udało się ujść cało z pierwszej walki z urgalami. Lecz sposób, w jaki je zabiłeś, był bardzo niebezpieczny. Mogłeś zniszczyć samego siebie i całe miasteczko.

– Raczej nie miałem wyboru – bronił się Eragon. – Urgale były tuż-tuż. Gdybym zaczekał, posiekałyby mnie na kawałki.

Brom mocno zagryzł ustnik fajki.

– Nie miałeś pojęcia, co robisz.

– To mi powiedz! – rzucił wyzywająco Eragon. – Cały czas szukam odpowiedzi, ale nie potrafię zrozumieć, co się stało. Jak mogłem użyć magii? Nikt nigdy mnie jej nie uczył, nie znam żadnych zaklęć.

Oczy Broma błysnęły.

– Nie jest to coś, czego powinieneś się uczyć, a tym bardziej używać.

– Ale już jej użyłem i może kiedyś znów będzie mi potrzebna. Nie zdołam tego jednak zrobić, jeśli mi nie pomożesz. Coś jest nie tak? To jakaś tajemnica, której nie powinienem poznać, póki nie będę stary i mądry? A może nie znasz się na magii?

– Chłopcze! – hukną Brom. – Domagasz się odpowiedzi z rzadko spotykaną bezczelnością. Gdybyś wiedział, o co pytasz, nie czyniłbyś tego tak pochopnie. Nie wystawiaj na próbę mojej cierpliwości. – Zamilkł na chwilę, ale zaraz kontynuował łagodniej: – Wiedza, o którą prosisz, jest bardziej złożona, niż mógłbyś sądzić.

– Czuję się, jakbym nagle trafił do świata, którym rządzą dziwne prawa i nikt nie chce mi ich wyjaśnić – zaprotestował gorąco Eragon.

– Rozumiem. – Brom zgniótł w palcach źdźbło trawy. – Jest późno, powinniśmy się przespać, ale powiem ci kilka rzeczy, więc przestań marudzić. Magią tą, bo istotnie jest to magia, rządzą pewne prawa, tak jak resztą świata. Za ich złamanie płaci się śmiercią, bez wyjątku. To, czego możesz dokonać, ogranicza twoja siła, słowa, które znasz, i wyobraźnia.

– Co to znaczy „słowa”? – spytał Eragon.

– Znów te pytania! Przez chwilę miałem nadzieję, że ci ich zabraknie. Ale masz rację, to ważne. Gdy zastrzeliłeś urgale, powiedziałeś coś.

– Tak, brisingr. – Ogień rozbłysnął jasno, ciałem Eragona wstrząsnął dreszcz. Coś w tym słowie sprawiło, że poczuł się nagle ożywiony.

– Tak też sądziłem. Brisingr to słowo z pradawnej mowy, którą posługiwały się niegdyś wszystkie żywe istoty. Z czasem jednak odeszła w zapomnienie i dopiero elfy przywiozły ją z powrotem zza morza do Alagaësii. Nauczyły jej inne rasy, które dzięki mowie tworzyły i dokonywały wielkich rzeczy. Są w niej nazwy wszystkiego, jeśli tylko zdołasz je odnaleźć.

– Ale co to ma wspólnego z magią? – przerwał mu Eragon.

– Wszystko! To podstawa wszelkiej mocy. Język opisuje prawdziwą naturę rzeczy, nie ich powierzchowny wygląd. Na przykład, ogień zwany jest brisingr. Nie tylko jest to jego nazwa, lecz prawdziwe imię. Jeśli masz dość sił, dzięki temu słowu możesz rozkazywać ogniowi, by robił, cokolwiek zechcesz. To właśnie się dziś wydarzyło.

Eragon zastanowił się chwilkę.

– Ale czemu ogień był niebieski? Czemu zrobił dokładnie to, czego chciałem, skoro powiedziałem tylko: „ogień"?

– Kolor zależy od tego, kto wypowiada słowo. A co do czynienia tego, co chcesz, to kwestia praktyki. Zwykle początkujący muszą dokładnie mówić, czego pragną. Z czasem nie jest to już konieczne. Prawdziwy mistrz mógłby powiedzieć „woda" i stworzyć coś zupełnie innego, na przykład klejnot. Ty nie zrozumiałbyś, jak to uczynił, lecz mistrz dostrzegłby, co łączy wodę i kamień, i skupił na tym swą moc. Bardziej przypomina to sztukę niż cokolwiek innego. To, co dziś zrobiłeś, było niezwykle trudne.

W tym momencie w myślach Eragona pojawiły się słowa Saphiry. *Brom to mag! Dlatego zdołał rozpalić ognisko na równinie. Nie tylko wie dużo o magii, ale sam jej używa!*

Oczy Eragona rozszerzyły się. *Masz rację!*

Spytaj go o jego moc, ale bądź bardzo ostrożny. Niemądrze jest igrać z ludźmi, którzy nią dysponują. Jeśli to czarnoksiężnik bądź mag, kto wie, czemu właściwie osiadł w Carvahall.

Eragon zastanowił się chwilę, pamiętając o ostrzeżeniu smoczycy.

– Saphira i ja właśnie coś sobie uświadomiliśmy – rzekł ostrożnie. – Ty także posługujesz się magią, prawda? W ten sposób rozpaliłeś ognisko pierwszego dnia na równinach.

– Znam się na niej trochę. – Brom lekko skłonił głowę.

– Czemu zatem nie walczyłeś tak z urgalami? Kilkakrotnie przydałaby nam się magia. Mogłeś osłonić nas przed burzą, utrzymać kurz z dala od oczu.

– Powód jest bardzo prosty. – Brom powoli napełnił fajkę. – Nie jestem Jeźdźcem, co oznacza, że ty, nawet osłabiony, przewyższasz mnie mocą. Poza tym jestem już stary i nie tak silny jak kiedyś. Każde posłużenie się magią przychodzi mi coraz trudniej.

Zawstydzony Eragon spuścił wzrok.

– Przepraszam.

– Nie trzeba. – Brom uniósł rękę. – Każdego to czeka.

– Gdzie nauczyłeś się magii?

– To jedna z rzeczy, które zachowam dla siebie. Wystarczy rzec, że działo się to daleko stąd i że miałem bardzo dobrego nauczyciela. Mogę przynajmniej powtórzyć jego nauki. – Brom zgasił fajkę, przygniatając tytoń kamykiem. – Wiem, że masz mnóstwo pytań, i odpowiem na nie, ale muszą zaczekać do rana.

Pochylił się, jego oczy zalśniły.

– Do tego czasu powiem tylko tyle, by zniechęcić cię do dalszych eksperymentów: magia wymaga równie wiele energii jak posłużenie się własnymi rękami. Dlatego czułeś się zmęczony, gdy zabiłeś urgale. I dlatego zareagowałem gniewem. Podjąłeś straszliwe ryzyko. Gdyby magia wymagała więcej energii, niż zebrałeś w ciele, zabiłaby cię. Powinieneś wykorzystywać ją tylko do zadań, których nie da się wypełnić w zwykły sposób.

– Skąd wiadomo, czy zaklęcie nie zużyje całej energii? – spytał przerażony Eragon.

– Zwykle nie wiadomo, dlatego magowie muszą poznać swe ograniczenia. Ale nawet wtedy są bardzo ostrożni. Gdy raz podejmiesz się zadania i uwolnisz magię, nie możesz się już wycofać, nawet gdybyś miał zginąć. Mówię to, by cię ostrzec. Nie próbuj niczego, póki nie dowiesz się więcej. A teraz dość już, pora spać.

Gdy rozkładali koce, w głowie Eragona odezwała się Saphira: *Stajemy się coraz potężniejsi, Eragonie, ty i ja* – rzekła z głęboką satysfakcją. *Wkrótce nikt nie będzie już mógł stanąć nam na drodze.*

Owszem, ale jaką drogę wybierzemy?

Tę, która się nam spodoba – odparła z zadowoleniem, sadowiąc się wygodnie.

Magia jest najprostszą rzeczą

– Jak myślisz, czemu te dwa urgale zostały w Yazuac? – spytał Eragon. Przez jakiś czas jechali w milczeniu. – Nie było żadnych powodów, by zostały.

– Podejrzewam, że zdezerterowały z oddziału i zamierzały złupić miasteczko. Dziwi mnie natomiast, że urgale gromadzą większe siły. Z tego, co wiem, czyniły to jedynie dwa czy trzy razy w dziejach.

– Myślisz, że to Ra'zacowie stoją za atakiem?

– Nie wiem. Najlepszym wyjściem jest dalsza jak najszybsza jazda. Musimy oddalić się od Yazuac. Zresztą Ra'zacowie także udali się w tę stronę, na południe.

– Wciąż jednak potrzebujemy zapasów – przypomniał Eragon. – Czy w pobliżu jest jakieś miasto?

– Nie – Brom pokręcił głową – ale Saphira może dla nas polować. Jakiś czas przeżyjemy na samym mięsie. Tobie ten zagajnik może wydawać się niewielki, ale w środku żyje mnóstwo zwierząt. Rzeka to jedyne źródło wody w promieniu wielu mil, toteż większość zwierzyny z równin przychodzi tu do wodopoju. Nie umrzemy z głodu.

Eragon umilkł, zastanawiając się nad słowami Broma. Jechali naprzód, nad ich głowami śmigały rozśpiewane ptaki, obok spokojnie płynęła rzeka. Las kipiał życiem i energią.

– Jak urgal zdołał cię zranić? – spytał Eragon. – Wszystko działo się tak szybko, nie zauważyłem.

– Po prostu miałem pecha – mruknął Brom. – Nie mógł mnie pokonać, kopnął więc Śnieżnego Płomienia, a durny zwierzak wierzgnął tak, że straciłem równowagę. To wystarczyło, by urgal mnie dosięgnął. – Podrapał się po brodzie. – Pewnie wciąż rozmyślasz o magii. Fakt, że odkryłeś ją tak szybko, stanowi poważny problem. Niewielu ludzi o tym wie, lecz każdy Jeździec mógł posługiwać się magią, choć różnili się mocą. Utrzymywali to w tajemnicy, nawet gdy byli u szczytu potęgi, ponieważ magia dawała im przewagę nad przeciwnikiem. Gdyby wszyscy o niej wiedzieli, trudno byłoby im się kontaktować ze zwykłymi ludźmi. Wielu sądzi, że magiczne moce króla oznaczają, że jest on czarnoksiężnikiem. Ale nie. Włada magią, bo jest Jeźdźcem.

– Co za różnica? Czy fakt, że używam magii, nie czyni ze mnie czarnoksiężnika?

– Ależ nie. Czarnoksiężnik, podobnie jak Cień, posługuje się duchami. To coś zupełnie innego niż twoja moc. Nie czyni cię magiem, bo mag dysponuje mocą bez pośrednictwa duchów czy smoka. Nie jesteś też czarownikiem ani czarownicą. Oni w swej sztuce używają najróżniejszych mikstur i zaklęć. Dzięki czemu powracamy do tego, co mówiłem na początku. Młodych Jeźdźców, takich jak ty, poddawano surowemu programowi ćwiczeń, które miały wzmocnić ich ciała i kontrolę nad umysłem. Trwały wiele miesięcy, czasem wręcz lat, póki kandydatów nie uznano za dość odpowiedzialnych, by mogli posłużyć się magią. Do tego czasu nikomu nie wspominano o magicznych mocach. Jeśli któryś z uczniów odkrył je przypadkiem, natychmiast trafiał do innego nauczyciela. Rzadko się zdarzało, by ktoś sam z siebie odkrył magię. – Skłonił głowę w stronę Eragona. – Choć trzeba przyznać, że młodych Jeźdźców nie poddawano takim próbom jak ciebie.

– To w jaki sposób w końcu uczyli się magii? – spytał Eragon. – Nie wyobrażam sobie, że komuś można ją po prostu pokazać. Gdybyś próbował wyjaśnić mi to dwa dni temu, niczego bym nie zrozumiał.

– Zwykle kazano im wykonywać całe serie bezsensownych czynności, które miały wzbudzić w nich irytację. Na przykład musieli jedynie za pomocą stóp przesuwać stosy kamieni, napełniać wodą stale cieknące zbiorniki i tym podobne. Po pewnym czasie wpadali w furię na tyle silną, by posłużyć się magią. Zwykle im się udawało. Oznacza to, że w starciu z przeciwnikiem, który przeszedł podobne szkolenie, będziesz miał mniejsze szanse. Wciąż jeszcze pozostało przy życiu kilka takich osób. Oczywiście król, nie mówiąc już o elfach. Każdy z nich mógłby z łatwością rozszarpać cię na strzępy.

– Co zatem mogę zrobić?

– Nie mamy czasu na formalne szkolenie, ale sporo możemy zdziałać w podróży. Znam wiele technik, dzięki którym wzmocnisz ciało i umysł. Nie zdołasz jednak od razu przyswoić sobie dyscypliny Jeźdźców. – Spojrzał z rozbawieniem na Eragona. – Będziesz musiał wyrobić ją w sobie w biegu. Z początku nie będzie to łatwe, ale cel jest tego wart. Być może ucieszy cię wiadomość, że żaden Jeździec w twoim wieku nie zdołał nigdy posłużyć się magią tak jak ty wczoraj.

Eragon uśmiechnął się na tę pochwałę.

– Dziękuję. Czy ów język ma jakąś nazwę?

Brom zaśmiał się.

– Tak, ale nikt jej nie zna. Słowo to miałoby w sobie niewiarygodną moc, bo dzięki niemu można by kontrolować całą mowę i wszystkich, którzy się nią posługują. Ludzie od dawna go poszukują, ale nikt nigdy nie znalazł.

– Wciąż nie rozumiem, jak działa ta magia – przyznał Eragon. – Jak dokładnie z niej korzystam?

Brom sprawiał wrażenie zaskoczonego.

– Nie wyjaśniłem tego jeszcze?

– Nie.

Mężczyzna odetchnął głęboko.

– Aby posłużyć się magią, powinieneś dysponować pewną mocą wewnętrzną. W dzisiejszych czasach bardzo rzadko występuje ona u ludzi. Musisz też potrafić przywołać ją, kiedy zechcesz. Gdy przywołasz moc, używasz jej, albo pozwalasz, by rozeszła się sama. Rozumiesz? Jeśli chcesz z niej korzystać, wypowiadasz słowo bądź zdanie w pradawnej mowie, opisując swe zamiary. Na przykład, gdybyś wczoraj nie powiedział „brisingr", nic by się nie stało.

– Zatem ogranicza mnie znajomość języka?

– Właśnie – przytaknął Brom. – A kiedy w nim przemawiasz, nie możesz kłamać.

Eragon pokręcił głową.

– Niemożliwe. Ludzie zawsze kłamią. Brzmienie pradawnych słów nie zdołałoby ich powstrzymać.

Brom przekrzywił głowę i uniósł brwi.

– Fethrblaka, eka weohnata néiat haina ono. – Nagle z gałęzi przy drodze sfrunął ptak i wylądował mu na dłoni. Zaćwierkał radośnie, przyglądając się im oczami jak paciorki. Po chwili Brom powiedział: – Eitha. – Ptak odleciał.

– Jak to zrobiłeś? – spytał Eragon z zachwytem.

– Obiecałem, że nie zrobię mu krzywdy. Może nie wiedział dokładnie, co mówię, ale w pradawnej mowie jasno dostrzegł znaczenie tych słów. Ptak zaufał mi, bo wie, podobnie jak wszystkie zwierzęta, że tych, którzy posługują się tą mową, wiążą ich słowa.

– I to właśnie jest mowa elfów?

– Tak.

– Zatem elfy nigdy nie kłamią?

– Niezupełnie – przyznał Brom. – Twierdzą, że nie, i w pewnym sensie jest to prawda, doprowadziły jednak do doskonałości sztukę złudnego posługiwania się słowem. Nigdy nie wiesz dokładnie, co chcą powiedzieć i czy właściwie je zrozumiałeś. Często ujawniają tylko część prawdy, skrywając resztę. Kontakty z elfami wymagają bardzo subtelnego, wykształconego umysłu.

Eragon zastanawiał się przez chwilę.

– Co oznaczają w tej mowie nasze imiona? Czy dają władzę nad noszącymi je ludźmi?

W oczach Broma dostrzegł aprobatę.

– Owszem, dają. Ci, którzy władają mową, mają dwa imiona. Pierwsze, do użytku codziennego, nie ma nad nimi władzy. Drugie to ich prawdziwe miano, zdradzają je tylko kilku zaufanym osobom. Kiedyś, w dawnych czasach, nikt nie ukrywał prawdziwego imienia. Obecnie każdy, kto zna twoje prawdziwe imię, zyskuje nad tobą ogromną władzę. Zupełnie jakbyś złożył życie w jego ręce. Każdy człowiek ma ukryte imię, niewielu jednak zdaje sobie z tego sprawę.

– Jak można je odkryć? – dopytywał się Eragon.

– Elfy instynktownie znają swe imiona, nikt inny nie ma takiego daru. Jeźdźcy-ludzie zwykle wyruszali na wyprawę, by je odkryć albo odszukać elfa, który im je zdradzi. To jednak zdarzało się rzadko, bo elfy niechętnie dzielą się tą wiedzą – wyjaśnił Brom.

– Chciałbym poznać moje – powiedział tęsknie chłopak.

Twarz Broma pociemniała.

– Uważaj, to może być straszna wiedza. Odkrycie, kim naprawdę jesteś, pozbawione jakichkolwiek złudzeń czy ozdobników, to chwila objawienia, z której nikt nie wychodzi bez szwanku. Niektórych wiedza ta doprowadziła do obłędu. Większość stara się o niej zapomnieć. Lecz tak jak znajomość twego imienia daje innym władzę nad tobą, tobie także pozwala ją zyskać, jeśli prawda wcześniej cię nie zniszczy.

A jestem pewna, że tak się nie stanie – dodała Saphira.

– Wciąż chciałbym wiedzieć – upierał się Eragon.

– Niełatwo cię zniechęcić. To dobrze, bo tylko zdecydowani odkrywają własną tożsamość. Ja jednak nie zdołam ci w tym pomóc. Tę misję musisz podjąć sam.

Brom poruszył zranioną ręką i syknął z bólu.

– Czemu nie wyleczysz rany magią? – spytał Eragon. – Albo ja mógłbym to zrobić.

Mężczyzna zamrugał.

– Bez szczególnych powodów. Po prostu nigdy o tym nie myślałem, bo przekracza to moje zdolności. Ty pewnie dałbyś radę dzięki właściwemu słowu. Ale nie masz jeszcze dość sił.

– Mógłbym oszczędzić ci wiele bólu i trudu – zaprotestował Eragon.

– Przeżyję – uciął Brom. – Magiczne uleczenie rany wymaga tyle energii, ile jej naturalne zabliźnienie. Nie chcę, byś przez następne kilka dni był zmęczony. Nie możesz na razie podejmować się tak trudnych zadań.

– Jeśli jednak można wyleczyć ranę, to czy mógłbym też ożywić zmarłego?

Pytanie to wyraźnie zaskoczyło Broma.

– Pamiętasz, co mówiłem o zadaniach, które kończą się śmiercią? – rzekł szybko. – To jedno z nich. Jeźdźcom surowo zabroniono prób wskrzeszania zmarłych, mogłoby się to dla nich skończyć tragicznie. Poza życiem rozciąga się otchłań, w której magia nic nie znaczy. Jeśli do niej sięgniesz, opuszczą cię siły, a twoja dusza rozpłynie się w ciemności. Magowie, czarnoksiężnicy, czarownicy, Jeźdźcy – nikomu z nich nie udała się ta sztuka. Wszyscy ginęli. Trzymaj się tego co możliwe – skaleczeń, siniaków, może połamanych kości. Ale omijaj z daleka zmarłych.

Eragon zmarszczył czoło.

– To znacznie bardziej skomplikowane, niż przypuszczałem.

– Właśnie – przytaknął Brom. – Jeśli nie będziesz rozumiał, co robisz, spróbujesz czegoś zbyt trudnego i zginiesz.

Mężczyzna obrócił się w siodle i pochylił nisko, zbierając z drogi garść kamyków. Wyprostował się z trudem, odrzucił wszystkie poza jednym.

– Widzisz ten kamyk?

– Tak.

– Weź go.

Eragon posłuchał, wpatrując się w odłamek skały. Był matowy i czarny, gładki, wielkości koniuszka kciuka. Na drodze leżały takich tysiące.

– To twoje szkolenie.

– Nie rozumiem – przyznał zagubiony chłopak.

– Oczywiście, że nie rozumiesz – rzucił niecierpliwie Brom. – Dlatego właśnie to ja cię uczę, a nie ty mnie. A teraz zamilcz albo nigdy do niczego nie dojdziemy. Chcę, żebyś uniósł kamyk nad dłoń i jak najdłużej utrzymał go w powietrzu. Oto słowa, które wypowiesz: stern reisa. Powtórz.

– Stern reisa.

– Doskonale. A teraz spróbuj.

Eragon z kwaśną miną skupił wolę i skoncentrował się na kamyku, szukając w umyśle śladu energii, która płonęła w nim dzień wcześniej. Kamień pozostał nieruchomy. Wpatrywał się w niego zlany potem, sfrustrowany. *Jak mam to zrobić?* W końcu skrzyżował ramiona.

– To niemożliwe – warknął.

– Nie – odparł ponuro Brom. – Ja powiem, co jest niemożliwe. Walcz, nie poddawaj się tak łatwo. Spróbuj jeszcze raz.

Eragon powoli zamknął oczy, odpychając wszelkie myśli. Odetchnął głęboko i sięgnął do najdalszych zakamarków świadomości, próbując znaleźć źródło owej mocy. Natknął się jednak tylko na obrazy i wspomnienia. W końcu poczuł coś innego – niewielki wzgórek stanowiący część jego osoby, a jednocześnie obcy. Podniecony, zagłębił się weń, sprawdzając, co kryje. Poczuł opór, barierę w umyśle. Wiedział, że po drugiej stronie kryje się moc. Spróbował ją przebić, jednak nie ustępowała. Ogarnął go gniew i Eragon rzucił się na barierę, atakując z całych sił, aż pękła niczym tafla szkła, zalewając jego umysł falą światła.

– Stern reisa – wykrztusił.

Kamyk chwiejnie wzleciał w powietrze nad lekko połyskującą dłonią. Eragon starał się utrzymać go tam, lecz moc odpłynęła, znikając za barierą. Kamyk z cichym plaśnięciem opadł z powrotem, dłoń przygasła. Poczuł lekkie zmęczenie, lecz uśmiechnął się z dumą.

– Nieźle jak na pierwszy raz – pogratulował mu Brom.

– Czemu moja dłoń to robi? Jest jak latarnia.

– Nikt nie wie na pewno – przyznał Brom. – Jeźdźcy zawsze woleli skupiać swą moc poprzez rękę oznaczoną gedwëy ignasią. Możesz posłużyć się drugą, ale to trudniejsze. – Przez długą chwilę przyglądał się Eragonowi. – W następnym mieście, jeśli będzie całe, kupię ci rękawicę. Nieźle sobie radzisz z ukrywaniem znaku, ale nie chcemy, by przypadkiem ktoś go zauważył. Poza tym może się zdarzyć, że będziesz chciał ukryć ten blask przed wrogiem.

– Ty też masz taki znak?

– Nie, tylko Jeźdźcy je mają. Musisz też wiedzieć, że siła magii, podobnie jak strzały czy włóczni, zależy od odległości. Jeśli spróbujesz podnieść czy przesunąć coś odległego o milę, zużyjesz więcej energii. Kiedy więc ujrzysz pędzących ku tobie nieprzyjaciół, poczekaj, aż się zbliżą. Dopiero wtedy sięgnij po magię. A teraz bierz się do roboty. Spróbuj znów podnieść kamyk.

– Znów? – zaprotestował słabo Eragon, przypominając sobie wysiłek, jakiego to wymagało.

– Tak. I tym razem zrób to szybciej.

Przez cały dzień kontynuowali ćwiczenia. Gdy Eragon w końcu przerwał, był zmęczony i rozdrażniony. Przez te godziny zdążył znienawidzić kamyk i wszystko, co się z nim wiązało. Zamachnął się, chcąc go wyrzucić, ale Brom go powstrzymał.

– Nie, zostaw.

Eragon posłał mu gniewne spojrzenie i niechętnie schował kamyk do kieszeni.

– Jeszcze nie skończyliśmy – uprzedził Brom. – Nie czuj się zbyt pewnie. – Wskazał niewielką roślinę. – Nazywa się delois.

Od tej pory uczył Eragona w pradawnej mowie, powtarzając kolejne słowa, od vöndr, cienkiego prostego kijka, po gwiazdę zaranną, Aiedail.

Tego wieczoru ćwiczyli walkę przy ognisku. Choć Brom walczył lewą ręką, czynił to równie zręcznie.

***

Następne dni wyglądały podobnie – najpierw Eragon zmagał się z opornym kamykiem i pradawną mową, potem wieczorem ćwiczyli z Bromem drewnianymi mieczami. Ani przez moment nie mógł odpocząć. Stopniowo zaczął się zmieniać, choć sam niemal tego nie dostrzegał. Wkrótce kamyk nie kołysał się już chybotliwie w powietrzu. Eragon opanował pierwsze ćwiczenia i przeszedł do następnych, trudniejszych. Jego zasób słów w pradawnej mowie rósł z każdym dniem.

W walce także czuł się coraz pewniej. Reagował szybciej, uderzając niczym wąż. Jego ciosy stały się silniejsze, ręka nie drżała już, gdy parował ataki. Starcia trwały coraz dłużej, uczył się bronić przed Bromem. Teraz, gdy kładli się spać, nie tylko on liczył nowe sińce.

Saphira również rosła, chociaż wolniej niż wcześniej. Coraz dłuższe loty i polowania pozwalały jej utrzymać sprawność. Była już wyższa niż konie i znacznie dłuższa. Fakt ten w połączeniu z błyszczącymi łuskami sprawiał, że stawała się aż nadto widoczna. Brom i Eragon martwili się tym, nie zdołali jednak przekonać smoczycy, by pozwoliła lśniącym łuskom pokryć się warstewką brudu.

Jechali na południe, tropiąc Ra'zaców. Eragona niezmiernie drażnił fakt, że, nieważne jak szybko się poruszali, Ra'zacowie utrzymywali przewagę paru dni. Nie raz miał już ochotę zrezygnować, wówczas jednak znajdowali nowe ślady i ogarniała go nowa nadzieja.

Nad rzeką ani na równinie nie dostrzegli śladów ludzi, toteż podróżowali spokojnie. Dni mijały. W końcu zbliżyli się do Daret, pierwszego miasteczka od czasu Yazuac.

***

W noc przed dotarciem do miasta, Eragonowi przyśnił się niezwykły sen.
Był w domu, ujrzał Garrowa i Rorana siedzących w zrujnowanej kuchni. Poprosili o pomoc w odbudowie gospodarstwa, on jednak pokręcił głową. Jego serce przeszył ból tęsknoty.

— Ścigam twoich zabójców — szepnął do wuja.

Garrow spojrzał na niego z ukosa.

— Czy według ciebie wyglądam na martwego? — spytał ostro.

— Nie mogę ci pomóc — rzekł miękko Eragon. Do oczu napłynęły mu łzy.

Rozległ się nagły huk i Roran i Garrow zmienili się w Ra'zaców.

— Zatem giń! — krzyknęli i skoczyli na Eragona.

Ocknął się wstrząsany mdłościami. Długą chwilę patrzył na gwiazdy wędrujące powoli po niebie.

Wszystko będzie dobrze, mój mały — powiedziała łagodnie Saphira.

Daret

Daret leżał na brzegach Ninory. Musiał zresztą, żeby przetrwać. Miasto było niewielkie, sprawiało dzikie wrażenie, wydawało się wyludnione. Eragon i Brom zbliżyli się ku niemu z wielką ostrożnością. Tym razem Saphira ukryła się w pobliżu. W razie kłopotów dotarłaby do nich w ciągu kilku sekund.

Wjechali do Daretu, starając się poruszać jak najciszej. Brom zdrową ręką ściskał rękojeść miecza i nieustannie wodził wokół wzrokiem. Eragon częściowo naciągnął łuk. Mijali kolejne milczące domy, patrząc po sobie z obawą. *To nie wygląda dobrze* – rzekł w myślach Eragon do Saphiry. Smoczyca nie odpowiedziała, poczuł jednak, że jest gotowa, by popędzić za nimi. Spojrzał na ziemię i z ulgą ujrzał świeże odciski stóp dzieci. *Ale gdzie one są?*

Gdy dotarli na rynek, Brom zesztywniał. Na szczęście placyk był pusty. Po ulicach opuszczonego miasta hulał wiatr, wzbijając w powietrze wiry pyłu. Brom zawrócił Śnieżnego Płomienia.

– Wynośmy się. Nie podoba mi się tutaj.

Spiął konia do galopu. Eragon podążył za nim, poganiając Cadoca.

Zdążyli pokonać zaledwie kilka kroków, gdy zza domów runęły wozy, blokując im drogę. Cadoc prychnął i zwolnił gwałtownie, przystając obok Śnieżnego Płomienia. Nad wozem przeskoczył śniady mężczyzna i stanął przed nimi. U boku wisiał mu miecz, w rękach trzymał naciągnięty łuk. Eragon uniósł swoją broń i wycelował w obcego.

– Stać! – polecił mężczyzna. – Odłóżcie broń. Otacza was sześćdziesięciu łuczników. Jeśli się ruszycie, zaczną strzelać.

Jakby na komendę, na dachach sąsiednich domów dostrzegli sylwetki powstających ludzi.

Zostań, Saphiro! – krzyknął w myślach Eragon. *Jest ich zbyt wielu! Jeśli przybędziesz, zestrzelą cię. Zostań.*

Usłyszała go, nie był jednak pewien, czy posłucha. Przygotował się, by użyć magii. *Będę musiał zatrzymać strzały, nim trafią we mnie bądź w Broma.*

– Czego chcecie? – spytał spokojnie Brom.

– Po co tu przybyliście? – chciał wiedzieć tamten.

– Żeby kupić zapasy i wysłuchać wieści. Po nic więcej. Jedziemy do domu mojego kuzyna w Dras-Leonie.

– Jesteście uzbrojeni.

– Wy także – zauważył Brom. – Mamy niebezpieczne czasy.

– To prawda. – Mężczyzna przyjrzał im się uważnie. – Wątpię, byście mieli złe zamiary, ale przeżyliśmy już zbyt wiele starć z urgalami i bandytami, żebym uwierzył wam na słowo.

– Jeśli nasze słowa nie mają znaczenia, to co teraz? – odparował Brom.

Mężczyźni na dachach domów ani drgnęli. Eragon pomyślał, że bezruch ten świadczy o jednym z dwojga: albo byli bardzo zdyscyplinowani, albo śmiertelnie przerażeni. Miał nadzieję, że chodzi o to drugie.

– Twierdzisz, że chcecie jedynie uzupełnić zapasy. Zgodzisz się zatem zostać tutaj, podczas gdy przyniesiemy wam wszystko, czego potrzebujecie? A potem zapłacicie i natychmiast wyjedziecie?

– Tak.

– W porządku. – Mężczyzna opuścił łuk, choć nadal nie zdejmował strzały. Machnął ręką do jednego z łuczników, który zsunął się na ziemię i podbiegł do nich. – Powiedzcie mu, czego chcecie.

Brom wyrecytował krótką listę.

– I jeszcze jedno – dodał na końcu. – Jeśli macie parę zapasowych rękawic, które pasowałyby na mego siostrzeńca, chętnie je kupię.

Łucznik przytaknął i odbiegł.

– Nazywam się Trevor – oznajmił stojący przed nimi mężczyzna. – W zwykłych okolicznościach uścisnąłbym wam dłonie. Tymczasem wolę zachować dystans. Powiedzcie, skąd przybywacie?

– Z północy – odparł Brom. – Lecz nie mieszkaliśmy w żadnym miejscu dość długo, by nazwać je domem. Czy to urgale zmusiły was do podjęcia środków ostrożności?

– Tak, i jeszcze gorsze stwory. Macie może wieści z innych miast? Bardzo rzadko dostajemy wiadomości. Słyszeliśmy jednak, że inni także mają kłopoty.

Brom sposępniał.

– Wolałbym, żeby kto inny przyniósł wam te nowiny. Niemal dwa tygodnie temu przejeżdżaliśmy przez Yazuac. Został splądrowany, mieszkańców wymordowano, z trupów usypano stos. Urządzilibyśmy im pogrzeb, ale zaatakowały nas dwa urgale.

Wstrząśnięty Trevor wzdrygnął się gwałtownie. Spuścił głowę, w oczach miał łzy.

– Mroczny to dzień – rzekł. – Nie rozumiem jednak, jak dwa urgale mogły pokonać Yazuac. Tamtejsi ludzie umieli dobrze walczyć. Miałem wśród nich przyjaciół.

– Znaleźliśmy oznaki obecności całej bandy urgali – wyjaśnił Brom. – Myślę, że ta dwójka to dezerterzy.

– O jak dużym oddziale mowa?

Brom przez chwilę majstrował coś przy jukach.

– Dość dużym, by splądrować Yazuac, lecz wystarczająco małym, by móc poruszać się niepostrzeżenie. Nie więcej niż setka, nie mniej niż pięćdziesiąt. Jeśli się nie mylę, to tak czy inaczej, nie macie z nimi szans.

Trevor zgodził się, znużony.

– Powinniście się zastanowić nad opuszczeniem miasta – ciągnął Brom. – Okolica stała się zbyt niebezpieczna. Nie można tu żyć w pokoju.

– Wiem, lecz ludzie odmawiają. To jest ich dom – a także mój, choć mieszkam tu zaledwie od paru lat – i cenią go bardziej niż własne życie. – Trevor spojrzał na niego z powagą. – Udało nam się przegnać pojedyncze urgale i myślę, że przez to ludzie zanadto uwierzyli w siebie. Lękam się, że pewnego ranka znajdą nas wszystkich z poderżniętymi gardłami.

Łucznik wybiegł z domu, dźwigając w ramionach naręcze towarów. Ułożył je na ziemi obok koni. Brom zapłacił mu. Trevor już miał odejść, gdy Brom zapytał:

– Czemu wybrali akurat ciebie do obrony?

Mężczyzna wzruszył ramionami.

– Kilka lat przesłużyłem w wojsku króla.

Brom pogrzebał w zakupach, wręczył Eragonowi parę rękawic, resztę zapasów schował do juków. Eragon naciągnął rękawice, uważając, by nie odwracać dłoni. Rozprostował palce. Skóra, choć lekko podniszczona, wciąż była mocna i miękka.

– Cóż – oznajmił Brom – tak jak mówiłem, ruszamy w drogę.

Trevor przytaknął.

– Gdy dotrzecie do Dras-Leony, zrobicie coś dla nas? Powiadomcie imperium o naszych kłopotach i losie innych miast. Jeśli wieści nie dotarły jeszcze do króla, mamy powód do obaw. A jeśli dotarły i nic z nimi nie zrobił, cóż, tym także winniśmy się martwić.

– Przekażemy twoją wiadomość. Oby wasze miecze pozostały ostre – rzucił Brom.

– I wasze także.

Wieśniacy odsunęli wozy i Eragon z Bromem galopem opuścili Daret, zagłębiając się między drzewa na brzegu rzeki. Eragon posłał myślową wiadomość Saphirze. *Już wracamy, wszystko poszło dobrze.* Odpowiedział mu jedynie kipiący gniew.

Brom z roztargnieniem szarpnął brodę.

– Imperium jest w gorszym stanie, niż sądziłem. Gdy kupcy odwiedzili Carvahall, opowiadali o niepokojach, nie przypuszczałem jednak, iż są one tak powszechne. Obecność tylu urgali sugeruje, że atakują one samo imperium, ale król nie posłał żadnych wojsk. Zupełnie jakby nie obchodziła go obrona własnego królestwa.

– To dziwne – zgodził się Eragon.

Brom schylił się, unikając zderzenia z konarem.

– Czy podczas pobytu w Darecie użyłeś swych mocy?

– Nie było powodu.

– Nieprawda – odparł Brom. – Mogłeś wyczuć zamiary Trevora. Nawet przy moich ograniczonych zdolnościach zdołałem to zrobić. Gdyby wieśniacy zamierzali nas zabić, nie siedziałbym bezczynnie. Wyczułem jednak, iż istnieje spora szansa, by ich przekonać. To właśnie uczyniłem.

– Skąd miałem wiedzieć, co myśli Trevor? – spytał Eragon. – Czyżbym mógł teraz zaglądać do umysłów ludzi?

– Mnie pytasz? – rzucił Brom. – Powinieneś już sam znać odpowiedź. Mogłeś odkryć zamiary Trevora w ten sam sposób, w jaki komunikujesz się z Cadokiem czy Saphirą. Umysły ludzkie nie różnią się od umysłów smoka czy konia. To bardzo łatwe, lecz mocy tej musisz używać oszczędnie i bardzo ostrożnie. Umysł człowieka jest jego ostatnią twierdzą. Nigdy nie wolno ci jej naruszać, chyba że zmuszą cię do tego okoliczności. Jeźdźcy kierowali się w tej materii bardzo ścisłymi zasadami. Jeśli złamano je bez powodu, winny ponosił surową karę.

– A ty potrafisz to zrobić, mimo że nie jesteś Jeźdźcem?

– Jak już mówiłem, dzięki odpowiednim ćwiczeniom każdy może nauczyć się rozmawiać w myślach, choć z różnym powodzeniem. Trudno orzec, czy to także magia; z pewnością zdolności magiczne czy więź ze smokiem ułatwiają podobne kontakty myślowe, ale znałem wielu ludzi, którzy nauczyli się tej sztuki sami z siebie. Pomyśl tylko. Możesz rozmawiać z każdą żywą istotą, choć czasami kontakt bywa dość niewyraźny. Mógłbyś spędzić cały dzień, słuchając myśli ptaka czy odbierając odczucia dżdżownicy podczas deszczu. Osobiście uważam jednak, że ptaki są dość nudne. Proponuję, byś zaczął od kota. Koty to niezwykłe stwo- rzenia.

Eragon zacisnął palce na wodzach Cadoca, zastanawiając się nad konsekwencjami tego, co właśnie usłyszał.

– Ale jeśli ja mogę dostać się do czyjejś głowy, czy to znaczy, że inni mogą zrobić to samo ze mną? Skąd mam wiedzieć, czy ktoś nie podsłuchuje moich myśli? Istnieje jakaś metoda, by do tego nie dopuścić? – *Skąd mam wiedzieć, czy Brom nie sprawdza teraz, o czym myślę?*

– Ależ tak. Czy Saphira nigdy nie zablokowała kontaktu?

– Od czasu do czasu – przyznał Eragon. – Gdy zaniosła mnie do Kośćca, w ogóle nie mogłem z nią rozmawiać. Nie ignorowała mnie, wątpię, by w ogóle cokolwiek słyszała. Jej umysł otaczały mury, przez które nie zdołałem się przebić.

Brom przez chwilę podciągał opatrunek.

– Bardzo niewielu ludzi potrafi wyczuć, czy ktoś sięga do ich umysłu. A z tych jedynie garstka umie temu zapobiec. To kwestia szkolenia i sposobu myślenia. Dzięki twoim magicznym mocom zawsze będziesz wiedział, czy ktoś próbuje wedrzeć się do twych myśli. Wówczas uniemożliwienie tego to już proste zadanie. Wymaga jedynie skupienia się na jednej rzeczy, z wykluczeniem wszelkich innych. Jeśli na przykład będziesz myślał wyłącznie o ceglanym murze, wróg nie znajdzie w twoim umyśle nic innego. Wymaga to jednak wiele energii i dyscypliny, zwłaszcza jeśli blokada trwa dłużej. Kiedy coś cię rozproszy, nawet na sekundę, twój mur runie i przeciwnik wykorzysta chwilę słabości.

– Jak mogę się tego nauczyć? – spytał Eragon.

– Jest tylko jedna odpowiedź: ćwiczyć, ćwiczyć i jeszcze raz ćwiczyć. Wyobraź coś sobie i myśl wyłącznie o tym. Staraj się czynić to jak najdłużej. To bardzo zaawansowana umiejętność, jedynie nieliczni potrafią ją opanować.

– Nie potrzebuję perfekcji, wystarczy mi bezpieczeństwo. – *Jeśli mogę dostać się do czyjegoś umysłu, to czy potrafię zmienić jego myśli? Za każdym razem, gdy dowiaduję się czegoś nowego o magii, coraz bardziej mnie przeraża.*

Gdy dotarli do Saphiry, smoczyca zaskoczyła ich, gwałtownie wysuwając głowę. Konie cofnęły się nerwowo. Saphira uważnie obejrzała Eragona i syknęła cicho, spojrzenie miała lodowate. Eragon zerknął z troską na Broma – nigdy nie widział jej tak wściekłej.

Co się stało? Jakiś problem?

To ty – warknęła – *ty jesteś problemem!*

Eragon zmarszczył brwi i zeskoczył z Cadoca. W chwili gdy jego stopy dotknęły ziemi, Saphira podcięła mu nogi ogonem i przyszpiliła szponami.

– Co ty wyprawiasz?! – krzyknął, szarpiąc się, była jednak za silna, nie zdołał się uwolnić. Brom obserwował ich uważnie z grzbietu Śnieżnego Płomienia.

Saphira pochyliła głowę i patrzyła prosto w oczy Eragona. Chłopak poruszył się niespokojnie pod jej nieustępliwym spojrzeniem.

Ty! Za każdym razem, gdy znikasz mi z oczu, wpadasz w kłopoty. Jesteś jak pisklak, wtykasz nos we wszystkie sprawy. Co się stanie, jeśli trafisz na coś niebezpiecznego? Jak przeżyjesz? Nie mogę ci pomóc, gdy jestem daleko. Dotąd ukrywałam się, by nikt mnie nie widział. Ale koniec z tym, to może kosztować cię życie.

Rozumiem, czemu się denerwujesz – odparł Eragon. *Jestem jednak znacznie starszy niż ty. Potrafię dbać o siebie. To ciebie trzeba chronić.*

Smoczyca prychnęła i kłapnęła zębami tuż przy jego uchu. *Naprawdę w to wierzysz?* – spytała. *Jutro mnie dosiądziesz, nie tego żałosnego stworzenia, które nazywasz koniem. W przeciwnym razie poniosę cię w szponach. Jesteś Smoczym Jeźdźcem czy nie? Ja cię nie obchodzę?*

Pytanie to zabolało Eragona, spuścił wzrok. Wiedział, że Saphira ma rację, bał się jednak znów jej dosiąść. Ich lotom towarzyszyło największe cierpienie, jakie dotąd przeżył.

– I co? – spytał Brom.

– Chce, żebym jutro jej dosiadł – wyjaśnił niezręcznie Eragon.

Brom zastanowił się chwilę, jego oczy błyszczały łobuzersko.

– Masz przecież siodło. Jeśli pozostaniecie poza zasięgiem wzroku, nie powinno być problemów.

Saphira spojrzała na niego i z powrotem skupiła wzrok na Eragonie.

– A co, jeśli ktoś cię zaatakuje albo będziesz miał wypadek? Nie zdołam dotrzeć tu na czas i...

Saphira przycisnęła go nieco mocniej, tak że urwał. *Dokładnie o to mi chodzi, mój mały.*

Brom z trudem powstrzymał uśmiech.

– Warto zaryzykować. I tak musisz się nauczyć na niej jeździć. Spójrz na to z tej strony: lecąc naprzód i patrząc na ziemię, zauważysz wszelkie pułapki, zasadzki i inne nieprzyjemne niespodzianki.

Eragon obejrzał się na Saphirę. *Dobrze, zrobię to. Pozwól mi wstać. Daj słowo.*

To naprawdę konieczne? – spytał. Zamrugała. *Doskonale, daję ci słowo, że jutro polecę na tobie. Zadowolona?*

Jestem rada.

Saphira wypuściła go, odbiła się od ziemi i odleciała. Na widok jej nagłego zwrotu w powietrzu Eragona przeszedł dreszcz. Z nadąsaną miną z powrotem wsiadł na Cadoca i pojechał za Bromem.

Słońce chyliło się ku zachodowi, gdy rozbili obóz. Jak zwykle, przed kolacją Eragon walczył z Bromem. Podczas pojedynku zadał tak potężny cios, że oba drewniane miecze pękły z trzaskiem. Kawałki drewna poleciały w mrok. Brom wrzucił szczątki swego kija do ognia.

– Skończyliśmy z nimi, możesz spalić swój. Sporo się nauczyłeś, ale samymi gałęziami więcej już nie zdziałamy. Na nic nam się zdadzą. Czas dobyć miecza. – Wyciągnął Zar'roca z juków i wręczył Eragonowi.

– Posiekamy się na kawałki! – zaprotestował chłopak.

– Ależ nie, zapominasz o magii.

Brom uniósł miecz i obrócił tak, że ostra krawędź zamigotała w blasku ognia. Przyłożył palce do obu stron ostrza i skoncentrował się, zmarszczki na jego czole jeszcze się pogłębiły. Przez chwilę nic się nie działo, nagle wymówił słowa „Gëuloth du knífr!". Między jego palcami przeskoczyła czerwona iskierka. Szybko przesunął palcami wzdłuż miecza, następnie obrócił go i uczynił to samo po drugiej stronie. Iskra zniknęła w chwili, gdy palce oderwały się od metalu.

Brom wyciągnął rękę i mocno ciął mieczem. Eragon skoczył naprzód, ale nie zdążył go powstrzymać. Ze zdumieniem ujrzał, jak jego towarzysz unosi całą dłoń.

– Co zrobiłeś? – spytał.

– Pomacaj ostrze – polecił z uśmiechem Brom.

Eragon dotknął go i poczuł pod palcami niewidzialną powierzchnię. Szeroka i bardzo śliska bariera okalała miecz w odległości około ćwierci cala.

– Teraz zrób to samo z Zar'rokiem – polecił Brom. – Twoja blokada będzie nieco inna, ale powinna się sprawdzić.

Wyjaśnił Eragonowi, jak ma wymówić słowa, i opisał cały proces. Wymagało to kilku prób, wkrótce jednak Eragon osłonił klingę Zar'roca. Z nową pewnością siebie stanął gotów do walki. Nim jednak zaczęli, Brom miał coś do powiedzenia.

– Miecze nie przetną skóry – rzekł. – Nadal jednak mogą połamać nam kości. Wolałbym tego uniknąć, nie machaj więc na oślep jak zwykle. Cios w szyję mógłby okazać się śmiertelny.

Eragon przytaknął, po czym zaatakował bez ostrzeżenia. Trysnęły iskry, obozowisko wypełnił dźwięk metalu uderzającego o metal. Brom parował ciosy. Po walce kijem miecz wydawał się Eragonowi ciężki i powolny. Nie potrafił poruszać nim dostatecznie szybko i otrzymał silny cios w kolano.

Gdy skończyli, obu pokrywały ciemne sińce. Eragon zebrał ich więcej niż Brom. Ze zdumieniem odkrył, że mimo intensywnej walki Zar'roc w ogóle nie ucierpiał.

Smoczym okiem

Następnego ranka Eragon zbudził się posiniaczony i zesztywniały. Przez chwilę obserwował Broma niosącego siodło Saphiry i próbował zdusić niepokój. Jeszcze przed śniadaniem Brom nałożył smoczycy siodło i doczepił do niego juki Eragona.

Opróżniwszy miskę, Eragon bez słowa podniósł łuk i podszedł do Saphiry.

– Zapamiętaj – rzekł Brom. – Naciskaj kolanami, prowadź ją myślami i pochylaj się jak najniżej nad grzbietem. Póki nie wpadniesz w panikę, nic się nie stanie.

Eragon przytaknął, wsunął drzewce łuku do skórzanego pokrowca. Brom podsadził go szybko. Saphira czekała niecierpliwie, podczas gdy Eragon zaciągał pętle wokół swych nóg.

Gotowy? – spytała.

Odetchnął głęboko świeżym porannym powietrzem. *Nie, ale ruszajmy.* Zgodziła się z entuzjazmem. Przycupnęła, a on zebrał siły, szykując się do wstrząsu. Potężne nogi smoczycy wyprostowały się, Eragona owiał silny prąd powietrza, pozbawiając go tchu. Trzema szybkimi uderzeniami skrzydeł wzbiła się w niebo i cały czas wzlatywała wyżej.

Gdy Eragon ostatnio dosiadał Saphiry, smoczyca z trudem biła skrzydłami. Teraz leciała równo, bez wysiłku. Zacisnął ręce wokół jej szyi. Poczuł, jak skręca ostro, wciąż nabierając wysokości. Rzeka pod nimi malała gwałtownie, po chwili wyglądała już jak niewyraźna szara kreska. Wokół nich pojawiły się chmury.

Gdy wyrównali lot wysoko nad równiną, drzewa w dole przypominały ziarnka piasku. Powietrze było tu rzadsze, lodowato zimne i krystalicznie czyste.

– To cudo... – Urwał gwałtownie, bo Saphira przechyliła się i błyskawicznie wykonała beczkę. Ziemia zawirowała mu nad głową, Eragon poczuł gwałtowny lęk wysokości. – Nie rób tego! – krzyknął. – Miałem wrażenie, że zaraz spadnę.

Musisz do tego przywyknąć. Jeśli coś zaatakuje mnie w powietrzu, to jest jeden z najprostszych manewrów – odparła.

Cóż miał rzec, skupił się na opanowaniu zbuntowanego żołądka. Saphira nachyliła się i zanurkowała płytko, powoli zbliżając się ku ziemi.

Choć żołądek Eragona protestował przy każdym ruchu, chłopak powoli zaczynał czuć się lepiej. Odrobinę rozluźnił uchwyt, wyciągnął szyję, chłonąc wzrokiem widoki. Saphira pozwoliła mu napawać się nimi jakiś czas, po czym rzekła: *Chcesz, pokażę ci, czym naprawdę jest latanie.*

– Jak? – spytał.

Odpręż się i niczego nie bój.

Jej umysł pociągnął go, odrywając od ciała. Przez chwilę Eragon walczył, po czym poddał się całkowicie.

Świat wokół rozpłynął się, a Eragon odkrył, że spogląda na niego oczami Saphiry. Wszystko było zniekształcone, kolory nabrały osobliwych, niezwykłych odcieni. Błękity były teraz mocniejsze, czerwienie i zielenie przygaszone. Spróbował odwrócić głowę i ciało, lecz nie zdołał. Czuł się jak duch zawieszony w eterze.

Saphira znów zaczęła się wzbijać. Promieniowała z niej czysta radość. Uwielbiała swobodę pozwalającą jej udać się, gdzie tylko zechce. Gdy znaleźli się wysoko nad ziemią, obróciła głowę i spojrzała na Eragona. Ujrzał samego siebie siedzącego na jej grzbiecie z obojętną, nieruchomą twarzą. Czuł jej ciało napięte wśród prądów powietrza, wykorzystujące je do wzlecenia wyżej. Zupełnie jakby jej mięśnie należały do niego. Wyczuwał ogon kołyszący się z tyłu niczym olbrzymi ster korygujący kierunek lotu. Zdumiało go, do jakiego stopnia na nim polegała.

Łącząca ich więź stawała się coraz silniejsza, aż w końcu zlali się w jedno. Razem zwinęli skrzydła i zanurkowali w dół, niczym włócznia ciśnięta z wysoka. Całkowicie pochłonięty radością Saphiry, nie poczuł nawet

154

cienia lęku przed upadkiem. Powietrze owiewało im oblicza, ogon smoczycy drżał lekko, a zespolone umysły napawały się lotem.

Nawet gdy zbliżyli się niebezpiecznie do ziemi, nie przestraszył się. W odpowiedniej chwili rozłożyli szeroko skrzydła, wyrównali lot i złączonymi siłami wzlecieli w niebo, zataczając olbrzymią pętlę.

Gdy znów lecieli równolegle do ziemi, ich umysły rozłączyły się powoli, rozdzieliły na dwoje. Przez ułamek sekundy Eragon czuł zarówno swoje ciało, jak i ciało Saphiry. Potem wzrok zamglił mu się i odkrył, że ponownie siedzi na jej grzbiecie. Jęknął cicho, opadając bez sił. Minęło kilka minut, nim serce przestało walić mu w piersi, a oddech się uspokoił. *To było niewiarygodne!* – wykrzyknął w myślach, gdy odzyskał siły. *Jak możesz znieść pobyt na ziemi, skoro tak bardzo cieszy cię latanie?*

Muszę coś jeść – odparła z lekkim rozbawieniem. *Jestem jednak rada, że ci się spodobało.*

Marne słowa na opisanie tego, co przeżyłem. Przykro mi, że nie latałem z tobą wcześniej. Nigdy nie sądziłem, że to tak wygląda. Zawsze widzisz tak wiele błękitu?

Taka już jestem. Odtąd częściej będziemy latać razem?

O tak! Przy każdej okazji.

To dobrze – odparła z zadowoleniem.

Podczas lotu wymienili wiele myśli, rozmawiając z zapałem, jakby nie widzieli się całe tygodnie. Saphira pokazała Eragonowi, jak ukrywa się pośród wzgórz i drzew, i jak może skryć się w cieniu chmury. Zbadali szlak, którym jechał Brom. Okazało się to trudniejsze, niż Eragon sądził. Nie widzieli ścieżki, dopóki Saphira nie zniżyła lotu, ale wówczas ktoś z łatwością mógł ich dostrzec.

Koło południa uszy Eragona wypełniło irytujące brzęczenie. Nagle poczuł dziwny nacisk na swój umysł. Potrząsnął głową, próbując się go pozbyć, lecz napięcie stało się jeszcze silniejsze. Przypomniał sobie słowa Broma o ludziach wdzierających się w cudze umysły i gorączkowo spróbował oczyścić myśli. Skupił się na jednej z łusek Saphiry, zapominając o wszystkim innym. Ucisk na moment osłabł, po czym powrócił jeszcze silniejszy. Nagły powiew wiatru zakołysał smoczycą i Eragon zdekoncentrował się. Nim zdołał stworzyć jakąkolwiek obronę, nacierająca siła przebiła się do jego głowy. Jednak, zamiast natrętnej obecności usłyszał tylko słowa:

Co ty wyprawiasz? Wracaj tu, znalazłem coś ważnego.

Brom? – spytał Eragon.

Tak – odparł z irytacją stary mężczyzna. *A teraz każ swojej przerośniętej jaszczurce wylądować. Jestem tutaj...* – Posłał mu w myślach obraz.

Eragon szybko powtórzył Saphirze, dokąd ma lecieć, i smoczyca skręciła ku rzece. On tymczasem nałożył cięciwę i dobył kilku strzał.

Jeśli czekają nas kłopoty, będę gotów.

Ja także – dodała Saphira.

Gdy dotarli na miejsce, Eragon ujrzał Broma stojącego na polanie. Mężczyzna wymachiwał rękami. Saphira wylądowała, Eragon zeskoczył z grzbietu i rozejrzał się w poszukiwaniu niebezpieczeństwa. Konie czekały przywiązane do drzewa na skraju polany, poza tym jednak Brom był sam. Eragon podbiegł do niego.

– Co się stało?

Stary mężczyzna podrapał się po brodzie, mamrocząc długą wiązankę przekleństw.

– Nigdy więcej mnie nie blokuj. I tak trudno mi do ciebie dotrzeć. Nie mam sił, by dodatkowo walczyć.

– Przepraszam.

Brom prychnął.

– Byłem dalej nad rzeką, gdy zauważyłem, że ślady Ra'zaców zniknęły. Cofnąłem się i znalazłem miejsce, w którym to się stało. Spójrz na ziemię i powiedz, co widzisz.

Eragon ukląkł i starannie zbadał poszycie. Szybko znalazł wiele dziwnych, trudnych do odszyfrowania odcisków. Liczne ślady stóp Ra'zaców nakładały się na siebie. Eragon ocenił, że mają najwyżej kilka dni. Na nich z kolei widniały długie, grube zadrapania. Wyglądały znajomo, lecz nie potrafił określić, z czym mu się kojarzą.

Wstał i pokręcił głową.

– Nie mam pojęcia, co... – W tym momencie dostrzegł Saphirę i uświadomił sobie, co pozostawiło szramy w ziemi. Za każdym razem, gdy startowała, szpony tylnych nóg wbijały się w grunt, rozszarpując go w identyczny sposób. – To nie ma sensu, ale jedyne, co przychodzi mi do głowy, to to, że Ra'zacowie odlecieli stąd na smokach. Albo wsiedli na olbrzymie ptaki. Powiedz, że masz jakieś lepsze wytłumaczenie.

Brom wzruszył ramionami.

– Słyszałem raporty o tym, że Ra'zacowie potrafią przemieszczać się z nieprawdopodobną szybkością, ale to pierwszy namacalny dowód. Jeśli mają latające wierzchowce, praktycznie nie da się ich odnaleźć. To nie smoki, tyle przynajmniej wiem. Smok nigdy nie zgodziłby się nieść Ra'zaca.

– To co zrobimy? Saphira nie zdoła wytropić ich w powietrzu. A nawet gdyby się jej udało, zostałbyś daleko w tyle.

– Nie ma łatwego rozwiązania tej zagadki – przyznał Brom. – Zjedzmy posiłek i zastanówmy się. Może gdy napełnimy brzuchy, najdzie nas natchnienie.

Eragon z ponurą miną wyciągnął z juków prowiant. Zjedli w milczeniu, spoglądając w puste niebo.

Raz jeszcze wrócił myślami do domu, zastanawiając się, co robi Roran. Przed oczami miał wizję spalonego gospodarstwa, na moment ogarnął go przytłaczający smutek. *Co zrobię, jeśli nie zdołamy znaleźć Ra'zaców? Jaki będę miał cel? Mógłbym wrócić do Carvahall.* Podniósł z ziemi gałązkę i złamał ją w palcach. *Albo podróżować z Bromem i kontynuować naukę.* Spojrzał w dal, próbując uspokoić myśli.

Gdy Brom skończył jeść, wstał i odrzucił kaptur.

– Przypomniałem sobie wszystkie znane mi sztuczki, wszystkie słowa mocy i umiejętności. Nadal jednak nie widzę, jak mamy odszukać Ra'zaców. – Zrozpaczony Eragon przytulił się do Saphiry. – Oczywiście Saphira mogłaby pokazać się w jakimś mieście. Wówczas Ra'zacowie przylecieliby niczym muchy do miodu. Ale coś takiego byłoby niezmiernie ryzykowne. Ra'zacowie sprowadziliby żołnierzy. Być może król zainteresowałby się na tyle, by także przybyć. A to oznaczałoby wyrok śmierci dla mnie i dla ciebie.

– Co więc zrobimy? – spytał Eragon, bezradnie unosząc ręce. *Masz jakiś pomysł, Saphiro?*

Nie.

– Wszystko zależy od ciebie – odparł Brom. – To twoja krucjata.

Eragon gniewnie zgrzytnął zębami i odszedł na bok. W chwili gdy miał wejść między drzewa, natrafił stopą na coś twardego. Na ziemi leżała metalowa flaszka ze skórzanym paskiem, dość długim, by powiesić ją na ramieniu. W ściance wytrawiono srebrzysty znak. Eragon rozpoznał w nim symbol Ra'zaców.

Podekscytowany, podniósł flaszkę i odkręcił. Jego nozdrza uderzyła ciężka woń, ta sama, którą poczuł, gdy znalazł Garrowa w ruinach domu. Przechylił flaszkę, na palec spadła mu kropla czystego, lśniącego płynu. Palec natychmiast zapiekł go jak wsadzony w ogień. Eragon krzyknął i zaczął gorączkowo wycierać rękę o ziemię. Po chwili ból ustąpił, pozostawiając tępe mrowienie i ślad w postaci wypalonego skrawka skóry.

Boleśnie skrzywiony, podbiegł do Broma.

– Spójrz, co znalazłem.

Brom wziął od niego flaszkę i obejrzał uważnie, po czym nalał do zakrętki odrobinę płynu. Eragon odezwał się szybko:

– Uważaj, bo sparzy...

– ...mi rękę. Tak, wiem – odparł Brom. – I przypuszczam, że sam polałeś sobie nim dłoń. Palec? No, przynajmniej miałeś dość rozsądku, by się go nie napić. Zostałaby z ciebie tylko kałuża.

– Co to jest? – spytał Eragon.

– Olej z płatków rośliny seithr, rosnącej na niewielkiej wyspie na lodowatych morzach północy. W naturalnym stanie olej służy do konserwacji pereł, nabłyszcza je i wzmacnia. Kiedy jednak wypowie się nad nim pewne słowa i złoży ofiarę krwi, nabiera mocy rozpuszczania żywego ciała. To samo w sobie nie czyniłoby go niczym wyjątkowym – istnieje mnóstwo kwasów rozpuszczających chrząstki i kości. Jednakże seithr nie niszczy niczego innego. Możesz zanurzyć w nim cokolwiek i wyjąć nieuszkodzone, chyba że kiedyś stanowiło część człowieka bądź zwierzęcia. Dzięki tej właściwości olej stał się ulubionym narzędziem tortur i zabójstw. Można go przechowywać w drewnie, pokryć nim grot włóczni albo zanurzyć w nim pościel, by spaliła następną osobę, która jej dotknie. Istnieją tysiące zastosowań, ogranicza je tylko ludzka pomysłowość. A powodowane przezeń obrażenia bardzo wolno się goją. Jest dość rzadki i kosztowny, zwłaszcza w zmienionej postaci.

Eragon przypomniał sobie straszliwe oparzenia pokrywające Garrowa. *Tym go torturowali*, uświadomił sobie ze zgrozą.

– Skoro jest tak cenny, ciekawe, czemu Ra'zacowie go zostawili.

– Musieli go zgubić przed odlotem.

– Ale dlaczego po niego nie wrócili? Wątpię, by król był zachwycony faktem, że zgubili coś takiego.

– Nie byłby, istotnie – przyznał Brom. – Ale jeszcze bardziej nie spodobałoby mu się, gdyby z opóźnieniem dostarczyli mu wieści o tobie. I jeśli Ra'zacowie już do niego dotarli, możesz być pewien, że król zna twoje imię. Co oznacza, że odtąd musimy bardzo uważać, odwiedzając jakiekolwiek miasto. Królewscy ludzie będą cię szukać w całym imperium.

Eragon zastanawiał się chwilę.

– Ten olej... jest bardzo rzadki?

– Jak brylanty w pomyjach – odparł Brom. Po sekundzie poprawił się: – To znaczy, zwykłego oleju używają złotnicy, przynajmniej ci, których na niego stać.

– Są zatem ludzie, którzy nim handlują?

– Może jeden czy dwóch.

– To dobrze – mruknął Eragon. – Czy w miastach na wybrzeżu prowadzi się księgi handlowe?

Oczy Broma rozbłysły.

– Oczywiście, że tak. Gdybyśmy zdołali się do nich dostać, dowiedzielibyśmy się, kto sprowadza olej na południe i dokąd go wysyła.

– A rejestry zakupów imperium pokażą nam, gdzie mieszkają Ra'zacowie – dokończył Eragon. – Nie wiem, ilu ludzi stać na ten olej, ale nietrudno będzie ustalić, którzy z nich nie pracują dla imperium.

– Genialne! – wykrzyknął z uśmiechem Brom. – Żałuję, że nie wpadłem na ten pomysł wiele lat temu. Oszczędziłoby mi to licznych trosk. Na wybrzeżu pełno jest miast i miasteczek, do których przybijają statki. Myślę jednak, że powinniśmy zacząć od Teirmu, to główny ośrodek handlowy. – Brom zawahał się. – Kiedyś mieszkał tam mój stary druh Jeod. Nie widzieliśmy się od lat, ale może zechce nam pomóc. A że jest kupcem, może mieć dostęp do owych rejestrów.

– Jak dotrzemy do Teirmu?

– Będziemy musieli ruszyć na południowy zachód, do przełęczy w Kośćcu. Gdy przeprawimy się na drugą stronę, pojedziemy wzdłuż wybrzeża do portu. – Lekki wietrzyk poruszył włosami Broma.

– Czy dotrzemy do przełęczy w tym tygodniu?

– Z łatwością. Jeśli skręcimy znad Ninory w prawo, już jutro ujrzymy przed sobą góry.

Eragon podszedł do Saphiry i dosiadł jej.

– Zobaczymy się wieczorem.

Gdy znaleźli się już wysoko, rzekł: *Jutro pojadę na Cadocu. Nim zaczniesz protestować, wiedz, że robię to tylko dlatego, że chcę pomówić z Bromem.*

Powinieneś z nim jeździć co drugi dzień. W ten sposób ty wciąż będziesz mógł pobierać nauki, a ja polować.

Nie przeszkadza ci to?

To konieczne.

Gdy w końcu wylądowali, z radością odkrył, że nie bolą go nogi. Siodło dawało znakomitą ochronę przed łuskami Saphiry.

Eragon i Brom jak co wieczór stoczyli pojedynek, brakło w nim jednak energii, bo obaj wciąż rozmyślali nad wydarzeniami tego dnia. Gdy skończyli, bolała go ręka od ciężaru Zar'roca.

Pieśń na drogę

Następnego dnia podczas jazdy Eragon spytał Broma:
– Jak wygląda morze?
– Z pewnością słyszałeś już jakiś opis.
– Tak, ale jak wygląda naprawdę?
Oczy Broma zamgliły się, jakby spoglądał na obraz skrywany w głowie.
– Morze to wcielenie emocji. Kocha, nienawidzi, płacze, opiera się wszelkim próbom uchwycenia go słowami, odrzuca wszelkie kajdany. Nieważne, co o nim powiesz, zawsze zostaje coś, czego nie zdołasz wyrazić. Pamiętasz, co ci mówiłem o tym, jak elfy przybyły zza morza?
– Tak.
– Choć teraz żyją z dala od brzegu, wciąż darzą morze głęboką miłością. Dźwięk fal rozbijających się o brzeg i zapach soli w powietrzu poruszają je do głębi i zainspirowały wiele pięknych pieśni. Jedna z nich opowiada o owej miłości. Chcesz jej wysłuchać?
– Chętnie. – Eragon z zainteresowaniem nadstawił ucha.
Brom odchrząknął.
– Przełożę ją z pradawnej mowy najlepiej, jak umiem. Nie będzie doskonała, ale może da ci choć cień pojęcia o tym, jak brzmi oryginał.
Zatrzymał Śnieżnego Płomienia i przymknął oczy. Przez chwilę milczał, po czym zanucił cicho:

O, płynna kusicielko pod lazurem nieba,
Twój złocisty przestwór przyzywa mnie, wzywa.
Żeglowałbym po nim bez końca,
Gdyby nie elfie dziewczę,
Które przyzywa mnie, wzywa
I krępuje mi serce białymi jak lilie więzami,
Których nic zerwać nie zdoła poza jedynym morzem,
Na zawsze rozdartego między falami i puszczą.

Słowa odbiły się dziwnym echem w umyśle Eragona.

– Ta pieśń, *Du Silbena Satia*, jest znacznie dłuższa. Wyrecytowałem ci tylko jedną zwrotkę. Opowiada smutną historię dwojga kochanków, Acallamha i Nuady, których na zawsze rozłączyła tęsknota za morzem. Elfy dostrzegają w tej opowieści wielką głębię.

– Jest piękna – odparł z prostotą Eragon.

Gdy tego dnia zatrzymali się na nocleg, na horyzoncie przed sobą widzieli odległe pasmo Kośćca.

***

Następnego dnia dotarli do pogórza, po czym skręcili i podążyli na południe. Widok gór ucieszył Eragona: znów tworzyły bezpieczną granicę jego świata. Trzy dni później ujrzeli przed sobą szeroki gościniec, pełen głębokich kolein.

– Główny trakt pomiędzy Teirmem i stolicą Urû'baenem – oznajmił Brom. – Podróżni często z niego korzystają, to ulubiony szlak kupców. Musimy zachować ostrożność. Pora nie sprzyja podróżnym, ale z pewnością kogoś spotkamy.

Dni mijały szybko, a oni jechali wzdłuż Kośćca, wypatrując przełęczy. Eragon nie uskarżał się jednak na nudę. W przerwach między lekcjami języka elfów uczył się dbać o Saphirę i ćwiczył magię. Wkrótce nauczył się zabijać magią zwierzęta, co oszczędzało czasu podczas łowów. Brał w dłoń niewielki kamyk i ciskał w wybraną ofiarę. Nigdy nie chybiał. Owoce jego starań co wieczór piekły się nad ogniskiem, a po kolacji następowała kolejna lekcja walki na miecze i czasami pięści.

Długie dni i ciężka praca pozbawiły Eragona zbędnego tłuszczu. Na rękach wystąpiły mu żyły, pod opaloną skórą grały mięśnie. *Cały staję się twardy* – pomyślał cierpko.

Gdy w końcu ujrzeli przełęcz, Eragon ze zdumieniem stwierdził, że wypływa z niej rzeka, przecinając gościniec.

– To jest Toark – wyjaśnił Brom. – Podążymy wzdłuż niego aż do morza.

– Jakim cudem? – Eragon zaśmiał się. – Skoro wypływa z Kośćca w tę stronę, nie trafi do oceanu, chyba że gdzieś zawróci.

Brom przekręcił pierścień na palcu.

– Pośrodku górskiego łańcucha tkwi jezioro Woadark. Z obu jego krańców wypływają rzeki, obie noszą nazwę Toark. Teraz widzimy odgałęzienie wschodnie, które płynie na południe przez równiny aż do Jeziora Leona. Druga część spływa do morza.

Po dwóch dniach w Kośćcu znaleźli się na skalnej półce, z której roztaczał się widok na podnóża gór. Eragon jęknął, widząc, jak daleko zaczyna się równina i ile staj muszą jeszcze pokonać. Brom wskazał ręką.

– Tam dalej na północ leży Teirm. To bardzo stare miasto. Niektórzy twierdzą, że w tym właśnie miejscu wylądowały elfy przybywające do Alagaësii. Cytadela nigdy nie została zdobyta, a wojownicy pokonani. – Spiął wodze Śnieżnego Płomienia i ruszył naprzód.

***

Zjazd stromym szlakiem zabrał im połowę następnego dnia. Dopiero w południe znaleźli się po drugiej stronie Kośćca. Wkrótce otoczyły ich drzewa. Pozbawiona górskich kryjówek Saphira leciała tuż nad ziemią, wykorzystując każde zagłębienie gruntu.

Za lasem po raz pierwszy dostrzegli wyraźną zmianę. Wszystko wokół było pokryte miękką trawą i wrzosem, w który zapadały się stopy. Mech porastał kamienie i gałęzie, a także brzegi strumieni przecinających gęstą siecią równinę. Na gościńcu stale musieli wymijać błotniste kałuże. Wkrótce na strojach podróżników pojawiły się brązowe, zaschnięte plamy.

– Czemu wszystko jest takie zielone? – spytał Eragon. – Nie mają tu zimy?

– Owszem, mają, ale bardzo łagodną. Znad morza napływa mgła i utrzymuje wszystko przy życiu. Niektórym się to podoba, ja uważam, że jest przygnębiające.

Gdy nastał wieczór, rozbili obóz w najsuchszym miejscu, jakie udało im się znaleźć. Zasiedli do posiłku.

– Aż do Teirmu powinieneś jechać na Cadocu – oznajmił Brom. – Teraz, po wyjściu z Kośćca, zapewne spotkamy innych podróżnych i lepiej będzie, jeśli zostaniesz ze mną. Podróżujący samotnie stary mężczyzna wzbudza podejrzenia. Jeśli będziesz ze mną, nikt nawet na nas nie spojrzy. Poza tym nie chcę zjawić się w mieście i spotkać kogoś poznanego na szlaku, kto zacznie się zastanawiać, skąd się wziąłeś.

– Zostaniemy przy naszych imionach? – spytał Eragon.

Brom zastanowił się.

– Jeoda nie oszukamy, zna już moje imię i można mu zdradzić twoje. Ale dla wszystkich innych nazywam się Neal, a ty jesteś moim siostrzeńcem Evanem. Zapewne, jeśli któryś z nas się przejęzyczy, nie stanie się nic złego, ale nie chcę, by zapamiętano nasze imiona. Ludzie mają irytujący zwyczaj pamiętania rzeczy, których nie powinni pamiętać.

Odkrywanie Teirmu

Po dwóch dniach jazdy na północ w stronę oceanu Saphira pierwsza dostrzegła Teirm. Nad ziemią zalegała gęsta mgła. Brom i Eragon jechali na oślep, aż zachodni wiatr przegnał zasłony. Eragon sapnął, widząc nagle wyrastający przed nimi Teirm przycupnięty na skraju migotliwego morza, na którym kołysały się dumne statki ze zwiniętymi żaglami. W oddali było słychać głuchy szum fal. Miasto otaczał biały mur – wysoki na sto stóp i szeroki na trzydzieści – w którym otwierały się rzędy prostokątnych strzelnic. W górze przechadzali się strażnicy. W gładkiej powierzchni muru otwierały się dwie żelazne bramy, jedna wychodząca na zachód, na morze, druga na południe, na gościniec. Ponad murem, pod jego częścią północno-wschodnią wyrastała olbrzymia cytadela, wzniesiona z gigantycznych kamieni i najeżona wieżyczkami. Na szczycie najwyższej wieży płonęło światło latarni morskiej. Fortyfikacje przesłaniały wszystko inne.

Południowej bramy strzegli żołnierze uzbrojeni w piki, trzymali je jednak niedbale.

– Przed nami pierwsza próba – oznajmił Brom. – Miejmy nadzieję, że nie dostali naszych rysopisów od imperium i nas nie zatrzymają. Cokolwiek się stanie, nie wpadaj w panikę i nie zachowuj się podejrzanie.

Powinnaś gdzieś wylądować i się ukryć – powiedział Saphirze Eragon. *Wjeżdżamy do środka.*

Znów wtykasz nos tam, gdzie nie trzeba – zauważyła kwaśno.

Wiem, ale Brom i ja mamy przewagę nad innymi ludźmi. Nic nam nie będzie.

Jeśli coś się stanie, przyszpilę cię do grzbietu i nigdy nie wypuszczę.

Ja też cię kocham.

Zatem zwiążę cię jeszcze mocniej.

Eragon i Brom ruszyli w stronę bramy, starając się zachowywać jak gdyby nigdy nic. Nad wejściem do miasta łopotał żółty proporzec z wizerunkiem ryczącego lwa i ręki dzierżącej kwiat lilii. Gdy się zbliżyli, Eragon spytał ze zdumieniem:

– Jak duże jest to miasto?

– Większe niż wszystko, co dotąd oglądałeś – odparł Brom.

Strażnicy przy bramie unieśli głowy i zagrodzili im drogę pikami.

– Jak się nazywasz? – spytał znudzonym tonem jeden z nich.

– Mówią mi Neal – odrzekł Brom jękliwym, świszczącym głosem. Przechylił się w bok z miną radosnego idioty.

– A kim jest ten drugi? – dopytywał się strażnik.

– Właśniem do tego zmierzał. Ten to mój siostrzan Evan, chłopak siostry, nie...

Strażnik przerwał mu niecierpliwie.

– Tak, tak. Czego tu szukacie?

– Odwiedza starego druha – wtrącił Eragon, zniżając głos i przemawiając z mocnym akcentem. – Ja muszę czuwać, coby się nie zgubił. Bez dwóch zdań, nie jest już taki młody. W młodości za długo pracował na słońcu. No wieta, przegrzał se łepetynę.

Brom radośnie zakołysał głową.

– Jasne, no jedźcie. – Strażnik machnął ręką i opuścił pikę. – Dopilnuj tylko, żeby nie narobił sobie kłopotów.

– Nie narobi – obiecał Eragon. Lekko ponaglił Cadoca i razem wjechali do Teirmu. Kopyta uderzały głośno o kocie łby.

Gdy oddalili się od strażników, Brom uniósł głowę.

– Przegrzałem łepetynę, co? – warknął.

– Nie mogłem zostawić całej zabawy tobie – mruknął drwiąco Eragon.

Brom chrząknął głośno i odwrócił wzrok.

Otaczały ich ponure, niegościnne domy. Małe, głęboko osadzone okienka wpuszczały do środka tylko odrobinę światła. Wąskie drzwi tkwiły głęboko w kamiennych ścianach. Płaskie dachy otoczone metalowymi poręczami pokrywały łupkowe dachówki. Eragon zauważył, że domy najbliższe zewnętrznego muru były parterowe, lecz stopniowo stawały się coraz wyższe. Te obok cytadeli wyróżniały się rozmiarami, choć przy zamku i one wydawały się maleńkie.

– To miejsce wygląda na gotowe do wojny – zauważył.

Brom przytaknął.

– Teirm bywał często obiektem ataków piratów, urgali i innych wrogów. Od dawna stanowi ośrodek handlowy. W miejscach, gdzie gromadzą się bogactwa, zawsze dochodzi do konfliktów. Tutejsi mieszkańcy musieli podjąć niezwykłe środki ostrożności, by przetrwać. W obronie pomaga też fakt, że Galbatorix przysyła im własnych żołnierzy.

– Czemu niektóre domy są wyższe niż inne?

– Spójrz na cytadelę. – Brom wskazał ręką. – Widać z niej cały Teirm. Gdyby nieprzyjaciel przedostał się przez mur, na dachach zajmą pozycje łucznicy. Ponieważ domy z przodu, pod murem, są niższe, ludzie z tyłu mogą strzelać nad nimi, nie lękając się, że trafią swych pobratymców. A jeśli wróg je zdobędzie i postawi tam własnych łuczników, łatwo ich będzie zabić.

– Nigdy nie widziałem tak rozplanowanego miasta – przyznał Eragon z zachwytem.

– Owszem. To owoc ostatniej napaści piratów, gdy Teirm niemal doszczętnie spłonął – wyjaśnił Brom.

Jechali wolno w głąb ulicy, ludzie patrzyli na nich ciekawie, ale szybko wracali do własnych spraw.

W porównaniu z Daretem przyjęli nas tu z otwartymi ramionami. Może w Teirmie nie wiedzą jeszcze o urgalach, pomyślał Eragon. Zmienił jednak zdanie, gdy obok nich przecisnął się rosły mężczyzna z mieczem u boku. Dostrzegł też inne subtelniejsze oznaki ciężkich czasów: na ulicach nie bawiły się dzieci, ludzie mieli groźne miny, a wiele domów stało pustych. Spomiędzy kamieni brukowanych podwórek wyrastały chwasty.

– Zdaje się, że mieli kłopoty – zauważył.

– Tak jak wszyscy – odparł ponuro Brom. – Musimy znaleźć Jeoda.

Poprowadzili konie na drugą stronę i przywiązali do słupka przed tawerną.

– Zielony Kasztan... cudownie – mruknął Brom, spoglądając na poobijany szyld. Razem weszli do środka.

Obskurna sala nie wyglądała przytulnie. Na kominku przygasał ogień, nikt nie zadał sobie trudu, by dorzucić doń drew. W kątach siedziało kilku samotnych ludzi, ze znudzeniem pociągających z kufli. Przy stole z tyłu zajął miejsce mężczyzna bez dwóch palców, wpatrujący się w zabliźnione kikuty. Barman polerował ze znudzoną miną kielich, nie zważając na to, że jest wyszczerbiony.

Brom oparł się o bar.

– Wiesz może, gdzie mogę znaleźć człowieka imieniem Jeod?

Eragon stał u jego boku, bawiąc się końcówką łuku. Pożałował, że ma go na plecach zamiast w dłoni.

– Czemu niby miałbym wiedzieć coś takiego? – odparł gromko barman. – Sądzicie, że pamiętam imiona wszystkich parszywych kundli w tym paskudnym miejscu?

Eragon skrzywił się, gdy wszystkie twarze zwróciły się ku nim.

– Może coś pobudzi twoją pamięć? – spytał gładko Brom, przesuwając po blacie parę monet.

Twarz barmana pojaśniała, szybko odstawił kielich.

– Możliwe – odrzekł, zniżając głos. – Ale moja pamięć jest bardzo wymagająca.

Brom skrzywił się, lecz wyjął kolejne monety. Barman possał chwilę wewnętrzną stronę policzka.

– No dobrze – rzekł w końcu, sięgając po pieniądze.

Nim jednak ich dotknął, zza stołu odezwał się mężczyzna bez dwóch palców:

– Gareth, co ty, do licha, wyprawiasz? Każdy na tej ulicy mógłby im powiedzieć, gdzie mieszka Jeod. Za co żądasz pieniędzy?

Brom zgarnął monety z powrotem do sakiewki. Gareth posłał mężczyźnie jadowite spojrzenie, demonstracyjnie odwrócił się do nich plecami i podniósł kielich. Brom podszedł do nieznajomego.

– Dziękuję – rzekł. – Nazywam się Neal, to jest Evan.

Mężczyzna uniósł kubek.

– Martin, i oczywiście poznaliście już Garetha. – Głos miał głęboki i szorstki, ręką wskazał parę pustych krzeseł. – No dalej, usiądźcie, nie wadzi mi to.

Eragon przesunął krzesło tak, by usiąść plecami do ściany, a przodem do drzwi. Martin uniósł brwi, nie skomentował tego jednak.

– Dzięki tobie zaoszczędziłem kilka koron – mruknął Brom.

– Cała przyjemność po mojej stronie. Nie mogę winić Garetha, ostatnio nie najlepiej mu się wiedzie. – Martin podrapał się po brodzie. – Jeod mieszka w zachodniej części miasta obok zielarki Angeli. Macie do niego interes?

– W pewnym sensie.

– Raczej niczego nie kupi. Parę dni temu stracił kolejny statek.

Brom z zainteresowaniem wysłuchał informacji.

– Co się stało? To chyba nie urgale?

– Nie – odparł Martin. – Odeszły stąd i od roku nikt ich tu nie widział. Przeniosły się na południe i wschód. Ale nie o to chodzi. Większość towarów sprowadza się tu drogą morską. No cóż – urwał, pociągając potężny łyk – od kilku miesięcy ktoś atakuje nasze statki. Nie są to zwykli piraci, ponieważ łupem padają tylko statki wiozące dobra niektórych kupców. Między innymi Jeoda. Jest już tak źle, że żaden kapitan nie chce przyjąć ich ładunków, co bardzo utrudnia im życie, zwłaszcza że wielu z nich kieruje największymi operacjami handlowymi w całym imperium. Teraz muszą wysyłać towary lądem. To bardzo podniosło ceny, a karawany nie zawsze docierają do celu.

– Wiadomo, kto za to odpowiada? Muszą być jacyś świadkowie – wtrącił Brom.

Martin pokręcił głową.

– Nikt nie przeżył tych ataków. Statki wypływają i znikają bez śladu. – Pochylił się i dodał, zniżając głos: – Marynarze twierdzą, że to magia. – Skinął głową i mrugnął porozumiewawczo.

Wydawało się, że jego słowa zaniepokoiły Broma.

– A ty co sądzisz?

Martin niedbale wzruszył ramionami.

– Nie wiem i raczej się nie dowiem, chyba że będę miał pecha i trafię na jeden z owych statków.

– Jesteś marynarzem? – wtrącił Eragon.

– Nie – prychnął Martin. – Wyglądam na marynarza? Kapitanowie zatrudniają mnie do obrony przed piratami, a ci złodzieje nie byli ostatnio zbyt aktywni. Mimo wszystko to dobra praca.

– Ale niebezpieczna – dodał Brom.

Martin ponownie wzruszył ramionami i wysączył resztę piwa. Brom i Eragon pożegnali się i ruszyli do zachodniej, elegantszej dzielnicy Teirmu. Tamtejsze domy były czyste, duże i zdobione. Ludzie na ulicach mieli na sobie kosztowne stroje i nosili się dumnie. Eragon czuł się tu okropnie obco.

Stary druh

Kram zielarki miał wyraźny szyld, toteż odnaleźli go bez trudu. Przy drzwiach siedziała niska kobieta o kręconych włosach. W jednej dłoni trzymała żabę, drugą coś pisała. Eragon założył, że to zielarka Angela. Po obu stronach jej kramu wznosiły się domy.

– Jak myślisz, który należy do niego? – spytał.

Brom zastanowił się chwilę.

– Dowiedzmy się – rzekł w końcu. Podszedł do kobiety i spytał uprzejmie: – Czy mogłabyś nam powiedzieć, w którym domu mieszka Jeod?

– Mogłabym – odparła, nie przerywając pisania.

– A powiesz?

– Tak.

Umilkła, jej pióro poruszało się coraz szybciej. Żaba w dłoni zakumkała i spojrzała na nich wrogo. Brom i Eragon czekali wyraźnie skrępowani, lecz kobieta milczała. Eragon już miał coś powiedzieć, gdy Angela w końcu uniosła wzrok.

– Oczywiście, że powiem, wystarczy tylko zapytać! Najpierw spytałeś, czy mogłabym wam powiedzieć, potem, czy zechcę powiedzieć. Ale nie zadałeś właściwego pytania.

– Zatem pozwól, że spytam jak należy. – Brom uśmiechnął się. – Który dom należy do Jeoda? I czemu trzymasz w ręku żabę?

– W końcu do czegoś doszliśmy – zakpiła dobrodusznie. – Dom Jeoda to ten po prawej. A co do żaby, tak naprawdę to ropucha. Próbuję udowodnić, że ropuchy nie istnieją, że na świecie są tylko żaby.

– Jak ropuchy mogą nie istnieć, skoro jedną z nich trzymasz w palcach? – wtrącił Eragon. – Poza tym, co to da, nawet jeśli dowiedziesz, że wszystkie są żabami?

Kobieta energicznie pokręciła głową, czarne loki zatańczyły w powietrzu.

– Nie, nie, nie rozumiesz. Gdy dowiodę, że ropuchy nie istnieją, wówczas będzie to tylko żaba, wyłącznie żaba. Ropucha, którą widzicie, nigdy nie będzie istniała i – uniosła mały palec – jeśli mi się uda dowieść, że na świecie są tylko żaby, ropuchy nie będą mogły zrobić nic złego: sprawić, że ludziom wypadają zęby, wyrastają kurzajki, zatruwać, zabijać. A czarownice nie rzucą swych złych zaklęć, bo oczywiście nie będą już miały na podorędziu ropuch.

– Rozumiem – rzekł ostrożnie Brom. – To bardzo interesujące i chętnie posłuchałbym dłużej, ale musimy spotkać się z Jeodem.

– Oczywiście. – Kobieta machnęła ręką i wróciła do pisania.

Gdy znaleźli się poza zasięgiem jej słuchu, Eragon wybuchnął:

– To wariatka!

– Możliwe – przyznał Brom – ale nigdy nie wiadomo. Może faktycznie wykryje coś użytecznego? Nie krytykuj jej. Kto wie, może ropuchy to naprawdę żaby!

– A moje buty są ze złota – odpalił Eragon.

Zatrzymali się na marmurowym progu przed drzwiami z ozdobną kutą kołatką. Brom zastukał trzykrotnie, nikt nie odpowiedział. Eragon z każdą chwilą czuł się coraz bardziej nieswojo.

– Może to nie ten dom? Sprawdźmy drugi – zaproponował.

Brom puścił jego słowa mimo uszu i zastukał ponownie, bardzo głośno. I znów nikt nie odpowiedział. Eragon odwrócił się z irytacją. Nagle usłyszał, jak ktoś biegnie do drzwi. Uchyliły się i ujrzeli młodą kobietę o jasnej cerze i złocistych włosach. Oczy miała zapuchnięte, zupełnie jakby płakała, lecz jej głos zabrzmiał twardo.

– Tak? Czego chcecie?

– Czy mieszka tu Jeod? – spytał uprzejmie Brom.

Kobieta odrobinę pochyliła głowę.

– Tak, to mój mąż. Oczekuje was? – Nie otworzyła szerzej drzwi.

– Nie, ale musimy z nim pomówić – oznajmił Brom.

– Jest bardzo zajęty.

– Przybywamy z daleka, to bardzo ważna sprawa.

Jej twarz stężała.

– Jest zajęty.

Brom zjeżył się, nadal jednak mówił łagodnie i uprzejmie.

– Skoro nie możemy się spotkać, zechcesz przekazać mu wiadomość? – Jej usta poruszyły się lekko, ale przytaknęła. – Powiedz mu, że na dworze czeka przyjaciel z Gil'eadu.

Kobieta posłała mu podejrzliwe spojrzenie.

– No dobrze – rzekła, trzaskając drzwiami.

Eragon usłyszał oddalające się kroki.

– To nie było zbyt grzeczne – zauważył.

– Zachowaj swe zdanie dla siebie – warknął Brom – i lepiej milcz. Ja będę mówił. – Splótł ręce na piersi, niecierpliwie przebierając palcami. Eragon zacisnął usta i odwrócił wzrok.

Nagle drzwi otwarły się szeroko i z domu wybiegł wysoki mężczyzna. Strój, choć kosztowny, miał wygnieciony, siwe włosy długie i rzadkie, twarz smutną, brwi krótkie. Czaszkę przecinała biegnąca aż do skroni długa blizna.

Na ich widok jego oczy zrobiły się okrągłe. Bezwładnie oparł się o framugę. Wyraźnie odjęło mu mowę, usta otworzyły się i zamknęły kilka razy niczym u wyciągniętej z wody ryby. W końcu cichym, pełnym niedowierzania głosem spytał:

– Brom...?

Brom uniósł palec do ust i wyciągnął rękę, chwytając mężczyznę za ramię.

– Dobrze cię znów widzieć, Jeodzie. Cieszę się, że nie zawiodła cię pamięć, ale nie wymawiaj tego imienia. Nikt nie powinien wiedzieć, że tu jestem.

Wstrząśnięty Jeod rozejrzał się gorączkowo.

– Sądziłem, że nie żyjesz – szepnął. – Co się stało, czemu wcześniej się nie odezwałeś?

– Wszystko ci wyjaśnię. Masz jakieś miejsce, w którym możemy bezpiecznie pomówić?

Jeod zawahał się, wodząc wzrokiem pomiędzy Eragonem i Bromem.

– Tu nie możemy zostać – rzekł w końcu. – Jeśli jednak chwilkę zaczekacie, zabiorę was w bezpieczne miejsce.

– Świetnie – odparł Brom.

Jeod skinął głową i zniknął za drzwiami.

Mam nadzieję, że dowiem się czegoś z przeszłości Broma, pomyślał Eragon. Gdy Jeod pojawił się ponownie, u boku miał rapier. Na ramiona zarzucił haftowaną kurtkę, pasującą do kapelusza z długim piórem. Brom przyjrzał się krytycznie eleganckiemu strojowi; dostrzegłszy to, Jeod wzruszył ramionami.

Powiódł ich przez Teirm w stronę cytadeli. Eragon maszerował z tyłu, prowadząc konie. Jeod pokazał im cel ich wędrówki.

– Risthart, pan Teirmu, nakazał, by wszyscy kupcy z miasta zajęli siedziby w zamku. Choć większość nas prowadzi interesy gdzie indziej, wciąż musimy wynajmować tam pokoje. To oczywiście bzdura, ale nie sprzeciwiamy się, żeby go nie drażnić. Nikt nas tam nie podsłucha, mury są bardzo grube.

Przeszli przez główną bramę fortecy i ruszyli w stronę twierdzy. Jeod podszedł do bocznych drzwi i wskazał żelazny pierścień.

– Tu możecie przywiązać konie, nikt nie będzie ich niepokoić.

Zaczekał, aż bezpiecznie uwiążą Śnieżnego Płomienia i Cadoca, po czym żelaznym kluczem otworzył drzwi i wpuścił ich do środka.

Ujrzeli długi pusty korytarz, który oświetlał blask osadzonych w ścianach pochodni. Eragona zdumiał panujący wewnątrz chłód i wilgoć. Gdy dotknął ściany, palce zsunęły się po śliskiej powierzchni. Zadrżał.

Jeod wyjął z uchwytu pochodnię i poprowadził ich w głąb korytarza. W końcu zatrzymali się przed ciężkimi drewnianymi drzwiami. Otworzył je i zaprosił ich gestem do pokoju. Na środku na podłodze leżała niedźwiedzia skóra, na niej ustawiono wyścielane krzesła. Wzdłuż ścian stały rzędy półek uginających się pod ciężarem oprawnych w skórę tomów.

Jeod ułożył stos drew na kominku i wsunął pod nie pochodnię. Ogień zapłonął bardzo szybko.

– Staruszku – rzekł – masz mi wiele do wyjaśnienia.

Twarz Broma skrzywiła się w uśmiechu.

– I kogo nazywasz staruszkiem? Gdy widziałem cię ostatnio, nie miałeś ani jednego siwego włosa. Teraz wyglądasz jak w ostatnim stadium rozkładu.

– A ty zupełnie tak samo jak dwadzieścia lat temu, mój złośliwy druhu. Czas najwyraźniej cię zachował, byś mógł obdarzyć swą mądrością kolejne pokolenia. Ale dosyć tego. Opowiadaj, zawsze byłeś w tym dobry – dodał Jeod.

Eragon nadstawił uszu, czekając niecierpliwie na to, co powie Brom.

Jego towarzysz rozsiadł się wygodnie i wyciągnął fajkę. Powoli wypuścił kółko z dymu, które przybrało zieloną barwę, pofrunęło do kominka i uleciało kominem w górę.

– Pamiętasz, co robiliśmy w Gil'eadzie?

– Tak, oczywiście – rzekł Jeod. – Takich rzeczy przecież się nie zapomina.

– Delikatnie powiedziane, lecz niewątpliwie prawdziwe – dodał sucho Brom. – Gdy się... rozłączyliśmy, nie mogłem cię znaleźć. W całym tym zamieszaniu trafiłem do małej komnaty. Nie było w niej nic niezwykłego, tylko skrzynie i pudło, lecz z ciekawości zacząłem w nich grzebać. Wówczas uśmiechnęło się do mnie szczęście, bo znalazłem to, czego szukaliśmy. – Twarz Jeoda stężała z zaskoczenia. – Gdy miałem to już w rękach, nie mogłem na ciebie czekać. W każdej sekundzie groziło mi, że zostanę odkryty, a wówczas stracilibyśmy wszystko. W przebraniu umknąłem z miasta i udałem się do... – Brom zawahał się, zerknął na Eragona – do naszych przyjaciół. Ukryli moją zdobycz w skarbcu i prosili, bym przyrzekł, że zaopiekuję się tym, do kogo trafi. Jednak do dnia, gdy mieli znów potrzebować mych usług, musiałem zniknąć. Nikt nie mógł wiedzieć, że żyję, nawet ty, choć trapiło mnie, że niepotrzebnie przysporzę ci smutku. Ruszyłem zatem na północ i ukryłem się w Carvahall.

Rozzłoszczony Eragon zacisnął zęby. Brom z rozmysłem niczego nie wyjaśniał.

Jeod zmarszczył brwi.

– Zatem nasi... przyjaciele wiedzieli, że żyjesz?

– Tak.

Kupiec westchnął.

– Przypuszczam, że było to niezbędne, żałuję jednak, że mi nie powiedzieli. Czy Carvahall nie leży dalej na północ, po drugiej stronie Kośćca?

Brom skłonił głowę. Po raz pierwszy Jeod spojrzał uważniej na Eragona, chłonąc każdy szczegół szarymi oczami. W końcu uniósł brwi.

– Zakładam zatem, że wypełniasz swoje obowiązki?

Brom pokręcił głową.

– Nie, to nie takie proste. Moją zdobycz skradziono jakiś czas temu. Przynajmniej tak przypuszczam, bo nie dostałem żadnych wieści od naszych przyjaciół i podejrzewam, że ich posłańcy do mnie nie dotarli. Postanowiłem zatem dowiedzieć się wszystkiego. Tak się złożyło, że Eragon jechał w tę samą stronę. Od jakiegoś czasu podróżujemy razem.

Jeod sprawiał wrażenie zaskoczonego.

– Ale jeśli nie dostałeś wieści, to skąd wiesz, że...

Brom przerwał mu szybko:

– Wuj Eragona został brutalnie zamordowany przez Ra'zaców. Spalili mu dom i o mało nie schwytali Eragona. Ma prawo do zemsty, ale ich ślad zniknął i potrzebujemy pomocy.

Twarz Jeoda pojaśniała.

– Rozumiem... Czemu jednak przybyliście akurat tutaj? Nie wiem, gdzie ukrywają się Ra'zacowie, a ci, co wiedzą, z pewnością wam tego nie zdradzą.

Brom wstał i sięgnął za pazuchę, demonstrując metalową butelkę. Cisnął ją Jeodowi.

– W środku jest olej seithr, ten niebezpieczny. Należał do Ra'zaców. Zgubili go na szlaku, a my go znaleźliśmy. Musimy sprawdzić księgi handlowe Teirmu, by prześledzić zakupy oleju przez imperium. To powinno nas doprowadzić do kryjówki Ra'zaców.

Twarz Jeoda przecięły głębokie zmarszczki. Przez chwilę się namyślał, w końcu wskazał księgi na półkach.

– Widzisz je? To moje rejestry handlowe, tylko moje. Masz przed sobą zadanie wymagające miesięcy. I jest jeszcze jeden, poważniejszy problem. Wszystkie rejestry są przechowywane w zamku, ale tylko Brand, administrator handlowy Ristharta, ma do nich dostęp. Kupcy tacy jak my już nie. Risthart lęka się, że sfałszujemy wpisy i oszukamy imperium na bezcennych podatkach.

– Kiedy nadejdzie właściwa pora, poradzę sobie – odpowiedział Brom. – Ale potrzeba nam paru dni odpoczynku, zanim się tym zajmiemy.

Jeod uśmiechnął się.

– Wygląda na to, że teraz ja będę mógł ci pomóc. Rzecz jasna mój dom należy do was. Jakim imieniem się tu posługujesz?

– Nazywam się Neal, a chłopak Evan.

– Eragon – rzekł z namysłem Jeod. – Masz niezwykłe imię, niewielu ludzi nosiło miano pierwszego Jeźdźca. Czytałem tylko o trzech takich osobach.

Eragona zaskoczył fakt, że Jeod zna pochodzenie jego imienia.

Brom zerknął na niego.

– Możesz sprawdzić konie i zobaczyć, czy wszystko w porządku? Chyba nie uwiązałem dość mocno Śnieżnego Płomienia.

Próbują coś przede mną ukryć. Gdy tylko wyjdę, zaczną o tym rozmawiać.

Eragon dźwignął się z krzesła i wyszedł, trzaskając drzwiami. Śnieżny Płomień nawet nie drgnął, utrzymujący go węzeł był solidny. Głaszcząc szyje koni, Eragon z nadąsaną miną oparł się o mur zamku.

To nieuczciwe, pomyślał. *Gdybym tylko mógł usłyszeć, o czym rozmawiają.* Nagle wyprostował się gwałtownie. Brom nauczył go kiedyś słów wzmacniających zmysł słuchu. *Wrażliwe uszy to nie do końca to, o co mi chodzi, ale dzięki słowom powinno się udać. Ostatecznie, ile zdziałałem z samym brisingr!*

Skupił się i sięgnął po swą moc. Gdy już ją poczuł, wypowiedział słowa:

– Thverr stern un atra eka hórna! – Przelał w nie całą swą wolę. Moc opuściła go gwałtownie, usłyszał cichy szept i nic więcej. Zawiedziony, oklapł, po czym wzdrygnął się, słysząc Jeoda:

– I zajmuję się tym już prawie od ośmiu lat.

Eragon rozejrzał się, w pobliżu nie było nikogo poza strażnikami stojącymi przy murze twierdzy. Z szerokim uśmiechem usiadł na kamieniach i przymknął oczy.

– Nigdy nie przypuszczałem, że zostaniesz kupcem – powiedział Brom. – Po tylu latach spędzonych wśród książek. Znalazłeś w nich nawet sekretne przejście! Co sprawiło, że porzuciłeś naukę na rzecz kupiectwa?

– Po Gil'eadzie nie miałem już ochoty przesiadywać w zakurzonych komnatach i studiować zwojów. Postanowiłem pomóc Ajihadowi w inny sposób. Nie jestem jednak wojownikiem, a mój ojciec był także kupcem. Pamiętasz może? Pomógł mi zacząć, lecz cały ten interes to tylko przykrywka, służy do dostarczania towarów do Surdy.

– Słyszałem jednak, że teraz nie idzie ci najlepiej.

– Tak, żadna z ostatnich dostaw nie dotarła do celu. Tronjheimowi zaczyna brakować zapasów. Jakimś cudem imperium – a przynajmniej sądzę, że to imperium – odkryło, którzy z nas pomagają buntownikom. Nie jestem jednak do końca przekonany, czy to ich sprawka. Nikt nie widział żadnych żołnierzy. Przyznam, że nie rozumiem. Może Galbatorix zatrudnił najemników?

– Podobno niedawno straciłeś statek?

– Mój ostatni – rzekł z goryczą Jeod. – Wszyscy członkowie załogi byli dzielni i lojalni. Wątpię, czy jeszcze kiedykolwiek ich zobaczę. Pozostało mi tylko jedno wyjście: wysłanie karawan do Surdy bądź Gil'eadu – choć wiem, że bez względu na to, jak silną dam im ochronę, i tak nie dotrą do celu – albo wynajęcie cudzego statku. Nikt jednak nie chce się na to zgodzić.

175

– Ilu kupców ci pomagało? – spytał Brom.

– Och, jest ich w sumie całkiem sporo i wszystkich dręczą te same kłopoty. Wiem, o czym myślisz, także często się nad tym zastanawiałem. Nie mogę jednak znieść myśli, że w naszych szeregach mógł znaleźć się zdrajca dysponujący tak wielką wiedzą i mocą. W tym wypadku wszystkim nam grozi śmiertelne niebezpieczeństwo. Powinieneś wrócić do Tronjheimu.

– I zabrać tam Eragona? – przerwał mu Brom. – Rozszarpią go na sztuki. To w tej chwili dla niego najgorsze możliwe miejsce. Może za kilka miesięcy czy jeszcze lepiej lat... Wyobrażasz sobie, jak zareagują krasnoludy? Wszyscy będą próbowali na niego wpłynąć, zwłaszcza Islanzadi. Nie będą z Saphirą bezpieczni w Tronjheimie, przynajmniej póki nie przeprowadzę ich przez tuathę du orothrim.

Krasnoludy, pomyślał podniecony Eragon. *Gdzie jest ten Tronjheim? I czemu Brom powiedział Jeodowi o Saphirze? Nie powinien tego robić, nie spytawszy mnie wcześniej o zdanie.*

– Jednakże nadal jestem przekonany, że potrzebna im twoja moc i mądrość.

– Mądrość – prychnął Brom. – Jestem tylko, jak mówiłeś wcześniej, złośliwym staruszkiem.

– Wielu nie zgodziłoby się z tą opinią.

– Niech się nie zgadzają, nie muszę się tłumaczyć. Nie, Ajihad będzie musiał sobie poradzić beze mnie. To, co w tej chwili robię, jest znacznie ważniejsze. Lecz istnienie zdrajcy rodzi kolejne pytania. Ciekawe, czy stąd właśnie imperium dowiedziało się, gdzie ma być... – Zamilkł.

– Zastanawiam się też, czemu mnie o tym nie poinformowali – wtrącił Jeod.

– Może próbowali, jeśli jednak wśród nas jest zdrajca... – Brom urwał. – Muszę przesłać wiadomość Ajihadowi. Masz zaufanego posłańca?

– Chyba tak. Zależy, dokąd miałby się udać.

– Nie wiem – przyznał Brom. – Tak długo żyłem w izolacji, że moi znajomi pewnie wymarli bądź o mnie zapomnieli. Mógłbyś go posłać do tego, kto odbiera twoje dostawy?

– Owszem, ale to niebezpieczne.

– A co nie jest niebezpieczne w dzisiejszych czasach? Jak szybko może wyruszyć?

– Z samego rana. Wyślę go do Gil'eadu, tak będzie szybciej – zdecydował Jeod. – Jak ma przekonać Ajihada, że wiadomość pochodzi od ciebie?

– Proszę, daj mu mój pierścień i powiedz, że jeśli go zgubi, osobiście wyrwę mu wątrobę. Dostałem go od królowej.

– Czarujący humor – zauważył Jeod.

Brom mruknął w odpowiedzi. Przez chwilę milczał.

– Lepiej wracajmy już do Eragona, martwię się, gdy jest sam. Chłopak ma niezwykły talent do wplątywania się w kłopoty.

– Dziwi cię to?

– Niespecjalnie.

Eragon usłyszał szuranie odsuwanych krzeseł. Szybko wycofał umysł i otworzył oczy.

– Co się dzieje? – wymamrotał pod nosem. *Jeod i inni kupcy mają problemy, bo pomagają ludziom, których nie kocha imperium. Brom znalazł coś w Gil'eadzie i wyruszył do Carvahall, by to ukryć. Co mogło być tak ważne, że pozwolił, by jego przyjaciel przez prawie dwadzieścia lat uważał go za zmarłego? Wspomniał o królowej, choć w znanych królestwach nie ma ani jednej, i o krasnoludach, które – jak sam twierdził – zniknęły pod ziemią dawno temu.*

Tak bardzo pragnął poznać odpowiedzi, nie mógł jednak otwarcie stawić czoła Bromowi i zaryzykować całej misji. Nie, zaczeka do wyjazdu z Teirmu. Wówczas nie ustąpi, aż towarzysz zdradzi mu swą tajemnicę. Myśli Eragona wciąż wirowały, gdy drzwi się otwarły.

– Wszystko dobrze z końmi? – spytał Brom.

– Znakomicie – odparł Eragon. Odwiązali je i opuścili zamek. Po chwili znów znaleźli się na ulicach Teirmu.

– A zatem, Jeodzie – zagadnął Brom – w końcu się ożeniłeś. I do tego – mrugnął porozumiewawczo – z piękną, młodą kobietą. Moje gratulacje.

Jeoda wyraźnie nie zachwycił komplement. Zgarbiony, spuścił wzrok, wbijając go w bruk.

– To nie najlepsza pora na gratulacje. Helen nie jest zbyt szczęśliwa.

– Czemu? Czego pragnie?

– Tego, czego zwykle pragną kobiety. – Jeod z rezygnacją wzruszył ramionami. – Zamożnego domu, szczęśliwych dzieci, posiłku na stole i miłego towarzystwa. Problem w tym, że pochodzi z bogatej rodziny. Jej ojciec dużo zainwestował w mój interes. Jeśli nadal będę ponosił straty, zabraknie mi pieniędzy, by dalej mogła żyć na poziomie, do którego przywykła. Proszę jednak, nie martwcie się. Moje kłopoty to moja sprawa. Gospodarz nie powinien troskać swoich gości. Póki jesteście w mym domu, nie pozwolę, by cokolwiek was dręczyło, może poza zbyt pełnym brzuchem.

– Dziękuję – powiedział Brom. – Jesteśmy wdzięczni za gościnę. Długo podróżowaliśmy bez żadnych wygód. Wiesz może, gdzie znajdziemy tani sklep? Nasze ubrania są już mocno sfatygowane.

– Oczywiście, to moja praca. – Twarz Jeoda pojaśniała. Przez resztę drogi do domu z entuzjazmem opowiadał o cenach i kramach. W końcu spytał: – Pozwolicie, że zjemy gdzie indziej? W tej chwili Helen czułaby się dość niezręcznie.

– Jeśli tak będzie lepiej – rzekł Brom.

Jeod odetchnął z ulgą.

– Dzięki. Konie zostawimy w mojej stajni.

Zrobili, jak radził, i podążyli za nim do dużej tawerny. W odróżnieniu od Zielonego Kasztana ta karczma była głośna, czysta i pełna rozochoconych ludzi. Kiedy na stole pojawiło się główne danie – nadziewane prosię – Eragon z zapałem zaczął pałaszować mięso. Szczególnie jednak smakowały mu towarzyszące pieczystemu ziemniaki, marchewka, rzepa i słodkie jabłka. Od bardzo dawna nie jadł żadnych warzyw.

Po posiłku nie śpieszyło im się do domu. Brom i Jeod całymi godzinami opowiadali sobie historyjki. Eragonowi to nie przeszkadzało. Było mu ciepło, w tle grała wesoła muzyka i najadł się po uszy. Panujący w tawernie gwar radował jego serce.

Kiedy w końcu wyszli, słońce chyliło się nisko nad horyzontem.

– Wy dwaj idźcie przodem, ja muszę coś sprawdzić – oznajmił Eragon. Chciał zobaczyć się z Saphirą i przekonać, czy jest bezpiecznie ukryta.

Brom z roztargnieniem machnął ręką.

– Bądź ostrożny, nie zabaw zbyt długo.

– Chwileczkę – rzucił Jeod. – Wychodzisz poza miasto? – Eragon zawahał się i niechętnie skinął głową. – Bacz, byś przed zmrokiem z powrotem znalazł się za murami. O zmierzchu zamykają bramy i strażnicy nie wpuszczą cię aż do rana.

– Nie spóźnię się – przyrzekł chłopak.

Odwrócił się na pięcie i odbiegł boczną uliczką w stronę zewnętrznego muru Teirmu. Gdy znalazł się poza miastem, odetchnął głęboko, wciągając w płuca świeże powietrze. *Saphiro!* – krzyknął w myślach. *Gdzie jesteś?*

Smoczyca poprowadziła go w bok od drogi do podstawy omszałej skały, otoczonej kępą klonów. Ujrzał jej głowę wynurzającą się spomiędzy drzew na szczycie i pomachał. *Jak mam się tam dostać?*

Jeśli znajdziesz polanę, przylecę po ciebie.

Nie – rzekł, mierząc wzrokiem skałę – *to nie będzie konieczne. Po prostu się wdrapię.*

To zbyt niebezpieczne.

A ty za bardzo się przejmujesz. Mnie też należy się trochę rozrywki.

Eragon ściągnął rękawice i zaczął się wspinać. Uwielbiał wysiłek fizyczny. Skała zapewniała mnóstwo uchwytów, toteż szło mu bardzo łatwo. Wkrótce znalazł się wysoko nad drzewami. W połowie drogi przystanął na półce, by odetchnąć.

Gdy wróciły mu siły, sięgnął do następnego uchwytu, lecz jego ręka okazała się za krótka. Zirytowany, poszukał innej szczeliny bądź krawędzi. Nie dostrzegł żadnej. Próbował się cofnąć, ale nogi nie sięgały poprzedniej półeczki. Saphira obserwowała go czujnie. W końcu się poddał.

Przydałaby mi się pomoc.

To wszystko twoja wina.

Tak, wiem. Zdejmiesz mnie stąd czy nie?

Gdyby mnie tu nie było, miałbyś poważne kłopoty.

Eragon wywrócił oczami.

Nie musiałaś mi mówić.

Masz rację. Ostatecznie, czy zwykły, prosty smok ma mówić mężowi tak mądremu jak ty, co ma robić? Wszyscy powinni patrzeć z podziwem, jak genialnie trafiasz w kolejny ślepy zaułek. Gdybyś zaczął parę stóp na lewo bądź prawo, z łatwością dotarłbyś na szczyt. Przechyliła głowę, patrząc na niego lśniącymi oczami.

No dobrze, popełniłem błąd. A teraz proszę, zdejmiesz mnie stąd? – powiedział błagalnie.

Smoczyca cofnęła głowę znad krawędzi skały.

Minęło kilka minut.

Saphiro! – zawołał Eragon.

Nad sobą widział tylko rozkołysane drzewo.

– Saphiro, wracaj! – ryknął.

Z donośnym hukiem Saphira wyleciała znad szczytu skały, obróciła się w powietrzu, podfrunęła do Eragona niczym olbrzymi nietoperz i chwyciła szponami jego koszulę, drapiąc mu plecy. Puścił skałę, a ona dźwignęła go w powietrze. Po krótkim locie posadziła go delikatnie na szczycie i cofnęła łapy.

Co za głupota – rzekła łagodnie.

Eragon odwrócił wzrok, rozglądając się uważnie. Ze skały roztaczał się cudowny widok na wszystkie strony świata, a zwłaszcza na spienione morze. Stanowiła także idealną kryjówkę. W tym miejscu Saphirę dostrzegą tylko ptaki.

Czy przyjacielowi Broma można zaufać? – spytała smoczyca.

Nie wiem. Eragon zrelacjonował jej wydarzenia ostatniego dnia. *Wokół nas krążą siły, których w ogóle nie dostrzegamy. Czasami zastanawiam się, czy kiedykolwiek zrozumiemy prawdziwe motywy kierujące otaczającymi nas ludźmi. Wszyscy coś ukrywają.*

Tak wygląda ten świat. Nie patrz na plany i knowania, ufaj naturze ludzi. Brom jest dobry. Życzy nam jak najlepiej. Nie musimy lękać się jego planów.

Taką mam nadzieję. Eragon spuścił wzrok, wpatrując się w swe dłonie.

Poszukiwanie Ra'zaców poprzez pisma to dziwny sposób łowów – zauważyła smoczyca. *Czy posłużycie się magią, by obejrzeć rejestry bez wchodzenia do komnaty?*

Sam nie wiem. Trzeba by połączyć słowa widzenie *i* odległość... *A może* światło *i* odległość? *Tak czy inaczej, to chyba dość trudne. Spytam Broma.*

To mądry pomysł. Ogarnął ich błogi spokój.

Wiesz, może będziemy musieli zostać tu jakiś czas.

W myślach Saphiry wyczuł lekkie napięcie.

A ja jak zawsze będę musiała czekać w ukryciu.

Nie tego pragnę. Wkrótce znów wyruszymy razem w drogę.

Oby ten dzień nastał jak najszybciej.

Eragon uśmiechnął się i uścisnął ją. Zauważył, jak szybko gaśnie światło dnia.

Muszę już iść, bo zamkną przede mną bramy. Leć jutro na polowanie, zobaczymy się wieczorem.

Rozłożyła skrzydła. *Chodź, zniosę cię na dół.*

Wsiadł na pokryty łuskami grzbiet i przytrzymał się mocno, kiedy wystartowała z urwiska. Przepłynęła ponad drzewami i wylądowała miękko na niskim pagórku. Eragon podziękował jej i pobiegł z powrotem do Teirmu.

Gdy ujrzał bramę, krata właśnie się opuszczała. Krzycząc głośno, przyspieszył gwałtownie i prześliznął się pod nią dosłownie w ostatniej chwili.

– Ledwie zdążyłeś – zauważył jeden ze strażników.

– To się nie powtórzy – zapewnił go Eragon. Zgięty wpół, gorączkowo chwytał powietrze. Potem już wolniejszym krokiem pokonał ciemne ulice, wiodące do domu Jeoda. Nad drzwiami wisiała latarnia, wskazując mu drogę.

Drzwi otworzył pulchny służący, który bez słowa wpuścił go do środka. Kamienne ściany pokrywały gobeliny, na gładkich drewnianych posadzkach leżały wzorzyste dywany. Światło złotego kandelabru wiszącego u powały odbijało się w wypolerowanym drewnie. W powietrzu unosił się dym, znikając w górze.

– Tędy, proszę pana. Pański przyjaciel jest w bibliotece.

Minęli kilkanaście drzwi, w końcu służący otworzył jedne z nich, ukazując przestronną komnatę. Wzdłuż wszystkich ścian stały szafy z woluminami, lecz w odróżnieniu od ksiąg w biurze Jeoda, te miały najróżniejsze kształty i kolory. Pokój ogrzewał kominek, na którym jasno płonęły drwa. Brom i Jeod siedzieli przy owalnym stole, rozmawiając cicho. Na jego widok Brom uniósł fajkę.

– No jesteś, już zaczynaliśmy się martwić. Jak tam spacer?

Ciekawe, co wprawiło go w taki dobry humor? Czemu po prostu nie spyta o Saphirę?

– Przyjemny, ale strażnicy o mało nie zamknęli bramy. Teirm jest strasznie wielki, miałem trudności ze znalezieniem domu.

Jeod zaśmiał się cicho.

– Kiedy widziało się Dras-Leonę, Gil'ead czy nawet Kuastę, to małe portowe miasto nie wydaje się już tak imponujące. Przyznam jednak, że podoba mi się tutaj. Gdy nie pada deszcz, Teirm jest całkiem ładny.

Eragon spojrzał na Broma.

– Masz może pojęcie, ile tu zabawimy?

Starszy mężczyzna bezradnie rozłożył ręce.

– Trudno orzec. To zależy od tego, czy dostaniemy się do rejestrów i ile czasu zajmie nam odnalezienie tego, czego szukamy. Wszyscy będziemy musieli się tym zająć, to wielkie zadanie. Jutro pomówię z Brandem i przekonam się, czy pozwoli nam przejrzeć księgi.

– Ja raczej nie zdołam pomóc. – Eragon poruszył się niespokojnie.

– A to czemu? – spytał Brom. – Znajdzie się praca i dla ciebie.

Chłopak spuścił głowę.

– Nie umiem czytać.

Jego towarzysz wyprostował się gwałtownie.

– Garrow cię nie nauczył? – spytał z niedowierzaniem.

– On umiał czytać? – Eragon patrzył na niego ze zdumieniem.

Jeod obserwował ich ciekawie.

– Oczywiście, że umiał. – Brom prychnął. – Ten dumny głupiec! Co on sobie myślał? Powinienem zgadnąć, że cię nie nauczy. Pewnie uważał to za zbędny luksus. – Skrzywiony, z gniewną miną zaczął szarpać brodę. – To przeszkodzi mi nieco w realizacji planów, ale nie aż tak bardzo. Po prostu będę musiał nauczyć cię czytać. Jeśli się przyłożysz, to nie potrwa długo.

Eragon się skrzywił. Lekcje Broma były zwykle bardzo intensywne i brutalnie skuteczne. *Ilu jeszcze rzeczy naraz mogę się nauczyć?*

– Przypuszczam, że to niezbędne – rzekł niechętnie.

– Spodoba ci się. Z ksiąg i zwojów można dowiedzieć się mnóstwa ciekawych rzeczy. – Jeod wskazał ręką ściany. – Te książki to moi przyjaciele i towarzysze. Bawią mnie, smucą i pozwalają odnaleźć sens w życiu.

– Brzmi intrygująco – przyznał Eragon.

– Wieczny uczony – mruknął Brom.

Jeod wzruszył ramionami.

– Niestety, już nie. Lękam się, że muszę się zadowolić mianem bibliofila.

– Kogo? – wtrącił Eragon.

– Miłośnika książek – wyjaśnił Jeod i podjął przerwaną rozmowę.

Walcząc z nudą, Eragon przebiegł wzrokiem półki. Jego uwagę przyciągnęła elegancka księga, ozdobiona złotymi ćwiekami. Wyciągnął ją, przyglądając się z ciekawością.

Oprawę księgi zrobiono z czarnej skóry pokrytej tajemniczymi runami. Przesunął po niej palcami, napawając się chłodną gładkością. Litery wewnątrz wypisano rdzawym błyszczącym atramentem. Na oślep przerzucił kartki, aż jego oko przyciągnęła kolumna pisma wyróżniająca się spośród pozostałych. Słowa były długie i wdzięczne, pełne lekkich łuków i ostrych linii.

Zaniósł książkę do Broma.

– Co to jest? – spytał, wskazując palcem tajemnicze pismo.

Brom przyjrzał się uważnie i zaskoczony uniósł brwi.

– Jeodzie, poszerzyłeś swą kolekcję. Skąd to wziąłeś? Nie widziałem tej książki od wieków.

Jeod wyciągnął szyję i zerknął.

– A tak, *Domia Abr Wyrda*. Pewien człek zjawił się tu kilka lat temu i próbował sprzedać ją kupcowi na nabrzeżu. Na szczęście przypadkiem tam byłem i zdołałem ocalić zarówno książkę, jak i jego głowę. Nie miał pojęcia, co oferuje.

– Dziwne, Eragonie, że wybrałeś właśnie tę księgę, *Władzę losu* – mruknął z namysłem Brom. – Ze wszystkich przedmiotów w tym domu ten jest zapewne najcenniejszy. Na jej kartach zapisano pełną historię Alagaësii – począwszy od czasów na długo przed przybyciem elfów, aż po wydarzenia sprzed kilku dziesięcioleci. Książka ta jest bardzo rzadka, to najlepsze dzieło tego rodzaju. Gdy powstała, imperium ogłosiło, że jest bluźniercza, i spaliło na stosie autora, mnicha Heslana. Nie wiedziałem, że ocalały jakieś egzemplarze. Litery, o które pytałeś, pochodzą z pradawnej mowy.

– A co znaczą? – spytał Eragon.

Brom przez chwilę pochylał się nad księgą.

– To część poematu elfickiego, opowiadającego o latach wojen ze smokami. Ten fragment opisuje jednego z ich królów, Ceranthora, ruszającego w bój. Elfy uwielbiają ten poemat i powtarzają go regularnie – choć jego recytacja zajmuje trzy pełne dni. To dla nich ostrzeżenie, by nie powtarzać błędów przeszłości. Czasami śpiewają go tak pięknie, iż zdaje się, że mógłby wzruszyć nawet kamienie.

Eragon wrócił na swoje krzesło, ostrożnie niosąc księgę. *Zdumiewające: przez te karty martwy człowiek może przemawiać do innych. Dopóki przetrwa książka, przetrwają też jego idee. Ciekawe, czy są tu jakieś informacje o Ra'zacach.*

Powoli obracał kartki, podczas gdy Brom i Jeod cicho rozmawiali. Mijały godziny. Eragon zaczął przysypiać. Jeod, ulitowawszy się nad zmęczonym chłopakiem, pożegnał w końcu gości.

– Służący pokaże wam pokoje.

Razem ruszyli na górę.

– Jeśli będą panowie czegoś potrzebowali – rzekł służący – proszę zadzwonić, sznur jest obok łóżka. – Przystanął przed trojgiem drzwi, ukłonił się i wycofał.

Brom otworzył drzwi po prawej.

– Mógłbym o coś zapytać? – zagadnął Eragon.

– Właśnie to zrobiłeś. Ale proszę, wejdź.

Eragon starannie zamknął za sobą drzwi.

– Wpadliśmy z Saphirą na pewien pomysł. Czy...

Brom uciszył go uniesieniem dłoni i szybko zaciągnął zasłony.

– Gdy mówisz o takich rzeczach, lepiej się upewnić, że nikt niepożądany nie słucha.

– Przepraszam. – Eragon w duchu upomniał się za to potknięcie. – Czy możliwe jest przywołanie obrazu czegoś, czego nie widać? – Brom usiadł na skraju łóżka.

– Mówisz o umiejętności zwanej postrzeganiem. To możliwe i bardzo przydatne w niektórych okolicznościach, ma jednak podstawową wadę. Postrzegać można tylko miejsca, rzeczy i osoby, które już się widziało. Gdybyś chciał postrzec Ra'zaców, ujrzałbyś ich, ale nie ich otoczenie. Wiążą się z tym także inne problemy. Powiedzmy, że chciałbyś obejrzeć stronę w księdze, którą już widziałeś. Zobaczyłbyś ją tylko wtedy, gdyby księga była akurat na niej otwarta. W przeciwnym razie strona by się pojawiła, ale całkiem pusta.

– Czemu nie da się dostrzec przedmiotów, których się wcześniej nie widziało? – spytał Eragon.

Uświadomił sobie, że nawet przy tych ograniczeniach postrzeganie byłoby bardzo użyteczne. *Ciekawe, czy mógłbym obejrzeć coś, co dzieje się wiele staj stąd, i wpłynąć na to magią.*

– Ponieważ – odparł cierpliwie Brom – aby postrzegać, musisz wiedzieć, czego szukasz i gdzie kierujesz swoją moc. Nawet gdyby opisano ci nieznajomego, wciąż nie mógłbyś dokładnie go sobie wyobrazić, nie mówiąc już o jego otoczeniu. Musisz wiedzieć, co chcesz postrzec, zanim zdołasz to postrzec. Czy to dostatecznie dokładna odpowiedź na twoje pytanie?

Eragon zastanowił się.

– Ale jak to się robi? Przywołuje obraz w powietrzu?

– Zwykle nie. – Brom pokręcił siwą głową. – To wymagałoby więcej energii niż przesłanie go na lustrzaną powierzchnię, taką jak kałuża czy zwierciadło. Niektórzy Jeźdźcy podróżowali jak najdalej, starając się zobaczyć, ile tylko mogli. Wówczas, gdy wybuchała wojna bądź zdarzało się inne nieszczęście, mogli oglądać wydarzenia w całej Alagaësii.

– Czy ja mógłbym spróbować? – spytał Eragon.

Brom spojrzał na niego, unosząc brwi.

– Nie, nie teraz. Jesteś zmęczony, a postrzeganie wymaga sporej siły. Zdradzę ci słowa, musisz jednak przyrzec, że dziś niczego nie spróbujesz. Wolałbym z tym zaczekać do wyjazdu z Teirmu. Jeszcze wiele musisz się nauczyć.

Eragon uśmiechnął się.

– Przyrzekam.

– No dobrze. – Brom pochylił się i bardzo cicho wyszeptał mu do ucha: – Draumr kópa.

Eragon przez chwilę powtarzał w pamięci te słowa.

– Może gdy wyjedziemy już z Teirmu, mógłbym postrzec Rorana? Chciałbym wiedzieć, jak sobie radzi. Boję się, że Ra'zacowie mogą do niego wrócić.

– Nie chcę cię straszyć, ale to dość prawdopodobne. Choć niemal przez cały ich pobyt w Carvahall Roran przebywał gdzie indziej, z pewnością pytali o niego. Kto wie, może nawet rozmawiali z nim w Therinsfordzie. Tak czy inaczej, wątpię, by do końca zaspokoili swą ciekawość. Wciąż krążysz na swobodzie, a król zapewne grozi im straszliwą karą, jeśli cię nie znajdą. Gdy będą dość zdesperowani, wrócą, by przesłuchać Rorana. To tylko kwestia czasu.

– W takim razie jedynym sposobem, by go uchronić, jest powiadomienie Ra'zaców, gdzie jestem, by zaczęli ścigać mnie, a nie jego!

– Nie, to zdałoby się na nic. Nie myślisz jasno – upomniał go Brom. – Skoro nie rozumiesz wroga, to jak możesz przewidywać jego posunięcia? Nawet gdybyś się ujawnił, Ra'zacowie wciąż ścigaliby Rorana. Wiesz czemu?

Eragon wyprostował się, gorączkowo rozważając wszystkie możliwości.

– No cóż, jeśli dostatecznie długo pozostanę w ukryciu, mogą wpaść w desperację i schwytać Rorana, by zmusić mnie, abym się ujawnił. Gdyby to się nie udało, zabiją go wyłącznie po to, by mnie zranić. Do tego, jeśli stanę się wrogiem publicznym imperium, mogą wykorzystać Rorana jako przynętę, by mnie schwytać. I w końcu, jeżeli spotkam się z Roranem, a oni się o tym dowiedzą, będą go torturować, by odkryć, gdzie mnie znaleźć.

– Świetnie. Bardzo ładnie wszystko rozpracowałeś – pogratulował mu Brom.

– Zatem jakie jest rozwiązanie? Nie mogę pozwolić, by go zabili.

Brom lekko klasnął w dłonie.

– Rozwiązanie jest całkiem proste. Roran będzie musiał nauczyć się bronić. Brzmi to okrutnie, ale jak sam zauważyłeś, nie możesz ryzykować spotkania. Może nie pamiętasz, byłeś wtedy półprzytomny, lecz gdy opuszczaliśmy Carvahall, powiedziałem ci, że zostawiłem Roranowi list, ostrzeżenie, by mógł się przygotować na grożące mu niebezpieczeństwo. Jeśli została mu choć odrobina rozsądku, to gdy Ra'zacowie znów pokażą się w Carvahall, posłucha mojej rady i ucieknie.

– To mi się nie podoba – oznajmił Eragon nieszczęśliwym tonem.

– Tak, ale o czymś zapominasz.

– O czym?

– Że ma to też dobrą stronę. Król nie może pozwolić, by po imperium krążył Jeździec, którego nie kontroluje. Oprócz ciebie Galbatorix to jedyny żyjący Jeździec. Chętnie przyjąłby pod swe skrzydła drugiego. Nim spróbuje zabić ciebie bądź Rorana, zaproponuje ci służbę. Niestety, jeżeli kiedykolwiek zbliży się na tyle, by złożyć tę propozycję, nie będziesz mógł odmówić i pozostać przy życiu.

– Twierdzisz, że to dobre?

– W tej chwili tylko to chroni Rorana. Póki król nie wie, po której stanąłeś stronie, nie zaryzykuje uczynienia sobie z ciebie wroga i nie skrzywdzi twojego kuzyna. Zawsze o tym pamiętaj. Ra'zacowie zabili Garrowa, uważam jednak, że nie była to z ich strony przemyślana decyzja. Z tego, co mi wiadomo o Galbatoriksie, nie zgodziłby się na to, chyba że coś mógłby zyskać.

– A jak będę mógł odrzucić propozycję króla, skoro zagrozi mi śmiercią? – spytał ostro Eragon.

Brom westchnął, podszedł do nocnego stolika i zanurzył palce w miseczce z różaną wodą.

– Galbatorix chce, żebyś współpracował z nim z własnej woli. Bez tego byłbyś dlań bezużyteczny. Toteż pytanie tak naprawdę brzmi: jeśli kiedykolwiek staniesz przed takim wyborem, czy będziesz gotów umrzeć za to, w co wierzysz? Bo tylko w ten sposób zdołasz mu odmówić.

Słowa te zawisły w powietrzu.

– To trudne pytanie – powiedział w końcu Brom – i nie zdołasz na nie odpowiedzieć, póki nie nadejdzie ta chwila. Pamiętaj, że wielu ludzi ginęło za swe przekonania. To dość powszechne. Prawdziwa odwaga polega na tym, by żyć i cierpieć za to, w co wierzysz.

Czarownica i kotołak

Był późny ranek, gdy Eragon ocknął się ze snu. Ubrał się szybko, obmył twarz w miednicy, po czym stanął przed lustrem i starannie uczesał włosy. Coś w odbiciu sprawiło, że przyjrzał się sobie uważniej. Jego twarz zmieniła się, odkąd całkiem niedawno uciekł z Carvahall. Wszelkie ślady szczenięcej pucułowatości zniknęły. Sprawiły to trudy podróży, walk i ćwiczeń. Kości policzkowe rysowały się wyraźnie, szczęka była bardziej wydatna. Oczy miały dziwny wyraz, który sprawiał, że gdy przyjrzał się bliżej, twarz nabrała nieco obcego, dzikiego wyglądu. Odsunął się od lustra na odległość ręki i twarz natychmiast znormalniała. Nadal jednak wyglądała, jakby nie do końca należała do niego.

Nieco poruszony zawiesił na plecach łuk i kołczan, i wyszedł z pokoju. Nim dotarł na koniec korytarza, dogonił go służący.

– Pan Neal wyszedł już z moim panem, udali się do zamku. Mówił, że może pan robić, co tylko zechce, ponieważ wrócą dopiero wieczorem.

Eragon podziękował mu za wiadomość i z zapałem zaczął zwiedzać Teirm. Godzinami krążył po ulicach, zaglądając do co ciekawszych kramów i nawiązując rozmowy z najróżniejszymi ludźmi. W końcu pusty żołądek i kieszeń zmusiły go do powrotu do Jeoda.

Gdy dotarł na ulicę, przy której mieszkał kupiec, zatrzymał się obok kramu zielarki. Miejsce wyglądało bardzo nietypowo. Inne sklepy znajdowały się przy miejskim murze, nie tkwiły wciśnięte między kosztowne domy. Spróbował zajrzeć przez okno, lecz szyby przesłaniał od strony wewnętrznej gąszcz pnących roślin. Zaciekawiony wszedł do środka.

Z początku niczego nie ujrzał, bo wewnątrz panował mrok. Potem jednak jego oczy przywykły do słabego, zielonkawego światła przenikającego przez szyby. Z klatki obok okna spojrzał na niego barwny ptak o szerokich piórach ogonowych i ostrym, potężnym dziobie. Ściany także pokrywały rośliny. Pnącza pięły się na suficie, zasłaniając wszystko poza starym żyrandolem. Na posadzce ustawiono duży dzbanek z żółtym kwiatem. Długą ladę pokrywał bogaty zbiór moździerzy, tłuczków, metalowych mis otaczających przejrzystą kryształową kulę wielkości głowy Eragona.

Podszedł bliżej, starannie wymijając najróżniejsze złożone machiny, skrzynie pełne kamieni, stosy zwojów i inne przedmioty, których nawet nie umiał rozpoznać, jedne nie większe od jego małego palca, inne rozmiarami dorównujące beczce. Między półkami po przeciwnej stronie ziała szeroka na stopę szczelina.

Nagle w owej mrocznej szczelinie rozbłysły czerwone oczy i na ladę wskoczył wielki, groźnie wyglądający kot. Miał smukłe ciało o silnych, grubych łapach. Kanciasty pysk otaczała kędzierzawa grzywa, uszy były zakończone czarnymi pędzelkami. Z pyska wystawały zakrzywione kły. Właściwie to nie przypominał żadnego kota, jakiego Eragonowi zdarzyło się dotąd oglądać. Przyjrzał mu się bystrymi oczami i lekceważąco machnął ogonem.

Kierowany kaprysem Eragon sięgnął ku niemu umysłem, dotykając świadomości kota. Łagodnie próbował przeniknąć głębiej i przekazać zwierzęciu, że jest przyjacielem.

Nie musisz tego robić.

Eragon obejrzał się zaniepokojony. Kot nie zwracał na niego uwagi, starannie liżąc łapę. *Saphiro, gdzie jesteś?* – spytał Eragon. Nikt nie odpowiedział. Zaskoczony, znów oparł się o ladę i sięgnął po coś, co przypominało drewnianą różdżkę.

To nie byłoby mądre.

Skończ z tymi gierkami, Saphiro! – warknął i podniósł różdżkę. Całym jego ciałem wstrząsnęło gwałtowne uderzenie. Runął na podłogę, zwijając się z bólu. Gdy ten powoli ustąpił, Eragon jeszcze chwilę leżał bez ruchu, dysząc ciężko. Kot zeskoczył na ziemię i przyjrzał mu się uważnie.

Nie jesteś zbyt mądry jak na Smoczego Jeźdźca. Ostrzegałem cię.

Ty to powiedziałeś! – wykrzyknął Eragon. Kot ziewnął, podrapał się i przemaszerował wokół pomieszczenia, wymijając z wdziękiem przeszkody. *A któż by inny?*

Ale przecież jesteś zwykłym kotem – zaprotestował zdumiony Eragon. Kot miauknął, z powrotem podszedł ku niemu. Wskoczył mu na pierś i patrzył nań błyszczącymi oczami. Eragon spróbował usiąść, lecz zwierzę syknęło gniewnie, odsłaniając kły. *Czy wyglądam jak inne koty?*

Nie...

Zatem czemu sądzisz, że jestem kotem?

Eragon zaczął coś mówić, lecz stworzenie wbiło mu pazury w pierś. *Najwyraźniej nie odebrałeś stosownej edukacji. Zatem sprostuję twoją pomyłkę. Jestem kotołakiem. Nie zostało nas zbyt wiele. Sądziłem jednak, że nawet chłopak z prowincji o nas słyszał.*

Nie wiedziałem, że jesteście prawdziwe. Zafascynowany Eragon uważnie przyglądał się zwierzęciu. Kotołak! Co za szczęśliwy traf. Kotołaki zawsze pojawiały się w bajecznych historiach. Zwykle trzymały się z boku, od czasu do czasu udzielając rad. Jeśli legendy mówiły prawdę, miały magiczne moce, żyły dłużej niż ludzie i zwykle wiedziały więcej, niż mówiły.

Kotołak zamrugał leniwie. *Wiedza nie ma wpływu na istnienie. Nie wiedziałem, że istniejesz, póki nie wpadłeś tu i nie przerwałeś mi drzemki. Nie oznacza to jednak, że wcześniej nie byłeś prawdziwy.*

Eragon kompletnie zaplątał się w tym rozumowaniu. *Przepraszam, że ci przeszkodziłem.*

I tak miałem już wstać – odparł kotołak. Z powrotem wskoczył na ladę i oblizał łapę. *Na twoim miejscu nie trzymałbym dłużej tej różdżki. Za parę sekund znów cię uderzy.*

Eragon pospiesznie odłożył znalezisko na ladę. *Co to jest?*

Popularny i nudny magiczny przedmiot, w odróżnieniu ode mnie.

Ale do czego służy?

Nie przekonałeś się jeszcze? Kotołak skończył lizać łapę, przeciągnął się i wrócił na legowisko. Usiadł, wsuwając łapki pod pierś, i zamknął oczy. Mruczał.

Zaczekaj – rzucił Eragon. *Jak masz na imię?*

Kotołak otworzył jedno ze skośnych oczu. *Mam ich wiele. Jeśli chcesz poznać prawdziwe, będziesz musiał poszukać gdzie indziej.*

Oko zamknęło się. Zrezygnowany Eragon odwrócił się na pięcie.

Ale możesz mówić mi Solembum.

Dziękuję – rzekł z powagą Eragon. Solembum zamruczał głośniej.

Nagle drzwi kramu otwarły się, wpuszczając do środka falę słonecznego blasku. Angela wmaszerowała do sklepu, niosąc worek pełen roślin. Zerknęła na Solembuma i zamarła zaskoczona.

– Mówi, że z nim rozmawiałeś.

– Ty też to potrafisz? – spytał Eragon.

Zielarka odrzuciła głowę w tył.

– Oczywiście, ale to nie znaczy, że zawsze mi odpowiada. – Postawiła rośliny na ladzie i wsunęła się za nią. – Polubił cię. To niezwykłe. Zazwyczaj Solembum nie pokazuje się klientom. Twierdzi nawet, że jeśli parę lat popracujesz, może coś z ciebie będzie.

– Dziękuję.

– U niego to komplement. Jesteś zaledwie trzecim moim gościem, który zdołał z nim porozmawiać. Pierwszym była kobieta, wiele, wiele lat temu, drugim ślepy żebrak i teraz ty. Ale nie prowadzę kramu jedynie po to, żeby sobie pogadać. Chciałeś czegoś? Czy przyszedłeś tylko popatrzeć?

– Popatrzeć – przyznał Eragon. Wciąż rozmyślał o kotołaku. – Zresztą nie potrzebuję żadnych ziół.

– Nie tylko tym się zajmuję. – Angela uśmiechnęła się szeroko. – Głupi bogaci panowie płacą mi za napoje miłosne i tym podobne. Nigdy nie twierdzę, że działają, ale z jakichś przyczyn klienci wracają po nowe. Wątpię jednak, byś ty potrzebował takich bzdur. Może przepowiedzieć ci przyszłość? Tym też się zajmuję. Robię to zwłaszcza dla głupich bogatych dam.

Eragon roześmiał się.

– Nie, lękam się, że mojej przyszłości nie da się przewidzieć. Poza tym nie mam pieniędzy.

Angela zerknęła ciekawie na Solembuma.

– Myślę... – Urwała. Gestem wskazała kryształową kulę na ladzie. – To i tak tylko na pokaz. Nic nie robi. Mam jednak... Zaczekaj, zaraz wrócę. – Pośpieszyła do pomieszczenia na tyłach kramu.

Po chwili wróciła zdyszana. W dłoni trzymał skórzaną sakwę. Położyła ją na ladzie.

– Nie używałam ich już od tak dawna, że niemal zapomniałam, gdzie leżą. A teraz usiądź naprzeciw mnie i pokażę ci, czemu zadałam sobie tyle trudu.

Eragon znalazł stołek i usiadł. Oczy Solembuma połyskiwały ze szpary między szufladami.

Angela rozłożyła na ladzie kawałek grubej tkaniny i wysypała na nią garść gładkich kości, nieco dłuższych niż palec. Na ich ściankach wyryto runy i symbole.

Delikatnie musnęła je palcem.

– To kostki smoka. Nie pytaj, skąd je wzięłam, tej tajemnicy ci nie wyjawię, lecz w odróżnieniu od herbacianych fusów, kryształowych kul czy nawet kart te kości mają prawdziwą moc. Nie kłamią, choć zrozumienie tego, co mówią, jest dość... skomplikowane. Jeśli zechcesz, rzucę je i odczytam znaczenie. Musisz jednak zrozumieć, że znajomość własnego losu bywa rzeczą straszną. Obyś był pewien swej decyzji.

Eragon spojrzał ze zgrozą na kości. *Oto szczątki czegoś, co kiedyś było pobratymcem Saphiry. Znajomość własnego losu... Jak mogę podjąć decyzję, skoro nie wiem, co mnie czeka i czy mi się spodoba? Niewiedza to istotnie błogosławieństwo.*

– Czemu mi to proponujesz? – spytał.

– Z powodu Solembuma. Może i był niegrzeczny, ale fakt, że z tobą rozmawiał, czyni cię kimś wyjątkowym. To przecież kotołak. Pozostałej dwójce także to zaproponowałam. Tylko kobieta się zgodziła. Na imię miała Selena. Och, bardzo tego żałowała. Przyszłość miała bardzo ponurą i bolesną. Wątpię, by w nią uwierzyła, przynajmniej nie z początku.

Eragona zalała nagła fala wzruszenia, do oczu napłynęły mu łzy.

– Selena – szepnął do siebie. Imię jego matki. *Czy to mogła być ona? Czy czekał ją tak straszny los, że musiała mnie porzucić?* – Pamiętasz może cokolwiek z tego, co jej przepowiedziałaś? – Nagle ogarnęły go mdłości.

Angela pokręciła z westchnieniem głową.

– To było tak dawno temu, że szczegóły rozpłynęły mi się już w pamięci. Nie jest tak dobra jak kiedyś. Poza tym i tak bym ci nie powiedziała. Słowa te przeznaczone były wyłącznie dla niej. Pamiętam jednak, że ją zasmuciły. Nigdy nie zapomnę wyrazu jej twarzy.

Eragon przymknął oczy, z całych sił starał się opanować.

– Czemu uskarżasz się na pamięć? – spytał, zmieniając temat. – Nie jesteś aż taka stara.

Na policzkach Angeli ukazały się dołeczki.

– Pochlebiasz mi, ale nie daj się zwieść. Jestem znacznie starsza, niż wyglądam. Złuda młodości zapewne bierze się stąd, że w okresach biedy jadam własne zioła.

Eragon odetchnął głęboko i uśmiechnął się. *Jeśli to była moja matka i zniosła przepowiednię, ja także zniosę.*

– Rzuć dla mnie kości – poprosił z powagą.

Twarz Angeli także spoważniała. Zielarka chwyciła kości w dłonie i zamknęła oczy. Wargi poruszyły się w bezdźwięcznym mamrotaniu. W końcu powiedziała głośno:

– Manin! Wyrda! Hugin!

I rzuciła kości na tkaninę. Wylądowały razem, pomieszane, połyskujące w słabym świetle.

Słowa odbiły się echem w głowie Eragona. Rozpoznał wyrazy z pradawnej mowy i uświadomił sobie z obawą, że jeśli Angela ich używa, to musi być czarownicą. Nie kłamała, to była prawdziwa przepowiednia. Minuty mijały powoli, podczas gdy zielarka uważnie wpatrywała się w kości.

W końcu wyprostowała się i westchnęła ciężko. Otarł spocone czoło, a ona wyciągnęła spod lady bukłak z winem.

– Chcesz trochę?

Eragon pokręcił głową. Angela wzruszyła ramionami i pociągnęła spory łyk.

– To – oznajmiła, ocierając usta – najtrudniejsza wróżba, jakiej się podjęłam. Miałeś rację. Twojej przyszłości praktycznie nie można ujrzeć. Nigdy nie widziałam, by czyjś los był tak poplątany i mglisty. Zdołałam jednak dostrzec kilka odpowiedzi.

Solembum wskoczył na ladę i usadowił się wygodnie, obserwując ich oboje. Gdy Angela wskazała jedną z kości, Eragon zacisnął pięści.

– Zacznę od tej – oznajmiła powoli – bo najłatwiej ją zrozumieć.

Symbol na kości przedstawiał poziomą linię, na której spoczywał krąg.

– Nieskończoność bądź długie życie – powiedziała Angela. – Pierwszy raz widzę, by pojawiało się w czyjejś przyszłości. Zwykle wypadają cis albo osika, znaki, że dany człowiek przeżyje zwykłą liczbę lat. Nie jestem pewna, czy oznacza to, że będziesz żył wiecznie, czy po prostu bardzo długo. Tak czy inaczej, możesz być pewien, że masz przed sobą wiele, wiele lat.

Nic dziwnego, jestem przecież Jeźdźcem, pomyślał Eragon. Czy Angela zamierzała mówić mu rzeczy, o których już wiedział?

– Teraz kości stają się trudniejsze. Wszystkie spoczywają na stosie. – Angela dotknęła trzech z nich. – Oto kręta ścieżka, błyskawica i statek, wszystkie razem, wzór, którego nigdy nie widziałam. Słyszałam tylko o nim. Kręta ścieżka wskazuje, że w przyszłości stanie przed tobą wiele wyborów. Część decyzji musisz podjąć już teraz. Widzę toczące się wokół ciebie wielkie bitwy, niektóre z twojego powodu. Widzę potęgi tej ziemi próbujące opanować twą wolę i przeznaczenie. Czekają cię niezliczone możliwe przyszłości – wszystkie pełne krwi i walki – lecz tylko jedna zapewni ci spokój i szczęście. Strzeż się, byś nie zszedł ze swej drogi, bo jesteś jednym z nielicznych ludzi, którzy sami kształtują swój los. Wolność ta to dar, ale też odpowiedzialność cięższa niż kajdany.

Nagle jej twarz posmutniała.

– A przecież, jakby przecząc temu wszystkiemu, obok pojawia się błyskawica. To straszliwy omen. Wisi nad tobą klątwa, nie wiem jaka. Część jej prowadzi do śmierci, która zbliża się niechybnie i sprawi ci wielki ból. Reszta spełni się w dalekiej podróży. Przyjrzyj się tej kości. Widzisz? Jej kraniec spoczywa na statku. To może znaczyć tylko jedno: twoim przeznaczeniem jest na zawsze opuścić te ziemie. Nie wiem, dokąd trafisz, ale już nigdy twoja stopa nie postanie w Alagaësii. To nieuniknione, nawet jeśli dołożysz wszelkich starań, by było inaczej.

Jej słowa przeraziły Eragona. *Kolejna śmierć... kogo teraz muszę stracić?* Jego myśli natychmiast powędrowały do Rorana. Potem pomyślał o ojczyźnie. *Co mogłoby mnie zmusić do odejścia? I dokąd miałbym pójść? Jeśli po drugiej stronie morza, na wschodzie, są jakieś krainy, wiadomo o nich tylko elfom.*

Angela potarła palcami skronie i odetchnęła głęboko.

– Następną kość łatwiej odczytać, jest też nieco milsza. – Eragon obejrzał ją i ujrzał kwiat róży nakreślony między rożkami półksiężyca.

Zielarka uśmiechnęła się.

– W przyszłości czeka cię niezwykły, epicki romans; wskazuje na to księżyc, symbol magiczny. Miłość tak silna, że przetrwa dłużej niż imperia. Nie potrafię orzec, czy namiętność ta zakończy się szczęśliwie, ale twoja ukochana pochodzi ze starego, szlachetnego rodu i jest potężna, mądra i niewiarygodnie piękna.

Szlachetny ród, pomyślał zaskoczony Eragon. *Jak to możliwe? Bo kimże ja jestem? Tylko biednym chłopem.*

– A teraz ostatnie dwie kości, drzewo i korzeń głogu, wyraźnie skrzyżowane. Oznaczają kolejne kłopoty. Wyraźnie widzę zdradę pochodzącą z twojej rodziny.

– Roran by tego nie zrobił – zaprotestował Eragon.

– Tego nie wiem – odparła ostrożnie Angela. – Lecz kości nigdy nie kłamią, i to właśnie mówią.

W umyśle Eragona pojawiły się nagle wątpliwości, odsunął je jednak. Czemu Roran miałby go wydać? Angela w geście pociechy położyła mu dłoń na ramieniu i znów podsunęła bukłak. Tym razem Eragon także pociągnął łyk i poczuł się lepiej.

– Po tym wszystkim śmierć może okazać się całkiem przyjemna – zażartował nerwowo. *Roran miałby mnie zdradzić? To niemożliwe. Tak się nie stanie.*

– Może i tak – odparła z powagą Angela i lekko się uśmiechnęła. – Nie powinieneś zamartwiać się tym, co ma dopiero nastąpić. Przyszłość może nas zranić tylko w jeden sposób, powodując troski. Zaręczam, że kiedy znajdziesz się na słońcu, od razu poczujesz się lepiej.

– Może.

Niestety, pomyślał cierpko, *nic z tego, co powiedziała, nie nabierze sensu, póki się nie wydarzy. Jeśli istotnie do tego dojdzie,* poprawił się szybko.

– Użyłaś słów mocy – zauważył cicho.

Jej oczy błysnęły.

– Nie wiesz, ile bym dała, by móc zobaczyć, jak potoczy się twoje życie. Rozmawiasz z kotołakami, wiesz o pradawnej mowie i masz przed sobą fascynującą przyszłość. Do tego niewielu młodzieńców o pustych kieszeniach, w prostych strojach podróżnych, może rozkochać w sobie szlachcianki. Kim jesteś?

Eragon uświadomił sobie, że kotołak nie zdradził Angeli, iż jest Smoczym Jeźdźcem. Już miał powiedzieć „Evan", nagle jednak zmienił zdanie.

– Jestem Eragon – oświadczył z prostotą.

Angela uniosła brwi.

– Nim właśnie jesteś czy to tylko twoje imię?

– Jedno i drugie. – Eragon uśmiechnął się lekko, myśląc o swym imienniku, pierwszym Jeźdźcu.

– Teraz jeszcze bardziej ciekawi mnie, jak potoczy się twoje życie. Kim był ów obdarciuch, który towarzyszył ci wczoraj?

Eragon uznał, że jeszcze jedno imię nie zaszkodzi.

– Nazywa się Brom.

Angela parsknęła nagle i zgięła się wpół ze śmiechu. Otarła oczy dłonią, pociągnęła łyk wina, po czym z wyraźnym trudem zwalczyła kolejny napad wesołości.

– Aaa, ten! – wykrztusiła w końcu, zdyszana. – Nie miałam pojęcia!

– O czym? – spytał ostro Eragon.

– Nie, nie. Nie przejmuj się. – Angela ukryła uśmieszek. – Tyle że... cóż, jest on osobą dość znaną w mojej profesji. Lękam się, że jego los, czy jeśli wolisz przyszłość, to dla nas jakby żart.

– Nie obrażaj go! Jest lepszym człowiekiem niż ktokolwiek inny – warknął Eragon.

– Spokojnie, spokojnie – uciszała go rozbawiona Angela. – Wiem o tym. Jeśli spotkamy się jeszcze w sprzyjającym czasie, z pewnością opowiem ci wszystko, na razie jednak powinieneś... – Umilkła, bo Solembum wszedł dostojnie między nich. Spojrzał na Eragona tajemniczym wzrokiem.

Tak? – spytał poirytowany Eragon.

Słuchaj uważnie, a powiem ci dwie rzeczy. Kiedy nadejdzie czas i będziesz potrzebował broni, szukaj pod korzeniami drzewa Menoa. A gdy wszystko wyda się stracone, a twoja moc nie wystarczy, idź pod skałę Kuthian i wymów swe imię, by otworzyć Kryptę Dusz.

Nim Eragon zdążył spytać, co kotołak miał na myśli, Solembum odszedł, wdzięcznie kołysząc ogonem. Angela przechyliła głowę, burza kręconych włosów rzuciła cień na jej czoło.

– Nie wiem, co powiedział, i nie chcę wiedzieć. Mówił do ciebie i tylko do ciebie. Nikomu tego nie powtarzaj.

– Chyba muszę już iść – rzekł wstrząśnięty Eragon.

– Jeśli musisz. – Angela znów się uśmiechnęła. – Możesz tu zostać, jak długo zapragniesz, zwłaszcza jeśli coś kupisz, ale skoro chcesz, idź. Z pewnością masz wiele do przemyślenia.

– Tak. – Eragon szybko pomaszerował w stronę drzwi. – Dziękuję, że odczytałaś mi przyszłość. – *Chyba.*

– Bardzo proszę – odparła z uśmiechem.

Eragon przez chwilę stał na ulicy, mrużąc oczy, aż przywykły do światła dnia. Dopiero po kilku minutach zdołał pomyśleć o tym, czego się dowiedział. Ruszył naprzód, nieświadomie przyśpieszając kroku, aż w końcu biegiem wypadł z Teirmu i popędził w stronę kryjówki Saphiry.

Gdy znalazł się u stóp skały, wezwał ją. Minutę później smoczyca poszybowała ku niemu i poniosła go na szczyt. Gdy oboje bezpiecznie znaleźli się na ziemi, Eragon opowiedział jej, jak minął mu dzień.

W każdym razie – zakończył – *Brom ma chyba rację. Zawsze muszę wplątać się w jakieś kłopoty.*

Powinieneś zapamiętać to, co powiedział ci kotołak. To ważne.

Skąd wiesz? – spytał, zaciekawiony.

Nie jestem pewna, lecz w imionach, które wymienił, wyczuwa się moc. Kuthian – powtórzyła, smakując to słowo. *Nie, nie możemy zapomnieć jego słów.*

Uważasz, że powinienem powtórzyć je Bromowi?

195

Wybór należy do ciebie, ale się zastanów. Brom nie ma prawa znać twojej przyszłości. Jeśli opowiesz mu o Solembumie i jego słowach, Brom zacznie zadawać pytania, na które możesz nie zechcieć odpowiedzieć. A jeśli go tylko spytasz, co znaczą te słowa, zainteresuje się, gdzie je usłyszałeś. Sądzisz, że potrafisz go okłamać?

Nie – przyznał Eragon. – *Może po prostu nic nie powiem. A jeśli to zbyt ważne, by ukrywać?*

Rozmawiali tak długo, że w końcu nie mieli nic do powiedzenia. Potem po prostu siedzieli razem aż do zmierzchu, obserwując drzewa.

Eragon pośpieszył do Teirmu i już po chwili pukał do drzwi Jeoda.

– Czy Neal już wrócił? – spytał służącego.

– Tak, proszę pana. Jest teraz w bibliotece.

– Dziękuję. – Eragon pomaszerował do pokoju i zajrzał do środka. Brom siedział przed kominkiem, palił fajkę.

– Jak wam poszło? – spytał Eragon.

– Paskudnie – warknął Brom z fajką w zębach.

– Rozmawiałeś z Brandem?

– I nic to nie dało. Ten administrator handlowy to najgorszy typ biurokraty. Przestrzega wszystkich przepisów, z rozkoszą wymyśla własne, gdy tylko może komuś zaszkodzić, a jednocześnie święcie wierzy, że czyni dobro.

– Czyli nie dopuści nas do rejestrów?

– Nie. – Brom uniósł ręce w geście desperacji. – Nic z tego, co mówiłem, go nie przekonało. Odmówił nawet łapówki, i to całkiem sporej. Nie sądziłem, że spotkam kiedyś szlachcica, który nie byłby skorumpowany, a teraz, gdy to nastąpiło, odkryłem, że wolę już chciwych drani. – Z wściekłością zaciągnął się dymem i wymamrotał całą serię przekleństw.

Gdy w końcu uspokoił się nieco, Eragon spytał nieśmiało:

– I co teraz?

– Przez następny tydzień będę cię uczył czytać.

– A potem?

Twarz Broma rozjaśnił uśmiech.

– A potem przyszykujemy Brandowi paskudną niespodziankę.

Eragon zaczął wypytywać o szczegóły, lecz Brom odmówił dalszych komentarzy.

Kolację podano w bogato zdobionej jadalni. U jednego krańca stołu siedział Jeod, u drugiego nadąsana, milcząca Helen. Broma i Eragona usadzono między nimi; Eragon miał wrażenie, że nagle znalazł się w bardzo niebezpiecznej strefie. Po obu stronach stały puste krzesła, nie przeszkadzało mu to jednak. Miał wrażenie, że ukrywają go przed gniewnym wzrokiem gospodyni.

Posiłek podano w milczeniu, Helen i Jeod zaczęli jeść bez słowa. Eragon poszedł w ich ślady. *Jadałem już weselsze kolacje na pogrzebach*, pomyślał. Faktycznie, tak było w Carvahall. Przypomniał sobie wiele pogrzebów, smutnych, lecz nie rozpaczliwych. Tu jednak rzeczy miały się inaczej. Przez całą kolację wyczuwał niechęć, która promieniowała z Helen.

Czytanie i plany

Brom naskrobał na kawałku pergaminu runę i pokazał ją Eragonowi.
– To jest litera „a" – oznajmił. – Zapamiętaj.

W ten sposób Eragon rozpoczął naukę czytania. Okazało się to trudnym, dziwnym zadaniem. Musiał wysilić swój intelekt, ale też nowa umiejętność bardzo mu się podobała. Chłopak czynił szybkie postępy, ponieważ nie miał innych zajęć, a nad każdym jego posunięciem czuwał dobry, choć czasem niecierpliwy nauczyciel.

Wkrótce popadli w sztywną rutynę. Co dzień rano Eragon wstawał, jadł w kuchni śniadanie, potem szedł do gabinetu na lekcję, podczas której starał się zapamiętać opisywane przez litery dźwięki i zasady pisania. Tak bardzo się na tym skupiał, że gdy zamykał oczy, pod powiekami tańczyły mu litery i słowa. W czasie lekcji właściwie nie myślał o niczym innym.

Przed obiadem wychodzili z Bromem na podwórze za domem Jeoda i ćwiczyli walkę. Często obserwowała ich służba oraz grupka zachwyconych dzieci. Jeśli potem zostawało jeszcze nieco czasu, Eragon szczelnie zaciągał zasłony i trenował w swym pokoju magię.

Martwił się tylko o Saphirę. Odwiedzał ją co wieczór, ale ten krótki czas im nie wystarczał. Za dnia Saphira krążyła wiele staj od miasta, poszukując zwierzyny. Nie mogła polować w pobliżu Teirmu, żeby jej nie wykryto. Eragon starał się jej pomóc, wiedział jednak, że na jej głód i tęsknotę jest tylko jedna rada: opuszczenie miasta.

Co dzień do Teirmu napływały nowe ponure wieści. Przybywający do miasta kupcy opowiadali o straszliwych atakach na wybrzeżu. Możni ludzie znikali nocami z domów, a rankiem odnajdywano ich barbarzyńsko okaleczone ciała. Eragon często słyszał, jak Brom i Jeod rozmawiają o tym półgłosem, ale gdy się zbliżał, zawsze natychmiast milkli.

Dni biegły szybko, wkrótce minął tydzień. Eragon opanował już podstawy i choć nie radził sobie jeszcze najlepiej, umiał czytać całe kartki bez pomocy Broma. Szło mu to powoli, wiedział jednak, że z czasem nabierze wprawy. Brom stale go zachęcał.

– Tempo nie ma znaczenia. I tak poradzisz sobie z tym, co zaplanowałem.

Pewnego popołudnia Brom wezwał ich obu do gabinetu. Skinął ręką na Eragona.

– Teraz, gdy może nam pomóc, czas brać się do dzieła.

– Co masz na myśli? – spytał Eragon.

Twarz Broma rozjaśnił groźny uśmiech. Jeod jęknął.

– Znam tę minę. To od niej wszystko się zaczęło.

– Lekka przesada – przyznał Brom – ale nie pozbawiona podstaw. Doskonale, oto co zrobimy...

***

Ruszamy dziś wieczór bądź jutro – poinformował Saphirę Eragon.

A to niespodzianka. Czy podczas całej akcji będziesz bezpieczny?

Eragon wzruszył ramionami. *Nie wiem. Być może będziemy musieli uciekać z Teirmu, ścigani przez żołnierzy.* Poczuł troskę smoczycy i spróbował ją pocieszyć. *Nic mi nie będzie; umiemy z Bromem posługiwać się magią i dobrze walczyć.*

Położył się na łóżku i patrzył w sufit. Ręce drżały mu lekko, gardło ścisnęło się nagle. Zapadając w sen, poczuł się strasznie zagubiony. I wówczas dokonał odkrycia. *Nie chcę opuszczać Teirmu. Okres, który tu spędziłem, był niemal normalny. Wiele bym dał, by nie musieć wyruszać w dalszą podróż, by zostać tu i żyć jak wszyscy. To byłoby cudowne.* Wówczas jednak w głowie pojawiła się nowa myśl. *Ale póki jest ze mną Saphira, nigdy tak nie będzie. Nigdy.*

Jego umysłem zawładnęły sny, podporządkowując go własnym kaprysom. Czasami dygotał ze strachu, czasem śmiał się radośnie. A potem coś się zmieniło, jakby po raz pierwszy naprawdę otworzył oczy. I wówczas przybył do niego sen wyraźniejszy niż wszystkie inne.

Ujrzał młodą kobietę skuloną z rozpaczy, skutą kajdanami w surowej, zimnej celi. Przez osadzone wysoko w murze zakratowane okienko wpadały promienie księżyca, oświetlając jej twarz. Po policzku spłynęła samotna łza, czysta niczym płynny diament.

Eragon ocknął się nagle i odkrył, że płacze. Potem znów osunął się w sen.

Złodzieje w zamku

Gdy się obudził, na dworze zachodziło słońce. Czerwonopomarańczowy blask wpadał do pokoju, zalewając łóżko. Słoneczne promienie przyjemnie grzały plecy i Eragon nie miał ochoty się ruszać. Drzemał jeszcze chwilę, ale słońce powoli znikało. Wkrótce skryło się za horyzontem, zalewając niebo i słońce krwistą czerwienią. *Już prawie pora!*

Zawiesił na plecach łuk i kołczan, Zar'roca jednak zostawił w pokoju, bo tylko by go spowolnił, a zresztą Eragon nie miał ochoty go używać. Jeśli będzie musiał z kimś walczyć, wystarczy mu miecz bądź łuk. Naciągnął kurtkę na koszulę i ciasno zasznurował.

Czekał nerwowo w swej sypialni, aż zapadnie ciemność. Wówczas wyszedł na korytarz. Poruszył ramionami, tak by kołczan przesunął się nieco i zawisł wygodnie na plecach. Obok zjawił się Brom, zbrojny w laskę i miecz.

Jeod w czarnej tunice i nogawicach czekał na zewnątrz. U pasa kołysał mu się elegancki rapier i skórzana sakwa. Brom spojrzał na nie z ukosa.

– Ten kawał rożna jest za cienki do prawdziwej walki. Co zrobisz, jeśli zaatakuje cię ktoś zbrojny w ciężki miecz bądź koncerz?

– Bądź realistą – odparł Jeod. – Żaden ze strażników nie ma koncerza. Poza tym ten kawał rożna jest szybszy niż miecz.

Brom wzruszył ramionami.

– Cóż, to ty nadstawiasz karku.

Lekkim krokiem ruszyli naprzód, unikając straży i żołnierzy. Eragon spiął się, czuł, jak wali mu serce. Gdy mijali sklep Angeli, kątem oka dostrzegł poruszenie na dachu, nikogo jednak nie zauważył. Zaświerzbiła go dłoń. Ponownie spojrzał na dach; był pusty.

Brom poprowadził ich wzdłuż zewnętrznego muru Teirmu. Gdy dotarli do zamku, niebo było już całkiem czarne. Na widok złowieszczych murów fortecy Eragon zadrżał. Za nic nie chciałby zostać tam uwięziony. Jeod w milczeniu poszedł naprzód i z wymuszoną swobodną miną przystanął przed bramą. Zastukał głośno. Czekali.

W bramie otworzyła się niewielka kratka, zza której wyjrzał naburmuszony strażnik.

– Tak? – rzucił krótko. Eragon poczuł ostrą woń rumu.

– Musimy wejść – oznajmił Jeod.

Strażnik przyjrzał mu się bliżej.

– Po co?

– Chłopak zostawił w moim biurze coś bardzo cennego. Musimy to odebrać, natychmiast.

Eragon zwiesił głowę, udając zawstydzonego.

Strażnik wzruszył ramionami; wyraźnie nie mógł się doczekać, kiedy wróci do butelki.

– A niech tam. – Machnął ręką. – Spuść mu potem ode mnie solidne lanie.

– Oczywiście – zapewnił go Jeod.

Strażnik odsunął rygiel w niewielkich drzwiach w bramie. Weszli do środka; Brom wręczył strażnikowi parę monet.

– Dzięki – wymamrotał tamten i odszedł chwiejnie.

Gdy tylko zniknął, Eragon wyciągnął z futerału łuk i nałożył cięciwę. Jeod szybko poprowadził ich do głównej części zamku. Przyśpieszając kroku, zmierzali do celu, nasłuchiwali przy tym uważnie, czy nie zbliża się patrol. Gdy dotarli do sali rejestrów, Brom sprawdził drzwi – były zamknięte. Przyłożył do nich dłoń i wymamrotał słowo, którego Eragon nie rozpoznał. Otwarły się z cichym szczękiem. Brom zdjął ze ściany pochodnię i wśliznęli się do środka, zamykając cicho drzwi.

Całe niskie pomieszczenie wypełniały drewniane półki, uginające się pod ciężarem zwojów. W ścianie naprzeciwko tkwiło zakratowane okienko. Jeod przecisnął się między półkami, przebiegając wzrokiem zwoje. Zatrzymał się na samym końcu.

– Tutaj – rzekł. – Oto rejestry handlowe z ostatnich pięciu lat. Datę można poznać po woskowej pieczęci w rogu.

– I co teraz zrobimy? – spytał Eragon, ciesząc się, że do tej pory uniknęli wykrycia.

– Zaczniemy od góry i będziemy sprawdzać do samego dołu – odrzekł Jeod. – Niektóre zwoje traktują wyłącznie o podatkach, te możesz zignorować. Szukaj jakichkolwiek wzmianek o oleju seithr. – Z sakwy wyjął kawałek pergaminu i rozłożył na podłodze, obok ustawił kałamarz i pióro. – Do czynienia zapisków – wyjaśnił.

Brom zgarnął z górnej półki naręcze zwojów i usypał w stos na podłodze. Usiadł i rozwinął pierwszy. Eragon dołączył do niego, siadając tak, by mieć na oku drzwi. Ta nużąca praca sprawiała mu więcej trudności niż towarzyszom, bo ciasne pismo na zwojach bardzo się różniło od wyraźnych liter Broma.

Sprawdzając jedynie nazwy statków pływających na północ, wyeliminowali wiele zwojów. Powoli załatwiali kolejne półki, zapisując każdy odnaleziony transport oleju seithr.

Na zewnątrz panowała cisza. Od czasu do czasu słyszeli tylko przechodzącego strażnika. Nagle Eragon poczuł mrowienie karku. Starał się skupić na pracy, lecz cały czas coś nie dawało mu spokoju. Zirytowany, uniósł wzrok i drgnął gwałtownie – na parapecie przycupnął mały chłopiec. Oczy miał skośne, w gęstą czarną czuprynę wplótł gałązkę ostrokrzewu.

Potrzebujesz pomocy? – spytał głos w głowie Eragona, który sapnął wstrząśnięty. Chłopiec głosem bardzo przypominał Solembuma.

To ty? – zapytał z niedowierzaniem.

Czyżbym był kimś innym?

Eragon odetchnął głęboko, skupiając wzrok na zwoju. *Owszem, jeśli nie myli mnie wzrok.*

Chłopiec uśmiechnął się lekko, ukazując spiczaste zęby. *To, jak wyglądam, nie zmienia tego, kim jestem. Nie sądzisz chyba, że na darmo zwą mnie kotołakiem?*

A co tu robisz? – spytał Eragon.

Kotołak przekrzywił głowę i zastanowił się, czy pytanie w ogóle zasługuje na odpowiedź. *To zależy od tego, co wy tu robicie. Jeśli czytacie sobie dla rozrywki, moja wizyta nie ma sensu. Jeśli jednak robicie coś niezgodnego z prawem i nie chcecie zostać wykryci, być może przyszedłem, by was ostrzec, że strażnik, którego przekupiliście, właśnie poinformował swego zmiennika o waszym przybyciu. A ów urzędnik imperium posłał za wami żołnierzy.*

Dziękuję, że mi powiedziałeś – rzekł Eragon.

Powiedziałem ci coś? Cóż, chyba tak. Sugeruję, abyś to wykorzystał.

Chłopiec wstał, odrzucił do tyłu splątane włosy.

Co miałeś na myśli ostatnio, mówiąc o drzewie i krypcie? – spytał szybko Eragon.

Dokładnie to, co powiedziałem.

Eragon chciał spytać o coś jeszcze, lecz kotołak zniknął za oknem.

– Szukają nas żołnierze – oznajmił głośno, odkładając zwój.

– Skąd wiesz? – spytał ostro Brom.

– Podsłuchałem strażnika. Jego zmiennik wysłał ludzi na poszukiwania. Musimy stąd znikać; pewnie już odkryli, że biuro Jeoda jest puste.

– Jesteś pewien? – spytał Jeod.

– Tak – rzucił niecierpliwie Eragon. – Już tu idą.

Brom chwycił z półki kolejny zwój.

– Nieważne. Musimy to skończyć.

Przez następną minutę czytali, gorączkowo przebiegając wzrokiem rejestry. Gdy skończyli ostatni zwój, Brom cisnął go z powrotem na półkę. Jeod zgarnął swój pergamin, kałamarz i pióro. Eragon chwycił latarnię.

Wybiegli z sali i zamknęli drzwi. W tym momencie jednak usłyszeli ciężkie kroki żołnierzy na końcu korytarza. Odwrócili się, by odejść.

– Do licha – syknął wściekle Brom. – Nie zamknąłem!

Przyłożył dłoń do drzwi; zamek szczęknął. W tym samym momencie ujrzeli przed sobą trzech zbrojnych.

– Hej, odsuńcie się od drzwi! – krzyknął jeden z nich. Brom cofnął się, przybierając zaskoczoną minę. Trzej żołnierze zbliżyli się szybko.

– Czemu próbujecie się dostać do sali rejestrów? – spytał najwyższy. Eragon mocniej ścisnął łuk, szykując się do ucieczki.

– Lękam się, że zabłądziliśmy. – W głosie Jeoda było słychać napięcie. Po karku spłynęła mu kropla potu.

Żołnierz spojrzał na nich podejrzliwie.

– Sprawdź w środku – polecił jednemu ze swych ludzi.

Eragon wstrzymał oddech. Żołnierz podszedł do drzwi, spróbował je otworzyć i uderzył w nie parę razy dłonią w metalowej rękawicy.

– Są zamknięte.

Dowódca podrapał się po brodzie.

– Zatem w porządku. Nie wiem, co knuliście, ale skoro drzwi są zamknięte, możecie odejść. No, dalej.

Żołnierze otoczyli ich i poprowadzili przez twierdzę.

Niewiarygodne, pomyślał Eragon. *Pomagają nam stąd wyjść.*

Przy głównej bramie żołnierz wskazał ręką.

– A teraz idźcie naprzód i nie próbujcie żadnych sztuczek. Będziemy was obserwować. Jeśli czegoś potrzebujecie, wróćcie po to rano.

– Oczywiście – przyrzekł Jeod.

Eragon czuł na plecach spojrzenia strażników. Szybkim krokiem wyszli za bramę. Gdy tylko wrota zatrzasnęły się za nimi, uśmiechnął się triumfalnie i podskoczył. Brom popatrzył na niego ostrzegawczo.

– Wróć spokojnie do domu – warknął. – Tam będziesz mógł się cieszyć.

Skarcony Eragon przybrał skruszoną minę, ale wewnątrz nadal kipiał energią. Kiedy tylko znaleźli się w domu i w gabinecie, wykrzyknął:

– Udało się!

– Tak, ale teraz musimy sprawdzić, co nam to dało – odparł Brom.

Jeod zdjął z półki mapę Alagaësii i rozwinął na biurku.

Po lewej stronie mapy było widać ocean, sięgający hen ku tajemniczym krainom zachodu. Wzdłuż wybrzeża ciągnął się Kościec, potężny górski łańcuch. Środkową część wypełniała Pustynia Hadaracka, jej wschodnie rubieże były zupełnie puste. Gdzieś w tej otchłani ukrywali się Vardeni. Na południu leżała Surda, niewielki kraj, który odłączył się od imperium po upadku Jeźdźców. Eragon słyszał, że Surda w sekrecie popierała Vardenów.

Niedaleko wschodniej granicy Surdy rozciągał się drugi łańcuch górski: Góry Beorskie. Eragon słyszał tę nazwę w wielu opowieściach – miały być ponad dziesięć razy wyższe niż Kościec. Osobiście przypuszczał, że to znaczna przesada. Po wschodniej stronie Beorów mapa była pusta.

U wybrzeża Surdy leżało pięć wysp: Nía, Parlim, Uden, Illium i Beirland. Nía była jedynie nagą skałą, lecz na Beirlandzie, największej, wzniesiono niewielkie miasto. Nieco dalej, nieopodal Teirmu, ujrzał kolejną skalistą wyspę, Rekini Ząb, a wyżej na północy jeszcze jedną, wielką, w kształcie kościstej dłoni. Eragon nie musiał sprawdzać jej nazwy: Vroengard, ojczyzna Jeźdźców – niegdyś wspaniałe miejsce, obecnie pusta skorupa nawiedzana przez dziwaczne bestie. W samym sercu Vroengardu leżało opuszczone miasto, Dorú Areaba.

Carvahall było tylko maleńkim punkcikiem na górze doliny Palancar. Równolegle do niej, po drugiej stronie równin rozciągała się puszcza

Du Weldenvarden. Podobnie jak Góry Beorskie, od wschodu graniczyła z pustką. Na zachodniej granicy Du Weldenvarden mieszkali ludzie, lecz serce puszczy pozostało tajemnicze i niezbadane. Ów rozległy las był jeszcze dzikszy niż Kościec; niewielu ważyło się weń zagłębić, a ci, którzy to uczynili, często wracali obłąkani lub znikali na zawsze.

Eragon zadrżał, widząc usadowione w sercu imperium miasto Urû'baen. Stąd właśnie władał całą krainą król Galbatorix, z czarnym smokiem Shruikanem u boku. Eragon wskazał palcem to miejsce.

– Ra'zacowie z pewnością mają tu kryjówkę.

– Oby nie jedyną – odparł głucho Brom. – W przeciwnym razie nie zdołasz się do nich zbliżyć.

Pomarszczonymi dłońmi rozprostował mapę, która zaszeleściła niechętnie.

Jeod wyjął z sakwy pergamin.

– Z tego, co widziałem w rejestrach, w ciągu ostatnich pięciu lat olej seithr wysyłano do wszystkich głównych miast imperium. Rzecz jasna, mogli go kupować bogaci złotnicy. Nie mam pojęcia, jak zawęzić listę bez dodatkowych informacji.

Brom przesunął ręką nad mapą.

– Myślę, że możemy wyeliminować część miast. Ra'zacowie podróżują tam, gdzie pośle ich król, a z pewnością ma dla nich wiele zadań. Jeśli mają jak najszybciej docierać do celu, powinni ukrywać się na rozstajach dróg, z których można się dostać do każdej części imperium.

Podniecony, wstał i zaczął krążyć po pokoju.

– Miasto musi być dość duże, by Ra'zacowie nie rzucali się w oczy. Musi też być ośrodkiem handlowym, aby dało się ukryć nietypowe zamówienia, choćby specjalną karmę dla ich wierzchowców.

– To ma sens. – Jeod skinął głową. – W takim razie możemy skreślić większość miast północy. Jedyne duże to Teirm, Gil'ead i Ceunon. Wiem, że w Teirmie ich nie ma, i wątpię, by olej wysyłano aż do Nardy, jest za mała. Ceunon leży na odludziu... Czyli pozostaje tylko Gil'ead.

– Ra'zacowie mogą się tam ukrywać – przyznał Brom. – Byłoby to dość zuchwałe.

– Istotnie. – Jeod lekko skinął głową.

– A miasta południa? – spytał Eragon.

– Cóż – odparł kupiec. – Oczywiście jest Urû'baen, ale to mało prawdopodobne. Gdyby na dworze Galbatorixa ktoś zginął od oleju seithr, to jakiś młody hrabia czy inny arystokrata wcześniej czy później odkryłby, że imperium kupuje duże ilości oleju. Nadal jednak pozostaje sporo innych miast, każde z nich może być kryjówką.

– Tak – przyznał Eragon – lecz olej nie trafiał do wszystkich. Na pergaminie mamy tylko Kuastę, Dras-Leonę, Aroughs i Belatonę. Kuasta nie nadaje się dla Ra'zaców. Leży na wybrzeżu i otaczają ją góry. Aroughs podobnie jak Ceunon jest na bezludziu, choć stanowi ważny węzeł handlowy. Czyli pozostają Belatona i Dras-Leona. Znajdują się dość blisko siebie, lecz wydaje mi się, że Dras-Leona jest większa i lepiej położona, więc przypuszczalnie chodzi o nią.

– I przepływają przez nią niemal wszystkie towary sprowadzane do imperium, w tym nasze z Teirmu – dodał Jeod. – To dobre miejsce dla Ra'zaców.

– Zatem Dras-Leona. – Brom usiadł i zapalił fajkę. – Co znaleźliśmy w rejestrach?

Jeod zerknął do swych zapisków.

– No, jest. Na początku roku, w odstępie zaledwie dwóch tygodni, do Dras-Leony wysłano trzy dostawy oleju seithr. Według rejestrów przewiózł je ten sam kupiec. Tak samo rok temu i jeszcze wcześniej. Wątpię, by jakikolwiek złotnik, czy nawet grupa, miał dość pieniędzy na tyle oleju.

– A co z Gil'eadem? – Brom uniósł brwi.

– Ma gorszy dostęp do reszty imperium i – Jeod postukał palcem w pergamin – w ciągu ostatnich lat tylko dwa razy dostarczano tam olej. – Zastanawiał się chwilę. – Poza tym chyba o czymś zapomnieliśmy. Helgrind.

Brom skinął głową.

– A tak, Mroczne Wrota. Już od wielu lat o nich nie myślałem. Masz rację, Dras-Leona idealnie nadaje się dla Ra'zaców. Zatem postanowione, tam właśnie wyruszymy.

Eragon usiadł nagle, emocje opuściły go gwałtownie. Był tak zmęczony, że nie spytał nawet, co to jest Helgrind. *Sądziłem, że z radością podejmę łowy. Zamiast tego czuję się, jakby u mych stóp otwarła się otchłań. Dras--Leona jest tak daleko...*

Zaszeleścił pergamin. Jeod powoli zwinął mapę i wręczył Bromowi.

– Wam przyda się bardziej. Może jeszcze traficie do dalekich krain. – Brom przyjął mapę. Przyjaciel klepnął go w ramię. – Źle się czuję na myśl, że wyruszycie beze mnie. Moje serce każe mi iść z wami, ale cała reszta przypomina o wieku i obowiązkach.

— Wiem, masz swoje życie w Teirmie. Czas, by następne pokolenie podjęło sztandar. Swoje już zrobiłeś. Żyj szczęśliwie.

— A ty? — spytał Jeod. — Czy dla ciebie droga kiedykolwiek się skończy?

Brom zaśmiał się głucho.

— Widzę ów koniec, ale jeszcze nieprędko.

Zgasił fajkę i wyczerpani wyszli. Przed zaśnięciem Eragon skontaktował się z Saphirą i opowiedział o wydarzeniach ostatniego wieczoru.

Kosztowny błąd

Rankiem Eragon i Brom zabrali ze stajni juki i zaczęli się szykować do odjazdu. Jeod powitał Broma; Helen obserwowała ich z progu. Mężczyźni z ponurymi minami uścisnęli sobie dłonie.

– Będę za tobą tęsknił, staruszku – rzekł Jeod.

– A ja za tobą – odparł zdławionym głosem Brom. Pochylił siwą głowę, po czym zwrócił się do Helen: – Dziękuję za gościnę, byłaś dla nas wielce łaskawa. – Młoda kobieta zarumieniła się mocno. Eragon miał wrażenie, że zaraz uderzy Broma w twarz. On jednak spokojnie dodał: – Masz dobrego męża, opiekuj się nim. Niewielu dorównuje mu odwagą i zdecydowaniem. Lecz nawet on nie zniesie przeciwności losu bez wsparcia tych, których kocha. – Ponownie się ukłonił. – To tylko rada, moja droga pani.

Eragon widział oburzenie i ból odbijające się na twarzy Helen. Jej oczy błysnęły, głośno zatrzasnęła drzwi. Jeod z westchnieniem przeczesał palcami włosy. Eragon podziękował mu za pomoc i dosiadł Cadoca. Jeszcze raz pożegnali się i odjechali.

Strażnicy przy południowej bramie Teirmu przepuścili ich bez cienia zainteresowania. W chwili gdy przejeżdżali pod olbrzymim murem zewnętrznym, Eragon dostrzegł, jak coś porusza się w cieniu. Solembum przycupnął przy ziemi, jego ogon kołysał się lekko. Kotołak odprowadził ich nieprzeniknionym wzrokiem. Po chwili miasto zniknęło w oddali.

– Czym są kotołaki? – spytał Eragon.

Brom spojrzał na niego ze zdumieniem.

– Skąd to nagłe zainteresowanie?

– Słyszałem, jak ktoś wspominał o nich w Teirmie. Nie są chyba prawdziwe? – dodał Eragon z udaną obojętnością.

– O nie, są bardzo prawdziwe. W czasach chwały Jeźdźców były równie sławne jak smoki. Królowie i elfy trzymali je dla towarzystwa, lecz kotołaki zawsze robiły, co chciały. Niewiele o nich wiadomo. Lękam się, iż ostatnio stały się rzadkością.

– Umiały posługiwać się magią?

– Nikt nie wie na pewno, ale potrafiły robić niezwykłe rzeczy. Zawsze chyba wiedziały co się dzieje i w taki czy inny sposób angażowały się we wszystko.

Brom naciągnął kaptur, chroniąc się przed przenikliwym, zimnym wiatrem.

– Co to jest Helgrind? – zapytał Eragon po chwili namysłu.

– Sam zobaczysz, gdy dotrzemy do Dras-Leony.

Kiedy ostatecznie stracili z oczu Teirm, Eragon posłał naprzód myśli i zawołał: *Saphiro!* Siła owego mentalnego okrzyku była tak wielka, że Cadoc z irytacją zastrzygł uszami.

Saphira odpowiedziała i popędziła ku nim ze wszystkich sił. Na oczach Broma i Eragona wypadła z chmur ciemna strzała, potem usłyszeli głuchy huk – to Saphira gwałtownie rozłożyła skrzydła. Słońce przeświecało przez cienkie błony, podkreślając ciemne żyły. Smoczyca wylądowała przed nimi w wirze powietrza.

Eragon cisnął wodze Cadoca Bromowi.

– Wrócę na lunch.

Brom przytaknął z roztargnieniem.

– Bawcie się dobrze. – Spojrzał na Saphirę i uśmiechnął się. – Dobrze znów cię widzieć.

I ciebie też.

Eragon wskoczył na grzbiet Saphiry i przytrzymał się mocno. Smoczyca wystrzeliła w powietrze, przecinając je niczym nóż. *Trzymaj się* – ostrzegła Eragona i skręciła gwałtownie, zataczając szeroką pętlę. Eragon krzyknął z radości, unosząc ręce nad głową i trzymając się wyłącznie nogami.

Nie wiedziałem, że się utrzymam w ten sposób, nieprzypięty do siodła – rzekł z szerokim uśmiechem.

Ja też nie – przyznała Saphira, śmiejąc się po swojemu. Eragon objął ją mocno i polecieli naprzód, para władców przestworzy.

W południe nogi bolały go od jazdy na oklep, ręce i twarz miał odrętwiałe od lodowatego powietrza. Łuski Saphiry zawsze pozostawały ciepłe, nie potrafiła jednak uchronić jeźdźca przed zmarznięciem. Kiedy wylądowali na posiłek, Eragon wsunął dłonie za pazuchę i znalazł ciepłe, słoneczne miejsce. Zabrali się do jedzenia. Eragon w myślach spytał Saphirę: *Nie będziesz miała nic przeciw temu, że dalej pojadę na Cadocu?* Postanowił w końcu wypytać Broma o jego przeszłość. *Nie, ale powtórz mi, co powie.* Eragona nie zdziwiło, że Saphira znała jego plany. Gdy pozostawali złączeni myślowo, niemal niczego nie potrafił przed nią ukryć. Po posiłku smoczyca odleciała, a on dołączył do Broma na szlaku. Po jakimś czasie ściągnął wodze Cadoca.

– Musimy porozmawiać – oznajmił. – Chciałem to zrobić po przyjeździe do Teirmu, ale postanowiłem zaczekać.

– O czym? – spytał Brom.

– Dzieje się mnóstwo rzeczy, których nie rozumiem. – Eragon się zawahał. – Na przykład, kim są twoi „przyjaciele” i czemu ukrywałeś się w Carvahall? Ufam ci całkowicie, dlatego jeszcze razem podróżujemy. Ale muszę wiedzieć coś więcej o tym, kim jesteś i co robisz. Co ukradłeś w Gil'eadzie? Czym jest tuatha du orothrim, przez którą chcesz mnie przeprowadzić? Myślę, że po tym, co razem przeszliśmy, zasługuję na wyjaśnienie.

– Podsłuchiwałeś.

– Tylko raz – przyznał Eragon.

– Widzę, że nie nabyłeś jeszcze właściwych manier. – Brom z ponurą miną szarpnął brodę. – Czemu sądzisz, że to ma jakiś związek z tobą?

– Sam nie wiem. – Eragon wzruszył ramionami. – Może to tylko dziwny zbieg okoliczności, że przypadkiem ukrywałeś się w Carvahall, gdy znalazłem jajo Saphiry, i że tak doskonale znasz się na smokach. Im dłużej o tym myślę, tym mniej prawdopodobnie to wygląda. Były też inne sprawy... wówczas ich nie dostrzegłem, teraz widzę jasno. Na przykład, wiedziałeś, kim są Ra'zacowie. I dlaczego właściwie uciekli, gdy się zbliżyłeś? Cały czas dręczy mnie też myśl, że miałeś coś wspólnego z pojawieniem się jaja Saphiry. Niewiele nam powiedziałeś, a my z Saphirą nie możemy dłużej ignorować czegoś, co może okazać się niebezpieczne.

Czoło Broma przecięły głębokie bruzdy. Gwałtownie wstrzymał Śnieżnego Płomienia.

– Nie zechcesz zaczekać?

Eragon z uporem pokręcił głową. Brom westchnął.

– Gdyby nie twoja podejrzliwość, nie byłoby problemu. Ale przypuszczam, że wówczas nie traciłbym na ciebie czasu. – Eragon sam nie wiedział, czy potraktować te słowa jak komplement. Jego towarzysz zapalił fajkę, powoli wypuścił z ust pióropusz dymu. – Powiem ci – oświadczył – ale musisz zrozumieć, że wszystkiego nie ujawnię. – Eragon zaczął protestować, Brom natychmiast go uspokoił. – Nie czynię tak dlatego, że lubię ukrywać informacje, lecz dlatego, że nie mogę zdradzić tajemnic, które nie do mnie należą. W moją historię wplecione są także inne opowieści. Aby poznać resztę, będziesz musiał pomówić z ich bohaterami.

– No dobrze, wyjaśnij, ile możesz.

– Na pewno? – dopytywał się Brom. – Są powody, dla których niczego nie zdradzałem. Próbowałem cię osłonić przed siłami, które najchętniej rozdarłyby cię na sztuki. Gdy dowiesz się o nich i o celu ich działania, już nigdy nie będziesz mógł żyć spokojnie. Będziesz musiał dokonać wyboru i wytrwać przy nim. Naprawdę chcesz wiedzieć?

– Nie mogę przeżyć życia w niewiedzy – odparł cicho Eragon.

– Godny cel... No dobrze. W Alagaësii toczy się wojna między Vardenami i imperium. Ich konflikt jednak sięga znacznie głębiej, nie ogranicza się do przypadkowych starć zbrojnych. Chodzi o walkę o władzę... o ciebie.

– O mnie? – powtórzył z niedowierzaniem Eragon. – Niemożliwe. Nie mam nic, czego mogliby pragnąć.

– Jeszcze nie masz – poprawił Brom. – Lecz samo twoje istnienie stanowi centralny element ich bitwy. Vardeni i imperium nie walczą o kontrolę nad tą krainą czy ludem. Walczą o kontrolę nad następnym pokoleniem Jeźdźców, z których ty jesteś pierwszy. Ktokolwiek bowiem kontroluje Jeźdźców, zostanie bezsprzecznym władcą Alagaësii.

Eragon próbował analizować słowa Broma, nie mógł jednak wyobrazić sobie, że tak wielu ludzi mogłoby interesować się nim i Saphirą. Poza Bromem nikt w ogóle nie zwracał na nich uwagi. Cała idea imperium i Vardenów walczących o niego była zbyt abstrakcyjna, by zdołał ją ogarnąć. Jego umysł natychmiast podsunął kolejne wątpliwości.

– Ale przecież wszyscy Jeźdźcy zginęli, prócz Zaprzysiężonych. A w Carvahall mówiłeś, że nikt nie wie, czy w Alagaësii wciąż żyją smoki.

– Skłamałem co do smoków – odrzekł spokojnie Brom. – Choć Jeźdźcy zniknęli, wciąż pozostały trzy smocze jaja. Wszystkie znajdują się we władzy Galbatorixa. Ściśle biorąc, zostały tylko dwa, bo Saphira już się wykluła. Król ocalił jaja po ostatniej wielkiej bitwie z Jeźdźcami.

– Czyli wkrótce na świecie może pojawić się dwóch nowych Jeźdźców wiernych królowi? – spytał Eragon. Żołądek nagle mu się ścisnął,

– Zgadza się – przytaknął Brom. – W tej chwili trwa śmiertelny wyścig. Galbatorix rozpaczliwie szuka ludzi, dla których wyklują się smoki. Tymczasem Vardeni robią wszystko, by zabić kandydatów albo wykraść jaja.

– Ale skąd się wzięło jajo Saphiry? Jak ktokolwiek mógł odebrać je królowi? I skąd o tym wszystkim wiesz?

– Tak wiele pytań. – Brom zaśmiał się z goryczą. – To kolejny rozdział opowieści, dziejący się na długo przed twoim przyjściem na świat. Wówczas byłem nieco młodszy, choć zapewne nie tak mądry. Nienawidziłem imperium, powody zachowam dla siebie, i chciałem zaszkodzić mu w każdy możliwy sposób. Mój zapał doprowadził mnie do uczonego Jeoda, który twierdził, że odkrył księgę opisującą tajemne przejście do zamku Galbatorixa. Zaprowadziłem go zatem do Vardenów – to właśnie moi „przyjaciele" – a oni zorganizowali kradzież jaj.

Vardenów?

– Coś jednak poszło nie tak i nasz złodziej znalazł tylko jedno jajo. Z jakichś przyczyn uciekł z nim i nie wrócił do Vardenów. Gdy go nie znaleziono, wraz z Jeodem wyruszyliśmy, by odzyskać jajo. – Brom spojrzał w dal, przemawiał dziwnym głosem. – Tak zaczęło się jedno z największych poszukiwań w dziejach. Ścigaliśmy się z Ra'zacami i Morzanem, ostatnim z Zaprzysiężonych i najwierniejszym sługą króla.

– Morzanem? – przerwał mu Eragon. – Ale przecież to on zdradził Jeźdźców i przeszedł na stronę Galbatorixa! – *To było strasznie dawno temu, Morzan musiał być bardzo stary.* Myśl o tym, jak długo żyją Jeźdźcy, nie dawała mu spokoju.

– No i co? – Brom uniósł brwi. – Owszem, był stary, ale też silny i bardzo okrutny. Był jednym z pierwszych sług króla i niewątpliwie najwierniejszym. A że już wcześniej rozdzieliła nas krew, polowanie na jajo stało się czymś w rodzaju osobistego pojedynku. Kiedy odkryliśmy, że jajo trafiło do Gil'eadu, pośpieszyłem tam i walczyłem z Morzanem. To była straszna walka, w końcu jednak go zabiłem. W jej trakcie rozłączyliśmy się z Jeodem. Nie miałem czasu go szukać, toteż zabrałem jajo i zaniosłem je Vardenom, oni zaś poprosili, bym wyszkolił tego, kto zostanie nowym Jeźdźcem. Zgodziłem się i postanowiłem zaczekać w Carvahall – które wcześniej odwiedziłem kilka razy – na wezwanie. Nigdy go nie otrzymałem.

– Skąd zatem jajo Saphiry wzięło się w Kośćcu? Czyżby skradziono królowi jeszcze jedno? – spytał Eragon.

Brom mruknął coś pod nosem.

– Marne szanse. Pozostałych dwóch strzeże tak dokładnie, że próba ich kradzieży oznaczałaby samobójstwo. Nie, Saphirę odebrano Vardenom i chyba wiem jak. Strzegący jaja strażnik zapewne próbował posłać je do mnie za pomocą magii. Vardeni nie skontaktowali się ze mną i nie wyjaśnili, jak stracili jajo, podejrzewam więc, że ich posłańców przechwyciło imperium i król wysłał Ra'zaców. Niewątpliwie bardzo im zależało, by mnie odnaleźć; zdołałem przecież zniweczyć wiele ich planów.

– Czyli Ra'zacowie nie wiedzieli o mnie, gdy przybyli do Carvahall? – W głosie Eragona zabrzmiało zdumienie.

– Zgadza się – przytaknął Brom. – Gdyby ten osioł Sloan trzymał gębę na kłódkę, w ogóle by się o tobie nie dowiedzieli. Wówczas wydarzenia potoczyłyby się inaczej. W pewnym sensie zapewne zawdzięczam ci życie. Gdyby Ra'zacowie nie zajęli się tobą, mogliby mnie zaskoczyć. To byłby koniec bajarza Broma. Uciekli tylko dlatego, że jestem od nich silniejszy, zwłaszcza za dnia. Zapewne planowali, że nocą odurzą mnie narkotykiem i wypytają o jajo.

– Posłałeś wiadomość Vardenom i wspomniałeś o mnie?

– Tak. Z pewnością będą chcieli, bym sprowadził cię do nich jak najszybciej.

– Ale nie zamierzasz tego robić?

Brom pokręcił głową.

– Nie, nie zamierzam.

– Czemu? Pobyt u Vardenów musi być bezpieczniejszy niż pościg za Ra'zacami, zwłaszcza dla nowego Jeźdźca.

Brom prychnął i spojrzał czule na Eragona.

– Vardeni to niebezpieczni ludzie. Jeśli do nich trafimy, natychmiast wplączą cię w sieć politycznych machinacji. Ich przywódcy mogą cię wysłać z misją tylko po to, by cię pokazać, nawet gdyby brakowało ci sił. Nim zbliżymy się do Vardenów, chcę cię przygotować. Podczas pościgu za Ra'zacami nie muszę przynajmniej się martwić, że ktoś zatruje ci wodę. To po prostu mniejsze zło. No i – dodał z uśmiechem – przy okazji sporo mogę cię nauczyć. Tuatha du orothrim to po prostu etap twojego szkolenia. Ale pomogę ci znaleźć i może nawet zabić Ra'zaców, bo są także moimi wrogami. Wówczas jednak będziesz musiał dokonać wyboru.

– To znaczy? – spytał ostrożnie Eragon.

– Czy dołączysz do Vardenów? Jeśli zabijesz Ra'zaców, unikniesz gniewu Galbatorixa tylko wtedy, gdy schronisz się pod skrzydła Vardenów, uciekniesz do Surdy bądź przebłagasz króla i dołączysz do niego. Nawet jeśli ich nie zabijesz, i tak będziesz musiał dokonać tego samego wyboru.

Eragon wiedział, że najprostszym i najbezpieczniejszym wyjściem byłoby przyłączenie się do Vardenów. Nie chciał jednak spędzić całego życia na walce z imperium. Uważnie rozważał słowa Broma, próbując przyjrzeć się sytuacji ze wszystkich stron.

– Wciąż nie wyjaśniłeś, skąd tak wiele wiesz o smokach.

– Rzeczywiście, nie wyjaśniłem. – Brom uśmiechnął się łobuzersko. – To będzie musiało zaczekać.

Czemu ja? – spytał w duchu Eragon. Co wyróżniało go spośród innych, sprawiło, że został Jeźdźcem?

– Czy spotkałeś może moją matkę? – wypalił.

Brom natychmiast spoważniał.

– Owszem.

– Jaka ona była?

Stary mężczyzna westchnął.

– Była bardzo godna i dumna, podobnie jak Garrow. I w końcu to właśnie doprowadziło ją do zguby. Mimo wszystko jednak był to wielki dar... Zawsze pomagała biednym i nieszczęśliwym, bez względu na to, jak jej się wiodło.

– Dobrze ją znałeś? – Słowa Broma zdumiały Eragona.

– Dostatecznie dobrze, by tęsknić, gdy odeszła.

Cadoc z uporem parł naprzód. Eragon nieraz próbował przypomnieć sobie czasy, kiedy jeszcze sądził, że Brom to zwykły uparty staruszek opowiadający bajki. Po raz pierwszy pojął, jak mało wówczas wiedział.

Opowiedział Saphirze o wszystkim, co usłyszał. Historia Broma zaintrygowała ją, natomiast na myśl o tym, że kiedyś mogła należeć do Galbatorixa, otrząsnęła się ze wstrętem. W końcu rzekła: *Czy nie cieszysz się, że opuściłeś Carvahall? Pomyśl o wszystkich ciekawych przeżyciach, które cię ominęły?* Eragon jęknął z udawaną rozpaczą.

***

Gdy zatrzymali się na nocleg, zaczął szukać wody. Brom tymczasem zajął się kolacją. Eragon, rozcierając ręce, okrążał obozowisko, nasłuchując szmeru strumyka bądź źródła. Między drzewami było ciemno i wilgotno.

W końcu nieco dalej znalazł strumień. Przykucnął na brzegu i patrzył, jak woda rozpryskuje się na kamieniach. Zanurzył czubki palców; lodowata górska woda opłynęła mu rękę, która natychmiast zdrętwiała. *Nie obchodzi jej, co się stanie z nami czy z kimkolwiek innym*, pomyślał Eragon. Zadrżał i wstał.

Jego uwagę przyciągnął dziwny ślad na drugim brzegu. Miał osobliwy kształt i był bardzo duży. Zaintrygowany Eragon przeskoczył przez strumień, celując na skalną półkę. Gdy wylądował, trafił stopą na kępę mokrego mchu. Próbował przytrzymać się gałęzi, ta jednak nie wytrzymała. Rozpaczliwie wysunął rękę, by złagodzić upadek. Uderzając o ziemię, usłyszał trzask pękającej kości. Całą rękę przeszył mu ostry ból.

Walcząc z wzbierającym w gardle okrzykiem, zaczął kląć pod nosem przez zaciśnięte zęby. Na wpół oślepiony bólem zwinął się na ziemi i tulił do siebie rękę.

Eragonie – usłyszał w głowie niespokojny głos Saphiry – *co się stało?*

Złamałem rękę... Zrobiłem coś głupiego... Upadłem.

Już lecę – rzuciła Saphira.

Nie, sam wrócę, nie leć... tutaj, drzewa zbyt blisko... skrzydła...

Smoczyca przesłała mu przelotny obraz siebie samej, wyrywającej las z korzeniami, po czym dodała: *Pośpiesz się.*

Z jękiem dźwignął się z ziemi. Parę stóp dalej widniał odciśnięty w ziemi ślad ciężkiego, nabijanego ćwiekami buta. Eragon natychmiast przypomniał sobie odciski stóp otaczające stos trupów w Yazuac.

– Urgale! – wypluł z siebie to słowo, żałując, że nie ma przy sobie Zar'roca. Dysponując jedną ręką, nie zdołałby naciągnąć łuku. Gwałtownie uniósł głowę i krzyknął w myślach. *Saphiro, urgale! Pilnuj Broma.*

Z powrotem przeskoczył przez strumień i popędził do obozu, wyciągając z pochwy nóż myśliwski. Za każdym krzakiem i drzewem widział potencjalnych przeciwników. *Mam nadzieję, że jest tylko jeden.* Wpadł do obozu i pochylił się gwałtownie, gdy nad głową przeleciał mu ogon Saphiry.

– Przestań, to ja! – wrzasnął.

Ups – mruknęła Saphira. Przed sobą niczym mur unosiła rozwinięte skrzydła.

– Ups? – Eragon podbiegł do niej. – Mogłaś mnie zabić! Gdzie jest Brom?

– Tutaj – warknął zza skrzydeł Saphiry Brom. – Powiedz swojej zwario-wanej smoczycy, żeby mnie puściła. Mnie nie chce słuchać.

– Puść go – rzucił z irytacją Eragon. – Nie powiedziałaś mu?

Nie – odparła z niemądrą miną – *kazałeś go tylko pilnować.* Uniosła skrzydła i Brom wyskoczył zza nich gniewnie.

– Znalazłem odcisk stopy urgala. Świeży.

Stary mężczyzna natychmiast spoważniał.

– Osiodłaj konie, ruszamy. – Sam zgasił ogień, Eragon jednak nie drgnął. – Coś nie tak z twoją ręką?

– Złamałem ją w przegubie – odparł, chwiejąc się na nogach.

Brom zaklął, sam osiodłał Cadoca i pomógł Eragonowi wdrapać się na jego grzbiet.

– Trzeba jak najszybciej założyć ci łubki. Do tej pory postaraj się nie ruszać ręką. – Eragon chwycił lewą dłonią wodze. – Jest już prawie ciem-no – dodał Brom, zwracając się do Saphiry – możesz lecieć przed nami. Jeśli zjawią się urgale, pomyślą dwa razy, nim nas zaatakują.

Lepiej niech to zrobią albo o niczym nigdy już nie pomyślą – odparła Saphira i wzbiła się do lotu.

Światło przygasało z każdą chwilą coraz bardziej. Konie były zmęczone, ale poganiali je bezlitośnie. Przegub Eragona, napuchnięty i czerwony, bolał coraz mocniej. W końcu Brom zatrzymał się milę od obozu.

– Posłuchaj.

Eragon usłyszał dobiegające zza pleców słabe echo myśliwskiego rogu. Ogarnęła go nagła panika.

– Musieli znaleźć nasz obóz – rzekł Brom – i zapewne ślady Saphiry. Teraz będą nas ścigać. Nie mają w zwyczaju wypuszczać ofiary. – Nagle zabrzmiały dwa rogi; były bliżej. Eragona przebiegł lodowaty dreszcz.

– Mamy tylko jedną szansę: jechać jak najszybciej.

Brom uniósł głowę ku niebu. Jego twarz znieruchomiała, gdy nawiązał kontakt z Saphirą.

Smoczyca zjawiła się niemal natychmiast.

– Zostaw Cadoca. Leć z nią, tak będzie bezpieczniej – polecił Brom.

– A co z tobą? – zaprotestował Eragon.

– Nic mi nie będzie, ruszaj.

Eragon nie miał siły się sprzeczać. Wdrapał się na Saphirę. Tymczasem Brom pogonił Śnieżnego Płomienia i odjechał z Cadokiem. Saphira lecia-ła za nim, trzymając się niedaleko galopujących koni.

Eragon przywarł do niej mocno i krzywił się za każdym razem, gdy trącała mu przegub. Rogi rozbrzmiewały coraz bliżej, przynosząc kolejną falę strachu. Brom przedzierał się przez poszycie, poganiając konie do jeszcze szybszego biegu. Rogi zabrzmiały chóralnie gdzieś za jego plecami i umilkły.

Mijały minuty. *Gdzie są urgale?* – zastanawiał się Eragon. Usłyszał kolejny róg, tym razem z daleka. Westchnął z ulgą, wtulony w szyję Saphiry. Tymczasem na ziemi Brom zwolnił nieco. *Niewiele brakowało.*

Tak, ale nie możemy się zatrzymywać, póki... – Saphira urwała, bo dokładnie pod nimi zagrzmiał róg. Zaskoczony Eragon uniósł głowę, a Brom znów spiął konie. Na szlak wypadła banda rozwrzeszczanych, rogatych urgali. Już niemal widziały Broma. Stary mężczyzna nie zdołałby ich prześcignąć. *Musimy coś zrobić!* – wykrzyknął Eragon.

Ale co?

Wyląduj przed urgalami.

Zwariowałeś?

Ląduj, wiem, co robię – odparł Eragon. *Nie ma czasu na nic innego; zaraz dościgną Broma!*

No dobrze.

Saphira zatrzymała się przed urgalami i zawróciła, szykując się do lądowania na drodze. Eragon sięgnął po swą moc, poczuł znajomy opór w umyśle, barierę dzielącą go od magii. Na razie nie próbował jej przebijać.

Patrzył, jak urgale pędzą drogą. W końcu wykrzyknął:

– Teraz!

Saphira błyskawicznie zwinęła skrzydła i runęła w dół sponad drzew, lądując na trakcie w chmurze deszczu pyłu i kamyków.

Urgale wrzasnęły ze strachu i gwałtownie ściągnęły wodze. Ich wierzchowce zaczęły zderzać się ze sobą, lecz potwory szybko się pozbierały i uniosły broń. Na widok Saphiry ich twarze wykrzywiły się nienawistnie. Było ich dwanaście. Eragon zastanawiał się, czemu nie uciekły. Sądził, że sam widok Saphiry je spłoszy. Na co czekają? *Zamierzają nas zaatakować?*

Nagle przeżył wstrząs, bo największy urgal wystąpił naprzód.

– Nasz pan chce z tobą mówić, człowieku – niemal wypluł te słowa. Przemawiał niskim, gardłowym, ochrypłym głosem.

To pułapka – ostrzegła Saphira, nim Eragon zdążył zareagować. *Nie słuchaj go.*

Dowiedzmy się przynajmniej, co ma do powiedzenia – rzekł rozsądnie, zaciekawiony, lecz bardzo czujny.

– Kim jest wasz pan? – spytał.

Urgal parsknął.

– Ktoś tak marny jak ty nie zasłużył, by usłyszeć jego imię. Nasz pan włada niebem i rządzi ziemią. Jesteś dla niego zaledwie nieważną mrówką. Polecił jednak, byśmy sprowadzili cię przed jego oblicze żywego. Raduj się, że zaszczycił cię swą uwagą.

– Nigdy nie pójdę z wami ani z innym wrogiem – oświadczył ostro Eragon, wspominając Yazuac. – Nieważne, urgalu, czy służysz Cieniowi, czy też innemu złoczyńcy, którego jeszcze nie poznałem, nie mam ochoty z nim rozmawiać.

– To poważny błąd – warknął urgal, ukazując kły. – Nie zdołasz mu uciec. W końcu staniesz przed obliczem naszego pana. Jeśli stawisz opór, resztę twych dni wypełni bólem.

Ciekawe, kto ma taką władzę nad urgalami? – pomyślał Eragon. *Czyżby na świecie pojawiła się trzecia potęga prócz imperium i Vardenów?*

– Zachowaj dla siebie swój zaszczyt i powiedz swojemu panu, że jeśli o mnie chodzi, kruki mogą rozszarpać mu wnętrzności.

Urgale poruszyły się gniewnie; ich przywódca zawył, szczerząc zęby.

– Więc powleczemy cię do niego siłą. – Machnął ręką i urgale popędziły ku Saphirze.

Eragon szybko uniósł prawą dłoń.

– Jierda! – syknął.

Nie! – krzyknęła Saphira. Za późno.

Potwory zatrzymały się, gdy dłoń Eragona zajaśniała. Wystrzeliły z niej promienie światła, uderzając każdego z nich w brzuch. Siła ciosu uniosła je w powietrze i cisnęła na drzewa. Nieprzytomne, padły na ziemię.

Eragona zalała nagła fala przejmującego zmęczenia. Zsunął się z Saphiry, w głowie wirowało mu coraz mocniej. Gdy Saphira pochyliła się nad nim, zrozumiał, że być może posunął się za daleko. Energia potrzebna do odrzucenia dwunastu urgali była olbrzymia. Walcząc ze strachem, rozpaczliwie próbował zachować przytomność.

Kątem oka dostrzegł, że jeden z urgali wstaje z ziemi, trzymając w dłoni miecz. Eragon próbował ostrzec Saphirę, był jednak za słaby. *Nie... –* pomyślał bezsilnie. Urgal skradał się ku Saphirze, wyminął jej ogon i uniósł miecz, gotów uderzyć w szyję. *Nie!...* Saphira odwróciła się błyskawicznie, ryknęła, jej szpony błysnęły. W powietrze wytrysnęła krew, gdy smoczyca rozdarła urgala na dwoje.

Z groźną miną kłapnęła szczękami i z powrotem odwróciła się do Eragona. Ostrożnie objęła go zakrwawionymi pazurami i z krótkim warknięciem skoczyła w powietrze. Wszystko wokół zlało się w jedną, przepełnioną bólem ciemność. Miarowy odgłos skrzydeł Saphiry niemal hipnotyzował Eragona. W górę, w dół, w górę, w dół, w górę, w dół...

Gdy w końcu smoczyca wylądowała, Eragon jak przez mgłę uświadomił sobie, że Brom z nią rozmawia. Nie rozumiał, o czym mówią, musieli jednak podjąć jakąś decyzję, bo smoczyca znów wystartowała.

Otępienie przeszło w sen, który otulił go niczym miękka kołdra.

Wizja doskonałości

Eragon przekręcił się na bok pod kocem, nie miał ochoty otwierać oczu. Przez chwilę drzemał, potem w jego głowie pojawiła się niewyraźna myśl. *Jak się tu znalazłem?* Oszołomiony, naciągnął na siebie okrycie i poczuł coś twardego na prawej ręce. Spróbował poruszyć przegubem i przeszył go ból. Usiadł gwałtownie.

Leżał na niewielkiej polanie. Na jej środku płonęło małe ognisko, nad nim wisiał kociołek. W górze, w gałęziach buszowała wiewiórka. Obok posłania leżały łuk i kołczan. Spróbował wstać i skrzywił się, mięśnie miał słabe i obolałe. Posiniaczoną prawą rękę okrywały ciężkie łubki.

Gdzie oni są? – zastanowił się przelotnie. Próbował wezwać Saphirę i ze zgrozą odkrył, że jej nie wyczuwa. Poczuł natomiast wilczy głód. Zjadł zatem gulasz. Wciąż głodny, rozejrzał się w poszukiwaniu juków, w nadziei że w którymś z nich znajdzie kawałek chleba. Ani juków, ani koni na polanie jednak nie było. *Z pewnością istnieje ku temu jakiś ważny powód* – pomyślał, odsuwając od siebie niepokój.

Zaczął krążyć po polanie; w końcu wrócił na posłanie i zwinął koce. Nie mając nic lepszego do roboty, usiadł pod drzewem i obserwował przepływające po niebie chmury. Mijały godziny, Brom i Saphira nie wracali. *Mam nadzieję, że nic się nie stało.*

Po południu znudzony Eragon pospacerował po otaczającym polanę lesie. Gdy się zmęczył, odpoczął pod świerkiem. Potem oparł się o głaz. W zagłębieniu na czubku zebrała się rosa.

Eragon wpatrzył się w wodę. Przypomniał sobie instrukcje Broma dotyczące postrzegania. *Może zdołam postrzec, gdzie jest Saphira. Brom mówił, że wymaga to mnóstwa energii, ale jestem silniejszy od niego...* Odetchnął głęboko i zamknął oczy. W myślach przywołał obraz Saphiry. Okazało się to trudniejsze, niż oczekiwał.

– Draumr kópa – wymówił szybko i spojrzał na wodę.

Jej płaska powierzchnia zastygła niczym zamrożona, odbijające się w niej obrazy zniknęły. Woda stała się przejrzysta, potem zamigotała i tuż nad nią pojawił się obraz Saphiry. Otaczała ją czysta biel, lecz Eragon widział, że smoczyca leci. Na jej grzbiecie siedział Brom, broda powiewała mu na wietrze, na kolanach trzymał miecz.

Ze znużeniem uwolnił moc. *Przynajmniej są bezpieczni.* Przez kilka minut zbierał siły, po czym z powrotem pochylił się nad kałużą. *Roranie, jak się miewasz?* W myślach wyraźnie ujrzał kuzyna. Wiedziony impulsem przywołał magię i wymówił słowa.

Woda znieruchomiała, potem na powierzchni pojawił się obraz. Roran siedział w niewidzialnym fotelu. Podobnie jak Saphirę, otaczała go biel. Twarz Rorana przecinały nowe bruzdy, bardziej niż kiedykolwiek przypominał Garrowa. Eragon długą chwilę utrzymywał obraz. *Czy Roran jest w Therinsfordzie? Z pewnością przebywa gdzieś, gdzie nie byłem.*

Wysiłek, jaki towarzyszył używaniu magii, sprawił, że na czole zaperlił mu się pot. Eragon westchnął, przez długą chwilę siedział bez ruchu. Potem przyszedł mu do głowy absurdalny pomysł. *A gdybym spróbował postrzec coś, co sam stworzyłem w wyobraźni albo ujrzałem we śnie?* Uśmiechnął się. *Może zobaczę wówczas, jak wygląda mój własny umysł.*

Myśl ta była zbyt kusząca, by ją odrzucić. Ponownie ukląkł nad wodą. *Na co chciałbym spojrzeć?* Zastanowił się nad kilkoma obrazami, odrzucił wszystkie – a potem przypomniał sobie sen o kobiecie w celi.

Przywoławszy ową scenę w pamięci, wymówił słowa i wbił wzrok w wodę. Czekał, nic się nie działo. Zawiedziony, już miał uwolnić magię, gdy wodę powlekła atramentowa czerń. W ciemności rozbłysł obraz samotnej świecy, powoli rozświetlającej kamienną celę. Kobieta ze snu leżała zwinięta na pryczy w kącie. Uniosła głowę, czarne włosy opadły na plecy. Spojrzała wprost na Eragona. Zamarł. Siła jej spojrzenia jakby go sparaliżowała. Gdy ich oczy się spotkały, po plecach Eragona przebiegł dreszcz. A potem kobieta zadrżała i osunęła się na posłanie.

Woda pojaśniała, Eragon zadygotał.

– To niemożliwe – jęknął. *Ona nie może być prawdziwa, tylko o niej śniłem! Skąd mogła wiedzieć, że na nią patrzę? Jak mogłem postrzec loch, którego nigdy nie widziałem?* Pokręcił głową, zastanawiając się, czy jego inne sny także były wizjami.

Dalsze rozmyślania przerwał mu rytmiczny łopot skrzydeł Saphiry. Eragon pobiegł na polanę. Zjawił się tam w chwili, gdy smoczyca wylądowała. Na jej grzbiecie siedział Brom – wyglądał dokładnie tak jak w wizji, tyle że klingę miecza pokrywała krew. Twarz miał wykrzywioną, koniuszki brody poplamione czerwienią.

– Co się stało? – spytał Eragon.

– Co się stało?! – ryknął stary mężczyzna. – Starałem się po tobie posprzątać! – Przeciął powietrze mieczem, rozbryzgując wokół kropelki krwi. – Wiesz, co narobiłeś tą swoją sztuczką? Wiesz?

– Obroniłem cię przed urgalami. – Eragon poczuł nagły ucisk w żołądku.

– Tak – warknął Brom – a przy okazji o mało się nie zabiłeś. Przespałeś dwa dni. Urgali było dwanaście. Dwanaście! Ale czy to cię powstrzymało przed próbą odrzucenia ich aż do Teirmu? Co ty sobie myślałeś? Wystrzelenie kamienia, który przebił im głowy – o, to byłoby mądre. Ale nie, ty musiałeś je ogłuszyć, żeby później zdołały uciec! Przez ostatnie dwa dni próbuję je wszystkie wyśledzić. Mimo pomocy Saphiry trzy uciekły.

– Nie chciałem ich zabijać. – Eragon poczuł się bardzo mały.

– W Yazuac nie miałeś tego problemu.

– Wtedy nie miałem wyboru i nie potrafiłem panować nad magią. Tym razem wydało mi się to... przesadne.

– Przesadne?! – krzyknął Brom. – One nie okazałyby ci najmniejszej łaski. I czemu, och czemu im się pokazałeś?

– Mówiłeś, że znaleźli ślady Saphiry, więc mój widok nie miał juz żadnego znaczenia – bronił się Eragon.

Brom z rozmachem wbił czubek miecza w piasek.

– Mówiłem, że najpewniej znaleźli jej ślady. Nie wiedzieliśmy tego. Może sądziły, że ścigają zwykłych zbłąkanych podróżnych. Ale wylądowałeś tuż przed nimi. A że ich nie zabiłeś, teraz będą krążyć po kraju, rozpowiadając niestworzone historie. Wieść o tym może dotrzeć nawet do imperium. – Z desperacją uniósł ręce. – Po tym, co się stało, nie zasługujesz na miano Jeźdźca, chłopcze. – Wyrwał z ziemi miecz i podszedł do ogniska. Z zewnętrznej kieszeni wyciągnął szmatę i zaczął płynnymi ruchami czyścić klingę.

Eragon stał w miejscu oszołomiony. Próbował poradzić się Saphiry, ona jednak odparła tylko: *Porozmawiaj z Bromem.*

Z wahaniem zbliżył się do ogniska.

– Czy jeśli powiem, że mi przykro, to w czymś pomoże?

Brom westchnął i schował miecz do pochwy.

– Nie, twoje uczucia nie zmienią tego, co się stało. – Wysunął palec w stronę Eragona. – Podjąłeś kilka błędnych decyzji, które mogły mieć niebezpieczne następstwa. A co gorsza, o mało nie zginąłeś. Nie zginąłeś, Eragonie! Od tej pory musisz nauczyć się myśleć. Istnieje powód, dla którego w głowach mamy mózgi, a nie piasek.

Eragon przytaknął zawstydzony.

– Ale nie jest tak źle, jak sądzisz. Urgale już o mnie wiedziały. Miały rozkaz mnie schwytać.

Oczy Broma rozszerzyły się ze zdumienia. Wsunął fajkę do ust.

– Nie, nie jest tak źle, jak myślałem. Jest jeszcze gorzej. Saphira wspominała mi, że rozmawiałeś z urgalami, ale o tym nie powiedziała.

Eragon pośpiesznie wyrzucił z siebie relację z całego spotkania.

– Czyli mają jakiegoś przywódcę? – spytał Brom.

Chłopak skinął głową.

– A ty właśnie sprzeciwiłeś się jego życzeniom, obraziłeś go i zaatakowałeś jego podwładnych. – Chłopak przytaknął. Brom pokręcił głową. – Nie sądziłem, że może być jeszcze gorzej. Gdyby urgale zginęły, twoja nieuprzejmość nie miałaby znaczenia. Teraz jednak nie można jej zignorować. Gratulacje, właśnie zrobiłeś sobie wroga z jednej z najpotężniejszych istot w Alagaësii.

– No dobrze, pomyliłem się – przyznał nadąsany Eragon.

– Istotnie. – Oczy Broma lśniły niebezpiecznie. – Najbardziej jednak martwi mnie to, kim jest ów przywódca urgali.

Eragon zadrżał.

– I co teraz? – spytał.

Odpowiedziała mu długa cisza.

– Nim twoja ręka wydobrzeje, minie co najmniej parę tygodni. Przez ten czas spróbuję wbić ci do głowy trochę rozumu. Przypuszczam, że to częściowo moja wina. Uczyłem cię, jak robić pewne rzeczy, ale nie tego, czy powinieneś je robić. Coś takiego wymaga rozsądku, którego najwyraźniej ci brakuje. Cała magia w Alagaësii ci nie pomoże, jeśli nie będziesz wiedział, jak jej użyć.

– Ale wciąż jedziemy do Dras-Leony?

Brom wywrócił oczami.

– Tak, nadal będziemy szukać Ra'zaców. Ale jeśli nawet zdołamy ich znaleźć, nic to nie da, póki nie wydobrzejesz. – Zdjął siodło z Saphiry. – Masz dość sił, by utrzymać się na koniu?

– Chyba tak.

– To dobrze, możemy przejechać jeszcze kilka mil.

– Gdzie Cadoc i Śnieżny Płomień?

Brom machnął ręką w bok.

– Gdzieś tam. Przywiązałem je w miejscu, gdzie rosła trawa.

Eragon zebrał swoje rzeczy i ruszył w ślad za Bromem.

Gdybyś mi wyjaśnił, co planujesz – powiedziała z naciskiem Saphira – *do niczego by nie doszło. Powiedziałabym ci, że zostawienie urgali przy życiu to nie najlepszy pomysł. Zgodziłam się posłuchać cię, bo zakładałam, że masz choć trochę oleju w głowie.*

Nie chcę o tym rozmawiać.

Jak sobie życzysz – prychnęła.

Podczas jazdy każda nierówność szlaku i każdy podskok sprawiały, że Eragon zaciskał zęby z bólu. Gdyby był sam, zatrzymałby się, ale w obecności Broma nie śmiał się skarżyć. Do tego Brom zaczął lekcję – razem analizowali kolejne scenariusze wydarzeń z udziałem urgali, magii i Saphiry, kolejne wymyślone walki. Czasami pojawiał się w nich także Cień albo inny smok. Eragon odkrył, że można jednocześnie dręczyć jego ciało i duszę. Na większość pytań odpowiadał źle i czuł rosnącą frustrację.

Gdy zatrzymali się na noc, Brom rzucił jedynie:

– To już jakiś początek.

Eragon wiedział, że go zawiódł.

Mistrz miecza

Następny dzień okazał się łatwiejszy. Eragon czuł się lepiej i zdołał odpowiedzieć prawidłowo na więcej pytań. Po szczególnie trudnym ćwiczeniu wspomniał o postrzeżonej kobiecie. Brom lekko pociągnął brodę.

– Mówiłeś, że jest uwięziona?

– Tak.

– Widziałeś jej twarz? – spytał z napięciem stary mężczyzna.

– Niezbyt wyraźnie, światło było dość słabe. Ale dostrzegłem, że jest piękna. Dziwne, bez trudu zobaczyłem jej oczy, a ona spojrzała na mnie.

Brom pokręcił głową.

– Z tego, co wiem, nikt nie potrafi wyczuć, że jest postrzegany.

– Wiesz, kto to może być? – Eragona zaskoczył zapał dźwięczący w jego własnym głosie.

– Raczej nie – przyznał Brom. – Mógłbym spróbować zgadnąć, ale wciąż byłyby to tylko domysły. Dziwna rzecz, ten sen. Jakimś cudem zdołałeś w nim postrzec coś, czego nigdy wcześniej nie widziałeś, bez pomocy słowa. Sny czasami dotykają wymiaru duchów, ten jednak wyglądał inaczej.

– Może, żeby to zrozumieć, powinniśmy przeszukać wszystkie więzienia i lochy w kraju, aż ją znajdziemy? – zaproponował Eragon. Przez chwilę chyba nawet sądził, że to naprawdę dobry pomysł.

Brom roześmiał się i ruszył naprzód.

Dni wypełnione nieustającymi lekcjami powoli zamieniały się w tygodnie. Z powodu opatrunku Eragon musiał używać w walce lewej ręki; wkrótce posługiwał się nią równie sprawnie jak prawą.

Nim zostawili za sobą Kościec i dotarli na równiny, w Alagaësii zapanowała wiosna, przynosząc ze sobą tysiące kwiatów. Nagie, bezlistne drzewa pokryły się pąkami, wśród brązowych zaschniętych traw pojawiły się świeże kiełki. Ptaki powróciły z zimowych wojaży i zaczęły budować gniazda.

Brom i Eragon podążali brzegiem rzeki Toark na południowy wschód, wzdłuż Kośćca. Rzeka stawała się tutaj coraz szersza, ponieważ zasilały ją kolejne dopływy podsycające rwący nurt. Kiedy jej szerokość przekroczyła staje, Brom wskazał ręką widoczne ponad wodą mułowe mielizny.

– Jesteśmy już blisko Jeziora Leona – oznajmił. – Zostało tylko kilka mil.

– Myślisz, że dotrzemy tam przed zmrokiem? – spytał Eragon.

– Możemy spróbować.

Zapadający zmierzch przysłonił drogę, lecz szmer wody okazał się najlepszym przewodnikiem. Po wschodzie księżyca wyraźnie ujrzeli świat w jego promieniach. Jezioro Leona lśniło niczym cienka srebrna blacha rozłożona na ziemi. Woda była tak spokojna i gładka, że w ogóle nie przypominała płynu. Poza szerokim pasmem zalanym srebrzystymi promieniami księżyca, właściwie nie dawała się odróżnić od ziemi. Saphira stała na skalistym brzegu, wymachując mokrymi skrzydłami. Eragon ją powitał.

Woda jest cudowna – odparła smoczyca – *głęboka, chłodna i czysta.*

Może jutro w niej popływam – rzekł. Rozbili obóz pod kępą drzew i wkrótce zasnęli.

***

O świcie Eragon pobiegł z zapałem nad jezioro. Wiatr wzbudził na nim szeregi fal rozchodzących się wachlarzowato i zwieńczonych białymi grzywami. Wielkość jeziora zachwyciła chłopca, który krzyknął radośnie i zbiegł na brzeg. *Saphiro, gdzie jesteś? Zabawmy się.*

W chwili gdy jej dosiadł, smoczyca skoczyła w powietrze. Poszybowali w górę, okrążając jezioro, lecz nawet z tej wysokości nie dostrzegli drugiego brzegu. *Masz ochotę na kąpiel?* – spytał Eragon.

Saphira uśmiechnęła się szeroko. *Trzymaj się*. Zablokowała skrzydła i opadła nisko, tuż nad wodę, zanurzając w niej szpony. Falująca tafla migotała w promieniach słońca. Eragon znów krzyknął z radości, a potem Saphira złożyła skrzydła i zanurkowała, przebijając powierzchnię jeziora niczym lanca.

Woda uderzyła Eragona jak lodowaty mur, pozbawiając go tchu i niemal zmywając z grzbietu Saphiry. Trzymał się jednak mocno; smoczyca płynęła ku powierzchni. Po trzech uderzeniach stóp wynurzyła się, posyłając ku niebu fontannę lśniących kropel. Eragon sapnął i potrząsnął głową. Tymczasem Saphira płynęła naprzód, mocno sterując ogonem.

Gotów?

Skinął głową i odetchnął głęboko, zacieśniając uchwyt. Tym razem łagodnie wsunęli się pod powierzchnię. Otoczyła ich woda przejrzysta niczym kryształ. Saphira zataczała skomplikowane spirale, ślizgając się do przodu niczym węgorz. Eragon miał wrażenie, że dosiada legendarnego węża morskiego.

Gdy jego płuca zaczęły gwałtownie domagać się powietrza, Saphira wygięła grzbiet i uniosła głowę. Otoczyła ich tęczowa fontanna; wznieśli się w powietrze do wtóru łopotu skrzydeł.

Rany, to było fantastyczne! – wykrzyknął Eragon.

Tak – odparła radośnie Saphira – *choć szkoda, że nie możesz dłużej wstrzymać oddechu.*

Nic na to nie poradzę – stwierdził, wykręcając wodę z włosów. Ubranie miał przemoczone. Powiew wywołany poruszeniami skrzydeł sprawił, że przemarzł do kości. Pociągnął łubki; swędział go przegub.

Gdy Eragon wysechł, wraz z Bromem osiodłali konie i ruszyli w podróż wokół jeziora. Tymczasem Saphira z radością oddawała się nurkowaniu.

***

Przed kolacją Eragon, szykując się do codziennej lekcji, zablokował ostrze Zar'roca. Obaj z Bromem zamarli bez ruchu, czekając, aż przeciwnik zaatakuje pierwszy. Eragon rozejrzał się uważnie, szukając czegoś, co zapewniłoby mu przewagę. Jego wzrok przyciągnął patyk leżący przy ognisku.

Pochylił się, chwycił go i cisnął w Broma. Opatrunek przeszkodził mu jednak i Brom z łatwością uchylił się przed pociskiem. Stary mężczyzna skoczył naprzód, wymachując mieczem. Eragon zanurkował, ostrze świsnęło mu nad głową. Warknął i gwałtownie zaatakował Broma.

Runęli na ziemię i przeturlali się, usiłując zyskać przewagę. Eragon odtoczył się na bok, machnął Zar'rokiem, celując w łydki Broma. Ten sparował cięcie i zerwał się na nogi. Eragon obrócił się, przekręcił i znów zaatakował, rozpoczynając złożoną serię pchnięć. Klingi zderzały się w deszczu iskier, Brom blokował każdy kolejny cios, skupiony i spięty. Eragon jednak widział, że przeciwnik się męczy. Bezlitosna walka trwała dalej, każdy z nich starał się pokonać obronę przeciwnika.

Nagle Eragon poczuł, że sytuacja ulega zmianie. Z każdym kolejnym ciosem zyskiwał przewagę. Riposty Broma stawały się coraz wolniejsze. Z łatwością zablokował pchnięcie przeciwnika. Na czole starego mężczyzny wystąpiły żyły, jego mięśnie napięły się w wysiłku.

Z nagłą pewnością siebie Eragon jeszcze szybciej poruszył Zar'rokiem, tkając stalową sieć wokół miecza Broma. Jeszcze przyśpieszając, z całej siły uderzył płazem w jelec i wytrącił Bromowi miecz z ręki. Nim tamten zdążył zareagować, uniósł Zar'roca i przyłożył mu do gardła.

Przez chwilę stali zdyszani. Czubek czerwonego miecza opierał się o obojczyk Broma. Eragon powoli opuścił rękę i cofnął się. Pierwszy raz udało mu się pokonać Broma bez żadnych podstępów i sztuczek. Stary mężczyzna podniósł miecz i schował do pochwy.

– Na dziś koniec – oznajmił, wciąż zdyszany.

– Ale przecież dopiero zaczęliśmy – zaprotestował Eragon.

Brom pokręcił głową.

– Jeśli chodzi o miecz, niczego więcej już cię nie nauczę. Ze wszystkich znanych mi wojowników, tylko trzech mogło mnie tak pokonać, i wątpię, by któremukolwiek z nich udało się to lewą ręką. – Uśmiechnął się ze smutkiem. – Może nie jestem tak młody jak kiedyś, ale widzę, że masz wielki talent.

– To znaczy, że nie będziemy już co dzień walczyć?

– O nie, tak łatwo się nie wykręcisz. – Brom roześmiał się. – Ale możemy nieco zwolnić tempo. Nawet jeśli opuścimy kilka walk, nie zrobi to już większej różnicy. – Otarł spocone czoło. – Pamiętaj jednak, jeśli kiedyś będziesz miał nieszczęście walczyć z elfem – wyszkolonym bądź nie, kobietą bądź mężczyzną – spodziewaj się przegranej. Elfy, podobnie jak smoki i inne magiczne stworzenia, są znacznie silniejsze niż planowała natura. Nawet najsłabszy elf z łatwością cię pobije. To samo dotyczy Ra'zaców – nie są ludźmi i męczą się znacznie wolniej niż my.

– Czy mógłbym im jakoś dorównać? – spytał Eragon. Skrzyżował nogi i usiadł obok Saphiry.

Dobrze walczyłeś – pogratulowała, a on się uśmiechnął.

Brom wzruszył ramionami i także usiadł.

– Istnieje parę sposobów, ale obecnie żaden nie jest ci dostępny. Dzięki magii możesz pokonać niemal każdego przeciwnika. Potrzebujesz jednak pomocy Saphiry i wiele szczęścia. Pamiętaj, gdy magiczne istoty same używają magii, potrafią dokonać rzeczy, które człowieka by zabiły.

– Jak walczy się magią? – spytał Eragon.

– To znaczy?

– No cóż. – Oparł się na łokciu. – Przypuśćmy, że zaatakuje mnie Cień. Jak mam zablokować jego magię? Większość zaklęć wypowiada się natychmiast, nie można zareagować na czas. A nawet gdyby się udało, jak miałbym zneutralizować magię przeciwnika? Musiałbym znać jego zamiary, nim cokolwiek zrobi. – Urwał. – Po prostu nie widzę innej możliwości. Ten, kto zaatakuje pierwszy, wygra.

Brom westchnął.

– To, o czym mówisz, pojedynek magów, jest niezwykle niebezpieczny. Nie zastanawiałeś się, jak Galbatorix zdołał pokonać wszystkich Jeźdźców, choć pomagała mu tylko garstka zdrajców?

– Nigdy o tym nie myślałem – przyznał Eragon.

– Są na to sposoby. Niektóre poznasz później, ale u Galbatorixa najważniejsze jest to, że jak nikt inny potrafi przebijać się do umysłów ludzi. Bo widzisz, pojedynkiem magów rządzą ścisłe zasady. Obie strony muszą ich przestrzegać albo zginą na miejscu. Po pierwsze, nikt nie używa magii, póki jeden z uczestników nie dostanie się do umysłu drugiego.

Saphira owinęła Eragona ogonem i spytała: *Ale czemu czekają? Nim wróg zorientuje się, że go zaatakowałeś, będzie już za późno, by zareagował.* Eragon powtórzył głośno jej pytanie.

Brom pokręcił głową.

– Ależ nie. Gdybym nagle użył swej mocy przeciw tobie, Eragonie, z pewnością byś zginął. Lecz w krótkiej chwili przed śmiercią miałbyś dość czasu, by odpowiedzieć atakiem. Jeśli zatem żaden z przeciwników nie pragnie własnej śmierci, nie atakuje, póki nie przebije się przez obronę drugiego.

– A wtedy co? – dopytywał się Eragon.

Brom wzruszył ramionami.

– Gdy znajdziesz się wewnątrz umysłu przeciwnika, łatwo przewidzisz, co zrobi, i zapobieżesz temu. Lecz nawet przy tej przewadze wciąż możesz przegrać, jeśli nie będziesz umiał odparować zaklęć.

Napełnił fajkę i zapalił.

– To zaś wymaga niewiarygodnie szybkiego myślenia. Nim zdołasz się obronić, musisz zrozumieć dokładną naturę atakujących cię mocy. Jeśli przeciwnik atakuje gorącem, musisz wiedzieć, czy trafia ono do ciebie przez powietrze, ogień, światło, czy w inny sposób. Tylko ta wiedza pomoże ci walczyć z magią, na przykład poprzez oziębienie rozpalonej materii.

– To chyba bardzo trudne.

– Niezwykle. – Z fajki Broma uleciał pióropusz dymu. – Rzadko się zdarza, że ktoś wytrzymuje taki pojedynek dłużej niż kilka sekund. Ogromny wysiłek i umiejętności sprawiają, że słabsi przeciwnicy giną na miejscu. Gdy poczynisz postępy, zacznę cię uczyć właściwych metod. Tymczasem, jeżeli kiedykolwiek zagrozi ci pojedynek magiczny, sugeruję, byś uciekał gdzie nogi poniosą.

Odór Dras-Leony

Posiłek zjedli w Fasaloft, ruchliwej wiosce nad jeziorem, uroczej osadzie zbudowanej na wzgórzu. Siedzący przy stole w gospodzie Eragon nadstawiał ucha i z ulgą stwierdził, że w okolicy nie krążą żadne plotki o nim i Saphirze.

Trakt, obecnie szeroka droga, przez ostatnie dwa dni znacznie się pogorszył. Koła wozów i żelazne końskie podkowy zryły powierzchnię tak mocno, że w niektórych miejscach nie dawało się przejechać. Zwiększony ruch zmusił Saphirę do ukrywania się za dnia; doganiała ich wieczorami.

Przez wiele dni podróżowali na południe brzegiem Jeziora Leona. Eragon zaczynał się już zastanawiać, czy kiedykolwiek dotrą na drugą stronę. Otuchy dodało mu spotkanie z ludźmi twierdzącymi, że od Dras-Leony dzieli ich zaledwie dzień jazdy.

***

Następnego ranka Eragon wstał wcześnie. Nie mógł się już doczekać chwili, gdy odszuka Ra'zaców.

Musicie obaj bardzo uważać – powiedziała Saphira. *Ra'zacowie mogli przecież rozesłać wszędzie szpiegów, żeby szukali pośród podróżnych ludzi odpowiadających waszemu opisowi.*

Postaramy się nie rzucać w oczy – zapewnił ją.

Smoczyca spuściła głowę, spojrzała wprost na niego. *Może, ale miej świadomość, że tym razem nie zdołam cię chronić. Będę za daleko, by przyjść z pomocą. A poza tym nie przeżyłabym długo w tak lubianych przez was wąskich uliczkach. Podczas tych łowów słuchaj we wszystkim Broma, jest rozsądny.*

Wiem – odparł ponuro.

Czy udasz się z Bromem do Vardenów? Po śmierci Ra'zaców zechce cię tam zabrać. A że Galbatorixa z pewnością rozwścieczy ich strata, może to być najbezpieczniejsze wyjście.

Eragon potarł zdrętwiałe ramiona. *Nie chcę cały czas walczyć z imperium jak Vardeni. Życie to coś więcej niż nieustanna wojna. Gdy pozbędziemy się Ra'zaców, będziemy mieli dość czasu, by spokojnie wszystko przemyśleć.*

Nie bądź taki pewny – ostrzegła.

Na drodze roiło się od rolników wiozących towary na targ w Dras-Leonie. Brom i Eragon musieli zwolnić, podążając cierpliwie za blokującymi szlak wozami.

Choć już przed południem ujrzeli w dali dym, dopiero po paru milach zobaczyli samo miasto. W odróżnieniu od starannie rozplanowanego Teirmu, Dras-Leona stanowiła chaotyczne skupisko budynków, rozciągające się na brzegu jeziora. Zrujnowane, zaniedbane domy stały przy krzywych ulicach. Centrum miasta otaczał brudnożółty mur z zaschniętego mułu.

Kilkanaście mil na wschód wyrastała w niebo góra, skalne kolumny i nagie iglice, koszmarna wizja ze snu szaleńca. Niemal pionowe ściany sterczały wyzywająco niczym strzaskane kawałki kości ziemi.

Brom wskazał ją ręką.

– To jest Helgrind. Przez niego właśnie zbudowano tu miasto. Góra ta fascynuje ludzi, choć im nie sprzyja, jest zła. – Kiwnął głową w stronę budynków za murami. – Najpierw powinniśmy pojechać do centrum.

Gdy zbliżyli się do miasta, Eragon odkrył, że największym budynkiem w Dras-Leonie jest widoczna za murami katedra. Niezwykle przypominała Helgrind, zwłaszcza gdy promienie słoneczne padły na jej łuki i ostre iglice.

– Komu oddają tu cześć? – spytał.

Brom skrzywił się z niesmakiem.

– Modlą się do Helgrindu. To bardzo okrutna religia. Wyznawcy piją ludzką krew i składają ofiary z ciała. Ich kapłanom często brak całych kończyn, bo wierzą, że im więcej oddadzą kości i ścięgien, tym mniej są związani ze światem śmiertelnych. Przez większość czasu spierają się, który z trzech szczytów Helgrindu jest najwyższy i najważniejszy, i czy powinni w swych modłach uwzględnić także najniższy, czwarty.

– To okropne. – Eragon wzdrygnął się.

– Owszem – przytaknął ponuro Brom. – Ale nie mów tego wyznawcom. W ramach „pokuty" mógłbyś stracić dłoń.

Przed olbrzymią bramą Dras-Leony zsiedli z koni i poprowadzili je między sobą. Po obu stronach bramy czuwało dziesięciu żołnierzy, którzy obserwowali gości. Eragon i Brom bez problemu dostali się do środka.

Domy za murem były wysokie i wąskie, najbliższe opierały się o fortyfikacje. Większość pochylała się nad ciasnymi, krętymi uliczkami, przysłaniając niebo, tak że trudno było stwierdzić, czy jest dzień, czy noc. Niemal wszystkie wzniesiono z tego samego, szorstkiego, brązowego drewna, które jakby wchłaniało resztki światła. Powietrze cuchnęło jak rynsztok, ulice były brudne i zaśmiecone.

Między domami uganiała się grupka obdartych dzieci, które walczyły o piętkę chleba. Okaleczeni żebracy klęczeli pod bramami, błagając o datki. Ich okrzyki przypominały potępieńczy chór. *My nie traktujemy tak nawet zwierząt*, pomyślał gniewnie Eragon; jego oczy się rozszerzyły.

– Nie zostanę tutaj – oznajmił zbuntowanym tonem.

– Dalej wygląda to nieco lepiej – powiedział Brom. – W tej chwili musimy znaleźć gospodę i opracować plan działania. Dras-Leona bywa niebezpieczna nawet dla najostrożniejszych przybyszów. Nie chcę zostać na ulicy ani chwili dłużej niż to konieczne.

Ruszyli dalej, pozostawiając za sobą plugawe wrota. Gdy znaleźli się w bogatszej części miasta, Eragon pomyślał: *Jak ci ludzie mogą żyć spokojnie, widząc otaczające ich cierpienie?*

Zatrzymali się w gospodzie Pod Złotą Kulą, taniej, lecz wyglądającej na przyzwoitą. Do niewielkiego pokoju wciśnięto wąskie łóżko, a także rozchwiany stół oraz miednicę. Eragon spojrzał na materac i oznajmił:

– Będę spał na podłodze. W łóżku jest tyle robactwa, że zeżarłoby mnie żywcem.

– Nie chciałbym go pozbawiać posiłku. – Brom rzucił juki na materac. Eragon położył swoje obok i ściągnął z pleców łuk.

– Co teraz?

– Poszukamy piwa i czegoś do jedzenia, potem się prześpimy. Jutro zaczniemy szukać Ra'zaców. – Nim wyszli z pokoju, Brom uprzedził go: – Niezależnie od wszystkiego, trzymaj język za zębami. Jeśli się zdradzimy, będziemy musieli natychmiast zniknąć.

Jedzenie podawane w gospodzie okazało się niemal niestrawne, za to piwo znakomite. Kiedy znów znaleźli się w pokoju, Eragonowi przyjemnie szumiało w głowie. Rozwinął swoje posłanie i wśliznął się pod koc. Tymczasem Brom runął na łóżko. Tuż przed zaśnięciem Eragon skontaktował się z Saphirą. *Zostaniemy tu parę dni, ale nie powinno to trwać aż tak długo jak w Teirmie. Gdy odkryjemy, gdzie ukrywają się Ra'zacowie, może zdołasz nam pomóc. Porozmawiamy rano, w tej chwili nie myślę zbyt jasno.*

Piłeś – odparła oskarżycielsko. Eragon zastanowił się chwilę i musiał się zgodzić, miała rację. Wyraźnie wyczuwał jej dezaprobatę, powiedziała jednak tylko: *Rano nie będę ci zazdrościć.*

Nie – jęknął Eragon – *ale Brom będzie. Wypił dwa razy tyle co ja.*

Szlakiem oleju

Co ja sobie myślałem? – zastanawiał się rano Eragon. W głowie czuł tępy ból, język miał suchy i obrzmiały. Po podłodze przemknął szczur i Eragon wzdrygnął się z obrzydzeniem, słysząc tupot małych nóg.

Jak się dziś czujemy? – spytała złośliwie Saphira.

Eragon puścił to mimo uszu.

Chwilę później Brom ze stęknięciem sturlał się z łóżka. Zanurzył głowę w miednicy i wyszedł. Eragon podążył za nim.

– Dokąd idziesz? – spytał.

– Dojść do siebie.

– Ja też pójdę.

Na dole Eragon odkrył, że recepta Broma na poprawę samopoczucia obejmuje duże ilości gorącej herbaty, wody z lodem i odrobinę winiaku. Gdy wrócili do pokoju, poczuł się nieco lepiej.

Brom zapiął pas z mieczem i przygładził wymiętą szatę.

– Najpierw musimy zadać kilka dyskretnych pytań. Chcę wiedzieć, dokąd w Dras-Leonie dostarczano olej seithr i gdzie stamtąd trafiał. Najpewniej we wszystkim uczestniczyli żołnierze bądź robotnicy. Musimy ich znaleźć i zachęcić do mówienia.

Wyszli z gospody i zaczęli szukać magazynów, do których mógł trafić olej. W pobliżu centrum miasta ulice zaczynały wznosić się stromo w stronę lśniącego granitowego pałacu. Zbudowano go na wzgórzu, tak by górował nad wszystkimi budynkami prócz katedry.

Dziedziniec pałacu wyłożono mozaiką z macicy perłowej, fragmenty murów ozdobiono złotem. We wnękach stały czarne posągi, w ich zimnych dłoniach tliły się kadzidła. Co cztery kroki czuwali żołnierze, bacznie obserwując przechodniów.

– Kto tam mieszka? – spytał zachwycony Eragon.

– Marcus Tábor, władca miasta. Słucha jedynie króla i własnego sumienia, które ostatnio nie było zbyt aktywne.

Okrążyli pałac, podziwiając otaczające go ogrodzone bogate domy. Do południa niczego się nie dowiedzieli i postanowili coś zjeść.

– Miasto jest zbyt duże, abyśmy przeszukiwali je razem – oznajmił Brom. – Dalej pójdziesz sam. Spotkamy się o zmierzchu Pod Złotą Kulą. – Posłał Eragonowi gniewne spojrzenie spod krzaczastych brwi. – Ufam, że nie zrobisz nic głupiego.

– Nie zrobię – przyrzekł Eragon.

Brom wręczył mu kilka monet i odszedł w przeciwnym kierunku. Przez resztę dnia Eragon rozmawiał ze sklepikarzami i robotnikami. Wszystkich traktował bardzo uprzejmie i stale się uśmiechał. Pytania prowadziły go z jednego końca miasta na drugi i z powrotem. Nikt nie słyszał o oleju. Z każdego miejsca widział spoglądającą na miasto katedrę; nigdzie nie dało się przed nią ukryć.

W końcu natrafił na człowieka, który pomagał dostarczyć olej seithr i zapamiętał, do którego magazynu trafił. Podniecony Eragon poszedł go obejrzeć, po czym wrócił Pod Złotą Kulę. Brom zjawił się dopiero po godzinie, przygarbiony ze zmęczenia.

– Dowiedziałeś się czegoś? – spytał Eragon.

Stary mężczyzna odgarnął siwe włosy.

– Mnóstwa ciekawych rzeczy, w tym tego, że za tydzień Dras-Leonę odwiedzi Galbatorix.

– Co takiego?! – wykrzyknął Eragon.

Brom oparł się o ścianę, bruzdy na jego czole się pogłębiły.

– Wygląda na to, że Tábor na zbyt wiele sobie pozwalał i Galbatorix postanowił udzielić mu lekcji pokory. Po raz pierwszy od dziesięciu lat król opuści Urû'baen.

– Myślisz, że o nas wie?

– Oczywiście, że o nas wie. Ale z pewnością nie ma pojęcia, że tu jesteśmy. W przeciwnym razie Ra'zacowie już by nas schwytali. Oznacza to jednak, że cokolwiek zrobimy, musimy zdążyć przed przybyciem Galbatorixa. Nie chcemy znaleźć się bliżej niż dwadzieścia staj od niego. Na naszą korzyść działa jednak to, że Ra'zacowie są tutaj i szykują się do królewskiej wizyty.

– Chcę dostać Ra'zaców. – Eragon zacisnął pięści. – Ale jeśli oznaczałoby to walkę z królem, rezygnuję. Rozdarłby mnie na strzępy.

Słowa te wyraźnie rozbawiły Broma.

– Bardzo dobrze, ostrożność. I masz rację, w walce z Galbatorixem nie miałbyś szans. A teraz powiedz, czego się dziś dowiedziałeś. To może potwierdzić moje odkrycia.

Eragon wzruszył ramionami.

– Słyszałem mnóstwo bzdur, ale rozmawiałem też z człowiekiem, który wie, dokąd trafił olej. To stary magazyn. Poza tym nie odkryłem niczego przydatnego.

– Mój dzień okazał się bardziej owocny. Usłyszałem to samo co ty, odwiedziłem magazyn i porozmawiałem z robotnikami. Nie musiałem zbytnio ich zachęcać, sami zdradzili, że skrzynie z olejem seithr zawsze dostarcza się do pałacu.

– I wtedy wróciłeś – dokończył Eragon.

– Ależ nie, nie przerywaj. Potem poszedłem do pałacu i dałem się zaprosić do kwater służby jako bard. Przez kilka godzin krążyłem po korytarzach, zabawiając pokojówki i służące pieśniami oraz wierszami, i zadając pytania. – Brom powoli nabił fajkę. – Zdumiewające, jak wiele wie służba. Wyobraź sobie, że jeden z tutejszych hrabiów ma trzy kochanki, wszystkie mieszkają w tym samym skrzydle. – Pokręcił głową i zapalił fajkę. – Poza wieloma fascynującymi plotkami zupełnym przypadkiem usłyszałem, co dalej dzieje się z olejem.

– To znaczy? – wtrącił niecierpliwie Eragon.

Brom zaciągnął się głęboko i wypuścił z ust kółko dymu.

– Oczywiście zabierają go z miasta. Podczas każdej pełni z pałacu wysyła się dwóch niewolników z miesięcznymi zapasami. Idą do podnóża Helgrindu. Kiedy do Dras-Leony trafia kolejny transport oleju, posyłają go wraz z zapasami. Niewolnicy znikają bez śladu, a gdy pewnego razu jeden ze służących poszedł za nimi, on także zniknął.

– Sądziłem, że Jeźdźcy znieśli handel niewolnikami.

– Niestety, pod okiem króla znów rozkwitł.

– Zatem Ra'zacowie ukrywają się na Helgrindzie. – Eragon przypomniał sobie złowieszczą górę.

– Albo w pobliżu.

– Jeśli mieszkają na Helgrindzie, to albo u jego stóp chronieni grubymi kamiennymi drzwiami, albo też wyżej, dokąd mogą dotrzeć tylko ich latające wierzchowce bądź Saphira. Tak czy inaczej, bez wątpienia są dobrze ukryci. – Zastanawiał się przez moment. – Jeśli przelecimy z Saphirą wokół Helgrindu, Ra'zacowie niewątpliwie nas zauważą. Wraz z całą Dras-Leoną.

– To pewien problem – zgodził się Brom.

Eragon zmarszczył brwi.

– A gdybyśmy zajęli miejsce dwóch niewolników? Wkrótce będzie pełnia. To świetna szansa na zbliżenie się do Ra'zaców.

Brom z namysłem pociągnął brodę.

– Ryzykowne. A jeśli niewolników zabijają z daleka? Nie możemy załatwić Ra'zaców, póki ich nie zobaczymy.

– Nie wiemy, czy w ogóle zabijają niewolników – zauważył Eragon.

– Jestem przekonany, że to robią – odparł z powagą Brom, potem jednak oczy mu rozbłysły, wydmuchnął kolejne kółko dymu. – Mimo wszystko to intrygujący pomysł. Gdybyśmy to zrobili, a Saphira ukryłaby się w pobliżu i... – Urwał. – Może się uda, ale musimy działać szybko. Przyjazd króla wszystko utrudnia, nie mamy wiele czasu.

– Może powinniśmy pójść pod Helgrind i rozejrzeć się. Dobrze byłoby rozpoznać teren za dnia, by nie dać się zaskoczyć.

Brom przesunął palcami po lasce.

– To można zrobić później. Jutro wrócę do pałacu i sprawdzę, jak moglibyśmy zastąpić niewolników. Muszę jednak uważać, by nie wzbudzać niczyich podejrzeń. Szpiedzy i dworzanie wiedzący o obecności Ra'zaców z łatwością by mnie rozgryźli.

– Nie mogę uwierzyć, że ich znaleźliśmy – powiedział cicho Eragon. W myślach znów ujrzał martwego wuja i spalone gospodarstwo. Zacisnął zęby.

– Najtrudniejsze dopiero przed nami, ale owszem, dobrześmy się spisali – odparł Brom. – Jeśli uśmiechnie się do nas szczęście, wkrótce dokonasz zemsty, a Vardeni pozbędą się niebezpiecznego wroga. To, co nastąpi dalej, będzie zależeć wyłącznie od ciebie.

Eragon otworzył umysł i z radością powiedział Saphirze:

Znaleźliśmy kryjówkę Ra'zaców.

Gdzie?

Szybko wyjaśnił, co odkryli.

Helgrind – mruknęła z namysłem. *To dla nich stosowne miejsce.*

Eragon zgodził się.

Gdy skończymy, może odwiedzimy Carvahall?

Czy tego właśnie chcesz? – spytała z nagłą goryczą. *Wrócić do poprzedniego życia? Wiesz, że to niemożliwe, więc przestań za tym tęsknić. W pewnym momencie będziesz musiał zdecydować, którą drogę wybrać. Czy będziesz ukrywał się przez resztę życia, czy też pomożesz Vardenom. Innych możliwości nie ma, chyba że zechcesz połączyć siły z Galbatorixem, ja jednak tego nie zrobię i nigdy się na to nie zgodzę.*

Jeśli będę musiał wybrać – odparł spokojnie – *złączę swój los z Vardenami i dobrze o tym wiesz.*

Owszem, ale czasem trzeba powiedzieć to głośno. Zostawiła go, by mógł przemyśleć te słowa.

Religia Helgrindu

Eragon obudził się i odkrył, że jest sam. Brom pozostawił mu wiadomość napisaną na ścianie zwęglonym patykiem:

Eragonie,
nie będzie mnie aż do późna. Pod materacem znajdziesz pieniądze
na posiłek. Zwiedź miasto, baw się dobrze, ale bądź ostrożny!

Brom

PS Unikaj pałacu, nie chodź nigdzie bez łuku, nałóż cięciwę.

Eragon wytarł ścianę i wyciągnął spod posłania pieniądze. Przewiesił przez plecy łuk, myśląc: *Chciałbym od czasu do czasu pójść gdzieś bez broni.*
Opuściwszy gospodę, zaczął krążyć po ulicach, raz po raz zatrzymując się i oglądając dokładniej coś, co przyciągnęło jego uwagę. Było tu wiele intrygujących sklepów, lecz żaden nie dorównywał kramowi zielarki Angeli w Teirmie. Chwilami zerkał spode łba na ciemne, złowieszczo stłoczone domy, marząc, by znaleźć się poza miastem. Gdy zgłodniał, kupił gomółkę sera i bochen chleba, i zjadł, siedząc na krawężniku. Później w dalekim zakątku Dras-Leony usłyszał licytatora, szybko wymieniającego kolejne ceny. Zaciekawiony podążył w stronę głosu i znalazł się na

dużym placu między dwoma budynkami. Na wysokiej do pasa platformie stało dziesięciu mężczyzn, a wokół nich zebrał się tłum, barwny i hałaśliwy. *Ciekawe, co tu sprzedają?* – pomyślał Eragon.

Licytator skończył recytować ceny i wezwał gestem stojącego za platformą mężczyznę, który wdrapał się na nią niezgrabnie. Ciągnął za sobą łańcuchy, którymi skuto mu ręce i nogi.

– A oto nasz pierwszy przedmiot – oświadczył licytator. – Zdrowy mężczyzna z Pustyni Haradackiej schwytany zaledwie miesiąc temu, w świetnym stanie. Spójrzcie na te ręce i nogi, jest silny jak byk. Świetnie nadaje się do noszenia tarczy albo – jeśli mu nie ufacie – do ciężkiej pracy. Ale powiadam wam, panie i panowie, że byłoby to okropnym marnotrawstwem. Chłopak jest ostry jak brzytwa. Jeśli tylko zdoła się nauczyć cywilizowanej mowy.

Tłum roześmiał się, a Eragon zacisnął zęby, gotując się z wściekłości. Jego wargi zaczęły formułować słowo, które uwolni niewolnika. Świeżo zrośnięta ręka uniosła się, znak na dłoni zalśnił. Już miał uwolnić magię, gdy uświadomił sobie nagle, że niewolnik nie zdoła uciec. Schwytają go, nim dotrze do bramy. Próbując pomóc, tylko pogorszyłby sprawę. Powoli opuścił rękę i zaklął pod nosem. *Myśl! Tak właśnie wpadłeś w tarapaty z urgalami.*

Patrzył bezradnie, jak niewolnik trafia do wysokiego mężczyzny z orlim nosem. Potem na podeście stanęła dziewczynka, najwyżej sześcioletnia, wyrwana z objęć zapłakanej matki. Gdy licytator rozpoczął aukcję, Eragon zmusił się do odejścia, wściekły i oburzony.

Dopiero kilka ulic dalej przestał słyszeć płacz i zawodzenie. *Chciałbym, żeby w tej chwili jakiś złodziej próbował zwędzić mi sakiewkę*, pomyślał ponuro, prawie marząc, by się to stało. Dając ujście furii, z całych sił rąbnął pięścią w pobliski mur, ocierając kostki.

Oto czemu mógłbym położyć kres, walcząc z imperium, uświadomił sobie nagle. *Z Saphirą u boku mógłbym uwolnić tych niewolników. Dano mi szczególne moce; byłbym samolubny, nie wykorzystując ich dla dobra innych. Coś takiego byłoby niegodne Jeźdźca.*

Dopiero po dłuższej chwili rozejrzał się i odkrył ze zdumieniem, że stoi przed katedrą. Spiralne iglice olbrzymiej budowli były pokryte posągami i rzeźbami. Na krawędziach dachów i gzymsach przycupnęły wykrzywione gargulce. Na ścianach wiły się fantastyczne bestie, a u ich podstaw maszerowali bohaterowie i królowie, na zawsze zastygli w zimnym marmurze. Wzdłuż ścian dostrzegł szeregi żebrowanych łuków i wysokich witrażowych okien, a także kolumny najróżniejszych rozmiarów. Szczyt budowli wieńczyła samotna wieżyczka, przypominająca maszt. Pod ciężkim frontonem kryły się okute żelazem drzwi ze srebrnym napisem. Eragon rozpoznał w nim pradawną mowę. O ile umiał ją odczytać, napis głosił: *Obyś ty, który tu wchodzisz, pojął swą ulotność i zapomniał o więzi łączącej cię z tym, co ukochałeś.*

Widok całej budowli wywołał dreszcz na plecach Eragona. Było w niej coś złowieszczego. Przypominała drapieżnika, przycupniętego w kącie miasta i czyhającego na kolejną ofiarę.

Do wejścia wiodły szerokie schody; Eragon z powagą wspiął się na nie i zatrzymał przed drzwiami. *Ciekawe, czy mogę wejść.* Z czymś na kształt poczucia winy pchnął jedno skrzydło. Otwarło się gładko na naoliwionych zawiasach. Przekroczył próg.

Pustą katedrę wypełniała cisza zapomnianego grobowca. Powietrze było suche i bardzo zimne. Nagie ściany wznosiły się ku sklepionej powale, tak wysokiej, że Eragon czuł się mały jak mrówka. Witraże przedstawiały sceny gniewu, nienawiści i rozpaczy. Rozproszone barwne promienie widmowego światła zalewały fragmenty granitowych ław plamami przejrzystych kolorów. Resztę skrywały cienie. Jego dłonie nabrały barwy ciemnego błękitu.

Między oknami stały posągi o martwych, jasnych oczach. Uniósł hardo głowę pod ich surowym spojrzeniem i powoli powędrował środkową nawą, lękając się zakłócić panującą tu ciszę. Skórzane buty stąpały bezdźwięcznie po polerowanej kamiennej posadzce.

Ołtarz tworzyła wielka kamienna płyta, pozbawiona jakichkolwiek ozdób. Samotny promień światła padał na nią, oświetlając tańczące w powietrzu drobinki złocistego kurzu. Za ołtarzem piszczałki olbrzymich wiatrowych organów wznosiły się ku sufitowi i przebijały go, otwierając się ku żywiołom. Instrument ów wygrywał melodie tylko wówczas, gdy Dras-Leoną wstrząsała wichura.

Wiedziony szacunkiem Eragon ukląkł przed ołtarzem i pochylił głowę. Nie modlił się, składał jednak hołd samej katedrze. Kamienie otaczała aura smutku oglądanych przez nie żywotów, a także grozy towarzyszącej niezwykłym odprawianym w tych murach obrzędom. Było to złowrogie miejsce, nagie i zimne. Jego mrożący krew w żyłach dotyk niósł jednak ze sobą tchnienie wieczności i może też kryjących się w niej mocy.

W końcu Eragon skłonił głowę jeszcze niżej i wstał. Ze spokojem i powagą wyszeptał do siebie parę słów w pradawnej mowie i odwrócił się. Zamarł, serce zatrzepotało mu w piersi i zaczęło walić jak młotem. W wejściu katedry stali Ra'zacowie. Obserwowali go. Obaj dobyli mieczy, których ostrza połyskiwały krwawo w szkarłatnym świetle. Mniejszy wydał z siebie dziwnie gadzi syk, żaden się nie poruszył.

Eragon poczuł, jak wzbiera w nim wściekłość. Tak długo ścigał Ra'zaców, że wspomnienie bólu, jaki mu zadali, nieco stępiało. Teraz jednak mógł w końcu się zemścić. Furia eksplodowała w nim niczym wulkan, podsycana jeszcze wcześniejszą wściekłością na los niewolników. Z ust wyrwał się krzyk, który odbijał się gromkim echem od ścian. Eragon chwycił wiszący za plecami łuk, błyskawicznie nałożył strzałę i wypuścił. Po niej dwie następne.

Ra'zacowie odskoczyli z nieludzką szybkością. Syknęli, biegnąc między ławami. Ich płaszcze łopotały niczym krucze skrzydła. Eragon sięgnął po kolejną strzałę, ostrożność jednak wstrzymała mu rękę. *Skoro wiedzieli, gdzie mnie znaleźć, Bromowi także grozi niebezpieczeństwo. Muszę go ostrzec!* I wówczas ku jego zgrozie do katedry wmaszerował szereg żołnierzy. Za drzwiami dostrzegł wielu ludzi w mundurach.

Zerknął tęsknie na atakujących Ra'zaców, po czym zawrócił, szukając drogi ucieczki. Jego uwagę przyciągnął westybul po lewej stronie ołtarza. Przebiegł pod łukowatym przejściem i popędził korytarzem wiodącym do klasztoru z dzwonnicą. Tupot stóp Ra'zaców za plecami sprawił, że jeszcze przyśpieszył kroku. Nagle dostrzegł koniec korytarza: zamknięte drzwi.

Zaczął tłuc w nie pięściami, próbując je wyłamać, ale drewno było zbyt mocne. Ra'zacowie zbliżali się z każdą sekundą. Rozgorączkowany, wciągnął w płuca powietrze i warknął: Jierda! Drzwi z błyskiem rozpadły się na kawałki i runęły na ziemię. Eragon wskoczył do niewielkiego pomieszczenia i biegł dalej.

Szybko pokonał kilkanaście sal, zaskakując grupę kapłanów. Za plecami słyszał krzyki i przekleństwa. Dzwon w górze zaczął bić na alarm. Eragon przemknął przez kuchnię, wyminął paru mnichów i wyśliznął się bocznymi drzwiami. Zatrzymał się gwałtownie w ogrodzie otoczonym wysokim ceglanym murem, pozbawionym jakichkolwiek uchwytów. Innego wyjścia nie było.

Eragon chciał już zawrócić, usłyszał jednak cichy syk. To Ra'zacowie zbliżali się do drzwi. Zdesperowany, popędził ku ścianie, wyciągając ręce.

Magia nie zdołałaby mu pomóc – gdyby za jej pomocą rozbił mur, zabrakłoby mu sił do biegu.

Skoczył. Mimo że wyciągał ręce, tylko czubkami palców dosięgnął krawędzi muru. Reszta ciała rąbnęła w cegły, pozbawiając go tchu. Eragon sapnął i zawisł przez chwilę, starając się nie upaść. Ra'zacowie wpadli do ogrodu, kręcąc głowami niczym ogary szukające ofiary. Wyczuł, że się zbliżają, i napiął mięśnie. W jego ramionach eksplodował ból, zdołał jednak wydźwignąć się na mur i opaść na drugą stronę. Potknął się, odzyskał równowagę i pomknął uliczką dokładnie w chwili, gdy Ra'zacowie przeskoczyli przez ogrodzenie. Zaskoczony Eragon znów gwałtownie przyśpieszył.

Biegł tak dłuższą chwilę, nim w końcu musiał się zatrzymać i złapać oddech. Niepewny, czy zdołał zgubić Ra'zaców, odszukał zatłoczone targowisko i zanurkował pod jeden z wozów. *Jak mnie znaleźli?* – zastanawiał się zdyszany. *Nie powinni wiedzieć, gdzie jestem... Chyba że coś złego spotkało Broma!* Sięgnął umysłem do Saphiry. *Ra'zacowie mnie znaleźli. Grozi nam niebezpieczeństwo. Sprawdź, czy Bromowi nic nie jest. Jeśli tak, ostrzeż go i powiedz, że spotkamy się w gospodzie. Na wszelki wypadek przygotuj się do lotu, możemy potrzebować twojej pomocy w ucieczce.*

Smoczyca przez chwilę milczała, po czym rzekła krótko: *Przyjdzie do gospody. Nie zatrzymuj się, grozi ci wielkie niebezpieczeństwo.*

Powiedz mi coś nowego – mruknął Eragon i wyturlał się spod wozu. Pośpieszył z powrotem Pod Złotą Kulę. Błyskawicznie spakował rzeczy, osiodłał konie i wyprowadził na ulicę. Wkrótce zjawił się Brom z laską w ręku, groźnie skrzywiony. Bez słowa wskoczył na grzbiet Śnieżnego Płomienia.

– Co się stało? – spytał.

– Byłem w katedrze, gdy za moimi plecami nagle zjawili się Ra'zacowie – wyjaśnił Eragon, wskakując na Cadoca. – Biegłem jak mogłem najszybciej, ale w każdej chwili mogą tu dotrzeć. Saphira dołączy do nas, gdy tylko wydostaniemy się z Dras-Leony.

– Musimy uciec za mury, nim zamkną bramy, o ile już tego nie zrobili – rzekł Brom. – Jeżeli je zamkną, nie zdołamy zbiec. Cokolwiek się stanie, trzymaj się mnie. – Eragon zesztywniał, widząc żołnierzy skręcających w ulicę.

Brom zaklął, gwałtownie zaciął Śnieżnego Płomienia i pogalopował naprzód. Eragon pochylił się nisko nad grzbietem Cadoca, podążając w ślady Broma. Kilka razy podczas tej szalonej, niebezpiecznej jazdy o mało nie zderzyli się ze sobą albo z tłumami ludzi blokującymi ulice w pobliżu muru. Gdy w końcu ujrzeli przed sobą bramę, Eragon z rozpaczą ściągnął wodze. Była już półprzymknięta, a drogę blokował podwójny szereg pikinierów.

– Rozsiekają nas na kawałki! – wykrzyknął.

– Mimo wszystko musimy spróbować. – Głos Broma zabrzmiał twardo. – Ja zajmę się ludźmi, ale ty musisz przytrzymać bramę.

Eragon skinął głową, zacisnął zęby i uderzył piętami Cadoca.

Popędzili w stronę żołnierzy, którzy spokojnie opuścili piki na wysokość końskiej piersi i oparli o ziemię. Choć przerażone konie parskały, Eragon i Brom nie pozwalali im zwolnić. Eragon usłyszał krzyk żołnierzy, lecz całą uwagę skupił na nieuchronnie zamykającej się bramie.

Gdy zbliżyli się do ostrych pik, Brom uniósł dłoń i przemówił. Słowa uderzyły ze złowieszczą precyzją – żołnierze polecieli na boki, jakby ktoś podciął im nogi. Odstęp pomiędzy skrzydłami wrót malał z każdą sekundą. Eragon, z nadzieją że wysiłek ten nie okaże się zbyt wielki, przywołał moc i wykrzyknął:

– Du grindr huildr!

Brama zgrzytnęła ogłuszająco, wrota zadrżały i zastygły. Tłum i wartownicy umilkli, patrząc ze zdumieniem. Do wtóru głośnego tętentu końskich kopyt Brom i Eragon wystrzelili za mury Dras-Leony. W chwili gdy przekroczyli bramę, Eragon ją uwolnił. Skrzydła zadrżały i zatrzasnęły się z hukiem.

On sam zachwiał się ze zmęczenia, lecz zdołał utrzymać się na koniu. Brom patrzył na niego z troską. Uciekali nadal przedmieściami Dras-Leony. Na murach za nimi zadźwięczały trąbki. Ukryta wśród drzew Saphira czekała na nich tuż za miastem. Jej oczy płonęły, ogon kołysał się nerwowo na boki.

– Wsiądź na nią – polecił Brom. – I tym razem, cokolwiek by się działo, zostańcie w powietrzu. Pojadę na południe, lećcie w pobliżu. Nie obchodzi mnie, czy ktoś was zobaczy.

Eragon szybko wskoczył na grzbiet smoczycy. Po chwili wzbili się w powietrze. Patrzył, jak Brom galopuje gościńcem.

Nic ci nie jest? – spytała Saphira.

Nic – odparł Eragon – *ale tylko dlatego, że mieliśmy wielkie szczęście.*

Z jej nozdrzy uleciał obłoczek dymu.

Cały czas spędzony na poszukiwaniach Ra'zaców poszedł na marne.

Wiem. Eragon spuścił głowę, tuląc się do jej łusek. *Gdybym miał do czynienia tylko z Ra'zacami, zostałbym i walczył. Ale z tymi żołnierzami nie miałem szans.*

Rozumiesz, że teraz zaczną o nas gadać? To nie była dyskretna ucieczka. Od tej pory unikanie imperium stanie się jeszcze trudniejsze. W jej głosie pojawił się ton, którego Eragon wcześniej nie słyszał.

Wiem.

Lecieli nisko i szybko nad gościńcem. Jezioro Leona znikało w tyle, ziemia stawała się sucha i skalista, porośnięta twardymi, ostrymi krzewami i wysokimi kaktusami. Niebo zasnuły ciemne chmury, w oddali zalśniła błyskawica. Wiatr przyśpieszał z każdą chwilą i Saphira poszybowała w dół ku Bromowi, który wstrzymał konie.

– Co się stało?

– Wiatr jest za silny.

– Nie jest taki zły – zaprotestował Brom.

– Tam w górze jest. – Eragon wskazał niebo.

Brom zaklął i oddał mu wodze Cadoca. Ruszyli naprzód, Saphira podążała za nimi, choć na ziemi miała problemy z dotrzymaniem kroku koniom.

Wichura wciąż się wzmagała, wzbijała w powietrze obłoki kurzu tańczące niczym oszalali derwisze. Uciekinierzy owinęli głowy chustami, chroniąc oczy; szata Broma łopotała na wietrze, jego broda szarpała się tam i z powrotem jak obdarzona własnym życiem. Mimo wszystko Eragon modlił się o deszcz. Co prawda jechałoby im się jeszcze gorzej, ale zmyłby wszystkie ślady.

Wkrótce ciemność zmusiła ich do przerwania ucieczki. Kierując się wyłącznie gwiazdami, zeszli ze szlaku i rozbili obóz między dwoma głazami. Nie odważyli się rozpalić ognia, toteż zjedli zimny posiłek. Saphira osłaniała ich przed wiatrem.

Po skromnym posiłku Eragon spytał bez żadnych wstępów:

– Jak nas znaleźli?

Brom chciał zapalić fajkę, ale po namyśle ją odłożył.

– Jeden ze służących w pałacu ostrzegł mnie, że wśród nich są też szpiedzy. Wieść o moich pytaniach musiała dotrzeć do Tábora... a od niego do Ra'zaców.

– Nie możemy teraz wrócić do Dras-Leony, prawda?

Brom pokręcił głową.

– Najwcześniej za kilka lat.

Eragon zwiesił głowę i ukrył twarz w dłoniach.

– W takim razie, czy nie powinniśmy wywabić stamtąd Ra'zaców? Jeśli Saphira się pokaże, rzucą wszystko, by ją schwytać.

– I zabiorą pięćdziesięciu żołnierzy – dodał Brom. – Zresztą nie pora teraz o tym mówić. W tej chwili musimy skupić się na tym, by pozostać przy życiu. Dzisiejsza noc będzie najniebezpieczniejsza, bo Ra'zacowie wyruszą za nami w ciemności, a wtedy są silniejsi. Będziemy na zmianę czuwać do rana.

– Jasne. – Eragon wstał i zawahał się, mrużąc oczy. Kątem oka dostrzegł poruszenie, niewielką barwną plamę odcinającą się od otaczającego ją mroku. Postąpił krok naprzód, przyglądając się uważnie.

– Co się stało? – spytał Brom, rozwijając koce.

Eragon przez chwilę patrzył w ciemność, w końcu się odwrócił.

– Nie wiem, wydawało mi się, że coś widzę. Pewnie to ptak.

W tym momencie z tyłu jego głowy eksplodował ból, Saphira ryknęła, a potem Eragon runął na ziemię nieprzytomny.

Zemsta Ra'zaców

Obudził go tępy ból. Za każdym razem, gdy krew przepływała przez głowę, niosła ze sobą świeżą falę cierpienia. Powoli rozwarł powieki i skrzywił się, do oczu napłynęły mu łzy. Patrzył wprost w jasną lampę. Zamrugał, odwrócił wzrok. Gdy próbował usiąść, uświadomił sobie, że ręce ma związane za plecami. Oszołomiony, odwrócił powoli głowę i ujrzał ręce Broma. Z ulgą przekonał się, że związano ich razem. Ale czemu? Próbował znaleźć odpowiedź na to pytanie, gdy nagle do głowy przyszła mu myśl: *Nie związaliby nieboszczyka.* Ale kim byli „oni"? Jeszcze mocniej przekręcił głowę i zamarł, gdy w polu widzenia ujrzał wysokie czarne buty.

Uniósł wzrok i spojrzał wprost w skryte pod kapturem oblicze Ra'zaca. Przeszyła go gwałtowna błyskawica strachu. Sięgnął po magię, chcąc wymówić słowo, które zabije Ra'zaca. Nagle jednak urwał zaskoczony. Nie mógł przypomnieć sobie żadnych słów. Sfrustrowany, spróbował ponownie, ale słowo znów mu się wymknęło.

Nad jego głową Ra'zac zaśmiał się złowieszczo.

– Napój działa, tak? Więcej nam już chyba nie zaszszszkodzisz.

Z lewej strony coś zabrzęczało. Eragon ze zgrozą ujrzał, jak drugi Ra'zac zakłada kaganiec na głowę Saphiry. Skrzydła miała przywiązane do boków czarnymi łańcuchami, nogi skute kajdanami. Eragon próbował nawiązać kontakt, ale nic nie poczuł.

– Gdy zagroziliśmy, że cię zabijemy, stała się bardzo pokorna – syknął Ra'zac.

Pochylony w blasku latarni, zaczął grzebać w jukach Eragona, oglądając i odrzucając kolejne przedmioty, póki nie natknął się na Zar'roca.

– Co za śliczne cacko dla kogoś tak... nieważnego. Może je zatrzymam? – Pochylił się i prychnął. – A może, jeśli będziesz zachowywał się grzecznie, naszszsz pan pozwoli ci go czyścić. – Jego wilgotny oddech cuchnął surowym mięsem.

Powoli obrócił miecz w dłoniach i zaskrzeczał na widok symbolu na pochwie. Towarzysz podbiegł do niego. Przez chwilę stali nad mieczem, sycząc i cmokając. W końcu odwrócili się do Eragona.

– Dobrze będziesz sssłużył naszemu panu. Tak.

Eragon z trudem poruszył opuchniętym językiem.

– Wówczas was zabiję.

Obaj zaśmiali się zimno.

– Och nie, jesteśmy zbyt cenni, ale ty... ciebie można zassstąpić.

Saphira warknęła gardłowo, z jej nozdrzy uniosła się smużka dymu. Ra'zacowie się tym nie przejęli.

Ich uwagę przyciągnął Brom, który jęknął i przekręcił się na bok. Jeden z Ra'zaców chwycił go za koszulę i bez trudu dźwignął w powietrze.

– Przessstaje działać.

– Daj mu więcej.

– Po prossstu go zabijmy – powiedział niższy. – Bardzo nam zaszszkodził.

Wyższy przesunął palcem po mieczu.

– Dobry plan, ale pamiętaj, król rozkazał utrzymać obu przy życiu.

– Możemy powiedzieć, że zginął, gdy ich sschwytaliśmy.

– A co zzz tym? – Ra'zac wskazał mieczem Eragona. – Jeśśśli zacznie mówić?

Jego towarzysz zaśmiał się i dobył paskudnego sztyletu.

– Nie ośśśmieli się.

Zapadła długa cisza.

– Zzzgoda.

Razem zawlekli Broma na środek obozu i dźwignęli na kolana. Brom opadł na bok. Eragon obserwował wszystko z rosnącym lękiem. *Muszę się uwolnić!* Szarpnął sznury, były jednak zbyt mocne.

– Niczego nie próbuj. – Wyższy Ra'zac ukłuł go mieczem.

Nagle uniósł głowę i zaczął węszyć. Coś wyraźnie go zaniepokoiło. Drugi Ra'zac warknął, odciągnął głowę Broma i przysunął sztylet do odsłoniętego gardła. Dokładnie w tej chwili rozległ się cichy świst. Ra'zac zawył, w jego ramię wbiła się strzała. Drugi, stojący bliżej Eragona, opadł na ziemię, o włos unikając kolejnej strzały. Podczołgał się do zranionego towarzysza, razem patrzyli w ciemność, sycząc gniewnie.

Nie próbowali nawet powstrzymać Broma, który chwiejnie dźwignął się na nogi.

– Padnij! – krzyknął Eragon.

Brom zachwiał się i ruszył w jego stronę. Niewidoczni napastnicy posłali w powietrze kolejne strzały. Ra'zacowie przeturlali się i ukryli za głazami. Po chwili strzały nadleciały z przeciwnej strony. Zaskoczeni Ra'zacowie zareagowali zbyt wolno – groty podziurawiły im płaszcze, z ręki jednego sterczała złamana strzała.

Z dzikim okrzykiem mniejszy Ra'zac pomknął w stronę drogi, uprzednio z całych sił kopnąwszy Eragona w bok. Jego towarzysz zawahał się, po czym chwycił sztylet i popędził naprzód. Opuszczając obóz, obrócił się i cisnął nożem w Eragona.

W oczach Broma zapłonęło dziwne światło. Rzucił się przed Eragona, otwierając usta w bezgłośnym krzyku. Sztylet uderzył go z głuchym stuknięciem i mężczyzna runął ciężko na bok. Jego głowa opadła bezwładnie.

– Nie! – wrzasnął Eragon, wciąż jeszcze zgięty wpół z bólu.

Usłyszał kroki, a potem jego oczy zamknęły się i nie zobaczył już nic więcej.

Murtagh

Na długi czas świat Eragona skurczył się jedynie do palącego bólu w boku. Każdy oddech niósł ze sobą falę cierpienia, zupełnie jakby to jego, nie Broma, trafił sztylet. Stracił poczucie czasu, nie wiedział, czy minął tydzień, czy zaledwie kilka minut. Gdy w końcu wróciła mu świadomość, otworzył oczy i zerknął ostrożnie na płonące kilkanaście stóp dalej ognisko. Ręce wciąż miał związane, lecz działanie narkotyku minęło, bo znów myślał jasno.

Saphiro, jesteś ranna?

Nie, ale ty i Brom owszem. Smoczyca czuwała nad Eragonem, osłaniając go skrzydłami.

Nie rozpaliłaś sama tego ognia, prawda? I nie mogłaś uwolnić się własnymi siłami z łańcuchów.

Nie.

Tak też sądziłem. Z trudem dźwignął się na kolana i ujrzał siedzącego po drugiej stronie ogniska młodego mężczyznę.

Nieznajomy, odziany w obdarty strój, wręcz promieniował spokojem i pewnością siebie. W rękach trzymał łuk, u boku miał długi półtoraręczny miecz, na jego kolanach spoczywał biały róg oprawny w srebro, z buta sterczała rękojeść sztyletu. Poważną twarz i roziskrzone oczy otaczały kręcone kasztanowe włosy. Sprawiał wrażenie o kilka lat starszego niż Eragon, wyższego może o cal. Za plecami uwiązał szarego rumaka bojowego. Czujnie obserwował Saphirę.

– Kim jesteś? – spytał Eragon, oddychając płytko.

Dłonie mężczyzny zacisnęły się na drzewcu łuku.

– Jestem Murtagh.

Głos miał niski i opanowany, lecz dźwięczało w nim dziwne napięcie. Eragon przesunął ręce pod nogami tak, by znalazły się z przodu. Zacisnął zęby, czując nagły przeszywający ból w boku.

– Czemu nam pomogłeś?

– Nie jesteście jedynymi wrogami Ra'zaców. Tropiłem ich.

– Wiesz, kim są?

– Tak.

Eragon skoncentrował się na sznurach oplecionych wokół przegubów. Sięgnął po magię. Przez moment zawahał się, świadom, że Murtagh nie spuszcza z niego wzroku. Potem jednak uznał, że nie ma to znaczenia.

– Jierda – warknął.

Sznury pękły i poleciały na boki. Roztarł dłonie, czując mrowienie napływającej krwi.

Murtagh odetchnął głośno. Eragon zebrał siły i spróbował wstać, lecz żebra zaprotestowały falą bólu. Osunął się z powrotem, wciągając ze świstem powietrze. Murtagh próbował mu pomóc, lecz Saphira powstrzymała go warknięciem.

– Pomógłbym ci już wcześniej, ale twój smok nie chciał mnie dopuścić.

– Nazywa się Saphira – odparł krótko Eragon.

Puść go, sam sobie nie poradzę. A zresztą ocalił nam życie.

Saphira znów warknęła, lecz złożyła skrzydła i cofnęła się o krok. Murtagh przyjrzał się jej spokojnie, ruszając naprzód.

Chwycił Eragona za rękę, łagodnie podnosząc go z ziemi. Eragon jęknął z bólu, bez pomocy z pewnością by upadł. Razem wrócili do ogniska. Brom leżał obok na plecach.

– Co z nim? – spytał Eragon.

– Źle. – Murtagh opuścił go na ziemię. – Sztylet wbił się między żebra. Za chwilkę możesz go obejrzeć, ale najpierw sprawdźmy, jak mocno ciebie ranili. – Pomógł Eragonowi zdjąć koszulę i zagwizdał cicho. – Auu.

– Auu – zgodził się słabo Eragon.

Cały lewy bok pokrywał mu wielki, nierówny siniec. W kilkunastu miejscach napuchnięta, czerwona skóra pękła. Murtagh przyłożył doń rękę i nacisnął lekko. Eragon wrzasnął, Saphira warknęła ostrzegawczo. Mężczyzna zerknął na smoczycę i chwycił koc.

– Masz chyba złamane kilka żeber. Trudno stwierdzić, ale co najmniej dwa, może więcej. Dobrze, że nie plujesz krwią. – Zaczął drzeć koc na pasy, szybko owinął nimi pierś Eragona.

Eragon naciągnął z powrotem koszulę.

– Tak... dobrze. – Odetchnął płytko, przesunął się do Broma i ujrzał, że Murtagh wyciął w jego szacie dziurę, by opatrzyć ranę. Drżącymi palcami rozwiązał bandaże.

– Nie radzę – uprzedził Murtagh. – Bez nich wykrwawi się na śmierć.

Eragon zignorował go i odsłonił ranę, krótką i wąską, lecz bardzo głęboką. Wciąż wypływała z niej krew. Już wcześniej przy Garrowie przekonał się, że obrażenia zadawane przez Ra'zaców wolno się goją.

Zdjął rękawicę, rozpaczliwie szukając w pamięci uzdrawiających słów, których nauczył go Brom. *Pomóż mi, Saphiro* – rzucił błagalnie – *jestem za słaby, by zrobić to sam.*

Saphira przykucnęła obok niego, patrząc uważnie na Broma. *Jestem, Eragonie.* Gdy ich umysły się złączyły, poczuł, jak do jego ciała napływa nowa siła. Zebrał ich połączoną moc i skupił się na słowach. Dłoń mu zadrżała, gdy uniósł ją nad raną.

– Waíse heill – rzekł.

Dłoń rozbłysła, skóra Broma zrosła się bez śladu. Murtagh obserwował wszystko, stojąc z boku.

Proces zasklepiania rany szybko dobiegł końca. Gdy światło przygasło, Eragon usiadł ciężko. Czuł mdłości. *Nigdy wcześniej nie dokonaliśmy czegoś takiego.*

Saphira przytaknęła. *Razem możemy rzucać zaklęcia, na które osobno brak nam sił.*

Murtagh uważnie obejrzał bok Broma.

– Jest całkowicie wyleczony?

– Mogę naprawić tylko powierzchniowe rany. Nie potrafię wyleczyć uszkodzeń wewnętrznych. Teraz wszystko zależy od niego, ja zrobiłem, co mogłem. – Na moment przymknął oczy i dodał, krańcowo wyczerpany: – Moja głowa, w głowie... kręci mi się... jakbym leciał w chmurach.

– Pewnie musisz coś zjeść – odpowiedział Murtagh. – Zaraz ugotuję zupę.

Podczas gdy Murtagh krzątał się przy posiłku, Eragon zastanawiał się, kim jest ów dziwny nieznajomy. Łuk i miecz miał przedniej roboty, podobnie róg. *Albo to złodziej, albo przywykł do życia w dostatku. Czemu poluje na Ra'zaców? Co zrobili, że stał się ich wrogiem? Ciekawe, czy pracuje dla Vardenów?*

Murtagh wręczył mu miskę. Eragon szybko przełknął gorący rosół.

– Jak dawno uciekli Ra'zacowie?

– Parę godzin temu.

– Musimy wyruszyć, nim wrócą z posiłkami.

– Ty może dasz radę podróżować, ale on nie. – Murtagh gestem wskazał Broma. – Nikt nie wstaje i nie rusza w drogę po tym, jak pchnięto go nożem między żebra.

Jeśli zrobimy nosze, dasz radę ponieść Broma w pazurach, tak jak kiedyś Garrowa? – spytał Eragon Saphirę.

Tak, ale trudno mi będzie lądować.

Nieważne, grunt, że to możliwe.

– Saphira może go ponieść – rzekł głośno. – Ale potrzebne nam nosze. Mógłbyś je zrobić? Ja nie mam siły.

– Zaczekaj tutaj.

Murtagh dobył miecza i zniknął w mroku. Eragon pokuśtykał do swych juków, podniósł łuk odrzucony na bok przez Ra'zaca, nałożył cięciwę, znalazł kołczan i Zar'roca leżącego w cieniu. Potem wyciągnął koc do zrobienia noszy.

Murtagh powrócił z dwoma młodymi drzewkami. Ułożył je równolegle na ziemi i przymocował do obu koc. Gdy już starannie przywiązał Broma do zaimprowizowanych noszy, Saphira chwyciła pniaki w szpony i wystartowała ciężko.

– Nigdy nie sądziłem, że zobaczę coś takiego. – W głosie Murtagha zabrzmiała osobliwa nuta.

Kiedy Saphira zniknęła na mrocznym niebie, Eragon pokuśtykał do Cadoca i z trudem wspiął się na grzbiet konia.

– Dzięki, że nam pomogłeś. Teraz powinieneś już jechać, uciekaj jak najdalej. Jeśli imperium schwyta cię wraz z nami, będziesz w niebezpieczeństwie. Nie możemy ci zapewnić ochrony, a nie chciałbym, by z naszego powodu spotkała cię krzywda.

– Ładna przemowa. – Murtagh zgasił ogień. – Ale dokąd się udacie? Macie w pobliżu bezpieczną kryjówkę?

– Nie – przyznał Eragon.

Oczy Murtagha rozbłysły, delikatnie przesunął palcami po rękojeści miecza.

– W takim razie myślę, że potowarzyszę wam, póki niebezpieczeństwo nie minie. Nie mam nic lepszego do roboty. Poza tym, jeśli zostanę z wami, może znów będę miał szansę rozprawić się z Ra'zacami. Wokół Jeźdźca zwykle dzieją się ciekawe rzeczy.

Eragon wahał się, niepewny, czy ma przyjąć pomoc od nieznajomego. Był jednak boleśnie świadom, że tak czy inaczej, brak mu sił, by postawić na swoim. *Jeśli Murtagh okaże się niegodny zaufania, Saphira zawsze może go przepędzić.*

– Dołącz do nas, jeśli chcesz. – Wzruszył ramionami.

Murtagh skinął głową i dosiadł swego wierzchowca. Eragon chwycił wodze Śnieżnego Płomienia i ruszył naprzód przez bezdroża. Wąski półksiężyc odrobinę rozjaśniał ciemność, Eragon wiedział jednak, że tylko ułatwi Ra'zacom odszukanie ich śladów.

Choć bardzo chciał wypytać Murtagha, milczał, oszczędzając siły na jazdę. Powoli zbliżał się świt, gdy Saphira odezwała się w jego umyśle: *Muszę się zatrzymać. Zmęczyłam się, a Brom potrzebuje opieki. Odkryłam dobre miejsce, dwie mile przed wami.*

Znaleźli ją siedzącą u stóp szerokiej formacji z piaskowca, wyrastającej z ziemi niczym wielkie wzgórze. Jej boki pokrywały wyloty licznych jaskiń. Wszędzie wokół z ziemi sterczały podobne kopuły skalne. Saphira wyglądała na bardzo zadowoloną z siebie. *Znalazłam jaskinię, której nie widać z dołu. Jest dość duża dla nas wszystkich, w tym koni. Chodźcie za mną.* Obróciła się i wdrapała się na wzniesienie, wbijając szpony w piaskowiec. Konie miały pewne problemy, bo podkute kopyta ślizgały się po kamieniu. Eragon i Murtagh musieli je ciągnąć i popychać niemal godzinę. W końcu dotarli do jaskini.

Okazała się długa na sto stóp i szeroka na ponad dwadzieścia. Miała jednak tylko niewielki wylot chroniący ich przed złą pogodą i wścibskimi oczami. Dalszy koniec pochłaniała ciemność, przywierająca do ścian niczym grube czarne maty.

– Imponujące – mruknął Murtagh. – Nazbieram drew na opał.

Eragon podbiegł do Broma. Saphira posadziła go na niewielkiej skalnej półce z tyłu jaskini. Chwycił bezwładną rękę mężczyzny, z niepokojem wpatrując się w pooraną bruzdami twarz. Po kilku minutach westchnął i wrócił do ognia, który rozpalił Murtagh.

Zjedli szybko, potem próbowali dać Bromowi wody. Stary mężczyzna jednak nie chciał pić. Wyczerpani, rozłożyli koce i zasnęli.

Dziedzictwo Jeźdźca

Obudź się, Eragonie! Eragon poruszył się i jęknął.

Potrzebuję twojej pomocy. Coś jest nie tak! Próbował zignorować głos i znów zasnąć.

Wstań!

Idź sobie – burknął.

Eragonie! Jaskinią wstrząsnął ryk. Eragon zerwał się gwałtownie, sięgając na oślep po łuk. Saphira pochylała się nad Bromem, który sturlał się z półki i leżał na kamieniu, wstrząsany konwulsjami. Jego twarz wykrzywił grymas, pięści zaciskały się mocno. Eragon podbiegł ku niemu, lękając się najgorszego.

– Pomóż mi go przytrzymać! Zrobi sobie krzywdę! – krzyknął do Murtagha, chwytając ramiona starego mężczyzny.

Brom szarpnął się mocno i Eragon poczuł przeszywający ból w boku. Wspólnie unieruchomili rannego, póki nie ustały drgawki, po czym ostrożnie ułożyli z powrotem na skalnej półce.

Eragon dotknął czoła Broma. Było tak rozpalone, że poczuł gorąco, gdy tylko palce zbliżyły się do skóry.

– Przynieś mi wody i kawałek tkaniny – poprosił, zatroskany.

Murtagh uwinął się szybko i Eragon delikatnie obmył twarz Broma. W jaskini zapadła cisza. Nagle zorientował się, że na zewnątrz świeci słońce.

Jak długo spaliśmy? – spytał Saphirę.

Dość długo. Cały czas pilnowałam Broma. Leżał spokojnie, aż chwilę temu zaczęły się konwulsje. Obudziłam cię, kiedy spadł na ziemię.

Przeciągnął się i skrzywił, czując ukłucie bólu w żebrach. Nagle na jego ramieniu zacisnęła się dłoń. Szkliste oczy Broma patrzyły wprost na Eragona.

– Ty! – sapnął. – Daj mi wina!

– Brom! – wykrzyknął Eragon. Brzmienie głosu starego nauczyciela wielce go uradowało. – Nie powinieneś pić wina, zaszkodzi ci.

– Przynieś je, chłopcze... przynieś. – Brom westchnął ciężko, jego ręka opadła.

– Trzymaj się, zaraz wrócę. – Eragon skoczył do juków i zaczął grzebać w nich gorączkowo. – Nie mogę znaleźć! – krzyknął, rozglądając się bezradnie.

– Weź mój – rzucił Murtagh, wyciągając skórzany bukłak.

Eragon złapał go i wrócił do Broma.

– Mam wino – rzekł.

Ukłąkł obok rannego. Murtagh wycofał się taktownie do wylotu jaskini, by mogli porozmawiać w cztery oczy.

Następne słowa Broma zabrzmiały słabo, niewyraźnie.

– Dobrze... – Powoli wysunął rękę. – Teraz... obmyj mi nim prawą dłoń.

– Ale... – zaczął Eragon.

– Żadnych pytań! Nie mam czasu.

Zdumiony Eragon posłusznie wyciągnął korek i oblał winem rękę starego mężczyzny. Zaczął wcierać je w skórę, rozprowadzać po palcach i grzbiecie dłoni.

– Więcej – wychrypiał Brom.

Eragon znów chlusnął winem. Tarł mocno i brązowa farba zaczęła stopniowo znikać. Nagle zamarł, otwierając ze zdumienia usta. Na ręce Broma widniała gedwëy ignasia.

– Jesteś Jeźdźcem? – spytał z niedowierzaniem.

Na moment twarz starego mężczyzny rozjaśnił bolesny uśmiech.

– Owszem, kiedyś, dawno, dawno temu... ale już nie. Gdy byłem młody, młodszy niż ty teraz, zostałem wybrany... wybrany przez Jeźdźców, by wstąpić w ich szeregi. Podczas szkolenia zaprzyjaźniłem się z innym kandydatem: Morzanem, nim jeszcze został Zaprzysiężonym. – Eragon zachłysnął się cicho; wszystko to działo się ponad sto lat wcześniej. – Potem jednak zdradził nas, dołączył do Galbatorixa... a podczas walk o Dorú Areabę, miasto na wyspie Vroengard, moja młoda smoczyca zginęła. Nazywała się... Saphira.

– Czemu nic mi nie powiedziałeś? – spytał cicho Eragon.

Brom zaśmiał się.

– Ponieważ... nie było takiej potrzeby. – Umilkł. Oddychał ciężko, kurczowo zaciskając dłonie. – Jestem stary, Eragonie... tak bardzo stary. Choć mój smok zginął, żyję dłużej niż większość ludzi. Nie wiesz, jak to jest osiągnąć mój wiek, spojrzeć za siebie i uświadomić sobie, jak niewiele pamiętasz, a potem spojrzeć w przyszłość i zrozumieć, ile jeszcze masz przed sobą lat... Tyle ich minęło, a ja wciąż opłakuję moją Saphirę... i nienawidzę Galbatorixa za to, co mi odebrał. – Spojrzenie błyszczących gorączką oczu wwiercało się w Eragona. – Nie pozwól, by i ciebie to spotkało – powiedział ostro Brom. – Nie pozwól! Strzeż Saphiry jak własnego życia, bo bez niej i tak nie będzie nic warte.

– Nie mów tak. Nic złego jej nie spotka – zaprotestował z obawą w głosie Eragon.

Stary Jeździec odwrócił głowę.

– Może i gadam bez ładu i składu. – Omiótł niewidzącym wzrokiem Murtagha i znów skupił się na swym towarzyszu. Jego głos zabrzmiał z nową siłą. – Eragonie! Nie wytrzymam już długo. To... bardzo ciężka rana; wysysa ze mnie energię. Nie mam siły, by z nią walczyć. Nim odejdę, czy przyjmiesz moje błogosławieństwo?

– Wszystko będzie dobrze. – Eragon miał łzy w oczach. – Nie musisz tego robić.

– Tak już jest... muszę. Przyjmiesz moje błogosławieństwo? – Eragon skłonił głowę i skinął nią, oszołomiony. Brom przyłożył mu do skroni drżącą dłoń. – Zatem daję ci je. Oby nadchodzące lata przyniosły ci wielkie szczęście. – Gestem wezwał go bliżej i bardzo cicho wyszeptał siedem słów w pradawnej mowie, po czym jeszcze ciszej wyjaśnił, co znaczą. – To wszystko, co mogę ci dać... użyj ich tylko w wielkiej potrzebie.

Brom zwrócił niewidzące spojrzenie ku sklepieniu jaskini.

– A teraz – mruknął – największa przygoda...

Zapłakany Eragon trzymał go za rękę, starając się dodać mu otuchy. Czuwał wytrwale bez przerw na napój czy posiłek. Mijały godziny, a oblicze Broma powoli szarzało i bledło; jego oczy przygasały. Ręce stały się lodowate, nastrój posępniał coraz bardziej. Bezradny Eragon mógł jedynie patrzeć, jak zadana przez Ra'zaców rana zbiera żniwo.

Cienie wydłużyły się, zbliżał się wieczór, gdy Brom nagle zesztywniał. Eragon wykrzyknął jego imię, zawołał też Murtagha, ale nic nie mogli poradzić. Przygniotła ich dławiąca cisza. Brom spojrzał Eragonowi w oczy i na jego twarzy zajaśniał błogi spokój. Z warg uleciał ostatni dech. Tak umarł bajarz Brom.

***

Trzęsącą się ręką Eragon zamknął oczy starego Jeźdźca i wstał. Za jego plecami Saphira uniosła głowę i ryknęła żałośnie ku niebu. Po policzkach Eragona spływały łzy. Nagle ogarnęło go poczucie przejmującej straty.

– Musimy go pogrzebać – powiedział z wahaniem.

– Ktoś może nas zobaczyć – ostrzegł Murtagh.

– Nie dbam o to!

Nie zważając na ból żeber, Eragon wdrapał się na szczyt niewielkiego wzgórza. Tam właśnie Murtagh złożył na kamieniu ciało Broma. Eragon otarł oczy i skupił wzrok na piaskowcu pod stopami. Skinął ręką.

– Moi stenr! – rzucił.

Kamień zafalował niczym woda i popłynął, tworząc zagłębienie długości ciała, otoczone sięgającymi pasa ścianami z mokrej gliny.

Pochowali Broma w kamiennej krypcie, wraz z laską i mieczem. Eragon cofnął się o krok i ponownie użył magii. Kamienne ściany złączyły się nad nieruchomą twarzą Broma i popłynęły w górę, tworząc czworokątną iglicę. W ostatnim hołdzie umieścił w kamieniu runy:

TU LEŻY BROM
Który był Smoczym Jeźdźcem
A dla mnie
Drugim ojcem.
Chwała jego imieniu.

Potem pochylił głowę, w milczeniu opłakując towarzysza. Stał tak, niczym żywy posąg, aż do wieczora, gdy zgasło światło dnia.

Tej nocy znów śnił o uwięzionej kobiecie.

Widział, że nie jest z nią dobrze. Oddychała nieregularnie i dygotała, nie wiedział – z zimna czy z bólu. W półmroku celi jedyną wyraźnie widoczną rzeczą była jej dłoń, zwisająca poza krawędź pryczy. Z koniuszków palców ściekał ciemny płyn. Eragon wiedział, że to krew.

Diamentowy grobowiec

Gdy Eragon się ocknął, oczy miał opuchnięte, ciało zesztywniałe. Poza końmi w jaskini nie było nikogo. Nosze zniknęły, nie dostrzegł też ani śladu Broma. Podszedł do wylotu i usiadł na kamieniu.

Zatem czarownica Angela miała rację – w mojej przyszłości faktycznie kryła się śmierć, pomyślał, patrząc niewidzącym wzrokiem w dal. Topazowe słońce przyniosło ze sobą pierwsze tchnienie pustynnego gorąca.

Po wymizerowanej twarzy Eragona spłynęła łza i wyparowała w promieniach słonecznych, pozostawiając na skórze słony ślad. Zamknął oczy, napawając się ciepłem, opróżnił umysł. Paznokciem zaczął bezcelowo drapać piaskowiec. Gdy na niego spojrzał, przekonał się, że wyskrobał dwa słowa: *Czemu ja?*

Wciąż tam siedział, gdy Murtagh wrócił do jaskini, niosąc w dłoni parę królików. Usiadł obok Eragona.

– Jak się czujesz?

– Bardzo źle.

Murtagh przyjrzał mu się z namysłem.

– Dojdziesz do siebie?

Eragon wzruszył ramionami. Po chwili Murtagh odezwał się cicho:

– Przykro mi, że pytam w takiej chwili, ale muszę wiedzieć... Czy twój Brom to ten słynny Brom? Ten, który pomógł wykraść królowi smocze jajo, ścigał je po całym imperium i zabił w pojedynku Morzana? Słyszałem, jak wymawiałeś to imię, i czytałem napis na grobowcu, ale muszę wiedzieć na pewno. To był on?

– Tak – odparł miękko Eragon. Na twarzy Murtagha odbiła się troska. – Skąd o tym wszystkim wiesz? Mówisz o rzeczach, o których mało kto ma pojęcie, i tropiłeś Ra'zaców akurat, gdy potrzebowaliśmy pomocy. Jesteś jednym z Vardenów?

Oczy Murtagha znów stały się nieprzeniknione.

– Jestem uciekinierem, jak ty. – W jego słowach dźwięczał tłumiony smutek. – Nie należę ani do Vardenów, ani do imperium. Nie jestem też nikomu nic winien, poza samym sobą. A co do mojego przybycia, przyznam, że słyszałem pogłoski o nowym Jeźdźcu. Uznałem, że śledząc Ra'zaców, mogę sprawdzić, czy są one prawdziwe.

– Sądziłem, że chciałeś zabić Ra'zaców – wtrącił Eragon.

Murtagh uśmiechnął się ponuro.

– Owszem, ale gdybym to zrobił, nigdy bym cię nie spotkał.

Lecz Brom wciąż by żył... chciałbym, żeby tu był, wiedziałby, czy mogę zaufać Murtaghowi. Eragon przypomniał sobie, jak Brom wyczuł zamiary Trevora w Darecie. Zastanowił się, czy mógłby powtórzyć to samo z Murtaghiem. Sięgnął ku jego świadomości, lecz niemal natychmiast natknął się na twardy jak żelazo mur. Próbował go okrążyć, mur otaczał cały umysł Murtagha. *Jak nauczył się to robić? Brom twierdził, że bardzo nieliczni potrafią bez szkolenia nie dopuszczać nikogo do swego umysłu. Kim zatem jest Murtagh, skoro dysponuje tą umiejętnością?* Ogarnęła go nagła samotność.

– Gdzie jest Saphira? – spytał.

– Nie wiem – odparł Murtagh. – Jakiś czas towarzyszyła mi podczas polowania, potem gdzieś poleciała. Nie widziałem jej od południa. – Eragon odepchnął się od ziemi i wstał. Wrócił do jaskini. Murtagh podążył za nim. – Co teraz zamierzasz?

– Nie jestem pewien.

I nie chcę o tym myśleć. Zwinął koc i przypiął do juków Cadoca, bolały go żebra. Murtagh poszedł przygotować króliki. Przekładając rzeczy w jukach, Eragon znalazł Zar'roca, czerwona pochwa zamigotała. Wyjął miecz... zważył w dłoni.

Nigdy nie nosił Zar'roca ani nie używał w walce – jeśli nie liczyć ćwiczeń z Bromem – bo nie chciał, by ludzie go widzieli. Teraz przestał się tym przejmować. Ra'zaców wyraźnie zaskoczył i przeraził widok miecza.

Uznał, że to dostateczny powód, by go przypasać. Z nagłym dreszczem ściągnął z pleców łuk i przypiął Zar'roca. *Od tej chwili moim życiem kieruje miecz. Niech cały świat widzi, kim jestem, nie boję się, jestem teraz Jeźdźcem, prawdziwym, w pełni.* Przejrzał torby Broma, znalazł jednak tylko ubrania, kilka drobiazgów i niewielką sakwę z monetami. Zabrał mapę Alagaësii, odłożył juki i przykucnął przy ogniu. Na jego widok Murtagh zmrużył oczy.

– Ten miecz... mogę go zobaczyć? – spytał, ocierając ręce.

Eragon zawahał się, nie chcąc nawet na moment rozstawać się z bronią. W końcu przytaknął. Murtagh uważnie zbadał symbol na pochwie, jego twarz pociemniała.

– Skąd go wziąłeś?

– Brom mi go dał. Czemu pytasz?

Murtagh odepchnął miecz i z gniewną miną skrzyżował ręce na piersi, oddychał ciężko.

– Ten miecz – rzekł zdławionym głosem – cieszył się niegdyś równie wielką sławą jak jego właściciel. Ostatnim Jeźdźcem, który go nosił, był Morzan – człek brutalny i groźny. Sądziłem, że jesteś wrogiem imperium, a jednak nosisz u boku jeden z krwawych mieczy Zaprzysiężonych!

Wstrząśnięty Eragon spojrzał na Zar'roca i uświadomił sobie, że Brom musiał zabrać go Morzanowi po walce w Gil'eadzie.

– Brom nie mówił mi, skąd go wziął – odparł zgodnie z prawdą. – Nie miałem pojęcia, że należał do Morzana.

– Nie mówił ci? – W głosie Murtagha zabrzmiało niedowierzanie.

Eragon pokręcił głową.

– To dziwne. Nie widzę powodu, by miał to ukrywać.

– Ja też nie, ale Brom miał przede mną wiele sekretów. – Czuł się nieswojo, trzymając w dłoni miecz człowieka, który zdradził Jeźdźców i przeszedł na stronę Galbatorixa. *Klinga ta w swoim czasie zabiła pewnie wielu Jeźdźców,* pomyślał z odrazą, *i, co gorsza, smoków.* – Mimo wszystko będę go nosił, bo nie mam własnego miecza. Póki go nie zdobędę, będę używał Zar'roca.

Murtagh wzdrygnął się, słysząc to imię.

– To twoja decyzja – odparł krótko i ponownie zajął się obdzieraniem zdobyczy ze skóry.

Gdy posiłek był już gotowy, Eragon jadł wolno, nie zważając na dręczący go głód. Gorące jedzenie sprawiło, że poczuł się lepiej. Obaj starannie wyskrobali miski.

– Będę musiał sprzedać mego konia.

– Czemu nie konia Broma? – spytał Murtagh. Najwyraźniej zdołał już opanować zły humor.

– Śnieżnego Płomienia? Bo Brom przyrzekł, że będzie się nim opiekował. Skoro go już... nie ma, zrobię to za niego.

Murtagh postawił miskę na kolanach.

– Jeśli tego właśnie chcesz, z pewnością znajdziemy kupca w jakiejś wiosce bądź miasteczku.

– Znajdziemy? – powtórzył Eragon.

Murtagh spojrzał na niego z ukosa, z rozmysłem.

– Nie powinieneś zostawać tu dłużej. Jeśli w pobliżu kręcą się Ra'zacowie, grobowiec Broma przyciągnie ich niczym magnes. A twoje żebra nie zrosną się tak prędko. Wiem, że potrafisz bronić się czarami, potrzebujesz jednak towarzysza, który może podnosić różne rzeczy i walczyć mieczem. Proszę, abyś pozwolił mi sobie towarzyszyć, przynajmniej przez jakiś czas. Muszę cię jednak ostrzec, że mnie także szuka imperium. W końcu dojdzie do rozlewu krwi.

Eragon zaśmiał się słabo i odkrył, że płacze.

– Nie obchodzi mnie to, nawet jeśli szuka cię cała armia – rzekł, gdy wrócił mu oddech. – Masz rację, potrzebuję pomocy i chętnie przyjmę twoje towarzystwo, choć najpierw muszę pomówić z Saphirą. Ale ja też winienem cię ostrzec. Za mną Galbatorix może faktycznie posłać całą armię. Nie będziesz bezpieczniejszy ze mną i z Saphirą, niż byłbyś sam.

– Wiem o tym. – Murtagh uśmiechnął się. – Ale to mnie nie powstrzyma.

– Świetnie – odparł Eragon z wdzięcznością.

Podczas gdy rozmawiali, Saphira wczołgała się do jaskini i powitała Eragona. Ucieszył ją jego widok, lecz w myślach i słowach smoczycy Eragon wyczuwał głęboki smutek. Złożyła na ziemi wielką, niebieską głowę i spytała: *Jesteś już zdrów?*

Niezupełnie.

Tęsknię za staruszkiem.

Ja także... nigdy nie przypuszczałem, że był Jeźdźcem. Brom! Był naprawdę stary, równie stary jak Zaprzysiężeni. Wszystkiego, czego mnie nauczył o magii, musiał się dowiedzieć od innych Jeźdźców.

Wiedziałam, kim był, od chwili gdy dotknął mnie w waszym gospodarstwie.

I nie powiedziałaś? Czemu?

Prosił, żebym tego nie robiła – odparła z prostotą.

Eragon postanowił nie kontynuować tego tematu. Saphira nie miała złych zamiarów. *Brom ukrywał nie tylko to* – rzekł i opowiedział jej o Zar'rocu i reakcji Murtagha. *Gdy dał mi Zar'roca, nie powiedział, skąd go wziął, teraz rozumiem dlaczego. Wówczas prawdopodobnie uciekłbym od niego przy pierwszej sposobności.*

Powinieneś pozbyć się tego miecza – oznajmiła z niesmakiem. *Wiem, że to niezrównana broń, ale lepiej byłoby, gdybyś zadowolił się zwykłą klingą, nie rzeźnickim mieczem Morzana.*

Możliwe. Saphiro, dokąd wiedzie stąd nasza droga? Murtagh zaproponował, że będzie nam towarzyszył. Nie znam jego przeszłości, ale wydaje się uczciwy. Czy powinniśmy udać się do Vardenów? Tyle że nie wiem jak ich znaleźć, Brom nam nie powiedział.

Mnie powiedział – wtrąciła Saphira.

Eragon poczuł nagły gniew. *Czemu zaufał tobie, a nie mnie?*

Jej łuski przesunęły się ze szmerem po kamieniu. Stanęła nad Eragonem i spojrzała na niego przepastnymi oczami. *Po tym, jak opuściliśmy Teirm i zaatakowały nas urgale, powiedział mi wiele rzeczy, o niektórych nigdy nie wspomnę, chyba że zajdzie taka konieczność. Obawiał się, że może zginąć, i martwił, co wówczas stanie się z tobą. Jedną z rzeczy, jakie mi przekazał, było imię Dormnad. Ów człowiek mieszka w Gil'eadzie i może nam pomóc odszukać Vardenów. Brom chciał też, byś wiedział, że według niego, ze wszystkich ludzi w Alagaësii ty najbardziej zasługujesz na to, by przejąć dziedzictwo Jeźdźców.*

Do oczu Eragona napłynęły łzy. Była to najwyższa pochwała, jaką kiedykolwiek otrzymał od Broma. *Z dumą przyjmę tę odpowiedzialność.*

To dobrze.

Zatem ruszamy do Gil'eadu. Nagle jego ciało przepełniła nowa siła. *A co z Murtaghiem? Myślisz, że powinien jechać z nami?*

Oboje zawdzięczamy mu życie – odparła Saphira. *A co więcej, widział i ciebie, i mnie. Powinniśmy mieć go pod ręką, by nie przekazał imperium naszych rysopisów i celu podróży, z własnej chęci czy pod przymusem.*

Zgodził się z nią, a potem opowiedział Saphirze swój sen. *Poruszył mnie do głębi. Mam wrażenie, że kończy się jej czas, wkrótce stanie się coś strasznego. Grozi jej śmiertelne niebezpieczeństwo, jestem tego pewien. Ale nie wiem jak ją znaleźć! Może być wszędzie.*

Co mówi ci serce? – spytała Saphira.

Moje serce umarło – zażartował ponuro Eragon. *Myślę jednak, że powinniśmy udać się na północ, do Gil'eadu. Jeśli nam się poszczęści, w którymś z miast po drodze odnajdziemy tę uwięzioną kobietę. Lękam się, że w następnym śnie mogę ujrzeć grób, a tego bym nie zniósł.*

Czemu?

Nie jestem pewien. Wzruszył ramionami. *Po prostu, kiedy ją widzę, czuję, że jest bardzo cenna i nie możemy jej stracić... To bardzo dziwne.*

Saphira otworzyła długi pysk i zaśmiała się bezdźwięcznie, jej zęby zalśniły.

O co chodzi? – warknął Eragon.

Smoczyca pokręciła głową i odeszła w milczeniu.

Eragon przez chwilę mamrotał coś pod nosem, w końcu poinformował Murtagha, co ustalili.

– Jeśli znajdziesz owego Dormnada i wyruszysz do Vardenów, rozstaniemy się – oznajmił Murtagh. – Spotkanie z Vardenami byłoby dla mnie równie niebezpieczne jak wejście bez broni do Urû'baenu do wtóru fanfar ogłaszających moje przybycie.

– Nie będziemy musieli rozstawać się zbyt szybko – odparł Eragon. – Od Gil'eadu dzieli nas długa droga. – Jego głos załamał się lekko; mrużąc oczy, spojrzał w słońce i zmienił temat. – Powinniśmy wyruszyć, nim zrobi się zbyt późno.

– Masz dość sił, by podróżować? – Murtagh zmarszczył brwi.

– Muszę coś zrobić, albo oszaleję – rzucił Eragon szorstko. – W tej chwili fechtunek, trening magii czy też siedzenie bezczynnie nie są najlepszym pomysłem, więc ruszajmy.

Zalali wodą ogień, spakowali się i wyprowadzili konie z jaskini. Eragon wręczył Murtaghowi wodze Cadoca i Śnieżnego Płomienia.

– Ruszaj – rzekł – ja zaraz zejdę.

Murtagh rozpoczął powolną wędrówkę w dół.

Eragon zaczął wdrapywać się na górę, odpoczywając, gdy ból w boku odbierał mu dech. Kiedy dotarł na szczyt, zastał tam Saphirę. Stanęli razem przed grobem Broma, po raz ostatni składając mu hołd. *Nie mogę uwierzyć, że odszedł... na zawsze.* W chwili gdy Eragon odwrócił się, by odejść, Saphira wyciągnęła długą szyję i dotknęła grobowca czubkiem nosa. Jej boki zadrżały, w powietrzu rozległ się cichy pomruk.

Piaskowiec wokół jej nosa zamigotał niczym pozłocona rosa i stał się przejrzysty, lśniący. Eragon patrzył w zachwycie, jak przez powierzchnię grobowca przebiegają żyłki białego diamentu, snując bezcenną, misterną sieć. Na ziemi wokół nich zatańczyły drobne cienie oraz wielobarwne tęcze, migoczące i falujące. Zmiana postępowała dalej. W końcu, parskając z zadowoleniem, Saphira cofnęła się, podziwiając swoje dzieło.

Kamienne rzeźbione mauzoleum stało się teraz bezcenną kryptą. Pod diamentową płytą widzieli wyraźnie nietknięte oblicze Broma. Eragon spojrzał tęsknie na starego człowieka, który wyglądał, jakby drzemał.

Co ty zrobiłaś? – spytał z podziwem Saphirę.

Dałam mu jedyny dostępny mi dar. Teraz czas go nie tknie, może spoczywać w spokoju na wieki.

Dziękuję. Eragon pogładził jej bok i odeszli.

Pułapka w Gil'eadzie

Jazda okazała się dla Eragona niezwykle bolesna – złamane żebra nie pozwalały mu jechać szybciej niż stępa. Nie mógł też odetchnąć głębiej, bo każdemu poruszeniu towarzyszyła fala cierpienia. Mimo wszystko nie chciał przystawać. Saphira leciała w pobliżu, a myślowy kontakt ze smoczycą pocieszał go i dodawał mu sił.

Murtagh jechał swobodnie obok Cadoca, poruszając się płynnie w rytm kroków swego wierzchowca. Eragon przyglądał się przez chwilę szaremu ogierowi.

– Masz pięknego konia. Jak się nazywa?

– Tornac, na pamiątkę mężczyzny, który nauczył mnie walczyć. – Murtagh poklepał ogiera po boku. – Dostałem go, gdy był zaledwie źrebięciem. W całej Alagaësii nie znajdziesz odważniejszego i mądrzejszego zwierzęcia, oczywiście pomijając Saphirę.

– Jest wspaniały – rzekł Eragon z podziwem.

Murtagh roześmiał się.

– Owszem, ale Śnieżny Płomień niemal mu dorównuje.

Tego dnia pokonali jedynie krótką odległość, ale Eragon cieszył się, że znów wyruszył w drogę. Dzięki temu mógł nie myśleć o innych ponurych sprawach. Jechali przez bezludne ziemie; gościniec do Dras-Leony biegł kilkanaście staj po ich lewej. Zamierzali ominąć miasto szerokim łukiem i skierować się do Gil'eadu, leżącego na północy niemal tak daleko jak Carvahall.

***

W niewielkiej wiosce sprzedali Cadoca. Gdy nowy właściciel odprowadził konia, Eragon z żalem wsunął do kieszeni kilka monet. Trudno mu było rozstać się z Cadokiem po tym, jak przebył na nim połowę Alagaësii i prześcignął urgale.

Dni upływały niepostrzeżenie. Jechali przed siebie, nie spotykając nikogo. Eragona ucieszył fakt, że mają z Murtaghiem wiele wspólnych zainteresowań. Całymi godzinami dyskutowali na temat sekretów łucznictwa i polowań.

Istniał jednak jeden temat, którego zgodnie unikali: ich przeszłość. Eragon nie wyjaśnił, jak znalazł Saphirę, poznał Broma czy skąd pochodzi. Murtagh także milczał, nie tłumacząc, czemu ściga go imperium. Układ, choć prosty, sprawdzał się znakomicie.

Jednak ze względu na to, że byli sobie tak bliscy, w sposób nieunikniony sporo się o sobie dowiadywali. Eragona fascynowała wiedza Murtagha na temat walk o władzę i polityki w imperium. Zdawało się, że jego towarzysz wie dokładnie, czym zajmuje się każdy szlachcic i dworzanin, i jak to wpływa na innych. Eragon słuchał uważnie, w jego głowie wirowały podejrzliwe myśli.

Pierwszy tydzień upłynął bez śladu Ra'zaców i dręczący Eragona strach nieco złagodniał. Nadal jednak nocami czuwali na zmianę. Spodziewał się, że w drodze do Gil'eadu natkną się na urgale, lecz nie widział ani jednego. *Sądziłem, że na tych pustkowiach roi się od potworów*, pomyślał. *Nie będę jednak narzekać, jeśli przeniosły się gdzie indziej.*

Nie śnił już więcej o kobiecie, i choć próbował ją postrzec, widział jedynie pustą celę. Za każdym razem gdy mijali miasto bądź miasteczko, szukał w nim więzienia. Jeśli je znalazł, wchodził doń w przebraniu i sprawdzał, czy jej tam nie ma. Z czasem jego przebrania stawały się coraz bardziej skomplikowane, widywał bowiem w kolejnych miastach listy gończe wymieniające jego imię i opis, i proponujące wysoką nagrodę.

Podróżując na północ, zbliżali się do stolicy, Urû'baenu. Cały region był gęsto zaludniony i coraz trudniej przychodziło im unikanie ludzi. Po drogach krążyły patrole, żołnierze strzegli mostów. Nim bezpiecznie wyminęli stolicę, przeżyli kilka pełnych napięcia, nerwowych dni.

Zostawiwszy za sobą Urû'baen, znaleźli się na skraju rozległej równiny, tej samej, którą Eragon ujrzał po opuszczeniu doliny Palancar – tyle że teraz był po jej przeciwnej stronie. Trzymając się obrzeży, podążali dalej na północ wzdłuż rzeki Ramr.

Szesnaste urodziny Eragona minęły mu w drodze. W Carvahall obchodzono by hucznie jego wejście w wiek męski, lecz tu na pustkowiach nawet nie wspomniał o tym Murtaghowi.

Licząca sobie niemal pół roku Saphira znów urosła. Skrzydła miała teraz potężne, ciało umięśnione, a kości grube. Sterczące z jej szczęki kły niemal dorównywały grubością pięści Eragona i były ostre jak Zar'roc.

***

W końcu nastał dzień, gdy Eragon po raz ostatni zdjął opatrunek. Żebra zrosły mu się całkowicie. W miejscu, gdzie kopnął go Ra'zac, pozostała jedynie nieduża blizna. Pod czujnym okiem Saphiry przeciągnął się powoli, a potem mocniej. Z radością stwierdził, że nie czuje bólu. Napiął mięśnie. Kiedyś uśmiechnąłby się, lecz po śmierci Broma nie przychodziło mu to łatwo.

Obciągnął tunikę i wrócił do niewielkiego ogniska. Murtagh siedział przy nim, strugając kawałek drewna. Eragon dobył Zar'roca; mężczyzna spiął się, choć na jego twarzy wciąż malował się spokój.

– Teraz, gdy mam dość sił, chciałbyś poćwiczyć? – spytał Eragon.

Murtagh odrzucił patyk.

– Ostrymi mieczami? Moglibyśmy się pozabijać.

– Daj mi miecz – poprosił Eragon. Murtagh zawahał się, po czym wręczył mu długie, półtoraręczne ostrze. Eragon zablokował je magią, tak jak nauczył go Brom. Murtagh uważnie obejrzał klingę. – Po wszystkim zdejmę osłonę.

Jego towarzysz sprawdził wyważenie miecza, w końcu uśmiechnął się z zadowoleniem.

– No dobrze.

Eragon zabezpieczył Zar'roca, przykucnął i ciął mocno, celując w ramię Murtagha. Ich klingi spotkały się w powietrzu. Eragon cofnął się zręcznie, pchnął i zripostował, gdy Murtagh sparował cięcie.

Szybki jest, pomyślał.

Walczyli zaciekle, próbując przebić osłonę przeciwnika. Po szczególnie ostrej wymianie ciosów Murtagh zaczął śmiać się w głos. Żaden z nich nie zdołał zyskać przewagi, a walka była tak wyrównana, że męczyli się w tym samym tempie. Doceniając umiejętności przeciwnika, fechtowali nadal, aż w końcu ręce zaciążyły im jak ołów i obaj spływali potem.

– Wystarczy, stój! – krzyknął w końcu Eragon.

Murtagh zamarł w pół ciosu i usiadł, głośno wypuszczając ustami powietrze. Eragon ciężko osunął się na ziemię, jego pierś unosiła się i opadała. Żaden z jego pojedynków z Bromem nie był aż tak zacięty.

– Jesteś niesamowity! – wykrzyknął Murtagh, głośno chwytając powietrze. – Całe życie uczyłem się fechtunku, ale nigdy nie walczyłem z kimś podobnym. Gdybyś chciał, mógłbyś zostać królewskim zbrojmistrzem.

– Ty jesteś równie dobry – zauważył zdyszany Eragon. – Ten człowiek, który cię uczył, Tornac, mógłby zbić majątek, zakładając szkołę miecza. Ludzie zjeżdżaliby się z całej Alagaësii, by pobierać u niego nauki.

– On nie żyje – rzekł krótko Murtagh.

– Przykro mi.

Odtąd codzienne wieczorne pojedynki weszły im w zwyczaj. Dzięki temu obaj zachowywali siły, szczupli i śmiertelnie groźni, niczym para mieczy. Po powrocie do zdrowia Eragon podjął także ćwiczenia z magią. Murtagh obserwował go ciekawie; wkrótce ujawnił, że wie zadziwiająco dużo na temat działania magii, choć nie znał szczegółów i sam nie potrafił z niej korzystać. Za każdym razem, gdy Eragon ćwiczył wymowę pradawnych słów, Murtagh słuchał uważnie, od czasu do czasu pytając go o ich znaczenie.

***

Gdy ujrzeli przed sobą przedmieścia Gil'eadu, zatrzymali się na trakcie. Dotarcie do miasta zabrało im niemal miesiąc. W tym czasie wiosna ostatecznie przegnała pozostałości zimy. Eragon czuł, że sam także się zmienił, stał się silniejszy i spokojniejszy. Wciąż rozmyślał o Bromie i rozmawiał o nim z Saphirą, lecz zwykle starał się nie budzić bolesnych wspomnień.

Z daleka miasto wydawało się surowe i barbarzyńskie, pełne drewnianych domów i ujadających psów. Pośrodku wzniesiono starą kamienną fortecę, w powietrzu unosił się siwy dym. Właściwie przypominało to bardziej tymczasową faktorię handlową niż stary gród. Pięć mil dalej dostrzegli zamglony brzeg jeziora Isenstar.

Dla bezpieczeństwa rozbili obóz dwie mile od miasta. Murtagh zakrzątnął się przy obiedzie.

– Nie jestem pewien, czy to ty powinieneś jechać do Gil'eadu.

– Czemu? Potrafię dobrze się przebrać – zaprotestował Eragon. – A Dormnad zechce zapewne zobaczyć gedwëy ignasię, by mieć dowód, że naprawdę jestem Jeźdźcem.

– Możliwe – odparł Murtagh. – Ale imperium zależy na tobie znacznie bardziej niż na mnie. Jeśli to mnie schwytają, w końcu ucieknę. Gdy uwiężą ciebie, staniesz przed obliczem króla, a wówczas, jeśli doń nie dołączysz, czekają cię powolne tortury i w końcu śmierć. Poza tym Gil'ead to jeden z największych garnizonów wojsk imperium. Nie ma tam domów, wyłącznie baraki. Równie dobrze mógłbyś sam podać się królowi na złoconym półmisku.

Eragon poprosił o opinię Saphirę. Smoczyca oplotła mu nogi ogonem i położyła się obok.

Nie musisz mnie pytać, mówi z sensem. Mogę przekazać mu słowa, które przekonają Dormnada, że mówi prawdę. Zresztą Murtagh ma rację. Jeśli ktokolwiek miałby ryzykować schwytanie, to raczej on, bo jemu nie grozi śmierć.

Nie podoba mi się ten pomysł. Eragon się skrzywił. *Nie chcę go narażać.*

– No dobrze, możesz iść – rzekł z wahaniem. – Ale jeśli coś się nie uda, przyjdę po ciebie.

Murtagh roześmiał się.

– Oto wizja godna legendy: samotny Jeździec pokonujący wojska króla. – Zaśmiał się raz jeszcze i wstał. – Czy powinienem coś wiedzieć, nim wyruszę?

– Może odpoczniemy i zaczekamy do jutra – zaproponował ostrożnie Eragon.

– Po co? Im dłużej tu zostaniemy, tym większe istnieje ryzyko, że ktoś nas znajdzie. Jeśli ów Dormnad może cię zaprowadzić do Vardenów, trzeba go odszukać jak najszybciej. Żaden z nas nie powinien pozostawać w pobliżu Gil'eadu dłużej niż parę dni.

I znów z jego ust spływa mądrość – skomentowała sucho Saphira. Powtórzyła Eragonowi, co ma powiedzieć Dormnadowi, a on przekazał Murtaghowi jej słowa.

– No dobrze. – Murtagh poprawił miecz. – Jeśli nic się nie wydarzy, powinienem wrócić za parę godzin. Zostaw mi coś do zjedzenia. – Machnął ręką, wskoczył na grzbiet Tornaca i odjechał.

Eragon został przy ognisku, z obawą postukując palcami o rękojeść Zar'roca.

Mijały godziny; Murtagh nie wracał. Eragon krążył wokół ogniska z Zar'rokiem w dłoni, a Saphira uważnie obserwowała Gil'ead. Poruszały się jedynie jej oczy. Żadne z nich głośno nie wypowiadało dręczących ich myśli, choć Eragon powoli zaczął szykować się do wyjazdu – na wypadek gdyby oddział żołnierzy wyszedł z miasta i skierował się w stronę ich obozu.

Patrz – warknęła Saphira.

Błyskawicznie obrócił się w stronę miasta. Ujrzał, jak z bram wypada samotny jeździec i pędzi wprost w stronę obozu. *To mi się nie podoba* – rzekł, wdrapując się na grzbiet Saphiry. *Bądź gotowa.*

Jestem gotowa – nie tylko do ucieczki.

Jeździec zbliżał się i Eragon rozpoznał Murtagha, pochylonego nisko nad grzbietem wierzchowca. Nikt go nie ścigał, lecz młody mężczyzna nie zwalniał. W pełnym galopie wpadł do obozu i zeskoczył na ziemię, dobywając miecza.

– Co się stało? – spytał Eragon.

Murtagh się skrzywił.

– Czy ktoś jechał za mną?

– Nikogo nie widzieliśmy.

– To dobrze. Zatem pozwól, że zjem, a potem wyjaśnię. Konam z głodu. – Chwycił miskę i zaczął pałaszować. Po kilku kęsach odezwał się z pełnymi ustami: – Dormnad zgodził się spotkać z nami jutro o świcie za miastem. Jeśli uwierzy, że naprawdę jesteś Jeźdźcem i że to nie pułapka, zawiezie cię do Vardenów.

– Gdzie mamy się spotkać? – spytał Eragon.

Murtagh wskazał na zachód.

– Na małym pagórku po drugiej stronie gościńca.

– Co ci się przydarzyło w mieście?

Murtagh zgarnął do miski kolejną porcję.

– Coś bardzo prostego, a przez to tym bardziej niebezpiecznego: na ulicy dostrzegł mnie ktoś, kto mnie zna. Zrobiłem jedyną rzecz, jaka przyszła mi do głowy: uciekłem. Niestety, za późno, rozpoznał mnie.

Eragon skrzywił się. Owszem, to był pech, ale nie wiedział, czym tak naprawdę może grozić.

– Ponieważ nie znam twojego przyjaciela, muszę spytać, czy powie o tym komukolwiek?

Murtagh roześmiał się gorzko.

– Gdybyś go poznał, nie musiałbyś pytać. Usta nie zamykają mu się ani na moment, a gdy są otwarte, wyrzuca z siebie wszystko, co tylko ma w głowie. Pytanie nie brzmi: czy powie ludziom, ale: komu powie. Jeśli wieść o tym dotrze do niewłaściwych uszu, będziemy mieli kłopot.

– Wątpię, by wysłano za tobą żołnierzy po ciemku – zauważył Eragon. – Zatem przynajmniej do rana powinniśmy być bezpieczni. A potem, jeśli wszystko pójdzie dobrze, wyruszymy z Dormnadem.

Murtagh pokręcił głową.

– Nie, tylko ty będziesz mu towarzyszył. Jak już mówiłem, nie pojadę do Vardenów.

Eragon spojrzał na niego z nieszczęśliwą miną. Bardzo chciał, by Murtagh z nimi został. Podczas podróży zaprzyjaźnili się i przerażała go myśl o rozstaniu. Zaczął protestować, lecz Saphira uciszyła go, mówiąc łagodnie: *Zaczekaj do jutra, to nie najlepsza pora.*

No dobrze – odparł ponuro. Rozmawiali, póki na niebie nie zajaśniały gwiazdy, a potem zasnęli. Saphira objęła pierwszą wartę.

Eragon ocknął się dwie godziny przed świtem, czując mrowienie dłoni. Wokół panowała cisza, lecz coś przyciągało jego uwagę. Przypasał Zar'roca i wstał, starając się zrobić to jak najciszej. Saphira spojrzała na niego ciekawie wielkimi, lśniącymi oczami.

Co się stało? – spytała.

Nie wiem – odparł Eragon. Nie dostrzegł niczego niepokojącego.

Smoczyca ostrożnie powęszyła w powietrzu, syknęła cicho i uniosła głowę. *Czuję w pobliżu konie, ale nie poruszają się. Cuchną czymś, czego nie poznaję.*

Eragon podkradł się do Murtagha i potrząsnął nim. Mężczyzna obudził się gwałtownie, wyrwał spod koca sztylet i spojrzał pytająco na swego towarzysza. Eragon gestem nakazał mu milczenie.

– W pobliżu są konie – szepnął.

Murtagh bez słowa dobył miecza. Bezszelestnie ustawili się po obu stronach Saphiry, gotowi do ataku. Czekali. Na wschodzie wzeszła poranna gwiazda, niedaleko zaświergotała wiewiórka.

Nagle dobiegające zza pleców gniewne parsknięcie sprawiło, że Eragon obrócił się błyskawicznie, unosząc miecz. Na skraju obozowiska stał rosły urgal, trzymając w ręce paskudny, zaostrzony oskard. *Skąd on się wziął? Nigdzie w pobliżu nie widzieliśmy ich śladów!* – pomyślał Eragon. Urgal ryknął i machnął bronią, nie zaatakował jednak.

– Brisingr – warknął Eragon, sięgając po magię.

Twarz urgala wykrzywiła się ze zgrozy i potwór eksplodował w rozbłysku błękitnego ognia. Krew bryznęła na Eragona, w powietrze poleciał deszcz brązowych strzępków. Za jego plecami Saphira spięła się gwałtownie i ryknęła. Obrócił się. Podczas gdy on zajmował się pierwszym urgalem, cała ich grupka nadbiegła z drugiej strony. *Że też dałem się złapać na najgłupszy podstęp!*

Stal zadźwięczała głośno – to Murtagh zaatakował urgale. Eragon próbował do niego dołączyć, przeszkodziły mu jednak cztery stwory. Pierwszy zamachnął się mieczem, celując w ramię. Eragon uskoczył i zabił urgala magią. Drugiego ciął w gardło Zar'rokiem. Obrócił się w szaleńczym tempie i pchnął trzeciego w serce. W tym momencie zaatakował go czwarty, wymachując ciężką pałką.

Eragon dostrzegł go i próbował podnieść miecz, by zablokować cios, spóźnił się jednak o sekundę. W chwili gdy pałka zbliżała się do jego głowy, wrzasnął: *Saphiro! Leć!* Potem przed oczami błysnęło mu oślepiające światło i stracił przytomność.

Du Súndavar Freohr

Pierwszą rzeczą, na jaką zwrócił uwagę, było ciepło. Leżał na czymś szorstkim, policzkiem dotykał obcego materiału, ręce miał wolne. Poruszył się, ale dopiero po kilku minutach zdołał usiąść i rozejrzeć się wokół.

Znajdował się w celi; siedział na wąskiej, nierównej pryczy. Wysoko w ścianie tkwiło zakratowane okno. Z drugiej strony dostrzegł okute żelazem drzwi z małym okienkiem na górze, także zakratowanym.

Gdy się poruszył, poczuł na skórze pękającą, zaschniętą krew. Dopiero po chwili przypomniał sobie, że nie należy do niego. Straszliwie bolała go głowa – nic dziwnego, zważywszy na cios, jaki otrzymał – a myśli miał dziwnie zamglone. Spróbował posłużyć się magią, ale nie potrafił się skupić i przypomnieć sobie słów pradawnej mowy. *Musieli mnie czymś odurzyć*, uznał w końcu.

Wstał z jękiem, boleśnie świadom braku Zar'roca u boku, i pokuśtykał do okna. Wspiął się na palce i wyjrzał na zewnątrz. Po chwili jego oczy przywykły do jasnego światła. Okno było dokładnie na poziomie ziemi. Obok przebiegała ulica pełna ludzi, dalej wznosiły się rzędy identycznych drewnianych budynków.

Słaby i oszołomiony Eragon osunął się na podłogę. Poruszyło go to, co ujrzał na zewnątrz, nie wiedział jednak czemu. Przeklinając swoje otępienie, odchylił głowę, starając się oczyścić umysł. W tym momencie do celi wszedł mężczyzna. Postawił na pryczy tacę z jedzeniem i pełen wody dzbanek. *Jakież to miłe z jego strony.* Eragon uśmiechnął się z wdzięcznością. Wypił parę łyków cienkiego kapuśniaku, przegryzając czerstwym chlebem, lecz jego żołądek zbuntował się gwałtownie. *Szkoda, że nie dali mi czegoś innego,* pomyślał z żalem, odrzucając łyżkę.

Nagle uświadomił sobie, co jest nie tak. *Schwytały mnie urgale, nie ludzie. Jakim cudem trafiłem tutaj?* Jego oszołomiony umysł bez powodzenia zmagał się z tym problemem. W końcu Eragon wzruszył ramionami i odłożył rozmyślania na później, gdy będzie wiedział coś więcej.

Usiadł na pryczy, patrząc przed siebie. Po kilku godzinach znów przyniesiono mu jedzenie. *A właśnie zaczynałem się robić głodny,* pomyślał tępo. Tym razem zdołał zjeść bez mdłości. Gdy skończył, uznał, że czas się zdrzemnąć. Ostatecznie siedział na łóżku – co innego mógłby zrobić?

Jego umysł odpłynął, zaczął ogarniać go sen i wtedy gdzieś w dali zazgrzytała brama. Powietrze wypełnił tupot podkutych stalą butów na kamiennej posadzce. Hałas stawał się coraz głośniejszy; w końcu Eragon miał wrażenie, że ktoś w jego głowie wali metalową chochlą w kocioł. *Czemu nie pozwolą mi odpocząć?* – poskarżył się w duchu. Powoli jednak ospała ciekawość wygrała ze zmęczeniem, toteż powlókł się do drzwi, mrugając niczym sowa.

Przez okienko ujrzał korytarz szeroki na niemal dziesięć kroków. Po drugiej stronie także mieściły się cele. Korytarzem maszerowała kolumna żołnierzy, trzymających w dłoniach miecze, odzianych w identyczne zbroje. Ich twarze miały ten sam surowy wyraz, stopy opadały na ziemię z mechaniczną precyzją, wybijając hipnotyczny rytm. Stanowiło to imponujący pokaz siły.

Eragon obserwował ich, aż w końcu zaczął się nudzić. I dokładnie wtedy dostrzegł lukę pośrodku kolumny żołnierzy. Dwaj rośli mężczyźni nieśli między sobą nieprzytomną kobietę.

Długie kruczoczarne włosy przesłaniały jej twarz, mimo że na głowie miała skórzaną, podtrzymującą je przepaskę. Ubrana była w ciemne skórzane spodnie i koszulę. Talię okalał lśniący pas, u którego kołysała się pusta pochwa. Wysokie do kolan buty opinały łydki i drobne stopy.

Głowa opadła jej na bok, Eragon sapnął, miał wrażenie, jakby otrzymał cios pięścią w brzuch. To była kobieta z jego snów. Miała twarz doskonałą niczym obraz – zaokrąglony podbródek, wysokie kości policzkowe i długie rzęsy sprawiały, że wyglądała niewiarygodnie pięknie. Jedyną skazę na urodzie stanowiło zadrapanie wzdłuż szczęki. Mimo to była najpiękniejszą kobietą, jaką kiedykolwiek oglądał.

Na jej widok zawrzała w nim krew, ocknęło się coś, czego nie czuł nigdy przedtem, coś niczym obsesja, ogarniająca go z coraz większą siłą, bliska gorączkowemu szaleństwu. A potem włosy kobiety przesunęły się, odsłaniając spiczaste uszy. Przebiegł go dreszcz. To była elfka.

Żołnierze maszerowali dalej i wkrótce zniknęła mu z oczu. Na korytarzu pojawił się wysoki, dumny mężczyzna w falującej czarnej pelerynie. Twarz miał bladą jak śmierć, włosy czerwone. Czerwone jak krew.

Mijając celę Eragona, mężczyzna odwrócił głowę i spojrzał wprost na niego rdzawymi oczami. Jego górna warga uniosła się w drapieżnym uśmiechu, odsłaniając spiłowane, spiczaste zęby. Eragon skulił się; wiedział, kim jest ów człowiek. *Cień. Bogowie, pomóżcie... Cień.* Procesja za drzwiami nie ustawała i Cień zniknął mu z oczu.

Eragon powoli osunął się na ziemię. Mimo oszołomienia wiedział, że obecność Cienia oznacza ogromne zło. Tam, gdzie pojawiał się Cień, ziemia wkrótce spływała krwią. *Co on tu robi? Żołnierze powinni go zabić bez pytania!* A potem powrócił myślami do elfki, zmagając się z nowymi, dziwnymi uczuciami. *Muszę uciec.* Lecz mgła spowijająca jego umysł sprawiła, że wkrótce znów zobojętniał. Wrócił na łóżko. Gdy w korytarzu zapadła cisza, Eragon już spał.

***

Otworzył oczy i od razu pojął, że coś się zmieniło. Tym razem myślenie przychodziło mu szybciej. Uświadomił sobie, że musi być w Gil'eadzie. *Popełnili błąd, narkotyk przestaje działać!* Pełen nadziei, próbował skontaktować się z Saphirą i użyć magii, lecz wciąż wykraczało to poza jego możliwości. Żołądek ścisnął mu się z lęku; zastanawiał się, czy smoczycy i Murtaghowi udało się uciec. Wyjrzał przez okno. Miasto właśnie budziło się ze snu, na ulicy dostrzegł tylko dwóch żebraków.

Sięgnął po dzbanek z wodą, rozmyślając o elfce i Cieniu. Gdy zaczął pić, dostrzegł, że woda ma dziwny słabiutki zapach, jakby ktoś wlał do niej parę kropel cuchnących perfum. Wykrzywił usta i odstawił dzbanek. *Musi tam być narkotyk, może też w jedzeniu.* Przypomniał sobie, że gdy Ra'zacowie go odurzyli, otępienie minęło dopiero po wielu godzinach. *Jeśli uda mi się dostatecznie długo powstrzymywać głód i pragnienie, będę mógł użyć magii. Wówczas uwolnię elfkę...* Uśmiechnął się na tę myśl. Usiadł w kącie, marząc o przyszłości.

Godzinę później do celi wmaszerował krępy mężczyzna z tacą. Eragon odczekał, aż wyjdzie, po czym przeniósł tacę pod okno. Na posiłek składał się jedynie chleb, ser i cebula. Ich zapach sprawił, że głośno zaburczało mu w brzuchu. Eragon pomyślał z irytacją, że czeka go paskudny dzień. Szybko wypchnął jedzenie za okno na ulicę. Miał nadzieję, że nikt go nie zauważy.

Następnie zajął się przezwyciężaniem skutków narkotyku. Miał kłopoty z długotrwałym skupieniem, ale w miarę upływu czasu wracał do siebie. Przypomniał sobie kilkanaście słów z pradawnej mowy, choć gdy je wymówił, nic się nie stało. Miał ochotę krzyczeć z irytacji.

Gdy dostarczono mu posiłek, wypchnął go za okno tak jak poprzednio śniadanie. Głód dręczył go coraz bardziej, ale najdotkliwsze okazało się pragnienie. Gardło miał suche, myśli o łyku zimnej wody stanowiły prawdziwą torturę, każdy oddech jeszcze bardziej wysuszał mu usta. Mimo to zmusił się, by nie patrzeć na dzbanek.

Nagłe poruszenie pod drzwiami sprawiło, że zapomniał o wszystkim. Jakiś mężczyzna odezwał się głośno:

– Nie może pan tam wejść. Rozkazy są jasne: nikomu nie wolno się z nim widzieć.

– Naprawdę? I jesteś gotów zginąć, próbując mnie powstrzymać, kapitanie? – zapytał ktoś spokojnie.

– Nie... – odrzekł żołnierz pokornie. – Ale król...

– Króla zostaw mnie. A teraz otwórz drzwi.

Po chwili zabrzęczały klucze. Eragon starał się przyjąć tępą, bezmyślną minę. *Muszę się zachowywać, jakbym nie rozumiał, co się dzieje. Nie mogę okazać zaskoczenia, nieważne, co powie ów człowiek.*

Drzwi się otwarły. Eragon wstrzymał na moment oddech. Patrzył wprost w twarz Cienia. Przypominała śmiertelną maskę albo wygładzoną czaszkę, na którą naciągnięto skórę, nadając jej pozór życia.

– Witam. – Cień uśmiechnął się zimno, ukazując spiłowane zęby. – Długo czekałem na to spotkanie.

– Kim... jesteś? – spytał Eragon bełkotliwie.

– Nikim ważnym. – W rdzawych oczach Cienia dostrzegał niewypowiedzianą groźbę. Cień usiadł, zamaszyście odgarniając płaszcz. – Dla kogoś o twojej pozycji moje imię nie ma znaczenia. Zresztą i tak nic by dla ciebie nie znaczyło. To ty mnie interesujesz. Kim jesteś?

Pytanie zostało zadane niewinnie, lecz Eragon wiedział, że musi się w nim kryć jakaś pułapka, choć nie potrafił jej dostrzec. Udał, że zastanawia się chwilę, po czym zmarszczył brwi.

– Sam nie wiem... – rzekł wolno. – Nazywam się Eragon, ale jestem też kimś więcej, prawda?

Wąskie wargi Cienia rozciągnęły się, gdy tamten wybuchnął ostrym śmiechem.

– Istotnie. Masz ciekawy umysł, mój młody Jeźdźce. – Pochylił się; skórę na czole miał cienką i przezroczystą. – Wygląda na to, że muszę być bardziej bezpośredni. Jak masz na imię?

– Era...

– Nie, nie to. – Cień przerwał mu; machnął ręką. – Nie masz innego imienia? Tego, z którego rzadko korzystasz?

Chce poznać moje prawdziwe imię, by móc mną zawładnąć, zrozumiał Eragon. *Ale nie mogę mu powiedzieć. Sam przecież go nie znam.* Zastanawiał się szybko, szukając podstępu, który pozwoliłby mu ukryć niewiedzę. *A gdybym wymyślił imię?* Zawahał się. Coś takiego z łatwością mogłoby go zdradzić. Zaczął jednak gorączkowo szukać prawdopodobnego imienia. Postanowił nieco zaryzykować i spróbować wystraszyć Cienia. Zmienił parę liter i z niemądrą miną skinął głową.

– Brom zdradził mi je kiedyś. Brzmiało... – Cisza przedłużyła się do kilku sekund. Nagle jego twarz pojaśniała, gdy udał, że sobie je przypomina. – Brzmiało Du Súndavar Freohr. – Co oznaczało niemal dokładnie „śmierć cieniom".

W celi zapadła ponura cisza. Cień siedział bez ruchu, jego oczy nie zdradzały niczego. Sprawiał wrażenie pogrążonego w rozmyślaniach o tym, co usłyszał. Eragon zastanawiał się, czy nie posunął się za daleko. Odczekał, aż tamten się ruszy, i sam odezwał się niewinnie:

– Czemu tu jesteś?

Cień spojrzał nań z pogardą i uśmiechnął się.

– Oczywiście po to, żeby się chełpić. Po co komu zwycięstwo, jeśli nie może się nim cieszyć? – W jego głosie dźwięczała przemożna pewność siebie, poruszył się jednak niespokojnie, jakby coś zakłóciło mu plany. Nagle wstał. – Muszę zająć się innymi sprawami. I radzę, byś podczas mojej nieobecności zastanowił się, komu wolisz służyć: Jeźdźcowi, który zdradził własnych towarzyszy, czy też zwykłemu człowiekowi jak ja, choć szkolonemu w tajemnej nauce. Gdy nadejdzie czas wyboru, nie będzie trzeciego wyjścia. – Odwrócił się do drzwi, zerknął przez ramię na dzbanek z wodą i przystanął. Twarz miał twardą jak granit. – Kapitanie – warknął.

Do celi wpadł rosły mężczyzna z mieczem w dłoni.

– Co się stało, panie? – spytał, zaniepokojony.

– Odłóż tę zabawkę – polecił Cień. Odwrócił się do Eragona i oświadczył śmiertelnie cichym głosem: – Chłopak nie pije wody. Dlaczego?

– Rozmawiałem wcześniej z dozorcą. Opróżniał wszystkie talerze i miski. Do ostatniego kęsa.

– No dobrze. – Cień ustąpił odrobinę. – Dopilnujcie jednak, by znów zaczął pić. – Pochylił się nad kapitanem i wymamrotał mu coś do ucha. Eragon dosłyszał kilka ostatnich słów: – ...dodatkową dawkę, na wszelki wypadek. – Kapitan skinął głową. Cień z powrotem skupił uwagę na Eragonie. – Jutro, gdy będę miał więcej czasu, znów pomówimy. Wiedz, że nieskończenie fascynują mnie imiona. Już się cieszę na długą dyskusję na temat twojego.

Sposób, w jaki to powiedział, wzbudził w Eragonie dreszcz.

Gdy Cień i kapitan wyszli, położył się na pryczy, zamykając oczy. Teraz przydały mu się lekcje Broma – pomogły powstrzymać narastającą panikę. *Dostałem wszystko, czego potrzebuję. Muszę tylko to wykorzystać.* Nagle z zamyślenia wyrwał go tupot nóg zbliżających się żołnierzy.

Z lękiem podszedł do drzwi i ujrzał dwóch mężczyzn wlokących korytarzem elfkę. Gdy stracił ją z oczu, Eragon przykucnął i ponownie spróbował przywołać magię. Kiedy mu się wymknęła, zaklął szpetnie.

Wyjrzał przez okno i zacisnął zęby. Dopiero niedawno minęło południe. Odetchnął głęboko i cierpliwie czekał.

Walka z cieniami

W celi było już ciemno, gdy Eragon wyprostował się nagle podekscytowany. Koc się poruszył! Od paru godzin wyczuwał na skraju świadomości
kryjącą się moc, lecz za każdym razem, gdy próbował jej użyć, nic się nie
działo. Teraz, podekscytowany, zacisnął pięści.

– Nazg reisa! – rzucił.

Koc załopotał, wzleciał w powietrze i zwinął się w kulę wielkości jego
ręki. Kulka wylądowała cicho na podłodze.

Przepełniony radością Eragon wstał. Wymuszony post osłabił go, lecz
podniecenie pokonało głód. *A teraz prawdziwa próba.* Sięgnął umysłem,
wyczuł zamek w drzwiach. Zamiast go zniszczyć bądź rozbić, po prostu
popchnął mechanizm wewnętrzny. Drzwi szczęknęły i uchyliły się, po-
skrzypując.

Kiedy w Yazuac pierwszy raz posłużył się magią do zabicia urgali, wy-
czerpało go to całkowicie. Od tego czasu jednak stał się silniejszy. To, co
kiedyś wymagało ogromnego wysiłku, teraz jedynie lekko nadwerężało
jego siły.

Ostrożnie wyszedł na korytarz. *Muszę znaleźć Zar'roca i elfkę. Z pewnością trzymają ją w jednej z tych cel, ale nie mam czasu sprawdzać wszystkich. A co do Zar'roca, możliwe, że zabrał go Cień.* Uświadomił sobie, że

wciąż nie myśli jasno. *Czemu wyszedłem? Mógłbym spokojnie uciec, gdybym wrócił do celi i otworzył okno. Ale wtedy nie uratowałbym elfki... Saphiro, gdzie jesteś? Potrzebuję twojej pomocy.* Skarcił się w duchu, że wcześniej nie nawiązał z nią kontaktu. To powinna być pierwsza rzecz, jaką zrobił po odzyskaniu mocy.

Odpowiedź nadeszła zdumiewająco szybko. *Eragon! Jestem nad Gil'eadem. Nic nie rób, Murtagh już tam idzie.*

Ale co... Przerwał mu odgłos kroków. Odwrócił się szybko i przykucnął, gdy na korytarz wmaszerowało sześciu żołnierzy. Wszyscy zatrzymali się gwałtownie, wodząc wzrokiem pomiędzy Eragonem i otwartymi drzwiami celi. Krew odpłynęła im z twarzy. *Świetnie, wiedzą, kim jestem. Może zdołam ich wystraszyć i nie będę musiał walczyć.*

– Naprzód! – wrzasnął jeden z żołnierzy, ruszając biegiem. Reszta dobyła mieczy i popędziła za nim.

Był bezbronny, osłabiony, walka w takim stanie z sześcioma mężczyznami to szaleństwo, ale myśl o elfce nie pozwoliła mu uciec. Nie mógł się zmusić do tego, by ją porzucić. Niepewny, czy kolejny wysiłek do końca nie pozbawi go sił, przywołał moc i uniósł dłoń. Gedwëy ignasia rozbłysła, w oczach żołnierzy pojawił się strach, byli jednak twardymi ludźmi i nie zwolnili. W chwili gdy Eragon otworzył usta, by wymówić śmiercionośne słowa, w powietrzu coś świsnęło. Jeden z żołnierzy runął na podłogę, z pleców sterczała mu strzała. Dwaj kolejni zginęli, nim ktokolwiek zorientował się, co się dzieje.

Na końcu korytarza, w drzwiach, którymi weszli zbrojni, stał obdarty brodaty mężczyzna z łukiem. U jego stóp na podłodze leżała zapomniana laska. Wyraźnie jej nie potrzebował, bo stał prosto i pewnie.

Trzej pozostali żołnierze odwrócili się, by stawić czoło nowemu zagrożeniu. Eragon wykorzystał zamieszanie.

– Thrysta! – krzyknął. Jeden z mężczyzn chwycił się za pierś i upadł. Eragon zachwiał się, czując opuszczające go siły. Kolejny żołnierz padł na ziemię z szyją przeszytą strzałą. – Nie zabijaj go! – zawołał Eragon, widząc, jak jego wybawca celuje w ostatniego. Brodaty mężczyzna opuścił łuk.

Eragon skoncentrował się na stojącym przed nim żołnierzu. Mężczyzna dyszał ciężko, widać było białka jego oczu. Najwyraźniej zrozumiał, że Eragon właśnie ocalił mu życie.

– Widziałeś, co potrafię zrobić – oznajmił szorstko chłopak. – Jeśli nie odpowiesz na moje pytania, resztę życia przeżyjesz w niewysłowionym cierpieniu. Gdzie jest mój miecz – ma czerwoną pochwę i ostrze – i w której celi siedzi elfka?

Żołnierz zacisnął usta.

Dłoń Eragona zalśniła złowieszczo.

– Zła odpowiedź – warknął. – Wiesz, ile bólu może sprawić ziarnko piasku, gdy rozżarzone wbije ci się w brzuch? Zwłaszcza jeśli nigdy nie wystygnie i przez dwadzieścia lat będzie powoli przepalać się w dół aż do twych stóp? Nim cię opuści, zdążysz się zestarzeć. – Zawiesił głos dla lepszego efektu. – Chyba że powiesz mi to, co chcę usłyszeć.

Oczy żołnierza niemal wyszły z orbit, wciąż jednak milczał. Eragon zdrapał z posadzki odrobinę kurzu.

– To trochę więcej niż ziarnko piasku – rzekł beznamiętnie – zatem ciesz się, przepali się szybciej. Pozostawi jednak większą dziurę. – W tym momencie kurz zapłonął ognistą czerwienią, mimo że nie parzył mu ręki.

– No dobrze, tylko trzymaj go przy sobie! – wrzasnął żołnierz. – Elfka siedzi w ostatniej celi po lewej, o mieczu nic nie wiem, ale pewnie leży w strażnicy na górze. Tam właśnie przechowuje się broń.

Eragon skinął głową.

– Slytha – wymamrotał. Żołnierz bezwładnie osunął się na ziemię.

– Zabiłeś go?

Eragon spojrzał na nieznajomego stojącego zaledwie parę kroków dalej. Zmrużył oczy, próbując rozpoznać twarz pod brodą.

– Murtagh? To ty?

– Tak. – Murtagh na moment odsunął brodę, odsłaniając gładko ogoloną twarz. – Nie chcę, by mnie rozpoznano. Zabiłeś go?

– Nie, tylko śpi. Jak się tu dostałeś?

– Nie ma czasu na wyjaśnienia. Musimy się dostać na wyższe piętro, nim ktokolwiek nas znajdzie. Za chwilę pojawi się droga ucieczki, nie możemy jej przegapić.

– Nie słyszałeś, co mówiłem? – Eragon wskazał nieprzytomnego żołnierza. – W więzieniu siedzi elfka. Musimy ją uratować. Potrzebuję twojej pomocy.

– Elfka?! – Murtagh pobiegł w głąb korytarza. – To błąd – mruknął. – Powinniśmy uciec, póki mamy szansę. – Przystanął przed celą wskazaną przez żołnierza i spod obszarpanego płaszcza wyciągnął pęk kluczy. – Odebrałem je jednemu ze strażników – wyjaśnił.

Eragon skinął głową, spoglądając na klucze. Murtagh wzruszył ramionami, oddał mu je. Eragon znalazł właściwy i otworzył drzwi. Przez okno do środka wpadał promień księżyca, oświetlając twarz elfki zimnym, srebrnym blaskiem.

Podniosła się spięta, gotowa na wszystko. Wysoko uniosła głowę, godnie niczym królowa. Jej oczy, ciemnozielone, niemal czarne, i lekko skośne jak u kota, spojrzały wprost na Eragona. Po plecach przebiegł mu dreszcz.

Przez sekundę patrzyli na siebie, a potem elfka zadrżała i runęła na ziemię. Eragon złapał ją w ostatniej chwili. Była zaskakująco lekka. Otaczał ją zapach świeżych sosnowych szpilek.

Murtagh wbiegł do środka.

– Jest piękna!

– Ale ranna.

– Później ją opatrzymy. Masz dość sił, by ją ponieść?

Eragon pokręcił głową.

– Więc ja to zrobię. – Murtagh zarzucił sobie elfkę na ramię. – A teraz na górę. Wręczył Eragonowi sztylet i pośpieszył z powrotem na korytarz zasłany ciałami żołnierzy.

Tupiąc głośno, poprowadził Eragona do kamiennych schodów.

– Jak się stąd wydostaniemy niezauważeni? – wysapał Eragon, biegnąc na górę.

– Czemu zaraz niezauważeni? – mruknął Murtagh.

Słowa te bynajmniej nie uspokoiły Eragona. Nasłuchiwał nerwowo w obawie, że zaraz ktoś się zjawi. Najbardziej przerażała go myśl o spotkaniu z Cieniem. U szczytu schodów mieściła się sala jadalna, pełna szerokich drewnianych stołów. Pod ścianami ustawiono tarcze, drewnianą powałę podtrzymywały łukowate belki. Murtagh złożył elfkę na stole i z niepokojem spojrzał na sufit.

– Mógłbyś skontaktować się z Saphirą?

– Tak.

– Powiedz, by zaczekała jeszcze pięć minut.

W dali rozległy się krzyki, obok wejścia do sali przemaszerowali żołnierze. Eragon zacisnął usta.

– Cokolwiek planujesz, wątpię, byśmy mieli wiele czasu.

– Po prostu jej powiedz i się schowaj – warknął Murtagh i odbiegł.

Eragon przekazał wiadomość. Nagle zesztywniał, słysząc kroki na schodach. Walcząc z głodem i wyczerpaniem, ściągnął elfkę ze stołu i ukrył pod spodem. Sam przycupnął obok niej, wstrzymując oddech. Jego dłoń zacisnęła się na sztylecie.

Do sali wpadło dziesięciu żołnierzy. Sprawdzili ją pośpiesznie, zajrzeli zaledwie pod parę stołów i ruszyli dalej. Oparty o nogę stołową Eragon odetchnął z ulgą. Nagle znów poczuł głód i pragnienie. Jego uwagę przyciągnął talerz z niedokończonym posiłkiem i kufel po drugiej stronie sali.

Szybko wypadł z kryjówki, chwycił jedzenie i popędził z powrotem. W kuflu zostało bursztynowe piwo; opróżnił go dwoma szybkimi łykami. Zimny płyn spłynął w głąb gardła, niosąc ulgę i łagodząc palące pragnienie. Eragon powstrzymał się przed beknięciem i rzucił żarłocznie na kromkę chleba.

Murtagh powrócił, niosąc w dłoniach Zar'roca, dziwny łuk i elegancki miecz bez pochwy. Zar'roca oddał Eragonowi.

– Znalazłem w strażnicy ten drugi miecz i łuk. Nigdy nie widziałem takiej broni, więc założyłem, że należy do elfki.

– Sprawdźmy – powiedział z pełnymi ustami Eragon. Miecz, wąski i lekki, o zakrzywionym jelcu, którego końce zwężały się wdzięcznie, idealnie pasował do pochwy u jej boku. Nie potrafili stwierdzić, czy łuk także należał do niej. Miał jednak tak niezwykły kształt, iż Eragon uznał, że to pewne. – Co teraz? – spytał, wpychając do ust kolejny kęs. – Nie możemy zostać tu wiecznie. Wcześniej czy później żołnierze nas znajdą.

– Teraz – Murtagh chwycił w dłoń własny łuk i nałożył strzałę – będziemy czekać. Jak mówiłem, zorganizowałem nam ucieczkę.

– Nie rozumiesz. Tu jest Cień! Jeśli nas znajdzie, będziemy zgubieni.

– Cień! – wykrzyknął Murtagh. – W takim razie powiedz Saphirze, by zjawiła się natychmiast. Chcieliśmy zaczekać na zmianę wart, lecz widzę, że niebezpiecznie jest zwlekać nawet chwilę.

Eragon przekazał szybko wiadomość, powstrzymując się, by nie rozproszyć Saphiry pytaniami.

– Zepsułeś mój plan, uciekając z celi – poskarżył się Murtagh, nie spuszczając wzroku z wejścia do sali.

Eragon uśmiechnął się.

– W takim razie pewnie powinienem był zaczekać. Natomiast ty zjawiłeś się idealnie w porę. Gdybym musiał walczyć z tą szóstką magią, nie byłbym teraz zdolny nawet pełzać.

– Cieszę się, że mogłem się przydać. – Murtagh zesztywniał, słysząc kroki. – Miejmy nadzieję, że Cień nas nie znajdzie.

Odpowiedział mu lodowaty śmiech.

– Lękam się, że już na to za późno.

Murtagh i Eragon obrócili się gwałtownie. Cień stał samotnie w kącie sali. W dłoni trzymał jasny miecz o zarysowanej klindze. Rozpiął broszę podtrzymującą pelerynę, pozwalając, by opadła na ziemię. Ciało miał niczym biegacz, szczupłe i żylaste. Eragon jednak przypomniał sobie ostrzeżenie Broma; wiedział, że wygląd Cienia jest mylący. W istocie jego siła kilkakrotnie przewyższała ludzką.

– A zatem, mój młody Jeźdźcze, chcesz stawić mi czoło? – prychnął Cień. – Nie powinienem był wierzyć kapitanowi, gdy oznajmił, że zjadasz posiłki. Drugi raz nie popełnię tego błędu.

– Ja się nim zajmę – rzucił cicho Murtagh, odkładając łuk i dobywając miecza.

– Nie – szepnął Eragon. – Mnie chce dostać żywego, ciebie nie. Mogę zająć go chwilę, a ty szykuj drogę ucieczki.

– No dobrze, ruszaj. Ale nie będziesz musiał zajmować go zbyt długo, obiecuję.

– Mam nadzieję – odparł ponuro Eragon. Dobył Zar'roca i powoli postąpił naprzód. Czerwona klinga lśniła w blasku pochodni.

Rdzawe oczy Cienia płonęły niczym rozżarzone węgle. Zaśmiał się cicho.

– Naprawdę sądzisz, że zdołasz mnie pokonać, Du Súndavar Freohrze? Cóż za żałosne imię! Spodziewałbym się czegoś bardziej subtelnego, ale też pewnie do niczego więcej nie jesteś zdolny.

Eragon nie dał się ponieść emocjom. Wpatrywał się w oblicze Cienia, czekając na błysk oka, drgnięcie warg, cokolwiek, co zdradziłoby jego następne posunięcie. *Nie mogę użyć magii, bo wówczas zrobiłby to samo. Sądzi, że zdoła wygrać, nie uciekając się do niej. I pewnie tak jest w istocie.*

Nim którykolwiek zdążył się ruszyć, powała zadrżała z donośnym hukiem. Obłok pyłu wypełnił salę, wokół posypały się kawałki drewna, uderzając o posadzkę. Z dachu dobiegły krzyki i brzęk metalu. W obawie, że kolejny kawałek drewna go ogłuszy, Eragon zerknął w górę. Cień wykorzystał to i zaatakował.

Eragon w ostatniej chwili zdołał unieść Zar'roca i zablokować cięcie w żebra. Ich ostrza zderzyły się z brzękiem, od którego rozbolały go zęby i zdrętwiała ręka. *Na ognie piekieł, jest silny.* Chwycił oburącz rękojeść Zar'roca i zamachnął się ze wszystkich sił, celując w głowę Cienia. Ten z łatwością zablokował cios, poruszając swym mieczem szybciej, niż wydawało się to możliwe.

Znad ich głowy dobiegały potworne piski, zupełnie jakby ktoś przeciągał żelazne haki po gładkim kamieniu. W powale otwarły się trzy długie szczeliny, przez które do środka wpadły dachówki. Eragon nie zwracał na nie uwagi, choć jedna rozbiła mu się tuż u stóp. Wprawdzie trenował z mistrzem miecza Bromem i z Murtaghiem, również wspaniałym szermierzem, ale nigdy nie zetknął się z tak świetnym wrogiem. Cień igrał z nim.

Eragon wycofywał się w stronę Murtagha, drżącymi rękami parował kolejne, coraz silniejsze cięcia. Brakło mu sił, by przywołać do pomocy magię, nawet gdyby zechciał to zrobić. A potem pogardliwym machnięciem dłoni Cień wytrącił mu z ręki Zar'roca. Siła ciosu posłała Eragona na kolana, został tam, zdyszany. Piski i zgrzyty przybrały na sile.

Cień spojrzał na niego wyniośle.

– Zapewne w obecnej rozgrywce jesteś ważną figurą, ale myślałem, że siły masz więcej. Jeśli to charakterystyczne dla Jeźdźców, przypuszczalnie panowali nad imperium tylko dlatego, że było ich wielu.

Eragon uniósł wzrok i pokręcił głową. Przejrzał już plan Murtagha. *Saphiro, to dobry moment.*

– Nie zapomniałeś o czymś?

– To znaczy? – rzucił drwiąco Cień.

Z ogłuszającym hukiem, wstrząsającym budynkiem w posadach, coś oderwało fragment powały, ukazując nocne niebo.

– O smokach! – ryknął Eragon, przekrzykując łoskot, i rzucił się w bok.

Cień warknął z wściekłości, biorąc silny zamach mieczem. Spudłował jednak i zachwiał się. Ze zdumieniem spojrzał na sterczące z ramienia drzewce strzały Murtagha.

Roześmiał się i dwoma palcami wyrwał strzałę.

– Jeśli chcesz mnie zatrzymać, musisz się spisać lepiej – rzucił.

Następna strzała trafiła go prosto między oczy. Cień zawył z bólu i wstrząsany drgawkami ukrył twarz w dłoniach. Jego skóra poszarzała, powietrze zasnuła mgła, przysłaniając jego postać. A potem z rozdzierającym krzykiem obłok mgły zniknął. W miejscu, gdzie wcześniej stał Cień, pozostała jedynie peleryna i stos ubrań.

– Zabiłeś go! – wykrzyknął Eragon. Legendy wspominały tylko o dwóch bohaterach, którzy przeżyli zabicie Cienia.

– Nie jestem tego taki pewien – odparł Murtagh.

– Skończone! – krzyknął ktoś z boku. – Nie udało mu się. Łapcie ich!

Z obu stron do sali bankietowej wpadli żołnierze, uzbrojeni we włócznie i sieci. Eragon i Murtagh cofnęli się pod ścianę, ciągnąc za sobą elfkę. Żołnierze utworzyli wokół nich groźny półokrąg. I wtedy w dziurze w suficie pojawiła się głowa Saphiry. Smoczyca ryknęła, potężnymi szponami chwyciła krawędź otworu i oderwała kolejny fragment powały.

Trzej żołnierze odwrócili się i uciekli, reszta utrzymała pozycje. Z ogłuszającym łoskotem środkowa belka sufitu pękła, w dół posypały się ciężkie dachówki. Oszołomieni żołnierze złamali szyki, próbując uskoczyć przed śmiercionośnym deszczem. Eragon i Murtagh przywarli do ściany. Saphira ryknęła ponownie i żołnierze uciekli, kilku zgniotły wielkie kawały gruzu.

Ostatnim tytanicznym wysiłkiem Saphira zerwała resztę sklepienia i wskoczyła do sali bankietowej, zwijając skrzydła. Jeden ze stołów załamał się pod jej ciężarem. Krzycząc z ulgi, Eragon zarzucił jej ręce na szyję.

Tęskniłam za tobą, mój mały – wymruczała, ukontentowana.

Ja też. Jest z nami ktoś jeszcze. Uniesiesz trzy osoby?

Oczywiście – odparła, odrzucając na bok dachówki i stoły, by móc wystartować. Murtagh i Eragon wyciągnęli z kryjówki elfkę. Na jej widok Saphira syknęła ze zdumieniem.

Elf.

Tak, to kobieta, którą widziałem w mych snach. Eragon podniósł z ziemi Zar'roca. Pomógł Murtaghowi bezpiecznie przywiązać elfkę do siodła, po czym obaj wdrapali się na Saphirę. *Słyszałem odgłosy walki dobiegające z dachu. Są tam ludzie?*

Już nie. Gotów?

Tak.

Saphira wyskoczyła z sali bankietowej na dach fortecy zasłany trupami strażników.

– Spójrzcie. – Murtagh wskazał ręką.

Z wieży po drugiej stronie pozbawionej dachu sali wysypały się rzędy łuczników.

– Saphiro, musisz już lecieć. Szybko! – ostrzegł Eragon.

Smoczyca rozwinęła skrzydła, pobiegła ku krawędzi budynku i odepchnęła się potężnymi nogami. Dodatkowy ciężar sprawił, że szybko opadła ku ziemi i z wielkim trudem nabierała wysokości. Nagle Eragon usłyszał dźwięczny brzęk zwalnianych cięciw.

Z mroku posypały się ku nim strzały. Trafiona Saphira ryknęła z bólu i szybko skręciła w lewo, by uniknąć następnej salwy. Kolejne strzały przeszyły niebo, lecz mrok zapewnił im osłonę. Zaniepokojony Eragon pochylił się nad jej szyją.

Gdzie cię trafili?

Mam przebite skrzydła... W jednym wciąż tkwi strzała. Oddychała ciężko, z trudem.

Jak daleko możesz nas ponieść?

Dostatecznie daleko.

Eragon mocniej chwycił elfkę. Przelecieli nad Gil'eadem, zostawili za sobą miasto i szybując w mroku, skręcili na wschód.

Wojownik i uzdrowiciel

Saphira poszybowała na polanę, wylądowała na szczycie wzgórza i spoczęła na ziemi, rozkładając skrzydła. Eragon czuł, jak drży. Od Gil'eadu dzieliło ich zaledwie pół staja.

Na polanie czekały uwiązane konie. Śnieżny Płomień i Tornac parsknęły nerwowo na widok smoczycy. Eragon zsunął się na ziemię i natychmiast zajął obrażeniami Saphiry. Tymczasem Murtagh przygotował wierzchowce.

Ponieważ zrobiło się już ciemno, Eragon po omacku przesunął dłońmi po jej skrzydłach. Znalazł trzy miejsca, w których strzały przebiły cienką błonę, pozostawiając zakrwawione otwory wielkości kciuka. Jedna ze strzał wyrwała także fragment błony z krańca lewego skrzydła. Saphira zadrżała, gdy jego palce natrafiły na rany. Ze znużeniem wyleczył je słowami z pradawnej mowy. Następnie zaczął ostrożnie szukać ostatniej strzały. Sterczała wbita w jeden z potężnych mięśni ramienia. Grot wystawał z drugiej strony; ściekała z niego ciepła krew.

Eragon szybko zawołał Murtagha.

– Przytrzymaj jej skrzydło, muszę wyjąć tę strzałę. – Wskazał ręką miejsce, w którym Murtagh miał je uchwycić. *To będzie bolało* – ostrzegł Saphirę – *ale tylko przez chwilę. Staraj się nie szarpać, bo zrobisz nam krzywdę.*

Smoczyca wyciągnęła szyję i chwyciła między zakrzywione zęby wysokie drzewko. Jednym szarpnięciem wyrwała je z ziemi i zacisnęła na nim szczęki. *Jestem gotowa.*

Dobrze – powiedział Eragon.

– Trzymaj – szepnął do Murtagha i złamał strzałę.

Starając się nie poczynić większych szkód, szybko wyciągnął drzewce z ciała Saphiry. Smoczyca gwałtownie odrzuciła w tył głowę i jęknęła mimo trzymanego w pysku drzewka. Jej skrzydło szarpnęło się mimowolnie, uderzając Murtagha pod brodą i odrzucając na ziemię.

Z donośnym warknięciem Saphira potrząsnęła drzewkiem, zasypując ich pyłem, i cisnęła je na bok. Eragon szybko zasklepił ranę i pomógł Murtaghowi wstać.

– Zaskoczyła mnie – przyznał Murtagh, dotykając palcami otartej szczęki.

Przepraszam.

– Nie chciała cię uderzyć – zapewnił go Eragon.

Zerknął na nieprzytomną elfkę. *Będziesz musiała jeszcze ją ponieść –* rzekł do Saphiry. *Nie możemy wziąć jej na konia, za bardzo by nas spowolniła. Teraz, bez strzały, powinno być ci łatwiej.*

Saphira pochyliła głowę. *Tak zrobię.*

Dziękuję. Eragon uścisnął ją mocno. *To, czego dokonałaś, było niesamowite, nigdy tego nie zapomnę.*

Jej spojrzenie złagodniało. *Polecę już.* Cofnął się, a ona wzbiła się w powietrze. Nagły podmuch rozwiał włosy elfki. Sekundę później obie znikęły. Eragon pospieszył do Śnieżnego Płomienia, z trudem wspiął się na siodło i pogalopował za Murtaghiem.

Podczas jazdy próbował sobie przypomnieć, co właściwie wie o elfach. Żyły bardzo długo – często wspominano o tym w opowieściach – choć nie wiedział jak długo. Władały pradawną mową, wiele z nich posługiwało się magią. Po upadku Jeźdźców elfy wycofały się do swych fortec. Od tej pory nie widywano ich w imperium. *Skąd zatem się wzięła i jak imperium zdołało ją schwytać? Jeśli używa magii, to pewnie odurzyli ją tak samo jak mnie.*

Pędzili przez noc, nie zatrzymując się nawet wtedy, gdy zaczęły opuszczać ich siły. Parli naprzód, mimo że piekły ich oczy i bolały mięśnie. Wokół Gil'eadu krążyły szeregi uzbrojonych w pochodnie jeźdźców.

Po wielu niekończących się godzinach na niebie zapłonęły łuny poranka. Eragon i Murtagh bez słowa zatrzymali konie.

– Powinniśmy rozbić obóz – rzekł Eragon ze znużeniem. – Muszę się przespać, nie dbam o to, czy nas złapią.

– Zgadzam się. – Murtagh potarł oczy. – Powiedz Saphirze, żeby wylądowała. Spotkamy się z nią.

Podążyli za wskazówkami smoczycy i znaleźli ją u podstawy niewielkiej skały. Piła właśnie wodę ze strumienia. Elfka leżała bezwładnie na jej grzbiecie. Smoczyca powitała ich, cichutko porykując, Eragon zeskoczył z konia.

Murtagh pomógł mu zdjąć elfkę z siodła Saphiry i złożyć na ziemi. Potem obaj oparli się bez sił o skałę. Saphira z ciekawością obejrzała nieprzytomną kobietę. *Ciekawe, czemu się nie ocknęła? Od chwili ucieczki minęło wiele godzin.*

Kto wie, co jej zrobili – odparł ponuro Eragon.

Murtagh podążył za ich spojrzeniem.

– O ile mi wiadomo, to pierwszy elf, jakiego zdołał schwytać król. Odkąd się ukryły, szukał ich bez powodzenia aż do teraz. Zatem, albo znalazł ich kryjówkę, albo została schwytana przypadkiem. Myślę, że to przypadek. Gdyby znalazł twierdzę elfów, wypowiedziałby im wojnę i posłał do nich całą armię. Skoro do tego nie doszło, pytanie brzmi: czy ludzie Galbatorixa zdołali wyciągnąć z niej informacje o kryjówce elfów?

– Nie dowiemy się, póki nie odzyska przytomności. Powiedz mi, co się działo, gdy mnie złapali. Jak trafiłem do Gil'eadu?

– Urgale pracowały dla imperium – odparł krótko Murtagh, odgarniając włosy. – Wygląda na to, że Cień również. Widzieliśmy z Saphirą, jak mu cię oddawały, choć nie wiedziałem wówczas kto to. Towarzyszyła mu grupka żołnierzy. To oni zawieźli cię do Gil'eadu.

Prawda. Saphira zwinęła się w kłębek obok nich.

Eragon wrócił myślami do urgali, z którymi rozmawiał pod Teirmem, i pana, o którym wspominały. *Miały na myśli króla. Obraziłem najpotężniejszego człowieka w Alagaësii*, uświadomił sobie ze zgrozą. Nagle przypomniał sobie koszmar z Yazuac, ciała wymordowanych wieśniaków. Gdzieś w jego głębi jego trzewi wezbrał mdlący gniew. Urgale słuchały rozkazów Galbatorixa. *Czemu zrobił coś takiego własnym poddanym?*

Bo jest zły – odparła twardo Saphira.

– To oznacza wojnę! – krzyknął rozwścieczony Eragon. – Gdy mieszkańcy imperium dowiedzą się o tym, zbuntują się i dołączą do Vardenów.

Murtagh oparł podbródek na dłoni.

– Nawet gdyby usłyszeli o tych potwornościach, niewielu dotarłoby do Vardenów. Skoro urgale słuchają rozkazów króla, ma on dość wojsk, by zamknąć granice imperium i zachować władzę, nie zważając na opór ludu. Wówczas w imperium zapanuje terror, a Galbatorix będzie mógł władać nim wedle swej woli. I, choć jest znienawidzony, ludzie dołączą do niego, jeśli pojawi się wspólny wróg.

– Na przykład kto? – spytał oszołomiony Eragon.

– Elfy i Vardeni. Rozpuszczając odpowiednie pogłoski, można ich przedstawić jako najgorsze potwory żyjące w Alagaësii, czekające tylko, by odebrać ludziom ziemię i bogactwa. Imperium może nawet ogłosić, że urgale były dotąd nierozumiane, że w istocie to przyjaciele i sojusznicy, walczący ze wspólnym wrogiem. Zastanawiam się tylko, co obiecał im król w zamian za ich pomoc.

– To się nie uda. – Eragon pokręcił głową. – Nikt nie uwierzyłby w coś takiego. Nie Galbatorixowi i urgalom. Zresztą, po co miałby to robić? Przecież już teraz ma władzę.

– Ale Vardeni podważają ją, a ludzie z nimi sympatyzują. Jest też Surda, która mu się sprzeciwia, odkąd odłączyła się od imperium. Wewnątrz swych granic Galbatorix jest silny, lecz jego władza nie sięga poza nie. A co do ludzi, którzy mieliby przejrzeć jego kłamstwa, uwierzą w to, co im powie. Zdarzało się to już wcześniej. – Murtagh umilkł, spoglądając z zamyśloną miną w dal.

Jego słowa poruszyły Eragona do głębi. Saphira dotknęła go umysłem. *Dokąd Galbatorix wysyła urgale?*

Co takiego?

W Carvahall i Teirmie słyszałeś, że urgale opuszczają te ziemie i wędrują na południowy wschód, jakby chciały się przeprawić przez Pustynię Hadaracką. Jeśli król naprawdę nimi kieruje, czemu posyła je właśnie tam? Może gromadzi prywatną armię urgali albo zakłada tam urgalskie miasto?

Na tę myśl Eragon zadrżał. *Jestem zbyt zmęczony, by to odgadnąć. Cokolwiek planuje Galbatorix, dla nas oznacza to tylko kłopoty. Chciałbym wiedzieć, gdzie kryją się Vardeni. Tam właśnie powinniśmy się udać, lecz bez Dormnada jesteśmy zgubieni. Nieważne, co zrobimy, imperium nas znajdzie.*

Nie poddawaj się – rzekła zachęcająco, po czym dodała cierpko: – *Choć zapewne masz rację.*

Dzięki.

Spojrzał na Murtagha.

– Ryzykowałeś życie, by mnie ocalić. Jestem twoim dłużnikiem, sam nie zdołałbym uciec.

Było w tym jednak coś więcej. Teraz łączyła ich więź wykuta w bitwie i zahartowana dzięki lojalności, jaką okazał mu Murtagh.

– Cieszę się, że mogłem pomóc. Ja... – Murtagh zająknął się i potarł dłońmi twarz. – W tej chwili najbardziej martwi mnie, że musimy jechać dalej, bo jutro żołnierze z Gil'eadu wyruszą w pościg. Gdy znajdą ślady koni, dowiedzą się, że nie odlecieliśmy na Saphirze.

Eragon zgodził się z ponurą miną.

– Jak zdołałeś dostać się do zamku?

Murtagh zaśmiał się cicho.

– Dając solidną łapówkę i przeczołgując się przez brudny zsyp kuchenny. Ale plan nie udałby się, gdyby nie Saphira. Jej... – Urwał, po czym spojrzał na smoczycę, adresując do niej swoje słowa. – To znaczy tobie i tylko tobie zawdzięczamy to, że uszliśmy z życiem.

Eragon z poważną miną pogładził dłonią pokrytą łuskami szyję Saphiry, która zaczęła mruczeć. Zapatrzył się w twarz elfki i z niechęcią dźwignął się z ziemi.

– Musimy zrobić jej posłanie.

Murtagh także wstał, rozłożył na ziemi koc. Gdy kładli na nim elfkę, mankiet jej stroju zaczepił o gałąź. Materiał pękł z trzaskiem. Eragon próbował go naprawić i sapnął wstrząśnięty. Rękę elfki pokrywały liczne siniaki i skaleczenia, niektóre na wpół zagojone. Z innych, świeżych, wciąż sączyła się krew i ropa. Czując gniew, podciągnął rękaw wyżej. Obrażenia ciągnęły się aż do ramienia. Drżącymi palcami rozsznurował tył jej kamizeli, lękając się tego, co zobaczy.

Gdy ubiór opadł, Murtagh zaklął cicho. Plecy elfki, silne, umięśnione, pokrywały strupy i blizny, przez które jej skóra przypominała suche, spękane błoto. Chłostano ją bezlitośnie i piętnowano rozżarzonym żelazem w kształcie szponów. W miejscach, gdzie skóra pozostała nietknięta, pokrywały ją fioletowoczarne sińce, ślady bicia. Na lewym ramieniu widniał tatuaż, kłuty niebieską farbą. Przedstawiał ten sam symbol, który widniał na szafirowym pierścieniu Broma. Eragon poprzysiągł w duchu, że zabije tego, kto odpowiada za zadane elfce męki.

– Możesz to uleczyć? – spytał Murtagh.

– Ja... nie wiem. – Eragon przełknął ślinę, czując nagły niepokój. – Są tak rozległe.

Eragonie! – rzuciła ostro Saphira. *To elfka, nie możemy pozwolić, by umarła. Nie zważaj na głód czy zmęczenie, musisz ją ocalić. Połączę z tobą siły, ale to ty musisz posłużyć się magią.*

Tak... masz rację – szepnął w duchu, nie mogąc oderwać wzroku od elfki. Z determinacją ściągnął rękawicę.

– To trochę potrwa – rzekł do Murtagha. – Możesz zrobić mi coś do jedzenia? Zagotuj też wodę na bandaże, wszystkich ran nie zdołam zabliźnić.

– Nie możemy rozpalić ognia, bo nas wytropią – zaprotestował Murtagh. – Musisz użyć zwykłych szmat, a jedzenie będzie zimne.

Eragon skrzywił się na tę myśl, ale nie oponował. Delikatnie położył dłoń na karku elfki. Saphira usiadła obok niego, wpatrując się w kobietę lśniącymi oczami. Odetchnął głęboko, sięgnął po magię i zabrał się do roboty.

Szybko wymówił pradawne słowa:

– Waíse heill.

Oparzenie zamigotało pod jego dłonią i zastąpiła je nowa, nietknięta skóra, łącząca się z blizną. Nie zwracał uwagi na siniaki i lekkie rany – ich wyleczenie zabrałoby mu energię potrzebną do poważniejszych obrażeń. Pracując, zastanawiał się, jakim cudem elfka zdołała przeżyć. Wielokrotnie ją torturowano, i to z precyzją, która zmroziła go do szpiku kości.

Choć starał się uszanować jej skromność, musiał dostrzec, że pod bliznami i oparzeniami jej ciało było niezwykle piękne. Wyczerpany, nie zastanawiał się nad tym, choć parę razy poczerwieniały mu uszy. Miał tylko szczerą nadzieję, że Saphira nie wie, o czym wówczas myślał.

Nie ustawał, a tymczasem świt rozjaśnił niebo. Czynił tylko krótkie przerwy, by zjeść coś i wypić, starając się uzupełnić zapas sił po swym poście, ucieczce i uzdrowieniu. Saphira trwała u jego boku, użyczając mu sił. Słońce wzniosło się już wysoko na niebo, nim w końcu wstał z jękiem, poruszając obolałymi mięśniami. Ręce miał szare, suche oczy piekły nieznośnie. Potykając się, ruszył do juków i pociągnął długi łyk z bukłaka.

– Już? – spytał Murtagh.

Eragon, drżąc cały, powoli skinął głową, nie ufał własnemu głosowi. Świat zawirował mu przed oczami, o mało nie zemdlał.

Dobrze się spisałeś – rzekła kojąco Saphira.

– Czy ona przeżyje?

– Nie... nie wiem – odparł ochryple. – Elfy są silne, lecz nawet one nie są w stanie znieść czegoś takiego. Gdybym znał się lepiej na uzdrawianiu, może zdołałbym ją ocucić, ale... – Bezradnie skinął ręką. Dłoń dygotała mu tak mocno, że rozlał trochę wina. Kolejny łyk pomógł mu się opanować. – Lepiej ruszajmy.

– Nie, musisz się przespać – zaprotestował Murtagh.

– Ja... mogę spać w siodle, ale nie możemy sobie pozwolić na postój. Szukają nas żołnierze.

Murtagh ustąpił niechętnie.

– W takim razie poprowadzę Śnieżnego Płomienia, a ty odpoczywaj.

Ponownie osiodłali konie, przypięli elfkę do Saphiry i wyruszyli w drogę. Eragon jadł podczas jazdy, starając się uzupełnić zapasy energii. Potem pochylił się i zamknął oczy.

Woda z piasku

Gdy wieczorem zatrzymali się na popas, Eragon nie czuł się wcale lepiej, a humor znacznie mu się pogorszył. Niemal cały dzień krążyli, starając się unikać żołnierzy ścigających ich z psami gończymi. Zeskoczył ze Śnieżnego Płomienia i spytał w myślach: *Co z nią?*

Nie gorzej niż przedtem – odparła Saphira. *Parę razy poruszyła się lekko, ale nic poza tym.* Przywarła do ziemi, by Eragon mógł zdjąć z siodła elfkę. Przez moment obejmował ją mocno, potem pośpiesznie złożył na ziemi.

Wspólnie przygotowali skromny posiłek, z trudem walczyli z sennością. Gdy zjedli, Murtagh odezwał się pierwszy:

– Nie możemy utrzymywać takiego tempa. Nie zdołaliśmy zwiększyć dystansu do żołnierzy. Jeszcze parę dni i z pewnością nas dościgną.

– Co innego możemy zrobić? – warknął Eragon. – Gdybyśmy byli tylko we dwóch i zechciałbyś zostawić Tornaca, Saphira by nas stąd zabrała. Ale z elfką? Niemożliwe.

Murtagh spojrzał na niego z rezerwą.

– Jeśli chcesz odejść, nie będę cię zatrzymywał. Nie mogę oczekiwać, że zaryzykujecie z Saphirą uwięzienie.

– Nie obrażaj mnie – wymamrotał Eragon. – Tylko dzięki tobie wciąż jestem wolny. Nie zostawię cię na pastwę imperium. To dopiero byłaby wdzięczność.

Murtagh skłonił głowę.

– Twoje słowa radują me serce. – Milczał przez chwilę. – Ale nie rozwiązują naszych problemów.

– A co mogłoby je rozwiązać? – spytał Eragon i wskazał elfkę. – Gdyby tylko mogła nam powiedzieć, gdzie ukrywają się elfy. Może schronilibyśmy się wśród nich?

– Zważywszy na to, jak pilnie strzegą swych tajemnic, wątpię, by je nam wyjawiła. A nawet gdyby to zrobiła, jej pobratymcy nie witaliby nas zbyt chętnie. Czemu zresztą mieliby nas ukryć? Ostatnimi Jeźdźcami, z którymi mieli do czynienia, byli Galbatorix i Zaprzysiężeni. I nie pozostawili po sobie przyjemnego wspomnienia. A ja nie mam nawet wątpliwego zaszczytu bycia Jeźdźcem jak ty. Nie chcieliby kogoś takiego.

Przyjęliby nas – rzekła Saphira pewnym siebie tonem, poruszając skrzydłami tak, by ułożyć je wygodniej.

Eragon wzruszył ramionami.

– Nawet gdyby zechciały nas obronić, i tak nie możemy ich znaleźć. I nie zdołamy spytać elfki, póki nie odzyska przytomności. Musimy uciec, ale dokąd? Na północ, południe, wschód czy zachód?

Murtagh splótł palce i przycisnął kciuki do skroni.

– Myślę, że pozostało nam tylko jedno wyjście, opuścić imperium. Jedyne bezpieczne kryjówki wewnątrz jego granic leżą daleko stąd. Trudno byłoby do nich dotrzeć, mogliby nas schwytać... Na północy jest tylko puszcza Du Weldenvarden, w której znaleźlibyśmy schronienie, ale nie zachwyca mnie myśl o podróży w stronę Gil'eadu. Na zachodzie leży tylko imperium i morze. Na południu Surda, gdzie mógłbyś znaleźć kogoś, kto wskazałby ci drogę do Vardenów. A co do wschodu... – Wzruszył ramionami. – Na wschodzie między nami a krainami, w których moglibyśmy się schronić, leży Pustynia Hadaracka. Gdzieś za nią kryją się Vardeni, lecz bez wskazówek ich odszukanie mogłoby zabrać nam lata.

Ale bylibyśmy tam bezpieczni – zauważyła Saphira – *jeśli nie spotkamy urgali.*

Eragon zmarszczył czoło. Czuł zbliżający się ból głowy, gorące pulsowanie przeszkadzało mu myśleć.

– Jazda do Surdy jest zbyt niebezpieczna, musielibyśmy przeciąć niemal całe imperium, unikając miast i wiosek. To zbyt wielu ludzi, w końcu ktoś by nas zauważył.

Murtagh uniósł brwi.

– Chcesz zatem przeprawić się przez pustynię?

– Nie widzę innego wyjścia. Poza tym w ten sposób możemy opuścić imperium, nim dotrą tu Ra'zacowie. Mają skrzydlate wierzchowce, zapewne za parę dni zjawią się w Gil'eadzie. Nie mamy zbyt dużo czasu.

– Nawet jeśli dotrzemy do pustyni przed nimi – rzekł Murtagh – wciąż mogą nas doścignąć. Trudno będzie ich uniknąć.

Eragon pogładził bok Saphiry, pod palcami czuł szorstkie łuski.

– Zakładając, że zdołają odnaleźć nasz ślad. Jednak, by nas dogonić, będą musieli zostawić za sobą żołnierzy. To daje nam przewagę. Jeżeli dojdzie do walki, myślę, że we trójkę zdołamy ich pokonać, o ile nie schwytają nas w pułapkę, jak mnie i Broma.

– A gdybyśmy dotarli bezpiecznie na drugą stronę Hadaracu? – spytał powoli Murtagh. – Dokąd się udamy? Tamtejsze krainy nie należą już do imperium, jest tam niewiele miast. No i sama pustynia. Co o niej wiesz?

– Tylko tyle, że jest gorąca, sucha i pełno na niej piasku – przyznał Eragon.

– To całkiem niezły opis – mruknął Murtagh. – Dodaj do tego jeszcze trujące rośliny, jadowite węże, skorpiony i palące słońce. Czy widziałeś wielką równinę w drodze do Gil'eadu?

Było to pytanie retoryczne, lecz Eragon i tak odpowiedział:

– Owszem, a także jeszcze wcześniej.

– Zatem wiesz, jaka jest olbrzymia, zajmuje serce imperium. A teraz wyobraź sobie coś dwu- bądź trzykrotnie większego i zrozumiesz, jak rozległa jest Pustynia Hadaracka. Przez nią właśnie chcesz się przeprawić.

Eragon spróbował wyobrazić sobie tak olbrzymią przestrzeń, nie zdołał jednak pojąć wchodzących w grę odległości. Wyciągnął z juków mapę Alagaësii i rozłożył cuchnący pleśnią pergamin. Uważnie obejrzał równinę i ze zdumieniem pokręcił głową.

– Nic dziwnego, że na pustyni kończy się imperium. Wszystko, co leży po drugiej stronie, jest za daleko, by Galbatorix mógł nad tym zapanować.

Murtagh przesunął palcami nad prawą stroną pergaminu.

– Wszystkie krainy poza pustynią, obecnie pusta plama, w czasach Jeźdźców podlegały jednej władzy. Gdyby król wychował nowe pokolenie Jeźdźców, mógłby poszerzyć imperium do niewyobrażalnych rozmiarów. Ale nie to chciałem powiedzieć. Pustynia Hadaracka jest tak ogromna i niebezpieczna, że mamy niewielką szansę dotarcia na drugą stronę. To droga dla ludzi zdesperowanych.

– My jesteśmy zdesperowani – odparł stanowczo Eragon, uważnie studiując mapę. – Gdybyśmy jechali przez serce pustyni, zabrałoby nam to ponad miesiąc, może nawet dwa. Ale jeżeli skręcimy na południowy wschód, w stronę Gór Beorskich, przeprawimy się znacznie szybciej. Wówczas albo podążymy dalej wzdłuż łańcucha na wschód, na pustkowie, albo na zachód do Surdy. Jeżeli mapa mówi prawdę, odległość dzieląca nas od Beorów mniej więcej odpowiada tej, którą pokonaliśmy w drodze do Gil'eadu.

– Ale ta jazda zabrała nam prawie miesiąc!

Eragon niecierpliwie pokręcił głową.

– Wówczas jechaliśmy wolno z powodu mych obrażeń. Teraz, jeżeli trochę się wysilimy, znacznie szybciej dotrzemy do gór.

– Wystarczy, zrozumiałem – przyznał Murtagh. – Nim jednak się zgodzę, musimy coś rozstrzygnąć. Jak zapewne zauważyłeś, podczas pobytu w Gil'eadzie kupiłem zapasy prowiantu dla nas i koni. Ale skąd weźmiemy wodę? Szczepy nomadów żyjące na pustyni zwykle maskują swe studnie i oazy tak, by nikt nie zdołał skraść im wody. Nie możemy też zabrać większych zapasów. Pomyśl tylko, ile pije sama Saphira. Ona i konie za jednym zamachem pochłaniają więcej wody niż ja i ty przez tydzień. O ile nie zdołasz przywołać deszczu, nie wyobrażam sobie, jak mielibyśmy tego dokonać.

Eragon zakołysał się na piętach. Przywoływanie deszczu dalece wykraczało poza jego możliwości. Podejrzewał, że nawet najsilniejszy Jeździec by sobie z tym nie poradził. Przesunięcie tak wielkich ilości powietrza przypominałoby próbę uniesienia góry. Potrzebował czegoś, co nie pozbawi go wszystkich sił. *Ciekawe, czy da się zamienić piasek w wodę? To rozwiązałoby nasz problem, jeśli tylko nie wymaga zbyt wiele energii.*

– Mam pomysł – rzekł głośno. – Pozwól, że coś sprawdzę, i wtedy poznasz odpowiedź.

Wymaszerował z obozu. Saphira podążała tuż za nim.

Czego chciałbyś spróbować? – spytała.

– Nie wiem – wymamrotał. *Saphiro, czy zdołałabyś przynieść nam dość wody?*

Pokręciła olbrzymią głową. *Nie. Nie dałabym rady nawet unieść takiego ciężaru, a co dopiero z nim lecieć.*

Szkoda. Ukłąkł i znalazł kamyk z zagłębieniem wystarczającym na łyk wody. Wcisnął do niego grudkę ziemi i przyjrzał się jej uważnie. Teraz czekało go najtrudniejsze – musiał jakoś zamienić ziemię w wodę. *Ale jakich słów użyć?* Zastanawiał się chwilę, w końcu wybrał dwa, które, jak miał nadzieję, podziałają. Poczuł lodowate dotknięcie magii. Znów przełamał znajomą barierę w umyśle i rozkazał:

– Deloi moi!

Ziemia natychmiast zaczęła pochłaniać moc w przerażającym tempie. Eragon przypomniał sobie ostrzeżenia Broma, że pewne zadania mogą pochłonąć całą jego energię i odebrać mu życie. Jego serce ścisnęło się w panice, próbował uwolnić moc. Nie zdołał. Nie mógł porzucić zadania, póki go nie zakończy albo nie zginie. Pozostało mu tylko trwać w bezruchu. Z każdą sekundą stawał się coraz słabszy.

W chwili gdy uwierzył, że umrze tu na klęczkach, ziemia zamigotała i zmieniła się w naparstek wody. Eragon usiadł ciężko. Przez chwilę dyszał gwałtownie. Serce tłukło mu się boleśnie, wnętrzności kąsał głód.

Co się stało? – spytała Saphira.

Pokręcił głową, wciąż wstrząśnięty tym, jak szybko opuściły go siły. Cieszył się, że nie próbował przemienić czegoś większego. *To... to się nie uda* – rzekł w duchu. *Nie mam nawet tyle sił, by sobie zapewnić wodę.*

Powinieneś bardziej uważać – upomniała go smoczyca. *Magia bywa nieprzewidywalna, zwłaszcza gdy pradawne słowa łączy się w nowy sposób.*

Posłał jej nieprzychylne spojrzenie. *Wiem o tym, ale tylko w ten sposób mogłem wypróbować swój pomysł. Nie zamierzałem czekać, aż znajdziemy się na pustyni! Ale przecież Saphira próbowała tylko pomóc. Jak udało ci się zamienić grobowiec Broma w diament i nie zginąć? Ja z najwyższym trudem poradziłem sobie z grudką ziemi.*

Nie wiem, jak to zrobiłam – odparła spokojnie – *po prostu tak wyszło.*

Mogłabyś spróbować ponownie, ale tym razem zrobić wodę?

Eragonie. Saphira spojrzała mu prosto w twarz. *Nie panuję nad swymi zdolnościami bardziej niż zwykły pająk. Takie rzeczy będą się wydarzać, czy tego chcę, czy nie. Brom mówił ci chyba, że w obecności smoków dzieją się dziwne rzeczy. To prawda. Nie wyjaśnił tego. Ja też nie potrafię wytłumaczyć. Czasami umiem coś zmieniać ot tak, niemal bez zastanowienia. Przez resztę czasu – na przykład teraz – jestem równie bezsilna jak Śnieżny Płomień.*

Nigdy nie jesteś bezsilna – odparł miękko, kładąc jej dłoń na szyi. Długą chwilę milczeli oboje. Eragon przypomniał sobie zrobiony przez siebie grobowiec i leżącego w nim Broma. Wciąż widział piaskowiec zakrywający oblicze starego mężczyzny.

– Przynajmniej urządziliśmy mu godny pogrzeb – szepnął.

Zaczął bezmyślnie przesuwać palcem w ziemi, żłobiąc kręte rowki. Dwa z nich utworzyły miniaturową dolinę. Dodał góry wokół. Paznokciem wyskrobał płynącą dnem rzekę, potem ją pogłębił, bo wydawała się za płytka. Dorzucił jeszcze kilka szczegółów i odkrył, że patrzy na całkiem niezłą podobiznę doliny Palancar. Wezbrała w nim tęsknota za domem. Jednym szybkim gestem zniszczył rysunek.

Nie chcę o tym mówić – mruknął, broniąc się przed pytaniami Saphiry. Skrzyżował ręce na piersi, patrząc gniewnie w ziemię. Niemal wbrew woli jego wzrok powrócił do miejsca, w którym wykopał zagłębienie. Nagle wyprostował się, zaskoczony. Choć ziemia była sucha, w głębi otworu pojawiła się wilgoć. Zaciekawiony, odgarnął piasek z kilku miejsc i odkrył wilgotną warstwę, kryjącą się zaledwie kilka cali pod powierzchnią.

– Spójrz na to! – rzekł, podekscytowany.

Saphira pochyliła głowę. *Jak to nam pomoże? Woda na pustyni jest z pewnością ukryta tak głęboko, że musielibyśmy kopać całymi tygodniami, by do niej dotrzeć.*

Tak – rzucił radośnie Eragon. *Ale skoro tam jest, mogę ją przywołać. Patrz.* Pogłębił otwór i myślami wezwał magię. Zamiast zmieniać ziemię w wodę, po prostu przywołał kryjącą się w gruncie wilgoć. Woda zaczęła napływać do dziury. Uśmiechnął się. Pociągnął łyk: była zimna i czysta. Idealna do picia. *Widzisz? Możemy zdobyć tyle, ile potrzebujemy.*

Saphira powąchała kałużę. *Tu tak, ale na pustyni? W ziemi może nie być zbyt wiele wody. Nie wystarczy, by przywołać ją na powierzchnię.*

Uda się – zapewnił ją Eragon. *Przyzywam tylko wodę. To bardzo łatwe zadanie. Póki robię to wolno, nie zabraknie mi sił, nawet gdybym musiał wezwać wodę z głębokości pięćdziesięciu kroków, zwłaszcza jeśli mi pomożesz.*

Smoczyca spojrzała na niego z powątpiewaniem. *Jesteś pewien? Zastanów się dobrze, nim odpowiesz. Bo jeśli się mylisz, złożysz na szali nasze życie.*

Eragon się zawahał.

Jestem pewien – oznajmił w końcu stanowczo.

Idź więc, powiedz Murtaghowi. Ja zostanę na straży.

Ale wczoraj w ogóle nie spałaś – zaprotestował. *Powinnaś odpocząć.*

Jestem silniejsza, niż sądzisz – odparła łagodnie. Jej łuski zachrzęściły, gdy zwinęła się w kłębek, patrząc czujnie na północ, skąd mogli przybyć prześladowcy. Eragon uścisnął ją, a ona zamruczała głośno. Jej boki wibrowały. *Idź.*

Został jeszcze chwilę. W końcu z wahaniem wrócił do Murtagha.

– I co? Czy pustynia stoi przed nami otworem?

– Tak – przyznał Eragon.

Owijając się kocem, wyjaśnił, co odkrył. Gdy skończył, spojrzał na elfkę. Jej twarz była ostatnią rzeczą, jaką ujrzał przed snem.

Rzeka Ramr

Z trudem zmusili się, by wstać w szarym półmroku przedświtu. Eragon zadrżał z zimna.

– Jak przewieziemy elfkę? Nie może dłużej siedzieć na grzbiecie Saphiry, poranią ją łuski. Saphira nie poniesie jej w szponach – to zbyt męczące i bardzo utrudnia lądowanie. Nie użyjemy sań ani noszy. Roztrzaskałyby się podczas jazdy i nie chcę, by dodatkowy ciężar spowalniał konie.

Murtagh zastanawiał się, siodłając Tornaca.

– Gdybyś poleciał na Saphirze, moglibyśmy przywiązać elfkę do Śnieżnego Płomienia, ale wciąż pozostaje problem otarć.

Mam pomysł – odezwała się niespodziewanie Saphira. *Może przywiążecie mi ją do brzucha? Będę mogła poruszać się swobodnie. I trudno znaleźć bezpieczniejsze miejsce. Mogliby jej zagrozić tylko strzelający do mnie żołnierze, ale w takim wypadku po prostu polecę wyżej.*

Żadnemu z nich nie przyszło do głowy lepsze rozwiązanie, toteż szybko posłuchali smoczycy. Eragon złożył na pół jeden z koców, obwiązał nim bezpiecznie drobną elfkę i zaniósł do Saphiry. Poświęcili zapasowe ubrania i kilka koców, drąc je i skręcając w liny dostatecznie długie, by opasać nimi Saphirę. Za ich pomocą przywiązali elfkę plecami do brzucha smoczycy. Jej głowa znalazła się między przednimi łapami Saphiry.

Eragon przyjrzał się krytycznie ich dziełu.

– Obawiam się, że twoje łuski mogą przetrzeć liny.

– Będziemy musieli sprawdzać co jakiś czas – wtrącił Murtagh.

To co, ruszamy? – spytała Saphira. Eragon przekazał jej pytanie. Oczy Murtagha zabłysły niebezpiecznie. Jego usta wygięły się w gorzkim uśmiechu. Zerknął w stronę, z której przybyli. W dali było wyraźnie widać dym z obozowisk żołnierzy.

– Zawsze lubiłem wyścigi.

– Teraz będziemy ścigać się o życie!

Murtagh wskoczył na grzbiet Tornaca i wyjechał z obozu. Eragon podążał tuż za nim na Śnieżnym Płomieniu. Saphira skoczyła w powietrze z elfką. Leciała nisko przy ziemi, nie chcąc pokazywać się żołnierzom. Cała trójka skierowała się na południowy wschód, w stronę Pustyni Hadarackiej.

Podczas jazdy Eragon co chwila oglądał się na ich prześladowców. Tymczasem myślami wciąż powracał do elfki. Elfka! Na własne oczy widział elfa, w dodatku jedna teraz z nimi była. Zastanawiał się, co powiedziałby na to Roran. Nagle przyszło mu do głowy, że gdyby kiedykolwiek wrócił do Carvahall, miałby duże trudności z przekonaniem ludzi, że naprawdę przeżył to wszystko.

***

Przez resztę dnia Eragon i Murtagh pędzili naprzód, nie bacząc na niewygody i zmęczenie.

Ostro poganiali konie, ale uważali, by nie padły z wycieńczenia. Czasem zsiadali i biegli obok, pozwalając Tornacowi i Śnieżnemu Płomieniowi odpocząć. Tylko dwukrotnie musieli się zatrzymać, by napoić i nakarmić wierzchowce.

Choć żołnierze z Gil'eadu zostali daleko w tyle, za każdym razem gdy Eragon i Murtagh mijali kolejne miasto bądź wioskę, musieli unikać nowych prześladowców. Wieści z zamku zdołały ich wyprzedzić. Dwukrotnie o mało nie wpadli w pułapkę na szlaku. Udało im się umknąć tylko dlatego, że Saphira wywęszyła kryjących się w krzakach ludzi. Po drugim takim wypadku zaczęli unikać gościńca.

Mrok złagodził ostre zarysy świata. Wieczór powlókł niebo czarnym płaszczem. Oni jechali dalej, niestrudzenie pozostawiając za sobą kolejne mile. W końcu w najciemniejszej godzinie nocy wyrosło przed nimi niskie, porośnięte kaktusami wzgórze.

Murtagh wskazał ręką.

– Kilka staj stąd jest miasto Bullridge. Musimy je wyminąć. Z pewnością czuwają tam żołnierze. Spróbujmy się przemknąć przed świtem. Po trzech godzinach ujrzeli ciepły, żółty blask latarni Bullridge. Gęsta sieć żołnierzy patrolowała teren pomiędzy ogniskami rozrzuconymi wokół miasta. Eragon i Murtagh owinęli tkaniną pochwy mieczy i ostrożnie zsiedli z koni, które poprowadzili szerokim łukiem wokół grodu, nasłuchując czujnie, by nie natknąć się przypadkiem na obozowisko strażników.

Gdy miasto zostało w tyle, Eragon odetchnął. Niebo na wschodzie zaróżowiło się, poranek przegnał chłód z powietrza. Zatrzymali się na szczycie wzgórza, rozglądając się wokół. Po ich lewej płynęła rzeka Ramr. Tę samą rzekę ujrzeli pięć mil po prawej. Przez kilka staj płynęła na południe, a potem zawracała, kreśląc wąską, ciasną pętlę, i skręcała na zachód. W ciągu jednego dnia przejechali ponad szesnaście staj.

Eragon pochylił się nad szyją Śnieżnego Płomienia, rad z tempa ich ucieczki.

– Znajdźmy jakiś jar czy kotlinkę, w której będziemy mogli spokojnie odpocząć.

Zatrzymali się w niewielkim jałowcowym zagajniku, rozłożyli koce pod krzakami. Saphira czekał cierpliwie, aż odwiążą od niej elfkę.

– Ja obejmę pierwszą wartę. Obudzę cię przed południem – oznajmił Murtagh, kładąc na kolanach nagi miecz. Eragon się zgodził i naciągnął koc na głowę.

***

O zmierzchu, choć znużeni i senni, byli gotowi do dalszej jazdy. Gdy zaczęli szykować się do wymarszu, Saphira odezwała się do Eragona: *To trzecia noc, odkąd uwolniliśmy cię z więzienia w Gil'eadzie, a elfka wciąż się nie ocknęła. Martwię się. Poza tym* – dodała – *cały ten czas nic nie piła ani nie jadła. Niewiele wiem o elfach, jest jednak szczupła i wątpię, by zdołała długo przeżyć bez pożywienia.*

– Co się stało? – spytał Murtagh z grzbietu Tornaca.

– Elfka. – Eragon spojrzał na nią. – Saphira martwi się, że nie zbudziła się ani nic nie jadła. Mnie też to niepokoi. Wyleczyłem jej rany, przynajmniej powierzchniowe, ale niewiele to pomogło.

– Może do jej umysłu wtargnął Cień? – podsunął Murtagh.

– W takim razie musimy jej pomóc.

Murtagh ukląkł obok kobiety, obejrzał ją uważnie, pokręcił głową i wstał.

– Z tego, co widzę, po prostu śpi. Wygląda, jakby można ją było zbudzić jednym słowem bądź dotknięciem, ale śpi dalej. Może ona sama wywołała tę śpiączkę, by wyzwolić się z bólu, który sprawiają obrażenia. Jeśli jednak tak, czemu jej nie zakończy? Nic już jej nie grozi.

– Ale czy ona o tym wie? – spytał cicho Eragon.

Murtagh położył mu rękę na ramieniu.

– To musi zaczekać. Jeśli nie ruszymy, stracimy z trudem zdobytą przewagę. Zajmiesz się nią później, podczas postoju.

– Jedną chwilę.

Eragon zanurzył w wodzie szmatkę i wykręcił ją tak, by krople ściekły między kształtne wargi elfki. Powtórzył to kilkakrotnie. Przetarł też jej czoło nad prostymi, ukośnymi brwiami. Zaskoczyło go, że odczuwał potrzebę, by ją chronić.

***

Ruszyli między wzgórza, unikając wierzchołków, na których mogliby ich dostrzec prześladowcy. Saphira z tego samego powodu została z nimi na ziemi. Mimo swej masy potrafiła poruszać się bardzo cicho. Słyszeli tylko ogon, szurający o ziemię, niczym gruby, niebieski wąż.

W końcu niebo na wschodzie pojaśniało. Zapłonęła na nim poranna gwiazda. Przed sobą ujrzeli krawędź stromego brzegu, pokrytego kępami zarośli. W dole płynęła z rykiem rzeka. Nurt rwał naprzód wśród kamieni i mokrych gałęzi.

– Ramr! – rzucił Eragon, przekrzykując hałas.

Murtagh skinął głową.

– Tak, musimy znaleźć bezpieczną przeprawę.

To nie będzie konieczne – oznajmiła Saphira. *Mogę was przenieść na drugi brzeg.*

Ereagon uniósł wzrok. *A konie? Nie możemy ich zostawić. Są dla ciebie zbyt ciężkie.*

Jeśli z nich zejdziecie i nie będą się zbytnio szarpać, z pewnością dam sobie radę. Skoro mogę unikać strzał z trójką ludzi na grzbiecie, to uda mi się ponieść konia prosto przez rzekę.

Wierzę ci, ale nie spróbujemy tego, jeśli nie będziemy musieli. To zbyt niebezpieczne.

307

Smoczyca powoli ruszyła na dół. *Nie stać nas na marnowanie czasu.*
Eragon podążył za nią, prowadząc Śnieżnego Płomienia. Ziemia kończyła się nagle, ustępując miejsca ciemnej, bystrej rzece. Z wody, niczym para znad świeżo rozlanej krwi, unosiła się biała mgiełka. Całkowicie przesłaniała przeciwległy brzeg. Murtagh cisnął do wody gałąź i patrzył, jak pędzi naprzód, podskakując.

– Jak myślisz, jak jest głęboka? – spytał Eragon.

– Nie mam pojęcia. – W głosie Murtagha zabrzmiała troska. – A dzięki magii nie potrafiłbyś określić jej szerokości?

– Wątpię. Gdybym spróbował, ściągnąłbym tu wszystkich z daleka.

Poczuli na twarzach nagły powiew. To Saphira wystartowała i poszybowała nad Ramrem. Po chwili odezwała się w głowie Eragona: *Jestem na drugim brzegu. Rzeka ma ponad pół mili szerokości. Nie mogliście wybrać gorszego miejsca. Ramr skręca tu i jest najszerszy.*

– Pół mili! – wykrzyknął Eragon. Przekazał Murtaghowi propozycję smoczycy, dotyczącą przeprawy.

– Wolałbym tego nie robić, choćby z powodu koni. Tornac nie przywykł do obecności Saphiry tak bardzo jak Śnieżny Płomień. Mógłby się spłoszyć i ich poranić. Poproś Saphirę, by poszukała płycizny, którą będziemy mogli bezpiecznie przepłynąć. Jeśli w promieniu mili takiej nie znajdzie, będzie musiała nas przenieść.

Na prośbę Eragona Saphira zgodziła się poszukać brodu. Oni tymczasem zostali przy koniach i pożywiali się suchym chlebem. Wkrótce smoczyca powróciła. Jej aksamitne skrzydła uderzały z szelestem w porannym powietrzu. *Woda jest głęboka i bystra po obu stronach.*

– W takim razie przeprawię się pierwszy – rzekł Murtagh, gdy Eragon przekazał mu wieści. – Wgramolił się na siodło Saphiry. – Uważaj na Tornaca. Mam go od wielu lat. Nie chciałbym, żeby coś mu się stało.

Saphira szybko wystartowała.

Gdy wróciła, nie miała już pod brzuchem nieprzytomnej elfki. Eragon podprowadził do niej Tornaca, nie zważając na ciche protesty konia. Saphira przysiadła, by móc chwycić wierzchowca pod brzuchem przednimi łapami. Eragon przyjrzał się z powątpiewaniem jej potężnym szponom.

– Zaczekaj – rzucił. Przekręcił koc spod siodła Tornaca tak, by chronił miękki brzuch zwierzęcia. Potem gestem wezwał smoczycę.

Tornac zarżał przerażony i próbował uciec, lecz Saphira przytrzymała go mocno łapami. Koń szaleńczo wywrócił oczami, wokół zwężonych źrenic lśniły białka. Eragon starał się go uspokoić myślą, lecz spanikowane zwierzę nie dopuszczało go do siebie. Nim ogier znów zdołał spróbować ucieczki, Saphira skoczyła w górę, odpychając się tylnymi łapami tak mocno, że szpony zadrapały kryjące się pod ziemią kamienie. Jej skrzydła napięły się, usiłując dźwignąć ogromny ciężar. Przez moment zdawało się, że runie na ziemię, potem jednak wystrzeliła w górę. Tornac wrzasnął ze strachu, szarpiąc się i wierzgając. Był to straszny dźwięk – przypominał zgrzyt metalu o metal.

Eragon zaklął, zastanawiając się, czy ktoś mógłby go usłyszeć. *Lepiej się pośpiesz, Saphiro.* Cały czas nasłuchiwał, rozglądając się wokół w poszukiwaniu jaśniejszych punkcików: pochodni. Wkrótce je dostrzegł, niemal staje dalej. Nad rzeką pojawił się długi szereg jeźdźców.

Gdy Saphira wylądowała, Eragon przyprowadził jej Śnieżnego Płomienia. *Durny zwierzak Murtagha dostał histerii. Murtagh musiał go związać, by nie uciekł.* Chwyciła Śnieżnego Płomienia i odleciała, nie zważając na głośne protesty konia. Eragon odprowadził ją wzrokiem. Poczuł się bardzo samotny. Jeźdźców dzieliła od niego zaledwie mila.

W końcu Saphira wróciła i po chwili bezpiecznie wylądowali po drugiej stronie rzeki. Gdy uspokoili i osiodłali konie, podjęli przerwaną ucieczkę w stronę Gór Beorskich. Wokół nich rozświergotały się ptaki, witając nowy dzień.

Eragon zdrzemnął się podczas jazdy. Wydawało się, że Murtagh jest równie senny. Bywało, że żaden z nich nie kierował końmi, i tylko dzięki czujności Saphiry nie zboczyli ze szlaku.

W końcu ziemia stała się miękka. Musieli się zatrzymać. Słońce wisiało wysoko na niebie. Rzeka Ramr była jedynie niewyraźną kreską w oddali.

Dotarli do Pustyni Hadarackiej.

Pustynia Hadaracka

Przed nimi aż po horyzont rozciągało się morze wydm, pofalowanych niczym ocean. Powiewy wiatru wzbijały obłoki czerwonozłotego piasku. Poskręcane drzewka rosły na rozrzuconych tu i tam wysepkach twardszej ziemi – ziemi, której żaden rolnik nie uznałby za zdatną do uprawy. W dali rozciągała się linia fioletowych skał. Na całym pustkowiu nie dostrzegli żadnych zwierząt prócz jednego ptaka szybującego na niebie.

– Jesteś pewien, że znajdziemy tam paszę dla koni? – spytał Eragon, niewyraźnie wymawiając słowa. Gorące powietrze parzyło mu gardło.

– Widzisz te skały? – Murtagh wskazał ręką. – Wokół nich rośnie trawa. Jest krótka i ostra, ale wystarczy.

– Obyś miał rację. – Eragon zmrużył oczy, oślepiony blaskiem słońca. – Nim ruszymy dalej, odpocznijmy. Umysł mam ociężały, powolny jak ślimak, i ledwie ruszam nogami.

Odwiązali elfkę od Saphiry, zjedli i zdrzemnęli się w cieniu wydmy. Gdy Eragon ułożył się na piasku, Saphira zwinęła się obok i rozłożyła nad nimi skrzydła. *To cudowne miejsce* – rzekła. *Mogłabym tu spędzić całe lata, nie dostrzegając upływu czasu.*

Eragon przymknął oczy.

Miło byłyby tu polatać – zgodził się sennie.

Nie tylko to. Czuję się, jakbym była stworzona do życia na tej pustyni. Jest tu przestrzeń, której potrzebuję, góry, w których mogłabym nocować, i kryjąca się zwierzyna, na którą polowałabym całymi dniami. I to ciepło. Zimno mi nie przeszkadza, lecz w upale czuję się pełna życia i energii. Uniosła głowę, spoglądając w niebo, i przeciągnęła się radośnie.

Tak bardzo ci się tu podoba? – wymamrotał Eragon.

Tak.

Zatem kiedy skończymy z tym wszystkim, możemy tu wrócić... Zasnął, nie kończąc zdania. Zadowolona Saphira mruczała z ukontentowaniem, pozwalając im spać.

Był ranek czwartego dnia od ucieczki z Gil'eadu. W sumie przebyli już trzydzieści pięć staj.

Spali tylko tyle, by oczyścić umysły i dać odpocząć koniom. Nie widzieli ścigających ich żołnierzy, woleli jednak nie zwalniać tempa ucieczki. Wiedzieli, że imperium będzie ich szukać, póki nie znajdą się poza zasięgiem króla.

– Kurierzy musieli zanieść Galbatorixowi wieści o mojej ucieczce – powiedział Eragon. – Z pewnością zawiadomił już Ra'zaców, a oni podążają naszym śladem. Doścignięcie nas zabierze im sporo czasu, nawet jeśli tu lecą. Ale musimy być gotowi, w każdej chwili mogą się zjawić.

I tym razem się przekonają, że nie tak łatwo zakuć mnie w łańcuchy – dodała Saphira.

Murtagh podrapał się po brodzie.

– Mam nadzieję, że zgubią nasz trop pod Bullridge. Ramr dał nam całkiem niezłą sposobność zmylenia prześladowców. Istnieje spora szansa, że nie odnajdą naszych śladów.

– Miejmy nadzieję.

Eragon sprawdził, co z elfką. Jej stan nie uległ zmianie. Wciąż na nic nie reagowała. *Chwilowo jednak wolę nie wierzyć w szczęście. Ra' zacowie już teraz mogą podążać naszym tropem.*

***

O zachodzie słońca dotarli do skał, oglądanych rano z daleka. Majestatyczne urwiska wznosiły się nad ich głowami, rzucając jasne cienie. Na otaczającym je terenie, w promieniu pół mili nie zauważyli ani jednej wydmy. Gdy Eragon zsiadł z konia, upał rąbnął go niczym cios. Jego stopy dotknęły spieczonej, popękanej ziemi. Kark i twarz miał spalone od słońca, skórę gorącą i suchą.

Murtagh uwiązał konie w miejscu, gdzie mogły skubać skąpą trawę, i rozpalił ognisko.

– Jak myślisz, ile już przejechaliśmy? – spytał Eragon, odwiązując elfkę od Saphiry.

– Nie mam pojęcia – warknął Murtagh. Skórę miał czerwoną, oczy przekrwione. Podniósł kociołek i wymamrotał przekleństwo. – Nie mamy dość wody, konie też muszą pić.

Eragon był również rozdrażniony, jemu także dokuczał upał i susza. Opanował jednak złość.

– Przyprowadź konie.

Saphira wykopała mu dziurę szponami, on zaś zamknął oczy, uwalniając zaklęcie. Choć ziemia była sucha, kryło się w niej dość wilgoci, by mogły tu rosnąć rośliny i by kilkakrotnie napełnił zagłębienie.

Gdy na powierzchni pojawiła się woda, Murtagh uzupełnił zapasy w bukłakach, po czym dopuścił do niej konie. Spragnione zwierzęta pochłaniały całe galony, Eragon musiał czerpać wodę z jeszcze głębszych pokładów. Wymagało to wszystkich jego sił. Kiedy konie wreszcie się nasyciły, rzekł do Saphiry: *Jeśli chcesz się napić, zrób to teraz.* Wychyliła głowę zza niego, pociągnęła jednak tylko dwa długie łyki, nie więcej.

Nim Eragon pozwolił, by woda z powrotem wsiąkła w grunt, sam także napił się do woli. Patrzył, jak ostatnie krople znikają w piasku. Utrzymywanie wody na powierzchni okazało się trudniejsze, niż przypuszczał. *Ale przynajmniej nie przekracza moich możliwości* – pomyślał, przypominając sobie z rozbawieniem, jak kiedyś się wysilał, próbując podnieść kamyk.

***

Następny ranek okazał się bardzo zimny. W porannym blasku piasek nabrał odcienia różu, niebo zasnuła mgiełka, ukrywając horyzont. Sen nie poprawił humoru Murtaghowi, Eragon odkrył, że sam także szybko traci cierpliwość.

– Jak myślisz – spytał podczas śniadania – ile czasu zajmie nam przebycie pustyni?

Murtagh spojrzał na niego wrogo.

– Jesteśmy w jej najwęższej części, przypuszczam zatem, że wystarczą nam dwa, trzy dni.

– Ale spójrz, jak daleko już zaszliśmy.

– No dobrze, może nie! W tej chwili chcę tylko jak najszybciej wydostać się z Hadaracu. Ucieczka i tak jest trudna, nawet bez ciągłego wydłubywania piasku z oczu.

Skończyli posiłek i Eragon podszedł do elfki. Leżała jak nieżywa – gdyby nie miarowy oddech, można by wziąć ją za trupa.

– Gdzie kryją się twoje rany? – szepnął Eragon, odgarniając z jej twarzy kosmyk włosów. – Jak możesz tak spać i wciąż żyć?

W umyśle cały czas widział ją w więzieniu, czujną, niespokojną. Zatroskany przygotował elfkę do drogi, po czym osiodłał Śnieżnego Płomienia.

Gdy wyjechali z obozu, na horyzoncie ujrzeli niewyraźną, ciemną linię, rozmazaną w zamglonym powietrzu. Murtagh sądził, że to góry, Eragon nie był przekonany, ale nie dostrzegał żadnych szczegółów.

Umysł przepełniały mu myśli o cierpieniach elfki. Był pewien, że istnieje jakiś sposób, by jej pomóc, ale nie wiedział jaki. Saphira także się martwiła. Rozmawiali o tym całymi godzinami, lecz żadne z nich nie znało się na tyle na uzdrawianiu, by umieć rozwiązać ten problem.

W południe zatrzymali się na krótki popas. Gdy podjęli podróż, Eragon zauważył, że mgiełka zrzedła, odległe ciemne plamy nabrały wyrazu.

Nie były już niewyraźnymi, niebieskofioletowymi kształtami – miał przed sobą szerokie, porośnięte lasem wzgórza o dobrze widocznych, ostrych kształtach. Powietrze nad nimi wydawało się białe, pozbawione zwykłego odcienia. Zupełnie jakby z poziomego pasa nieba ponad wzgórzami aż do horyzontu wysączono wszystkie kolory.

Przyglądał się temu, zaskoczony, ale im dłużej patrzył, tym mniej rozumiał. Potrząsnął głową. *Może to jakieś pustynne złudzenie?* Gdy jednak otworzył oczy, wciąż miał przed nimi ów irytujący widok. W istocie biel pokrywała połowę nieba. Z pewnością coś było okropnie nie tak. Już miał pokazać to Murtaghowi i Saphirze, gdy nagle zrozumiał, co naprawdę widzi.

To, co wzięli za wzgórza, stanowiło w istocie podstawy gigantycznych gór, szerokich na całe mile. Ponad strefą gęstych lasów zbocza i wierzchołki były pokryte śniegiem i lodem. To właśnie sprawiło, że Eragonowi wydało się, że widzi białe niebo. Wyciągnął szyję, szukając wzrokiem szczytów gór, nie ujrzał ich jednak. Sięgały wysoko w niebo i niknęły z oczu. Rozdzielały je wąskie, strome doliny o niemal dotykających się krawędziach. Przypominało to poszarpany zębaty mur, łączący Alagaësię z niebem.

Nie mają końca, pomyślał, oszołomiony. Historie opowiadające o Górach Beorskich zawsze wspominały o ich wielkości, dotąd jednak uważał owe wzmianki za zwykłe ozdobniki. Teraz musiał przyznać, że odpowiadają prawdzie.

Dostrzegając jego zachwyt i zdumienie, Saphira podążyła za nim wzrokiem. Po kilku sekundach rozpoznała góry. *Znów czuję się jak pisklak. W porównaniu z nimi nawet ja jestem mała!*

Musimy być już na skraju pustyni – odparł Eragon. *Wystarczyły dwa dni jazdy i widzimy jej drugą stronę.*

Saphira zatoczyła spiralę nad wydmami. *Tak, ale biorąc pod uwagę rozmiar tych szczytów, wciąż może nas od nich dzielić pięćdziesiąt staj. Trudno oceniać odległości w zestawieniu z czymś tak olbrzymim. Czyż nie stanowiłyby idealnej kryjówki dla elfów bądź Vardenów?*

Można by tam ukryć więcej niż elfy i Vardeni. Całe narody mogłyby istnieć tu w sekrecie, skryte przed oczami imperium. Wyobraź sobie życie z tymi behemotami nad głową! Skierował Śnieżnego Płomienia do Murtagha i z szerokim uśmiechem wskazał ręką.

– Co jest? – mruknął Murtagh, patrząc przed siebie.

– Przyjrzyj się uważnie – nalegał Eragon.

Murtagh patrzył przez chwilę, wzruszył ramionami.

– I co, bo nie... – Słowa zamarły mu na ustach, twarz przybrała wyraz absolutnego oszołomienia. Potrząsnął głową, mamrocząc pod nosem: – To niemożliwe. – Zmrużył oczy tak mocno, że w kącikach pokazała się siateczka zmarszczek. Ponownie pokręcił głową. – Wiedziałem, że Góry Beorskie są wielkie, ale to przecież olbrzymy.

– Miejmy nadzieję, że tamtejsze zwierzęta są normalnych rozmiarów – rzucił Eragon lekko.

Murtagh się uśmiechnął.

– Dobrze będzie usiąść w cieniu i odpocząć parę tygodni. Mam już dość tej ucieczki.

– Też jestem zmęczony – przyznał Eragon – ale nie chcę się zatrzymywać, póki elfka nie odzyska sił... albo nie umrze.

– Nie widzę, jak dalsza podróż miałaby w tym pomóc – powiedział z powagą Murtagh. – Łóżko zrobi jej lepiej niż zwisanie z brzucha Saphiry.

Eragon wzruszył ramionami.

– Może... gdy dotrzemy do gór, mógłbym zabrać ją do Surdy, to niedaleko. Z pewnością mają tam uzdrowiciela, który jej pomoże. My nie potrafimy.

Murtagh osłonił oczy dłonią, wpatrując się w szczyty.

– Pomówimy o tym później. W tej chwili naszym celem jest dotarcie do Beorów. Tam przynajmniej Ra'zacowie nas nie znajdą i będziemy bezpieczni przed imperium.

Dzień płynął, lecz Góry Beorskie wcale nie wydawały się bliższe, choć teren, po którym stąpali, bardzo się zmienił. Piasek powoli zastąpiły luźne czerwone ziarna, a potem ubita, beżowobrązowa ziemia. W miejsce wydm wokół rozciągały się nierówne plamy roślinności i głębokie szczeliny w ziemi, pozostałości po powodziach. Wiał zimny wiatr, niosąc ze sobą przyjemne orzeźwienie. Konie wyczuły zmianę klimatu i przyśpieszyły kroku.

Gdy wieczór przygasił słońce, od pierwszych pogórzy dzieliły ich zaledwie dwa staje. Wśród bujnych, zielonych, roztańczonych traw śmigały stadka gazeli. Eragon dostrzegł Saphirę obserwującą je łakomie. Obóz rozbili nad strumieniem, ciesząc się, że zostawili za sobą morderczą Pustynię Hadaracką.

Właściwa droga

Zmęczeni i obszarpani, lecz z radosnymi uśmiechami na twarzach usiedli przy ognisku, gratulując sobie nawzajem. Saphira ryknęła radośnie, płosząc konie. Eragon wpatrywał się w płomienie. Był dumny z faktu, że w ciągu pięciu dni pokonali około sześćdziesięciu staj. Imponujące osiągnięcie nawet dla jeźdźca, który mógł stale zmieniać konie.

Jestem poza granicami imperium. Była to dziwna myśl. Urodził się w imperium, całe swe życie przeżył pod rządami Galbatorixa. Słudzy króla pozbawili go najbliższych przyjaciół i rodziny, a on sam kilka razy o mało nie zginął. Teraz był wolny, nie musieli już z Saphirą unikać żołnierzy i miast, ukrywać tego, kim są. Świadomość ta miała gorzki, lecz zarazem słodki posmak, bo zapłacił za tę wolność utratą całego znanego sobie świata.

Uniósł wzrok ku lśniącym na niebie gwiazdom. I choć spodobała mu się myśl o wzniesieniu domu na bezpiecznym pustkowiu, był świadkiem zbyt wielu okropności popełnionych w imieniu Galbatorixa, od morderstw po niewolnictwo, by odwrócić się plecami do imperium. Nie chodziło tylko o zwykłą zemstę za śmierć Broma i Garrowa. Jako Jeździec miał obowiązek pomóc bezsilnym w walce z tyranią króla.

Z westchnieniem otrząsnął się z tych myśli i spojrzał na leżącą obok Saphiry elfkę. Pomarańczowy blask ognia zabarwiał ciepłem jej twarz.

Pod kaśćmi policzkowymi migotały gładkie cienie. I wtedy przyszedł mu do głowy pewien pomysł.

Potrafił wyczuć myśli ludzi i zwierząt – i komunikować się z nimi myślami, jeśli chciał – ale nie robił tego zbyt często, poza rozmowami z Saphirą. Na zawsze zapamiętał upomnienie Broma, by nie naruszać czyjegoś umysłu, chyba że zajdzie absolutna konieczność. Poza jednym jedynym razem, gdy próbował przeniknąć w głąb świadomości Murtagha; do tej pory powstrzymywał się przed tym.

Teraz jednak zastanawiał się, czy możliwe jest nawiązanie kontaktu z pogrążoną w śpiączce elfką. *Mógłbym dowiedzieć się z jej wspomnień, czemu się nie budzi. Ale jeśli się ocknie, czy wybaczy mi takie natręctwo? Tak czy inaczej, muszę spróbować; to trwa już prawie tydzień.* Nie wspominając o swych zamiarach Murtaghowi i Saphirze, ukląkł obok elfki i położył na jej skroni dłoń.

Zamknął oczy, wypuszczając myślową mackę myśli w stronę umysłu elfki. Znalazł go bez trudu. Nie był zamglony i przepełniony bólem, jak się lękał Eragon, lecz czysty i wyraźny niczym dźwięk kryształowego dzwonka. Nagle w umysł wbił mu się lodowaty sztylet, ból eksplodował za oczami w rozbłyskach kolorów. Eragon chciał cofnąć się gwałtownie, odkrył jednak, iż coś trzyma go w żelaznych objęciach, nie pozwalając się ruszyć.

Walczył z całych sił, wykorzystując wszelkie sztuczki. Sztylet ponownie przeszył mu mózg. Rozpaczliwie uniósł przed nim własne bariery, osłabiając atak. Tym razem ból był słabszy niż poprzednio, mimo to zdekoncentrował go. Elfka wykorzystała sposobność i bezlitośnie zmiażdżyła jego obronę.

Na Eragona ze wszystkich stron napierał duszący mrok, tłumiący wszelkie myśli. Przerażająca siła powoli zaciskała się, pozbawiając go życia, kawałek po kawałku, choć trzymał się i wciąż nie poddawał.

Elfka jeszcze mocniej zacisnęła bezlitosny uchwyt, próbując zgasić go niby świecę. Eragon rozpaczliwie wykrzyknął w pradawnej mowie: *Eka ai fricai un Shur'tugal! Jestem Jeźdźcem i przyjacielem.* Śmiercionośny uchwyt nie rozluźnił się, ale przestał się zaciskać. Eragon poczuł emanującą z elfki ciekawość.

Sekundę później dołączyła do niej podejrzliwość. Wiedział jednak, że musi mu uwierzyć: nie mógł skłamać w pradawnej mowie. Choć powiedział, że jest przyjacielem, nie oznaczało to, że nie zamierza jej skrzywdzić. Równie dobrze mógł wierzyć, że nim jest; wówczas słowa te byłyby

317

prawdziwe – dla niego. *Pradawna mowa ma swoje ograniczenia*, pomyślał Eragon; liczył jednak na to, że elfka będzie na tyle ciekawa, by zaryzykować uwolnienie.

I była. Nacisk ustąpił, otaczające jej umysł bariery niechętnie opadły. Elfka ostrożnie pozwoliła zetknąć się ich myślom, niczym dwóm dzikim zwierzętom spotykającym się po raz pierwszy. Eragonem wstrząsnął zimny dreszcz. Jej umysł był zupełnie obcy, wydawał się rozległy i potężny, ciążyło mu brzemię wspomnień niezliczonych lat. W zakamarkach kryły się mroczne myśli, dzieła jej ludu, które sprawiały, że wzdrygał się, gdy muskały mu świadomość. Lecz spoza wszystkiego rozbrzmiewała melodia o dzikim, niezwykłym uroku, jej najgłębsze ja.

Jak się nazywasz? – spytała w pradawnej mowie. Głos miała znużony, przepełniony cichą rozpaczą.

Eragon, a ty?

Jej świadomość wabiła go bliżej, zachęcając, by zanurzył się w poetyckich wersach krwi. Z trudem oparł się pokusie, choć jego serce łaknęło kontaktu. Po raz pierwszy zrozumiał, na czym polega magiczne przyciąganie elfów. Były to istoty zrodzone z magii, niezwiązane prawami śmiertelnej krainy – równie odmienne od ludzi jak smoki od zwierząt.

Arya. Czemu tak się ze mną kontaktujesz? Wciąż jestem jeńcem imperium?

Nie, jesteś wolna – odparł Eragon. Choć znał jedynie niewiele słów w pradawnej mowie, zdołał jej przekazać: *Byłem uwięziony w Gil'eadzie, jak ty, ale uciekłem i cię uratowałem. Minęło pięć dni. Przekroczyliśmy skraj Pustyni Hadarackiej. Obecnie obozujemy u podnóża Gór Beorskich. Przez cały ten czas nie poruszyłaś się ani nie odezwałaś.*

Ach... A zatem to był Gil'ead. Zawahała się. *Wiem, że uleczono mi rany. Wówczas nie wiedziałam czemu, byłam pewna, że to wstęp do nowych tortur. Teraz rozumiem, że to ty. Mimo to* – dodała miękko – *nie ocknęłam się. A ty się dziwisz.*

Tak.

Po schwytaniu podano mi rzadką truciznę, skilna bragh, a także narkotyk pozbawiający mocy. Co rano dostawałam antidotum na ostatnią dawkę trucizny. Jeśli odmawiałam, podawano mi je siłą. Bez niego umrę w kilka godzin. Dlatego leżę w transie – spowalnia on działanie skilna bragh, choć go nie powstrzymuje... Zastanawiałam się już, czy ocknąć się po to, by zakończyć życie i zniweczyć plany Galbatorixa. Powstrzymałam się jednak w nadziei, że może jesteś sojusznikiem...

Jak długo możesz pozostać w takim stanie? – spytał Eragon.

Całymi tygodniami. Lękam się jednak, że nie mam tak wiele czasu. Sen nie powstrzyma śmierci… czuję ją w moich żyłach. Jeśli nie dostanę antidotum, trucizna zabije mnie za trzy, najwyżej cztery dni.

Gdzie można je znaleźć?

Tylko w dwóch miejscach poza imperium: u mego ludu i u Vardenów. Lecz mój dom leży za daleko, nie dotrzesz tam nawet na smoku.

A Vardeni? Zabralibyśmy cię wprost do nich, ale nie wiemy gdzie ich szukać.

Powiem ci – jeśli dasz mi słowo, że nigdy nie ujawnisz ich kryjówki Galbatorixowi ani nikomu, kto mu służy. Dodatkowo musisz przysiąc, że nie oszukałeś mnie w żaden sposób i że nie chcesz skrzywdzić elfów, krasnoludów, Vardenów bądź rasy smoków.

To, o co prosiła Arya, byłoby proste, gdyby nie rozmawiali w pradawnej mowie. Eragon wiedział, że przyrzeczenie, którego zażądała, wiązałoby go na zawsze, do końca życia. Nigdy nie mógłby go złamać. Słowa zaciążyły mu, gdy z powagą składał przysięgę.

Zrozumiałam i przyjmuję… Przez myśl przemknęła mu nagle cała seria powodujących zawroty głowy obrazów. Ujrzał samego siebie jadącego przez Góry Beorskie, podróżującego wiele staj na wschód. Eragon usilnie starał się zapamiętać ten szlak: kolejne wzgórza i skały zostawały z tyłu. Teraz zmierzał na południe. Wjechał do wąskiej, krętej doliny, wijącej się wśród gór, aż do podstawy spienionego wodospadu. Woda rozlewała się, tworząc głębokie jezioro.

Obrazy ustały. *To daleko* – rzekła Araya – *nie pozwól jednak, by odległość odebrała ci wiarę. Gdy dotrzesz do jeziora Kóstha-mérna, na końcu rzeki Niedźwiedzi Ząb weź kamień, uderz w skałę obok wodospadu i krzyknij: „Aí varden abr du Shur'tugals gata vanta". Wpuszczą cię, ale rzucą wyzwanie. Nie rezygnuj, nieważne, jak wyda się to trudne.*

Co mają ci podać, by zatrzymać działanie trucizny?

Jej głos zadrżał. Po sekundzie odzyskała siły.

Powiedz im… by dali mi nektar Túnivor. Teraz musisz odejść… i tak zużyłam zbyt wiele energii. Nie rozmawiaj ze mną więcej, chyba że nie będzie już nadziei na dotarcie do Vardenów. Wówczas będę musiała przekazać ci pewne wiadomości, dzięki którym zdołają przetrwać. Żegnaj, Eragonie, Jeźdźcze smoków… Życie me jest w twoich rękach.

Arya wycofała się, zrywając kontakt. Nieziemskie dźwięki rozbrzmiewające w jego głowie ucichły. Eragon odetchnął głęboko, zadrżał i z trudem uniósł powieki. Murtagh i Saphira stali po obu stronach, patrząc na niego z troską.

– Nic ci nie jest? – spytał Murtagh. – Klęczysz tu od prawie piętnastu minut.

– Naprawdę? – Eragon zamrugał.

Tak. I krzywisz się jak zbolały gargulec – dodała cierpko Saphira.

Eragon wstał. Jęknął, prostując zdrętwiałe kolana.

– Rozmawiałem z Aryą.

Murtagh pytająco uniósł brwi, jakby się lękał, czy jego towarzysz nie zwariował.

– Elfką – wyjaśnił Eragon. – Tak ma na imię.

I co jej dolega? – wtrąciła niecierpliwie Saphira.

Eragon szybko powtórzył im całą rozmowę.

– Jak daleko kryją się Vardeni? – spytał Murtagh.

– Nie jestem do końca pewien – przyznał Eragon. – Z tego, co mi pokazała, mam wrażenie, że dalej niż stąd do Gil'eadu.

– I mamy pokonać ten dystans w trzy-cztery dni? – rzucił gniewnie Murtagh. – Dotarcie tutaj zabrało nam pięć dni. Co mamy zrobić? Zajeździć konie? I tak są wykończone.

– Jeśli nic nie zrobimy, ona umrze. Gdyby to się okazało zbyt trudne dla koni, Saphira może polecieć przodem z Aryą i ze mną. Wówczas zdążymy na czas, a ty dogonisz nas za kilka dni.

Murtagh mruknął coś i skrzyżował ręce na piersi.

– Oczywiście. Murtagh-juczne zwierzę. Murtagh-koniuszy. Powinienem pamiętać, że obecnie tylko do tego się nadaję. I nie zapomnijmy, szukają mnie wszyscy żołnierze w imperium, bo nie potrafiłeś się obronić i musiałem cię ratować. Tak, po prostu posłucham twych rozkazów i poprowadzę konie, jak przystało na dobrego służącego.

Eragon słuchał zdumiony wyraźną pretensją dźwięczącą w głosie Murtagha.

– Co ci się stało? Jestem wdzięczny za to, co zrobiłeś. Nie ma powodu się gniewać. Nie prosiłem, byś mi towarzyszył albo ratował z Gil'eadu, sam tak zdecydowałeś. Do niczego cię nie zmuszałem.

– O, nie otwarcie. Cóż innego mogłem zrobić? Musiałem ci pomóc z Ra'zacami, a później, w Gil'eadzie, czyż mogłem cię porzucić z czystym sumieniem? Problem z tobą polega na tym – Murtagh dźgnął Eragona palcem w pierś – że jesteś tak bardzo bezradny, że zmuszasz wszystkich, by się tobą zajmowali.

320

Słowa te uraziły dumę Eragona, zwłaszcza że dostrzegł w nich ziarnko prawdy.

– Nie dotykaj mnie! – warknął.

Murtagh zaśmiał się. Jego głos zabrzmiał ostro.

– Bo co, uderzysz mnie? Nie trafiłbyś nawet w ceglaną ścianę.

Ponownie próbował pchnąć Eragona, ten jednak chwycił go za rękę i uderzył w brzuch.

– Mówiłem, nie dotykaj mnie!

Murtagh zgiął się wpół, zaklął głośno, po czym z krzykiem rzucił się na Eragona. Runęli na ziemię w plątaninie rąk i nóg, tłukąc się bez opamiętania. Eragon chciał kopnąć Murtagha w prawe biodro, ale chybił i trafił w ognisko. W powietrze posypał się snop iskier i kawałków rozżarzonego drewna.

Siłowali się i przewracali, próbując zyskać przewagę. Eragon zdołał wsunąć stopę pod pierś Murtagha. Kopnął z całych sił. Murtagh poleciał w górę i z solidnym łoskotem wylądował na plecach.

Powietrze uszło mu z płuc. Przekręcił się sztywno i dźwignął na nogi, po czym, dysząc ciężko, odwrócił się w stronę Eragona. Ponownie rzucili się na siebie, lecz w tym momencie ogon Saphiry świsnął w powietrzu i uderzył w ziemię między nimi. Smoczyca ryknęła ogłuszająco. Eragon zignorował ją całkowicie. Spróbował przeskoczyć nad ogonem, lecz szponiasta łapa chwyciła go w powietrzu i przycisnęła do ziemi.

Dosyć!

Na próżno usiłował zepchnąć z piersi muskularną łapę Saphiry. Ujrzał, że Murtagh także się wije, przyszpilony do ziemi. Saphira ryknęła ponownie i kłapnęła szczękami. Pochyliła głowę i spojrzała gniewnie na Eragona. *Ze wszystkich ludzi na świecie ty przynajmniej powinieneś mieć więcej rozumu. Walczyliście jak zagłodzone psy o ostatni kawałek mięsa. Co powiedziałby Brom?*

Eragon poczuł, jak palą go policzki. Odwrócił wzrok. Wiedział, co powiedziałby Brom.

Saphira nie puszczała ich, pozwalając, by wściekłość młodzieńców nieco zelżała, po czym zwróciła się do Eragona: *A teraz, jeśli nie chcesz spędzić całej nocy pod moją stopą, uprzejmie spytasz Murtagha, co go gryzie.* Pochyliła się nad Murtaghiem i zmierzyła go spojrzeniem obojętnych niebieskich oczu. *Powiedz mu też, że nie zniosę wyzwisk od żadnego z was.*

Nie pozwolisz nam wstać? – spytał żałośnie Eragon.

Nie.

Niechętnie odwrócił głowę w stronę Murtagha. Poczuł w ustach smak krwi ze skaleczonej wargi. Murtagh unikał jego wzroku – patrzył w niebo.

– Czy ona nas puści?

– Nie, póki nie porozmawiamy. Chce, żebym spytał, o co ci chodzi – odparł zawstydzony Eragon.

Saphira ryknęła, cały czas wpatrując się w Murtagha. W żaden sposób nie mógł uniknąć jej przeszywającego spojrzenia. W końcu wzruszył ramionami, wymamrotał coś pod nosem. Szpony Saphiry zacisnęły się na jego piersi, ogon świsnął nad głową. Murtagh zerknął na nią gniewnie.

– Już mówiłem – rzekł niechętnie – nie chcę iść do Vardenów.

Eragon zmarszczył brwi. I to wszystko?

– Nie chcesz... czy nie możesz?

Murtagh próbował zepchnąć z siebie Saphirę. Po chwili poddał się z przekleństwem.

– Nie chcę! Będą oczekiwali ode mnie rzeczy, których nie mogę im dać.

– Ukradłeś im coś?

– Niestety, to nie takie proste.

Zdesperowany Eragon wywrócił oczami.

– O co zatem chodzi? Zabiłeś kogoś ważnego? Uwiodłeś niewłaściwą kobietę?

– Nie, przyszedłem na świat – odparł tajemniczo Murtagh.

Ponownie pchnął Saphirę. Tym razem smoczyca uwolniła ich obu. Wstali powoli pod jej czujnym spojrzeniem i otrzepali się z ziemi.

– Unikasz odpowiedzi. – Eragon potarł ręką pękniętą wargę.

– I co z tego? – parsknął Murtagh. Z gniewną miną odmaszerował na skraj obozu. Po minucie westchnął. – Powody, dla których znalazłem się tutaj, nie mają teraz znaczenia, ale wierz mi, Vardeni nie przyjęliby mnie, nawet gdybym przyniósł im w darze głowę króla. Och, powitaliby mnie miło, dopuścili do rady. Ale zaufali? Nigdy! A gdybym przybył w mniej szczęśliwych okolicznościach, na przykład takich jak teraz, pewnie zakuliby mnie w kajdany.

– Nie powiesz mi, o co w tym chodzi? – spytał Eragon. – Ja też zrobiłem rzeczy, z których nie jestem dumny, nie będę więc cię osądzał.

Murtagh powoli pokręcił głową. Jego oczy błyszczały.

– Nie zrobiłem niczego, by zasłużyć na takie traktowanie. Choć gdybym zrobił, łatwiej byłoby mi to odpokutować. Nie... moim jedynym występkiem jest to, że w ogóle istnieję. – Urwał i odetchnął głośno. – Widzisz, mój ojciec...

Przerwało mu ostre sapnięcie Saphiry. *Spójrzcie!*

Powiedli wzrokiem na zachód. Murtagh zbladł.

– Demony niebios i podziemi!

Mniej więcej staje od siebie ujrzeli kolumnę postaci maszerujących na wschód równolegle do górskiego łańcucha. Licząca setki osób, ciągnęła się niemalże na milę. Spod nóg postaci unosiły się obłoki kurzu, ich broń połyskiwała w gasnącym świetle dnia. Przed oddziałem jechał w czarnym rydwanie herold, trzymający szkarłatny proporzec.

– To imperium – powiedział ze znużeniem Eragon. – Znaleźli nas... jakoś.

Saphira wysunęła głowę znad jego ramienia i przyjrzała się żołnierzom.

– Tak... Ale to urgale, nie ludzie – odparł Murtagh.

– Skąd wiesz?

Murtagh wskazał ręką sztandar.

– Na tej fladze widnieje osobiste godło wodza urgali. To bezlitosny potwór, szalony i gwałtowny.

– Spotkałeś go kiedyś?

Murtagh zmrużył oczy.

– Raz, przez chwilę. Wciąż mam blizny po tym spotkaniu. Być może urgali nie przysłano tu z naszego powodu, z pewnością jednak już nas zauważyły i teraz pójdą za nami. Ich wódz nie pozwoliłby wymknąć się smokowi, zwłaszcza jeśli usłyszał o Gil'eadzie.

Eragon podbiegł do ogniska i zasypał je ziemią.

– Musimy uciekać. Wiem, nie chcesz iść do Vardenów, ale ja muszę dostarczyć do nich Aryę, nim umrze. Oto kompromis: chodź ze mną, póki nie dotrę do jeziora Kóstha-mérna. Potem ruszysz własną drogą.

Murtagh się zawahał.

– Jeśli teraz odejdziesz – dodał szybko Eragon – urgale pójdą za tobą. A wtedy jak sobie poradzisz? Sam stawisz im czoło?

– No dobrze. – Murtagh zarzucił juki na grzbiet Tornaca. – Ale gdy znajdziemy się blisko Vardenów, odejdę.

Eragon płonął z ciekawości. Bardzo chciał wypytać Murtagha, ale nie w tym momencie – urgale były zbyt blisko. Zabrał swoje rzeczy i osiodłał Śnieżnego Płomienia. Saphira rozłożyła skrzydła, wystartowała i zaczęła krążyć im nad głowami. Pilnowała Murtagha i Eragona, gdy opuszczali obóz.

W którą stronę mam lecieć? – spytała.

Na wschód, wzdłuż Beorów.

Smoczyca zablokowała skrzydła, wzleciała uniesiona prądem i zawirowała wokół kolumny rozgrzanego powietrza, wisząc na niebie ponad końmi. *Zastanawiam się, skąd wzięły się tu urgale. Może przysłano je, by zaatakowały Vardenów?*

Zatem powinniśmy spróbować ich ostrzec – odparł Eragon, prowadząc Śnieżnego Płomienia wokół niemal niewidocznych przeszkód. Zapadła noc i ciemność pochłonęła ścigające ich urgale.

Potyczka

Eragon odkrył, że policzek ma otarty od kontaktu z szyją Śnieżnego Płomienia. Po utarczce z Murtaghiem bolały go kości. Przez całą noc na zmianę spali w siodłach, dzięki czemu oddalili się od oddziału urgali. Żaden z nich jednak nie wiedział, czy utrzymają tę przewagę. Konie były śmiertelnie wyczerpane, lecz oni nadal narzucali bezlitośnie szybkie tempo. Powodzenie ich ucieczki zależało wyłącznie od sił potworów i tego, czy wierzchowce Murtagha i Eragona przeżyją.

Góry Beorskie rzucały głęboki cień na leżącą w dole krainę, pozbawiając ją słonecznego ciepła. Na północy rozciągała się Pustynia Hadaracka, wąskie pasmo bieli, jasne niczym śnieg w południe.

Muszę coś zjeść – oznajmiła Saphira. *Minęło wiele dni od ostatniego polowania. Głód szarpie mi wnętrzności. Jeśli teraz zacznę, może zdołam schwytać dość saren, by się pożywić.*

Eragon uśmiechnął się na tę przesadę. *Leć, jeśli chcesz, ale zostaw tu Aryę.*

Wrócę szybko. Odwiązał elfkę od brzucha smoczycy i posadził w siodle Śnieżnego Płomienia. Saphira odfrunęła w dal, znikając wśród gór. Eragon biegł obok koni, dość blisko, by móc przytrzymać Aryę. Ani on, ani Murtagh nie przerywali panującej ciszy. Obecność urgali sprawiła, że wczorajsza kłótnia wydała się zupełnie nieważna. Lecz sińce pozostały.

***

W ciągu godziny Saphira schwytała zdobycz i powiadomiła Eragona. Ucieszył się, że smoczyca wkrótce wróci. Kiedy nie było jej w pobliżu, zaczynał się denerwować. Zatrzymali się przy jeziorku, by napoić konie. Eragon z roztargnieniem wyrwał z ziemi źdźbło trawy i zaczął je obracać w palcach, wpatrując się w elfkę. Nagle z zamyślenia wyrwał go zgrzyt miecza wysuwanego z pochwy. Odruchowo chwycił Zar'roca i obrócił się, szukając wzrokiem nieprzyjaciela. Był to tylko Murtagh. Unosząc swój długi miecz, wskazał ręką wzgórze przed nimi. Stał na nim gniady koń, dźwigający wysokiego mężczyznę w brązowym płaszczu, dzierżącego w dłoni maczugę. Za jego plecami czekała grupka dwudziestu jeźdźców.

– Czy to mogą być Vardeni? – spytał Murtagh.

Eragon dyskretnie naciągnął cięciwę na łuk.

– Według Aryi dzielą nas dziesiątki staj. Może to jeden z patroli?

– Zakładając, że to nie bandyci.

Murtagh wskoczył na Tornaca i przygotował łuk.

– Nie powinniśmy spróbować ucieczki? – Eragon osłonił Aryę kocem. Z pewnością ją dostrzegli, ale może nie zorientowali się, że to elfka.

– Nic by to nie dało. – Murtagh pokręcił głową. – Tornac i Śnieżny Płomień to świetne rumaki bojowe, są jednak zmęczone i nie nadają się do szybkiego biegu. Przyjrzyj się ich wierzchowcom. Są stworzone do wyścigów. Doścignęliby nas po pół mili. Poza tym może mają do powiedzenia coś ważnego. Lepiej uprzedź Saphirę, by się pośpieszyła.

Eragon już to robił. Wyjaśnił, jak wygląda sytuacja, i ostrzegł: *Nie pokazuj się, chyba że będzie to konieczne. Co prawda nie jesteśmy już w imperium, nadal jednak nie chcę, by ktoś dowiedział się o twoim istnieniu.*

To nie ma znaczenia. Magia może cię ochronić, gdy zawiedzie szybkość i szczęście. Poczuł, że wzbija się do lotu i tuż nad ziemią pędzi ku nim.

Oddział nieznajomych obserwował ich ze wzgórza.

Eragon nerwowo ścisnął w dłoni rękojeść Zar'roca. Czuł ją pod rękawicą. Pewnie tkwiła mu w dłoni – prosta, opleciona drutem.

– Jeśli zaczną nam grozić, mogę przepłoszyć ich magią. Gdyby to nie zadziałało, pozostaje jeszcze Saphira. Ciekawe, jak zareagują na Jeźdźca. Tak wiele opowiadano o ich mocach... Może dzięki temu zdołamy uniknąć walki.

– Nie licz na to – odparł Murtagh. – Jeśli do niej dojdzie, będziemy musieli zabić dostatecznie wielu, by przekonać resztę, że nie jesteśmy warci wysiłku. – Twarz miał beznamiętną, opanowaną.

Mężczyzna na gniadoszu skinął maczugą i jeźdźcy ruszyli ku nim kłusem. Z głośnymi okrzykami potrząsali oszczepami; u boków kołysały się im sfatygowane pochwy. Broń mieli pordzewiałą i poplamioną krwią. Czterech wycelowało strzały w Eragona i Murtagha.

Ich przywódca zatoczył maczugą krąg w powietrzu. Jego ludzie odpowiedzieli wrzaskami, otaczając uciekinierów.

Wargi Eragona poruszyły się lekko. O mało nie posłał w ich środek magicznej kuli, ale w ostatniej chwili się opanował. *Wciąż nie wiemy, czego chcą* – upomniał się w duchu i opanował rosnące obawy.

W chwili gdy przybysze otoczyli Eragona i Murtagha, ich przywódca ściągnął wodze, skrzyżował ręce na piersi i przyjrzał się im krytycznie. Uniósł brwi.

– No, no, są lepsi niż hołota, którą zwykle tu znajdujemy. Przynajmniej tym·razem złapaliśmy zdrowe sztuki. I nie musieliśmy nawet do nich strzelać. Grieg się ucieszy.

Mężczyźni zachichotali.

Na dźwięk tych słów Eragon poczuł, jak ściska mu się żołądek. W jego myślach pojawiło się pierwsze, straszne podejrzenie. *Saphiro...!*

– Co do was dwóch – dodał przywódca, zwracając się do Eragona i Murtagha – jeśli zechcecie rzucić broń, moi ludzie nie zamienią was w poduszki na strzały.

Łucznicy uśmiechnęli się złowieszczo, pozostali znów wybuchnęli śmiechem.

W odpowiedzi Murtagh jedynie poruszył mieczem.

– Kim jesteście i czego chcecie? Jesteśmy wolnymi ludźmi, podróżującymi przez te ziemie. Nie macie prawa nas zatrzymywać.

– Ależ nie, mam wszelkie prawo – odparł z pogardą tamten. – A co do mego imienia, niewolnicy nie zwracają się do swych panów po imieniu, chyba że chcą zostać wychłostani.

Eragon zaklął w duchu. Łowcy niewolników! Przypomniał sobie nagle ludzi widzianych na licytacji w Dras-Leonie i zawrzał w nim gniew. Spojrzał na otaczających ich mężczyzn ze wstrętem i nienawiścią.

Bruzdy na twarzy przywódcy się pogłębiły.

– Odrzućcie miecze i poddajcie się.

Łowcy niewolników znieruchomieli, obdarzając ich zimnymi spojrzeniami. Eragon i Murtagh nie opuścili mieczy. Eragon poczuł mrowienie dłoni. Za sobą usłyszał szelest i głośne przekleństwo. Zaskoczony obrócił się gwałtownie.

Jeden z napastników odrzucił okrywający Aryę koc, odsłaniając jej twarz. Sapnął ze zdumienia.

– Torkenbrandzie! – krzyknął. – To elf!

Pozostali mężczyźni zaszeptali zdumieni. Ich przywódca zawrócił konia i podjechał do Śnieżnego Płomienia. Spojrzał na Aryę i zagwizdał.

– I co, ile jest warta? – spytał ktoś.

Torkenbrand milczał przez chwilę. W końcu rozłożył ręce.

– W najgorszym razie? Niewiarygodny majątek. Imperium zapłaci za nią górę złota.

Łowcy niewolników zakrzyknęli radośnie, poklepując się po plecach. Umysł Eragona zaćmiła wściekłość. Saphira skręciła gwałtownie gdzieś nad głową. *Atakuj, już!* – krzyknął. *Ale jeśli zaczną uciekać, pozwól im.* Smoczyca natychmiast złożyła skrzydła i śmignęła w dół. Eragon dał sygnał Murtaghowi, który rąbnął łokciem w twarz jednego z napastników, strącając go z siodła, i wbił pięty w boki Tornaca.

Odrzucając grzywę, rumak bojowy skoczył naprzód, obrócił się i wierzgnął. Murtagh zamachnął się mieczem. Tornac opadł na ziemię, wbijając kopyta w plecy zrzuconego przeciwnika. Tamten wrzasnął.

Nim łowcy niewolników zrozumieli co się dzieje, Eragon cofnął się szybko i uniósł ręce, przywołując słowa w pradawnej mowie. Kula granatowego ognia uderzyła w ziemię między nimi i rozbryznęła się w fontannę rozżarzonych kropel, topniejących niczym rosa w promieniach słońca. Sekundę później z nieba opadła Saphira i wylądowała obok niego. Otwarła paszczę, ukazując potężne kły, i ryknęła.

– Biada wam! – huknął Eragon, przekrzykując zgiełk. – Jestem Jeźdźcem! – Wzniósł nad głowę Zar'roca. Czerwona klinga zaśniła w promieniach słońca. Powoli opuścił miecz, celując w przeciwników. – Uciekajcie, jeśli wam życie miłe.

Tamci zaczęli wrzeszczeć bez ładu i składu i przepychać się między sobą, próbując uciec jak najszybciej. W zamęcie ktoś trafił Torkenbranda w skroń oszczepem. Oszołomiony mężczyzna runął na ziemię. Jego towarzysze nie zwrócili uwagi na przywódcę i popędzili przed siebie, byle dalej, oglądając się z przerażeniem na Saphirę.

Torkenbrand podniósł się na kolana. Z rany na skroni płynęła krew, kreśląc na policzku szkarłatne ścieżki. Murtagh zeskoczył z siodła i podszedł do niego z mieczem w dłoni. Torkenbrand słabo podniósł rękę, jakby chciał zasłonić się przed ciosem. Murtagh spojrzał na niego lodowato i zamachnął się, celując w szyję.

– Nie! – krzyknął Eragon.

Za późno. Pozbawione głowy ciało Torkenbranda runęło na ziemię w obłoczku pyłu. Głowa wylądowała z głośnym łoskotem obok. Eragon podbiegł do Murtagha. Jego zęby zacisnęły się gwałtownie.

– Przegnił ci mózg?! – ryknął z wściekłością. – Czemu go zabiłeś?

Murtagh otarł miecz o kaftan Torkenbranda. Stal pozostawiła na nim ciemną plamę.

– Nie wiem czemu się irytujesz.

– Irytuję? To coś znacznie więcej. Przyszło ci w ogóle do głowy, że mogliśmy go tu zostawić i odjechać? Nie! Zamiast tego bawisz się w kata i odrąbujesz mu głowę. Był bezbronny!

Murtagha wyraźnie zaskoczył gniew Eragona.

– Nie mogliśmy zabrać go ze sobą. Był niebezpieczny. Pozostali uciekli. Bez konia nie dotarłby daleko. Nie chciałem, by urgale go znalazły i dowiedziały się o Aryi. Pomyślałem zatem...

– Ale żeby go zabić? – przerwał mu Eragon.

Saphira z ciekawością obwąchała głowę Torkenbranda. Rozchyliła wargi, jakby chciała chwycić ją w zęby. Potem jednak wyraźnie zmieniła zdanie i podeszła do Eragona.

– Próbuję jedynie pozostać przy życiu – odparł Murtagh. – Życie nieznajomego nie jest ważniejsze niż moje.

– Ale nie możesz rozwiązywać wszystkiego przemocą. Gdzie twoje współczucie? – warknął Eragon, wskazując głowę.

– Współczucie? Współczucie? Jakim współczuciem mogę obdarzyć wrogów? Mam się wahać, zastanawiać, czy mam się bronić, bo sprawię komuś ból? Gdyby tak było, zginąłbym wiele lat temu. Musisz być gotów bronić siebie i tego, co cenisz, nie zważając na resztę.

Eragon gwałtownie wepchnął Zar'roca do pochwy. Pokręcił głową.

– W taki sposób można usprawiedliwić każdą potworność.

– Sądzisz, że mnie się to podoba?! – krzyknął Murtagh. – Od dnia, kiedy przyszedłem na świat, stale grozi mi niebezpieczeństwo. Każda chwila mojego życia była poświęcona unikaniu najróżniejszych zagrożeń.

Odpoczywam tylko we śnie, a ten nie przychodzi mi łatwo, bo zawsze martwię się, czy ujrzę następny poranek. Jeśli kiedykolwiek czułem się bezpiecznie, to zapewne w łonie matki, choć nawet tam groziła mi śmierć. Ty nie rozumiesz. Gdybyś żył w takim strachu, nauczyłbyś się tego samego co ja: nigdy nie ryzykuj. – Skinął ręką, wskazując trupa Torkenbranda. – On stanowił takie ryzyko. Nie zamierzam zadręczać się czymś, czego nie mogę zmienić.

Eragon spojrzał na niego gniewnie.

– Mimo wszystko to było złe. – Przywiązał Aryę do Saphiry i z powrotem dosiadł Śnieżnego Płomienia. – Ruszajmy.

Murtagh poprowadził Tornaca wokół nieruchomego trupa Torkenbranda, leżącego na zakrwawionej ziemi.

***

Jechali w tempie, które jeszcze tydzień temu Eragon uznałby za niemożliwe. Zostawiali za sobą kolejne staje, jakby u pleców wyrosły im skrzydła. Skręcili na zachód między dwa wysunięte ramiona Gór Beorskich. Przypominały szczęki gotowe zacisnąć się w każdej chwili. Ich koniuszki oddzielał dzień jazdy, lecz odległość wydawała się mniejsza z powodu olbrzymich rozmiarów gór. Zupełnie jakby znaleźli się w dolinie stworzonej dla gigantów.

Gdy zatrzymali się na popas, Eragon i Murtagh zjedli posiłek w milczeniu, unikając się wzrokiem.

– Pierwszy obejmę wartę – oznajmił beznamiętnym głosem Eragon.

Murtagh skinął głową i położył się na posłaniu zwrócony do niego plecami.

Chcesz porozmawiać? – spytała Saphira.

Nie w tej chwili – wymamrotał Eragon. *Daj mi trochę czasu do namysłu. Jestem... zagubiony.*

Smoczyca wycofała się z jego głowy, szepcząc:

Kocham cię, mój mały.

A ja ciebie – odparł.

Zwinęła się w kłębek obok niego, dzieląc się swym ciepłem. Siedział nieruchomy w ciemności, zmagając się z własnym sumieniem.

Ucieczka przez dolinę

Rankiem Saphira wzbiła się w powietrze, unosząc Aryę i Eragona. Chwilowo nie miał ochoty na towarzystwo Murtagha. Zadrżał i ciaśniej owinął się kurtką. Niebo wyglądało tak, jakby zaraz miał zacząć padać śnieg. Saphira uniosła się z prądem powietrza.

O czym myślisz? – spytała.

Eragon przez chwilę przyglądał się Górom Beorskim wyrastającym ponad nimi, mimo że Saphira leciała bardzo wysoko. *To wczoraj to było morderstwo. Nie mam na to innego określenia.*

Saphira skręciła w lewo. *Był to czyn pośpieszny i nierozważny, ale Murtagh starał się postąpić jak należy. Ludzie, którzy kupują i sprzedają innych ludzi, zasługują na wszystko, co ich spotyka. Gdybyśmy nie walczyli o życie Aryi, odszukałabym ich wszystkich i rozdarła na strzępy.*

Tak – odparł Eragon nieszczęśliwym tonem. *Lecz Torkenbrand był bezbronny, nie mógł się osłonić ani uciec. Jeszcze chwila i pewnie by się poddał. Murtagh nie dał mu takiej szansy. Gdyby Torkenbrand był zdolny do walki, nie byłoby tak źle.*

Nawet gdyby Torkenbrand walczył, ostateczny rezultat byłby taki sam. Wiesz doskonale, że niewielu potrafi dorównać tobie czy Murtaghowi. Torkenbrand by zginął, choć najwyraźniej uważasz, że śmierć w nierównej walce byłaby uczciwsza albo szlachetniejsza.

Nie wiem już, co jest dobre, a co złe – przyznał Eragon.

Czasami – odparła łagodnie Saphira – *nie ma odpowiedzi. Wykorzystaj tę sposobność, by lepiej zrozumieć Murtagha, a potem mu wybacz. A jeśli nie możesz wybaczyć, to przynajmniej zapomnij. Nie miał bowiem wobec ciebie złych zamiarów, choć postąpił pochopnie. Wciąż przecież masz głowę, prawda?*

Eragon poruszył się w siodle, marszcząc brwi. Otrząsnął się niczym koń próbujący odpędzić gza i zerknął, co słychać u Murtagha. Jego uwagę przyciągnęła barwna plama nieco dalej na szlaku.

Przy strumieniu, przez który przeprawili się poprzedniego dnia, obozowały urgale. Eragonowi mocniej zabiło serce. Jakim cudem urgale, poruszając się pieszo, wciąż zmniejszały przewagę? Saphira także dostrzegła potwory i przechyliła skrzydła, nurkując pionowo. *Wątpię, by nas zauważyły.*

Eragon też miał taką nadzieję. Zmrużył oczy, czując na twarzy ostry powiew. Smoczyca zwiększyła jeszcze bardziej kąt lotu. *Wódz musi strasznie je poganiać* – zauważył.

Tak, może padną z wyczerpania.

Na ich widok Murtagh zapytał krótko:

– Co znowu?

– Urgale nas doganiają. – Eragon wskazał ręką obozowisko.

– Jak daleko mamy do celu? – Murtagh uniósł dłonie ku niebu, odmierzając czas do zachodu słońca.

– W zwykłym tempie... jakieś pięć dni. Przy naszej prędkości trzy. Ale jeśli nie dotrzemy tam jutro, urgale nas dogonią, a Arya z pewnością umrze.

– Może wytrzyma jeszcze dzień.

– Nie możemy na to liczyć – zaprotestował Eragon. – Jeśli chcemy dotrzeć na czas do Vardenów, nie wolno nam zatrzymywać się ani na chwilę. To nasza jedyna szansa.

Murtagh zaśmiał się z goryczą.

– Jak chcesz to zrobić? Już od kilku dni nie dosypiamy. Jeśli Jeźdźcy nie są stworzeni z innej gliny niż my, śmiertelnicy, jesteś równie zmęczony jak ja. Pokonaliśmy olbrzymią odległość. Na wypadek gdybyś nie zauważył, przypomnę, że konie padają z nóg. Kolejny dzień może zabić nas wszystkich.

Eragon wzruszył ramionami.

– Niechaj i tak będzie. Nie mamy wyboru.

Murtagh zerknął w stronę gór.

– Mógłbym odjechać i pozwolić, byś poleciał przodem z Saphirą... To zmusiłoby urgale do rozdzielenia sił. W ten sposób miałbyś szansę dotrzeć na czas do Vardenów.

– To byłoby samobójstwo. – Eragon splótł ręce na piersiach. – W jakiś sposób te urgale poruszają się szybciej pieszo niż my konno. Dogoniłyby cię i osaczyły jak zwierzę. Jedyną szansą ucieczki jest schronienie się u Vardenów. – Nie był jednak do końca pewien, czy naprawdę chce, by Murtagh został. *Lubię go*, przyznał w duchu Eragon. *Ale nie wiem już, czy to dobrze.*

– Ucieknę później – odparł krótko Murtagh. – Gdy dotrzemy do Vardenów, mogę zniknąć w bocznej dolinie i poszukać drogi do Surdy. Tam ukryję się, nie przyciągając niczyjej uwagi.

– Zatem zostajesz?

– Mniejsza o sen. Doprowadzę cię do Vardenów – przyrzekł Murtagh.

***

Z nową determinacją ruszyli naprzód, usiłując jak najbardziej oddalić się od urgali. Prześladowcy jednak zbliżali się nieustannie. O zmierzchu potwory zmniejszyły dzielący ich dystans o jedną trzecią. W końcu nie mogli już ignorować zmęczenia. Na przemian spali w siodle, podczas gdy drugi prowadził konie.

Eragon nieustannie posiłkował się wspomnieniami Aryi, lecz obcość jej umysłu sprawiła, że popełnił kilka błędów, kosztujących sporo bezcennego czasu. Stopniowo zbliżali się do podnóży wschodniego ramienia gór, szukając doliny, która poprowadzi ich do Vardenów. Północ nastała i minęła, ale nie dostrzegli nawet śladu poszukiwanej drogi.

Gdy słońce znów wzeszło, z radością odkryli, że urgale zostały daleko w tyle.

– Ostatni dzień. – Eragon ziewnął szeroko. – Jeśli do południa nie zbliżymy się do Vardenów, polecę na Saphirze z Aryą. Wówczas będziesz mógł robić, co zechcesz, ale musisz zabrać ze sobą Śnieżnego Płomienia. Nie zdołam po niego wrócić.

– To może nie być konieczne. Wciąż mamy szansę zdążyć na czas. – Murtagh potarł dłonią rękojeść miecza.

Eragon wzruszył ramionami.

– Możliwe.

Podszedł do Aryi i dotknął jej czoła. Było wilgotne i rozpalone. Jej oczy poruszały się niespokojnie pod powiekami, jakby dręczył ją koszmar. Eragon położył na czole Aryi wilgotny kompres, żałując, że nie potrafi zdziałać nic więcej.

***

Późnym rankiem, gdy ominęli szczególnie rozłożystą górę, Eragon dostrzegł wąską dolinę, przycupniętą tuż obok – tak niewielką, że z łatwością można ją było przeoczyć. Wypływała z niej wspomniana przez Aryę rzeka Niedźwiedzi Ząb. Uśmiechnął się z ulgą. Tam właśnie musieli się udać.

Gdy jednak obejrzał się za siebie, ze zgrozą odkrył, iż odległość dzieląca ich od prześladowców zmalała do niecałego staja. Pokazał Murtaghowi urgale.

– Jeśli zdołamy zniknąć im z oczu i zakraść się tam niewidziani, może je zmylimy.

Murtagh sprawiał wrażenie niezbyt przekonanego.

– Warto spróbować. Ale jak dotąd z łatwością odnajdywały nasz ślad.

Skręcili w stronę doliny i już po chwili znaleźli się pod konarami potężnych drzew, które były wysokie, miały spękaną, niemal czarną korę, matowe szpilki tej samej barwy i poskręcane korzenie, sterczące z ziemi niczym nagie kolana. Grunt pod ich nogami zaściełały szyszki wielkości końskiej głowy. Czarne wiewiórki świergotały ze szczytów drzew. Z dziupli spoglądały na nich lśniące oczy. Z powykręcanych konarów zwisały zielone brody porostów. Znajdowali się w gęstej puszczy.

Eragon znowu poczuł niepokój. Zjeżyły mu się włosy na karku; w powietrzu wyczuwał wrogość, jakby drzewa niechętnie witały intruzów.

Są bardzo stare. Saphira dotknęła pnia nosem.

Tak – odparł Eragon. *I nieprzyjazne.*

Las z każdą chwilą stawał się coraz gęściejszy. Saphirze brakowało miejsca, wzbiła się więc w powietrze z Aryą. Eragon i Murtagh zwolnili, gdyż musieli przedzierać się przez poszycie. Obok nich Niedźwiedzi Ząb wypełniał powietrze szumem płynącej wody. Pobliski szczyt przesłaniał słońce, sprawiając, iż w lesie panował półmrok, jakby zbyt wcześnie zapadł zmierzch.

U wylotu doliny Eragon odkrył ze zdumieniem, że choć wydawała się tylko wąską szczeliną między szczytami, w istocie była równie szeroka jak wiele dolin w Kośćcu. Jedynie ogromne rozmiary otaczających ją gór sprawiały, że wyglądała na ciasną i wąską. Po niemal pionowych zboczach spływała kaskadami woda. Nad głową pozostało im wąskie pasmo nieba zasnutego szarymi chmurami. Z wilgotnej ściółki wznosiła się lepka mgła. Ich oddechy parowały w zimnym powietrzu. Ziemię porastały kępy mchu, paproci i poziomek, walczące o dostęp do światła. Na stosach spróchniałego drewna rosły żółte i zielone muchomory.

Wokół panowała cisza. Duszne powietrze tłumiło wszystkie dźwięki. Saphira wylądowała na pobliskiej polanie; jej skrzydła głucho załopotały. Rozejrzała się, kołysząc głową. *Właśnie minęłam stado ptaków – czarno--zielonych z czerwonymi znakami na skrzydłach. Nigdy nie widziałam podobnych.*

Wszystko w tych górach wydaje się osobliwe – odparł Eragon. *Mogę dosiąść cię na jakiś czas? Chciałbym przypilnować urgali.*

Oczywiście.

Odwrócił się do Murtagha.

– Vardeni ukrywają się na końcu tej doliny. Jeśli się pośpieszymy, może dotrzemy tam przed zmrokiem.

Murtagh mruknął coś pod nosem, podparty pod boki.

– Jak mam się stąd wydostać? Nie widzę żadnych dolinek, a urgale wkrótce do nas dotrą. Potrzebna mi trasa ucieczki.

– Nie martw się – rzucił niecierpliwie Eragon. – To długa dolina, z pewnością dalej coś znajdziemy. – Odwiązał Aryę i posadził na grzbiecie Śnieżnego Płomienia. – Popilnuj Aryi, ja polecę z Saphirą. Spotkamy się nieco dalej. – Wgramolił się na grzbiet smoczycy i przypiął do siodła.

– Uważaj! – ostrzegł Murtagh, marszcząc w namyśle czoło. Zacmokał na konie i z powrotem zagłębił się w las.

Gdy Saphira skoczyła w powietrze, Eragon spytał: *Myślisz, że moglibyśmy podlecieć do jednego ze szczytów? Stamtąd może byśmy dostrzegli cel naszej podróży, a także drogę ucieczki dla Murtagha. Nie chcę cały czas słuchać jego narzekań.*

Spróbujemy – zgodziła się Saphira. *Ale w górze będzie znacznie zimniej.*

Jestem ciepło ubrany.

No to trzymaj się! Saphira skręciła gwałtownie i wystrzeliła w górę, tak że odchylił się w siodle. Wciąż uderzała skrzydłami, unosząc ich coraz wyżej. Dolina zmalała gwałtownie, zamieniając się w zieloną, wąską linię. Niedźwiedzi Ząb połyskiwał niczym srebrny warkocz.

Dotarli do warstwy chmur. Powietrze przepełniła lodowata wilgoć, bezkształtny, szary całun, który sprawił, że przestali cokolwiek widzieć.

Eragon miał nadzieję, że nie zderzą się z niczym w mroku. Na wszelki wypadek wyciągnął rękę i machnął nią przed sobą w powietrzu. Na dłoni natychmiast osiadła woda i spłynęła niżej, mocząc rękaw.

Obok ucha przeleciało mu z trzepotem coś szarego. Dostrzegł gołębia, z trudem uderzającego skrzydłami. Jedną z jego nóg okalała biała opaska. Saphira uderzyła błyskawicznie, wysuwając język i rozdziawiając paszczę. Gołąb pisnął, ostre zęby smoczycy kłapnęły o włos od jego ogona, a potem śmignął na bok i zniknął we mgle, która pochłonęła odgłos trzepoczących skrzydeł.

Gdy dotarli poza granicę chmur, na łuskach Saphiry perliły się tysiące kropel wody, w których odbijały się miniaturowe tęcze, połyskujące wśród błękitu. Eragon otrząsnął się, rozbryzgując wodę dookoła. Zadrżał. Nie widział już ziemi, tylko morze chmur pomiędzy górami.

Drzewa porastające zbocza ustąpiły miejsca grubym lodowcom, białobłękitnym w promieniach słońca. Ich blask zmusił Eragona do przymknięcia oczu. Po minucie spróbował je otworzyć, lecz światło wciąż go oślepiało. Zirytowany, spojrzał przez palce. *Jak ty to znosisz?* – spytał Saphirę.

Moje oczy są odporniejsze niż twoje – odparła.

Tu, w górze, panował potworny mróz. Woda we włosach Eragona zamarzła, tworząc srebrzysty hełm. Jego koszula i spodnie przypominały twarde skorupy. Łuski Saphiry także pokrył lód. Na jej skrzydłach osiadł szron. Nigdy wcześniej nie wzbili się tak wysoko, lecz do wierzchołków gór wciąż pozostało wiele mil.

Saphira stopniowo coraz wolniej uderzała skrzydłami, oddychała głośno, z trudem. Eragon dyszał łapczywie. Czuł, że brakuje mu powietrza. Walcząc z paniką, przytrzymał się szpikulców Saphiry.

Musimy... wracać – rzekł. Przed oczami zatańczyły mu czerwone punkciki. *Nie mogę... oddychać.* Saphira nie zareagowała. Powtórzył zatem, tym razem głośniej. Znów nie odpowiedziała. *Nie słyszy mnie*, uświadomił sobie. Zachwiał się. Z trudem zbierał myśli. W końcu uderzył pięścią w bok smoczycy.

– Leć w dół! – krzyknął.

Od wysiłku zakręciło mu się w głowie. Otaczający go świat pociemniał. Pochłonęła go ciemność.

***

336

Odzyskał świadomość, gdy wynurzyli się z dolnej warstwy chmur. Krew tętniła mu w głowie. *Co się stało?* – spytał, prostując się i rozglądając ze zdumieniem.

Zemdlałeś – odparła Saphira.

Spróbował przeczesać palcami włosy, znieruchomiał jednak, bo poczuł sople lodu. *Tak, wiem, ale czemu mi nie odpowiedziałaś?*

Pomieszało mi się w głowie. Twoje słowa nie miały sensu. Gdy straciłeś przytomność, wiedziałam, że coś jest nie tak, i zaczęłam obniżać lot. Wkrótce zorientowałam się, co się stało.

Dobrze, że ty też nie zemdlałaś. Eragon zaśmiał się nerwowo. Saphira jedynie machnęła ogonem. Spojrzał tęsknie ku górskim szczytom, skrytym za zasłoną chmur. *Szkoda, że nie możemy stanąć na jednym z tych wierzchołków... Cóż, teraz już wiemy. Tę dolinę możemy opuścić tylko tak, jak do niej przybyliśmy. Czemu zabrakło nam powietrza? Dlaczego jest tu, w dole, a w górze go nie ma?*

Nie wiem, ale nigdy już nie odważę się wzlecieć tak blisko słońca. Powinniśmy zapamiętać tę przygodę. Wiedza ta może się nam przydać, jeśli będziemy musieli walczyć z innym Jeźdźcem.

Mam nadzieję, że nigdy do tego nie dojdzie – rzekł Eragon. *Na razie zostańmy w dole. Mam dość przygód jak na jeden dzień.*

Poszybowali od jednej góry do drugiej, niesieni lekkim prądem powietrza. W końcu Eragon ujrzał kolumnę urgali. Dotarła już do wylotu doliny. *Co każe im maszerować w takim tempie? Jakim cudem mogą to znieść?*

Teraz, gdy jesteśmy bliżej – oznajmiła Saphira – *widzę, że te urgale są większe niż znane nam wcześniej. Dorosły, wysoki człowiek sięgałby im do piersi, najwyżej do ramion. Nie wiem, z jakich ziem pochodzą; musi to być groźna kraina, skoro zrodziła takie monstra.*

Eragon wpatrzył się w ziemię w dole, nie dostrzegał jednak widocznych dla smoczycy szczegółów. *Jeśli utrzymają tempo, dościgną Murtagha, nim znajdziemy Vardenów.*

Nie trać nadziei. W lesie może zwolnią... Czy nie dałoby się ich zatrzymać magią?

Eragon pokręcił głową. *Zatrzymać... nie. Jest ich zbyt wiele.* Nagle pomyślał o cieniutkiej warstwie mgły zaściełającej dno doliny i uśmiechnął się szeroko. *Ale może zdołam im nieco przeszkodzić.* Zamknął oczy, wybrał potrzebne słowa i wpatrzył się we mgłę.

– Gath un reisa du rakr! – rozkazał.

W dole coś się poruszyło. Z góry wyglądało to tak, jakby ziemia płynęła naprzód niczym wielka, leniwa rzeka. Przed urgalami pojawiło się pasmo ołowianoszarej mgły, która gęstniała z każdą chwilą, tworząc złowrogi mur, ciemny niczym chmura gradowa. Urgale zawahały się, po czym ruszyły dalej niczym taran. Bariera zawirowała wokół nich, pochłaniając pierwsze szeregi.

Nagle Eragon poczuł gwałtowny odpływ sił; serce zatrzepotało mu jak konający ptak. Sapnął, wywrócił oczami. Desperacko spróbował przerwać więź z magią, zablokować szczelinę, przez którą wypływało z niego życie. Z ochrypłym jękiem zerwał kontakt. Macki mocy zatańczyły w jego umyśle niczym pozbawione głów węże, a potem niechętnie wycofały się ze świadomości. Ściana mgły rozpłynęła się, a sama mgła leniwie opadła na ziemię jak wieża wzniesiona z błota. Urgale nawet nie zwolniły kroku.

Eragon leżał bezwładny obok Saphiry. Dyszał. Dopiero teraz przypomniał sobie słowa Broma: „Siła magii, podobnie jak strzały czy włóczni, zależy od odległości. Jeśli spróbujesz podnieść czy przesunąć coś odległego o milę, zużyjesz więcej energii". *Już o tym nie zapomnę* – pomyślał ponuro.

W ogóle nie powinieneś zapominać – wtrąciła z naciskiem Saphira. *Najpierw piasek w Gil'eadzie, teraz to. W ogóle nie słuchałeś Broma. Jeśli tak dalej pójdzie, to się zabijesz.*

Słuchałem – upierał się, pocierając ręką podbródek – *ale minęło sporo czasu, a ja nie miałem okazji, by sobie to przypomnieć. Nigdy nie używałem magii z daleka. Skąd mogłem wiedzieć, że to będzie takie trudne?*

Smoczyca warknęła. *Jeszcze trochę i spróbujesz ożywiać trupy. Nie zapominaj, co mówił o tym Brom.*

Nie zapomnę – odparł niecierpliwie. Saphira zeszła niżej, szukając Murtagha i koni. Eragon pomógłby jej, ale brakowało mu sił. Z trudem trzymał się w siodle.

Smoczyca wylądowała z szarpnięciem na niewielkiej łące. Ze zdumieniem ujrzał stojące niedaleko konie i klęczącego Murtagha, który oglądał ziemię. Gdy Eragon nie zsiadł, Murtagh podbiegł do niego.

– Co się stało? – spytał. W jego głosie walczyły ze sobą gniew, troska i znużenie.

– Popełniłem błąd – odparł zgodnie z prawdą Eragon. – Urgale dotarły do doliny. Próbowałem je zmylić, ale zapomniałem o jednej z magicznych reguł i dużo mnie to kosztowało.

Murtagh skrzywił się i machnął kciukiem za siebie.

– Właśnie znalazłem ślady wilka, lecz odciski jego łap mają szerokość dwóch dłoni i są głębokie na cal. W tych górach żyją zwierzęta, które mogłyby zagrozić nawet tobie, Saphiro – zwrócił się do niej. – Wiem, że nie możesz wejść do lasu, ale czy zechciałabyś krążyć nade mną i końmi? To powinno odstraszyć te bestie. Inaczej wkrótce będziecie mnie mogli pochować w naparstku.

– Żarty, Murtaghu? – Eragon się uśmiechnął. Dygotały mu mięśnie, utrudniając skupienie.

– Tylko wisielcze. – Murtagh przetarł oczy. – Nie mogę uwierzyć, że cały czas ścigają nas te same urgale. Jedynie ptaki mogłyby nas dogonić.

– Saphira twierdzi, że są większe niż inne, które dotąd widywaliśmy – wyjaśnił Eragon.

Murtagh zaklął, zaciskając palce na rękojeści miecza.

– To wszystko wyjaśnia. Saphiro, jeśli masz rację, to gonią nas Kulle – urgalska elita. Powinienem był się domyślić! Poruszają się pieszo, bo żaden koń nie udźwignie ich ciężaru – najmniejszy ma ponad osiem stóp wzrostu – i mogą biec całymi dniami bez snu, wciąż gotowe do walki. Żeby zabić jednego, trzeba pięciu mężów. Kulle nigdy nie opuszczają jaskiń, chyba że wyruszają na wojnę. Skoro tu są, muszą się spodziewać wielkiej bitwy.

– Możemy ich prześcignąć?

– Kto wie. Są silne, zdecydowane i jest ich mnóstwo. Możliwe, że będziemy musieli stawić im czoło. W takim wypadku mam tylko nadzieję, że Vardeni czuwają w pobliżu i zdołają nam pomóc. Mimo naszych umiejętności i wsparcia Saphiry nie zdołamy obronić się przed Kullami.

Eragon zachwiał się w siodle.

– Mógłbyś mi dać trochę chleba? Muszę coś zjeść.

Murtagh szybko przyniósł mu pół bochenka. Chleb był stary i twardy, lecz Eragon wgryzł się w niego łapczywie. Jego towarzysz powiódł zatroskanym wzrokiem po ścianach doliny, szukając z niej wyjścia.

– Dalej z pewnością coś znajdziemy – rzekł.

– Oczywiście. – Widać było, że Murtagh zmusza się do optymizmu. Nagle klepnął się w udo. – Musimy ruszać.

– Co z Aryą? – spytał Eragon.

Murtagh wzruszył ramionami.

– Trawi ją gorączka. Rzuca się we śnie. A czego oczekiwałeś? Brakuje jej sił. Powinieneś zanieść ją do Vardenów, nim trucizna poczyni większe szkody.

– Nie zostawię cię samego – upierał się Eragon. Z każdym kęsem wracały mu siły. – Urgale są za blisko.

Murtagh ponownie wzruszył ramionami.

– Jak sobie chcesz. Ale ostrzegam, jeśli zostaniesz, ona umrze.

Eragon wyprostował się w siodle smoczycy.

– Pomóż mi ją ocalić. Wciąż możemy to zrobić. Potraktuj to jako dar życia, pokutę za śmierć Torkenbranda.

Twarz młodego mężczyzny natychmiast pociemniała.

– Nie mam takiego długu. Ty... – Urwał. Nagle w mrocznej puszczy odezwał się róg myśliwski. – Porozmawiamy o tym później – rzucił krótko, maszerując do koni.

Chwycił ich wodze i odbiegł, posyłając Eragonowi gniewne spojrzenie.

Eragon zamknął oczy. Saphira wzbiła się w powietrze. Marzył, by móc położyć się na miękkim łóżku i zapomnieć o wszystkich kłopotach. *Saphiro* – rzekł w końcu, zasłaniając dłońmi uszy, by je rozgrzać – *a gdybyśmy zanieśli Aryę do Vardenów? Gdy już będzie bezpieczna, możemy wrócić do Murtagha i mu pomóc.*

Vardeni ci nie pozwolą – odparła Saphira. *Równie dobrze mógłbyś wrócić do urgali i poinformować je, gdzie się ukrywają. Z pewnością nie zaufają nam od razu. Będą chcieli wiedzieć, czemu doprowadziliśmy cały oddział Kullów aż pod ich bramy.*

Po prostu powiemy im prawdę. Miejmy nadzieję, że nam uwierzą.

A co zrobimy, jeśli Kulle zaatakują Murtagha?

Oczywiście będziemy walczyć. Nie pozwolę, by schwytały bądź zabiły jego i Aryę – rzekł z oburzeniem.

W jej słowach zabrzmiała nutka sarkazmu. *Jakże szlachetnie z twojej strony. Och, z pewnością powalimy wiele urgali – ty magią i ostrzem, ja szponami i zębami – lecz w ostatecznym rozrachunku nic to nie da. Jest ich zbyt wiele... nie możemy ich pokonać. Przegramy.*

Co zatem mamy robić? – spytał. *Nie zostawię Aryi ani Murtagha na ich łasce.*

Saphira machnęła ogonem, który ze świstem przeciął powietrze. *Wcale cię o to nie proszę. Jeśli jednak zaatakujemy pierwsi, możemy zdobyć przewagę.*

Oszalałaś? One... Eragon urwał, rozważając jej słowa. *Nic nie będą mogły zrobić* – stwierdził, zaskoczony.

Właśnie – odparła Saphira. *Możemy wyrządzić im wiele szkód z bezpiecznej wysokości.*

Obrzućmy je kamieniami – zaproponował Eragon. *To powinno je rozproszyć.*

Jeśli nie mają wystarczająco twardych czaszek, by to znieść. Saphira skręciła w prawo i szybko opadła na Niedźwiedzi Ząb. Chwyciła w silne szpony spory głaz. Eragon zebrał kilkanaście kamieni wielkości pięści. Obładowana Saphira poszybowała bezszelestnie naprzód, póki nie znaleźli się nad oddziałem urgali. *Teraz!* – wykrzyknęła, wypuszczając głaz.

Usłyszeli stłumiony szelest i trzaskanie pękających gałęzi, gdy pocisk przebił się przez gęste korony drzew. Sekundę później, w dolinie, szerokim echem odbiły się głośne krzyki.

Eragon uśmiechnął się groźnie, słysząc, jak urgale gorączkowo szukają kryjówek. *Potrzeba więcej amunicji* – powiedział, pochylając się nad Saphirą. Smoczyca warknęła i wróciła nad rzekę.

Nie było to łatwe, lecz udało im się spowolnić urgale, choć nie zatrzymać. Za każdym razem, gdy Saphira leciała po kamienie, stwory nadrabiały stracony czas. Mimo wszystko wysiłki smoczycy i Eragona pozwoliły Murtaghowi utrzymać przewagę nad pościgiem.

Godziny mijały. W dolinie zapadała ciemność. Słońce zniknęło i w powietrze zakradł się ostry mróz. Zamarznięta mgiełka pokryła białym szronem drzewa. Z jam wypełzły nocne stworzenia, spoglądające z mrocznych kryjówek na intruzów wędrujących przez puszczę.

Eragon cały czas sprawdzał kolejne zbocza, szukając śladów wodospadu, który sygnalizowałby kres wędrówki, boleśnie świadom faktu, że z każdą mijającą minutą Arya jest coraz bliższa śmierci.

– Szybciej, szybciej – mamrotał do siebie, patrząc w dół na Murtagha.

Odpocznijmy chwilę i sprawdźmy, co z Aryą – zaproponował, nim Saphira zdołała zagarnąć kolejne kamienie. *Dzień już prawie minął i boję się, że pozostały jej tylko godziny, jeśli nie minuty.*

Życie Aryi spoczywa teraz w rękach losu. Podjąłeś decyzję. Zostałeś z Murtaghiem. Już za późno, by ją zmienić, więc przestań się nią zadręczać. Przez ciebie świerzbią mnie łuski. W tej chwili najlepszą rzeczą jest dalsze obrzucanie kamieniami urgali. Eragon wiedział, że miała rację, ale te słowa wcale go nie uspokoiły. Podjął poszukiwania wodospadu, lecz potężny występ skalny przysłaniał dalszą część doliny.

W lesie zapadła prawdziwa ciemność, która osiadała nad drzewami i górami niczym gęsta, czarna chmura. Mimo bystrego słuchu i znakomitego węchu Saphira nie potrafiła już odszukać urgali wśród gęstego poszycia. Księżyc nie mógł im pomóc – miał się wynurzyć zza szczytów dopiero za kilka godzin.

Saphira zatoczyła łagodny, długi łuk, skręciła w lewo i poszybowała wokół skalnego występu. Eragon zmrużył oczy, dostrzegając przed sobą niewyraźną białą linię. *Czy to może być wodospad?*

Spojrzał w niebo, na którym pozostały ostatnie ślady łun zachodu. Ciemne zbocza gór stykały się, tworząc zamykające dolinę zakole. *Do końca już niedaleko* – rzucił, wskazując je ręką. *Myślisz, że Vardeni wiedzą, że się zbliżamy? Może przyślą nam kogoś z pomocą?*

Wątpię, by nam pomogli, póki się nie zorientują, czy mają do czynienia z przyjaciółmi, czy z wrogami. Saphira gwałtownie zniżyła lot. *Wracam do Murtagha; teraz powinniśmy być z nim. Nie widzę już urgali; mogą podkraść się do niego niepostrzeżenie.*

Eragon poruszył Zar'roca w pochwie, zastanawiając się, czy ma dość sił, by walczyć. Saphira wylądowała na lewym brzegu Niedźwiedziego Zęba i przycupnęła. W dali szumiał wodospad. *Jest blisko* – oznajmiła. Eragon wytężył słuch i usłyszał uderzenia kopyt. Murtagh wybiegł z lasu, prowadząc za sobą konie.

Eragon zeskoczył z Saphiry i potykając się lekko, dotrzymał mu kroku. Smoczyca podeszła do rzeki, by móc podążać za nimi otwartym korytem. Nim Eragon zdołał przekazać wieści, odezwał się Murtagh:

– Widziałem, jak z Saphirą rzucaliście kamienie. Ambitny pomysł. Czy Kulle zatrzymały się bądź zawróciły?

– Wciąż są za nami, ale dotarliśmy już niemal do końca doliny. Co z Aryą?

– Jeszcze nie umarła – odparł ochryple Murtagh. Oddychał szybko, płytko. Jego następne słowa zabrzmiały złudnie spokojnie, jak u kogoś, kto tłumi potężne emocje. – Czy przed nami jest inna dolina bądź jar, którym mógłbym uciec?

Eragon z lękiem spróbował przypomnieć sobie, czy widział, by cokolwiek naruszyło otaczające ich kamienne ściany. Od jakiegoś czasu nie myślał o problemach Murtagha.

– Jest ciemno – rzekł oględnie, schylając się, by nie uderzyć w konar – więc mogłem coś przeoczyć, ale... nie.

Murtagh zaklął gwałtownie i zatrzymał się, szarpiąc wodze koni, tak że się zatrzymały.

– Twierdzisz, że mogę udać się tylko do Vardenów?

– Tak. Ale biegnij dalej. Urgale prawie nas doścignęły.

– Nie! – rzucił gniewnie Murtagh. Dźgnął palcem w stronę Eragona. – Ostrzegałem, że nie pójdę do Vardenów, ale i tak nie ustąpiłeś. Teraz znalazłem się między młotem a kowadłem. To ty znasz wspomnienia elfki. Czemu mi nie powiedziałeś, że to ślepy zaułek?

Eragon zjeżył się na te słowa.

– Wiedziałem tylko, dokąd mamy iść, a nie, co leży po drodze! Nie wiń mnie za to, że zdecydowałeś się tu przyjść!

Murtagh wypuścił z sykiem powietrze i obrócił się gwałtownie. Przez chwilę Eragon widział tylko nieruchomą, skuloną postać. Sam także miał napięte ramiona. Z boku jego szyi pulsowała żyłka. Podparł się pod boki, zniecierpliwiony.

Czemu się zatrzymaliście? – spytała zaniepokojona Saphira.

Nie przeszkadzaj.

– Skąd twój spór z Vardenami? Nie może być aż tak źle. Czemu nawet teraz nie chcesz wyznać, o co chodzi? Wolisz walczyć z Kullami niż ujawnić swój sekret? Ile razy będziemy musieli przez to przejść, nim mi zaufasz?

Odpowiedziała mu długa cisza.

Urgale – przypomniała z napięciem Saphira.

Wiem. Eragon spróbował się uspokoić. *Ale musimy to załatwić.*

Szybciej, szybciej!

– Murtaghu – powiedział powoli – musimy udać się do Vardenów. Nie chcę oddawać się w ich ręce, nie wiedząc, jak zareagują na twoją obecność. I tak jest niebezpiecznie, bez dodatkowych niespodzianek.

W końcu Murtagh odwrócił się do Eragona. Dyszał ciężko, niczym zapędzony w potrzask wilk. Zawahał się, aż wreszcie przemówił udręczonym głosem:

– Masz prawo wiedzieć. Ja... jestem synem Morzana, pierwszego i ostatniego z Zaprzysiężonych.

W szponach zwątpienia

Eragonowi odjęło mowę. Jego umysł z niedowierzaniem próbował odrzucić słowa Murtagha. *Zaprzysiężeni nie mieli przecież dzieci, a już na pewno nie Morzan. Morzan! To on zdradził Jeźdźców, przeszedł na stronę Galbatorixa i przez resztę życia pozostał najwierniejszym sługą króla. Czy to możliwe?*

Sekundę później dotarł do niego szok Saphiry. Z trzaskiem zaczęła przebijać się przez drzewa i zarośla. Uniosła groźnie ogon, wyszczerzyła kły. *Bądź gotów na wszystko* – ostrzegła. *Może potrafi posługiwać się magią.*

– Jesteś jego dziedzicem? – Eragon ukradkiem sięgnął po Zar'roca. *Czego on chce ode mnie? Czy naprawdę pracuje dla króla?*

– To nie był mój wybór! – krzyknął Murtagh. Jego twarz nagle wykrzywił ból. Z desperacją zaczął szarpać ubranie, zdzierając tunikę i koszulę, by odsłonić tors. – Spójrz – dodał błagalnie i odwrócił się plecami do Eragona.

Ten niepewnie pochylił się, wytężając wzrok w ciemności. Gładką, opaloną skórę Murtagha przecinała nierówna biała blizna, sięgająca od prawego ramienia do lewego biodra, ślad niewypowiedzianej męki.

– Widzisz? – spytał z goryczą Murtagh. – Miałem zaledwie trzy lata, gdy to się zdarzyło. Podczas jednego z pijackich ataków wściekłości Morzan rzucił we mnie mieczem, kiedy przebiegałem w pobliżu. Ta sama klinga, którą nosisz przy boku, rozpłatała mi plecy. Sądziłem kiedyś, że tylko ją otrzymam w spadku, potem jednak Brom skradł miecz trupowi mego ojca. Przypuszczam, że miałem szczęście. W pobliżu – mówił bardzo szybko, jakby z ulgą, że w końcu wyjawił komuś swój straszny sekret – znalazł się uzdrowiciel, który nie pozwolił mi umrzeć. Musisz zrozumieć, nie kocham imperium ani króla. Nie służę im i nie mam wobec ciebie złych zamiarów.

Eragon z wahaniem zdjął dłoń z rękojeści Zar'roca.

– Zatem twój ojciec – rzekł – zginął z ręki...

– Broma, tak – odparł Murtagh. Z powrotem naciągnął tunikę, przybierając obojętny wyraz twarzy.

Za ich plecami odezwał się róg.

– Chodź, uciekajmy! – krzyknął Eragon.

Murtagh chwycił wodze koni i zmusił zwierzęta do ciężkiego biegu. Patrzył wprost przed siebie. Arya kołysała się bezwładnie w siodle Śnieżnego Płomienia. Saphira została u boku Eragona i z łatwością dotrzymywała mu kroku na swych długich nogach. *Łatwiej wędrowałoby ci się korytem rzeki* – rzekł, gdy musiała przedrzeć się przez gęste zarośla.

Nie zostawię cię z nim samego.

Eragon cieszył się, że ma ją przy sobie. *Syn Morzana!*

– Trudno mi uwierzyć w twoje słowa – rzekł, nie zwalniając marszu. – Skąd mam wiedzieć, że nie kłamiesz?

– Po co miałbym kłamać?

– Mógłbyś być...

– Teraz niczego nie mogę dowieść – przerwał mu szybko Murtagh. – Zachowaj swoje wątpliwości, póki nie dotrzemy do Vardenów. Oni natychmiast mnie rozpoznają.

– Muszę wiedzieć – naciskał Eragon. – Czy służysz imperium?

– Nie. Gdybym służył, co bym osiągnął, podróżując z tobą? Gdybym chciał cię schwytać bądź zabić, gniłbyś dalej w więzieniu.

Murtagh potknął się, przeskakując zwalony pień.

– Może wskazujesz urgalom drogę do schroniska Vardenów.

– Zatem czemu wciąż tu jestem? Wiem już, gdzie ukrywają się Vardeni. Po co miałbym oddawać się w ich ręce? Gdybym zamierzał ich zaatakować, zawróciłbym i dołączył do urgali.

– Może jesteś zabójcą – podsunął Eragon.

– Może. Raczej się tego nie dowiesz, prawda?

Saphiro? – spytał Eragon.

Ogon smoczycy świsnął mu nad głową. *Gdyby chciał cię skrzywdzić, mógł to zrobić dawno temu.*

Puszczona gałąź chlasnęła go w szyję, pozostawiając na skórze krwawą pręgę. Huk wodospadu stawał się coraz głośniejszy. *Kiedy dotrzemy do Vardenów, chcę, żebyś uważnie obserwowała Murtagha. Może zrobić coś głupiego, a wolałbym, żeby nie zginął przez przypadek.*

Postaram się. Saphira przecisnęła się pomiędzy dwoma pniami, zdzierając z nich pasma kory. Róg znów się odezwał. Eragon zerknął przez ramię, spodziewając się, że z mroku lada moment wypadną urgale. Wodospad zagłuszał odgłosy nocy.

Nagle las się skończył. Murtagh zatrzymał konie. Znaleźli się na kamiennej plaży po lewej stronie ujścia Niedźwiedziego Zęba. Kraniec doliny wypełniało głębokie jezioro Kóstha-mérna, przegradzając im drogę. Woda połyskiwała w blasku gwiazd. Kamienne ściany pozostawiały tylko dwie wąskie ścieżki na brzegach jeziora – szerokie na zaledwie kilka kroków. Z drugiej strony, z czarnej kamiennej ściany opadała kaskada wody, uderzając o mroczną taflę w białym kłębowisku piany.

– Idziemy do wodospadu? – spytał z napięciem Murtagh.

– Tak.

Eragon wysunął się naprzód, biegnąc lewym brzegiem jeziora. Kamyki pod jego stopami były wilgotne i pokryte śliskim szlamem. Na ścieżce zabrakło miejsca dla Saphiry. Musiała częściowo zanurzyć nogi w wodzie.

Pokonali już pół drogi, gdy Murtagh rzucił ostrzegawczo:

– Urgale!

Eragon obrócił się gwałtownie w deszczu kamyków. Przy brzegu Kóstha-mérny, w miejscu gdzie oni sami stali zaledwie parę minut wcześniej, z lasu wysypywały się przygarbione postaci. Urgale czekały przez chwilę. Jeden z nich wskazał gestem Saphirę i rzucił coś gardłowo. Horda natychmiast rozdzieliła się i ruszyła naprzód obydwoma brzegami jeziora, odcinając im drogę ucieczki. Potężne Kulle maszerowały gęsiego, bo brakowało im miejsca.

– Biegiem – warknął Murtagh, dobywając miecza i płazując konie.

Saphira wystartowała bez ostrzeżenia i zawróciła w stronę urgali.

– Nie! – krzyknął Eragon, jednocześnie dodając w myślach: *Wracaj!*

Ona jednak nie zważała na jego prośby. Z najwyższym trudem oderwał od smoczycy wzrok i rzucił się naprzód, wyjmując z pochwy Zar'roca.

Saphira, rycząc ogłuszająco, zanurkowała ku urgalom. Próbowały się rozproszyć. Przycisnęła je jednak do skalnej ściany. Chwyciła w szpony

346

Kulla i wzleciała w górę, unosząc wrzeszczącego stwora. Po chwili milczący trup runął w otchłań jeziora, pozbawiony nogi i ręki.

Kulle jednak maszerowały wokół Kósta-mérny. Saphira znów zanurkowała. Z jej nozdrzy wypływały smużki dymu. Obróciła się gwałtownie, gdy w jej stronę wzleciała chmura czarnych strzał. Większość chybiła bądź odbiła się od łusek, pozostawiając jedynie sińce, ale kilka przebiło skrzydła. Smoczyca ryknęła.

Eragon poczuł w ramionach ukłucia bólu. Musiał walczyć ze sobą, by nie rzucić się jej na pomoc. Zalała go fala strachu. Widział, jak szereg urgali zbliża się z każdą chwilą. Próbował biec szybciej, lecz był za bardzo zmęczony. Stopy ślizgały mu się na kamieniach.

I wtedy Saphira zanurkowała z głośnym pluskiem w głębinę Kóstha-mérny. Zanurzyła się całkowicie. Powierzchnia jeziora zafalowała. Urgale nerwowo zerkały na ciemną wodę błyszczącą u ich stóp. Jeden warknął i dźgnął włócznią.

Woda eksplodowała nagle, łeb Saphiry wynurzył się błyskawicznie. Szczęki chwyciły włócznię, łamiąc ją niczym gałązkę. Jednym szarpnięciem wyrwała broń z rąk Kulla. Nim jednak zdążyła go chwycić, jego towarzysze zaatakowali, rozkrwawiając jej nos.

Saphira cofnęła się i syknęła, wściekle bijąc wodę ogonem. Pierwszy Kull, celując w nią włócznią, próbował ruszyć naprzód, zatrzymał się jednak, gdy kłapnęła szczękami. Szereg urgali musiał się zatrzymać. Nie mogły iść dalej. Tymczasem Kulle po drugiej stronie jeziora wciąż pędziły w stronę wodospadu.

Zatrzymałam je – oznajmiła z napięciem Saphira Eragonowi. *Ale pośpiesz się, nie utrzymam ich długo.* Łucznicy po przeciwnej stronie już zaczęli w nią celować. Eragon zmusił się, by przyśpieszyć kroku, w tym momencie jednak kamień usunął mu się spod stopy i chłopak poleciał na twarz. Tylko dzięki szybkiej reakcji Murtagha nie upadł. Trzymając się za ręce, poganiali konie.

Dotarli już niemal do wodospadu. Huk był ogłuszający. Biała ściana wody spływała po pionowych skałach niczym lawina, uderzając w kamienie na dole z wściekłością posyłającą w powietrze chmury wodnego pyłu, który skroplony spływał im po twarzach. Cztery kroki od grzmiącej zasłony plaża się rozszerzała. Saphira ryknęła, gdy jeden z urgali drasnął ją włócznią, i wycofała się pod wodę. Kulle natychmiast rzuciły się naprzód, wydłużając krok. Od Murtagha i Eragona dzieliło ich zaledwie kilkaset stóp.

– I co teraz? – spytał zimno Murtagh.

– Nie wiem. Daj mi pomyśleć. – Eragon szukał w pamięci wspomnień Aryi dotyczących ostatniego etapu. Przebiegł wzrokiem po ziemi, znalazł kamień wielkości jabłka, chwycił go i zaczął tłuc w urwisko obok wodospadu, krzycząc: – Aí varden abr du Shur'tugals gata vanta!

Nic się nie stało.

Spróbował ponownie, krzycząc jeszcze głośniej, udało mu się jednak jedynie stłuc sobie rękę. Z rozpaczą odwrócił się do Murtagha.

– Jesteśmy w puła... – Urwał gwałtownie.

Saphira wyskoczyła z jeziora, zalewając ich lodowatą wodą. Wylądowała na plaży i przycupnęła gotowa do walki.

Konie cofnęły się w panice. Eragon sięgnął myślami, by je uspokoić. *Za tobą!* – krzyknęła Saphira. Odwrócił się i ujrzał pierwszego urgala. Biegł ku niemu, unosząc ciężką włócznię. Z bliska Kull był wysoki, przypominał małego olbrzyma. Nogi i ręce miał masywne jak pnie drzew.

Murtagh cofnął rękę i z niewiarygodną mocą cisnął mieczem. Długie ostrze obróciło się w powietrzu, po czym z głuchym trzaskiem trafiło Kulla prosto w pierś. Olbrzymi urgal zagulgotał i runął na ziemię. Nim następny zdążył zaatakować, Murtagh skoczył naprzód i wyrwał z trupa miecz.

Eragon uniósł dłoń.

– Jierda theirra kalfis! – krzyknął.

Od skalnych skał odbiły się głośne trzaski. Dwadzieścia atakujących urgali runęło w wody Kóstha-mérny, wyjąc i chwytając się za nogi, z których sterczały odłamki kości. Nie zwalniając tempa, reszta urgali wyminęła powalonych towarzyszy. Eragon, walcząc ze zmęczeniem, oparł się o Saphirę.

Obok nich przeleciała chmara strzał, niewidocznych w ciemności, i odbiła się od skał. Eragon i Murtagh przykucnęli, osłaniając głowy. Saphira z ryknięciem skoczyła przed nich, zasłaniając opancerzonym bokiem jeźdźców i konie. W chórze szczęknięć poleciała druga fala strzał.

– Co teraz?! – krzyknął Murtagh. W skale nie było widać najmniejszego otworu. – Nie możemy tu zostać!

Eragon usłyszał warknięcie Saphiry. Strzała musnęła skrawek skrzydła, rozdzierając cienką błonę. Rozejrzał się gorączkowo, próbując zrozumieć, czemu instrukcje Aryi nie przyniosły efektu.

– Nie wiem! Tu właśnie powinniśmy być!

– Może spytasz elfkę, by się upewnić – zaproponował Murtagh. Opuścił miecz. Wyciągnął łuk z juków Tornaca i jednym szybkim ruchem wystrzelił pomiędzy szpikulcami na grzbiecie Saphiry. Sekundę później trafiony strzałą urgal runął do wody.

– Teraz? Ona ledwo żyje. Skąd weźmie energię, by cokolwiek powiedzieć?

– Nie wiem, ale lepiej coś wymyśl, bo nie powstrzymamy całej armii.

Eragonie! – warknęła Saphira.

Co?

Jesteśmy po złej stronie jeziora. Widziałam poprzez ciebie wspomnienia Aryi i właśnie sobie uświadomiłam, że to niewłaściwe miejsce. Przytuliła głowę do piersi, szykując się na kolejne strzały. Gdy te uderzyły w smoczycę, jej ogon zadrżał z bólu. *Nie wytrzymam dłużej – rozdzierają mnie na strzępy!*

Eragon wepchnął Zar'roca do pochwy.

– Vardeni są po drugiej stronie jeziora! – krzyknął. – Musimy przejść przez wodospad.

Ze zgrozą zauważył, że urgale na drugim brzegu Kóstha-mérny niemal dotarły już do celu. Murtagh spojrzał nerwowo na wściekle spienioną wodę przegradzającą im drogę.

– Nawet gdybyśmy sami utrzymali się na nogach, nigdy nie uda nam się zmusić koni, by tędy przeszły.

– Jakoś je przekonam – uciął Eragon. – A Saphira zaniesie Aryę.

Krzyki i wrzaski urgali sprawiły, że Śnieżny Płomień parsknął gniewnie. Elfka zakołysała się na jego grzbiecie, nieświadoma niebezpieczeństwa. Murtagh wzruszył ramionami.

– Lepsze to niż dać się rozsiekać na śmierć.

Szybko odciął Aryę od siodła Śnieżnego Płomienia. Eragon chwycił ją, nim zsunęła się na ziemię.

Jestem gotowa. Saphira uniosła się lekko. Nadciągające urgale zawahały się, niepewne, co zamierza.

– Teraz! – ryknął Eragon.

Wraz z Murtaghiem dźwignęli Aryę na grzbiet smoczycy i błyskawicznie przypięli do siodła. Gdy tylko skończyli, Saphira machnęła skrzydłami i poszybowała nad jeziorem. Urgale z ich strony zawyły na widok uciekającej zdobyczy. Od brzucha smoczycy odbijały się kolejne strzały. Kulle po drugiej stronie jeziora przyśpieszyły, chcąc dotrzeć do wodospadu przed nią.

Eragon sięgnął myślami do umysłów spłoszonych koni. W pradawnej mowie powiedział, że jeśli nie przepłyną przez wodospad, urgale zabiją je i pożrą. Choć nie rozumiały wszystkich słów, doskonale pojęły ich znaczenie.

Śnieżny Płomień i Tornac zarzuciły łbami i z żałosnym rżeniem wskoczyły do spienionej wody, z trudem walcząc o utrzymanie się na powierzchni. Murtagh schował miecz i skoczył za nimi. Jego głowa zniknęła pod pianą. Po sekundzie wynurzył się, plując na wszystkie strony.

Urgale były tuż za plecami Eragona; słyszał chrzęst ich kroków na żwirze. Z ogłuszającym wojennym okrzykiem rzucił się za Murtaghiem, zamykając oczy na sekundę przedtem, nim jego ciało uderzyło w lodowatą wodę.

Niewiarygodny ciężar wodospadu przygniótł mu ramiona, ryk wody napełniał uszy. Prąd przyparł go do dna. Pod kolanami czuł kamienie. Odepchnął się z całych sił i częściowo wynurzył z wody. Nim zdołał chwycić powietrze, kaskada znów go porwała.

Widział jedynie spienioną biel, wokół niego kłębiła się piana. Rozpaczliwie próbował wynurzyć choć głowę. Płuca gwałtownie domagały się powietrza. Zdołał się tylko wznieść o kilka stóp, gdy powstrzymał go prąd. W panice zaczął machać rękami i nogami, walcząc z wodą. Ciężar Zar'roca i przemoczonego ubrania znów pociągnął go na dno. Eragon nie potrafił wypowiedzieć pradawnych słów, które mogły go ocalić.

Nagle silna ręka chwyciła tył jego tuniki i pociągnęła w górę. Jego wybawiciel parł naprzód szybkimi, krótkimi uderzeniami. Eragon miał nadzieję, że to Murtagh, nie urgal. Razem wynurzyli się i upadli na kamienną plażę. Eragon dygotał gwałtownie. Całym jego ciałem wstrząsały dreszcze.

Z prawej strony dobiegły go odgłosy walki. Obrócił się gwałtownie, oczekując ataku urgali. Na potwory na drugim brzegu – gdzie on sam stał jeszcze chwilę wcześniej – sypał się morderczy deszcz strzał, padających z niezliczonych szczelin w skalnej ścianie. Dziesiątki urgali pływały już w wodzie brzuchami do góry, najeżone drzewcami. Te po drugiej stronie spotkał podobny los. Żadna z grup nie mogła się wycofać. Były zupełnie odsłonięte, a z tyłu drogę blokowały im szeregi wojowników, którzy pojawili się znikąd w miejscu, gdzie jezioro niemal stykało się ze zboczami. Jedynie nieustanny deszcz strzał nie pozwalał najbliższemu Kullowi zaatakować Eragona. Niewidzialni łucznicy najwyraźniej chcieli powstrzymać napastników.

– Akh Guntéraz dorzâda – przemówił ochrypłym głosem ktoś obok Eragona. – Co oni sobie myśleli? Mogłeś utonąć.

Eragon aż podskoczył ze zdumienia. Obok niego stał nie Murtagh, lecz niski mężczyzna, sięgający mu zaledwie do łokcia.

Krasnolud starannie wykręcał wodę z długiej, splecionej w warkocze brody. Pierś miał masywną, okrywała go kurtka z metalowych kółek, odcięta na ramionach, tak by odsłonić potężne mięśnie. U szerokiego pasa wisiał topór bojowy. Okuta żelazem czapka z bawolej skóry, ozdobiona symbolem młota w otoczeniu dwunastu gwiazd, tkwiła mu na głowie. Nawet wraz z nią zaledwie przekraczał cztery stopy wzrostu. Spojrzał tęsknie na walczących.

– Barzul. Jak ja bym chciał do nich dołączyć.

Krasnolud! Eragon dobył Zar'roca i zaczął szukać wzrokiem Saphiry i Murtagha. W skale otwarły się dwuskrzydłowe, wysokie i grube na dwanaście stóp drzwi, ukazując szeroki tunel o sklepieniu wysokim na niemal trzydzieści stóp. Tunel niknął gdzieś w mrocznych głębinach góry. Rząd bezognistych lamp rozświetlił przejścia bladoszafirowym blaskiem padającym na wody jeziora.

Saphira i Murtagh stali obok wylotu tunelu. Otaczała ich ponura grupa ludzi i krasnoludów. Obok Murtagha Eragon dostrzegł łysego, pozbawionego brody mężczyznę odzianego w fioletowo-złote szaty. Był wyższy niż inni ludzie i przykładał Murtaghowi sztylet do gardła.

Eragon sięgnął po moc, lecz mężczyzna natychmiast zareagował.

– Przestań! – rzucił ostrzegawczym tonem. – Jeśli użyjesz magii, zabiję twojego czarującego przyjaciela, który był tak uprzejmy, że wspomniał, iż jesteś Jeźdźcem. Nie sądź, że nie zorientuję się, co planujesz. Niczego przede mną nie ukryjesz.

Eragon próbował coś powiedzieć, lecz mężczyzna warknął i mocniej przycisnął sztylet do gardła Murtagha.

– Ani słowa! Jeśli cokolwiek powiesz bądź zrobisz bez mego rozkazu, on zginie. A teraz do środka. – Cofnął się do tunelu, ciągnąc za sobą Murtagha i nie spuszczając wzroku z Eragona.

Saphiro, co mam robić? – spytał szybko Eragon, gdy ludzie i krasnoludy podążyli w ślad za mężczyzną, prowadząc konie.

Idź z nimi – poradziła – *i nie trać nadziei. Może przeżyjemy.* Sama też weszła do tunelu, nie zważając na niespokojne reakcje otaczających ją wojowników. Eragon podążył za nią niechętnie, świadom, że tamci nie spuszczają z niego wzroku. Jego zbawca – krasnolud – szedł obok. Rękę cały czas trzymał na drzewcu topora.

Kompletnie wyczerpany Eragon, potykając się, ruszył w głąb tunelu. Kamienne drzwi bezszelestnie zatrzasnęły się za jego plecami. Obejrzał się i w miejscu, gdzie jeszcze przed chwilą ział otwór, ujrzał jedynie gładką ścianę. Byli uwięzieni wewnątrz. Ale czy bezpieczni?

W poszukiwaniu
odpowiedzi

– Tędy! – warknął łysy mężczyzna. Cofnął się, nie opuszczając sztyletu, a później skręcił w prawo pod wysklepionym przejściem. Wojownicy podążyli za nim ostrożnie, koncentrując całą uwagę na Eragonie i Saphirze. Konie poprowadzono do innego tunelu.

Oszołomiony ostatnimi wydarzeniami Eragon poszukał wzrokiem Murtagha. Zerknął na Saphirę, by się upewnić, że Arya wciąż tkwi przywiązana do jej grzbietu. *Musi dostać odtrutkę*, pomyślał gorączkowo, wiedząc, że z każdą chwilą skilna bragh coraz bardziej niszczy ciało elfki.

Pośpieszył naprzód i w dół wąskim korytarzem, w ślad za łysym mężczyzną. Wojownicy cały czas trzymali w pogotowiu broń. Minęli rzeźbę przedstawiającą osobliwe zwierzę o szerokich piórach. Korytarz skręcił ostro w lewo, potem w prawo. Przed nimi otwarły się drzwi prowadzące do pustego pomieszczenia, na tyle obszernego, że Saphira mogła obrócić się w nim swobodnie. Drzwi zatrzasnęły się z głuchym łoskotem. Metaliczny zgrzyt świadczył o tym, że po drugiej stronie ktoś założył rygiel.

Eragon rozejrzał się powoli, nie wypuszczając z dłoni Zar'roca. Ściany, posadzkę i sufit zrobiono z błyszczącego białego marmuru, w którym odbijały się widmowe obrazy wszystkiego, niczym w białym żyłkowanym zwierciadle. W każdym z kątów pokoju powieszono jedną niezwykłą latarnię.

– Mamy ranną – zaczął, lecz łysy mężczyzna przerwał mu szybkim gestem.

– Nic nie mów. To musi zaczekać aż do próby.

Popchnął Murtagha do jednego z wojowników, który natychmiast przycisnął mu do gardła miecz. Łysy mężczyzna cicho klasnął w dłonie.

– Zdejmij broń i podsuń do mnie.

Krasnolud odpiął miecz Murtagha i z brzękiem upuścił na posadzkę. Eragon niechętnie odpiął pochwę wraz z Zar'rokiem i złożył na ziemi. Dołożył do nich łuk i kołczan i przesunął w stronę wojowników.

– A teraz odsuń się od smoka i podejdź powoli – polecił łysy mężczyzna.

Zaskoczony Eragon wystąpił naprzód. Gdy dzieliło ich zaledwie parę kroków, tamten znów się odezwał.

– Stój! – polecił. – Teraz opuść tarczę osłaniającą umysł i pozwól mi zbadać twoje myśli i wspomnienia. Jeśli spróbujesz coś przede mną ukryć, wezmę siłą, a to wpędzi cię w obłęd. Jeżeli się nie poddasz, twój towarzysz zginie.

– Czemu? – spytał wstrząśnięty Eragon.

– Chcemy mieć pewność, że nie służysz Galbatorixowi, i zrozumieć, czemu setki urgali dobijają się do naszych frontowych drzwi – warknął tamten. Jego wąsko osadzone oczy miały przebiegły wyraz; wzrok ani na moment nie spoczywał w jednym miejscu. – Bez sprawdzenia nikt nie może wejść do Farthen Dûru.

– Nie ma czasu. Potrzebujemy uzdrowiciela.

– Cisza! – warknął mężczyzna, gładząc szatę szczupłymi palcami. – Póki cię nie zbadam, twoje słowa nie mają znaczenia.

– Ale ona umiera! – odpalił gniewnie Eragon, wskazując Aryę. Ich pozycja nie była najlepsza, ale wiedział, że na nic nie pozwoli, dopóki ktoś nie zajmie się Aryą.

– To musi zaczekać. Nikt stąd nie wyjdzie, aż odkryjemy prawdę. Chyba że chcesz...

Krasnolud, który wyciągnął Eragona z jeziora, skoczył naprzód.

– Oślepłeś, Egraz Carnie? Nie widzisz, że ta na smoku to elfka? Nie możemy jej tu zatrzymać, skoro coś jej grozi. Jeżeli umrze, Ajihad i król zażądają naszych głów.

Mężczyzna zmrużył gniewnie oczy, po chwili jednak się odprężył.

– Oczywiście, Oriku – rzekł gładko. – Nie chcielibyśmy, żeby do tego doszło. – Pstryknął palcami, wskazując Aryę. – Zdejmijcie ją ze smoka. –

Dwóch ludzi wsunęło miecze do pochew i z wahaniem podeszło do Saphiry, która obserwowała ich chłodno. – Szybciej! Szybciej!

Mężczyźni odpięli elfkę od siodła i opuścili na ziemię. Jeden z nich przyjrzał się jej uważnie.

– To smocza kurierka – rzucił ostro. – Arya!

– Co takiego?! – wykrzyknął łysy mężczyzna.

Oczy krasnoluda Orika rozszerzyły się ze zdumienia. Tymczasem łysy ani na moment nie spuszczał wzroku z Eragona.

– Musisz nam wiele wyjaśnić – rzekł wrogo.

Eragon odpowiedział mu stanowczym spojrzeniem.

– Podczas pobytu w więzieniu podano jej skilnę bragh. Tylko nektar túnivor może jej pomóc.

Twarz łysego mężczyzny przybrała nieprzenikniony wyraz. Poruszały się jedynie jego wargi.

– No dobrze, zabierzcie ją do uzdrowicieli i powiedzcie, czego potrzebuje. Strzeżcie jej aż do zakończenia ceremonii. Później dostaniecie nowe rozkazy.

Wojownicy skinęli głowami i wynieśli Aryę. Eragon odprowadził ich wzrokiem, żałując, że nie może jej towarzyszyć. Z powrotem spojrzał na łysego, który rzekł:

– Dosyć tego. Zbyt wiele straciliśmy czasu. Przygotuj się do badania.

Eragon nie chciał wpuszczać do swego umysłu owego bezwłosego, wrogo nastawionego człowieka, ukazywać mu wszystkich myśli i uczuć. Wiedział jednak, że opór nie ma sensu. W powietrzu wyczuwało się napięcie. Spojrzenie Murtagha paliło mu czoło. W końcu skłonił głowę.

– Jestem gotów.

– Dobrze zatem...

W tym momencie Orik znów wystąpił naprzód.

– Lepiej nie rób mu krzywdy, Egraz Carnie – rzekł ostro. – Inaczej król będzie miał ci coś do powiedzenia.

Tamten zerknął na niego z irytacją, po czym znów skupił się na Eragonie. Obserwował go z lekkim uśmieszkiem.

– Tylko jeśli stawi opór.

Pochylił głowę i zanucił kilka niezrozumiałych słów.

Eragon aż sapnął z bólu, gdy do jego umysłu wdarła się myślowa macka. Gwałtownie wywrócił oczami i zaczął odruchowo wznosić bariery wokół swej świadomości. Atak był niewiarygodnie silny.

Nie rób tego! – krzyknęła Saphira. Głowę wypełniły mu jej myśli, dodając sił. *Narażasz życie Murtagha.*

Eragon zawahał się, zacisnął zęby, po czym zmusił się do usunięcia barier, obnażając się przed natrętną macką.

Poczuł promieniujące z łysego mężczyzny poczucie zawodu. Atak stał się jeszcze mocniejszy; siła umysłu tamtego sprawiała wrażenie nieczystej, gnijącej. Było w niej coś głęboko złego.

Chce, żebym z nim walczył! – krzyknął Eragon, gdy zalała go świeża fala bólu. Sekundę później ból osłabł i natychmiast zastąpił go nowy. Saphira starała się go stłumić. Jednak nawet ona nie zdołała całkowicie zablokować kolejnych fal cierpienia.

Daj mu to, czego chce, lecz chroń wszystko inne. Pomogę ci. On nie może się ze mną równać. Już teraz ukrywam przed nim naszą rozmowę.

Czemu zatem wciąż czuję ból?

Ten ból pochodzi od ciebie.

Eragon skrzywił się, gdy myślowa sonda zapuściła się głębiej, poszukując informacji niczym ćwiek wbijany w czaszkę. Łysy mężczyzna dotarł do wspomnień z dzieciństwa i zaczął je przeglądać. *Nie potrzebuje ich. Wyrzuć go stamtąd!* – warknął gniewnie Eragon.

Nie, bo narażę ciebie. Mogę ukryć przed nim różne rzeczy, ale zanim do nich dotrze. Myśl szybko i powiedz, czego nie chcesz ujawniać.

Mimo bólu Eragon postarał się skupić. Pośpiesznie przejrzał swe wspomnienia, poczynając od chwili, gdy znalazł jajo Saphiry. Ukrył fragmenty swych rozmów z Bromem, w tym wszystkie słowa z pradawnej mowy. Ich podróże przez dolinę Palancar. Yazuac, Daret i Teirm pozostawił niemal nietknięte. Poprosił jednak Saphirę, by zablokowała wszystko, co pamiętał z przepowiedni Angeli i Solembuma. Zlekceważył włamanie w Teirmie, śmierć Broma, uwięzienie w Gil'eadzie, aż wreszcie dotarł do wyznania Murtagha.

To także chciał ukryć, lecz Saphira zaprotestowała. *Vardeni mają prawo wiedzieć, kto znalazł się pod ich dachem, zwłaszcza że to syn Zaprzysiężonego!*

Po prostu to zrób – odparł, z napięciem walcząc z kolejną falą przeszywającego bólu. *Nie ja ujawnię jego tożsamość, a przynajmniej nie temu człowiekowi.*

Gdy tylko zbada Murtagha, odkryje prawdę – ostrzegła Saphira.

Po prostu to zrób.

Po ukryciu najważniejszych informacji Eragon mógł już tylko czekać, aż łysy mężczyzna skończy badania. Przypominało to siedzenie bez ruchu, podczas gdy ktoś wyrywa mu paznokcie zardzewiałymi szczypcami. Całe ciało miał sztywne, spięte; mocno zaciskał szczęki. Po rozpalonej skórze spływały strużki potu. Jedna z nich ściekła za kołnierz. Boleśnie odczuwał każdą sekundę powoli upływających minut.

Łysy mężczyzna niezgrabnie grzebał w jego wspomnieniach niczym cierniste pnącze przebijające się ku słońcu. Szczególną uwagę zwrócił na wiele rzeczy, które Eragon uważał za nieistotne, na przykład jego matkę Selenę, zupełnie jakby zatrzymywał się przy nich wyłącznie po to, by przedłużyć cierpienie. Długi czas badał wspomnienia Eragona dotyczące Raz'aców, a potem Cienia. Dopiero po dokładnym przeanalizowaniu wszystkich przygód zaczął wycofywać się z umysłu Eragona.

Sonda zniknęła niczym wyrwana z rany drzazga. Eragon zadrżał, zachwiał się i runął na ziemię. W ostatniej chwili chwyciły go silne ręce i położyły łagodnie na zimnym marmurze. Usłyszał głos Orika:

— Posunąłeś się za daleko. Nie był na to dość silny.

— Przeżyje. Nie trzeba nic więcej — odparł krótko łysy mężczyzna.

Odpowiedziało mu gniewne parsknięcie.

— Czego się dowiedziałeś?

Cisza.

— Można mu ufać czy nie?

— On... nie jest naszym wrogiem. — Słowa te wypowiedział powoli, niechętnie. W całej sali rozległo się ciche westchnienie ulgi.

Eragon uniósł powieki, ostrożnie dźwignął się z ziemi.

— Spokojnie. — Orik podtrzymał go mocarną ręką i pomógł wstać.

Eragon zachwiał się niepewnie, patrząc z furią na łysego mężczyznę. Z gardła Saphiry wyrwał się dziki warkot.

Tamten jednak kompletnie ich zignorował. Odwrócił się do Murtagha, wciąż trzymanego pod groźbą miecza.

— Teraz twoja kolej.

Murtagh zesztywniał i pokręcił głową. Miecz lekko skaleczył mu szyję. Po skórze spłynęła kropla krwi.

— Nie.

— Jeśli odmówisz, nie znajdziesz tu ochrony.

— Uznałeś Eragona za godnego zaufania, nie możesz więc grozić, że go zabijesz, by mnie zastraszyć. Poza tym nic, co mógłbyś powiedzieć bądź zrobić, nie przekona mnie do otwarcia przed tobą umysłu.

Łysy mężczyzna przechylił z pogardliwym uśmieszkiem głowę i zmarszczył czoło. Gdyby miał brwi, z pewnością uniosłyby się ironicznie.

– A twoja śmierć? Nadal ci grozi.

– To nic ci nie da – odparł Murtagh z kamiennym spokojem i tak głębokim przekonaniem, że nie można było zwątpić w jego słowa.

Tamten sapnął gniewnie.

– Nie masz wyboru.

Wystąpił naprzód, położył dłoń na czole Murtagha i przycisnął palec, przytrzymując go. Murtagh zesztywniał. Jego twarz stężała, pięści zacisnęły się, mięśnie karku napięły. Najwyraźniej ze wszystkich sił walczył z napastnikiem. Łysy mężczyzna odsłonił zęby we wściekłym grymasie, bezlitośnie wbijając palce w czoło Murtagha.

Eragon skrzywił się, świadom tego, co czuje przyjaciel. *Nie możesz mu pomóc?* – spytał Saphirę.

Nie – odparła cicho. *Nikogo nie dopuści do swego umysłu.*

Orik skrzywił się, obserwując walczących.

– Ilf carnz orodüm – mruknął, po czym skoczył naprzód z okrzykiem: – Wystarczy! – Chwycił ramię łysego mężczyzny i szarpnął go w tył.

Tamten zachwiał się i ze wściekłością odwrócił do Orika.

– Jak śmiesz?! Kwestionujesz moje rozkazy, otwierasz bramy bez zezwolenia, a teraz to! Od początku okazujesz nam nieposłuszeństwo. Sądzisz, że twój król cię obroni?

Orik się najeżył.

– Chciałeś, żeby zginęli? Gdybym zaczekał jeszcze chwilę, urgale by ich zabiły. – Wskazał ręką Murtagha, dyszącego ciężko, boleśnie. – Nie mamy prawa torturować go po to, by wyciągnąć z niego informacje. Ajihad na to się nie zgodzi. Nie po tym, jak sprawdziłeś Jeźdźca i nie znalazłeś w nim zdrady. Poza tym przywieźli nam Aryę.

– Zgodzisz się zatem, by wszedł do środka niesprawdzony? Jesteś aż tak wielkim głupcem? Chcesz narazić nas wszystkich? – pytał łysy mężczyzna. W jego oczach płonęła żądza mordu. Zdawało się, że zaraz rozszarpie krasnoluda na sztuki.

– Czy włada magią?

– To nie...

– Czy włada magią?! – ryknął Orik. Jego niski głos odbił się echem od ścian sali.

Twarz łysego mężczyzny nagle znieruchomiała. Zniknęły z niej wszelkie emocje. Splótł ręce za plecami.

– Nie.

– Zatem czego się boisz? Nie może stąd uciec, a otoczony niczego nie zdoła zdziałać, zwłaszcza jeśli dysponujesz mocą tak potężną, jak twierdzisz. Ale nie słuchaj tylko mnie. Spytaj Ajihada, jakie są jego rozkazy.

Łysy mężczyzna przez moment wpatrywał się z nieprzeniknioną miną w Orika. Potem spojrzał w sufit i zamknął oczy. Jego ramiona zesztywniały, wargi poruszały się bezdźwięcznie. Jasna skóra nad oczami zmarszczyła się głęboko, palce drgnęły, jakby dławiły niewidocznego wroga. Przez kilka minut stał tak pogrążony w bezdźwięcznej rozmowie. Gdy w końcu otworzył oczy, całkowicie zlekceważył Orika.

– Odejdźcie – rzucił do wojowników. Kiedy zniknęli za drzwiami, powiedział zimno do Eragona: – Ponieważ nie zdołałem dokończyć badania, ty i... twój przyjaciel zostaniecie tu na noc. Jeśli spróbuje uciec, zginie. – Z tymi słowy obrócił się na pięcie i wymaszerował z pokoju. Łysa czaszka lśniła w blasku latarni.

– Dziękuję – szepnął do Orika Eragon.

Krasnolud mruknął coś pod nosem.

– Dopilnuję, by przyniesiono wam coś do jedzenia.

Wymamrotał kilka ostrych słów i wyszedł, kręcąc głową. Zza drzwi znów dobiegł znajomy szczęk rygla.

Eragon usiadł na ziemi, oszołomiony wydarzeniami ostatniego dnia i wymuszonym marszem. Ciążyły mu powieki. Saphira usadowiła się obok. *Musimy bardzo uważać. Wygląda na to, że mamy tu równie wielu wrogów jak w imperium.*

Skinął głową, zbyt zmęczony, by mówić.

Murtagh oparł się o ścianę, patrząc przed siebie szklistymi oczami. Powoli osunął się na lśniącą posadzkę. Uniósł rękę i przycisnął rękaw do skaleczenia na szyi, powstrzymując krwawienie.

– Nic ci nie jest? – spytał Eragon. Murtagh sztywno pokręcił głową. – Wydobył coś z ciebie?

– Nie.

– Jak ci się udało go powstrzymać? Jest taki silny.

– Ja... dobrze mnie nauczono. – W jego głosie dźwięczała gorycz.

Spowił ich całun ciszy. Spojrzenie Eragona powoli powędrowało ku jednej z lamp w kącie. Jego myśli krążyły bez celu.

– Nie zdradziłem im, kim jesteś – rzekł nagle.

Murtagh odprężył się lekko, pochylił głowę.

– Dziękuję.

– Nie rozpoznali cię?

– Nie.

– I wciąż twierdzisz, że jesteś synem Morzana?

– Tak. – Murtagh westchnął.

Eragon zaczął coś mówić. Urwał jednak, czując gorący płyn rozbryzgujący się na dłoni. Spojrzał i ze zdumieniem odkrył kroplę ciemnej krwi spływającą po skórze. Pochodziła ze skrzydła Saphiry. *Zapomniałem, jesteś ranna!* – wykrzyknął w myślach, z trudem dźwigając się z ziemi. *Lepiej cię uzdrowię.*

Bądź ostrożny. Kiedy człowiek jest zmęczony, łatwo popełnia błędy.

Wiem.

Saphira rozłożyła jedno skrzydło i opuściła na ziemię. Murtagh obserwował uważnie, jak Eragon przesuwa dłońmi po ciemnej, niebieskiej błonie, mówiąc „waíse heill" za każdym razem, gdy natrafiał na dziurę po strzale. Na szczęście rany okazały się łatwe do zasklepienia, nawet te na nosie.

Ukończywszy dzieło, Eragon oparł się bezwładnie o Saphirę. Dyszał ciężko. Czuł przez skórę, jak jej serce bije miarowo.

– Mam nadzieję, że wkrótce przyniosą coś do jedzenia – rzekł Murtagh.

Eragon wzruszył ramionami. Był zbyt wyczerpany, by czuć głód. Splótł ręce na piersi. Brakowało mu ciężaru Zar'roca u boku.

– Czemu tu jesteś? – spytał Murtagha.

– Słucham?

– Jeśli naprawdę jesteś synem Morzana, Galbatorix nie pozwoliłby ci krążyć swobodnie po Alagaësii. Jak udało ci się znaleźć Raz'aców? Czemu nigdy nie słyszałem, by jeden z Zaprzysiężonych miał dzieci, i co właściwie tu robisz? – Pod koniec jego głos od szeptu wzniósł się niemal do krzyku.

Murtagh ukrył twarz w dłoniach.

– To długa historia.

– Nigdzie nam się nie śpieszy – odparł Eragon.

– Jest za późno na rozmowy.

– Jutro pewnie nie będziemy mieli czasu.

Murtagh oplótł rękami nogi i oparł brodę na kolanach, a następnie zaczął kołysać się w przód i w tył. Wzrok wbił w ziemię.

– To nie... – zaczął, po czym umilkł na chwilę. – Nie chcę przerywać, więc usiądź wygodnie. Moja opowieść potrwa jakiś czas.

Eragon usiadł oparty o Saphirę. Skinął głową. Saphira obserwowała ich obu z napięciem.

Z początku Murtagh mówił cicho, z wahaniem, ale stopniowo jego słowa nabierały siły i pewności.

– Z tego, co wiem, jestem jedynym dzieckiem Trzynastu Sług, czy też Zaprzysiężonych, jak ich nazywają. Może były też inne, bo Trzynastu potrafiło ukryć przed sobą wiele rzeczy, ale wątpię, z przyczyn, które wyjaśnię później.

Moi rodzice poznali się w niewielkiej wiosce – nigdy nie dowiedziałem się gdzie – podczas jednej z podróży ojca w sprawach królewskich. Morzan okazał matce nieco serca, bez wątpienia po to, by zdobyć jej zaufanie, i gdy odszedł, poszła wraz z nim. Jakiś czas podróżowali razem i, jak to bywa w takich sytuacjach, ona głęboko go pokochała. Morzan ucieszył się niezwykle, bo nie tylko dawało mu to okazję do męczenia jej na różne sposoby, ale też natychmiast zrozumiał, jak cenna może okazać się służąca, która nigdy go nie zdradzi.

Kiedy zatem wrócił na dwór Galbatorixa, matka stała się jednym z jego najpewniejszych narzędzi. Używał jej do przenoszenia tajemnych wiadomości. Nauczył też podstaw magii, dzięki której mogła pozostać nieodkryta i od czasu do czasu wydobywać informacje od innych ludzi. Starał się jak najlepiej chronić ją przed resztą Trzynastu – nie dlatego, że żywił do niej jakiekolwiek uczucia, lecz dlatego, że gdyby tylko nadarzyła się im okazja, użyliby jej przeciw niemu... Tak sprawy się miały przez trzy lata, aż w końcu matka zaszła w ciążę.

Murtagh na moment zawiesił głos, bawiąc się kosmykiem włosów. Potem podjął przerwaną opowieść:

– Jedno trzeba przyznać ojcu: był człowiekiem przebiegłym. Wiedział, że ciąża naraża zarówno jego, jak i moją matkę, nie mówiąc już o dziecku, czyli o mnie. Zatem w środku nocy ukradkiem uprowadził ją z pałacu i ukrył w swoim zamku. Następnie otoczył go potężnymi zaklęciami, nie dopuszczając nikogo oprócz kilku wybranych sług. W ten sposób utrzymał ciążę w sekrecie przed wszystkimi, prócz Galbatorixa.

Galbatorix znał nawet najbardziej prywatne szczegóły życia Trzynastu: ich plany, spiski, kłótnie i co najważniejsze – myśli. Bawiły go ich wzajemne walki i często, wyłącznie dla rozrywki, pomagał jednej bądź drugiej stronie. Z jakiegoś powodu jednak nigdy nie ujawnił im mego istnienia.

W stosownym czasie przyszedłem na świat i trafiłem do mamki, by matka mogła wrócić do boku Morzana. Nie miała w tej kwestii wyboru. Morzan pozwalał jej odwiedzać mnie co kilka miesięcy, poza tym jednak nie widywaliśmy się. W ten sposób upłynęły kolejne trzy lata. W tym czasie zarobiłem tę... bliznę na plecach.

Murtagh na moment pogrążył się we wspomnieniach.

– Dorósłbym tak do wieku męskiego, gdyby król nie wezwał Morzana na poszukiwania jaja Saphiry. Kiedy tylko wyruszył w drogę, zniknęła moja matka, którą zostawił w domu. Nikt nie wie, dokąd się udała ani dlaczego. Król próbował ją odnaleźć, lecz jego ludzie nie znaleźli śladów – bez wątpienia zawdzięczała to naukom Morzana.

W czasie gdy przyszedłem na świat, żyło jeszcze zaledwie pięciu z Trzynastu. Gdy Morzan wyjechał, ich liczba zmalała do trzech; kiedy w końcu stanął do walki z Bromem w Gil'eadzie, pozostał tylko on. Zaprzysiężeni ginęli na różne sposoby: popełniali samobójstwa, wpadali w pułapki, nadużywając magii... Najczęściej jednak z rąk Vardenów. Ponoć król za każdym razem szalał z wściekłości.

Nim dotarła do nas wieść o śmierci Morzana i pozostałych, moja matka powróciła. Od jej zniknięcia minęło wiele miesięcy. Była słaba niczym po ciężkiej chorobie. Jej stan pogarszał się z każdym dniem – po dwóch tygodniach umarła.

– I co było dalej? – wtrącił Eragon.

Murtagh wzruszył ramionami.

– Dorosłem. Król sprowadził mnie do pałacu i oddał wychowawcom. Poza tym pozostawił mnie samemu sobie.

– Czemu zatem odszedłeś?

Jego towarzysz zaśmiał się gorzko.

– Raczej uciekłem. W dniu ostatnich urodzin, gdy skończyłem osiemnaście lat, król wezwał mnie do swych komnat na kolację. Zaskoczyło mnie to, bo zawsze trzymałem się z dala od dworu i rzadko go widywałem. Rozmawialiśmy już wcześniej, za każdym razem jednak podsłuchiwały nas całe stada szlachty.

Oczywiście przyjąłem zaproszenie, świadom, że niemądrze byłoby odmówić. Posiłek był bardzo wystawny, lecz w jego trakcie Galbatorix ani na moment nie spuszczał ze mnie swych czarnych oczu. Jego spojrzenie budziło we mnie niepokój – zupełnie jakby szukał czegoś ukrytego w mojej twarzy. Nie wiedziałem co o tym myśleć. Starałem się zatem prowadzić uprzejmą rozmowę, on jednak nie odpowiadał i wkrótce umilkłem.

Gdy skończyliśmy jeść, przemówił. Nigdy nie słyszałeś jego głosu, trudno mi będzie zatem wyjaśnić, jak to wyglądało. Jego słowa hipnotyzowały niczym syk węża szepczącego mi do uszu pozłacane kłamstwa.

Nigdy nie słyszałem nikogo bardziej przekonującego i przerażającego. Utkał przede mną wizję – fantastyczny obraz imperium takiego, jakie sobie wyobraził: dziesiątki pięknych miast pełnych najwspanialszych wojowników, rzemieślników, muzyków i filozofów. Ostateczna klęska urgali. Imperium rozszerzające się na cztery strony świata, aż w końcu docierające do granic Alagaësii. Wszędzie zapanuje pokój i dobrobyt i, co jeszcze wspanialsze, Jeźdźcy powrócą, by łagodnie władać krainą w imieniu Galbatorixa.

Zafascynowany słuchałem go godzinami. Gdy umilkł, zacząłem dopytywać się z zapałem, jakim cudem powrócą Jeźdźcy, skoro, jak wszyscy wiedzą, nie ma już smoczych jaj. Galbatorix znieruchomiał, długą chwilę obserwował mnie z namysłem, milczał. W końcu jednak wyciągnął rękę i spytał: „Czyliż zechcesz, o synu druha mego, służyć mi i wspomóc w tworzeniu tego raju?".

Choć wiedziałem, jak wraz z moim ojcem zdobyli władzę, wizja, którą przede mną roztoczył, była zbyt porywająca, zbyt kusząca, bym mógł ją zignorować. Poczułem, że przepełnia mnie zapał, i z radością przyrzekłem mu służyć. Galbatorix, wyraźnie zadowolony, pobłogosławił mnie, a potem odprawił, mówiąc: „Wezwę cię, kiedy nastanie czas".

Minęło kilka miesięcy, nim w końcu to uczynił. Gdy otrzymałem wezwanie, dawne podniecenie powróciło. Jak wcześniej, spotkaliśmy się w cztery oczy, tym razem jednak nie był miły ani czarujący. Vardeni zniszczyli właśnie trzy oddziały na południu i król kipiał gniewem. Straszliwym głosem rozkazał zebrać wojska i zniszczyć Cantos, w którym od czasu do czasu ukrywali się buntownicy. Gdy spytałem, co zrobić z mieszkającymi tam ludźmi i skąd mam wiedzieć, czy są winni, wykrzyknął: „Wszyscy są zdrajcami! Spal ich na stosach, popioły pogrzeb w łajnie!". Cały czas wrzeszczał w furii, przeklinając swych wrogów i opisując, jak oczyści cały kraj ze wszystkich, którzy mu się sprzeciwiają.

Zachowywał się inaczej niż w czasie naszego poprzedniego spotkania, zrozumiałem, że brak mu litości i mądrości, by mógł sobie zyskać wierność i oddanie ludzi, i że włada tylko dzięki sile i przemocy, którymi kieruje jego własna namiętność. W tym momencie postanowiłem na zawsze uciec od niego i z Urû'baenu.

Gdy tylko pożegnałem się z nim, wraz ze swym wiernym sługą Tornakiem przygotowałem się do ucieczki. Wyjechaliśmy tej samej nocy, lecz Galbatorix zdołał jakoś przewidzieć moje działania, bo za bramą czekali na nas żołnierze. Krew pokryła mój miecz połyskujący w słabym świetle latarni. Pokonaliśmy ich... lecz Tornac zginął.

Samotny, przepełniony rozpaczą, umknąłem do starego przyjaciela, który ukrył mnie w swym majątku. W kryjówce wysłuchiwałem wszystkich wieści, starając się przewidzieć, co uczyni Galbatorix, i zaplanować mą przyszłość. W tym czasie dotarły do mnie pogłoski, że Ra'zacowie wyruszyli, by kogoś schwytać bądź zabić. Pamiętając plany króla dotyczące Jeźdźców, postanowiłem odnaleźć Ra'zaców na wypadek, gdyby istotnie znaleźli smoka. Wtedy natknąłem się na ciebie... Nie mam więcej tajemnic.

Wciąż nie wiemy, czy mówi prawdę – ostrzegła Saphira.

Wiem – odparł Eragon. *Ale czemu miałby kłamać?*

Może jest szalony.

Wątpię. Eragon pogładził palcem twarde łuski Saphiry, patrząc, jak odbija się w nich światło.

– Czemu więc nie dołączysz do Vardenów? Przez jakiś czas nie będą ci ufać, gdy jednak dowiedziesz swej lojalności, zdobędziesz ich szacunek. No i w końcu w pewnym sensie to twoi sprzymierzeńcy. Chcą zakończyć rządy króla. Czyż nie tego pragniesz?

– Czy muszę podać ci wszystko na talerzu? – spytał ostro Murtagh. – Nie chcę, by Galbatorix dowiedział się, gdzie jestem, a gdyby ludzie zaczęli mówić, że sprzymierzyłem się z jego wrogami, czego nigdy nie uczynię, w końcu dotarłoby to do jego uszu. Ci... – urwał, po czym podjął z niesmakiem – buntownicy starają się nie tylko obalić króla, ale też zniszczyć imperium, a tego nie chcę. Oznaczałoby to chaos i anarchię. Owszem, król nie jest doskonały, ale system się sprawdza. A co do szacunku u Vardenów – ha! Gdy odkryją, kim jestem, potraktują mnie jak zbrodniarza albo jeszcze gorzej. Co gorsza, zaczną podejrzewać też ciebie, bo razem podróżowaliśmy.

On ma rację – wtrąciła Saphira.

Eragon zignorował jej słowa.

– Nie jest tak źle – rzekł, starając się, by w jego głosie zabrzmiała nutka optymizmu. Murtagh prychnął wzgardliwie i odwrócił wzrok. – Jestem pewien, że nie...

Eragon umilkł gwałtownie, bo drzwi uchyliły się nagle na szerokość dłoni. Do środka wepchnięto dwie miski. Za nimi pojawiły się bochenek chleba i kawał surowego mięsa, a potem wrota znów się zatrzasnęły.

– Wreszcie! – rzucił Murtagh, sięgając po jedzenie.

Mięso cisnął Saphirze, która chwyciła je w powietrzu i połknęła łapczywie. Następnie przełamał bochenek, połówkę wręczył Eragonowi, zabrał miskę i wycofał się do kąta.

Zjedli w milczeniu. Murtagh przez chwilę grzebał w misce.

– Prześpię się – oznajmił, odsuwając ją bez dalszych komentarzy.

– Dobranoc – odparł Eragon.

Z rękami pod głową ułożył się obok Saphiry. Smoczyca owinęła go długą szyją, jak kot okręcający się ogonem, i złożyła głowę obok niego. Jedno ze skrzydeł okryło go niczym niebieski namiot w kokonie ciemności.

Dobranoc, mój mały.

Wargi Eragona uniosły się w lekkim uśmiechu. Zasnął.

Wspaniałość Tronjheimu

Eragon zerwał się gwałtownie, słysząc głośny warkot. Saphira wciąż spała, jej oczy poruszały się bezwiednie pod powiekami, górna warga drżała, jakby zaraz miała odsłonić zęby. Uśmiechnął się i wzdrygnął, gdy warknęła ponownie.

Pewnie coś jej się śni, pomyślał. Przez chwilę obserwował smoczycę, po czym ostrożnie wyśliznął się spod jej skrzydła. Wstał i przeciągnął się. W komnacie panował chłód, ale niezbyt dotkliwy. Murtagh leżał na plecach w kącie, oczy miał zamknięte.

Gdy Eragon postąpił krok naprzód, Murtagh się poruszył.

– Dzień dobry – rzekł cicho i usiadł.

– Od jak dawna nie śpisz? – spytał Eragon, zniżając głos.

– Jakiś czas. Dziwne, że Saphira nie obudziła cię wcześniej.

– Byłem tak zmęczony, że przespałbym nawet burzę z piorunami – rzekł cierpko Eragon. Usiadł obok Murtagha, opierając głowę o mur. – Wiesz, która godzina?

– Nie, tu nie da się określić czasu.

– Czy ktoś już tu był?

– Nie.

Siedzieli razem bez słowa. Eragon czuł się dziwnie związany z Murtaghiem. *Noszę u boku miecz jego ojca, który powinien przypaść jemu, to jego dziedzictwo. Pod wieloma względami jesteśmy do siebie bardzo podobni, choć wychowano nas zupełnie inaczej.* Przypomniał sobie bliznę Murtagha i zadrżał. *Jakiż człowiek mógł zrobić dziecku coś takiego?*

Saphira uniosła głowę i zamrugała gwałtownie. Chwilę powęszyła w powietrzu, potem ziewnęła szeroko. Jej szorstki język podwinął się lekko. *Coś się stało?* Eragon pokręcił głową. *Mam nadzieję, że dadzą mi coś więcej do jedzenia niż ta wczorajsza przekąska. Jestem taka głodna, że pożarłabym stado krów z kopytami.*

Nakarmią cię – zapewnił ją.

Oby. Przesunęła się bliżej drzwi i usiadła, lekko kołysząc ogonem. Eragon zamknął oczy, rozkoszując się odpoczynkiem. Jakiś czas drzemał, potem wstał, zaczął chodzić wokół pomieszczenia. Znudzony przyjrzał się jednej z latarni. Zrobiono ją z pojedynczego kawałka szkła w kształcie łzy, wielkości dwóch cytryn. Wnętrze wypełniało łagodne miękkie niebieskie światło, które nie migotało ani nie słabło. Szklaną łzę oplatały gładko cztery wąskie wstęgi metalu, spotykające się u góry i tworzące niewielki haczyk. Na dole rozdzielały się na trzy wdzięczne nóżki. Efekt był zachwycający.

Z zamyślenia wyrwały go głosy dobiegające z zewnątrz. Drzwi otwarły się i do środka wmaszerowało dziesięciu wojowników. Pierwszy sapnął na widok Saphiry. Po nich w drzwiach pojawili się Orik i łysy mężczyzna.

– Zostaliście wezwani przed oblicze Ajihada, przywódcy Vardenów – oznajmił łysy. – Jeśli musicie coś zjeść, zróbcie to po drodze.

Eragon i Murtagh stanęli obok siebie, obserwując go czujnie.

– Gdzie są nasze konie? I czy mógłbym odzyskać swój miecz i łuk? – spytał Eragon.

Łysy mężczyzna spojrzał na niego wzgardliwie.

– Broń zostanie wam zwrócona, kiedy Ajihad rozkaże, nie wcześniej. A co do koni, czekają w tunelu. Chodźcie.

Zaczął obracać się do wyjścia, lecz Eragon zdążył jeszcze spytać:

– Jak się czuje Arya?

Tamten się zawahał.

– Nie wiem. Wciąż zajmują się nią uzdrowiciele.

Wyszedł z komnaty wraz z Orikiem.

Jeden z wojowników skinął ręką.

– Idź pierwszy.

Eragon przeszedł przez drzwi, za nim Saphira i Murtagh. Ponownie przebyli te same korytarze, mijając posąg pierzastego stworzenia. Gdy dotarli do wielkiego tunelu, którym wczoraj poprowadzono ich w głąb góry, ujrzeli łysego mężczyznę. Czekał z Orikiem, który trzymał w dłoni wodze Tornaca i Śnieżnego Płomienia.

– Pojedziecie pojedynczo środkiem tunelu – polecił łysy. – Jeśli spróbujecie gdzieś skręcić, nasi ludzie was zatrzymają. – Eragon zaczął wdrapywać się na Saphirę, tamten jednak krzyknął: – Nie! Jedź na koniu, póki nie każę inaczej.

Eragon wzruszył ramionami i chwycił wodze Śnieżnego Płomienia. Wskoczył na siodło, poprowadził konia przed Saphirę i powiedział w myślach: *Zostań w pobliżu, może będę potrzebował pomocy.*

Oczywiście – odparła.

Za nimi Murtagh dosiadł Tornaca. Łysy mężczyzna przyjrzał się im uważnie, po czym skinął ręką na żołnierzy, którzy rozdzielili się i otoczyli ich, trzymając się jak najdalej od Saphiry. Orik i łysy mężczyzna wysunęli się na czoło pochodu.

Łysy raz jeszcze zmierzył ich wzrokiem, po czym dwukrotnie klasnął w dłonie i ruszył naprzód. Eragon klepnął lekko Śnieżnego Płomienia. Cała grupa skierowała się w stronę serca góry. Echo końskich kopyt uderzających w kamienną posadzkę wypełniło korytarz. Od czasu do czasu w gładkich ścianach dostrzegali drzwi i bramy, zawsze jednak starannie zamknięte.

Eragon z podziwem myślał o tym, jak wielki jest ów tunel. Wykuto go z nieprawdopodobną zręcznością – ściany, posadzka i sufit zdradzały olbrzymie umiejętności twórców. Kąty u podstaw ścian były idealnie proste i z tego, co widział, sam tunel ani na cal nie zbaczał z wytyczonego szlaku.

Z każdym krokiem Eragon coraz niecierpliwiej wyglądał spotkania z Ajihadem. Przywódca Vardenów był dla mieszkańców imperium zupełną zagadką. Doszedł do władzy niemal dwadzieścia lat wcześniej i od tego czasu toczył krwawą wojnę z królem Galbatorixem. Nikt nie wiedział, skąd się wziął i jak wygląda. Krążyły pogłoski, że to mistrz strategii, znakomity, okrutny wojownik. Eragon przypomniał sobie jego reputację i poczuł obawę. Jak przyjmie ich ktoś taki? Pamiętał jednak także, że Brom ufał Vardenom i darzył ich przyjaźnią. To nieco złagodziło obawy Eragona.

Na widok Orika w jego umyśle pojawiły się też nowe pytania. Tunel był niewątpliwie dziełem krasnoludów – nikt nie dorównywał im w sztuce górniczej – ale czy krasnoludy należały do Vardenów, czy też jedynie ukrywały ich u siebie? I kim był król, o którym wspominał Orik? Czy to Ajihad? Eragon rozumiał już, że Vardenom udało się ukryć przed oczami Galbatorixa pod ziemią. Ale co z elfami, gdzie były?

Przez niemal godzinę łysy mężczyzna prowadził ich w głąb tunelu, ani na moment nie zwalniając kroku. *Przebyliśmy już chyba staje*, uświadomił sobie Eragon. *Może prowadzi nas na drugą stronę góry?* W końcu w dali ujrzał łagodny biały blask. Wytężył wzrok, starając się dojrzeć jego źródło, wciąż jednak było zbyt odległe. W miarę jak się zbliżali, światło stawało się coraz jaśniejsze.

Teraz widział już grube kolumny z marmuru zdobionego rubinami i ametystami, stojące w rzędach wzdłuż ścian. Między nimi rozwieszono dziesiątki latarni, które wypełniały przestrzeń cudownym blaskiem. U podstaw kolumn wiły się żyłki złota przypominające ogniste nici. Na powale wyrzeźbiono łuk kruczych głów, ich dzioby rozwierały się w niemym krzyku. Na końcu tunelu ujrzał dwoje olbrzymich czarnych drzwi, na których srebrnymi liniami przedstawiono wizerunek korony o siedmiu promieniach.

Łysy mężczyzna przystanął i uniósł dłoń. Odwrócił się do Eragona.

– Teraz dosiądziesz smoka. Nie próbuj odlecieć. Nasi ludzie będą na ciebie patrzeć, więc pamiętaj, kim i czym jesteś.

Eragon zeskoczył ze Śnieżnego Płomienia i wdrapał się na grzbiet Saphiry. *Chyba chcą się nami popisać* – oznajmiła, gdy sadowił się w siodle.

Zobaczymy. Żałuję, że nie mam Zar'roca. Zaciągnął paski wokół nóg.

Może i lepiej, że, gdy Vardeni ujrzą cię po raz pierwszy, nie będziesz miał przy sobie miecza Morzana.

Faktycznie.

– Jestem gotów – oznajmił Eragon, prostując plecy.

– To dobrze – rzucił łysy. Wraz z Orikiem cofnęli się, zajmując pozycje po bokach smoczycy, ale wyraźnie z tyłu.

– A teraz podejdź do drzwi, a gdy się otworzą, jedź powoli ścieżką.

Gotowa? – spytał Eragon.

Oczywiście. Saphira spokojnym krokiem zbliżyła się do drzwi, jej łuski lśniły, zalewając kolumny deszczem błękitnych iskierek. Eragon odetchnął głęboko, zbierając siły.

Nagle bez ostrzeżenia uchyliły się drzwi na ukrytych zawiasach. Przez szybko poszerzającą się szczelinę do tunelu wpadały promienie słoneczne, oświetlając Saphirę i Eragona. Oślepiony chłopiec zamrugał, ale gdy oczy przywykły do blasku, westchnął z podziwem.

Znajdowali się wewnątrz olbrzymiego krateru wulkanu. Jego ściany wznosiły się i zwężały u góry, tworząc niewielki, nierówny otwór tak wysoko, że Eragon nie potrafił ocenić odległości – mogło to być ponad dziesięć mil. Przez ów otwór do środka wpadały promienie słońca, oświetlając część wnętrza krateru. Resztę spowijał cień.

Drugą ścianę krateru przesłaniała błękitna mgiełka. Dzieliło ich od niej prawie dziesięć mil. W górze zwieszały się ze skał olbrzymie sople lodu, grube na setki stóp, długie na tysiące. Połyskiwały w słońcu niczym gigantyczne sztylety. Eragon wiedział z doświadczenia, że nikt, nawet Saphira, nie zdołałby wzlecieć tak wysoko. Niżej ściany krateru były porośnięte ciemnymi poduszkami mchu i porostów.

Zniżył wzrok i ujrzał przed sobą szeroką, brukowaną drogę. Biegła wprost do środka krateru i kończyła się u podstawy śnieżnobiałej góry połyskującej tysiącami barw niczym nieszlifowany klejnot. Góra wznosiła się na niecałą dziesiątą wysokość krateru, lecz tylko z pozoru zdawała się niewielka, w istocie bowiem wysokością przekraczała milę.

Imponująco długi tunel w rzeczywistości pokonał tylko jedną ze ścian krateru. Eragon usłyszał za sobą niski głos Orika:

– Patrz i podziwiaj, człowieku, bo od stu lat widoku tego nie ujrzało oko żadnego Jeźdźca. Szczyt, pod którym stoimy, to Farthen Dûr – odkryty tysiące lat temu przez ojca naszej rasy, Korgana, gdy ten szukał złota. Pośrodku zaś stoi nasze największe dzieło: Tronjheim, miasto-góra, wzniesione z najczystszego marmuru.

Drzwi zatrzasnęły się za nimi.

Miasto!

I wtedy Eragon ujrzał tłum. Tak bardzo zafascynowało go otoczenie, że wcześniej nie dostrzegł gęstego morza ludzi zgromadzonych wokół wylotu tunelu. Tłoczyli się po obu stronach brukowanej drogi – krasnoludy i ludzie, ściśnięci niczym drzewa w młodniaku, były ich setki... tysiące, a wszystkie spojrzenia skupiały się na Eragonie; wszyscy milczeli.

Zacisnął palce na jednym z kolców grzbietowych Saphiry. Widział dzieci w brudnych tunikach, twardych mężczyzn o dłoniach pokrytych bliznami, kobiety w sukniach z samodziału i przysadziste krasnoludy gładzące palcami brody. Wszystkie twarze miały podobnie zalękniony wyraz – jak u rannego zwierzęcia na widok drapieżnika, przed którym nie zdoła uciec.

Po twarzy Eragona spłynęła kropla potu, nie odważył się jednak jej zetrzeć. *Co mam robić?* – spytał gorączkowo.

Uśmiechnij się, podnieś rękę, cokolwiek – odpowiedziała ostro Saphira.

Eragon próbował zmusić się do uśmiechu, lecz jego wargi zaledwie drgnęły. Zbierając się na odwagę, podniósł rękę i machnął lekko, lecz gdy nie dostrzegł żadnej reakcji, zarumienił się ze wstydu, opuścił ją i pochylił głowę.

Ciszę przerwał pojedynczy krzyk, ktoś zaklaskał głośno. Przez sekundę tłum wahał się, a potem zaczął ogłuszająco wiwatować. Eragona zalała fala dźwięków.

– Świetnie – rzekł za jego plecami łysy mężczyzna. – A teraz ruszaj.

Eragon wyprostował się z ulgą, pytając żartobliwie Saphirę: *Pójdziemy?* Smoczyca wygięła szyję i ruszyła naprzód. Mijając pierwsze szeregi ludzi, rozglądała się na boki, a potem wydmuchnęła z nozdrzy obłoczek dymu. Tłum na moment zamilkł, cofając się o krok, po czym zaczął wiwatować jeszcze głośniej.

Nie popisuj się – upomniał ją Eragon. Saphira machnęła lekko ogonem, nie zważając na jego słowa. Powoli wędrowała wyznaczoną ścieżką, on tymczasem przyglądał się tłumowi z zaciekawieniem. Krasnoludów było w nim znacznie więcej niż ludzi i na ogół patrzyły na niego niechętnie. Niektóre odwracały się nawet bez słowa i odchodziły z kamiennym wyrazem twarzy.

Ludzie sprawiali wrażenie twardych, zaprawionych w bojach. Wszyscy mężczyźni nosili u boku broń, wielu sprawiało wrażenie gotowych na wojnę. Kobiety stąpały z dumą, miał jednak wrażenie, że gdzieś w głębi siebie kryją ogromne znużenie. Nieliczne dzieci przyglądały mu się wielkimi oczami. Był pewien, że ludzie ci doświadczyli w życiu mnóstwa trudów i zrobią wszystko, by się obronić.

Vardeni znaleźli sobie idealną kryjówkę. Mury Farthen Dûru były tak wysokie, że nie przeleciałby nad nimi nawet smok i żadna armia nie pokonałaby tych wrót, nawet gdyby zdołała odnaleźć ukryte wejście w skale.

Tłum podążał tuż za nimi, zostawiając jednak Saphirze sporo miejsca. Stopniowo ludzie milkli, choć cały czas wpatrywali się w Eragona. Ten zerknął przez ramię i ujrzał Murtagha. Jechał tuż za nim, twarz miał bladą.

Gdy zbliżyli się do miasta-góry, Eragon ujrzał, że biały marmur Tronjheimu został starannie wypolerowany i wykuty w płynne fale, zupełnie jakby pradawni mistrzowie odlali z niego całe miasto. W ścianach otwierały się niezliczone okrągłe okienka o bogato rzeźbionych framugach. W każdym wisiała kolorowa latarnia, rzucając barwne błyski na otaczającą ją skałę. Nie dostrzegł żadnych wieżyczek ani kominów. Tuż przed nimi dwa wysokie na trzydzieści stóp złote gryfy strzegły ciężkiej drewnianej bramy – osadzonej dwadzieścia jardów w głębi podstawy Tronjheimu. Grube filary podtrzymywały łukowate sklepienie.

Gdy dotarli do podstawy góry, Saphira przystanęła, czekając na dalsze instrukcje. Łysy mężczyzna jednak milczał, toteż ruszyła naprzód do bramy. Wzdłuż ścian wznosiły się zwężające się kolumny z krwistoczerwonego jaspisu. Między nimi przycupnęły posągi przedstawiające niesamowite stwory, uchwycone na wieczność dłutem rzeźbiarzy.

Ciężka brama zadrżała i uchyliła się powoli, gdy gigantyczne belki podniosły się opornie na ukrytych łańcuchach. Przed sobą ujrzeli czteropoziomowy korytarz wiodący wprost do serca Tronjheimu. Na trzech górnych poziomach otwierały się łukowate wyloty szarych tuneli znikających w dali. Wypełniały je grupki ludzi obserwujących z napięciem Eragona i Saphirę. Na poziomie ziemi wyloty zamykały solidne drzwi. Między poziomami rozwieszono bogato zdobione gobeliny, przedstawiające postaci bohaterów i niezliczone krwawe bitwy.

Nagle tłum zakrzyknął radośnie. To Saphira ruszyła naprzód, dumnie unosząc głowę. Eragon podniósł rękę i odpowiedział mu kolejny ogłuszający okrzyk, choć wiele krasnoludów nie dołączyło do powitania.

Długi na milę korytarz kończył się łukiem pomiędzy czarnymi kolumnami z onyksu zwieńczonymi żółtymi cyrkoniami, wielkimi jak trzech ludzi. Promienie światła odbijały się w nich i załamywały, zalewając korytarz złocistym blaskiem. Saphira przeszła między nimi, zatrzymała się i odchyliła głowę, pomrukując.

Znaleźli się w okrągłej sali, szerokiej na tysiąc stóp. Zwężające się ściany wznosiły się ku szczytowi Tronjheimu. W ścianach, jak wszędzie, otwierały się łukowate otwory, odpowiadające poziomom miasta góry. Posadzkę zrobiono z wypolerowanego karneolu, w którym wykuto podobiznę młota otoczonego przez dwanaście srebrnych gwiazd, jak na hełmie Orika.

W sali zbiegały się cztery korytarze – łącznie z tym, którym przyszli – dzielące Tronjheim na dzielnice. Były identyczne prócz tego naprzeciwko Eragona. Po prawej i lewej stronie owego korytarza wyniosłe łuki ukazywały identyczne schody biegnące w głąb i w dół.

Sklepienie sali tworzył czerwony gwiaździsty szafir olbrzymich rozmiarów. Klejnot miał dwadzieścia kroków średnicy i niemal tyleż grubości. Wyrzeźbiono go tak, by przypominał różę w pełni rozkwitu, a uczyniono to tak zręcznie, że kwiat wydawał się niemal żywy. Klejnot otaczał rząd latarni rzucających błękitny blask na wszystko w dole. Lśniąca gwiazda ukryta wewnątrz klejnotu przypominała obserwujące ich z góry oko.

Eragon gapił się w niemym zachwycie, nic nie przygotowało go na podobny widok. Nie mógł uwierzyć, że coś takiego mogły stworzyć śmiertelne istoty. Miasto-góra przewyższało wszystko, co zdarzyło mu się widzieć w imperium. Wątpił, by nawet Urû'baen mógł dorównać bogactwu i wspaniałościom kryjówki Vardenów. Tronjheim stanowił oszałamiające świadectwo potęgi i cierpliwości krasnoludów.

Łysy mężczyzna wyszedł przed Saphirę.

– Odtąd musicie iść pieszo – oznajmił.

Odpowiedziały mu niechętne okrzyki spośród tłumu. Krasnolud chwycił wodze Tornaca i Śnieżnego Płomienia i odprowadził konie na bok. Eragon zeskoczył z Saphiry, ale pozostał u jej boku. Tymczasem łysy poprowadził ich po posadzce z karneolu do prawego korytarza.

Wędrowali nim kilkaset stóp, potem skręcili w mniejszy korytarz. Mimo ciasnoty strażnicy pozostali u ich boku. Po czterech ostrych zakrętach dotarli do ciężkich cedrowych drzwi, poczerniałych ze starości. Łysy mężczyzna otworzył je i gestem polecił, by weszli.

Ajihad

Eragon wszedł do eleganckiej dwupoziomowej komnaty. Wzdłuż ścian ustawiono rzędy cedrowych półek. Stopnie z kutego żelaza wiodły na mały balkonik, na którym czekały dwa krzesła i niewielki stół. Między półkami i na suficie wisiały białe latarnie, rozmieszczone w taki sposób, że można było czytać w każdym zakątku komnaty. Kamienną posadzkę pokrywał misternie zdobiony, owalny dywan.

Po przeciwnej stronie pomieszczenia, za wielkim biurkiem z orzechowego drewna stał mężczyzna. Jego skóra miała barwę polerowanego hebanu. Na sklepionej czaszce nie pozostał ani jeden włos, lecz podbródek i górną wargę pokrywała krótko przystrzyżona czarna broda. Z twarzy o mocnych rysach spoglądały z powagą bystre oczy. Ramiona miał szerokie i potężne, co podkreślała dopasowana czerwona kamizela haftowana złotem, naciągnięta na ciemnofioletową koszulę. Otaczała go aura władzy, potęgi i godności. Gdy przemówił, jego głos zabrzmiał mocno, stanowczo.

– Witajcie w Tronjheimie, Eragonie i Saphiro. Jestem Ajihad, proszę, usiądźcie.

Eragon usadowił się w fotelu obok Murtagha, Saphira przysiadła tuż za nimi. Ajihad pstryknął palcami. Zza schodów wystąpił łysy mężczyzna, identyczny jak ich przewodnik. Eragon patrzył na nich ze zdumieniem, Murtagh zesztywniał.

– Rozumiem wasze zaskoczenie. To bracia bliźniacy. – Ajihad uśmiechnął się lekko. – Przedstawiłbym ich, lecz nie mają imion.

Saphira syknęła z niesmakiem. Ajihad obserwował ją przez moment, potem usiadł na krześle z wysokim oparciem. Bliźniacy wycofali się pod schody, gdzie stali obok siebie z obojętnymi minami. Ajihad splótł palce, przyglądając się uważnie Eragonowi i Murtaghowi. Patrzył tak długą chwilę spokojnie, uważnie.

Eragon poczuł się niezręcznie. Po kilkunastu minutach Ajihad w końcu opuścił dłonie i wezwał gestem Bliźniaków. Jeden z nich pośpieszył do jego boku, Ajihad szepnął mu coś do ucha. Łysy mężczyzna zbladł nagle i gwałtownie pokręcił głową. Przywódca Vardenów zmarszczył brwi i przytaknął, jakby zyskał potwierdzenie, którego oczekiwał.

Spojrzał na Murtagha.

– Twoja odmowa zbadania myśli stawia mnie w trudnym położeniu. Wpuszczono cię do Farthen Dûru, bo Bliźniacy są pewni, że mogą cię kontrolować, a poza tym pomogłeś Eragonowi i Aryi. Rozumiem dobrze, że możesz chcieć ukryć pewne myśli, ale póki to czynisz, nie możemy ci zaufać.

– I tak byście mi nie zaufali – odparł twardo Murtagh.

Twarz Ajihada pociemniała, jego oczy błysnęły niebezpiecznie.

– Choć minęły już dwadzieścia trzy lata, odkąd słyszałem go po raz ostatni, znam ten głos. – Wstał, pochylając się złowieszczo. Bliźniacy, wyraźnie zaniepokojeni, pochylili się ku sobie, szepcząc coś gorączkowo. – Należał do kogoś innego, bardziej bestii niż człowieka. Wstań.

Murtagh posłuchał z napięciem, wodząc wzrokiem między Bliźniakami i Ajihadem.

– Zdejmij koszulę – polecił Ajihad.

Murtagh zrobił to, wzruszając ramionami.

– A teraz obróć się.

Gdy Murtagh to uczynił, światło padło wprost na bliznę przecinającą jego plecy.

– Murtagh – szepnął Ajihad. Orik sapnął ze zdumienia. Przywódca Vardenów bez ostrzeżenia obrócił się do Bliźniaków i zagrzmiał: – Wiedzieliście o tym?

Tamci skłonili głowy.

– Poznaliśmy jego imię z umysłu Eragona, ale nie podejrzewaliśmy, że ten chłopak to syn kogoś tak potężnego jak Morzan. Nigdy nie...

– I nie powiedzieliście mi? – spytał ostro Ajihad. Uniósł rękę, uciszając ich obu. – Później o tym pomówimy. – Ponownie spojrzał na Murtagha. – Najpierw muszę rozwiązać tę zagadkę. Wciąż odmawiasz otwarcia umysłu?

– Tak – rzekł ostro Murtagh, z powrotem naciągając tunikę. – Nikogo nie wpuszczę do mej głowy.

Ajihad oparł się o biurko.

– Jeśli tego nie zrobisz, poniesiesz nieprzyjemne konsekwencje. Dopóki Bliźniacy nie potwierdzą, że nam nie zagrażasz, nie możemy ci zaufać, mimo, a może z powodu pomocy, jakiej udzieliłeś Eragonowi. Bez tego potwierdzenia tutejsi mieszkańcy, krasnoludy i ludzie jednako, rozszarpią cię na sztuki, jeśli dowiedzą się, kim jesteś. Będę musiał umieścić cię w zamknięciu – zarówno dla twojego, jak i dla naszego dobra. A kiedy król krasnoludów Hrothgar zażąda, bym cię mu przekazał, będzie jeszcze gorzej. Nie zmuszaj mnie, żebym to zrobił, skoro można tego uniknąć.

Murtagh z uporem pokręcił głową.

– Nie... nawet gdybym miał się poddać, wciąż będziecie mnie traktowali jak wyrzutka, trędowatego. Chcę jedynie odejść. Jeśli mi pozwolicie, nigdy nie zdradzę imperium waszej kryjówki.

– A jeśli cię schwytają i postawią przed obliczem Galbatorixa? – spytał Ajihad. – Może i jesteś silny, on jednak wydobędzie z twej głowy wszystkie tajemnice. Zresztą nawet gdybyś mógł stawić mu opór, skąd mamy wiedzieć, że w przyszłości do niego nie dołączysz? Nie mogę ryzykować.

– Zamierzasz więzić mnie tu wiecznie? – Murtagh się wyprostował.

– Nie, tylko póki nie pozwolisz się zbadać. Jeśli stwierdzimy, że można ci ufać, Bliźniacy usuną przed wyjazdem z twego umysłu całą wiedzę o położeniu Farthen Dûru. Nie możemy ryzykować, że ktoś dysponujący takimi wspomnieniami trafi w ręce Galbatorixa. Co zatem wybierzesz, Murtaghu? Decyduj szybko, albo inni wybiorą za ciebie.

Zgódź się, błagał w duchu Eragon, lękając się o bezpieczeństwo Murtagha. *Nie warto o to walczyć.*

W końcu Murtagh przemówił. Jego słowa dobiegały jakby z bardzo daleka.

– Mój umysł jest jedynym sanktuarium, jakie mi pozostało. Wcześniej wielu próbowało się doń wedrzeć, ale nauczyłem się go bronić, bo jestem bezpieczny tylko wśród własnych myśli. Żądasz jedynej rzeczy, której dać nie mogę, a zwłaszcza tym dwóm. – Wskazał ręką Bliźniaków. – Rób ze mną, co chcesz, ale wiedz jedno... prędzej śmierć mnie zabierze, niż poddam się ich badaniom.

W oczach Ajihada rozbłysła iskierka podziwu.

– Nie zdziwił mnie twój wybór, choć miałem nadzieję, że zadecydujesz inaczej. Straże! – Cedrowe drzwi otwarły się gwałtownie, do środka wpadli wojownicy z uniesioną bronią. Ajihad wskazał im Murtagha. – Zabierzcie go do pozbawionej okien komnaty i zaryglujcie drzwi. Wejścia ma strzec sześciu strażników. Nie wpuszczajcie nikogo, póki sam do niego nie przyjdę. Nie rozmawiajcie z nim.

Żołnierze otoczyli Murtagha, przyglądając mu się podejrzliwie. Gdy wychodzili, Eragon obejrzał się i wymówił bezdźwięcznie: *Przepraszam*. Murtagh wzruszył ramionami, po czym z uporem patrzył przed siebie. Zniknął w korytarzu wraz z eskortą. Po chwili cisza pochłonęła tupot ich stóp.

– Wszyscy mają opuścić tę komnatę, prócz Eragona i Saphiry – rzucił ostro Ajihad. – Natychmiast.

Bliźniacy odeszli, kłaniając się, Orik jednak się zawahał.

– Król będzie chciał usłyszeć o Murtaghu – rzekł. – I pozostaje jeszcze kwestia mojego nieposłuszeństwa...

Ajihad zmarszczył brwi i machnął ręką.

– Sam powiem o tym Hrothgarowi. A co do twoich działań... zaczekaj, wkrótce cię wezwę. I nie pozwól Bliźniakom odejść, z nimi też jeszcze nie skończyłem.

– Dobrze. – Orik skłonił głowę. Wyszedł, zamykając za sobą głośno drzwi.

Po długiej ciszy Ajihad usiadł i westchnął, znużony. Przesunął dłonią po twarzy, patrząc w sufit. Eragon czekał niecierpliwie, gdy jednak przywódca Vardenów nie odezwał się, uznał, że zrobi to pierwszy.

– Czy z Aryą wszystko dobrze?

Ajihad spojrzał na niego z powagą.

– Nie, lecz uzdrowiciele mówią, że odzyska siły. Pracowali nad nią całą noc, trucizna wyrządziła ogromne szkody. Gdyby nie ty, nie przeżyłaby. Vardeni będą ci za to dozgonnie wdzięczni.

Eragon poczuł, że opuszcza go nieznośne napięcie. Po raz pierwszy pomyślał, że ucieczka z Gil'eadu była warta wysiłku.

– I co teraz? – spytał.

– Musisz mi opowiedzieć, jak znalazłeś Saphirę, i wszystko, co się wydarzyło od tamtej pory. – Ajihad splótł przed sobą dłonie. – Część z tego wiem z wiadomości, którą przysłał nam Brom. Inne fragmenty powtórzyli mi Bliźniacy. Ale chcę to usłyszeć od ciebie, zwłaszcza szczegóły dotyczące śmierci Broma.

Eragon nie miał ochoty dzielić się wspomnieniami z nieznajomym, lecz Ajihad czekał cierpliwie. *No mów* – mruknęła łagodnie Saphira. W końcu poruszył się w fotelu i rozpoczął opowieść. Z początku czuł się dziwnie, potem jednak szło mu coraz lepiej. Saphira pomagała mu przypomnieć sobie wyraźnie wszystkie kolejne wydarzenia. Od czasu do czasu komentowała w myślach. Ajihad cały czas słuchał uważnie.

Mijały godziny, a Eragon wciąż mówił, często czyniąc krótkie przerwy. Opowiedział Ajihadowi o Teirmie, choć zachował dla siebie przepowiednię Angeli, i o tym, jak z Bromem znaleźli Ra'zaców. Zrelacjonował nawet swoje sny o Aryi. Gdy dotarł do Gil'eadu i wspomniał o Cieniu, twarz Ajihada stężała. Odchylił się na krześle, jego oczy spowił mrok.

Kiedy opowieść dobiegła końca, Eragon umilkł, rozmyślając o wszystkim, co go spotkało. Ajihad wstał, splótł ręce za plecami i z roztargnieniem zaczął oglądać jedną z półek. Po jakimś czasie wrócił za biurko.

– Śmierć Broma to dla nas ogromna strata. Był moim dobrym przyjacielem i potężnym sojusznikiem Vardenów. Wiele razy jego odwaga i mądrość ocaliły nas przed zniszczeniem. Nawet teraz, choć już odszedł, przysyła kogoś, kto może pomóc nam zwyciężyć: ciebie.

– Ale czego ode mnie oczekujecie? – spytał Eragon.

– Wyjaśnię ci to dokładnie – odparł Ajihad. – Na razie jednak mamy kilka pilniejszych spraw na głowie. Wieści o sojuszu urgali z imperium są niezwykle niepokojące. Jeśli Galbatorix gromadzi armię urgali, by nas zniszczyć, Vardenom grozi ogromne niebezpieczeństwo, choć wielu z nas ukrywa się w bezpiecznych murach Farthen Dûru. Sojusz Jeźdźca, choćby tak złego jak Galbatorix, z takimi potworami najlepiej dowodzi jego szaleństwa. Wolę nie myśleć o tym, co im obiecał w zamian za niepewną pomoc. I jest jeszcze Cień. Mógłbyś go opisać?

Eragon przytaknął.

– Był wysoki, chudy i bardzo blady. Miał czerwone oczy i włosy. Ubierał się na czarno.

– A jego miecz? Widziałeś go? – spytał z napięciem Ajihad. – Czy na klindze dostrzegłeś długie zadrapanie?

– Tak – przyznał Eragon, zdumiony. – Skąd wiesz?

– Bo ja je tam zostawiłem, próbując wyciąć mu serce. – Ajihad uśmiechnął się ponuro. – Nazywa się Durza i jest jednym z najgorszych, najprzebieglejszych stworów krążących po tej ziemi. Idealny sługa dla Galbatorixa, lecz dla nas groźny wróg. Mówisz, że go zabiliście. Jak?

To akurat Eragon pamiętał dokładnie.

– Murtagh trafił go dwa razy. Pierwsza strzała utkwiła w ramieniu, druga między oczami.

– Tego się obawiałem. – Ajihad zmarszczył czoło. – Nie zabiliście go. Cienia można zniszczyć, tylko przebijając serce. Wszystko inne sprawi, że zniknie i pojawi się w innym miejscu, bezcielesny. To niebezpieczny proces, lecz Durza przetrwa i powróci silniejszy niż kiedykolwiek.

W komnacie zapadło ciężkie milczenie, niczym cisza przed burzą.

– Jesteś tajemnicą, Eragonie – rzekł w końcu Ajihad. – Zagadką, której nikt nie potrafi rozwiązać. Wszyscy wiedzą, czego chcą Vardeni – czy urgale, czy nawet Galbatorix – ale nikt nie ma pojęcia, czego ty pragniesz. To czyni cię niebezpiecznym, zwłaszcza dla Galbatorixa. Lęka się ciebie, bo nie wie, co zrobisz.

– Vardeni także się mnie boją? – spytał cicho Eragon.

– Nie – rzekł ostrożnie Ajihad. – My mamy nadzieję, ale jeśli okaże się ona złudna, wówczas owszem, będziemy się bać. – Eragon spuścił wzrok. – Musisz zrozumieć niezwykłą sytuację, w jakiej się znalazłeś. Wiele frakcji będzie walczyć o to, byś służył tylko ich interesom. W chwili gdy przekroczyłeś bramę Farthen Dûru, rozpoczęły się niewidoczne zmagania owych sił.

– W tym także twojej? – spytał Eragon.

Ajihad zaśmiał się, choć jego oczy nie zdradzały rozbawienia.

– W tym także mojej. Jest parę rzeczy, które powinieneś wiedzieć: po pierwsze, jak jajo Saphiry trafiło do Kośćca? Czy Brom mówił ci, co uczyniliśmy z jej jajem, gdy je tu przywiózł?

– Nie. – Eragon zerknął na Saphirę. Smoczyca zamrugała i na moment wysunęła język.

Ajihad zabębnił w biurko palcami.

– Gdy Brom dostarczył jajo Vardenom, wszystkich zainteresował jego los. Wcześniej sądziliśmy, że smoki wyginęły. Krasnoludom zależało jedynie, by przyszły Jeździec był ich sojusznikiem, choć niektórzy w ogóle nie chcieli nowego Jeźdźca. Elfy i Vardeni natomiast grali o wyższą stawkę. Powód jest prosty: w całych dziejach wszyscy Jeźdźcy byli ludźmi albo elfami, większość stanowiły elfy. Nigdy nie istniał Jeździec krasnolud.

Zdrada Galbatorixa sprawiła, że elfy nie chciały dopuścić Vardenów do jaja, lękając się, że smok wykluje się dla człowieka o podobnych słabościach. Sytuacja stała się trudna, obie strony chciały mieć własnego Jeźdźca. Krasnoludy jeszcze pogłębiły problem, kłócąc się z nami z nieznośnym uporem. Napięcie rosło i wkrótce padły groźby, których później wszyscy żałowaliśmy. Wtedy Brom zaproponował kompromis pozwalający zainteresowanym stronom zachować twarz.

Zasugerował, by co roku jajo przewozić od Vardenów do elfów i z powrotem. W obu miejscach przechodziły obok niego dzieci, a opiekunowie czekali, czy smok wykluje się dla jednego z nich. Jeśli nie, odchodzili i wracali do drugiej grupy. Gdyby jednak smok się wykluł, natychmiast rozpoczęłoby się szkolenie nowego Jeźdźca. Przez pierwszy rok pobierałby lub pobierała nauki tutaj, u Broma. Potem trafiłby do elfów, które dokończyłyby jego wyszkolenia.

Elfy niechętnie przyjęły ten plan, zaznaczając jednak, że jeśli Brom umrze przed wykluciem smoka, będą mogły bez przeszkód same wyszkolić nowego Jeźdźca. Umowa działała na ich korzyść, wszyscy wiedzieliśmy, że smok najpewniej wybierze elfa, ale przynajmniej stwarzała pozór równości.

Ajihad urwał. Jego ciemne oczy znów spoglądały z powagą. Cienie wgryzały mu się w twarz pod kośćmi policzkowymi, podkreślając je dodatkowo.

– Liczyliśmy, że nowy Jeździec znów zbliży do siebie nasze rasy. Czekaliśmy ponad dziesięć lat, lecz smok się nie wykluwał. Powoli zapominaliśmy o wszystkim i rzadko poruszaliśmy ten temat, chyba że skarżąc się na opieszałość jaja.

A potem, w zeszłym roku, ponieśliśmy bolesną stratę. Arya i jajo zniknęli w drodze powrotnej z Tronjheimu do elfiego miasta Osilonu. Elfy pierwsze odkryły jej zniknięcie. Znalazły w Du Weldenvarden martwego wierzchowca i eskortę, w pobliżu odkryły trupy urgali. Po Aryi i jaju nie pozostał żaden ślad. Gdy dotarły do mnie wieści, przeraziłem się, że urgale przechwyciły ją i jajo, i wkrótce odkryją położenie Farthen Dûru i stolicy elfów Ellesméry, w której mieszka ich królowa Islanzadí. Teraz rozumiem, że pracowały dla imperium, co jeszcze pogarsza sprawę.

Nie dowiemy się, co dokładnie stało się podczas ataku, póki nie ocknie się Arya, lecz z twych słów wyciągnąłem parę wniosków. – Kamizela Ajihada zaszeleściła, gdy oparł łokcie na biurku. – Atak musiał nastąpić nagle i bardzo brutalnie, inaczej Arya zdołałaby uciec. Zaskoczonej, pozbawionej kryjówki elfce pozostało tylko jedno: za pomocą magii przeniosła jajo w inne miejsce.

– Ona umie używać magii? – wtrącił Eragon.

Arya wspomniała, że dostała narkotyk odbierający moc. Chciał potwierdzenia, że chodziło właśnie o magię. Zastanawiał się, czy zechce nauczyć go nowych słów w pradawnej mowie.

– To jeden z powodów, dla których wybrano ją na strażniczkę jaja. Tak czy inaczej, Arya nie mogła odesłać go do nas – była za daleko – a krainę elfów otaczają mistyczne bariery nieprzepuszczające niczego związanego z magią. Zapewne pomyślała o Bromie i w rozpaczy posłała jajo ku Carvahall. Nie miała jednak czasu, by się przygotować, toteż nie dziwię się, że chybiła. Bliźniacy mówili nieraz, że to mało precyzyjna metoda.

– Czemu była bliżej doliny Palancar niż Vardenów? – spytał Eragon. – Gdzie naprawdę mieszkają elfy, gdzie leży ta... Ellesméra?

Ajihad wpatrzył się w niego uważnie, zastanawiając się nad odpowiedzią.

– Nie mówię tego lekko, bo elfy zazdrośnie strzegą tajemnicy, ale ty także powinieneś wiedzieć, a czyniąc to, daję dowód zaufania. Ich miasta leżą daleko na północy, w samym sercu olbrzymiej puszczy Du Weldenvarden. Od czasu upadku Jeźdźców nikt, czy to człowiek, czy krasnolud, nie został przez nie uznany za przyjaciela i dopuszczony do siedzib w cieniu liści. Ja sam nie wiem, jak znaleźć Ellesmérę. Co do Osilonu... Opierając się na tym, gdzie zniknęła Arya, podejrzewam, że leży w pobliżu zachodniej granicy Du Weldenvarden, bliżej Carvahall. Zapewne masz jeszcze wiele pytań, ale zachowaj cierpliwość i zaczekaj, aż skończę.

Przez chwilę pogrążał się we wspomnieniach, potem przemówił nieco szybciej:

– Gdy Arya zniknęła, elfy przestały wspierać Vardenów. Królowa Islanzadi zawrzała gniewem i odmówiła dalszych kontaktów. W efekcie, choć dostałem wiadomość Broma, elfy wciąż nie wiedzą o istnieniu twoim i Saphiry. Bez ich dostaw i pomocy kiepsko radziliśmy sobie w ostatnich miesiącach w potyczkach z imperium.

Liczę, że powrót Aryi i twoje przybycie ukoją gniew królowej. Fakt, że ocaliłeś Aryę, z pewnością nam pomoże. Problemem natomiast, zarówno dla Vardenów, jak i elfów, pozostaje twoje szkolenie. Brom bez wątpienia miał szansę przekazać ci swe nauki. Musimy jednak wiedzieć, jak daleko się posunął. Dlatego zostaniesz poddany próbom oceniającym twoje umiejętności. Elfy będą też oczekiwać, że dokończysz szkolenie u nich, choć nie wiem, czy mamy teraz na to czas.

– Czemu nie? – wtrącił Eragon.

– Z kilku powodów. Przede wszystkim wieści, które nam przyniosłeś o urgalach. – Wzrok Ajihada powędrował ku Saphirze. – Bo widzisz, Eragonie, Vardeni są w bardzo trudnym położeniu. Z jednej strony, jeśli chcemy utrzymać sojusz z elfami, musimy spełnić ich życzenia. Z drugiej, o ile chcemy pozostać w Tronjheimie, nie możemy narazić się krasnoludom.

– Czy krasnoludy nie są Vardenami?

Ajihad się zawahał.

– W pewnym sensie owszem. Pozwalają nam tu mieszkać i pomagają w walce z imperium. Słuchają jednak tylko rozkazów swego króla. Nie mam nad nimi władzy poza tą, której użycza mi Hrothgar, ale nawet on musi brać pod uwagę zdanie klanów. Trzynaście krasnoludzkich klanów podlega Hrothgarowi, lecz każdy przywódca dysponuje ogromną władzą. To oni wybierają nowego króla po śmierci starego. Hrothgar sprzyja naszej sprawie, lecz wielu jego wodzów – nie. Nie może sobie pozwolić na to, by ich rozgniewać, w przeciwnym razie straci poparcie swego ludu. Nie może zatem pomagać nam zbyt otwarcie.

– Ci wodzowie klanów – dopytywał się Eragon – są także przeciwni mnie?

– Niestety, tak, i to bardzo. – W głosie Ajihada zabrzmiała nutka znużenia. – Krasnoludy i smoki od dawna dzieli wrogość. Nim zjawiły się elfy i zawarły pokój, smoki regularnie pożerały zwierzęta krasnoludzkie i kradły ich złoto. Krasnoludy nie zapominają dawnych uraz. Nigdy do końca nie zaakceptowały Jeźdźców i nie dały im władzy w swym królestwie. Zdrada Galbatorixa przekonała wielu, że lepiej będzie nigdy już nie zadawać się z Jeźdźcami ani ze smokami. – Ostatnie słowa skierował wprost do Saphiry.

– Czemu Galbatorix nie wie, gdzie szukać Farthen Dûru i Ellesméry? – spytał powoli Eragon. – Z pewnością usłyszał o nich podczas swego szkolenia.

– Usłyszał, owszem, ale mu ich nie pokazano. Wiedza, że Farthen Dûr leży w głębi gór to jedno, odnalezienie go to całkiem co innego. Galbatorix nie trafił tu przed śmiercią swego smoka. Potem, rzecz jasna, Jeźdźcy już mu nie ufali. Starał się siłą wydobyć tę informację z kilku schwytanych Jeźdźców, woleli jednak umrzeć niż ją zdradzić. Co do krasnoludów, nigdy nie zdołał schwytać żadnego żywcem, choć obawiam się, że to tylko kwestia czasu.

– Czemu zatem nie zbierze po prostu armii i nie pomaszeruje przez Du Weldenvarden, aż znajdzie Ellesmérę? – spytał Eragon.

– Bo elfy wciąż mają dość mocy, by stawić opór. Nie śmie rzucić wyzwania ich potędze, jeszcze nie. Lecz z każdym rokiem jego przeklęta magia staje się coraz silniejsza. Gdyby u jego boku stanął drugi Jeździec, nikt nie zdołałby powstrzymać Galbatorixa. Cały czas próbuje doprowadzić do wyklucia jednego z pozostałych jaj. Jak dotąd bez powodzenia.

Eragona zaskoczyły te słowa.

– Jak jego moc może wzrastać? Ogranicza ją siła ciała. Nie może rosnąć wiecznie.

– Nie wiemy. – Ajihad wzruszył szerokimi ramionami. – Elfy też nie. Możemy tylko liczyć na to, że pewnego dnia jedno z jego zaklęć go zniszczy. – Sięgnął za pazuchę i z ponurą miną wyciągnął sfatygowany kawałek pergaminu. – Wiesz, co to jest? – spytał, kładąc go na biurku.

Eragon pochylił się i spojrzał. Pergamin pokrywało pismo złożone z czarnych obcych liter. Znaczną ich część zmyła ciemna krew. Z jednej strony pergamin nosił ślady zwęglenia. Pokręcił głową.

– Nie.

– Odebrano go przywódcy oddziału urgali, który rozbiliśmy zeszłej nocy. Kosztowało nas to życie dwunastu ludzi – poświęcili się, byś mógł ujść cało. Pismo to wymysł króla, używa go do łączności ze swymi sługami. Jego odczytanie wymagało wiele pracy, w końcu jednak zdołałem je odszyfrować. Oto co znaczy:

...strażnik bramy Ithrö Zhâdy ma wpuścić właściciela tego pisma i jego sługi. Mają zamieszkać wraz z innymi swej rasy... lecz tylko jeśli powstrzymają się od walk. Podlegać będą Tarokowi, a on Gashzowi, a on Durzy, a on Ushnarkowi potężnemu.

– Ushnark to Galbatorix. To słowo w języku urgali znaczy ojciec. Lubi, jak go tak nazywają.

Sprawdźcie, do czego się nadają... piechota i... nie dopuszczać do siebie. Nie mają dostać broni, póki... wymarszu.

– Prócz tego nic więcej nie dało się odczytać, poza paroma słowami – dodał Ajihad.

– Co to za miejsce Ithrö Zhâda? Nigdy o nim nie słyszałem.

– Ja też nie – przyznał Ajihad. – I dlatego podejrzewam, że Galbatorix dla własnych celów zmienił nazwę istniejącego już miejsca. Gdy to odczytałem, zadałem sobie pytanie: Co robiły setki urgali w Górach Beorskich, gdy ujrzeliście je po raz pierwszy? I dokąd zmierzały? Pergamin wspomina o innych tej rasy. Zakładam zatem, że u celu wyprawy zgromadziło się jeszcze więcej urgali. Istnieje tylko jeden powód, dla którego król mógłby zgromadzić ich tak wiele: chce stworzyć armię złożoną z ludzi i potworów, która miałaby nas zniszczyć.

Na razie możemy tylko czekać. Bez dalszych informacji nie znajdziemy owej Ithrö Zhâdy. Do tej pory jednak nie odkryli położenia Farthen Dûru, więc nadzieja wciąż pozostaje. Jedyne urgale, które go widziały, zginęły zeszłej nocy.

– Skąd wiedzieliście, że się zbliżamy? – spytał Eragon. – Jeden z Bliźniaków czekał na nas. Zastawiliście też pułapkę na Kulle. – Był świadom, że Saphira słucha uważnie. Choć na razie milczała, wiedział, że później będzie miała wiele do powiedzenia.

– U wylotu doliny rozstawiliśmy posterunki na obu brzegach Niedźwiedziego Zęba. Przysłali gołębia z ostrzeżeniem – wyjaśnił Ajihad.

Eragon zastanowił się przelotnie, czy chodziło o ptaka, którego próbowała schwytać Saphira.

– Gdy jajo i Arya zniknęły, czemu nie uprzedziliście Broma? Mówił, że nie miał od was żadnych wieści.

– Próbowaliśmy go powiadomić, obawiam się jednak, że imperium przechwyciło i zabiło naszych ludzi. Inaczej po co Ra'zacowie wybraliby się do Carvahall? Później zaś Brom podróżował z tobą, toteż nie mogliśmy mu nic przesłać. Poczułem ogromną ulgę, gdy trafił do mnie posłaniec z Teirmu. Nie zdziwiło mnie, że Brom udał się do Jeoda: byli starymi przyjaciółmi, a Jeod z łatwością mógł nam przysłać wiadomość, bo przez Surdę przemyca dla nas zapasy.

Pojawia się jednak wiele ważnych pytań. Skąd imperium wiedziało, gdzie zastawić zasadzkę na Aryę i jak schwytać naszych posłańców do Carvahall? Jak Galbatorix dowiedział się, którzy kupcy pomagają Vardenom? Od czasu waszego wyjazdu Jeod stracił niemal wszystko, podobnie inni kupcy, którzy nam pomagają. Za każdym razem gdy ich statek opuszcza port, znika. Krasnoludy nie mogą zapewnić nam wszystkiego, czego potrzebujemy, a Vardeni rozpaczliwie potrzebują tych dostaw. Obawiam się, że mamy w swoich szeregach zdrajcę lub zdrajców, mimo że staramy się sprawdzać myśli każdego przybysza.

Eragon milczał, zadumany. Uważnie zastanawiał się nad wszystkim, co usłyszał. Ajihad czekał cierpliwie, nie przeszkadzało mu milczenie. Po raz pierwszy od chwili, gdy znalazł jajo Saphiry, Eragon czuł, że rozumie, co się dzieje. W końcu wiedział, skąd wzięła się smoczyca i co może czekać go w przyszłości.

– Czego ode mnie oczekujecie? – spytał w końcu.

– To znaczy?

– Czego oczekujecie ode mnie w Tronjheimie? Ty i elfy macie wobec mnie pewne plany. Ale jeśli mi się nie spodobają, to co? – W jego głosie zabrzmiała twarda nuta. – Będę walczył, gdy zajdzie taka potrzeba, radował się, kiedy nadarzy się okazja, opłakiwał chwile żałoby i zginę, gdy przyjdzie mój czas... lecz nie pozwolę, by ktokolwiek wykorzystał mnie wbrew mej woli. – Zawiesił głos, pozwalając, by słowa te dotarły do jego rozmówcy. – W dawnych czasach Jeźdźcy byli arbitrami, stali poza i ponad przywódcami owych czasów. Nie domagam się podobnej władzy, wątpię, by ludzie chętnie ją zaakceptowali, zwłaszcza że całe życie przeżyli wolni, a ja jestem jeszcze bardzo młody. Mam jednak pewną moc i zamierzam użyć jej wedle uznania. Chcę wiedzieć, do czego ty chciałbyś mnie wykorzystać. Dopiero wtedy mogę zadecydować, czy się zgodzę, czy nie.

Ajihad spojrzał na niego z lekkim rozbawieniem.

– Gdybyś był kimś innym i stał przed innym przywódcą, te śmiałe słowa mogłyby kosztować cię życie. Czemu sądzisz, że ujawnię ci moje plany tylko dlatego, że tego chcesz? – Eragon zarumienił się, lecz nie spuścił wzroku. – Mimo wszystko masz rację. Twoja pozycja daje ci przywilej mówienia podobnych rzeczy. Nie możesz uniknąć polityki ani wpływów tej czy innej strony. Nie chcę, byś stał się pionkiem jakiejś grupy, ty także tego nie chcesz. Musisz zachować wolność, w niej bowiem kryje się twoja prawdziwa potęga i moc: zdolność podejmowania wyborów niezależnie od woli przywódców i królów. Moja władza nad tobą będzie ograniczona. Uważam jednak, że tak będzie najlepiej. Sęk w tym, by inni dysponujący władzą uwzględniali cię w swych planach.

Poza tym mimo twych protestów ludzie także mają wobec ciebie pewne oczekiwania. Będą przychodzić do ciebie ze swymi problemami, od poważnych do najdrobniejszych, oczekując, że je rozwiążesz. – Ajihad pochylił się, jego głos zabrzmiał śmiertelnie poważnie. – Czasem czyjaś przyszłość spocznie w twoich rękach... wystarczy słowo, byś zadecydował o czyimś szczęściu. Dziewczęta będą cię pytać o zdanie na temat przyszłych mężów, wiele zaś w tobie będzie widzieć owego męża, a starzy ludzie poproszą o radę w kwestii wyboru dziedzica. Musisz być dla nich dobry i mądry, bo oni ci ufają. Nie przemawiaj lekko, bez namysłu; wpływ twoich słów będzie naprawdę dalekosiężny.

Ajihad wyprostował się, Eragon nie widział jego oczu.

– Najcięższe brzemię przywódcy to odpowiedzialność za podlegających ci ludzi. Muszę je znosić od dnia, gdy wybrano mnie na przywódcę Vardenów. Teraz ty także je poczujesz. I bądź ostrożny. Nie zniosę niesprawiedliwości w mych szeregach. Nie martw się o swą młodość i brak doświadczenia, wkrótce to się zmieni.

Eragona nie zachwyciła wizja ludzi proszących go o radę.

– Wciąż jednak nie powiedziałeś, co mam tu robić.

– Na razie nic. W osiem dni przebyłeś ponad sto trzydzieści staj. To wielki wyczyn i z pewnością zechcesz odpocząć. Gdy odzyskasz siły, zbadamy twoje umiejętności bojowe i magiczne, a potem wyjaśnię ci, co możesz wybrać. Decyzję podejmiesz sam.

– A co z Murtaghiem? – spytał z goryczą Eragon.

Twarz Ajihada pociemniała. Sięgnął pod biurko i uniósł Zar'roca, pochwa miecza zalśniła złowrogo. Ajihad przesunął po niej ręką, na moment zatrzymując się na wytrawionym symbolu.

– Pozostanie tu, póki nie dopuści Bliźniaków do swego umysłu.

– Nie możesz go więzić – nalegał Eragon – nie zrobił nic złego.

– Nie zwrócimy mu wolności, ponieważ nie wiemy, czy nas nie zdradzi. Niewinny czy nie, stanowi takie samo zagrożenie jak jego ojciec. – W głosie Ajihada zabrzmiała nuta smutku.

Eragon zrozumiał, że przywódca Vardenów nie da się przekonać, a zresztą musiał przyznać, że jego obawy miały pewne podstawy.

– Jak zdołałeś rozpoznać jego głos?

– Kiedyś spotkałem jego ojca – odparł krótko Ajihad, postukał palcami w rękojeść Zar'roca. – Żałuję, iż Brom nie powiedział mi, że zabrał miecz Morzana. Radzę, byś nie nosił go w Farthen Dûrze. Wielu z nienawiścią wspomina czasy Morzana, zwłaszcza krasnoludy.

– Zapamiętam – przyrzekł Eragon.

Ajihad oddał mu Zar'roca.

– To mi o czymś przypomina. Mam tu pierścień Broma, który przysłał jako potwierdzenie swej tożsamości. Zachowałem go do czasu jego powrotu do Tronjheimu. Teraz, gdy nie żyje, przypuszczam, że należy do ciebie. Myślę, że chciałby, żebyś go dostał. – Otworzył szufladę i wyjął pierścień.

Eragon przyjął go z szacunkiem. Symbol wycięty w szafirze był identyczny jak tatuaż na ramieniu Aryi. Wsunął pierścień na palec wskazujący, podziwiając światło załamujące się w klejnocie.

– Ja... jestem zaszczycony – rzekł cicho.

Ajihad z powagą skinął głową, następnie odsunął krzesło i wstał. Spojrzał na Saphirę i przemówił wprost do niej, w jego słowach dźwięczała siła.

– Nie myśl, że zapomniałem o tobie, potężny smoku. Mówiłem to wszystko nie tylko do Eragona, ale też do ciebie. Niezwykle ważne jest, byś o tym wiedziała, tobie bowiem przypada zadanie strzeżenia go w tych niebezpiecznych czasach. Nie wątp w swoją potęgę. Trwaj u jego boku, bo bez ciebie z pewnością zginie.

Saphira pochyliła głowę tak, że ich oczy znalazły się naprzeciw siebie. Patrzyła na niego zwężonymi czarnymi źrenicami. Przyglądali się sobie w milczeniu, żadne nie mrugało. To Ajihad poruszył się pierwszy, spuścił wzrok.

– To wielki zaszczyt móc cię spotkać – rzekł cicho.

Nada się – odparła z szacunkiem Saphira, przekręciła głowę i popatrzyła na Eragona. *Powiedz mu, że podziwiam zarówno Tronjheim, jak i jego. Imperium słusznie się go boi. Niech jednak wie, że gdyby postanowił cię zabić, zniszczyłabym Tronjheim i rozszarpała go zębami na strzępy.*

Eragon zawahał się, zaskoczony jadem dźwięczącym w jej głosie, potem przekazał wiadomość. Ajihad spojrzał na nią z powagą.

– Niczego innego nie spodziewałbym się po kimś tak szlachetnym. Wątpię jednak, byś zdołała przedrzeć się przez Bliźniaków.

Saphira prychnęła pogardliwie. *Ba!*

Wiedząc, co ma na myśli, Eragon wtrącił:

– Zatem muszą być silniejsi, niż się wydają. Myślę, że gdyby musieli stawić czoło rozgniewanemu smokowi, bardzo by się zawiedli. Mnie we dwóch pewnie zdołaliby pokonać, ale z pewnością nie Saphirę. Powinieneś wiedzieć, że smok wzmacnia magię Jeźdźca, pozwalając mu dokonywać rzeczy, których nie zdołałby uczynić zwykły mag. Brom zawsze był słabszy ode mnie właśnie z tego powodu. Myślę, że pod nieobecność Jeźdźców Bliźniacy przecenili swoją siłę.

Ajihad sprawiał wrażenie zaskoczonego.

– Brom cieszył się opinią jednego z naszych najsilniejszych magów, tylko elfy go przewyższały. Jeśli to, co mówisz, jest prawdą, będziemy musieli na nowo rozważyć wiele spraw. – Skłonił się przed Saphirą. – W każdym razie cieszę się, że nie musiało do tego dojść.

Saphira także skłoniła głowę.

Ajihad wyprostował się z wyniosłą miną.

– Orik! – zawołał.

Krasnolud wpadł do komnaty i stanął przed biurkiem, splatając ręce na piersiach. Ajihad z irytacją zmarszczył brwi.

– Sprawiłeś mi wiele kłopotów, Oriku. Cały ranek musiałem słuchać narzekania jednego z Bliźniaków na twoją niesubordynację. Nie spoczną, póki nie zostaniesz ukarany, i niestety, mają rację. To poważna sprawa i nie można puścić jej płazem. Musisz za to zapłacić.

Orik zerknął na Eragona, jego twarz nic nie zdradzała. Przemówił szybko, szorstko:

– Kulle okrążyły już prawie Kóstha-mérnę, strzelały do smoka, Eragona i Murtagha, lecz Bliźniacy niczego nie zrobili, by ich powstrzymać. Zupełnie jak... sheilven. Odmawiali otwarcia bram, choć widzieliśmy, jak Eragon wykrzykuje hasło po drugiej stronie wodospadu. Nie zrobili też nic, gdy nie wynurzył się z wody. Niewykluczone, że źle postąpiłem, ale nie mogłem pozwolić, by Jeździec zginął.

– Brakło mi sił, by samemu wydostać się z wody – wtrącił Eragon. – Gdyby mnie nie wyciągnął, utonąłbym.

Ajihad spojrzał na niego z uwagą, po czym z powrotem skupił wzrok na Oriku.

– A później, gdy się im sprzeciwiłeś? – spytał z powagą.

Orik wyzywająco uniósł głowę.

– Nie powinni siłą wnikać do umysłu Murtagha, to nie było słuszne. Ale nie powstrzymałbym ich, gdybym wiedział, z kim mamy do czynienia.

– Nie, dobrze postąpiłeś, choć byłoby prościej, gdybyś zachował się inaczej. Nieważne, z kim mamy do czynienia, nie powinniśmy wnikać siłą do umysłów ludzi. – Ajihad pogładził palcami gęstą brodę. – Twoje czyny były szlachetne, sprzeciwiłeś się jednak rozkazowi dowódcy. Karą za to zawsze była śmierć.

Orik zesztywniał.

– Nie możesz go za to zabić! Tylko mi pomagał! – zawołał Eragon.

– Nie wtrącaj się – upomniał go surowo Ajihad. – Orik złamał prawo i musi ponieść konsekwencje. – Eragon znów miał się odezwać, lecz Ajihad powstrzymał go, unosząc dłoń. – Ale masz rację, wyrok zostanie złagodzony z powodu okoliczności. Od tej pory, Oriku, zostajesz usunięty ze służby czynnej. Nie możesz brać udziału w żadnych akcjach wojskowych pod moim dowództwem.

Twarz Orika pociemniała, sprawiał wrażenie oszołomionego. Krótko skinął głową.

– Tak.

– Co więcej, zamiast zwykłych obowiązków mianuję cię od tej chwili przewodnikiem Eragona i Saphiry na czas ich pobytu. Masz dopilnować, by zapewniono im wszelkie możliwe wygody. Saphira zamieszka nad Isidar Mithrim, Eragon może wybrać dowolną kwaterę. Gdy odzyska siły, zabierz go na pole ćwiczeń, będą go tam oczekiwać. – W oczach Ajihada rozbłysła iskierka rozbawienia.

Orik skłonił się nisko.

– Rozumiem.

– Doskonale, możecie odejść. Po drodze przyślijcie mi Bliźniaków.

Eragon skłonił się i ruszył do drzwi, nagle jednak przystanął.

– Gdzie mógłbym znaleźć Aryę? Chciałbym się z nią zobaczyć.

– Nikt jeszcze nie może jej odwiedzać. Będziesz musiał zaczekać, aż ona przyjdzie do ciebie.

Ajihad odwrócił wzrok. Była to wyraźna odprawa.

Pobłogosław to dziecię,
Argetlamie

Eragon przeciągnął się w korytarzu, gdyż zesztywniał od długiego siedzenia. Za jego plecami Bliźniacy weszli do komnaty Ajihada i zamknęli drzwi. Spojrzał na Orika.

– Przykro mi, że przeze mnie masz kłopoty – rzekł.

– Nie przejmuj się – mruknął Orik, pociągając brodę. – Ajihad dał mi to, czego chciałem.

Nawet Saphirę zaskoczyły jego słowa.

– Co to znaczy? – spytał Eragon. – Nie możesz ćwiczyć ani walczyć i masz mnie na głowie. Tego właśnie chciałeś?

Krasnolud spojrzał na niego spokojnie.

– Ajihad to dobry przywódca, doskonale rozumie, jak szanować prawo, nie zapominając przy tym o sprawiedliwości. Zostałem ukarany wedle jego władzy, podlegam też jednak Hrothgarowi i jako poddany mojego króla mogę robić to, co zechcę.

Eragon uświadomił sobie, że bardzo niemądrze byłoby zapominać o podwójnej lojalności Orika i podziale władzy panującym w Tronjheimie.

– Ajihad właśnie oddał w twoje ręce sporą władzę, prawda?

Orik zachichotał.

– Owszem, istotnie, i to w sposób, na który Bliźniacy nie mogą się uskarżać. Z pewnością ich to zirytuje. Ajihad bywa naprawdę podstępny.

Chodź, chłopcze, z pewnością jesteś głodny i musimy też zająć się twoim smokiem.

Saphira syknęła.

– Na imię ma Saphira – powiedział szybko Eragon.

Orik skłonił się przed nią.

– Wybacz, proszę, zapamiętam.

Zdjął ze ściany pomarańczową latarnię i poprowadził ich w głąb korytarza.

– Czy inni w Farthen Dûrze umieją posługiwać się magią? – spytał Eragon, z trudem dotrzymując kroku krasnoludowi. Przyciskał do siebie Zar'roca, starannie zasłaniając symbol na pochwie.

– Jest ich kilku. – Orik wzruszył ramionami okrytymi kolczugą. – Oraz tacy, którzy umieją jedynie leczyć siniaki. Wszyscy musieli zająć się Aryą, jej obrażenia wymagały wielkiej siły.

– Wszyscy oprócz Bliźniaków.

– Oeí – mruknął Orik. – I tak nie chciałaby ich pomocy, nie zajmują się uzdrawianiem. Ich główny talent to knucie i spiskowanie. Deynor, poprzednik Ajihada, pozwolił im dołączyć do Vardenów, bo potrzebował ich wsparcia. Nie można walczyć z imperium bez magów, którzy potrafią wesprzeć cię w bitwie. To paskudna para, ale potrafią być użyteczni.

Weszli do jednego z czterech tuneli dzielących Tronjheim. Krążyły po nim grupki krasnoludów i ludzi, ich głosy odbijały się donośnym echem od lśniącej posadzki. Na widok Saphiry wszyscy umilkli, wpatrywały się w nią dziesiątki oczu. Orik, nie zważając na gapiów, skręcił w lewo, kierując się ku jednej z dalekich bram twierdzy.

– Dokąd idziemy? – spytał Eragon.

– Na zewnątrz, by Saphira mogła polecieć do smoczej twierdzy, ponad Isidar Mithrim, Gwiaździstą Różę. Smocza twierdza nie ma dachu – szczyt Tronjheimu otwiera się na niebo, tak jak szczyt Farthen Dûru, i będziesz mogła, Saphiro, wlecieć wprost do twierdzy. Tam właśnie zatrzymywali się niegdyś odwiedzający Tronjheim Jeźdźcy.

– Czy bez dachu nie jest tam zimno i mokro?

– Nie. – Orik pokręcił głową. – Farthen Dûr chroni nas przed żywiołami. Śnieg ani deszcz tu nie docierają, poza tym w ścianach twierdzy wykuto marmurowe groty dla smoków, zapewniają niezbędną osłonę. Jedyne niebezpieczeństwo stanowią sople, niektóre spadając, potrafiły przeciąć na dwoje konia.

Nic mi nie będzie – zapewniła go Saphira. *Marmurowa jaskinia to kryjówka bezpieczniejsza niż wszystkie, w jakich dotąd się zatrzymywaliśmy. Może... Myślisz, że Murtaghowi nic się nie stanie? Ajihad sprawia wrażenie człowieka honoru. Jeśli Murtagh nie spróbuje ucieczki, wątpię, by stało mu się coś złego.*

Eragon skrzyżował ręce na piersi, nie miał ochoty na dłuższą rozmowę. Oszołomiła go nagła, gwałtowna zmiana sytuacji. Szaleńcza ucieczka z Gil'eadu dobiegła końca, jego ciało jednak nadal próbowało uciekać, kryć się.

– Gdzie są nasze konie?

– W stajniach przy bramie. Możemy je odwiedzić przed wyjściem z Tronjheimu.

***

Tronjheim opuścili tą samą bramą, którą weszli. Złote gryfy mieniły się kolorami w blasku wielobarwnych lamp. Podczas rozmowy Ajihada z Eragonem słońce przesunęło się na niebie – jego promienie nie wpadały już przez krater do Farthen Dûru. Bez nich we wnętrzu pustej, wydrążonej góry panował aksamitny mrok. Jedynym źródłem światła był Tronjheim jasno lśniący w mroku. Jego blask wystarczył, by rozświetlić ziemię w promieniu stu stóp.

Orik wskazał biały szczyt Tronjheimu.

– Przygotowano ci już świeże mięso i czystą górską wodę – rzekł do Saphiry. – Możesz zamieszkać w dowolnej jaskini. Gdy dokonasz wyboru, ludzie przygotują posłanie i nikt nie będzie ci przeszkadzał.

– Sądziłem, że zamieszkamy razem. Nie chcę, byśmy się rozdzielali – zaprotestował Eragon.

Orik odwrócił się do niego.

– Jeźdźce Eragonie, zrobię wszystko, czego zapragniesz, lepiej jednak, by Saphira zaczekała w smoczej twierdzy, aż się posilisz. Tunele wiodące do sali bankietowej są zbyt wąskie, by mogła nam towarzyszyć.

– Czemu nie możesz przynieść mi jedzenia do twierdzy?

– Ponieważ – odparł Orik, ani na moment nie tracąc opanowania – jedzenie szykuje się tu na dole. Żeby dojść na szczyt, trzeba pokonać długą drogę. Jeśli zechcesz, możemy posłać tam kogoś ze służby z posiłkiem. To trochę potrwa, ale wówczas będziesz mógł zjeść razem z Saphirą.

On mówi poważnie – pomyślał Eragon, zaskoczony, że zrobiliby dla niego tak wiele. Zaniepokoił go jednak sposób, w jaki Orik wypowiedział te słowa. Czyżby krasnolud poddawał go próbie?

Jestem zmęczona – odparła Saphira. *Myślę, że ta smocza twierdza mi się spodoba. Idź, zjedz spokojnie, potem przyjdź do mnie. Miło będzie odpocząć razem bez obawy, że zaatakują nas dzikie zwierzęta bądź żołnierze. Zbyt długo znosiliśmy trudy szlaku.*

Eragon przyjrzał się jej z namysłem.

– Zjem tu, na dole – rzekł do Orika.

Krasnolud uśmiechnął się, wyraźnie zadowolony. Eragon zdjął siodło z Saphiry, by mogła położyć się wygodnie. *Zabierzesz ze sobą Zar'roca?*

Tak – odparła, chwytając w szpony miecz i siodło. *Ale zatrzymaj łuk. Musimy ufać tym ludziom, nie traćmy jednak głowy.*

Wiem – odparł, poruszony.

Jednym gwałtownym skokiem Saphira wystrzeliła w nieruchome powietrze. Było słychać tylko miarowy łopot jej skrzydeł. Gdy zniknęła ponad szczytem Tronjheimu, Orik odetchnął głęboko.

– Och, mój chłopcze, naprawdę zostałeś pobłogosławiony. Poczułem w sercu nagłą tęsknotę za otwartym niebem, wyniosłymi szczytami i nagłym lotem jastrzębia. Lecz moim stopom lepiej jest na ziemi – a najlepiej pod nią.

Głośno klasnął w dłonie.

– Ale zaniedbuję swoje obowiązki. Wiem, że nie miałeś nic w ustach od czasu owej żałosnej kolacji, jaką posłali wam Bliźniacy. Chodź zatem, znajdźmy kucharzy i wyciągnijmy od nich mięso i chleb.

Eragon podążył za krasnoludem z powrotem w głąb Tronjheimu. Przez labirynt tuneli dotarli do długiej sali, wypełnionej rzędami kamiennych stołów dostosowanych wysokością do krasnoludów. W steatytowych paleniskach za długą ladą płonęły ognie.

Orik przemówił w nieznanym języku do przysadzistego krasnoluda o rumianych policzkach, który natychmiast wręczył im kamienne półmiski pełne parujących grzybów i kawałków ryby. Po chwili Orik i Eragon znaleźli się na górze, w niewielkiej wnęce wykutej w zewnętrznym murze Tronjheimu. Usiedli tam, krzyżując nogi. Eragon bez słowa sięgnął po jedzenie.

Gdy opróżnili talerze, Orik westchnął ukontentowany, wyciągnął zza pazuchy fajkę o długim cybuchu i zapalił ją zręcznie.

– Godny posiłek, choć przydałby się porządny łyk miodu, by go spłukać.

Eragon się rozejrzał.

– Uprawiacie ziemię w Farthen Dûrze?

– Nie, jest tu tylko dość światła dla mchów i grzybów. Tronjheim nie przetrwałby bez dostaw z sąsiednich dolin. To jeden z powodów, dla których wielu z nas woli mieszkać gdzie indziej w Górach Beorskich.

– Zatem istnieją też inne krasnoludzkie miasta?

– Nie tak wiele, jak byśmy chcieli, a Tronjheim jest z nich najwspanialszy. – Orik wsparł się na łokciu i zaciągnął głęboko dymem. – Widziałeś tylko niższe poziomy, toteż tego nie dostrzegłeś, lecz większa część Tronjheimu stoi pusta. Im wyżej idziesz, tym większa pustka. Całe piętra od stuleci pozostają nietknięte. Większość krasnoludów woli mieszkać pod Tronjheimem i Farthen Dûrem w jaskiniach i korytarzach wśród skał. Przez wieki wyryliśmy pod górami całą sieć tuneli. Można przejść z jednego krańca gór na drugi, ani razu nie wychodząc na powierzchnię.

– Ale tak wiele pustych pomieszczeń to straszne marnotrawstwo – zauważył Eragon.

Orik przytaknął.

– Niektórzy twierdzą, że powinniśmy porzucić to miejsce, bo wiele nas kosztuje. Lecz Tronjheim pełni jedną bardzo ważną funkcję.

– Jaką?

– W czasie klęski może pomieścić cały nasz naród. W naszych dziejach tylko trzy razy musieliśmy uciec się do tej ostateczności, za każdym razem jednak ocaliło nas to przed całkowitym, pewnym zniszczeniem. Dlatego właśnie zawsze utrzymujemy tu garnizon.

– Nigdy w życiu nie widziałem czegoś równie wspaniałego – przyznał Eragon.

Orik uśmiechnął się, nie wypuszczając fajki z ust.

– Cieszę się, że tak mówisz. Budowa Tronjheimu to dzieło pokoleń, a żyjemy znacznie dłużej niż wy, ludzie. Niestety, od powrotu przeklętego imperium niewielu przybyszów z zewnątrz może oglądać chwałę Tronjheimu.

– Ile jest tu Vardenów?

– Krasnoludów czy ludzi?

– Ludzi. Chcę wiedzieć, ilu umknęło z imperium.

Orik wypuścił z ust długi obłok dymu, który leniwie zatańczył mu nad głową.

– W sumie jest tu około czterech tysięcy twoich pobratymców. Ale to kiepski wskaźnik tego, co chcesz wiedzieć. Do Tronjheimu przybywają tylko ci, którzy chcą walczyć. Reszta ukryła się u króla Orrina w Surdzie.

Tak mało? – Eragon poczuł nagły ucisk w żołądku. Sama królewska armia liczyła niemal szesnaście tysięcy mężów, nie licząc urgali.

– Czemu Orrin sam nie walczy z imperium? – spytał.

– Gdyby okazał mu otwartą wrogość, Galbatorix by go zmiażdżył. Na razie powstrzymuje się przed tym, bo uważa Surdę za drobne zagrożenie. To błąd. To właśnie Orrin dostarcza Vardenom większości broni i zapasów. Bez niego nie mogliby sprzeciwiać się imperium. Nie trap się niewielką liczbą ludzi w Tronjheimie. Jest tu też dużo krasnoludów, znacznie więcej, niż widziałeś. A gdy nadejdzie czas, staniemy do walki. Orrin przyrzekł nam wsparcie w walce z Galbatorixem, elfy również.

Eragon z roztargnieniem sięgnął myślami ku Saphirze i przekonał się, że z zapałem pałaszuje kawał krwistego mięsa. Ponownie zwrócił uwagę na młot i gwiazdy wyryte na hełmie Orika.

– Co oznacza ten symbol? Widziałem go na posadzce w Tronjheimie.

Orik zdjął z głowy okutą żelazem czapkę i przesunął po niej szorstkim palcem.

– To symbol mojego klanu, klanu Ingietum, metalmistrzów i kowali. Młot i gwiazdy zdobią posadzkę Tronjheimu, bo były też osobistym herbem Korgana, naszego praojca. Jeden klan rządzi, dwanaście go otacza. Król Hrothgar to także Dûrgrimst Ingietum. Przyniósł memu rodowi wiele chwały.

Gdy zwrócili kucharzowi półmiski, minęli w korytarzu krasnoluda, który zatrzymał się przed Eragonem, skłonił i rzekł z szacunkiem:

– Argetlam.

Eragon nie wiedział co odpowiedzieć, zarumienił się zakłopotany, lecz jednocześnie dziwnie poruszony tym gestem. Nikt wcześniej nie skłaniał się przed nim.

– Co on powiedział? – spytał, pochylając się ku Orikowi.

Wyraźnie zawstydzony Orik wzruszył ramionami.

– To słowo elfów, często określano nim Jeźdźców. Dosłownie znaczy „srebrna dłoń". – Eragon zerknął na ukrytą w rękawicy dłoń, przypominając sobie gedwëy ignasię, białe piętno na dłoni. – Chcesz wrócić do Saphiry?

– Czy najpierw mógłbym się gdzieś wykąpać? Od dawna nie miałem okazji zmyć z siebie brudu drogi. Mam też pokrwawioną i podartą koszulę, cała śmierdzi. Chętnie bym ją zmienił, ale nie mam pieniędzy na zakup nowej. Czy w jakiś sposób mógłbym ją odpracować?

– Chcesz obrazić gościnność Hrothgara, Eragonie? – spytał ostro Orik. – Dopóki jesteś w Tronjheimie, za nic nie będziesz musiał płacić. Odwdzięczysz się inaczej, Ajihad i Hrothgar tego dopilnują. Chodź, pokażę ci, gdzie się umyć, a potem znajdę dla ciebie koszulę.

Poprowadził Eragona w dół długich schodów. Wkrótce znaleźli się głęboko pod Tronjheimem, korytarze zamieniły się w ciasne tunele, wysokie na zaledwie pięć stóp. Wiszące na ścianach latarnie połyskiwały czerwienią.

– To po to, by światło cię nie oślepiło, gdy wyjdziesz z ciemnej jaskini – wyjaśnił Orik.

Weszli do pustej sali. Po jej drugiej stronie widniały niewielkie drzwi. Orik wskazał je ręką.

– Baseny są tam, a także szczotki i mydło. Zostaw tu ubranie; gdy wyjdziesz, dostaniesz nowe.

Eragon podziękował mu i zaczął się rozbierać. Nie czuł się dobrze sam pod ziemią. Niski kamienny sufit ciążył mu nad głową. Szybko zrzucił brudny strój i, zmarznięty, pośpieszył naprzód. Zamknął za sobą drzwi i znalazł się w ciemnościach. Powoli ruszył przed siebie, wkrótce jego stopa dotknęła ciepłej wody; zanurzył się ostrożnie.

Woda była słonawa, kojąca i ciepła. Przez chwilę Eragon bał się, że może wypłynąć na głębię. Brnąc jednak naprzód, odkrył, że woda sięga mu co najwyżej do pasa. Zaczął obmacywać śliską ścianę, aż w końcu natrafił dłonią na mydło i szczotki. Umył się dokładnie, a potem położył na wodzie, zamykając oczy.

Gdy w końcu, ociekając wodą, wrócił do oświetlonej sali, znalazł czekający już ręcznik, koszulę z cienkiego płótna i nogawice. Pasowały całkiem nieźle. Ubrał się szybko i wyszedł na korytarz.

Orik czekał na niego z fajką w dłoni. Z powrotem wspięli się po prowadzących do Tronjheimu stopniach i wyszli z miasta-góry. Eragon uniósł głowę i myślami wezwał Saphirę. Gdy sfrunęła z twierdzy, spytał:

– Jak porozumiewacie się z ludźmi na szczycie Tronjheimu?

Orik zaśmiał się.

– Już dawno rozwiązaliśmy ten problem. Pewnie nie zauważyłeś, ale obok otwartych łuków na każdym poziomie są też jedne ciągłe schody opadające spiralą wokół ściany środkowej komnaty Tronjheimu. Schody te wiodą aż do Smoczej Twierdzy ponad Isidar Mithrim. Nazywamy je Vol Turin, Nieskończonymi Schodami. Trudno i dość wolno biega się w górę i w dół, zwłaszcza w razie kłopotów. Zamiast tego używamy latarni, by przekazać wiadomość. Jest też inna droga, choć rzadko z niej korzystamy. Gdy zbudowano Vol Turin, obok niego wykuto gładką rynnę. Może służyć jako olbrzymia ślizgawka, wysoka jak góra.

Wargi Eragona wygięły się w lekkim uśmiechu.

– Jest niebezpieczna?

– Nawet nie myśl, by spróbować. Zbudowano ją dla krasnoludów, dla człowieka jest za wąska. Gdybyś z niej wypadł, wyrzuciłoby cię na schody i filary, może nawet dalej, w pustkę.

Saphira wylądowała o rzut włóczni od nich, jej łuski zachrzęściły sucho. Gdy powitała Eragona, z Tronjheimu wysypała się gromada ludzi i krasnoludów, którzy, szepcząc, zaciekawieni zebrali się wokół niej. Eragon obrzucił tłum niepewnym spojrzeniem.

– Lepiej już idź. – Orik pchnął go naprzód. – Jutro rano spotkamy się przy bramie, będę czekał.

Eragon zatrzymał się odruchowo.

– Skąd będę wiedział, że jest ranek?

– Przyślę kogoś, by cię zbudził. A teraz idź.

Bez dalszych protestów Eragon przecisnął się przez otaczającą Saphirę gawiedź i wskoczył jej na grzbiet.

Nim jednak wystartowała, z tłumu wystąpiła stara kobieta i mocno chwyciła stopę Eragona. Próbował się uwolnić, lecz jej dłoń przypominała żelazne imadło. Nie mógł wyzwolić się z uchwytu. Wokół płonących szarych oczu dostrzegł gęstą sieć zmarszczek, skóra opadała długimi fałdami na zapadnięte policzki. Na lewym ramieniu trzymała niezgrabne zawiniątko.

– Czego chcesz? – spytał z lękiem Eragon.

Kobieta pochyliła ramię. Kawałek tkaniny poleciał na ziemię, odsłaniając twarz dziecka.

– Ta dziewczynka nie ma rodziców – rzekła ochryple z rozpaczą w głosie – ani nikogo, kto by się nią zajął, prócz mnie, a ja jestem słaba. Pobłogosław ją swą mocą, Argetlamie. Życz jej szczęścia.

Eragon, szukając pomocy, obejrzał się na Orika, krasnolud jednak obserwował go tylko czujnie. Tłum umilkł, czekając na odpowiedź. Kobieta wciąż wbijała w niego wzrok.

– Pobłogosław ją, Argetlamie, pobłogosław – nalegała.

Eragon nigdy nikogo nie błogosławił. W Alagaësii nikt nie dawał lekko swego błogosławieństwa, często bowiem zdarzało się, że zamieniało się ono w przekleństwo, zwłaszcza wypowiedziane ze złą wolą bądź z brakiem przekonania. *Czy odważę się wziąć na siebie tę odpowiedzialność?* – pomyślał.

– Pobłogosław ją, Argetlamie.

Nagle podjął decyzję i zaczął szukać odpowiedniego zdania. Nic nie przyszło mu do głowy. W końcu przypomniał sobie pradawną mowę. To miało być prawdziwe błogosławieństwo wypowiedziane słowami mocy przez kogoś, kto mocą dysponował.

Pochylił się i zsunął rękawicę z prawej dłoni. Kładąc ją na czole dziecka, rzekł:

– Atra gülai un ilian tauthr ono un atra ono waíse skölir frá rauthr. – Nagle poczuł się słaby, jakby użył magii. Powoli naciągnął z powrotem rękawicę i zwrócił się do kobiety: – To wszystko, co mogę dla niej zrobić. Jeśli jakiekolwiek słowa mają dość mocy, by powstrzymać tragedię, to właśnie te.

– Dziękuję, Argetlamie – szepnęła, skłaniając się lekko.

Znów zaczęła okrywać dziecko, lecz Saphira prychnęła i przekręciła głowę, patrząc wprost na nie. Kobieta zesztywniała, wstrzymała oddech. Saphira pochyliła długi pysk i czubkiem nosa musnęła dziewczynkę między oczami. Potem cofnęła się płynnym ruchem.

Tłum jęknął. Na czole dziecka, w miejscu gdzie dotknęła go Saphira, pozostała gwiaździsta plama srebrzystobiałej skóry, lśniącej niczym gedwëy ignasia Eragona. Kobieta w niemej podzięce spojrzała na smoczycę rozgorączkowanymi oczami.

Saphira wystartowała bez dalszej zwłoki. Oszołomieni gapie poczuli potężne uderzenie powietrza. Gdy ziemia została w dole, Eragon odetchnął głęboko, po czym mocno objął szyję smoczycy. *Co zrobiłaś?* – spytał miękko.

Dałam jej nadzieję, a ty dałeś jej przyszłość.

Nagle ogarnęła go dławiąca fala samotności, której nie złagodziła nawet obecność Saphiry. To wszystko było takie obce. Po raz pierwszy dokładnie zrozumiał, jak daleko znalazł się od domu, zniszczonego domu. Lecz tam właśnie wciąż spoczywało jego serce. *Kim ja się stałem, Saphiro?* – spytał. *Zaledwie wkroczyłem w wiek męski, a już rozmawiałem z przywódcą Vardenów, ściga mnie Galbatorix, podróżowałem z synem Morzana – a teraz ludzie proszą mnie o błogosławieństwo! Jaką mogę dać im mądrość, której sami nie poznali? Cóż mogę osiągnąć, czego armia nie zrobiłaby lepiej. To szaleństwo, powinienem wrócić do Carvahall, do Rorana.*

Saphira długą chwilę milczała. Gdy w końcu się odezwała, jej słowa zabrzmiały łagodnie. *Jesteś pisklęciem, to wszystko. Pisklęciem poznającym świat. Może w latach jestem młodsza od ciebie, ale nie w myślach. Nie trap się,*

Eragonie, pogódź się z tym, gdzie i kim jesteś. Ludzie często wiedzą, co muszą zrobić, wystarczy, byś wskazał im drogę. Na tym właśnie polega mądrość. A co do czynów, żadna armia nie zdołałaby tak pobłogosławić dziecka.

Ale to przecież nic – zaprotestował – drobnostka.

Ależ nie. To, co ujrzałeś, było początkiem innej historii, innej legendy. Myślisz, że dziecko to zadowoli się losem karczmarki czy żony rolnika, skoro na jej czole widnieje smocze znamię, a twoje słowa zawisły nad nią na zawsze? Nie doceniasz swojej mocy i mocy losu.

Eragon skłonił głowę. *To mnie przytłacza. Czuję się, jakbym żył we śnie, w fantazji, gdzie wszystko jest możliwe. Wiem, że dzieją się na tym świecie niezwykłe rzeczy, ale zawsze dotyczą kogoś innego, kogoś za siedmioma górami, dawno, dawno temu. Lecz to ja znalazłem twoje jajo, mnie nauczał Jeździec i ze mną walczył Cień. To nie są czyny zwykłego chłopaka ze wsi. A nim właśnie jestem, czy może byłem. Coś mnie zmienia.*

To twój wyrd cię zmienia – odparła Saphira. *Każdy wiek potrzebuje symbolu, może tobie właśnie przypadła ta rola. Chłopcy ze wsi nie noszą bez powodu imienia pierwszego Jeźdźca. Twój imiennik był początkiem, ty jesteś ciągiem dalszym. Albo końcem* – dodała.

Ach. Eragon pokręcił głową. *Zupełnie jakbyś przemawiała zagadkami. Jeśli jednak wszystko jest z góry ustalone, jakie znaczenie ma nasz wybór? Czy po prostu musimy nauczyć się godzić z losem?*

Eragonie – odparła stanowczo Saphira – *wybrałam cię z wnętrza jaja. Dano ci szansę, za którą większość ludzi oddałaby życie. Czy jesteś z tego powodu nieszczęśliwy? Oczyść swój umysł z podobnych myśli, nie zdołasz na nie odpowiedzieć, a nie przyniosą ci szczęścia.*

To prawda – przytaknął ponuro. *Niemniej jednak wciąż dźwięczą mi w głowie.*

Od śmierci Broma wszystko było... niepewne. Nie czułam się z tym dobrze – przyznała Saphira, zaskakując go, bo rzadko wydawała się czymkolwiek poruszona. Byli już nad Tronjheimem. Eragon spojrzał w dół i ujrzał posadzkę Smoczej Twierdzy: Isidar Mithrim, Wielki Gwiaździsty Szafir. Wiedział, że pod nim kryje się jedynie wielka centralna komnata Tronjheimu. Saphira bezszelestnie opadła niżej. Prześliznęła się nad krawędzią Smoczej Twierdzy i z głośnym szczękiem szponów wylądowała na Isidar Mithrim.

Nie zadrapiesz go? – spytał Eragon.

Wątpię. To nie jest zwyczajny klejnot.

Eragon zsunął się z jej grzbietu i powoli obrócił, chłonąc wzrokiem niezwykłe otoczenie. Znajdowali się w okrągłej, pozbawionej sklepienia sali, wysokiej na sześćdziesiąt stóp i tak samo szerokiej. W ścianach otwierały się ciemne groty różnej wielkości, od mało co wyższych od mężczyzny po olbrzymie, rozmiarów domu. W marmurowych ścianach osadzono błyszczące szczeble pozwalające wspiąć się na samą górę. Olbrzymie łukowate przejście wiodło na zewnątrz.

Eragon przyjrzał się wielkiemu klejnotowi pod stopami i wiedziony odruchem położył się na nim. Przycisnął policzek do chłodnego szafiru, próbując przeniknąć przez niego wzrokiem. Dostrzegł załamane linie i wirujące drobinki barwnego światła we wnętrzu kamienia, lecz jego grubość uniemożliwiała zobaczenie czegokolwiek na odległej o milę posadzce komnaty.

Czy będę musiał spać osobno?

Saphira pokręciła olbrzymią głową. *Nie, w jaskini jest dla ciebie łóżko.* Odwróciła się i nie rozkładając skrzydeł, skoczyła dwadzieścia stóp w powietrze, lądując w średniej grocie. Eragon wgramolił za nią.

W środku grota była ciemnobrązowa i głębsza, niż oczekiwał. Grubo ociosane ściany sprawiały wrażenie naturalnych. Znalazł gruby siennik, wystarczająco duży, by Saphira mogła zwinąć się na nim w kłębek. Obok w ścianę wbudowano łóżko. Wnętrze oświetlała samotna czerwona lampa, wyposażona w wieczko, by można ją było przesłonić.

Podoba mi się – rzekł Eragon. *Wygląda bezpiecznie.*

Tak. Saphira ułożyła się na sienniku, obserwując go. Eragon z westchnieniem opadł na łóżko i poczuł nagłą falę głębokiego zmęczenia.

Saphiro, niewiele mówisz, odkąd się tu znaleźliśmy. Co myślisz o Tronjheimie i Ajihadzie?

Zobaczymy... Wygląda na to, Eragonie, że znaleźliśmy się w sercu zupełnie innej wojny, tej nie toczy się na miecze i szpony, lecz słowa i sojusze. Bliźniacy nas nie lubią, musimy się wystrzegać ich podstępów i pułapek. Niewiele krasnoludów nam ufa, elfy nie chciały człowieka Jeźdźca, zatem także nie przyjmą nas chętnie. Pozostaje nam tylko rozpoznać tych, którzy dzierżą tu władzę, i zaprzyjaźnić się z nimi. I to szybko.

Myślisz, że zdołamy pozostać niezależni od różnych przywódców?

Poruszyła skrzydłami, układając się wygodniej. *Ajihad popiera naszą wolność, ale możliwe, że nie przetrwamy, jeśli nie zwiążemy się z jedną z grup. Wkrótce się przekonamy.*

Język kijanki
i mandragora

Kiedy Eragon się obudził, zobaczył, że ściągnął z siebie kołdrę, nadal jednak było mu ciepło. Saphira spała na swym sienniku, oddychając miarowo.

Po raz pierwszy, odkąd przekroczył próg Farthen Dûru, czuł się bezpieczny. Odżyła w nim nadzieja. Był wypoczęty, najedzony, mógł spać, ile zechce. Opadło stale towarzyszące mu napięcie, narastające od śmierci Broma, a nawet wcześniej, odkąd opuścił dolinę Palancar.

Już nie muszę się bać, ale co z Murtaghiem? Mimo gościnnego przyjęcia przez Vardenów Eragon nie mógł spać spokojnie, wiedząc, że – chcący czy nie – doprowadził do uwięzienia Murtagha. Musiał jakoś rozwiązać ten problem.

Powiódł wzrokiem po nierównym sklepieniu jaskini. Jego myśli powędrowały ku Aryi. Szybko upomniał się w duchu, przechylił głowę i wyjrzał na zewnątrz. Na skraju groty siedział wielki kot i spokojnie lizał łapę. Zerknął na niego, Eragon dostrzegł błysk skośnych czerwonych oczu.

Solembum? – spytał z niedowierzaniem.

Oczywiście. Kotołak potrząsnął kędzierzawą grzywą i ziewnął szeroko, odsłaniając długie kły. Przeciągnął się, a potem wyskoczył z jaskini, lądując ciężko na Isidar Mithrimie dwadzieścia stóp niżej. *Idziesz?*

Eragon spojrzał na Saphirę. Już nie spała, obserwowała go bez ruchu. *Idź, nic mi nie będzie* – mruknęła. Solembum czekał na niego pod łukiem wiodącym do dolnych partii Tronjheimu.

W chwili gdy stopy Eragona dotknęły klejnotu, kotołak odwrócił się błyskawicznie i zniknął w przejściu. Eragon pobiegł za nim zaspany, przecierając oczy. Przekroczył łuk i ujrzał przed sobą Vol Turin, Nieskończone Schody. Nie pozostało mu nic innego, toteż szybko zbiegł na następny poziom.

Ujrzał przed sobą arkadę okrążającą środkową komnatę Tronjheimu. Pomiędzy smukłymi kolumnami podtrzymującymi łuki sklepienia widział połyskujący w górze Isidar Mithrim, a także odległą podstawę miasta -góry. Z każdym kolejnym poziomem obwód środkowej sali się zwiększał. Stopnie wiodły niżej, ku kolejnej identycznej arkadzie, i jeszcze niżej, aż w końcu niknęły w dali. Obok, po zewnętrznej krzywiźnie, biegła gładka rynna. Na szczycie Vol Turin leżał stos grubych kawałków skóry, na których można było zjeżdżać. Po prawej stronie Eragona zakurzony korytarz prowadził do komnat i apartamentów tego poziomu. Solembum czekał parę kroków dalej, lekko kołysząc ogonem.

Chwileczkę – rzucił Eragon.

Próbował doścignąć kotołaka, widział go jednak tylko przelotnie w kolejnych opuszczonych korytarzach. W końcu, gdy skręcił za róg, ujrzał, jak Solembum przystaje przed drzwiami i miauczy przeciągle. Drzwi jak zaczarowane otwarły się do wewnątrz. Solembum wbiegł do środka, a one zatrzasnęły się za nim. Eragon przystanął na progu, zaskoczony. Uniósł dłoń, by zapukać; nim to jednak uczynił, drzwi otwarły się ponownie i ze środka wylała się fala ciepłego światła. Po sekundzie wahania ruszył naprzód.

Znalazł się w przytulnym mieszkaniu złożonym z dwóch komnat bogato zdobionych rzeźbionym drewnem, pełnych pnących się roślin. Powietrze było tu ciepłe, świeże i wilgotne. Na ścianach i suficie zawieszono jasne lampy. Na posadzce piętrzyły się stosy fascynujących przedmiotów, przesłaniających kąty. W drugiej komnacie stało wielkie łoże z baldachimem, porośnięte gęstymi pnączami.

Pośrodku pierwszej komnaty, w wygodnym skórzanym fotelu siedziała czarownica Angela. Uśmiechnęła się promiennie.

– Co ty tu robisz? – odezwał się zdumiony Eragon.

Angela splotła dłonie na kolanach.

– Może usiądziesz na podłodze, a ja ci wyjaśnię? Zaproponowałabym ci krzesło, ale siedzę na jedynym.

W głowie Eragona kłębiły się pytania. Usiadł szybko pomiędzy dwiema flaszkami ostro cuchnącej, bulgoczącej zielonej mikstury.

– A zatem – wykrzyknęła Angela, pochylając się – istotnie jesteś Jeźdźcem! Podejrzewałam to, ale aż do wczoraj nie miałam pewności. Solembum z pewnością wiedział, ale niczego nie zdradził. Powinnam była zgadnąć w chwili, gdy wspomniałeś Broma. Saphira... podoba mi się to imię, pasuje do smoka.

– Brom nie żyje – odparł krótko Eragon. – Ra'zacowie go zabili.

Angela umilkła. Przez chwilę bawiła się kosmykiem kręconych włosów.

– Przykro mi, naprawdę – powiedziała cicho.

Eragon uśmiechnął się z goryczą.

– Ale nie jesteś zaskoczona, prawda? Ostatecznie przepowiedziałaś jego śmierć.

– Nie wiedziałam, o czyją śmierć chodzi. – Pokręciła głową. – Ale tak... nie jestem zaskoczona. Parę razy widziałam się z Bromem. Nie podobało mu się moje „frywolne" podejście do magii. Bardzo go drażniło.

Eragon zmarszczył brwi.

– W Teirmie śmiałaś się z jego losu i mówiłaś, że to żart. Dlaczego?

Na moment twarz Angeli stężała.

– W tej chwili wydaje się to dość niesmaczne, ale nie wiedziałam, co go czeka. Jak by to ująć... w pewnym sensie Brom był przeklęty. Nie z własnej winy miał ponieść klęskę we wszystkich swych zadaniach prócz jednego. Taki był jego wyrd. Wybrano go na Jeźdźca, lecz jego smok zginął. Kochał kobietę, ale jego uczucie sprowadziło na nią nieszczęście. Zakładam też, że został wybrany, by cię strzec i uczyć, w końcu jednak tu także zawiódł. Udało mu się tylko jedno, zabicie Morzana, i czyn ten wystarczył za wszystko inne.

– Brom nigdy nie wspominał o żadnej kobiecie – wtrącił Eragon.

Angela niedbale wzruszyła ramionami.

– Słyszałam to od kogoś, kto nie mógł skłamać. Ale dość już tego, życie płynie dalej i nie powinniśmy kłopotać zmarłych naszymi troskami. – Zgarnęła z podłogi naręcze trzcin i zaczęła splatać je zręcznie, wyraźnie pragnąc zmiany tematu.

Eragon zawahał się i ustąpił.

– No dobrze. Czemu zatem jesteś w Tronjheimie zamiast w Teirmie?

– A, dobre pytanie! Gdy podczas twojej wizyty znów usłyszałam imię Broma, poczułam, że do Alagaësii wraca przeszłość. Ludzie szeptali, że imperium ściga Jeźdźca. Zrozumiałam, iż jajo Vardenów musiało się wykluć, toteż zamknęłam swój kram i wyruszyłam, by dowiedzieć się więcej.

– Wiedziałaś o jaju?

– Oczywiście, że tak. Nie jestem idiotką. Żyję znacznie dłużej, niż mógłbyś sądzić. Bardzo niewiele spraw umyka mojej uwadze. – Na chwilę urwała, skupiając się na plecionce. – Wiedziałam, że muszę jak najszybciej dotrzeć do Vardenów. Jestem tu już prawie miesiąc, choć szczerze mówiąc, nie przepadam za tym miejscem – jak dla mnie jest stanowczo zbyt duszne i wilgotne. Poza tym wszyscy w Farthen Dûrze są tacy poważni i szlachetni, pewnie bez wyjątku czeka ich tragiczna śmierć. – Westchnęła przeciągle z drwiącą miną. – A krasnoludy to banda przesądnych prostaczków, którym do szczęścia wystarczy rycie w kamieniu. Jedyną zaletą tego miejsca są wszystkie grzyby i pleśnie rosnące wewnątrz krateru.

– Czemu więc tu zostałaś? – Eragon się uśmiechnął.

– Bo lubię być w miejscach, gdzie dzieje się coś ważnego. – Angela przechyliła głowę. – Poza tym, gdybym została w Teirmie, Solembum odszedłby beze mnie, a odpowiada mi jego towarzystwo. Ale powiedz, jakie przygody cię spotkały od czasu naszej ostatniej rozmowy?

Przez następną godzinę Eragon relacjonował swoje przeżycia z ostatnich dziesięciu tygodni. Angela słuchała w milczeniu, gdy jednak wspomniał imię Murtagha, syknęła głośno.

– Murtagh!

Eragon skinął głową.

– Powiedział mi, kim jest. Ale nim go osądzisz, pozwól, że skończę.

Podjął przerwaną opowieść. Gdy dotarł do końca, Angela z namysłem odchyliła się w fotelu, zapominając o plecionce z trzciny. Solembum bez ostrzeżenia wyskoczył z kryjówki i wylądował jej na kolanach. Zwinął się w kłębek, wyniośle spoglądając na Eragona.

Angela pogłaskała kotołaka.

– Fascynujące. Galbatorix sprzymierzył się z urgalami, a Murtagh w końcu wyrwał się na swobodę... Ostrzegłabym cię, byś uważał na Murtagha, ale najwyraźniej jesteś świadom niebezpieczeństwa.

– Murtagh był mi wiernym przyjacielem i towarzyszem – oznajmił stanowczo Eragon.

– Niemniej jednak uważaj. – Angela przez moment milczała, po czym dodała z niesmakiem: – No i jest jeszcze ten Cień, Durza. Myślę, że w tej chwili prócz Galbatorixa stanowi on największe zagrożenie dla Vardenów.

Nie cierpię Cieni. Praktykują najbardziej nieczystą magię, nie licząc nekromancji. Chętnie wydłubałabym mu serce tępą szpilką i nakarmiła nim świnie.

Eragona zaskoczyła gwałtowność jej słów.

– Nie rozumiem. Brom mówił mi, że Cienie to czarnoksiężnicy wykorzystujący duchy. Czemu jednak mieliby być aż tak źli?

Angela pokręciła głową.

– Nie o to chodzi. Zwykli czarnoksiężnicy są właśnie zwykli, ani gorsi, ani lepsi niż reszta z nas. Za pomocą swej magii kontrolują duchy i ich moce. Natomiast Cienie rezygnują z tej kontroli, gdyż szukają większej mocy, i pozwalają, by duchy opanowały ich ciała. Niestety, tylko najgorsze z duchów opętują ludzi, a gdy już raz znajdą się w ciele, nigdy nie odejdą. Takie opętanie może zdarzyć się przypadkiem, gdy czarnoksiężnik wezwie ducha silniejszego niż on sam. Problem w tym, że gdy powstanie Cień, bardzo trudno go zabić. Jak zapewne wiesz, tylko dwóch bohaterów, elf Laerti i Jeździec Irnstad, dokonało podobnego czynu.

– Słyszałem opowieści. – Eragon wykonał szeroki gest ręką. – Czemu mieszkasz tak wysoko w Tronjheimie? Czy takie odosobnienie ci nie przeszkadza? I jak zdołałaś przenieść tu te wszystkie rzeczy?

Angela odrzuciła głowę w tył i zaśmiała się cierpko.

– Szczerze? Ukrywam się. Gdy przybyłam do Tronjheimu, miałam kilka dni spokoju, póki jeden ze strażników, którzy wpuścili mnie do Farthen Dûru, nie wypaplał, kim jestem. A wtedy wszyscy tutejsi magicy, choć nie zasługują nawet na to miano, zaczęli marudzić, żebym dołączyła do ich tajnej grupy. Zwłaszcza ci przeklęci Bliźniacy, którzy nią kierują. W końcu zagroziłam, że zamienię ich wszystkich w ropuchy, przepraszam, w żaby. Gdy jednak to ich nie zniechęciło, zakradłam się tu w środku nocy. Nie było to takie trudne jak sądzisz, zwłaszcza dla kogoś o moich zdolnościach.

– Czy przed wejściem do Farthen Dûru musiałaś wpuścić Bliźniaków do swego umysłu? Mnie zmusili, bym pozwolił im przejrzeć swoje wspomnienia.

Oczy Angeli rozbłysły zimnym blaskiem.

– Bliźniacy nie odważyliby się mnie zbadać. Baliby się tego, co mogę im zrobić. Och, chętnie by to uczynili, ale wiedzą, że po czymś takim zamieniliby się w parę bełkoczących głupków. Odwiedzałam to miejsce na długo przedtem, nim Vardeni zaczęli badać umysły ludzi... i mnie nie będą badali.

Zerknęła do sąsiedniej komnaty.

– No, no! – rzuciła. – To była ciekawa rozmowa, ale obawiam się, że powinieneś już iść. Moja mikstura z języka kijanki i mandragory zaraz się zagotuje i muszę się nią zająć. Wróć jeszcze w wolnej chwili. I proszę, nie mów nikomu, że tu jestem. Nie chciałabym znów się przenosić. To by mnie... zirytowało. A chyba nie chcesz mnie irytować.

– Zachowam twój sekret – zapewnił ją Eragon i wstał.

Solembum zeskoczył z kolan Angeli.

– To dobrze! – wykrzyknęła czarownica.

Eragon pożegnał się i wyszedł. Solembum poprowadził go z powrotem do Smoczej Twierdzy, a potem odprawił machnięciem ogona i odmaszerował dumnie w dal.

W grocie króla gór

W smoczej twierdzy na Eragona czekał krasnolud. Skłonił się szybko.
– Argetlam – wymamrotał z mocnym akcentem. – Dobrze, nie śpi.
Knurla Orik czeka. – Ukłonił się ponownie i zniknął. Saphira wyskoczyła
z jaskini i wylądowała obok Eragona, w szponach trzymała Zar'roca.
Po co ci on? – spytał, marszcząc brwi.
Przechyliła głowę. *Weź go. Jesteś Jeźdźcem, powinieneś nosić miecz Jeźdź-
ca. Zar'roc ma krwawą historię, ale nie powinno to wpływać na twe działa-
nia. Stwórz mu nową historię i noś go z dumą.*
Jesteś pewna? Pamiętasz radę Ajihada?
Saphira prychnęła, z jej nozdrzy wyleciała smużka dymu. *Przypasz go,
Eragonie. Jeśli chcesz pozostać ponad działającymi tu siłami, nie pozwól, by
czyjakolwiek dezaprobata wpływała na twoje decyzje.*
Jak sobie życzysz – odparł z wahaniem, przypinając miecz. Wdrapał się
na jej grzbiet i Saphira wyleciała z Tronjheimu. W Farthen Dûrze było
dość światła, by mogli dostrzec niewyraźny zarys ścian krateru, wzno-
szących się pięć mil dalej po obu stronach. Gdy spiralnie opadali w dół,
Eragon opowiedział Saphirze o spotkaniu z Angelą.
Natychmiast po tym, gdy wylądowali pod bramą Tronjheimu, podbiegł do nich Orik.

– Mój król, Hrothgar, chce was widzieć, oboje. Zsiadaj szybko, musimy się śpieszyć.

Eragon podreptał w ślad za krasnoludem w głąb Tronjheimu. Saphira z łatwością dotrzymywała im kroku.

– Gdzie spotkamy się z Hrothgarem? – spytał Eragon, nie zważając na spojrzenia ciekawskich.

– W sali tronowej pod miastem – odparł Orik, podążając żwawo naprzód. – To będzie prywatna audiencja na znak otho, wiary. Nie musisz zwracać się do niego jakoś szczególnie, ale traktuj go z szacunkiem. Hrothgar bywa popędliwy, jest jednak mądry i potrafi wejrzeć w umysły ludzi, toteż nie mów nic bez zastanowienia.

Gdy znaleźli się w centralnej sali Tronjheimu, Orik poprowadził ich do jednego z dwóch szeregów stopni prowadzących w dół. Ruszyli tymi po prawej. Schody łagodnie skręcały, aż w końcu całkiem zawróciły, łącząc się z drugimi. Przed sobą widzieli szeroką kaskadę pogrążonych w półmroku stopni, które kończyły się przed potężnymi granitowymi drzwiami. Na obu skrzydłach wyryto koronę o siedmiu promieniach.

Siedem krasnoludów pełniło straż po obu stronach wrót. W dłoniach dzierżyli oskardy, u ich pasów lśniły barwne kamienie. Gdy Eragon, Orik i Saphira się zbliżyli, krasnoludy uderzyły w posadzkę drzewcami oskardów. Huk odbił się echem, zalewając schody kaskadą dźwięków. Drzwi otwarły się do wewnątrz.

Przed sobą ujrzeli mroczną salę, długą na strzał z łuku. Była to naturalna grota; wzdłuż ścian dostrzegli stalaktyty i stalagmity grubsze niż rosły człowiek. Blask latarni rozjaśniał nieco panujący wewnątrz mrok. Brązowa posadzka była gładka i błyszcząca. Po drugiej stronie sali stał czarny tron, na którym siedziała nieruchoma postać.

Orik się skłonił.

– Król czeka.

Eragon oparł dłoń na boku Saphiry i oboje ruszyli naprzód. Drzwi zamknęły się za nimi, pozostawiając ich samych w mrocznej sali tronowej, naprzeciw króla.

Ich kroki odbijały się echem od ścian, gdy maszerowali wolno w stronę tronu. Między stalaktytami i stalagmitami stały wielkie posągi, każdy z nich przedstawiał krasnoludzkiego króla z koroną na głowie, siedzącego na tronie. Ślepe oczy patrzyły surowo w dal, pobrużdżone twarze miały groźny wyraz. U stóp każdego wyryto runy układające się w imię.

Eragon i Saphira wędrowali z powagą pomiędzy dwoma rzędami od dawna nieżyjących władców. Minęli ponad czterdzieści posągów, dalej ujrzeli puste mroczne wnęki czekające na przyszłych królów. W końcu zatrzymali się przed Hrothgarem.

Władca krasnoludów sam także siedział jak posąg na wyniosłym tronie wyrzeźbionym z jednego kawałka czarnego marmuru. Tron był kanciasty, pozbawiony ozdób, wycięty z bezlitosną precyzją. Króla otaczała aura siły, sięgającej korzeniami pradawnych czasów, gdy krasnoludy władały Alagaësią bez ingerencji elfów i ludzi. Na głowie Hrothgara miast korony spoczywał złoty hełm wysadzany rubinami i brylantami. Król miał twarz ponurą, pomarszczoną, świadczącą o wielu latach mądrości i doświadczenia. Pod krzaczastymi brwiami lśniły głęboko osadzone, przenikliwe oczy. Potężną pierś okrywała kolczuga. Białą brodę zatknął za pas, na kolanach trzymał potężny młot bojowy z symbolem klanu Orika na głowicy.

Eragon skłonił się niezręcznie i ukląkł, Saphira trwała bez ruchu. Król drgnął lekko, jakby ocknął się z długiego snu.

– Powstań, Jeźdźce – zagrzmiał. – Nie musisz składać mi hołdu.

Eragon wyprostował się i spojrzał wprost w nieprzeniknione oczy krasnoluda. Król przyjrzał mu się z uwagą.

– Âz knurl deimi lanok – rzekł głucho. – Strzeż się, kamień się zmienia. To nasze stare powiedzenie. W dzisiejszych czasach kamień zmienia się bardzo szybko. – Pogładził palcami młot. – Nie mogłem spotkać się z wami wcześniej, jak Ajihad, bo musiałem rozmówić się z wrogami z innych klanów. Żądali, bym odmówił wam schronienia i wygnał z Farthen Dûru. Przekonanie ich wymagało sporo pracy.

– Dziękuję – odparł Eragon. – Nie wiedziałem, jak wielki zamęt wywoła moje przybycie.

Król przyjął słowa podzięki, po czym uniósł sękatą dłoń.

– Spójrz tutaj, Jeźdźce Eragonie. Oto moi poprzednicy na swych rzeźbionych tronach. Czterdziestu jeden ich było, ja zaś jestem czterdziesty drugi. Gdy odejdę z tego świata na łono bogów, moja hírna dołączy do ich szeregów. Pierwszy posąg przedstawia mego przodka Korgana, który wykuł ten młot, Volunda. Przez osiem tysiącleci – od zarania dziejów naszej rasy – krasnoludy władały Farthen Dûrem. Jesteśmy kośćmi tej ziemi, starszymi niż piękne elfy i dzikie smoki.

Saphira poruszyła się lekko.

Hrothgar pochylił się, jego głos zabrzmiał jeszcze głębiej.

– Jestem stary, człowieku, nawet wedle naszej rachuby. Dość stary, by pamiętać Jeźdźców w ich ulotnej chwale. Dość stary, by rozmawiać z ich ostatnim przywódcą Vraelem, który złożył mi hołd w tych oto murach. Niewielu żywych może powiedzieć to o sobie. Pamiętam Jeźdźców i to, jak mieszali się do naszych spraw. Pamiętam też pokój, który utrzymywali. Mogliśmy wówczas wędrować spokojnie od Tronjheimu do Nardy. Teraz zaś ty stoisz przede mną, ożywiona tradycja, która – jak się zdawało – zaginęła na wieki. Powiedz mi, i to szczerze, czemu przybyłeś do Farthen Dûru? Wiem o wydarzeniach, które zmusiły cię do ucieczki przed imperium. Ale co teraz zamierzasz?

– Na razie chcemy z Saphirą jedynie odzyskać siły – odparł Eragon. – Nie przybyliśmy tu, by sprawiać kłopoty, szukamy jedynie schronienia przed niebezpieczeństwem grożącym nam od wielu miesięcy. Ajihad być może pośle nas do elfów, lecz do tego czasu nie chcemy odchodzić.

– Zatem pragniesz tylko schronienia? – spytał Hrothgar. – Chciałbyś zamieszkać tu i zapomnieć o swych sporach z imperium?

Eragon pokręcił głową. Duma nie pozwoliła mu się zgodzić ze słowami króla.

– Skoro Ajihad opowiedział ci o mojej przeszłości, winieneś wiedzieć, że mam dość powodów, by walczyć z imperium, póki nie pozostaną z niego jedynie popioły. I jeszcze więcej... chcę pomóc tym, którzy nie mogą uciec Galbatorixowi, także mojemu kuzynowi. Mam siłę, by to zrobić, zatem muszę tak postąpić.

Zdawało się, że króla zadowoliła ta odpowiedź. Odwrócił się do Saphiry.

– Smoczyco, a jakie jest twoje zdanie na ten temat? Z jakich powodów tu przybyłaś?

Saphira uniosła górną wargę i warknęła. *Powiedz mu, że łaknę krwi naszych wrogów i niecierpliwie wyczekuję dnia, gdy ruszymy do walki z Galbatorixem. Nie mam w sobie łaski dla zdrajców i niszczycieli jaj, takich jak ów fałszywy król. Przetrzymywał mnie ponad sto lat i nawet teraz więzi dwoje mojego rodzeństwa, które pragnę uwolnić. Powiedz też Hrothgarowi, że uważam, iż jesteś gotów, by spełnić to zadanie.*

Eragon skrzywił się, lecz posłusznie powtórzył jej słowa. Kącik ust Hrothgara uniósł się w ponurym uśmiechu, od którego jeszcze pogłębiły się zmarszczki.

– Widzę, że mimo stuleci smoki się nie zmieniły. – Postukał pięścią w tron. – Wiesz, czemu to siedzisko jest takie płaskie i kanciaste? Aby nikt nie mógł zasiąść na nim wygodnie. Ja oddam je bez smutku, gdy przyjdzie mój czas. Co tobie przypomina o obowiązkach, Eragonie? Jeśli imperium upadnie, czy zajmiesz miejsce Galbatorixa i ogłosisz się królem?

– Nie pragnę władzy ani korony – odparł Eragon, poruszony słowami Hrothgara. – Bycie Jeźdźcem to dla mnie dostatecznie trudne zadanie. Nie, nie zasiądę na tronie w Urû'baenie... chyba że nie znajdzie się nikt inny, kto mógłby go zająć.

– Z pewnością byłbyś godniejszym królem niż Galbatorix. – W głosie Horthgara zabrzmiała ostrzegawcza nuta. – Ale żaden lud nie powinien mieć władcy, który się nie starzeje i nie oddaje tronu. Czas Jeźdźców minął, Eragonie, nigdy już nie powstaną. Nawet jeśli z pozostałych jaj wyklują się smoki.

Jego twarz pociemniała, spojrzał na klingę u boku Eragona.

– Widzę, że nosisz miecz wroga. Słyszałem o tym. A także o tym, że podróżujesz z synem Zaprzysiężonego. Widok tej broni mnie nie cieszy. – Wyciągnął rękę. – Chciałbym ją obejrzeć.

Eragon dobył Zar'roca i wręczył go królowi rękojeścią naprzód. Hrothgar chwycił miecz i fachowym wzrokiem zmierzył czerwoną klingę. Ostrze rozbłysło krwawo w blasku lampy. Król sprawdził je dłonią.

– Prawdziwe dzieło mistrza. Elfy rzadko wykuwają miecze, wolą łuki i włócznie, gdy jednak to czynią, ich dzieła nie mają sobie równych. To przeklęte ostrze, nie cieszy mnie jego widok w mym królestwie. Noś je jednak, jeśli chcesz, może jego los się odmieni. – Zwrócił Zar'roca Eragonowi, który wsunął go do pochwy. – Czy mój siostrzan okazał się pomocny?

– Kto?

Hrothgar uniósł krzaczaste brwi.

– Orik, syn mojej najmłodszej siostry. Służył pod rozkazami Ajihada jako dowód mego poparcia dla Vardenów. Ostatnio jednak powrócił pod me rozkazy. Rad jestem, że wystąpiłeś w jego obronie.

Eragon zrozumiał, że był to kolejny dowód dobrej woli ze strony Hrothgara.

– Nie mógłbym marzyć o lepszym przewodniku.

– To dobrze – odparł król, wyraźnie zadowolony. – Niestety, nie mogę mówić z tobą dłużej. Czekają na mnie doradcy, jest kilka spraw, którymi muszę się zająć. Ale powiem jedno: jeśli pragniesz zyskać szacunek podległych mi krasnoludów, najpierw musisz dowieść swej wartości. Mamy doskonałą pamięć i nie podejmujemy pochopnych decyzji. Słowa tu nie pomogą, tylko czyny.

– Zapamiętam – rzekł Eragon i ukłonił się głęboko.

Hrothgar władczo skinął głową.

– Możesz więc odejść.

Eragon zawrócił z Saphirą i po chwili wyszli z groty króla gór. Wyraźnie niespokojny Orik czekał na nich po drugiej stronie kamiennych drzwi. Dogonił ich na schodach wiodących do głównej komnaty Tronjheimu.

– Jak wam poszło? Zostaliście przyjęci łaskawie?

– Chyba tak. Ale twój król jest ostrożny – odparł Eragon.

– Dzięki temu przeżył tak długo.

Nie chciałabym rozgniewać Hrothgara – wtrąciła Saphira.

Eragon zerknął na nią. *Nie, ja też nie. Nie jestem pewien, co o tobie pomyślał. Jak się zdaje, nie przepada za smokami, choć nie powiedział tego otwarcie.*

Słowa te najwyraźniej rozbawiły Saphirę. *To dowód mądrości, zwłaszcza że sięga mi zaledwie do kolan.*

Wkrótce znaleźli się w sercu Tronjheimu, pod lśniącym Isidar Mithrim.

– Twoje wczorajsze błogosławieństwo poruszyło Vardenów, zupełnie jakbyś wywrócił ul – powiedział Orik. – Dziewczynka, której dotknęła Saphira, została obwołana przyszłą bohaterką. Wraz z opiekunką umieszczono ją w najwspanialszych komnatach. Wszyscy gadają o twoim „cudzie". A wszystkie matki usiłują cię znaleźć i zażądać tego samego dla swych dzieci.

Eragon rozejrzał się niespokojnie.

– Co mamy robić?

– Oprócz cofnięcia swych wczorajszych czynów? – spytał sucho Orik. – Spróbujcie nie rzucać się im w oczy. Do smoczej twierdzy nikt nie wejdzie, tam możecie odpocząć.

Eragon nie chciał jeszcze wracać do jaskini, gdyż było wcześnie. Pragnął zwiedzić Tronjheim z Saphirą. Teraz, kiedy znaleźli się poza granicami imperium, nie musieli się już rozstawać. Wolał jednak nie zwracać na siebie uwagi, a gdyby smoczyca została u jego boku, z pewnością to by się nie udało. *Saphiro, co chcesz teraz robić?*

Trąciła go nosem, łuski musnęły mu ramię. *Wrócę do smoczej twierdzy. Jest tam ktoś, z kim chcę się spotkać. Zwiedzaj spokojnie, ile tylko ze- chcesz.*

Dobrze – odparł. *Ale z kim chcesz się widzieć?* Saphira jedynie mrugnęła, po czym pomaszerowała w głąb jednego z czterech głównych korytarzy Tronjheimu.

Eragon wyjaśnił Orikowi, dokąd poszła.

– Chętnie zjadłbym śniadanie – rzekł. – A potem obejrzał Tronjheim, to takie niezwykłe miejsce. Nie chcę dziś iść na pole ćwiczeń, nie odzyskałem jeszcze w pełni sił.

Orik skinął głową, jego broda zafalowała.

– W takim razie może obejrzysz bibliotekę Tronjheimu? Jest bardzo stara, zgromadzono w niej wiele cennych zwojów. Zapewne zaciekawi cię historia Alagaësii nieskażona ręką Galbatorixa?

Eragon z nagłym ukłuciem bólu przypomniał sobie, jak Brom nauczył go czytać. Zastanawiał się, czy wciąż posiada tę umiejętność. Od tego czasu tak wiele się zdarzyło.

– O tak, zróbmy to.

– Doskonale.

Po posiłku Orik poprowadził Eragona dziesiątkami korytarzy. Gdy dotarli do łukowatych odrzwi biblioteki, Eragon z zachwytem przekroczył próg.

Sala ta przypominała mu las. Szeregi wdzięcznych kolumn wznosiły się i rozszczepiały, podtrzymując żebrowane sklepienie pięć pięter wyżej. Między nimi ustawiono regały z czarnego marmuru. Na półkach ułożono stosy zwojów. Trzy wąskie pomosty okalały górne poziomy, połączone trzema szeregami krętych schodów. Pod ścianami ustawiono w regularnych odstępach kamienne ławy, a między nimi niewielkie stoły, których podstawy wyrastały wprost z posadzki.

W sali zgromadzono niezliczone księgi i zwoje.

– Oto prawdziwe dziedzictwo naszego ludu – oznajmił Orik. – Spoczywają tu pisma naszych największych królów i uczonych od czasów starożytności aż do dzisiaj. Zapisano tu też pieśni i historie naszych poetów. Ta biblioteka to najcenniejszy krasnoludzki skarb. Są tu też dzieła innych ras – głównie ludzi. Wasz lud, choć żyje krótko, jest bardzo płodny. Elfich pism mamy zaledwie kilka, zazdrośnie strzegą swych sekretów.

– Jak długo mogę tu zostać? – Eragon ruszył w stronę półek.

– Ile tylko zechcesz. Jeśli będziesz miał jakieś pytania, przyjdź do mnie.

Eragon zaczął z radością grzebać wśród książek, sięgając z zapałem po ciekawsze tytuły bądź piękniejsze okładki. Ze zdumieniem odkrył, że krasnoludy posługiwały się tymi samymi runami co ludzie. Znacznie mniej przyjemne było odkrycie, że po kilku miesiącach przerwy czytanie przychodzi mu z wielkim trudem. Przeglądał kolejne książki, powoli zagłębiając się między półki. W końcu pochłonął go przekład wierszy Dóndara, dziesiątego krasnoludzkiego władcy.

Zatopiony w lekturze usłyszał obco brzmiące kroki, zbliżające się zza regału. Z początku ich dźwięk zaskoczył go, szybko jednak upomniał się w duchu. Nie mógł przecież być jedynym gościem w bibliotece. Mimo to po cichu odłożył książkę i bezszelestnie umknął w bok, nadstawiając ucha. Zbyt wiele razy wpadał w pułapkę, by ignorować przeczucia. Ponownie usłyszał kroki, tym razem dwóch osób. Pełen obaw przemknął przez przejście, próbując sobie przypomnieć, gdzie dokładnie siedzi Orik. Skręcił za róg i zamarł, widząc przed sobą Bliźniaków.

Stali razem, stykając się ramionami. Ich gładkie twarze miały nieprzenikniony wyraz. Czarne, gadzie oczy wpatrywały się w niego uważnie. Dłonie ukryte w fałdach fioletowych szat lekko drgały. Obaj skłonili się, lecz ów gest wyrażał jedynie wyniosłą wzgardę.

– Szukaliśmy cię – oznajmił jeden. Jego głos nieprzyjemnie przypominał głos Ra'zaca.

Eragon z trudem opanował dreszcz.

– Po co? – Sięgnął umysłem i nawiązał kontakt z Saphirą, która natychmiast złączyła z nim myśli.

– Od chwili twojego spotkania z Ajihadem chcemy... przeprosić za nasze zachowanie. – Słowa brzmiały drwiąco, ale pozornie Eragon nie mógł im nic zarzucić. – Przyszliśmy, by cię pozdrowić.

Zarumienił się gniewnie na widok ponownego ukłonu.

Ostrożnie – ostrzegła Saphira.

Natychmiast opanował wzbierający gniew. Nie mógł sobie pozwolić na otwartą konfrontację. Nagle przyszedł mu do głowy pewien pomysł. Eragon uśmiechnął się lekko.

– Nie, to ja muszę was pozdrowić. Bez waszej zgody nigdy nie znalazłbym się w Farthen Dûrze. – Teraz to on skłonił się przed nimi, czyniąc to tak obraźliwie, jak tylko potrafił.

W oczach Bliźniaków dostrzegł błysk rozdrażnienia. Jednak w odpowiedzi tylko się uśmiechnęli.

– To dla nas zaszczyt, że ktoś tak... ważny... jak ty ma o nas tak dobre zdanie. Jesteśmy twoimi dłużnikami.

Teraz to Eragon poczuł rozdrażnienie.

– Będę o tym pamiętał, gdy znajdę się w potrzebie.

Przesadzasz – wtrąciła ostro Saphira. *Nie mów nic, czego później pożałujesz. Zapamiętają każde słowo i użyją go przeciw tobie.*

To i tak trudne bez twoich komentarzy – warknął. Smoczyca zamruczała cicho i umilkła.

Bliźniacy podeszli bliżej, krańce ich szat z cichym szelestem muskały posadzkę, ich głosy zabrzmiały przymilnie.

– Szukaliśmy cię też z innego powodu, Jeźdźcze. Nieliczni magowie mieszkający w Tronjheimie zawiązali grupę. Nazywamy się Du Vrangr Gata, czyli...

– Kręta Ścieżka, wiem – przerwał im Eragon, przypominając sobie słowa Angeli.

– Twoja znajomość pradawnej mowy jest doprawdy imponująca – powiedział gładko Bliźniak. – Jak już mówiliśmy, Du Vrangr Gata usłyszała o twych wspaniałych czynach. Przybywamy, by zaprosić cię do naszego kręgu. Ktoś tak znamienity jak ty uczyniłby nam zaszczyt, zostając członkiem grupy. Przypuszczam też, że my również moglibyśmy ci pomóc.

– Jak?

– Zgromadziliśmy we dwóch spore doświadczenie w dziedzinie magii – odparł drugi Bliźniak. – Moglibyśmy wskazać ci drogę... pokazać zaklęcia, które poznaliśmy, nauczyć cię słów mocy. Nic nie uradowałoby nas bardziej niż choćby drobny udział w twej drodze do chwały. Nie musiałbyś nam odpłacać, choć gdybyś zechciał podzielić się z nami strzępami swej wiedzy, bylibyśmy zachwyceni.

Rysy Eragona stwardniały, gdy uświadomił sobie, o co proszą.

– Myślicie, że jestem półgłówkiem? – spytał ostro. – Nie zostanę waszym uczniem po to, byście mogli poznać słowa, które przekazał mi Brom! Musieliście być wściekli, gdy nie zdołaliście ich skraść z mojego umysłu.

Z twarzy Bliźniaków natychmiast opadły uśmiechnięte maski.

– Nie lekceważ nas, chłopcze. To my sprawdzimy twoje umiejętności magiczne, a to może być bardzo nieprzyjemne. Pamiętaj, wystarczy jedno błędne zaklęcie, by kogoś zabić. Może i jesteś Jeźdźcem, lecz we dwóch przewyższamy cię siłą.

Eragon zachował obojętną minę, choć żołądek ścisnął mu się boleśnie.

– Rozważę waszą propozycję, ale to może...

– Zatem zaczekamy na odpowiedź do jutra. Bacz, by była właściwa. – Uśmiechnęli się zimno i zniknęli w głębinach biblioteki.

Eragon się skrzywił. *Nie zamierzam dołączyć do Du Vrangr Gaty, nieważne, co powiedzą.*

Powinieneś pomówić z Angelą – poradziła Saphira. *Już wcześniej miała do czynienia z Bliźniakami. Mogłaby towarzyszyć ci w próbie. Niewykluczone, że przy niej nie odważą się ciebie skrzywdzić.*

To dobry pomysł. Eragon krążył wśród półek, aż znalazł Orika, który siedział na ławie i polerował swój topór.

– Chciałbym wrócić do smoczej twierdzy.

Krasnolud wsunął drzewce topora za skórzaną pętlę u pasa, po czym odprowadził Eragona do bramy, przy której czekała Saphira. Ludzie zebrali się już wokół niej. Nie zwracając na nich uwagi, Eragon dosiadł smoczycy i umknęli w niebo.

Ten problem trzeba rozwiązać szybko. Nie możesz dać się zastraszyć Bliźniakom – oznajmiła Saphira, lądując na Isidar Mithrim.

Wiem, mam jednak nadzieję, że ich nie rozgniewamy. Mogą być groźnymi nieprzyjaciółmi. Zeskoczył z jej grzbietu, przytrzymując dłonią Zar'roca.

Ty także chcesz mieć w nich sojuszników?

Pokręcił głową. *Raczej nie... Powiem im jutro, że nie dołączę do Du Vrangr Gaty.*

Eragon zostawił Saphirę w jaskini i wyszedł ze smoczej twierdzy. Chciał pomówić z Angelą, nie pamiętał jednak, jak znaleźć jej kryjówkę, a tym razem w pobliżu nie było Solembuma, który mógłby wskazać mu drogę. Krążył zatem po pustych korytarzach z nadzieją, że przypadkiem odnajdzie czarownicę. Gdy zmęczył go widok pustych komnat i niekończących się szarych ścian, powrócił do twierdzy. Gdy się zbliżył, usłyszał czyjś głos. Zatrzymał się, nasłuchując, głos jednak umilkł. *Saphiro, kto tam jest?*

Kobieta... ma w sobie coś władczego. Odwrócę jej uwagę, żebyś mógł wejść. Eragon poprawił Zar'roca w pochwie. *Orik mówił, że intruzi nie mogą odwiedzać smoczej twierdzy, zatem kto to?* Uciszył niepokój i przekroczył próg twierdzy, trzymając dłoń na mieczu.

Pośrodku sali stała młoda kobieta i patrzyła ciekawie na Saphirę, która wystawiła głowę z jaskini. Na oko miała jakieś siedemnaście lat. Gwiaździsty szafir rzucał na nią różowy blask, podkreślając dodatkowo ciemną barwę skóry, taką samą jak u Ajihada. Aksamitna suknia była czerwona jak wino i elegancko skrojona. U pasa wisiał w skórzanej pochwie wysadzany klejnotami stary sztylet.

Eragon splótł ręce na piersi, czekając, aż go zauważy. Ona jednak długą chwilę przyglądała się Saphirze. W końcu dygnęła.

– Proszę – rzekła słodko – czy zechcesz mi powiedzieć, gdzie znajdę Jeźdźca Eragona?

415

W oczach Saphiry rozbłysło rozbawienie.

– Jestem tutaj – oświadczył Eragon z uśmiechem.

Dziewczyna odwróciła się gwałtownie, jej dłoń odruchowo powędrowała do sztyletu. Twarz miała niezwykle piękną: migdałowe oczy, szerokie usta, zaokrąglone kości policzkowe. Natychmiast odprężyła się i znów dygnęła.

– Jestem Nasuada – oznajmiła.

Eragon skłonił głowę.

– Niewątpliwie wiesz, kim jestem, ale po co przyszłaś?

Nasuada uśmiechnęła się czarująco.

– Mój ojciec, Ajihad, przysłał mnie tu z wiadomością. Chciałbyś jej wysłuchać?

Przywódca Vardenów nie wydał się Eragonowi człowiekiem skłonnym do żeniaczki i ojcostwa. Zastanowił się, kim była matka Nasuady. Z pewnością niezwykłą kobietą, skoro zwróciła uwagę Ajihada.

– Tak, poproszę.

Nasuada odrzuciła włosy do tyłu.

– Rad jest, że dobrze się miewasz – wyrecytowała – ale przestrzega przed czynami takimi jak wczorajsze błogosławieństwo. Tworzą one więcej problemów, niż rozwiązują. Prosi cię też, byś jak najszybciej poddał się próbom. Musi wiedzieć, co potrafisz, nim nawiąże kontakt z elfami.

– Wspięłaś się tak wysoko tylko po to, by mi to powiedzieć? – Eragon przypomniał sobie niekończące się stopnie Vol Turin.

Nasuada pokręciła głową.

– Użyłam systemu kołowrotów, którymi podnosimy towary na wyższe poziomy. Moglíśmy posłużyć się sygnałami, ale uznałam, że sama dostarczę ci wiadomość. Chciałam cię poznać.

– Zechcesz usiąść? – spytał Eragon. Wskazał dłonią jaskinię Saphiry.

Nasuada uśmiechnęła się.

– Nie, czekają na mnie. Musisz też wiedzieć, że ojciec zezwolił ci odwiedzać Murtagha, kiedy tylko zechcesz. – Jej gładka twarz przybrała poważny wyraz. – Spotkałam go wcześniej. Bardzo chce z tobą pomówić. Wydawał się samotny, powinieneś go odwiedzić. – Opisała Eragonowi, jak znaleźć celę Murtagha.

Eragon podziękował jej za wieści.

– A co z Aryą? – spytał. – Czy czuje się lepiej? Mogę się z nią widzieć? Orik nie potrafił powiedzieć mi zbyt wiele.

Nasuada uśmiechnęła się przebiegle.

– Arya szybko wraca do zdrowia, jak wszystkie elfy. Nikt nie może jej odwiedzać oprócz mego ojca, Hrothgara i uzdrowicieli. Spędzili przy niej wiele czasu i dowiedzieli się wszystkiego, co zaszło od dnia jej uwięzienia. – Raz jeszcze spojrzała na Saphirę. – Muszę iść. Mam coś powtórzyć Ajihadowi?

– Nie, poza tym, że chciałbym odwiedzić Aryę. Podziękuj mu też za okazaną nam gościnę.

– Powtórzę mu dokładnie twoje słowa. Żegnaj, Jeźdźce Eragonie, mam nadzieję, że wkrótce znów się spotkamy.

Dygnęła i wyszła z twierdzy, wysoko unosząc głowę.

Jeśli naprawdę przyszła na sam szczyt Tronjheimu tylko po to, by mnie poznać, to, kołowroty czy nie, w spotkaniu tym musiało kryć się coś więcej niż zwykła pogawędka – rzekł w myślach Eragon.

O tak. Saphira cofnęła głowę. Eragon wdrapał się do groty i ze zdumieniem ujrzał Solembuma, zwiniętego w kłębek w zagłębieniu u podstawy szyi smoczycy. Kotołak mruczał donośnie, a jego ogon o czarnym czubku kołysał się lekko. Oboje spojrzeli wyniośle na Eragona, jakby pytając: *Czego chcesz?*

Eragon pokręcił głową i zaśmiał się bezradnie. *Saphiro, czy to właśnie z Solembumem chciałaś się spotkać?*

Oboje zamrugali jednocześnie i odpowiedzieli: *Tak.*

Po prostu byłem ciekaw. Wciąż czuł narastające rozbawienie. W zasadzie to miało sens. Obydwa magiczne stworzenia miały podobne charaktery. Westchnął, czując, że opuszcza go napięcie całego dnia. Powoli odpiął Zar'roca. *Solembumie, wiesz gdzie jest Angela? Nie mogłem jej znaleźć, a potrzebuję rady.*

Solembum zaczął ugniatać łapami łuskowaty grzbiet Saphiry. *Jest gdzieś w Tronjheimie.*

Kiedy wróci?

Niedługo.

Jak prędko? – spytał niecierpliwie. *Muszę z nią pomówić dzisiaj.*

Nie tak prędko.

Kotołak mimo nalegań Eragona nie chciał powiedzieć nic więcej. W końcu chłopak poddał się i przytulił do Saphiry. Z góry dobiegało go mruczenie Solembuma. *Muszę jutro odwiedzić Murtagha*, pomyślał, obracając w palcach pierścień Broma.

Próba Aryi

Rankiem trzeciego dnia w Tronjheimie Eragon wstał z łóżka świeży i pełen energii. Przypasał Zar'roca, zarzucił na plecy łuk i kołczan. Po leniwym locie na grzbiecie Saphiry spotkał się z Orikiem przed jedną z czterech bram Tronjheimu. Spytał krasnoluda o Nasuadę.

– To niezwykła dziewczyna – odparł Orik, patrząc z dezaprobatą na czerwony miecz. – Całkowicie oddana ojcu, cały swój czas poświęca wyłącznie jemu. Myślę, że robi więcej, niż Ajihad sądzi. Bywało, że potrafiła wymanewrować jego wrogów, nie ujawniając swojej roli.

– Kim jest jej matka?

– Tego nie wiem. Gdy Ajihad przyniósł Nasuadę do Farthen Dûru, był sam. Nigdy nie powiedział, skąd się wzięła.

Zatem ona też dorastała, nie znając matki. Potrząsnął głową, odganiając tę myśl.

– Nie mogę znaleźć sobie miejsca. Chętnie rozruszam mięśnie. Gdzie mam się udać na owe „próby" Ajihada?

Orik wskazał ręką w głąb Farthen Dûru.

– Pole ćwiczeń leży pół mili od Tronjheimu. Nie widać go stąd, bo to po drugiej stronie miasta-góry. To duża przestrzeń, na której jednako ludzie i krasnoludy ćwiczą władanie bronią.

Też tam idę – oznajmiła Saphira.

Eragon poinformował o tym Orika, który z namysłem pociągnął brodę.

– To nie najlepszy pomysł, na polu jest wielu ludzi. Z pewnością zwrócicie ich uwagę.

Idę! – zagrzmiała Saphira. I to zakończyło dyskusję.

***

Już z daleka usłyszeli odgłosy walki – donośny szczęk stali uderzającej o stal, głuchy szelest strzał trafiających w wypchane cele, szczęk i trzask kijów, okrzyki ludzi uczestniczących w udawanej bitwie. Mimo pozornego chaosu, każda grupa walczyła we własnym, charakterystycznym rytmie.

Większą część pola zajmował krzywy czworobok piechoty, zmagającej się z tarczami i drągami niemal dorównującymi im wzrostem. Ćwiczyli manewry grupowe. Obok nich trenowały setki wojowników uzbrojonych w miecze, maczugi, włócznie, kije, pałki, najróżniejsze tarcze, a nawet – odkrył z rozbawieniem Eragon – widły. Niemal wszyscy mieli na sobie zbroje, zwykle kolczugi i hełmy. Od czasu do czasu dostrzegał też zbroje płytowe. Krasnoludy dorównywały liczebnością ludziom, choć obie rasy trzymały się osobno. Za plecami ćwiczących wojowników długi szereg łuczników zasypywał strzałami płócienne manekiny.

Nim Eragon zdążył się zastanowić, co ma robić, podszedł do nich brodaty mężczyzna odziany w misiurkę osłaniającą głowę i masywne bary. Resztę stroju uszyto z grubej wołowej skóry, na której wciąż pozostawała sierść. Na plecach powiesił olbrzymi miecz, niemal tak długi, jak Eragon był wysoki. Zmierzył wzrokiem Saphirę i Eragona, jakby oceniając ich siły. W końcu odezwał się szorstko:

– Knurla Orik, zbyt długo cię nie było. Z nikim już nie mogę powalczyć.

Orik uśmiechnął się.

– Oeí, to dlatego że twój potworny miecz wszędzie zostawia straszne siniaki, każdy to wie.

– Każdy prócz ciebie – poprawił tamten.

– Bo jestem szybszy niż taki olbrzym jak ty.

Mężczyzna ponownie spojrzał na Eragona.

– Jestem Fredric, mam sprawdzić, co potrafisz. Jak jesteś silny?

– Dostatecznie silny – odparł Eragon. – Muszę taki być, by walczyć magią.

Fredric potrząsnął głową, metalowy kaptur zabrzęczał niczym sakiewka pełna monet.

– U nas magia na nic ci się nie przyda. Jeśli nie służyłeś w armii, wątpię, by twoje walki trwały dłużej niż kilka minut. Nas natomiast interesuje, jak się spiszesz w bitwie, która może ciągnąć się godzinami czy nawet tygodniami w razie oblężenia. Umiesz posługiwać się jakąś bronią poza tym mieczem i łukiem?

Eragon zastanowił się chwilę.

– Tylko pięściami.

– Dobra odpowiedź. – Fredric wybuchnął śmiechem. – Zaczniemy od łuku i zobaczymy, jak sobie radzisz. Potem znajdziemy wolne miejsce i sprawdzimy... – Urwał nagle i skrzywił się, patrząc na coś za plecami Eragona.

Bliźniacy podeszli do nich, ich łyse głowy lśniły bielą ponad fioletowymi szatami. Orik wymamrotał coś we własnym języku i chwycił topór.

– Kazałem wam trzymać się z dala od pola ćwiczeń – powiedział Fredric, występując naprzód z groźną miną. Przy nim Bliźniacy wydawali się krusi i drobni.

Spojrzeli na niego arogancko.

– Ajihad rozkazał nam sprawdzić umiejętności magiczne Eragona, zanim wykończysz go waleniem metalu o metal.

Fredric spojrzał na nich gniewnie.

– Czemu ktoś inny nie może poddać go próbie?

– Nikt inny nie jest dość silny. – Bliźniacy wzgardliwie pociągnęli nosami.

Saphira z głuchym pomrukiem spojrzała wprost na nich. Z jej nozdrzy wzleciała smużka dymu, lecz oni nie zwrócili na nią uwagi.

– Chodź z nami – polecili i ruszyli w stronę wolnego zakątka pola.

Eragon wzruszył ramionami i poszedł za nimi wraz z Saphirą. Za plecami usłyszał, jak Fredric mówi do Orika:

– Musimy ich powstrzymać, nim posuną się za daleko.

– Wiem – odparł cicho Orik – ale nie mogę znów się wtrącać. Hrothgar powiedział mi jasno, że następnym razem nie zdoła mnie ochronić.

Eragon z trudem opanował rosnący lęk. Bliźniacy mogli znać więcej technik i słów... przypomniał sobie jednak, co powiedział mu Brom: Magia Jeźdźców była silniejsza niż zwykłych ludzi. Czy to jednak wystarczy, by stawić opór połączonej mocy Bliźniaków?

Nie przejmuj się, ja ci pomogę – odezwała się Saphira. *Czyli nas też jest dwoje.*

Z ulgą pogładził ją po nodze. Bliźniacy spojrzeli na Eragona.

– A jak brzmi twoja odpowiedź, Eragonie?

Nie zważając na pytające miny swych towarzyszy, uniósł głowę.

– Nie – oznajmił hardo.

Kąciki ust Bliźniaków wygięły się ostro. Odwrócili się i stanęli naprzeciw Eragona, po czym pochylili się jednocześnie i nakreślili na ziemi wielki pentagram. Stanęli pośrodku gwiazdy.

– Zaczynamy – oznajmili ostro. – Będziesz próbował wykonać wyznaczone ci zadania... to wszystko.

Jeden z Bliźniaków sięgnął w głąb szaty, wyjął błyszczący kamień wielkości pięści Eragona i położył na ziemi.

– Podnieś go do poziomu oczu.

To łatwe – rzekł Eragon do Saphiry.

– Stern reisa.

Kamyk zakołysał się i gładko wzleciał z ziemi. Nim jednak wzniósł się wyżej niż na stopę, coś zatrzymało go w powietrzu. Na wargach Bliźniaków zatańczył uśmieszek. Eragon spojrzał na nich wściekły; starali się mu przeszkodzić! Jeśli teraz wyczerpie swe siły, nie wykona trudniejszych zadań. Bez wątpienia byli pewni, że łącząc swą moc, z łatwością go zmęczą.

Ale ja także nie jestem sam – warknął w duchu Eragon. *Saphiro, teraz!* Ich umysły połączyły się i kamień śmignął w górę, zatrzymując się przed ich twarzami. Bliźniacy złowrogo zmrużyli oczy.

– Bardzo... dobrze – syknęli. Fredric sprawiał wrażenie zaniepokojonego tym pokazem magii. – A teraz każ kamieniowi krążyć.

I znów Eragon musiał walczyć z ich oporem, i ponownie, ku wyraźnej wściekłości Bliźniaków, zwyciężył. Ćwiczenia z każdą chwilą stawały się coraz bardziej skomplikowane i Eragon musiał myśleć w skupieniu, jakich słów ma użyć. Za każdym razem Bliźniacy walczyli z nim na każdym kroku, choć ich twarze nie zdradzały wysiłku.

Jedynie dzięki pomocy Saphiry udało mu się ich pokonać. Pomiędzy kolejnymi zadaniami spytał: *Czemu nie przerywają? Wejrzeli przecież w mój umysł, wiedzą dokładnie, co potrafimy.* Smoczyca z namysłem przechyliła głowę. *Wiesz co* – dodał ponuro Eragon w nagłym przebłysku zrozumienia – *korzystają z okazji, by dowiedzieć się, jakie znam pradawne słowa, i może nauczyć się kilku nowych.*

A zatem mów cicho, by cię nie słyszeli, i używaj najprostszych słów.

Od tej pory Eragon posługiwał się zaledwie garstką podstawowych słów, lecz szukanie najlepszych połączeń, tak by wykonać kolejne zadania, wymagało ogromnej pomysłowości. Nagrodą była frustracja wykrzywiająca rysy Bliźniaków, gdy raz po raz stawiał im opór. Bez względu na to, czego próbowali, nie mogli go zmusić do użycia innych słów z pradawnej mowy.

Minęła przeszła godzina, lecz Bliźniacy nie dawali za wygraną. Eragon był spocony i spragniony, nie zamierzał jednak prosić o przerwę – wytrzyma tak długo jak oni. Przeszedł wiele kolejnych prób: kierowania wodą, ciskania ogniem, postrzegania, podnoszenia kamieni, utwardzania skóry, zatrzymywania przedmiotów, kontrolowania lotu strzały i leczenia zadrapań. Zastanawiał się, kiedy w końcu Bliźniakom zabraknie pomysłów.

W końcu obaj jednocześnie unieśli głowy.

– Pozostaje tylko jedno, to bardzo proste. Każdy przeciętny mag zrobiłby to z łatwością. – Jeden z nich zdjął z palca srebrny pierścień i z pewną siebie miną wręczył Eragonowi. – Przywołaj istotę srebra.

Eragon, oszołomiony, wpatrywał się w pierścień. Co właściwie miał zrobić? Co to jest istota srebra i jak ją przywołać? Saphira także nie miała pojęcia, a Bliźniacy z pewnością mu nie pomogą. Nigdy nie poznał imienia srebra w pradawnej mowie, choć wiedział, że musi to być część słowa argetlam. W desperacji połączył jedyne znane mu słowo ethgrí – „przywoływać" – i arget.

Wyprostował się, zbierając resztki swej mocy. Otworzył usta, by wymówić zaklęcie, gdy nagle z bliska dobiegł go czysty, władczy, wibrujący głos:

– Stój!

Słowo to było dla Eragona niczym łyk zimnej wody – wypowiedziane dziwnie znajomym głosem, jak na wpół zapamiętana melodia. Poczuł mrowienie na karku. Powoli odwrócił się w stronę, skąd dochodził.

Za jego plecami stała samotna postać: Arya. Skórzana opaska na czole podtrzymywała bujne czarne włosy, opadające lśniącą kaskadą na plecy, u boku zawisł smukły miecz, na plecach miała łuk. Odziana była w proste czarne skóry, strój żałośnie ubogi jak na kogoś tak pięknego. Wzrostem przewyższała większość mężczyzn, postawę miała wyważoną i pełną gracji. Na jasnej twarzy nie pozostał żaden ślad straszliwych tortur, jakim ją poddawano.

Płonące szmaragdowe oczy elfki wpatrywały się w Bliźniaków, którzy zbledli ze strachu. Zbliżyła się bezszelestnie.

– Wstydźcie się! – powiedziała cichym złowieszczym tonem. – Wstydźcie się, że prosicie go o coś, czego może dokonać tylko mistrz. Wstydźcie się swoich metod. Wstydźcie się, że powiedzieliście Ajihadowi, iż nie wiecie, co potrafi Eragon. Umie posługiwać się magią. A teraz odejdźcie! – Arya groźnie zmarszczyła czoło. Jej ukośne brwi spotkały się niczym błyskawice nad lśniącymi oczami. Ręką wskazała pierścień w dłoni Eragona. – Arget! – krzyknęła ogłuszająco.

Srebro zamigotało i obok zmaterializował się widmowy obraz pierścienia. Były identyczne w kształcie, tyle że widmo zdawało się czystsze i lśniło jak rozżarzony do białości metal. Na ten widok Bliźniacy gwałtownie odwrócili się na pięcie i umknęli, ich szaty szaleńczo łopotały. Niematerialny pierścień zniknął z dłoni Eragona, pozostawiając jedynie swój cielesny odpowiednik. Orik i Fredric zbliżyli się, czujnie obserwując elfkę. Saphira przycupnęła gotowa do działania.

Arya zmierzyła ich uważnym spojrzeniem skośnych oczu i skupiła wzrok na Eragonie. Następnie odwróciła się i pomaszerowała na środek pola ćwiczeń. Walczący przerwali, patrząc na nią z podziwem. Po kilku chwilach na polu zapanowała pełna zdumienia cisza.

Eragon, jak pozbawiony woli, wędrował za elfką. Saphira powiedziała coś, lecz znaczenie słów do niego nie dotarło. Wokół Aryi tworzył się szeroki pierścień ludzi, ona jednak patrzyła tylko na Eragona.

– Domagam się próby miecza. Dobądź broni – powiedziała.

Chce ze mną walczyć!

Ale nie po to, by cię zranić – odparła miękko Saphira. Trąciła go lekko nosem. *Idź, spraw się dobrze. Ja będę patrzeć.*

Eragon z wahaniem wystąpił naprzód. Nie chciał walczyć w chwili, gdy był tak bardzo wyczerpany po magicznych próbach, i nie na oczach tylu ludzi. Poza tym Arya z pewnością nie mogła być jeszcze w formie. Minęły zaledwie dwa dni, odkąd podano jej nektar túnivor. *Złagodzę ciosy, nie chcę jej zranić*, postanowił.

Stanęli naprzeciw siebie pośrodku kręgu wojowników. Arya lewą ręką dobyła miecza. Klingę miał cieńszą niż miecz Eragona, lecz równie długą i ostrą. On sam powoli wysunął Zar'roca z lśniącej pochwy i przytrzymał u boku ostrzem w dół. Długą chwilę stali bez ruchu, elf i człowiek, obserwując się nawzajem. Eragon pomyślał nagle, że właśnie w ten sposób zaczynało się wiele jego pojedynków z Bromem.

Ostrożnie ruszył naprzód. Arya błyskawicznie skoczyła na niego, tnąc w żebra. Eragon odruchowo sparował cięcie. Ich miecze zderzyły

423

się w deszczu iskier. Elfka odtrąciła Zar'roca niczym natrętną muchę, nie wykorzystała jednak otwarcia. Zamiast tego zawirowała w prawo, jej włosy ze świstem przecięły powietrze, i uderzyła z drugiej strony. W ostatniej chwili zatrzymał cios i rozpaczliwie odskoczył, oszołomiony gwałtownością i szybkością ataku.

Zbyt późno przypomniał sobie ostrzeżenie Broma, że nawet najsłabszy elf z łatwością może pokonać człowieka. W walce z Aryą miał równie małe szanse jak wcześniej z Durzą. Znów zaatakowała, celując w głowę. Uskoczył przed ostrym jak brzytwa mieczem. Czemu zatem... igrała z nim? Przez kilka długich sekund był zbyt zajęty parowaniem ciosów, by zrozumieć, w końcu jednak pojął. *Chce poznać moje umiejętności.*

Świadom tego rozpoczął najbardziej złożoną serię znanych mu ataków. Płynnie przechodził z jednej pozycji do drugiej, śmiało łącząc je i modyfikując na wszelkie możliwe sposoby. Niezależnie jednak od tego, jak był pomysłowy, miecz Aryi zawsze go powstrzymywał. Dotrzymywała mu kroku z lekkim niewymuszonym wdziękiem.

Ich ciała połączone w ognistym tańcu rozdzielały tylko błyski mieczy. Chwilami niemal się dotykali, potem jednak siła rozpędu obracała ich i rozdzielała, i cofali się na sekundę, by znów się połączyć. Przypominało to splatające się, skręcone pasma unoszonego wiatrem dymu.

Eragon nigdy nie potrafił sobie przypomnieć, jak długo walczyli. To był ponadczasowy pojedynek, pełen jedynie działań i reakcji. Zar'roc zaciążył mu w dłoni, ramię z każdym ruchem bolało coraz mocniej. W końcu, gdy skoczył naprzód, Arya bardzo zręcznie wyminęła go i z nadludzką szybkością dotknęła ostrzem miecza jego szczęki.

Eragon zamarł, czując na skórze lodowaty dotyk metalu. Jego mięśnie dygotały z wyczerpania. Jak przez mgłę usłyszał trąbienie Saphiry i ogłuszające wiwaty wojowników. Arya opuściła miecz i wsunęła do pochwy.

– Zdałeś egzamin – powiedziała cicho wśród zgiełku.

Oszołomiony, wyprostował się powoli. Frederic podbiegł do niego i z entuzjazmem walnął go w plecy.

– To był niewiarygodny pokaz! Z samej obserwacji nauczyłem się paru nowych ruchów. A elfka... niesamowita!

Ale przecież przegrałem – zaprotestował w duchu.

Orik wychwalał z szerokim uśmiechem jego umiejętności, Eragon widział jednak tylko Aryę, która stała z boku w milczeniu. Nieznacznym gestem, zaledwie drgnieniem palca, wskazała pagórek jakąś milę od pola ćwiczeń, a potem odwróciła się i odeszła. Tłum rozstępował się przed nią, mijani ludzie i krasnoludy milkli.

Eragon odwrócił się do Orika.

– Muszę iść. Wkrótce wrócę do smoczej twierdzy.

Szybkim ruchem wsunął Zar'roca do pochwy i wciągnął się na grzbiet Saphiry. Smoczyca wzbiła się w powietrze i przeleciała nad polem, które zamieniło się w morze uniesionych twarzy.

Gdy szybowali w stronę pagórka, Eragon dostrzegł biegnącą w dole Aryę, stawiającą równe lekkie kroki.

Podoba ci się, prawda? – zauważyła Saphira.

Tak – przyznał, rumieniąc się.

Jej twarz ma więcej charakteru niż oblicza większości ludzi. Smoczyca pociągnęła nosem. *Ale jest długa, jak u konia. A postać ma raczej bezkształtną.*

Eragon spojrzał na nią ze zdumieniem.

Jesteś zazdrosna, prawda?

Niemożliwe. Nigdy nie byłam zazdrosna – odparła z urazą.

Jesteś, przyznaj. Roześmiał się.

Saphira głośno kłapnęła szczękami.

Nie jestem!

Uśmiechnął się i pokręcił głową, ale pozwolił jej mieć ostatnie słowo. Wylądowała ciężko na wzgórku. Zeskoczył bez słowa.

Arya zjawiła się tuż po nich. Biegła szybciej niż jakikolwiek biegacz, jakiego dotąd widział. Gdy dotarła na szczyt pagórka, oddychała wolno, regularnie. Nagle onieśmielony Eragon spuścił wzrok. Elfka przeszła koło niego.

– Skulbaka – powiedziała do Saphiry – eka celöbra ono un mulabra ono un onr Shur'tugal né haima. Atra nosu waíse fricai.

Eragon nie rozpoznał większości słów, lecz Saphira najwyraźniej zrozumiała ich znaczenie. Zaszeleściła skrzydłami, mierząc Aryę ciekawym wzrokiem. Potem przytaknęła, mrucząc nisko. Arya uśmiechnęła się.

– Cieszę się, że odzyskałaś siły – powiedział Eragon. – Nie wiedzieliśmy, czy przeżyjesz.

– Dlatego właśnie przyszłam tu dzisiaj. – Arya odwróciła się ku niemu. Jej głęboki głos brzmiał niezwykle; mówiła z lekkim akcentem, wyraźnym, lekko wibrującym, jakby zaraz miała zacząć śpiewać. – Jestem twoją dłużniczką i muszę spłacić dług. Ocaliłeś mi życie. Nigdy o tym nie zapomnę.

– To... nic. – Eragon szukał właściwych słów i wiedział, że mówi nieprawdę. Zawstydzony, zmienił temat. – Jak znalazłaś się w Gil'eadzie?

Na twarzy Aryi pojawił się ból. Spojrzała w dal.

– Przejdźmy się.

Zeszli ze wzgórza i ruszyli lekkim krokiem w stronę Farthen Dûru. Eragon uszanował milczenie elfki. Saphira cicho dreptała za nimi. W końcu Arya uniosła głowę.

– Ajihad powiedział mi, że byłeś obecny w miejscu, gdzie zjawiło się jajo Saphiry – rzekła miękko.

– Tak. – Po raz pierwszy Eragon pomyślał o energii, jakiej musiało wymagać przeniesienie jaja przez dziesiątki staj dzielących Du Weldenvarden i Kościec. Próba czegoś takiego oznaczała niemal pewną śmierć.

Głos elfki przepełniała gorycz i smutek.

– Wiedz tedy, że w chwili, gdy ujrzałeś je po raz pierwszy, schwytał mnie Durza. To on dowodził urgalami, które schwytały w pułapkę i zabiły mych towarzyszy, Faolina i Glenwinga. Jakimś cudem wiedział, gdzie na nas czekać. Całkowicie nas zaskoczył, odurzył mnie i przewiózł do Gil'eadu. Tam Galbatorix polecił mu dowiedzieć się, gdzie posłałam jajo i co wiem o Ellesmérze.

Zacisnęła zęby, wzrok miała zimny jak lód.

– Miesiącami próbował bez powodzenia. Jego metody były... brutalne. Gdy tortury zawiodły, polecił swym żołnierzom zabawiać się ze mną. Na szczęście wciąż miałam dość sił, by wniknąć do ich umysłów i nie pozwolić na to. W końcu Galbatorix polecił przewieźć mnie do Urû'baenu. Na tę wieść przepełniła mnie groza, byłam bowiem zmęczona na ciele i umyśle, i nie miałam sił mu się przeciwstawić. Gdyby nie ty, w ciągu tygodnia stanęłabym przed jego obliczem.

Eragon zadrżał. Zdumiewające, że zdołała przeżyć. Wciąż doskonale pamiętał jej obrażenia.

– Czemu mi to mówisz? – spytał cicho.

– Abyś wiedział, przed czym mnie uratowałeś. Nie sądź, że mogę zapomnieć o twoim wyczynie.

Z pokorą skłonił głowę.

– Co teraz zrobisz? Wrócisz do Ellesméry?

– Nie, jeszcze nie. Jest tu wiele do zrobienia. Nie mogę opuścić Vardenów, Ajihad potrzebuje mojej pomocy. Widziałam, jak dziś poddano cię próbie broni i magii. Brom dobrze cię nauczył. Jesteś gotów do dalszego szkolenia.

– Chcesz, bym udał się do Ellesméry?

– Tak.

Eragon poczuł nagłą irytację. Czy nie mieli z Saphirą nic do powiedzenia w tej sprawie?

– Kiedy?

– Ta decyzja jeszcze nie zapadła, ale na pewno nie w ciągu kilku najbliższych tygodni.

Przynajmniej dadzą nam trochę czasu, pomyślał Eragon. Saphira przypomniała mu o czymś.

– Czego chcieli ode mnie Bliźniacy?

Zmysłowe wargi Aryi wykrzywiły się z niesmakiem.

– Czegoś, czego nawet oni nie potrafią. Można wymówić imię przedmiotu w pradawnej mowie i przywołać jego prawdziwą postać. Wymaga to lat pracy i wielkiej dyscypliny. Nagrodą jest absolutna władza nad tym przedmiotem. Dlatego właśnie zawsze ukrywamy swoje prawdziwe imiona. Gdyby bowiem poznał je ktoś o złym sercu, mógłby całkowicie nad nami zapanować.

– To dziwne – rzekł Eragon po chwili milczenia – ale nim schwytali mnie w Gil'eadzie, w snach widywałem twoją postać. Przypominało to postrzeganie – i później mogłem cię postrzegać – ale zawsze działo się to we śnie.

Arya ściągnęła wargi.

– Czasami miałam wrażenie, że ktoś mnie obserwuje. Często jednak byłam oszołomiona i trawiła mnie gorączka. Nigdy w historiach ani legendach nie słyszałam o kimś, kto mógł postrzegać we śnie.

– Sam też tego nie rozumiem. – Eragon spojrzał na swe dłonie. Obrócił na palcu pierścień Broma. – Co oznacza tatuaż na twoim ramieniu? Nie chciałem go oglądać, ale gdy leczyłem twoje rany... Jest dokładnie taki sam jak symbol na tym pierścieniu.

– Masz pierścień z yawë? – spytała ostro.

– Tak. Należał do Broma. Widzisz?

Podał jej pierścień. Arya uważnie obejrzała szafir.

– To dar wręczany najlepszym przyjaciołom elfów, nie widywano podobnego od stuleci. Tak przynajmniej sądziłam. Nie miałam pojęcia, że królowa Islanzadi tak bardzo ceniła Broma.

– Zatem nie powinienem go nosić – rzekł Eragon z obawą, że zachował się pochopnie.

– Nie. Zatrzymaj go. Ochroni cię, jeśli przypadkiem spotkasz kogoś z mego ludu. Może też pomóc ci zaskarbić łaskę królowej. Nie wspominaj też nikomu o moim tatuażu. Nie wolno go ujawniać.

– Jak sobie życzysz.

***

Dobrze się czuł, rozmawiając z Aryą, i żałował, że nie potrwało to dłużej. Gdy się rozstali, zaczął krążyć po Farthen Dûrze, dyskutując z Saphirą. Mimo nalegań odmówiła przetłumaczenia, co powiedziała do niej Arya. W końcu myślami powrócił do Murtagha i przypomniał sobie radę Nasuady. *Znajdę coś do jedzenia i odwiedzę go*, postanowił. *Zaczekasz na mnie, abyśmy mogli razem wrócić do smoczej twierdzy?*

Zaczekam, idź – rzuciła Saphira.

Eragon uśmiechnął się z wdzięcznością i pobiegł do Tronjheimu. Zjadł posiłek w ciemnym zakątku kuchni i podążając wedle wskazówek przekazanych przez Nasuadę, odszukał niewielkie szare drzwi, strzeżone przez człowieka i krasnoluda. Gdy zażądał, by go wpuszczono, krasnolud trzy razy uderzył w drzwi i odsunął rygiel.

– Krzyknij, kiedy będziesz chciał wyjść – powiedział człowiek, przyjaźnie się uśmiechając.

Cela była ciepła i jasna. W kącie stała miednica, w drugim – biurko z materiałami do pisania. Sufit pokrywały rzeźbione malowane postaci, posadzkę gruby dywan. Murtagh leżał na wygodnym łóżku, czytając zwój. Zaskoczony, uniósł wzrok.

– Eragon! – wykrzyknął radośnie. – Miałem nadzieję, że przyjdziesz.

– Jak ty... To znaczy sądziłem, że...

– Sądziłeś, że wsadzili mnie do jakiejś dziury i karmią chlebem i wodą. – Murtagh usiadł, uśmiechając się szeroko. – Prawdę mówiąc, też się tego spodziewałem, ale Ajihad dał mi to wszystko, bym nie sprawiał kłopotów. Przynoszą mi też obfite posiłki i cokolwiek tylko zapragnę z biblioteki. Jeśli nie będę uważać, wkrótce zamienię się w tłustego uczonego.

Eragon zaśmiał się i usiadł obok Murtagha.

– Ale nie jesteś zły? To wciąż więzienie.

– Och, z początku byłem zły. – Murtagh wzruszył ramionami. – Ale im dłużej się nad tym zastanawiałem, tym lepiej rozumiałem, że w istocie to dla mnie najlepsze miejsce. Nawet gdyby Ajihad zwrócił mi wolność, i tak przez większość czasu pozostawałbym w komnacie.

– Ale czemu?

– Dobrze wiesz. Nikt nie czułby się przy mnie swobodnie, znając mą tożsamość. I zawsze znaleźliby się ludzie, którzy nie ograniczaliby się tylko do nieprzyjaznych spojrzeń i słów. Ale dość o mnie, mów, co nowego. Opowiadaj.

Eragon zrelacjonował mu wydarzenia ostatnich dwóch dni, łącznie ze spotkaniem w bibliotece. Gdy skończył, Murtagh odchylił się z namysłem.

– Podejrzewam – rzekł – że Arya jest ważniejsza niż przypuszczaliśmy. Pomyśl, co odkryłeś: to mistrzyni miecza, potężna czarodziejka i, co najważniejsze, wybrano ją, by strzegła jaja Saphiry. Nie może być kimś zwyczajnym, nawet wśród elfów.

Eragon przyznał mu rację.

Murtagh wpatrywał się w sufit.

– Wiesz, czuję się w tym więzieniu dziwnie spokojnie. Po raz pierwszy w życiu nie muszę się bać. Wiem, że powinienem... ale coś sprawia, że opuszcza mnie lęk. A fakt, że się wyspałem, z pewnością nie zaszkodził.

– Wiem, co masz na myśli – odparł cierpko Eragon. Przesunął się, szukając bardziej miękkiego miejsca. – Nasuada mówiła, że złożyła ci wizytę. Powiedziała coś ciekawego?

Murtagh spojrzał w dal, powoli pokręcił głową.

– Nie. Chciała tylko mnie poznać. Czy nie wygląda jak księżniczka? Ta jej postawa! Gdy po raz pierwszy przekroczyła próg, sądziłem, że to jedna z wielkich dam z dworu królewskiego. Widywałem już żony hrabiów i książąt, które w porównaniu z nią wyglądały jak zwykłe świniarki.

Eragon słuchał tych pochwał z rosnącą obawą. *Może to nic nie znaczy*, upomniał się w duchu. *Wyciągasz pochopne wnioski*. Ale przeczucie, że nadciąga coś złego, nie opuszczało go.

– Jak długo pozostaniesz w zamknięciu, Murtaghu? – spytał, próbując pozbyć się obaw. – Nie możesz wiecznie się ukrywać.

Jego towarzysz wzruszył lekko ramionami, ale w jego słowach kryło się przygnębienie.

– Na razie rad jestem, mogąc odpoczywać. Nie muszę szukać innego schronienia ani poddawać się badaniu Bliźniaków. Bez wątpienia w końcu mnie to zmęczy, ale chwilowo... jestem zadowolony.

Cienie się wydłużają

Saphira obudziła Eragona mocnym szturchnięciem pyskiem; uderzenie twardej szczęki smoczycy zostawiło bolesnego sińca.

– Auć! – wykrzyknął, siadając na posłaniu.

W jaskini panował mrok, rozpraszany jedynie słabiutkim blaskiem osłoniętej lampy. Na zewnątrz, w smoczej twierdzy, otoczony pierścieniem świateł Isidar Mithrim lśnił setkami barw.

W wejściu do jaskini stał zdenerwowany, załamujący ręce krasnolud.

– Musisz przyjść, Argetlamie! Poważne kłopoty, Ajihad cię wzywa. Nie ma czasu!

– Co się dzieje? – spytał Eragon.

Krasnolud jedynie pokręcił głową; jego broda zafalowała gwałtownie.

– Idź, szybko! Carkna bragha! Już!

Eragon przypasał Zar'roca, chwycił łuk i kołczan i osiodłał Saphirę. *A ponoć mieliśmy się wyspać* – mruknęła zrzędliwie, uginając łapy, tak by mógł wsiąść jej na grzbiet. Ziewnął głośno, a Saphira wyleciała z jaskini.

Gdy wylądowali pod bramą Tronjheimu, stał tam już Orik z ponurą miną.

– Chodźcie, czekają na was.

Poprowadził ich przez miasto do komnaty Ajihada. Po drodze Eragon zasypał go pytaniami, lecz Orik odparł jedynie:

– Sam nie wiem zbyt wiele. Zaczekaj, Ajihad wszystko wyjaśni.

Dwóch rosłych wartowników otworzyło wielkie drzwi. Ajihad stał za biurkiem; z posępną miną oglądał mapę. Prócz niego w komnacie czekali Arya i mężczyzna o żylastych rękach. Ajihad uniósł wzrok.

– Dobrze, że jesteś, Eragonie. Poznaj Jörmundura, mojego zastępcę.

Pozdrowili się skinieniem głowy i obaj zwrócili twarze ku Ajihadowi.

– Wezwałem waszą piątkę, ponieważ wszystkim nam grozi ogromne niebezpieczeństwo. Jakieś pół godziny temu z opuszczonego tunelu pod Tronjheimem wybiegł krasnolud. Był niemal oszalały, krwawił, ale zachował dość rozsądku, by powiedzieć swym rodakom, co go ściga: armia urgali, odległa o dzień marszu.

W komnacie zapadła porażająca cisza. W końcu Jörmundur zaklął szpetnie i zaczął zadawać pytania dokładnie w tym samym momencie co Orik. Arya milczała. Ajihad uniósł ręce.

– Cisza! To nie koniec. Urgale nie zbliżają się do nas przez góry, lecz pod nimi. Są w tunelach. Zaatakują od dołu.

Eragon musiał podnieść głos, by przekrzyczeć zamieszanie, jakie wybuchło po tych słowach.

– Dlaczego krasnoludy nie wiedziały o tym wcześniej? Jak urgale zdołały znaleźć tunele?

– Mamy szczęście, że dowiedzieliśmy się tak szybko! – huknął Orik. Pozostali umilkli, by go wysłuchać. – W Górach Beorskich istnieją setki tuneli, opuszczonych od czasu, gdy je wykuto. Zwykłe krasnoludy ich nie odwiedzają, jedynie dziwacy, którzy pragną żyć w samotności. Równie dobrze moglibyśmy nie dostać żadnego ostrzeżenia.

Ajihad wskazał ręką mapę i Eragon przyjrzał się jej bliżej. Przedstawiała południową część Alagaësii, lecz w odróżnieniu od jego mapy, nakreślono na niej ze szczegółami cały łańcuch Gór Beorskich. Palec przywódcy Vardenów spoczął na ich fragmencie graniczącym od zachodu z Surdą.

– Krasnolud twierdził, że pochodzi właśnie stąd.

– Orthíad! – wykrzyknął Orik. Widząc zdumioną minę Jörmundura, wyjaśnił: – To nasze starożytne miasto, opuszczone od czasu, gdy ukończyliśmy Tronjheim. W dawnych czasach było to najwspanialsze z naszych miast, ale od stuleci nikt tam nie mieszka.

– I jest dość stare, by część tuneli zdążyła się zapaść – dodał Ajihad. – Zakładamy, że w ten sposób odkryto ich istnienie. Przypuszczam, że Orthíad nosi obecnie nazwę Ithrö Zhâda. To tam maszerował początkowo oddział urgali, który ścigał Saphirę i Eragona. Z pewnością urgale migrowały tam

431

cały rok. Z Ithrö Zhâdy mogą się dostać w każde miejsce w Górach Beorskich. Mogą zniszczyć Vardenów i krasnoludy.

Jörmundur pochylił się nad mapą i obejrzał ją dokładnie.

– Wiesz, ile może być tych urgali? I czy są z nimi wojska Galbatorixa? Nie możemy zaplanować obrony, nie wiedząc, z jak wielką armią przyjdzie nam się zmierzyć.

– Nie jesteśmy pewni ani jednego, ani drugiego – odparł z nieszczęśliwą miną Ajihad. – A przecież nasze przetrwanie zależy od tego ostatniego. Jeśli Galbatorix wspomógł wojska urgali swymi ludźmi, nie mamy szans. Jeżeli jednak tego nie zrobił, bo nie chciał ujawniać swego przymierza z urgalami, bądź też z innych nieznanych przyczyn, możemy zwyciężyć. Orrin ani elfy nie zdążą nam pomóc, choć wysłałem im wieści o naszj sytuacji. W najgorszym razie nasz upadek da im czas na przygotowania.

Potarł czarne jak węgiel czoło.

– Rozmawiałem już z Hrothgarem i ustaliliśmy wstępny plan. Naszą jedyną nadzieją jest utrzymanie urgali w trzech największych tunelach i skierowanie ich do Farthen Dûru, by nie wyroiły się jak szarańcza wewnątrz Tronjheimu. Eragonie, Aryo, pomożecie krasnoludom zawalić inne korytarze. Zwykłymi metodami nie zdążymy tego zrobić. Dwie grupy krasnoludów pracują już nad tym: jedna na zewnątrz Tronjheimu, druga pod nim. Eragonie, dołączysz do pierwszej grupy, Aryo, ty pójdziesz pod ziemię; Orik cię do nich zaprowadzi.

– Czemu zamiast zawalić wszystkie tunele, tylko największe pozostawimy otwarte? – wtrącił Eragon.

– Ponieważ – odparł Orik – to zmusiłoby urgale do przebicia się przez gruzy, a wtedy mogłyby pójść w kierunku, który by nam nie odpowiadał. Poza tym, jeśli się odetniemy, mogą zaatakować inne krasnoludzkie miasta, którym nie zdołamy pomóc.

– Jest też inny powód – dodał Ajihad. – Hrothgar ostrzegł mnie, że Tronjheim stoi na tak gęstej sieci tuneli, że jeśli zbyt wiele z nich się zawali, całe fragmenty miasta zapadną się pod ziemię pod własnym ciężarem. Nie możemy ryzykować.

Jörmundur słuchał uważnie.

– Nie dojdzie zatem do walk w samym Tronjheimie? – spytał z napięciem. – Powiedziałeś, że skierujemy urgale poza miasto, do Farthen Dûru.

– Zgadza się – odparł szybko Ajihad. – Nie możemy bronić całego Tronjheimu, jest dla nas zbyt wielki, więc zablokujemy wszystkie bramy i przejścia prowadzące do środka. To zmusi urgale do wyjścia na teren wokół miasta, gdzie zostanie mnóstwo miejsca na manewry wojska. Skoro urgale mają dostęp do tuneli, nie możemy ryzykować zbyt długiej bitwy, a póki tu zostaną, wciąż będzie grozić nam niebezpieczeństwo, że część z nich przebije się do Tronjheimu od środka. Jeśli do tego dojdzie, znajdziemy się w pułapce, atakowani z obu stron. Nie możemy pozwolić, by urgale zdobyły Tronjheim. Jeżeli im się uda, wątpię, byśmy mieli dość sił, by je przegnać.

– A co z naszymi rodzinami? – spytał Jörmundur. – Nie pozwolę, by urgale dostały w swe łapska moją żonę i syna.

Bruzdy na twarzy Ajihada pogłębiły się jeszcze bardziej.

– Wszystkie kobiety i dzieci odsyłamy do pobliskich wiosek i dolin. Jeśli poniesiemy klęskę, przewodnicy poprowadzą je do Surdy. W tych okolicznościach nie mogę zrobić nic więcej.

Jörmundur z trudem ukrył ulgę.

– Czy Nasuada też odejdzie?

– Nie jest zachwycona, ale owszem, odejdzie. – Wszystkie oczy wpatrywały się w Ajihada, który uniósł głowę i oznajmił: – Urgale zjawią się za kilka godzin. Wiemy, że jest ich mrowie, ale musimy utrzymać Farthen Dûr. Nasza klęska oznaczałaby upadek krasnoludów, śmierć Vardenów – a w konsekwencji klęskę Surdy i elfów. To bitwa, której nie możemy przegrać. A teraz ruszajcie do swych zadań. Jörmundurze, przygotuj ludzi do walki.

***

Wyszli z komnaty i rozbiegli się: Jörmundur do koszar, Orik i Arya na schody wiodące pod ziemię, a Eragon i Saphira ku jednemu z czterech głównych korytarzy Tronjheimu. Mimo wczesnej pory w mieście-górze wrzało jak w ulu. Ludzie biegali tam i z powrotem, wykrzykując wiadomości i dźwigając zawiniątka z rzeczami.

Eragon już wcześniej walczył i zabijał, ale czekająca ich bitwa sprawiła, że poczuł w piersi nagły strach. Nigdy wcześniej nie miał okazji czekać na walkę. Teraz, gdy nadeszła, przepełniła go zgrozą. W walce z kilkoma przeciwnikami był pewny swojej siły – wiedział, że z łatwością pokona trzy-cztery urgale za pomocą Zar'roca i magii – lecz w wielkiej bitwie mogło zdarzyć się wszystko.

Opuścili Tronjheim i zaczęli szukać krasnoludów, którym mieli pomóc. Bez słońca i księżyca wnętrze Farthen Dûru było czarne jak sadza. W mroku tu i ówdzie błyskały rozkołysane latarnie.

Może są po drugiej stronie Tronjheimu? – podsunęła Saphira. Eragon zgodził się i wskoczył na jej grzbiet.

Poszybowali wokół Tronjheimu i wkrótce ujrzeli skupisko latarni. Saphira skręciła ku nim i z cichym szmerem wylądowała obok grupki zaskoczonych krasnoludów, rozkopujących ziemię kilofami. Eragon szybko wyjaśnił, po co przybył.

– Cztery jardy pod nami jest tunel – oświadczył krasnolud o spiczastym nosie. – Będziemy wdzięczni za każdą pomoc.

– Jeśli się odsuniecie, zobaczę, co mogę zrobić.

Krasnolud nie sprawiał wrażenia przekonanego, ale polecił kopaczom odejść na bok. Oddychając wolno, Eragon przygotował się do użycia magii. Wiedział, że mógłby odgarnąć ziemię znad tunelu, ale musiał zachować siły. Zamiast tego uznał, że spróbuje go zawalić, naciskając na słabsze miejsce sklepienia.

– Thrysta deloi – szepnął, posyłając w głąb ziemi macki mocy.

Niemal natychmiast natrafiły na skałę. Nie zwracając uwagi na opór, sięgnął głębiej i poczuł pustkę tunelu. Potem zaczął szukać skaz w skale. Za każdym razem, gdy jakąś znalazł, naciskał, wydłużając ją i rozszerzając. Była to mozolna praca, ale nie bardziej męcząca niż rozszczepianie kamienia ręcznie. Z początku nie czynił żadnych widocznych postępów i fakt ten nie umknął uwagi niecierpliwych krasnoludów. Eragon jednak nie ustępował. Wkrótce nagrodził go donośny trzask, wyraźnie słyszalny na powierzchni. Potem skały jęknęły i ziemia ze zgrzytem zapadła się niczym woda uciekająca z wanny, pozostawiając dziurę szeroką na siedem jardów.

Podczas gdy zachwycone krasoludy zaczęły zasypywać dziurę śmieciami, ich spiczastonosy przywódca poprowadził Eragona do następnego tunelu. Ten okazał się znacznie trudniejszy, udało mu się jednak powtórzyć swój wyczyn. Przez następne kilka godzin zawalił przy pomocy Saphiry pół tuzina tuneli w całym Farthen Dûrze.

Gdy tak pracował, niewielki skrawek nieba daleko nad ich głowami pojaśniał. Nie wystarczyło to, by cokolwiek zobaczyć, lecz dodało Eragonowi otuchy. Odwrócił się od ruin ostatniego tunelu i z zainteresowaniem powiódł wokół wzrokiem.

Z Tronjheimu wylewała się rzeka kobiet i dzieci, a także starszyzny Vardenów. Wszyscy dźwigali zapasy, ubrania, najcenniejszy dobytek.

Towarzyszyła im niewielka grupka wojowników, głównie chłopców i starszych mężczyzn. Największy ruch panował jednak u podstawy Tronjheimu, gdzie Vardeni i krasnoludy gromadzili armię podzieloną na trzy bataliony. Każdy z nich dźwigał sztandar Vardenów, białego smoka trzymającego różę nad skierowanym w dół mieczem na fioletowym polu.

Zakuci w żelazo mężczyźni milczeli, ich włosy spływały spod lśniących hełmów. Wielu wojowników miało w rękach tylko miecze i tarcze, towarzyszyło im jednak kilka szeregów włóczników i pikinierów. Na tyłach batalionów łucznicy sprawdzali swe cięciwy.

Krasnoludy przywdziały pełne zbroje, stalowe kolczugi sięgały im do kolan, na lewych przedramionach miały grube okrągłe tarcze ozdobione godłami klanów. U pasów wisiały krótkie miecze, w prawych dłoniach tkwiły oskardy bądź bojowe topory, nogi pokrywała cienka metalowa łuska. Na głowach miały okute metalem czapki, na stopach buty z mosiężnymi ćwiekami.

Niewielka postać oderwała się od najdalszego batalionu i pośpieszyła ku Eragonowi i Saphirze. To był Orik, odziany jak inne krasnoludy.

– Ajihad chce, byście dołączyli do armii – oznajmił. – Nie ma już więcej tuneli. Czeka na was posiłek.

Eragon i Saphira poszli za nim do namiotu, w którym znaleźli chleb i wodę dla Jeźdźca oraz stos suszonego mięsa dla smoczycy. Zjedli bez słowa skargi – lepsze to niż głód.

Gdy skończyli, Orik poprosił, by zaczekali, i zniknął wśród żołnierzy. Po chwili wrócił, prowadząc szereg krasnoludów dźwigających stosy metalowych płyt. Orik uniósł jedną i wręczył Eragonowi.

– Co to? – spytał Eragon, przesuwając palcami po lśniącym metalu. Zbroja była misternie zdobiona grawerowanymi wzorami i złotym filigranem, miejscami gruba na cal i bardzo ciężka. Żaden człowiek nie zdołałby walczyć pod takim ciężarem, a zresztą było jej o wiele za dużo dla jednej osoby.

– Dar od Hrothgara. – Orik sprawiał wrażenie bardzo zadowolnego z siebie. – Od tak dawna spoczywała wśród innych skarbów, że niemal o niej zapomnieliśmy. Wykuto ją w innej erze, przed upadkiem Jeźdźców.

– Ale do czego służy? – naciskał Eragon.

– To przecież smocza zbroja, nie widzisz? Nie sądzisz chyba, że smoki walczyły bez ochrony? Rzadko można znaleźć kompletną, bo jej wykucie wymagało mnóstwa czasu, a smoki cały czas rosły. Saphira nie jest jednak jeszcze tak wielka, więc powinna pasować.

Smocza zbroja. Saphira trąciła nosem jedną z płyt.

Co o tym sądzisz? – spytał Eragon.

Przymierzmy. Jej oczy zalśniły groźnie.

Po długich zmaganiach Eragon i Orik cofnęli się, podziwiając owoce swej pracy. Całą szyję Saphiry, prócz szpikulców, okrywały trójkątne łuski, częściowo zachodzące na siebie. Jej brzuch i pierś chroniły najgrubsze płyty; najlżejsze okryły ogon. Nogi i grzbiet także przesłaniał metal. Skrzydła pozostały nagie. Głowę okrywała jedna wygięta płyta, odsłaniająca dolną szczękę, która mogła swobodnie gryźć.

Saphira wygięła na próbę szyję i zbroja ugięła się bez problemów.

To mnie spowolni, ale powstrzyma strzały. Jak wyglądam?

Bardzo groźnie, odparł szczerze Eragon. To ją ucieszyło.

Orik podniósł z ziemi resztę przedmiotów.

– Tobie także przyniosłem zbroję, choć musieliśmy się mocno naszukać. Rzadko wykuwamy broń dla ludzi czy elfów. Nie wiem, dla kogo ją zrobiono, ale nikt z niej nigdy nie korzystał. Powinna dobrze ci posłużyć.

Eragon naciągnął przez głowę sztywną koszulę z podszytej skórą metalowej siatki, która opadła mu do kolan niczym spódnica. Gdy się poruszył, zabrzęczała. Czuł jej ciężar na ramionach. Przypasał Zar'oca i kolczuga przestała się kołysać. Na głowę włożył skórzaną czapkę, na to kaptur z siatki i wreszcie srebrnozłoty hełm. Do tego doszły zarękawia i nogawice. Na dłonie włożył naszyte metalem rękawice. W końcu Orik wręczył mu szeroką tarczę, ozdobioną wizerunkiem dębu.

Eragon skłonił się, świadom, że dar, który właśnie otrzymali z Saphirą, wart jest kilkanaście sporych fortun.

– Dziękuję za to wszystko. Jesteśmy niezmiernie wdzięczni Hrothgarowi za jego hojność.

– Nie dziękuj teraz. – Orik zaśmiał się. – Poczekaj, aż zbroja ocali ci życie.

Otaczający ich wojownicy odeszli. Trzy bataliony zajmowały pozycje w różnych miejscach Farthen Dûru. Niepewny, co mają robić, Eragon zerknął na Orika, który wzruszył ramionami.

– Chyba powinniśmy pójść z nimi.

Poszli w ślad za batalionem zmierzającym w stronę ściany krateru. Eragon spytał o urgale, ale Orik wiedział tylko, że w tunelach pod ziemią rozstawiono straże. Do tej pory nikt niczego nie widział ani nie słyszał.

Batalion zatrzymał się przy jednym ze zwalonych tuneli. Krasnoludy tak usypały ziemię i kamienne odłamki, by dało się z niego z łatwością wyjść na zewnątrz.

To musi być jedno z miejsc, do których chcą skierować urgale – zauważyła Saphira.

Na wbitych w ziemię palach rozwieszono setki lamp. Zalewały okolicę falą światła połyskującego niczym wieczorne słońce. Wokół krawędzi otworu w ziemi płonęły ogniska, nad którymi grzały się wielkie kotły smoły. Eragon odwrócił wzrok, otrząsając się z odrazą. Była to straszna śmierć, nawet dla urgali.

Żołnierze wbijali w ziemię rzędy zaostrzonych młodych drzewek, tak by tworzyły kolczastą barierę pomiędzy batalionem a tunelem. Eragon uznał, że mógłby się przydać. Dołączył do grupy mężczyzn kopiących rowy między palami. Saphira także pomagała, zgarniając ziemię olbrzymimi szponami. Podczas gdy pracowali, Orik odszedł doglądać budowy barykady osłaniającej łuczników. Eragon z wdzięcznością kilka razy pociągnął łyk z podsuniętego bukłaka. Po skończeniu kopania rowów i napełnieniu ich zaostrzonymi palami, oboje odpoczęli.

Orik wrócił i zastał ich razem. Otarł dłonią czoło.

– Wszyscy mężczyźni i krasnoludy są na polu walki. Tronjheim został zamknięty. Hrothgar dowodzi batalionem po lewej, Ajihad tym przed nami.

– A naszym?

– Jörmundur.

Orik usiadł ciężko i położył topór na ziemi.

Saphira trąciła Eragona.

Spójrz.

Jego dłoń zacisnęła się na rękojeści Zar'roca, ujrzał bowiem Murtagha w hełmie, zbrojnego w znajomy półtoraręczny miecz i krasnoludzką tarczę. Zbliżał się do nich, prowadząc Tornaca.

Orik zaklął i zerwał się na równe nogi.

– W porządku – rzucił szybko Murtagh. – Ajihad mnie wypuścił.

– Niby czemu? – spytał Orik.

Murtagh uśmiechnął się cierpko.

– Oznajmił, że mam szansę dowieść mych dobrych zamiarów. Jak się wydaje, nie sądzi, bym zdołał zbytnio zaszkodzić Vardenom, nawet gdybym zwrócił się przeciw nim.

Eragon powitał go skinieniem głowy, rozluźniając uchwyt. Murtagh był wspaniałym i bezlitosnym wojownikiem. Dokładnie kogoś takiego chciał mieć u boku podczas bitwy.

– Skąd mam wiedzieć, że nie kłamiesz? – rzucił Orik.

– Bo ja tak mówię – oznajmił ktoś stanowczo. Podszedł do nich Ajihad odziany w półpancerz, w ręce trzymał miecz o kościanej rękojeści. Położył silną dłoń na ramieniu Eragona i pociągnął go na bok, tak by inni nie słyszeli co ma do powiedzenia. Zmierzył wzrokiem jego zbroję.

– Świetnie. Widzę, że Orik już cię wyposażył.

– Tak. Czy ktoś dostrzegł coś w tunelach?

– Nic. – Ajihad wsparł się na mieczu. – Jeden z Bliźniaków został w Tronjheimie: będzie obserwował bitwę ze smoczej twierdzy i przez brata przekazywał mi informacje. Wiem, że umiesz rozmawiać w myślach. Powtarzaj Bliźniakom wszystko, absolutnie wszystko, co tylko wyda ci się niezwykłe. Ja zaś będę podawał ci tak rozkazy. Rozumiesz?

Myśl o połączeniu z Bliźniakami wzbudziła w Eragonie odrazę, wiedział jednak, że to konieczne.

– Tak.

Ajihad się zawahał.

– Nie jesteś żołnierzem pieszym ani konnym, nigdy nie miałem pod swymi rozkazami kogoś takiego jak ty. Być może w bitwie okaże się inaczej, myślę jednak, że będziecie z Saphirą bezpieczniejsi na ziemi. W powietrzu stalibyście się idealnym celem dla urgalskich łuczników. Zamierzasz walczyć z jej grzbietu?

Eragon nigdy nie uczestniczył w walce konno, a co dopiero na Saphirze.

– Nie jestem pewien. Gdy dosiadam Saphiry, mogę sięgnąć jedynie Kulla.

– Obawiam się, że będzie tu pod dostatkiem Kulli. – Ajihad wyprostował się i wyciągnął z ziemi miecz. – Mogę ci tylko radzić, byś unikał niepotrzebnego ryzyka. Vardeni nie mogą cię stracić.

Po tych słowach odwrócił się i odszedł.

Eragon dołączył do Orika i Murtagha, przycupnął obok Saphiry, opierając tarczę o kolana. Cała czwórka czekała w milczeniu, podobnie jak otaczające ich setki wojowników. Światło wypełniające szczyt wulkanu Farthen Dûr przygasło, bo słońce przesunęło się poza krawędź krateru.

Eragon odwrócił się, przebiegł wzrokiem tymczasowy obóz i zastygł, czując, jak serce szarpie mu się w piersiach. Około trzydziestu stóp dalej siedziała Arya. Na kolanach trzymała łuk. Choć wiedział, że to nierozsądne, w skrytości ducha liczył, że wraz z innymi kobietami odeszła z Farthen Dûru. Zatroskany, podszedł do niej.

– Będziesz walczyć?

– Zrobię co trzeba – odparła spokojnie.

– Ale to zbyt niebezpieczne!

Jej twarz pociemniała.

– Nie obrażaj mnie, człowieku. Elfy uczą sztuki walki jednako swych mężczyzn i kobiety. Nie jestem jedną z waszych bezradnych niewiast, uciekających przed niebezpieczeństwem. Miałam zadanie strzec jaja Saphiry... i poniosłam klęskę. Przyniosłam wstyd memu breoalowi i zhańbiłabym go jeszcze bardziej, gdybym teraz nie strzegła was dwojga na polu walki. Zapominasz, że siłą magii przewyższam wszystkich tutaj, łącznie z tobą. Jeśli zjawi się Cień, kto go pokona prócz mnie? Kto inny ma do tego prawo?

Eragon patrzył na nią bezradnie, wiedząc, że ma rację, i nie potrafiąc się z tym pogodzić.

– Zatem bądź bezpieczna. – W desperacji dodał w pradawnej mowie: – Wiol pömnuria ilian. Dla mego szczęścia.

Arya niespokojnie odwróciła wzrok, fala włosów przesłoniła jej twarz. Przesunęła dłonią po lśniącym drzewcu łuku.

– To mój wyrd. Muszę tu być – szepnęła. – Muszę spłacić dług.

Eragon zawrócił bez słowa i podszedł do Saphiry. Murtagh spojrzał na niego ciekawie.

– Co powiedziała?

– Nic.

Pogrążeni w myślach obrońcy siedzieli w głuchej ciszy. Godziny mijały powoli. Krater Farthen Dûru znów pociemniał, mrok rozjaśniał tylko spokojny blask latarni i ognisk pod kotłami smoły. Eragon na zmianę przyglądał się z bliska ogniwom kolczugi i ukradkiem obserwował Aryę. Orik raz po raz przesuwał osełką po ostrzu topora, co jakiś czas oglądając je uważnie. Zgrzyt metalu o kamień niemile dźwięczał w uszach. Murtagh po prostu patrzył w dal.

Od czasu do czasu przez obóz przebiegali posłańcy; na ich widok wojownicy zrywali się z miejsc, zawsze jednak alarm okazywał się fałszywy. Mężczyźni i krasnoludy zaczynali tracić cierpliwość. Wokół często odzywały się gniewne głosy. Najgorszą cechą Farthen Dûru był całkowity brak wiatru – powietrze wisiało bez ruchu, ciężkie, martwe. Nawet gdy się ogrzało i wypełnił je dym, nie poczuli ulgi.

Noc wlokła się niemiłosiernie. Na przyszłym polu bitwy panowała śmiertelna cisza. Zesztywniałe od czekania mięśnie protestowały coraz bardziej. Eragon patrzył tępo w mrok, ciążyły mu powieki. Otrząsnął się nagle, próbując pokonać zasnuwającą umysł mgłę.

W końcu Orik odezwał się pierwszy:

– Już późno. Powinniśmy się przespać. Jeśli coś się stanie, obudzą nas.

Murtagh mruknął coś w odpowiedzi, lecz Eragon był zbyt zmęczony, by protestować. Zwinął się w kłębek u boku Saphiry, wsuwając pod głowę tarczę. Oczy same mu się zamknęły. W ostatnim przebłysku ujrzał jeszcze Aryę, która wciąż czuwała, nie spuszczając z nich wzroku.

Sny miał mętne i niespokojne, pełne rogatych bestii i niewidocznych potworów. Raz po raz słyszał niski głos, który pytał go: *Jesteś gotów?* Nie potrafił jednak odpowiedzieć. Nękany podobnymi wizjami spał płytko, niespokojnie. Wtem ktoś dotknął jego ramienia i Eragon natychmiast się obudził.

Bitwa w Farthen Dûrze

– Zaczęło się. – Twarz Aryi zdradzała ogromny smutek.

Wojska w obozie czekały gotowe z dobytą bronią. Orik zamachnął się toporem, sprawdzając, czy ma dość miejsca. Arya założyła strzałę na cięciwę i uniosła łuk.

– Zwiadowca wybiegł z tunelu parę minut temu – wyjaśnił Eragonowi Murtagh. – Nadchodzą urgale.

Razem obserwowali ciemny wylot tunelu, widoczny pośród szeregów ludzi i rzędów naostrzonych pali. Minuta wlokła się niemiłosiernie, potem następna... i następna. Nie odrywając wzroku od tunelu, Eragon usadowił się w siodle na grzbiecie Saphiry. W dłoni czuł dodający otuchy ciężar Zar'roca. Obok niego Murtagh dosiadł Tornaca. Nagle ktoś krzyknął:

– Słyszę ich!

Wojownicy zesztywnieli, zaciskając dłonie na mieczach. Nikt nawet nie drgnął, nie odetchnął głośniej. Gdzieś z boku zarżał koń.

Powietrze rozdarły ostre urgalskie krzyki. Pierwsze ciemne postaci zakłębiły się w wyjściu tunelu. Padł szybki rozkaz: kotły z wrzącą smołą przechyliły się, wlewając gorący płyn wprost w głodną skalną gardziel. Potwory zawyły z bólu, wymachując rękami. Ktoś cisnął pochodnię w ślad za smołą i z otworu wystrzeliła pomarańczowa kolumna tłustych płomieni, pochłaniając urgale. Wstrząśnięty Eragon odwrócił wzrok, spojrzał przez Farthen Dûr na dwa pozostałe bataliony i ujrzał podobne ogniska. Wsunął Zar'roca do pochwy i naciągnął łuk.

Kolejne fale urgali wkrótce zdeptały smołę i wygramoliły się z tuneli, tratując spalonych pobratymców. Zbite w kupę, tworzyły żywy mur naprzeciw ludzi i krasnoludów. Za palisadą, której budowę nadzorował Orik, pierwszy rząd łuczników naciągnął łuki i wystrzelił. Eragon i Arya dołączyli swe strzały do śmiercionośnego roju, patrząc, jak szeregi urgali topnieją.

Linia wroga zadrżała, przez moment zdawało się, że pęknie. Jednak stwory błyskawicznie osłoniły się tarczami i wytrzymały atak. Łucznicy wystrzelili ponownie, ale urgale nadal wylewały się na powierzchnię w przerażającym tempie.

Eragona oszołomiła ich ogromna liczba. Mieli wszystkie zabić? Wydawało się, że to zadanie szaleńca. Jedyną pociechę stanowił fakt, że nie dostrzegł wśród nich śladu wojsk Galbatorixa. Przynajmniej na razie.

Armia przeciwnika utworzyła wkrótce gęstą masę ciał, która zdawała się ciągnąć bez końca. Wśród nich załopotały poszarpane, ponure sztandary. W Farthen Dûrze zabrzmiały żałosne dźwięki rogów. Cała armia urgali ruszyła do ataku, wydając z siebie dziki, wojenny okrzyk.

Wpadli na rząd pali, pozostawiając na nich śliską krew i trupy pierwszych szeregów. Znad bariery wzleciała chmara czarnych strzał, atakując przyczajonych obrońców. Eragon pochylił się, unosząc tarczę, Saphira osłoniła głowę. Strzały odbiły się z grzechotem od jej zbroi.

Przez chwilę powstrzymana w swym naporze horda urgalska zawahała się zaskoczona. Vardeni zwarli szyki, czekając na następną szarżę. Po kilku minutach ponownie zabrzmiały wojenne okrzyki i urgale ruszyły naprzód. Atak był bardzo gwałtowny. Siła rozpędu pozwoliła urgalom pokonać rzędy pali. Tymczasem pikinierzy rozpaczliwie atakowali ich szeregi, próbując odepchnąć stwory. Wytrzymali tylko chwilę; złowieszczej fali nie dało się zatrzymać.

Po przełamaniu pierwszych linii obrony obie armie się w końcu zderzyły. Ludzie i krasnoludy skoczyli z ogłuszającym wrzaskiem do walki. Saphira ryknęła i rzuciła się naprzód, nurkując w dół w wir hałasów i śmiertelnego tańca.

Szponami i zębami rozszarpała urgala. Jej kły były równie śmiercionośne jak miecze, ogon tłukł niczym olbrzymia maczuga. Eragon odparował z góry cios młota wodza urgali, chroniąc skrzydła smoczycy. Miał wrażenie, że szkarłatna klinga Zar'roca lśni z radości za każdym razem, gdy pokrywa ją świeża krew.

Kątem oka dostrzegł Orika, rąbiącego szyje urgali potężnymi ciosami topora. Obok krasnoluda walczył Murtagh na Tornacu. Jego twarz wykrzywiał potworny grymas. Wojownik gniewnie wymachiwał mieczem, pokonując każdy opór. A potem Saphira odwróciła się i Eragon ujrzał Aryę, przeskakującą trupa przeciwnika.

Jeden z urgali powalił rannego krasnoluda i uderzył mieczem w przednią prawą nogę smoczycy. Jego klinga odskoczyła wśród deszczu iskier od zbroi. Eragon wymierzył mu cios w głowę, lecz Zar'roc utknął między rogami potwora, który wyrwał mu miecz. Z cichym przekleństwem Eragon zeskoczył z siodła i powalił urgala, rozbijając mu twarz tarczą. Wyrwał Zar'roca spomiędzy rogów i uskoczył przed kolejnym atakiem.

Saphiro, potrzebuję cię! – krzyknął, lecz bitewny chaos już ich rozdzielił. Nagle skoczył na niego Kull, unosząc pałkę. Nie mogąc na czas podnieść tarczy, Eragon rzucił szybko:

– Jierda!

Głowa Kulla odskoczyła gwałtownie. Usłyszał trzask pękającego karku. Jeszcze cztery urgale padły pod ciosami złaknionego krwi Zar'roca, a potem Murtagh podjechał do Eragona i stwory cofnęły się szybko.

– Chodź! – krzyknął, sięgając ręką, i wciągnął Eragona na grzbiet swojego konia.

Razem ruszyli w stronę Saphiry otoczonej pierścieniem wrogów. Tuzin uzbrojonych we włócznie urgali nacierał na nią gwałtownie. Zdołały już przebić oba skrzydła smoczycy, jej krew plamiła ziemię. Za każdym razem, gdy atakowała jednego z urgali, te zwierały szereg i dźgały, celując w jej oczy i zmuszając do odwrotu. Próbowała połamać włócznie szponami, lecz urgale odskakiwały, unikając ciosu.

Widok krwi Saphiry rozwścieczył Eragona, który zeskoczył z Tornaca z dzikim okrzykiem i przeszył mieczem pierś najbliższego urgala, gotów na wszystko, byle pomóc smoczycy. Jego atak odwrócił ich uwagę na moment, ale to wystarczyło, by się uwolniła. Szybkim kopnięciem posłała urgala w powietrze, potem opadła na niego. Eragon chwycił jeden ze szpikulców i wciągnął się z powrotem na jej grzbiet. Murtagh uniósł rękę i zaatakował kolejną grupkę przeciwników.

Zgodzili się bez słowa i Saphira wzleciała nad walczące armie, wyrywając się z bitewnego szaleństwa. Eragon z trudem chwytał powietrze, mięśnie miał napięte, gotowe do odparowania kolejnego ataku. Każda cząstka jego ciała wibrowała energią, sprawiając, że czuł się bardziej żywy niż kiedykolwiek przedtem.

Saphira krążyła dość długo, by zdołali zebrać siły, po czym opadła ku urgalom, krążąc tak, by uniknąć wykrycia. Nadleciała od tyłu, w miejsce gdzie zebrali się łucznicy.

Nim urgale zorientowały się, co się dzieje, Eragon odrąbał głowy dwóch łuczników, a Saphira wypatroszyła trzech innych. Gdy zadźwięczały ostrzegawcze okrzyki, znów wzleciała w powietrze poza zasięg łuków.

Ten sam manewr powtórzyli na drugiej flance. Szybkość i zręczność Saphiry połączone z panującym wokół półmrokiem sprawiały, że urgale w żaden sposób nie mogły przewidzieć, gdzie znów uderzy. Gdy byli w powietrzu, Eragon używał łuku, szybko jednak zabrakło mu strzał. Wkrótce pozostała mu tylko magia, a ją chciał zachować w zapasie, póki nie będzie potrzebna.

Loty Saphiry nad polem walki pozwoliły Eragonowi zorientować się, co dokładnie się dzieje. W Farthen Dûrze toczyły się jednocześnie trzy bitwy, każda przy otwartym tunelu. Podzielone urgale nie mogły połączyć sił i do końca wydostać się z tuneli. Mimo to jednak Vardeni i krasnoludy nie byli w stanie powstrzymać naporu stworów, które powoli spychały ich w stronę Tronjheimu. Obrońcy wydawali się żałośnie nieliczni w porównaniu z rzeszami urgali, których armia wciąż rosła, w miarę jak kolejne szeregi wylewały się spod ziemi.

Urgale zgromadziły się wokół kilkunastu sztandarów – każdy z nich symbolizował klan, Eragon nie potrafił jednak dostrzec, kto dowodził wszystkimi. Klany nie zwracały na siebie uwagi, zupełnie jakby otrzymywały rozkazy skądinąd. Pożałował, że nie wie, kto dowodzi. Wówczas z Saphirą mogliby spróbować go zabić.

Wspominając rozkazy Ajihada, zaczął przekazywać informacje Bliźniakom. Bardzo zainteresowały ich słowa o braku dowódcy wśród urgali. Zasypali go pytaniami. Wymiana szła gładko, choć trwała bardzo krótko. Bliźniacy powiedzieli mu: *Masz rozkaz wspomóc Hrothgara, nie idzie mu najlepiej*

Zrozumiałem – odparł Eragon.

Saphira szybko pofrunęła ku oblężonym krasnoludom, przepływając tuż nad Hrothgarem. Odziany w złotą zbroję krasnoludzki król stał na czele niewielkiej grupki pobratymców, wymachując Volundem, młotem przodków. Biała broda zalśniła w świetle latarni, gdy uniósł wzrok, patrząc na Saphirę. W jego oczach zabłysły iskierki podziwu.

Saphira wylądowała obok krasnoludów, naprzeciwko napierających urgali. Nawet najodważniejszy z Kullów cofnął się w obliczu wściekłego smoka. Krasnoludy ruszyły naprzód. Eragon starał się chronić Saphirę; z lewej strony osłaniały ją krasnoludy, lecz z przodu i z prawej kipiało morze wrogów. Nie okazywał im łaski, wykorzystując każdą sposobność, a jeśli Zar'roc nie pomagał, bez wahania używał magii. Włócznia odbiła się od jego tarczy, wgniatając ją i boleśnie obijając ramię. Nie zważając na ból, Eragon roztrzaskał czaszkę urgala. Mózg zmieszał się z metalem i odłamkami kości.

Z podziwem patrzył na Hrothgara, który choć stary, zarówno według standardów ludzi, jak i krasnoludów, wciąż nie miał sobie równych na polu walki. Żaden urgal czy nawet Kull nie mógł przeżyć ataku krasnoludzkiego króla i jego gwardii. Za każdym razem, gdy Volund uderzał we wroga, towarzyszył temu odgłos przypominający gong śmierci. Kiedy włócznia powaliła jednego z jego wojowników, Hrothgar chwycił ją i ze zdumiewającą siłą przeszył na wylot odległego o dwadzieścia kroków właściciela.

Podobnie bohaterskie wyczyny sprawiały, że Eragon porywał się na jeszcze większe ryzyko, próbując choćby częściowo dorównać potężnemu władcy.

Atakując olbrzymiego Kulla, musiał wychylić się mocno i o mało nie spadł z siodła. Zanim doszedł do siebie, Kull przedarł się bliżej i ciął mieczem. Cios trafił Eragona w bok hełmu, odrzucając go do tyłu. Na moment zamglił mu się wzrok, w uszach zabrzmiało ogłuszające dzwonienie.

Oszołomiony, próbował się wyprostować, lecz Kull zdążył już się zamachnąć do następnego ciosu. Gdy jego ramię zaczęło opadać, z piersi wynurzyło się nagle smukłe stalowe ostrze. Potwór z rykiem runął na bok; za jego plecami stała Angela.

Czarownica miała na sobie długą czerwoną pelerynę, pokrywającą groteskowo powyginaną, zielono-czarną zbroję. W dłoniach trzymała dziwną dwuręczną broń – długą, drewnianą rękojeść z klingami mieczy zamocowanymi u obu końców. Łobuzersko mrugnęła do Eragona, po czym odskoczyła, kręcąc swą bronią niczym derwisz. Tuż za nią podążał Solembum pod postacią młodego chłopca o kędzierzawej czuprynie. Walczył niewielkim czarnym sztyletem, odsłaniając w drapieżnym grymasie ostre zęby.

Wciąż oszołomiony po ciosie Eragon zdołał wyprostować się w siodle. Saphira skoczyła w powietrze i zatoczyła wysoki krąg, pozwalając mu odzyskać siły. Przebiegł wzrokiem równinę Farthen Dûru i ku swej zgrozie odkrył, że wszędzie szala bitwy przechyla się na stronę nieprzyjaciela. Ani

445

Ajihad, ani Jörmundur, ani Hrothgar nie mogli powstrzymać urgali. Było ich po prostu zbyt wiele.

Eragon zastanawiał się, ilu zdołałby zabić jednym uderzeniem magią. Doskonale znał swoje granice. Gdyby miał zabić dość, by uczyniło to jakąś różnicę... najpewniej oznaczałoby to samobójstwo. Być może jednak tego trzeba, by zwyciężyć.

Walka trwała nadal. Minęła niekończąca się godzina, potem druga. Vardenom i krasnoludom brakowało już sił, lecz urgale, wspomagane wciąż nowymi posiłkami, napierały niestrudzenie.

Dla Eragona był to koszmar. Choć wraz z Saphirą walczyli do kresu wytrzymałości, każdego zabitego urgala natychmiast zastępował nowy. Bolało go całe ciało – zwłaszcza głowa. Za każdym razem, gdy używał magii, tracił odrobinę energii. Saphira była w lepszym stanie, choć jej skrzydła pokrywały drobne rany.

W chwili gdy parował cios, Bliźniacy nawiązali gwałtowny kontakt. *Spod Tronjheimu dobiegają głośne hałasy. Wygląda na to, że urgale próbują przekopać się do miasta. Potrzebujemy ciebie i Aryi, musicie zawalić wszystkie ich tunele.*

Eragon szybkim pchnięciem miecza zabił przeciwnika. *Zaraz będziemy.*

Wzrokiem poszukał Aryi i zobaczył, jak walczy z grupką urgali. Saphira szybko przebiła się do elfki, pozostawiając za sobą stos zmiażdżonych trupów.

Eragon wyciągnął dłoń.

– Wsiadaj.

Arya bez wahania wskoczyła na grzbiet Saphiry. Prawą ręką objęła Eragona w pasie, drugą wciąż wywijała zakrwawionym mieczem. Gdy Saphira przykucnęła, by wystartować, podbiegł do niej wyjący urgal, uniósł topór i z całych sił rąbnął w pierś. Saphira ryknęła z bólu i skoczyła naprzód, odrywając się od ziemi. Rozpostarła skrzydła, próbując nie spaść, gdy gwałtownie zarzuciło ją na bok. Czubek prawego skrzydła dotknął gruntu. Pod nimi urgal uniósł topór, szykując się do rzutu. Lecz Arya wyciągnęła dłoń, krzyknęła coś i szmaragdowa kula energii wystrzeliła z jej palców, zabijając wroga. Z gwałtownym szarpnięciem Saphira wyrównała lot, z trudem wzbijając się ponad głowy wojowników. Kilkoma szybkimi uderzeniami skrzydeł pozostawiła za sobą pole bitwy. Dyszała ciężko.

Nic ci nie jest? – spytał z troską Eragon.

Przeżyję – odparła ponuro. *Ale ten stwór wgniótł mi z przodu zbroję. Boli mnie pierś, mam kłopoty z poruszaniem.*

Zdołasz nas zawieźć do smoczej twierdzy?

Zobaczymy.

Eragon wyjaśnił Aryi, co się stało.

– Kiedy wylądujemy, zostanę i pomogę Saphirze – zaproponowała. – Gdy uwolnię ją ze zbroi, dołączę do ciebie.

– Dziękuję.

Saphira z trudem utrzymywała się w powietrzu. Gdy tylko mogła, próbowała szybować. Kiedy dotarli do smoczej twierdzy, opadła ciężko na Isidar Mithrim, skąd Bliźniacy mieli obserwować bitwę. Taras był jednak pusty. Eragon zeskoczył na kamienie i wzdrygnął się na widok szkód poczynionych przez urgala. Cztery metalowe płyty na piersi Saphiry zostały zgniecione, uniemożliwiając pochylanie się i utrudniając oddychanie.

– Trzymaj się. – Pogładził jej bok, po czym wybiegł przez bramę.

Zatrzymał się i zaklął. Był na szczycie Vol Turin, Nieskończonych Schodów. Zaprzątnięty troską o Saphirę nie zastanowił się, jak dotrze do podstaw Tronjheimu, gdzie urgale próbowały się przebić. Nie miał czasu zbiegać po schodach. Spojrzał na wąską rynnę po prawej stronie, chwycił jedną ze skórzanych poduszek i rzucił się w dół.

Kamienna rynna była gładka jak lakierowane drewno, a skórzana poduszka sprawiła, że niemal natychmiast przyśpieszył do przerażającej prędkości. Mury wokół zamazały się, tworząc szare plamy. Na kolejnym zakręcie siła rozpędu odrzuciła go na bok. Eragon leżał płasko, by zjeżdżać jeszcze szybciej. Powietrze owiewało mu hełm, który wibrował niczym kurek na dachu szarpany powiewami huraganu. Rynna była za ciasna, parę razy o mało z niej nie wypadł. Póki jednak utrzymywał nieruchomo ręce i nogi, był bezpieczny.

Zjazd był szybki, ale i tak dotarcie na sam dół zabrało mu niemal dziesięć minut. Pod koniec rynna ostro wyrównała poziom i Eragon przeleciał na środek rozległej posadzki z karneolu.

Gdy w końcu się zatrzymał, był zbyt oszołomiony, by ustać na nogach. Przy pierwszej próbie poczuł mdłości. Skulił się zatem na podłodze z głową przy ziemi, czekając, aż świat wokół przestanie wirować. Kiedy poczuł się lepiej, wstał i ostrożnie powiódł wokół wzrokiem.

Wielka komnata była zupełnie pusta, panowała w niej niepokojąca cisza. Światło sączące się przez Isidar Mithrim oświetlało ją różowym blaskiem. Zawahał się – *Gdzie mam pójść?* – i myślami zaczął szukać Bliźniaków. Nagle zastygł, gdyż w Tronjheimie rozległ się donośny łomot.

Ogłuszający wybuch rozdarł powietrze. Długi fragment posadzki uniósł się i poleciał trzydzieści stóp w górę. Wokół posypały się ostre kamienne odłamki. Oszołomiony Eragon odskoczył gwałtownie, szukając ręką Zar'roca. Z dziury w ziemi gramoliły się niekształtne, masywne urgale.

Zawahał się. Czy ma uciec? Czy powinien zostać i próbować zamknąć tunel? Nawet gdyby zdołał go zablokować, nim urgale zaatakują, mogły przebić się gdzieś jeszcze. Nie zdołałby na czas znaleźć wszystkich takich miejsc i obronić miasta-góry. *Jeśli jednak pobiegnę do jednej z bram Tronjheimu i ją rozwalę, Vardeni będą mogli odbić miasto bez oblężenia.* Nim zdołał podjąć decyzję, z tunelu wynurzył się wysoki mężczyzna odziany w czerń i spojrzał wprost na niego.

To był Durza.

Cień miał w dłoni swój jasny miecz, z pozostawioną przez Ajihada rysą. Na ramieniu spoczywała czarna okrągła tarcza z czerwonym szlakiem. Głowę okrywał ciemny hełm, bogato zdobiony, jak u generała. Z ramion spływał długi płaszcz z wężowej skóry. W rdzawych oczach płonął obłęd, obłęd kogoś, kto napawa się mocą i może używać jej bez ograniczeń.

Eragon wiedział, że nie jest dość szybki ani dość silny, by uciec przed tym przeciwnikiem. Natychmiast ostrzegł Saphirę, choć wiedział, że smoczyca nie zdoła go ocalić. Przykucnął, szybko przypominając sobie wszystko, co mówił mu Brom o walce z kimś, kto włada mocą. Nie było to zachęcające. Ajihad powiedział, że Cienia można zabić jedynie pchnięciem w serce.

Durza zmierzył go pogardliwym spojrzeniem.

– Kaz jtrierl trazhid! Otrag bagh – rzekł. Urgale cofnęły się, patrząc spode łba na Eragona, i utworzyły krąg przy ścianach sali. Durza zbliżył się powoli z triumfalnym wyrazem twarzy. – A zatem, mój młody Jeźdźce, znów się spotykamy. Byłeś głupcem, uciekając przede mną w Gil'eadzie. W ostatecznym rozrachunku to tylko pogorszy twój los.

– Nigdy nie pojmiesz mnie żywcem – warknął Eragon.

– Czyżby? – spytał Cień, unosząc brwi. Światło padające przez gwiaździsty szafir sprawiało, że jego skóra nabrała upiornego odcienia. – Nie widzę w pobliżu twojego „przyjaciela" Murtagha, który mógłby ci pomóc. Nie możesz mnie powstrzymać, nikt nie może!

Eragon poczuł ukłucie strachu. *Skąd on wie o Murtaghu?* Przywołując na pomoc wszystkie siły, uniósł hardo głowę.

– Jak ci się podobała strzała?

Twarz Durzy na moment ściągnęła się lekko.

– Odpłacę za to krwią. A teraz powiedz, gdzie się ukrywa twój smok.

– Nigdy.

Oblicze Cienia pociemniało.

– Zatem wydobędę to z ciebie siłą.

Jego miecz świsnął w powietrzu. W chwili gdy Eragon osłonił się tarczą, w jego umysł wdarła się obca myśl. Broniąc własnej świadomości, odepchnął Durzę i także zaatakował myślami.

Eragon ze wszystkich sił napierał na twarde jak żelazo mury otaczające umysł Durzy. Bez skutku. Zamachnął się Zar'rokiem, próbując zaskoczyć przeciwnika. Cień bez trudu sparował cios i w odpowiedzi pchnął z szybkością błyskawicy.

Czubek jego klingi trafił Eragona w żebra, przebijając kolczugę. Eragon wypuścił ze świstem powietrze. Kolczuga jednak zsunęła się i ostrze minęło go o włos, lecz to wystarczyło, by Durza przebił się do umysłu Eragona i zaczął przejmować nad nim władzę.

– Nie! – krzyknął Eragon, rzucając się na Cienia.

Z wykrzywioną twarzą zmagał się z nim, szarpiąc rękę trzymającą miecz. Durza próbował przeciąć dłoń Eragona, osłaniała ją jednak podbita metalem rękawica. Klinga odskoczyła ku dołowi. Gdy Eragon kopnął go w nogę, Durza warknął i zamachnął się czarną tarczą, powalając go na ziemię. Eragon poczuł w ustach smak krwi, bolała go szyja. Nie zważając na rany, przeturlał się na bok i cisnął własną tarczą w Durzę. Mimo niezwykłej szybkości Cienia, ciężki metalowy krąg trafił go w biodro. Durza zachwiał się i w tym momencie Eragon trafił go w ramię Zar'rokiem. Po ręce Cienia spłynęła strużka krwi.

Eragon naparł na niego umysłem i przebił się przez osłabioną obronę Durzy. Nagle zalała go fala obrazów pochłaniających świadomość...

Durza jako młody chłopiec, żyjący z rodzicami samotnie na równinach. Plemię nomadów porzuciło ich, nazywając jego ojca krzywoprzysięzcą. Tyle że wtedy nie był jeszcze Durzą, lecz Carsaibem. To imię nuciła matka, czesząc mu włosy...

Cień zachwiał się szaleńczo z wykrzywioną boleśnie twarzą. Eragon próbował opanować prąd wspomnień, lecz ich siła była zbyt wielka.

***

Stał na wzgórzu ponad grobami rodziców. Płakał i żałował, że napastnicy nie zabili też jego. Potem obrócił się i potykając, odszedł przed siebie na pustynię...

***

Durza stanął przed Eragonem. Jego rdzawe oczy spoglądały z porażającą nienawiścią. Eragon klęczał na jednym kolanie, niemal już wstał, próbując zablokować swój umysł.

***

Jakże żałośnie wyglądał ów starzec, gdy pierwszy raz ujrzał bliskiego śmierci Carsaiba, leżącego na wydmie. Minęło wiele dni, nim Carsaib odzyskał siły i pokonał strach, który go ogarnął, gdy odkrył, że jego zbawca to czarnoksiężnik. O, jakże błagał, by nauczył go panowania nad duchami. Haeg zgodził się w końcu, nazwał go „Pustynnym szczurem"...

***

Eragon już stał. Durza zaatakował... wzniósł miecz... zapominając w szale o tarczy.

***

Dni, które spędził, pobierając nauki pod palącym słońcem, stale uważając na jaszczurki, którymi się żywili. Jego moc powoli rosła, budząc w nim dumę i pewność siebie. Tygodnie, podczas których pielęgnował chorego mistrza po nieudanym zaklęciu. Radość, gdy Haeg odzyskał siły...

***

Nie miał czasu, by zareagować... Nie miał czasu...

***

Bandyci, którzy napadli ich nocą, zabili Haega. Wściekłość ogarnęła Carsaiba. Duchy, które wezwał, by się zemścić. Lecz duchy okazały się silniejsze, niż oczekiwał. Zwróciły się przeciw niemu, opętały umysł i ciało. Zaczął krzyczeć. Był – JESTEM DURZA!

***

Miecz uderzył mocno w plecy Eragona, przecinając kolczugę i skórę. Eragon krzyknął, czując oślepiającą falę bólu. Siła ciosu powaliła go na kolana. Cierpienie wygięło ciało, wymazując wszelkie myśli. Zachwiał się ledwo przytomny. Po plecach i krzyżu ściekała mu gorąca krew. Durza powiedział coś, czego nie usłyszał.

Umęczony Eragon uniósł wzrok ku niebu, po policzkach płynęły mu łzy. Wszystko zawiodło. Vardeni i krasnoludy zostali zniszczeni. Był pokonany. Saphira podda się, by go ocalić – zrobiła to już wcześniej – Arya znów trafi do niewoli bądź zginie. Czemu to musiało się tak skończyć? Co to za sprawiedliwość? Wszystko na nic.

I gdy tak patrzył w jaśniejący w górze Isidar Mithrim, nad jego udręczoną twarzą eksplodował nagły rozbłysk światła, oślepiając go. Sekundę później w komnacie rozległ się ogłuszający grzmot. Potem Eragon odzyskał wzrok i jęknął z niedowierzaniem.

Gwiaździsty szafir pękł. Rozszerzający się stożek wielkich, ostrych jak brzytwa odłamków opadał ku posadzce. Lśniące kryształowe drzazgi przeszywały powietrze, a pośrodku między nimi leciała Saphira. Paszczę miała otwartą, spomiędzy szczęk tryskał wielki język ognia, oślepiająco żółty, zabarwiony błękitem. Na jej grzbiecie siedziała Arya, jej włosy powiewały, uniesiona dłoń połyskiwała aurą zielonej magii.

Czas nagle zwolnił bieg. Eragon ujrzał, jak Durza unosi głowę, i spojrzał w górę. Jego twarz wyrażała najpierw szok, potem gniew. Ze wzgardliwym uśmiechem uniósł dłoń i wycelował w Saphirę. Wargi zaczęły wypowiadać słowo.

Nagle w Eragonie wezbrały ukryte zapasy siły, dobyte z największej głębi jego jestestwa. Palce zacisnęły się na rękojeści miecza. Gwałtownie przebił barierę w umyśle i sięgnął do pokładów magii. Cały jego ból i wściekłość przelały się w jedno słowo:

– Brisingr!

Zar'roc zapłonął krwawym blaskiem, po ostrzu przebiegły zimne płomienie...

Rzucił się naprzód...

...i pchnął Durzę prosto w serce.

Durza, wstrząśnięty, spojrzał w dół na sterczącą mu z piersi klingę. Usta miał otwarte, lecz miast słów uleciał z nich upiorny, nieludzki wrzask. Miecz wysunął się z pozbawionych czucia palców. Chwycił Zar'roca, jakby chciał go wyciągnąć, jednak ostrze mocno tkwiło w ciele.

A potem skóra Durzy stała się przezroczysta – nie kryło się pod nią ciało ani kość, lecz wirujące linie ciemności. Zawył jeszcze głośniej, ciemność pulsowała, rozdzierając skórę. Z ostatnim krzykiem Durza pękł od stóp do głów, a uwolniona ciemność rozdzieliła się, tworząc trzy postaci ulatujące przez mury Tronjheimu daleko poza Farthen Dûr. Cień zniknął.

Eragon bez sił osunął się na ziemię, wyciągając ręce. Saphira i Arya dotarły już niemal na dół – wyglądało na to, że uderzą w posadzkę jednocześnie ze śmiercionośnymi odłamkami Isidar Mithrimu. Oczy Eragona odmówiły posłuszeństwa, lecz w ostatniej sekundzie wydało mu się, że Saphira, Arya, tysiące odłamków, wszystko to przestało spadać i zawisło w powietrzu.

Mędrzec
w Smutku Pogrążony

W umyśle Eragona cały czas pojawiały się fragmenty wspomnień Cienia. Szaleńczy wir mrocznych wydarzeń i uczuć porwał go, uniemożliwiał zwykłe myślenie. Pogrążony w rzece wspomnień nie wiedział, kim ani gdzie jest. Był zbyt słaby, żeby uwolnić się od obcej obecności zaćmiewającej mu umysł. Pod powiekami widział gwałtowne, okrutne obrazy z przeszłości Cienia. Napierały na niego tak mocno, że w końcu sam jego duch zaczął krzyczeć, protestując w męce przeciw krwawym wizjom.

Przed sobą ujrzał spiętrzony stos trupów... niewinnych ludzi zamordowanych z rozkazu Cienia. Ujrzał kolejne trupy, całe wioski pozbawione życia ręką bądź słowem czarnoksiężnika. W żaden sposób nie mógł uciec przed otaczającą go grozą. Szarpał się niczym płomień świecy na wietrze, niezdolny ustać wobec naporu fal zła. Modlił się, by ktoś wyrwał go z koszmaru, ale nikt nie mógł wskazać mu drogi. Gdyby tylko zdołał przypomnieć sobie, kim powinien być: chłopcem czy mężczyzną, bohaterem czy łajdakiem, Cieniem czy Jeźdźcem. Wszystko to jednak złączyło się ze sobą, tworząc bezsensowny chaos. Był zagubiony, całkowicie i do końca zagubiony w kłębowisku wizji.

Nagle ponury obłok, pozostałość złowrogiego umysłu Cienia, przebiła garstka jego własnych wspomnień. W chłodnym świetle objawienia ujrzał wszystkie wydarzenia od chwili, gdy znalazł jajo Saphiry. Widział przed sobą *jednocześnie swe osiągnięcia i klęski. Stracił wiele z tego, co było dlań drogie, lecz los zesłał mu też rzadkie, jakże cenne dary. Po raz pierwszy poczuł dumę z tego, kim jest. I, jakby w odpowiedzi na ów krótki powrót sił, duszący mrok Cienia zaatakował z nową furią. To, kim był, rozpłynęło się w otchłani niepewności i strachu pożerającego zmysły. Kimże jest, by sądzić, że może rzucić wyzwanie potęgom Alagaësii i przeżyć?*

Zaczął walczyć ze złowieszczymi myślami Cienia, z początku słabo, potem coraz silniej. Szeptał słowa w pradawnej mowie i odkrył, że dają mu dość sił, by odepchnąć mrok spowijający umysł. Choć jego obrona nadal była żałośnie słaba, powoli zaczął gromadzić w jednym miejscu strzaskaną świadomość, otaczając ją jasnym murem. Na zewnątrz wyczuwał ból tak wielki, że zagrażał jego życiu. Lecz coś – albo ktoś – zdawało się go powstrzymywać.

Wciąż był za słaby, żeby całkowicie oczyścić myśli. Zdołał jednak spokojnie przyjrzeć się wszystkim wydarzeniom, odkąd opuścił Carvahall. Gdzie pójdzie teraz... i kto pokaże mu drogę? Bez Broma nie miał już nauczyciela ani przewodnika.

Przyjdź do mnie.

Cofnął się gwałtownie, czując dotyk innej świadomości, tak potężnej i rozległej, że przypominała piętrzącą się nad nim górę. Zrozumiał nagle, że należy do tego, kto blokował ból. Podobnie jak w umyśle Aryi, w tym także dźwięczała muzyka: głębokie bursztynowozłociste harmonie, wibrujące uroczystą melancholią.

W końcu odważył się zapytać: Kim... kim jesteś?

Kimś, kto może ci pomóc.

Niewypowiedziana myśl zamigotała i wszystkie ślady Cienia zniknęły nagle, odsunięte niczym stara pajęczyna. Uwolniony od przygniatającego ciężaru Eragon pozwolił swym myślom rozproszyć się, póki nie natknął się na barierę, której nie potrafił pokonać. Chroniłem cię, póki mogłem, ale jesteś tak daleko, że zdołałem jedynie obronić twoją świadomość przed bólem.

I znów: Kim jesteś, ty, który to robisz?

Odpowiedział mu cichy grzmot. Jestem Osthato Chetowä, Mędrzec w Smutku Pogrążony, i Togira Ikonoka, Kaleka Uzdrowiony. Przybądź do mnie, Eragonie, bo mam odpowiedzi na wszystkie twe pytania. Nie będziesz bezpieczny, póki mnie nie znajdziesz.

Ale jak mogę cię znaleźć, skoro nie wiem gdzie jesteś? – *spytał z rozpaczą.*

Zaufaj Aryi. Udaj się z nią do Ellesméry, tam będę. Czekałem wiele zim, więc nie zwlekaj, bo wkrótce może być za późno. Jesteś kimś więcej, niż sądzisz, Eragonie. Pomyśl o tym, czego dokonałeś, i raduj się, bo uwolniłeś krainę od wielkiego zła. Dokonałeś czegoś, czego nie zdołałby zrobić nikt inny. Wielu zawdzięcza ci życie.

Obcy miał rację: to, czego dokonał, godne było szacunku i uznania. Nieważne, co czeka go w przyszłości, nie był już pionkiem w grze władzy. Pokonał granicę i stał się kimś innym, kimś większym. Stał się czymś, czego pragnął Ajihad: potęgą niezależną od wszelkich królów czy przywódców.

Gdy to sobie uświadomił, wyczuł aprobatę. Uczysz się – *rzekł Mędrzec w Smutku Pogrążony, zbliżając się do niego i przekazując mu wizję. W jego umyśle rozkwitły kolory; ujrzał zgarbioną postać odzianą w biel, stojącą na nasłonecznionym urwisku.* Czas, abyś odpoczął, Eragonie. Gdy się ockniesz, nie wspominaj o mnie nikomu – *rzekła łagodnie postać, której twarz przesłaniała srebrzysta aura.* Pamiętaj, musisz udać się do elfów. A teraz śpij... *Uniósł dłoń w geście błogosławieństwa i duszę Eragona ogarnął spokój.*

Jego ostatnią myślą było, że Brom byłby z niego dumny.

***

– Obudź się – polecił głos. – Obudź się, Eragonie, bo za długo już spałeś.

Poruszył się niechętnie, odpychając te słowa. Spowijające go ciepło było zbyt miłe, by je opuszczać.

– Powstań, Argetlamie! Jesteś potrzebny!

Eragon niechętnie uniósł powieki i odkrył, że leży na długim łożu, opatulony miękkimi kocami. Na krześle obok siedziała Angela, wpatrując się z napięciem w jego twarz.

– Jak się czujesz? – spytała.

Oszołomiony i zdezorientowany, przez moment rozglądał się po niewielkiej komnacie.

– Ja... nie wiem – rzekł. Usta miał suche, obolałe.

– To się nie ruszaj. Powinieneś oszczędzać siły. – Angela odgarnęła palcami kręcone włosy.

Eragon stwierdził, że wciąż ma na sobie swą barwną zbroję. Czemu? Atak kaszlu sprawił, że zakręciło mu się w głowie, poczuł ból w całym ciele. Trawione gorączką ręce i nogi wydawały się nieznośnie ciężkie. Angela podniosła z ziemi złocony róg i przytknęła mu go do ust.

– Pij.

W głąb jego gardła spłynął zimny, odświeżający miód. W żołądku rozkwitło ciepło, wznosząc się falą ku policzkom. Zakasłał ponownie, co pogorszyło jeszcze ból głowy. *Jak się tu znalazłem? Była bitwa... przegrywaliśmy... potem Durza i...*

– Saphira! – wykrzyknął, siadając gwałtownie. Zakręciło mu się w głowie i opadł na poduszki, zaciskając powieki i walcząc z mdłościami. – Co z Saphirą, nic jej nie jest? Urgale wygrywały... a ona spadała. I Arya!

– Przeżyły – zapewniła go Angela – i czekają, aż się ockniesz. Chcesz je zobaczyć?

Słabo skinął głową. Angela wstała i otworzyła szeroko drzwi. Do środka wbiegli Arya i Murtagh, za nimi wsunęła głowę Saphira. Była za duża, żeby się zmieścić w komnacie. Jej pierś wibrowała, gdy smoczyca zamruczała głęboko, mierząc go spojrzeniem błyszczących oczu.

Uśmiechnięty Eragon z ulgą i wdzięcznością dotknął jej myśli.

Dobrze cię widzieć całego i zdrowego, mój mały – rzekła czule.

Ciebie też, ale jak...?

Inni chcą ci to wyjaśnić, więc im pozwolę.

Zionęłaś ogniem! Widziałem!

Tak – odparła z dumą.

Uśmiechnął się słabo, wciąż oszołomiony, po czym spojrzał na Aryę i Murtagha. Oboje byli w bandażach. Arya miała opatrunek na ręce, Murtagh wokół głowy. Teraz uśmiechnął się szeroko.

– Najwyższy czas. Siedzieliśmy na zewnątrz kilka godzin.

– Co... co się stało? – spytał Eragon.

Twarz Aryi miała smutny wyraz, Murtagh jednak wykrzyknął radośnie:

– Zwyciężyliśmy! To było niewiarygodne! Gdy duchy Cienia – jeśli tym właśnie były – przeleciały przez Farthen Dûr, urgale przestały walczyć. Patrzyły na nie w ciszy, a potem zupełnie jakby opadło z nich zaklęcie, klany zwróciły się nagle przeciw sobie i cała armia rozpadła się w ciągu kilku minut. Pozostało nam jedynie przegnać niedobitków.

– Wszyscy nie żyją? – spytał Eragon.

Murtagh pokręcił głową.

– Nie, wielu uciekło do tuneli. Vardeni i krasnoludy cały czas ich stamtąd wyciągają, ale to trochę potrwa. Pomagałem im, póki urgal nie walnął mnie w głowę, wtedy odesłano mnie tutaj.

– Chyba cię znów nie zamkną?

Jego twarz spoważniała.

– W tej chwili nikogo to nie obchodzi. Zginęło mnóstwo Vardenów i krasnoludów, pozostali starają się dojść do siebie po bitwie. Ale ty przynajmniej masz się z czego cieszyć. Jesteś bohaterem! Wszyscy opowiadają o tym, jak zabiłeś Durzę. Przegralibyśmy, gdyby nie ty.

Eragona poruszyły jego słowa. Odepchnął je jednak, postanawiając, że zastanowi się nad nimi później.

– Gdzie byli Bliźniacy? Nie zastaliśmy ich tam, gdzie być powinni. Nie mogłem nawiązać kontaktu, a potrzebowałem ich pomocy.

Murtagh wzruszył ramionami.

– Słyszałem, że walczyli dzielnie z grupą urgali, która w innym miejscu przebiła się do Tronjheimu. Zapewne byli zbyt zajęci, by z tobą rozmawiać.

Z jakiegoś powodu odpowiedź ta wydawała się niewłaściwa, ale Eragon nie wiedział czemu. Odwrócił się do Aryi, która cały czas wpatrywała się w niego wielkimi jasnymi oczami.

– Jakim cudem się nie rozbiłyście? Byłyście z Saphirą...

– Gdy ostrzegłeś Saphirę przed Durzą, wciąż próbowałam zdjąć jej uszkodzoną zbroję – odparła powoli. – Kiedy ją uwolniłam, było za późno, by zjechać w dół Vol Turin; nim dotarłabym na dół, trafiłbyś do niewoli. Poza tym Durza prędzej by cię zabił, niż pozwolił, bym cię uwolniła. – W jej głosie zabrzmiał smutek. – Uczyniłam zatem jedyną rzecz, jaką mogłam, by odwrócić jego uwagę: rozbiłam gwiaździsty szafir.

A ja poniosłam ją w dół – dodała Saphira.

Eragon z trudem starał się ogarnąć wszystko myślami. Nagle znów zakręciło mu się w głowie. Przymknął oczy.

– Ale czemu żaden z odłamków nie trafił we mnie ani w ciebie?

– Bo im nie pozwoliłam. Gdy byłyśmy blisko posadzki, zatrzymałam je w powietrzu, a potem powoli opuściłam na ziemię. W przeciwnym razie strzaskałyby się na tysiące kawałków i cię zabiły – odparła z prostotą Arya.

– Tak – dodała kwaśno Angela. – I o mało nie zabiłaś też siebie. Trzeba było całych moich zdolności, by utrzymać was dwoje przy życiu.

Eragon poczuł nagłe uczucie niepokoju, równie mocne jak ból przeszywający głowę. *Moje plecy*. Nie czuł jednak żadnych bandaży.

– Jak długo tu jestem? – spytał z obawą.

– Tylko półtora dnia – wyjaśniła Angela. – Miałeś szczęście, że byłam w pobliżu, w przeciwnym razie wyzdrowienie zabrałoby ci całe tygodnie, gdybyś w ogóle przeżył.

Wystraszony Eragon odrzucił koce i przekręcił się, by pomacać plecy. Angela chwyciła jego przegub drobną dłonią, patrząc z troską.

– Eragonie, musisz zrozumieć, moja moc nie przypomina twojej czy Aryi. Wiąże się z ziołami i wywarami. Są granice tego, co mogę zrobić, zwłaszcza przy tak dużych...

Szarpnięciem uwolnił rękę i sięgnął do tyłu. Skóra na jego plecach była gładka i ciepła, nieskazitelna. Pod palcami czuł twarde mięśnie. Przesunął dłoń do podstawy karku i nagle wyczuł twardą wypukłość, szeroką na pół cala. Podążył wzdłuż niej, czując rosnącą grozę. Cios Durzy pozostawił po sobie potężną bliznę, sięgającą od prawego ramienia do przeciwległego biodra.

Na twarzy Aryi odbiła się litość.

– Zapłaciłeś za swój czyn straszliwą cenę, Eragonie, Pogromco Cienia.

Murtagh zaśmiał się gorzko.

– Tak. Teraz jesteś taki jak ja.

Eragon poczuł nagłą rozpacz, zamknął oczy. Był trwale okaleczony. Nagle coś sobie przypomniał. Gdy był nieprzytomny, postać w bieli, która mu pomogła. Kaleka Uzdrowiony, Togira Ikonoka. Powiedział do niego: *Pomyśl o tym, czego dokonałeś, i raduj się, bo uwolniłeś krainę od wielkiego zła. Dokonałeś czegoś, czego nie zdołałby zrobić nikt inny. Wielu zawdzięcza ci życie.*

Przybądź do mnie, Eragonie, bo mam odpowiedzi na wszystkie twe pytania.

Eragona ogarnął nagły spokój.

Przybędę.

**KONIEC KSIĘGI PIERWSZEJ.
DALSZY CIĄG HISTORII ZNAJDZIE SIĘ W *NAJSTARSZYM*,
KSIĘDZE DRUGIEJ TRYLOGII *DZIEDZICTWO***

Słowniki

PRADAWNA MOWA

Ponieważ Eragon nie opanował jeszcze do końca pradawnej mowy, jego słów i zdań nie tłumaczymy dosłownie, by oszczędzić czytelnikom kontaktu z jego okropną gramatyką. Cytaty z innych postaci zachowano niezmienione.

Aí varden abr du Shur'tugals gata vanta. – Jeden z Jeźdźców prosi o otwarcie przejścia.

Aiedail – gwiazda zaranna

arget – srebro

Argetlam – Srebrna Ręka

Atra gülai un ilian tauthr ono un atra ono waíse skölir frá rauthr. – Niechaj dobry los i szczęście stale ci sprzyjają i chronią cię ode złego.

Böetq istalri! – Szeroki ogień!

breoal – rodzina; ród

brisingr – ogień

Deloi moi! – Ziemio, przemień się!

delois – roślina o zielonych liściach i fioletowych kwiatach

Domia abr Wyrda – Władza Losu (księga)

dras – miasto

draumr kópa – senna wizja

Du grindr huildr! – Zatrzymać bramę!

„Du Silbena Satia" – „Mgły westchnień" (pieśń)

Du Súndavar Freohr – Śmierć Cieniom

Du Vrangr Gata – Kręta Ścieżka

Du Weldenvarden – Strzegący Las

Edoc'sil – Niezdobyty

eitha – idź, odejdź

Eka aí fricai un Shur'tugal! – Jestem Jeźdźcem i przyjacielem!

ethgrí – przywołać

Fethrblaka, eka weohnata néiat haina ono. Blaka eom iet lam. – Ptaku, nie zrobię ci krzywdy. Siądź mi na dłoni.

garjzla – światło

Gath un reisa du rakr! – Połącz i podnieś się mgło!

gedwëy ignasia – lśniąca dłoń

Gëuloth du knífr! – Stęp nóż!

Helgrind – Wrota Śmierci

iet – mój (potocznie)

jierda – pęknij, złam się, uderz

Jierda theirra kalfis! – Połam im łydki!

Manin! Wyrda! Hugin! – Pamięć! Los! Myśl!

Moi stenr! – Kamieniu, przemień się!

Nagz reisa! – Kocu, unieś się!

Osthato Chetowä – Mędrzec w Smutku Pogrążony

pömnuria – mój (uroczyste)

Ristvak'baen – Miejsce Smutku (baen – użyte tutaj i w nazwie Urû'baen, stolicy imperium – to słowo wyrażające ogromny smutek/żal)

seithr – czarownica

Shur'tugal – Smoczy Jeździec

Skulbaka, eka celöbra ono un mulabra ono un ono Shur'tugal né haima. Atra nosu waíse fricai. – Smoku, darzę cię szacunkiem i nie mam złych zamiarów wobec ciebie i twego Jeźdźca. Zostańmy przyjaciółmi.

slytha – sen

Stern reisa! – Unieś się, kamieniu!

thrysta – pchać, zgniatać

thrysta deloi – zgniatać ziemię

Thverr stern un atra eka hórna! – Przeniknij kamień i pozwól mi słyszeć!

Togira Ikonoka – Kaleka Uzdrowiony

tuatha du orothrim – wyciszenie mądrości głupca (poziom szkolenia
   Jeźdźców)
Varden – Strażnicy
Vöndr – cienki prosty patyk
Waíse heill! – Bądź uzdrowiony!
Wiol pömnuria ilian. – Dla mego szczęścia.
wyrda – los
yawë – więź zaufania

JĘZYK KRASNOLUDÓW
Akh Guntéraz dorzâda! – Dla chwały Guntéry!
Âz knurl deimi lanok. – Strzeż się, kamień się zmienia.
barzul – klątwa, przekleństwo
Carkna bragha – wielkie niebezpieczeństwo
dûrgrimst – klan (dosłownie nasz dom/dwór)
Egraz Carn – Łysy
Farthen Dûr – Nasz Ojciec
hírna – podobizna, posąg
Ilf carnz orodüm. – To (czyjś) obowiązek/przeznaczenie.
Ingietum – metalmistrzowie, kowale
Isidar Mithrim – Gwiaździsty Szafir
knurl – kamień, skała
knurla – krasnolud (dosłownie: kamienny)
Kóstha-mérna – Staw Stóp – (jezioro)
oeí – tak, potwierdzenie
otho – wiara
sheilven – tchórze
Tronjheim – Hełm Olbrzymów
Vol Turin – Nieskończone Schody

JĘZYK URGALI
drajl – nędzny robak
Ithrö Zhâda (Orthíad) – Zagłada Buntowników
Kaz jtrierl trazhid! Otrag bagh. – Nie atakujcie. Otoczcie go.
ushnark – ojciec

Podziękowania

Stworzyłem *Eragona*, lecz sukces tej powieści to owoc pełnych entuzjazmu wysiłków przyjaciół rodziny, fanów, bibliotekarzy, nauczycieli, uczniów, administracji szkół, dystrybutorów, księgarzy i wielu innych osób. Chciałbym móc wymienić z nazwiska wszystkich ludzi, którzy mi pomogli, lecz lista jest bardzo, bardzo długa. Sami wiecie, że o Was mowa – i dziękuję Wam!

Eragon po raz pierwszy ukazał się drukiem na początku 2002 roku w wydawnictwie moich rodziców Paolini International LLC. Wcześniej wydali już trzy książki, toteż uznaliśmy za całkiem naturalne, że *Eragon* trafi właśnie do nich. Wiedzieliśmy, że spodoba się szerokim rzeszom czytelników, chodziło jednak o to, by się o nim dowiedzieli.

Przez cały rok 2002 i początek 2003 podróżowałem po Stanach Zjednoczonych, odbywając ponad sto trzydzieści spotkań i prezentacji w szkołach, księgarniach i bibliotekach. Wszystkie zorganizowaliśmy wraz z matką. Z początku występowałem tylko raz w miesiącu, potem jednak, gdy radziliśmy sobie coraz lepiej, nasza zaimprowizowana trasa promocyjna tak się rozrosła, że niemal cały czas byłem w drodze.

Poznałem wtedy tysiące cudownych ludzi, których wielu stało się potem wiernymi fanami i przyjaciółmi. Jedną z nich była Michelle Frey, obecnie moja redaktorka w wydawnictwie Knopf Books For Young Readers, która zaproponowała, że kupi *Eragona*. Nie muszę chyba dodawać, że niezwykle uradowałem się z zainteresowania Knopfa moją książką.

Są zatem dwie grupy ludzi, które zasłużyły na podziękowania. Pierwsza pomagała przy powstaniu pierwszej edycji *Eragona* w Paolini International LLC, druga przy edycji Knopfa.

Oto gromada śmiałków, którzy pomogli zaistnieć *Eragonowi*.

Drużyna pierwsza: dziękuję mojej matce za jej bezlitosny, czerwony długopis i nieocenioną pomoc przy przecinkach, dwukropkach, średnikach i innych potworkach; ojcu za rewelacyjną robotę redakcyjną i czas poświęcony przekuwaniu moich mętnych, splątanych myśli w proste, jasne zdania, łamaniu książki i projektowaniu okładki, a także wysłuchiwaniu kolejnych wystąpień; babci Shirley za pomoc przy stworzeniu zajmującego początku i końca; siostrze za rady dotyczące fabuły, poczucie humoru, z jakim przyjęła to, że pojawia się w *Eragonie* jako zielarka, i wiele godzin przy Photoshopie poświęconych tworzeniu oka Saphiry na okładce; Kathy Tyers za to, że nauczyła mnie, jak dokonać brutalnej i niezwykle potrzebnej przeróbki pierwszych trzech rozdziałów; Johnowi Taliaferro za porady i wspaniałą recenzję; fanowi zwanemu Tornado – Eugene'owi Walkerowi – który wyłapał sporo błędów literowych; oraz Donnie Overall za entuzjazm dotyczący samej opowieści, porady redakcyjne i bystre oko wyłapujące rzeczy takie, jak złe dywizy, przeniesienia, wdowy, bękarty, kerning i ligatury. Jeśli istnieją prawdziwi Smoczy Jeźdźcy, ona niewątpliwie do nich należy – bez trwogi rzuca się na ratunek autorom zagubionym na bagnach przecinkowych. Dziękuję całej rodzinie za to, że mnie wspierała... i czytała tę sagę więcej razy, niż zniósłby normalny czytelnik.

Nowa drużyna: dziękuję Michelle Frey, która nie tylko zachwyciła się tą historią tak bardzo, że zaryzykowała wydanie epickiej powieści fantasy napisanej przez nastolatka, ale zdołała też dzięki uwagom redakcyjnym uporządkować tempo *Eragona*; mojemu agentowi Simonowi Lipskarowi, który pomógł mi znaleźć najlepszy dom dla *Eragona*; Chipowi Gibsonowi i Beverly Horowitz za wspaniałą propozycję; Lawrence'owi Levy'emu za poczucie humoru i porady prawne; Judith Haut, mistrzyni wydawniczej najwyższego stopnia; Daisy Kline za oszałamiającą kampanię marketingową; Isabel Warren-Lynch, która zaprojektowała uroczą obwolutę, wnętrze i mapę; Johnowi Jude Palencarowi, który namalował ilustracje na obwolucie (na długo przedtem, nim zaczął pracować nad *Eragonem*,

463

właśnie na jego cześć nazwałem dolinę Palancar); Artiemu Bennettowi, arcymistrzowi korekty, i całemu zespołowi z Knopfa, który umożliwił mi przeżycie tej przygody.

I w końcu szczególne podziękowania dla moich postaci, które śmiało stawiają czoło wymyślanym przeze mnie niebezpieczeństwom i bez których nie mógłbym opowiedzieć tej historii.

Oby wasze miecze pozostały ostre!

Christopher Paolini

O autorze

Głęboka miłość, jaką Christopher Paolini żywił do literatury fantasy i science fiction, natchnęła go do rozpoczęcia pisania debiutanckiej powieści *Eragon*. Pracę nad książką rozpoczął jako piętnastolatek, tuż po ukończeniu liceum. Obecnie ma lat dziewiętnaście i mieszka z rodziną w Paradise Valley w stanie Montana, gdzie pracuje nad *Najstarszym*, drugim tomem trylogii *Dziedzictwo*.

Więcej o Christopherze, Eragonie i *Dziedzictwie* możecie dowiedzieć się na stronie www.alagaesia.com.

Spis tresci

Prolog: Cień grozy 9
Odkrycie 13
Dolina Palancar 16
Smocze opowieści 25
Dar losu 39
Przebudzenie 42
Herbatka przy kominku 50
Imię mocy 58
Przyszły młynarz 62
Obcy w Carvahall 65
Lot przeznaczenia 72
Zagłada niewinności 76
Czuwanie 82
Szaleństwo życia 90
Miecz Jeźdźca 92
Budowa siodła 106
Therinsford 109
Huk grzmotu i trzask pioruna 120
Odkrycie w Yazuac 125
Wyrzuty 130
Magia jest najprostszą rzeczą 137
Daret 145
Smoczym okiem 153
Pieśń na drogę 160
Odkrywanie Teirmu 164
Stary druh 169
Czarownica i kotołak 187
Czytanie i plany 198

Złodzieje w zamku 201
Kosztowny błąd 209
Wizja doskonałości 221
Mistrz miecza 226
Odór Dras-Leony 232
Szlakiem oleju 236
Religia Helgrindu 241
Zemsta Ra'zaców 249
Murtagh 252
Dziedzictwo Jeźdźca 257
Diamentowy grobowiec 261
Pułapka w Gil'eadzie 268
Du Súndavar Freohr 276
Walka z cieniami 282
Wojownik i uzdrowiciel 291
Woda z piasku 298
Rzeka Ramr 304
Pustynia Hadaracka 310
Właściwa droga 316
Potyczka 325
Ucieczka przez dolinę 331
W szponach zwątpienia 344
W poszukiwaniu odpowiedzi 352
Wspaniałość Tronjheimu 365
Ajihad 373
Pobłogosław to dziecię, Argetlamie 389
Język kijanki i mandragora 400
W grocie króla gór 406
Próba Aryi 418
Cienie się wydłużają 430
Bitwa w Farthen Dûrze 441
Mędrzec w Smutku Pogrążony 453
Słowniki 459
Podziękowania 462
O autorze 465

GWIEZDNY PYŁ

Neil Gaiman

Najwspanialsza baśniowa fantasy XX wieku.

Fascynująca wyprawa do krainy wyobraźni.

Dla czytelników kochających niesamowite przygody i zdrowy, czarny humor.

Książka nagrodzona Mythopeic Fantasy Award.

Neil Gaiman, laureat World Fantasy Award, jest znany w Polsce z powieści „Nigdziebądź", oraz „Dobry Omen", napisanej wspólnie z Terrym Pratchettem.

Wspieraj polską fantastykę!

Nagroda im. Janusza A. Zajdla jest coroczną nagrodą w dziedzinie fantastyki, przyznawaną przez miłośników fantastyki autorom najlepszych polskich utworów literackich. Nagroda przyznawana jest w dwóch kategoriach: powieści i opowiadania.

Każdy czytelnik fantastyki może wybrać od jednego do pięciu utworów w każdej kategorii, wydanych **w poprzednim roku kalendarzowym**. Po pięć utworów, które zbiorą najwięcej głosów, znajdzie się na liście nominacji do Nagrody. Spośród nich uczestnicy POLCON-u, czyli Ogólnopolskiego Konwentu Miłośników Fantastyki, dokonają wyboru Laureatów.

Więcej informacji o Nagrodzie Zajdla i POLCON-ach znajdziecie na stronach internetowych:

http://zajdel.fandom.art.pl i **http://polcon.fandom.art.pl**

Listę wybranych utworów należy nadesłać do 15 czerwca pocztą elektroniczną pod adres:

zajdel@fandom.art.pl

lub pocztą tradycyjną pod adres korespondencyjny:

Związek Stowarzyszeń Fandom Polski
ul. Zamieniecka 46/25
04-158 Warszawa

korzystając z poniższego kuponu, bądź podając wszystkie informacje na kartce pocztowej.

**Pamiętaj, w danym roku jedna osoba może zgłosić maksymalnie
5 powieści i 5 opowiadań!**

Nominacje zgłasza:

Imię i nazwisko: ....

Adres zamieszkania: ....

....

e-mail: ....

Zgłaszane powieści:

1. ....

2. ....

3. ....

4. ....

5. ....

Zgłaszane opowiadania:

1. ....

2. ....

3. ....

4. ....

5. ....

UCZEŃ SKRYTOBÓJCY

Robin Hobb

Pierwsza część jednej z najsłynniejszych serii fantasy. Jest w niej magia i zły urok, jest bohaterstwo i podłość, pasja i przygoda.

Młody Bastard to nieprawy syn Księcia Rycerskiego. Dorasta na dworze w Królestwie Sześciu Księstw, wychowywany przez szorstkiego koniuszego swego ojca. Ignoruje go cała rodzina królewska oprócz chwiejnego w swoich sądach Króla Roztropnego, który każe uczyć chłopca sekretnej sztuki skrytobójstwa. W żyłach Bastarda płynie błękitna krew, ma więc zdolność do korzystania z Mocy.